DEBORAH CROMBIE

Das Hotel im Moor
Alles wird gut

W0389899

Autorin

Deborah Crombie, die nach dem College zunächst als Journalistin und Übersetzerin arbeitete, hat sich von jeher für England und englische Kriminalgeschichten interessiert. Ihre ersten beiden Kriminalromane *Das Hotel im Moor* und *Alles wird gut* wurden von der Kritik mit den Romanen von Elizabeth George und Martha Grimes verglichen.

Außerdem als Goldmann Taschenbuch erhältlich:

Und ruhe in Frieden (43209)
Kein Grund zur Trauer (43229)

DEBORAH CROMBIE

Das Hotel im Moor

Alles wird gut

Zwei Romane in einem Band

Aus dem Englischen von
Mechtild Sandberg-Ciletti

GOLDMANN

Umwelthinweis:
Alle bedruckten Materialien dieses Taschenbuches
sind chlorfrei und umweltschonend.
Das Papier enthält Recycling-Anteile.

Der Goldmann Verlag
ist ein Unternehmen der Verlagsgruppe Bertelsmann

Genehmigte Ausgabe 11/96
»Das Hotel im Moor«
© der Originalausgabe 1993 by Deborah Darden Crombie
© der deutschsprachigen Ausgabe 1994 by
Wilhelm Goldmann Verlag, München
»Alles wird gut«
© der Originalausgabe 1994 by Deborah Darden Crombie
© der deutschsprachigen Ausgabe 1995 by
Wilhelm Goldmann Verlag, München
Umschlaggestaltung: Design Team München
Umschlagmotiv: Leistikow, »Grunewaldsee« / AKG, Berlin
Druck: Elsnerdruck, Berlin
Verlagsnummer: 13170
JP · Herstellung: sc
Made in Germany
ISBN 3-442-13170-7

1 3 5 7 9 10 8 6 4 2

Das Hotel im Moor

Die Originalausgabe erschien unter dem Titel »A Share in Death«
bei Charles Scribner's Sons, New York

1

Duncan Kincaids Urlaub in Yorkshire fing verheißungsvoll an. Gerade als er in die schmale, von hohen Hecken eingefaßte Landstraße einbog, brach ein Sonnenstrahl durch die Wolken und erhellte, als hätte jemand einen himmlischen Scheinwerfer eingeschaltet, ein Stück sanft gewelltes Hochmoor.

Trockenmauern zogen sich wie blasse Runen über das leuchtende Grün der Weiden, auf denen lichtglänzende Schafe grasten, ohne sich um ihre Bedeutung für die Komposition zu kümmern. Die Szene schien aus Zeit und Raum herausgehoben, und er hatte den Eindruck, ein lebendes Bild vor sich zu sehen, das Bild einer fernen, unerreichbaren Welt. Die Wolken schoben sich wieder zusammen; so rasch wie sie aufgeleuchtet war, erlosch die Vision, und ein merkwürdiges Frösteln des Verlusts überlief ihn bei ihrem Verschwinden.

Das muß die Schufterei der letzten Wochen sein, dachte er und schüttelte das vage Gefühl dunkler Vorahnung ab. Offiziell verlangte New Scotland Yard von keinem seiner frischgebackenen Superintendenten, daß sie rackerten bis zum frühen Herzinfarkt, aber der August war in den September übergegangen, und die Überstunden hatten sich angesammelt. Irgend etwas war immer dazwischengekommen, und der letzte Fall war besonders scheußlich gewesen.

Eine ganze Serie von Leichen im ländlichen Sussex, lauter Frauen, alle auf die gleiche Weise verstümmelt – der größte Alptraum eines Kriminalbeamten. Sie hatten ihn schließlich gefaßt, einen Perversen übelster Sorte, aber es gab keine Garantie, daß die Beweise, die sie in mühsamer Kleinarbeit zusammengetragen hatten, einen Haufen pflaumenweicher Geschworener überzeugen würden. Und die Sinnlosigkeit des Ganzen machte den größten Teil der Befriedigung darüber, den Berg von Schreibarbeit bewältigt zu haben, zunichte.

»Einen amüsanteren Samstagabend könnte ich mir gar nicht vorstellen«, hatte Gemma James, Kincaids Sergeant, am Abend zuvor gesagt, als sie sich durch die letzten Akten geackert hatten.

»Sagen Sie das mal der Werbeabteilung. Ich glaube, der Gedanke ist denen noch gar nicht gekommen.« Kincaid lachte sie über den vollgepackten Schreibtisch hinweg an. Gemma mit dem vor Müdigkeit schneeweißen Gesicht und den dunklen Schatten unter den Wangenknochen wäre in diesem Moment keine Zierde für ein Werbeposter der Polizei gewesen.

Sie blähte die Wangen auf und blies zu den feinen roten Haarsträhnen hinauf, die ihr in die Augen hingen. »Sie haben's gut, Sie bekommen jetzt mal eine Woche lang nichts von allem zu hören und zu sehen. Schade, daß wir nicht alle Vettern mit schicken Ferienwohnungen haben.«

»Entdecke ich da eine Spur Neid?«

»Sie fahren ja morgen nur nach Yorkshire, während ich nach Hause fahre, um die Wäsche der letzten Woche zu waschen und mal wieder einzukaufen – wieso sollte ich da neidisch sein?« Gemma lächelte gutgelaunt wie meistens, aber als sie wieder sprach, lag ein Anflug von mütterlicher

Besorgnis in ihrer Stimme. »Sie sehen echt fertig aus. Es ist wirklich Zeit, daß Sie mal Urlaub machen. Das wird Ihnen bestimmt guttun.«

Soviel Fürsorglichkeit von einer Frau, die zehn Jahre jünger war als er, amüsierte Kincaid, aber er fand sie neu und angenehm. Er hatte diese Beförderung mit großem Einsatz angestrebt, weil er gewußt hatte, daß der neue Posten ihm erlauben würde, endlich wieder vom Schreibtisch weg zur praktischen Arbeit zu kommen. Aber allmählich schien ihm, daß das Beste an dieser Beförderung Gemma James war, die man ihm als Sergeant zugeteilt hatte. Gemma war Ende Zwanzig, geschieden und hatte einen kleinen Sohn, den sie allein aufzog; hinter ihrem gutmütigen Naturell verbargen sich, wie Kincaid langsam entdeckte, ein scharfer Verstand und viel Ehrgeiz.

»Ich glaube nicht, daß es unbedingt mein Fall ist«, sagte er, während er die letzten losen Blätter in einen Hefter schob. »Ein *timesharing*-Apartment.«

»Und Ihr Vetter hat das für Sie organisiert?«

Kincaid nickte. »Seine Frau erwartet ein Kind, und der Arzt hat im letzten Augenblick entschieden, daß es doch besser ist, wenn sie nicht verreist. Und da haben die beiden an mich gedacht, weil sie die Woche nicht einfach sausenlassen wollten.«

»Fortuna«, konterte Gemma in scherzhaftem Ton, »hat wirklich eine Art, immer die zu beschenken, die es am wenigsten verdienen.«

Zu müde für den gewohnten Abstecher ins Pub, war Gemma an diesem Abend direkt nach Leyton hinausgefahren, und Kincaid hatte sich in seine Wohnung in Hampstead geschleppt und den traumlosen Schlaf des total Erschöpften geschlafen. Und nun – ganz gleich, ob er es verdiente oder nicht – war er entschlossen, aus diesem unerwarteten Geschenk das Beste zu machen.

Als er, immer noch unsicher, ob er sich auf dem richtigen Weg befand, auf einer Anhöhe anhielt, kam die Sonne ganz durch und brannte heiß auf das Verdeck des Wagens. Plötzlich war es ein vollkommener Septembertag, warm und golden und voller Verheißung. »Ein gutes Omen für einen Urlaub«, sagte er laut und spürte förmlich, wie ein Teil seiner Schlappheit von ihm abfiel. So, jetzt brauchte er nur noch Followdale House zu finden. Der Wegweiser für Woolsey-under-Bank zeigte direkt über eine Schafweide hinweg. Besser, er warf noch einmal einen Blick in die Karte.

Er hatte den Ellbogen im offenen Fenster des Midget und atmete bewußt den würzigen Duft der Hecken ein. Er fuhr langsam und hielt nach einem Anzeichen dafür Ausschau, daß er auf dem richtigen Weg war. Die Straße führte in Windungen an verstreut liegenden Bauernhöfen mit behäbigen, solide gebauten Häusern aus dem grauen Schiefer Yorkshires vorbei, und über ihnen zogen sich einladend Ausläufer bewaldeten Landes vom Hochmoor in die Weiden hinein. Kühle Nächte mußten diesem plötzlichen Auflodern spätsommerlichen Glanzes vorausgegangen sein, denn das Laub der Bäume färbte sich schon, Kupfer und Gold mit einem gelegentlichen Klecks Grün gesprenkelt. In der Ferne, oberhalb des Flickenteppichs von Feldern und Weiden und Moorlandschaft, stieg das Gelände steil zu einer hohen Wand an.

Als Kincaid die nächste Kurve umrundete, sah er sich plötzlich am Rand eines Bilderbuchdorfs. Kleine Steinhäuser, typische Cottages, säumten die Straße, und aus Töpfen und Kästen fielen Geranien und Petunien in farbigen Kaskaden zur Straße hinunter. Zu seiner Rechten stand ein wuchtiger Stein mit der Aufschrift »Woolsey-under-Bank«. Die hohe Steilwand, die jetzt direkt hinter dem Dorf in die Höhe zu ragen schien, mußte Sutton Bank sein.

Ein paar Meter weiter zeigte sich durch eine Lücke in der hohen Hecke ein steinerner Torpfosten mit einem eingelegten Messingschild. »Followdale« stand darauf, und unter dem Namen war eine voll erblühte Rose auf leicht gebogenem Stengel eingraviert. Kincaid stieß einen tonlosen Pfiff aus. Sehr vornehm, in der Tat, dachte er, als er den Wagen durch das schmale Tor lenkte und auf dem gekiesten Vorplatz anhielt. Er betrachtete Haus und Park überrascht und erleichtert. Er wußte selbst nicht recht, was er von einem englischen *timesharing*-Hotel erwartet hatte, verpflanzte Costa del Sol vielleicht oder prätentiöse viktorianische Wuchtigkeit. Ganz sicher nicht dieses georgianische Haus – elegant und beeindruckend in seiner Schlichtheit –, das in honigfarbenem Glanz im Licht des späten Nachmittags stand. Efeu nahm dem unteren Mauerabsatz die Strenge, und wilder Wein leuchtete in kräftigem Rot am oberen Teil des Hauses.

Bei näherem Hinsehen zeigte sich, daß der erste Eindruck trog – das Haus war nicht wirklich symmetrisch, wenn auch das von einem Giebelfeld gekrönte Portal rechts und links von je einem Seitenflügel flankiert war; die linke Seite des Hauses war geräumiger und ragte in den Vorplatz hinein. Er fand diese Illusion von Ausgewogenheit angenehm, nicht so streng im Anspruch wie echtes Ebenmaß.

Er nahm sich einen Moment Zeit, um seine Glieder zu strecken, ehe er aus seinem alten MG Midget stieg. Nur die Tatsache, daß die Sprungfedern im Fahrersitz schon vor Jahren den Geist aufgegeben hatten, verhinderte, daß er beim Fahren mit dem Kopf ans Verdeck stieß. Er blieb stehen und sah sich um. Im Westen eine Reihe niedriger Bungalows, aus dem gleichen goldbraunen Stein gebaut wie das Haus, im Osten gepflegter Park im Schatten des Sutton Bank.

Wohlgefühl schien durch jede Pore in seinen Körper zu sickern, und erst als er merkte, wie langsam und tief er atmete, wurde er sich bewußt, wie angespannt er gewesen war. Er verbannte die letzten hartnäckigen Gedanken an Arbeit, holte seinen Koffer aus dem Kofferraum und ging zum Haus.

Die schwere Eichentür war nur angelehnt. Sie öffnete sich unter Kincaids Berührung, und er fand sich im typischen Vorsaal eines Landhauses, komplett mit Gummistiefeln und Schirmständer. Im Flur dahinter stand auf einem Seitentisch eine chinesische Vase mit Chrysanthemen, deren Bronzetöne sich mit dem Scharlachrot des gemusterten Teppichs bissen. In der stillen Luft hing ein Geruch nach Möbelpolitur.

Durch eine halboffene Tür zu seiner Linken konnte er die Stimme einer Frau hören. Sie sprach abgehackt, mit einer Art wütender Präzision. »Jetzt hören Sie mal, Sie widerlicher kleiner Schnüffler. Ich sag's Ihnen zum letzten Mal, hören Sie endlich auf, mich zu bespitzeln. Ich hab's satt, Sie dauernd dabei zu erwischen, wie Sie rumschnüffeln, wenn Sie meinen, keiner merkt's.« Kincaid hörte die Frau nach Luft schnappen. »Was ich in meiner Freizeit tue, geht niemanden etwas an. Sie können von Glück reden, daß Sie's bis dahin gebracht haben, wo Sie jetzt sind, bei

Ihrer Ausbildung und Ihren besonderen Eigenschaften!« Sie legte Nachdruck auf die beiden letzten Worte. »Aber verlassen Sie sich drauf, ich werde dafür sorgen, daß Sie auch nicht einen Schritt weiterkommen. Sie haben sich getäuscht, wenn Sie sich eingebildet haben, Sie könnten einfach über mich hinwegsteigen.«

»Das ist nun wirklich das letzte, was ich will!« Kincaid mußte unwillkürlich lächeln über das Innuendo in der Erwiderung des Mannes. »Hören Sie doch auf, Cassie. Was soll der Quatsch, hm? Nur weil Sie mit List und Tücke den Posten als Geschäftsführerin ergattert haben, sind Sie noch lange nicht der Scharfrichter. Außerdem«, fügte der Mann, der Stimme nach noch jung, mit einem Anflug von Bosheit hinzu, »würden Sie es gar nicht wagen, sich über mich zu beschweren. Mir persönlich ist schnurzegal, was Sie mit den Gästen treiben, aber ich glaube nicht, daß es sich unbedingt mit den Vorstellungen der Geschäftsleitung von einem gepflegten Landurlaub deckt. Ich bin schon echt gespannt, wie Sie das diese Woche hinkriegen wollen. Bäumchen wechsel dich, hm?« Die Stimme war hell und hatte einen leichten nasalen Ton, mit einem Anklang des örtlichen Dialekts.

Lautlos kehrte Kincaid zur Haustür zurück, öffnete sie und schlug sie kräftig zu, ehe er mit raschem Schritt durch den Flur ging, an die halb geöffnete Tür klopfte und sie öffnete.

Die Frau stand mit dem Rücken zum Fenster hinter einem zierlichen Queen-Anne-Tisch, der offensichtlich als Empfang diente. Der junge Mann, mit dem sie gesprochen hatte, lehnte am Pfosten der gegenüberliegenden Tür, die Hände in den Hosentaschen, einen Ausdruck leichter Belustigung auf dem Gesicht.

»Guten Tag. Kann ich Ihnen behilflich sein?« fragte die Frau und lächelte Kincaid mit einer Gelassenheit an, die nichts von der Wut verriet, die sich zuvor noch in ihrer Stimme manifestiert hatte.

»Bin ich hier überhaupt richtig?« fragte Kincaid unsicher.

»Wenn Sie Followdale House suchen, ja. Ich bin Cassie Whitlake, die Geschäftsführerin. Und Sie müssen Mr. Kincaid sein.«

Mit einem Lächeln trat er ins Zimmer und stellte seinen Koffer ab. »Wie haben Sie das erraten?«

»Schlichte Elimination. Der Sonntag ist unser üblicher Anreisetag, und alle anderen Gäste sind entweder schon da oder entsprechen nicht dem, was Ihr Vetter uns über Sie gesagt hat.«

»Es gibt nichts Schlimmeres, als wenn einem ein Ruf vorauseilt. Ich hoffe nur, was Sie gehört haben, war nicht allzu negativ.« Kincaid war erleichtert. Sie hatte ihn nicht mit seinem Titel angesprochen. Vielleicht hatte Jack es ausnahmsweise einmal geschafft, Diskretion walten zu lassen, und er würde seinen Urlaub als ganz gewöhnlicher britischer Bürger genießen können.

»Im Gegenteil.« Sie zog die Augenbrauen hoch. Ihre höfliche Antwort erhielt dadurch einen Hauch von Koketterie, bei dem Kincaid sich mit Unbehagen fragte, was genau Jack über ihn erzählt hatte.

Er musterte Cassie Whitlake mit Interesse. Hätte es jemand wirklich wissen wollen, hätte er auf Anfang Dreißig getippt, aber sie war ein Typ, bei dem es schwer war, das Alter zu schätzen. Sie war groß und feingliedrig, eine auf monochromatische Art aparte Frau. Ihr Haar und ihre Augen hatten die Farbe herbstlichen Eichenlaubs, ihre Haut war milchig hell, ihr einfaches Wollkleid hatte einen etwas intensiveren Farbton als ihr Haar. Ihm schoß der Gedanke durch den Kopf, daß sie die Chrysanthemen im Flur ausgesucht haben mußte – sie paßten vollkommen zu ihr.

Der junge Mann hatte während des kurzen Wortwechsels seine lässige Pose beibehalten und das Gespräch mit raschen Kopfbewegungen, die an die eines Vogels erinnerten, verfolgt. Jetzt zog er die rechte Hand aus der Hosentasche und ging auf Kincaid zu.

»Ich bin Sebastian Wade, zweiter Geschäftsführer oder Lakai unserer Lady Di hier, es kommt auf den Standpunkt an«, sagte er und bot Kincaid die Hand. Er warf einen raschen Blick auf Cassie, um die Wirkung seines kleinen Giftpfeils zu beobachten, dann wandte er sich lächelnd Kincaid zu. In seinem Händedruck schien Kincaid echte Wärme zu liegen. Er fühlte sich von Wades entwaffnender Frechheit mehr angezogen als von Cassie Whitlakes glatter Höflichkeit. Wade war ein zierlicher Mann Ende Zwanzig, mit hellem Haar in modischem Schnitt. Die Haut seines schmalen, zarten Gesichts war narbig, seine Augen waren überraschend dunkel.

Cassie kam um ihren Schreibtisch herum und legte Kincaid ihre kühle Hand auf den Arm. »Ich bringe Sie jetzt zu Ihrer Suite. Und wenn Sie sich eingerichtet haben, zeige ich Ihnen das Haus. Dann werde ich auch alle Fragen, die Sie eventuell haben, beantworten.«

Sebastian Wade hob spöttisch grüßend die Hand, als Cassie Kincaid hinausführte. Er musterte sie, während er langsam hinter ihr herging. Der fließende Stoff ihres Kleides betonte die Konturen ihres Körpers, und der Duft eines schwülen Parfums ging von ihr aus, nicht das, was er bei einer so eleganten und gepflegten Frau erwartet hätte.

An der Treppe drehte sie sich nach ihm um. »Ich finde, Ihr Apartment ist das schönste im Haus. Wirklich schade, daß Ihr Vetter und seine Frau ihren Urlaub in letzter Minute absagen mußten. Aber für Sie ein Glück«, fügte sie hinzu, und wieder nahm er einen Hauch von Koketterie wahr.

»Ja«, antwortete Kincaid und fragte sich flüchtig, wie sein gutmütiger und argloser Vetter sich unter Cassie Whitlakes raffinierten Offensiven gehalten hatte.

Am Ende der Treppe ging es durch einen Flur, der in den hinteren Teil des Hauses führte und vor einer Tür mit der diskret in Messing ausgeführten Nummer vier endete. Cassie sperrte die Tür mit ihrem eigenen Schlüssel auf und ging ihm voraus in den kleinen Vorraum. Kincaid konnte seinen Koffer nicht durch den engen Raum manövrieren, ohne sie zu berühren, und das Lächeln, mit dem sie darauf reagierte, war recht eindeutig.

Aus dem Vorraum gelangte man in das Wohnzimmer, dessen Einrichtung wiederum Cassies Handschrift verriet, jedenfalls was die Farbgebung anging. Sofa und Sessel mit gedrehten Armlehnen, Knöpfen und Fransen waren honiggelb, die Vorhänge olivgrün, und der gemusterte Teppich vereinte in sich die beiden Farben in geometrischen Verschränkungen. Das ganze Zimmer, das komplett aus der Möbelabteilung eines Kaufhauses hätte stammen können, vermittelte den Eindruck solider, anonymer Wohlanständigkeit.

Das, was das Zimmer rettete, war der Balkon. Cassie folgte Kincaid, als er durch das Zimmer ging, seinen Koffer abstellte und die Tür öffnete. Zusammen traten sie auf den schmalen Balkon hinaus. Unter ihnen dehnten sich der Park und die Ländereien von Followdale und führten das Auge zur massigen Silhouette von Sutton Bank in der Ferne.

»Da ist der Tennisplatz.« Cassie wies nach links. »Und das Gewächshaus. Sie können hier Badminton und Krokket spielen oder auch Boccia. Sie können reiten oder wandern. Oh, und natürlich haben wir auch einen überdachten Swimming-Pool. Das ist eine unserer Hauptattraktionen. Ich denke, Sie werden sich bei uns nicht so leicht langweilen.«

»Ich bin überwältigt.« Kincaid lachte. »Wahrscheinlich werde ich vor lauter Entscheidungsschwierigkeiten einen Nervenzusammenbruch bekommen.«

»Hoffentlich nicht. Ich lasse Sie jetzt erst einmal allein, damit Sie sich häuslich niederlassen können. Wenn Sie sich Vorräte anlegen wollen, müssen Sie nur in das Lebensmittelgeschäft hier in der Nähe gehen. Nur ein paar Schritte. Um sechs findet im Salon eine kleine Cocktail-Party statt, um den Gästen Gelegenheit zu geben, einander kennenzulernen.«

»Ich habe leider mit diesem *timesharing*-System überhaupt keine Erfahrung. Kennen sich denn die anderen Gäste nicht schon alle, wenn sie immer dieselbe Woche kaufen?«

»Nicht unbedingt. Erstens kaufen sich immer wieder neue Leute ein. Und außerdem tauschen viele Eigentümer ihre Wochen oder verbringen ihre Zeit anderswo, man weiß also eigentlich nie, wer wirklich kommt. Wir haben beispielsweise in dieser Woche mehrere Gäste, die zum erstenmal hier sind.«

»Gut. Dann bin ich wenigstens nicht der einzige Neuling. Wie viele Gäste haben Sie denn?«

Cassie lehnte sich an das Balkongitter und verschränkte

die Arme. »Im Haupthaus gibt es acht Apartments«, erklärte sie geduldig. »Dazu kommen drei Bungalows in der Dependance. Ich wohne selbst im Augenblick in einem der Bungalows, dem letzten.« Mühelos tischte sie ihm Fakten und Zahlen auf, und ihr Vortrag war so glatt wie ihre Stimme.

Unverwandt sah sie ihm dabei in die Augen, doch so attraktiv die Frau war, diese gewollte und irgendwie unpersönliche Einladung bereitete ihm Unbehagen. Von dem starken Wunsch getrieben, sie aus dem Konzept zu bringen, ihr zu zeigen, daß er so leicht nicht zu manipulieren war, fragte er: »Wohnt Ihr Mitarbeiter auch hier? Er scheint ein sympathischer junger Mann zu sein.«

Mit brüsker Bewegung richtete sie sich auf. Als sie Sebastian Wades soziale Verurteilung aussprach, schwang in ihrer Stimme ein Hauch des Giftes mit, den er bereits beim Eintritt wahrgenommen hatte. »Nein. Er wohnt in der Stadt bei seiner Mutter. Sie hat einen Tabakladen.« Sie rieb ihre Hände aneinander, als wollte sie Krümel loswerden. »Wenn Sie mich jetzt entschuldigen würden, ich habe noch zu tun. Lassen Sie es mich wissen, wenn Sie etwas brauchen, sonst sehen wir uns nachher.«

Das Lächeln war flüchtig diesmal und enthielt keine Einladung. Cassie eilte an ihm vorbei und ließ ihn allein auf dem Balkon stehen.

2

Penelope MacKenzie warf einen verstohlenen Blick in das Wohnzimmer des Apartments, in dem ihre Schwester Emma mit ihrem Vogelkundeheft saß und ganz in ihre

Notizen vom Tage vertieft zu sein schien. Mit einem erleichterten Aufatmen machte Penny es sich vor dem Schlafzimmerfenster gemütlich. Noch ein paar Minuten ohne Forderungen, noch ein paar Minuten Schonung vor der fürsorglichen Beaufsichtigung ihrer Schwester.

Vor dem Tod ihres Vaters war alles anders gewesen. Da war Penny noch nicht vergeßlich gewesen; höchstens ab und zu ein bißchen zerstreut. Aber seit nun die letzte lange Krankheit ihres Vaters vorüber war, schienen einige der zerbrechlichen Verbindungen zwischen Denken und Handeln sich einfach aufzulösen.

Erst letzte Woche hatte sie einen Topf Wasser auf den Herd gestellt und war dann ins Wohnzimmer gegangen, um sich ein Buch zu holen. Als ihr der Topf wieder einfiel, war das ganze Wasser bereits verdunstet, der Boden des Topfs war in der Mitte geschmolzen, und die Masse war in einem silbrigen Strom über den Herd geflossen. Und wenig später hatte sie die Reste vom Sonntagsbraten ins Backrohr geschoben, anstatt sie in den Kühlschrank zu stellen. Emma war wütend gewesen, als sie es am nächsten Tag entdeckt hatte und den Braten wegwerfen mußte.

Aber das waren nur Kleinigkeiten. Penny dachte nicht gern an den Tag, an dem sie zum Einkaufen ins Dorf gegangen war, ihre Besorgungen erledigt und dann gemerkt hatte, daß sie nicht mehr wußte, wie sie nach Hause kam. Statt der Erinnerung an den bekannten Weg durch Dedham und danach den Hügel hinauf zum Ivy Cottage war in ihrem Hirn nur Leere gewesen.

In Panik flüchtete sie sich in die vertraute Wärme der Teestube ihrer Freundin Mary. Dort saß sie und schwitzte Blut, plauderte und trank heißen, süßen Tee, während sie versuchte, so zu tun, als hätte sich in ihrer Welt nicht gerade ein gähnender Abgrund aufgetan. Als sie endlich einen Nachbarn vorüberkommen sah, lief sie ihm nach und fragte atemlos: »Gehen Sie auch nach Hause, George? Dann gehen wir doch gleich zusammen.« Beim Gehen kehrte die Vertrautheit mit der Umgebung zurück und füllte das Vakuum, aber die Furcht hatte sich für immer in ihrem Inneren niedergelassen. Sie sagte keinem Menschen etwas davon, vor allem nicht Emma.

Vielleicht brauchte sie nur einen Urlaub, zwei Wochen ohne Pflichten und Verantwortung. Sie hatte lang genug dazu gebraucht, Emma davon zu überzeugen, daß sie nach den Jahren mit Vater Erholung verdient hatten. Und jetzt hatten sie ja sein Geld, jetzt konnten sie tun, was ihnen beliebte. Sie selbst hatte die Broschüre über das *timesharing*-Hotel im Reisebüro im Dorf entdeckt. Und Followdale war wunderschön – genauso schön, wie sie es sich vorgestellt hatte.

»Na, träumst du wieder mal, Pen?« Sie fuhr zusammen, als sie die Stimme ihrer Schwester hörte. »Komm, beweg dich. Wenn wir uns nachher in Ruhe für die Party umziehen wollen, müssen wir gleich einkaufen gehen.« Emma nahm ihre wasserdichte Jacke aus dem Schrank und begann mit ihrer nüchternen Resolutheit, sich fertigzumachen.

»Ja, Emma, ich komme«, antwortete Penny. Es war nicht nötig, Emma ungeduldig zu machen oder, schlimmer noch, ihre Nerven zu strapazieren, bis sie anfing, in diesem ihr völlig wesensfremden Ton sanfter Geduld zu sprechen. Penny rieb sich mit den Fingerspitzen die Stirn, als könnte ein Glätten der äußeren Linien ihrem Gesicht den gewohnten Ausdruck ruhiger Heiterkeit wiedergeben, und lächelte strahlend, als Emma sich nach ihr umdrehte.

...achtundzwanzig... neunundzwanzig... dreißig... Hannah Alcock saß vor dem Spiegel und zählte die Bürstenstriche. Merkwürdig, dachte sie, wie hartnäckig Kindergewohnheiten waren. Sie wußte keinen logischen Grund dafür, warum man sein Haar jeden Tag mit hundert Bürstenstrichen pflegen sollte, aber sie brauchte nur einen Moment die Augen zu schließen, und schon konnte sie sich in ihrem Nachthemd vor ihrem alten Toilettentisch sitzen sehen, wie sie die Bürste in gleichmäßigem Rhythmus durch ihr langes braunes Haar zog, und konnte aus dem Flur die Stimme ihrer Mutter hören: »Hannah, Kind, vergiß nicht, dir die Haare zu bürsten.«

All das war lange her – fast dreißig Jahre waren seit dem Tag vergangen, an dem sie sich das Haar, das ihr bis zur Taille reichte, plötzlich abgeschnitten hatte. Wie ein Schleier hatte es auf ihrem Rücken gelegen, ein sattes, schimmerndes Kastanienbraun mit rotem Glanz, der ganze Stolz ihrer Mutter, und sie hatte es brutal in Höhe ihres Kinns abgeschnitten.

Obwohl sie in den folgenden Jahren ihr Haar immer kurz getragen hatte, hatte sie an der Gewohnheit, es täglich zu bürsten, festgehalten. Ein albernes Ritual, das sie mit der Pubertät hätte ablegen sollen, aber wenn sie nervös war wie jetzt, fand sie es auf eigenartige Weise entspannend. Ihre Bauchmuskeln entspannten sich, während sie im Rhythmus mit den Bürstenstrichen atmete, und als sie später die Bürste mit dem silbernen Rücken neben den dazu passenden Spiegel legte, fühlte sie sich dem kommenden Abend besser gewachsen.

Die Cocktail-Party hatte schon vor einer Viertelstunde angefangen; wenn sie sich nicht beeilte, würde ihr Zuspätkommen unhöflich wirken. Dennoch fuhr sie fort, sich im Spiegel zu betrachten. Ein apartes Gesicht, hatte sie sich angewöhnt zu denken, nachdem sie den Mädchenwunsch nach konventionellem hübschen Aussehen abgelegt hatte. Diese gefälligen, runden Blondinen, die sie so beneidet hatte, waren jetzt verblichen, ihre Haut war schwammig, ihr Haar gesträhnt und getönt, um das langsam überhandnehmende Grau zu verdecken. Ihr eigenes Haar, gepflegt und von einem teuren Friseur geschnitten, war nur an den Schläfen leicht ergraut, und der kräftige Knochenbau ihres Gesichts, den sie gehaßt hatte, verlieh ihren Zügen jetzt eine Individualität, die fesselte.

Seit Jahren schon kümmerte sie die Meinung anderer nicht mehr. Sie war erfolgreich, selbstsicher, gelassen, und sie hatte geglaubt, nichts könnte ihr mühsam errungenes inneres Gleichgewicht je wieder erschüttern. Bis dann diese merkwürdigen Regungen des letzten Jahres sich bemerkbar gemacht hatten und so heftig geworden waren, daß sie schließlich gar nicht mehr anders konnte, als etwas zu unternehmen, was sich vielleicht als nicht wiedergutzumachende Torheit entpuppen würde.

Sie hatte dieses persönliche Zusammentreffen mit einer Sorgfalt geplant, die sie dem anspruchsvollsten Experiment gewidmet hätte. Sie hatte einen Privatdetektiv engagiert, um Details seines Lebens in Erfahrung zu bringen, sie hatte sich in dieses *timesharing*-Projekt für dieselbe Woche eingekauft – und jetzt zitterte sie plötzlich vor Aufregung und Lampenfieber wie das schüchterne Schulmädchen, das sie einmal gewesen war.

Was hatte sie denn zu verlieren? Vielleicht würde die

Woche damit vergehen, daß sie in den Korridoren aneinander vorübergingen, einen Gruß, vielleicht ein paar Worte wechselten, und er dann abreiste, ohne sich ihres Namens oder ihres Gesichts zu erinnern. Das konnte doch nun wirklich nicht so schlimm sein.

Vielleicht würden sie aber auch Freunde werden. Weiter wollte sie nicht denken – was sie zu ihm sagen, wie er reagieren würde. Der heutige Abend mit der Möglichkeit, sich mit ihm bekannt zu machen und einige Belanglosigkeiten zu tauschen, reichte für den Anfang.

Sie stand auf, nahm im Wohnzimmer ihre Handtasche und ging.

Duncan Kincaid lehnte am Geländer seines Balkons und gestand sich ein, daß er überhaupt keine Lust hatte, sich eine Krawatte umzubinden und hinunterzugehen, um den ganzen Zirkus mitzumachen, den die gesellschaftlichen Formen verlangten. Sein vorheriger Energieschub war einer kriechenden Lethargie gewichen.

Es wäre so schön, sich eine Kleinigkeit zu essen zu machen und sich dann mit dem abgegriffenen Taschenbuch – *Jane Eyre* –, das er in der Schublade des Nachttischs gefunden hatte, auf dem Sofa auszustrecken. Die Eier, der Schinken und das frische Vollkornbrot, die er im Dorf gekauft hatte, reichten für einen geruhsamen Abend.

Er hatte vor dem Regal mit den Keksen gestanden, als eine mädchenhafte Stimme hinter ihm ihn veranlaßt hatte, sich herumzudrehen. »Sie müssen der neue Gast sein. Wir sind schon so gespannt darauf, Sie kennenzulernen.«

Vor ihm stand eine zierliche Frau in einem voluminösen, schottisch karierten Cape. Sie war vielleicht sechzig, mit feinem, wirr abstehendem grauen Haar, das ein schmales Gesicht mit zwei außergewöhnlich blauen Augen umrahmte. Unter dem Saum des Capes sahen altmodische Schnürstiefel hervor.

»Wir waren doppelt gespannt, als Cassie uns erzählte, daß Sie Kincaid heißen. Ein Schotte wie wir, dachten wir – wir sind nämlich MacKenzies. Unser Großvater hatte zu seiner Zeit einen großen Besitz in Perthshire.« Sie sprudelte die Worte hervor, ohne sich zum Atemholen Zeit zu nehmen. »Genauso muß es damals gewesen sein. Ich meine, wie es jetzt in Followdale ist. Ich kann mir richtig vorstellen...«

Kincaid unterbrach sie erheitert: »Sie leben jetzt nicht mehr in Schottland?«

»O nein. Unser Vater – wissen Sie, es waren so viele Söhne da, daß er einen Beruf ergreifen mußte. Er nahm, als er noch ein relativ junger Mann war, eine Stellung in Essex an. Er war vierzig Jahre lang Pastor in Dedham, ehe er in den Ruhestand ging. Aber das alles kommt mir jetzt so weit entfernt vor.« Sie sah mit einem etwas wehmütigen Lächeln zu ihm auf. »Wir wohnen immer noch dort, Emma und ich, obwohl natürlich andere Leute in das alte Pfarrhaus eingezogen sind. Wir züchten Ziegen. Wunderbare Tiere, finden Sie nicht auch? So sauber, und Ziegenmilch und -käse sind heutzutage sehr gefragt. Unser Vater konnte sich allerdings nie dazu durchringen, das gut zu finden. Nun ja. Und Sie, Mr. Kincaid? Woher kommt Ihre Familie?«

»Ich bin Immigrant in der zweiten Generation, genau wie Sie. Mein Vater zog von Edinburgh nach Cheshire, ehe ich auf der Welt war, und heiratete dann eine Engländerin. Meine Herkunft ist also ziemlich gesprenkelt. Und...«

»Ich bin Emma McKenzie«, unterbrach die Frau, die Kincaid an der Theke beim Bezahlen gesehen hatte. »Meine Schwester Penelope.« Sie schüttelte ihm mit kräftigem Druck die Hand. »Guten Tag.«

Mit ihrem glatten grauen Bubikopf, der männlich wirkenden Windjacke und dem strengen Gesichtsausdruck erinnerte sie Kincaid an seinen Lehrer in der sechsten Klasse. Sie hatte einen Feldstecher um den Hals hängen.

»Ich kann mir nicht denken, daß Mr. Kincaid unsere ganze Familiengeschichte hören möchte, Penny. Außerdem müssen wir jetzt gehen, wenn wir rechtzeitig zu der Party kommen wollen.« Emma nickte ihm zu und schob ihre Schwester recht grob in Richtung Tür.

»Miss MacKenzie«, rief Kincaid, als sie schon fast draußen waren. »Es hat mich gefreut, Sie kennenzulernen. Vielleicht sehen wir uns bei der Party.« Er wurde mit einem strahlenden Lächeln belohnt.

Lautes Klopfen an der Tür riß Kincaid aus seinen Gedanken, und er wurde sich plötzlich bewußt, daß es auf dem Balkon kühl geworden war. Er ging hinein und öffnete die Tür des Apartments. Sebastian Wade stand draußen, die Faust schon erhoben, um ein zweites Mal zu klopfen.

»Entschuldigen Sie«, sagte Wade, »manchmal geht mein Enthusiasmus mit mir durch. Ich bin gekommen, um mich Ihnen als Begleiter zu der kleinen Party anzubieten und um Ihnen das Haus zu zeigen, wenn Cassie das noch nicht getan haben sollte.«

»Sie hat es mir zwar versprochen, aber es ist nichts daraus geworden. Ja, ich würde mir das Haus sehr gern ansehen.«

»Wenn Sie wüßten, was für ein Genuß auf Sie wartet!

Landleben der gehobenen Klasse mit allem modernen Komfort. Wollen Sie so gehen, wie Sie sind, der sportliche Landjunker im Freizeit-Look?« Er musterte Kincaids Hemd mit dem offenen Kragen und die Kordhose.

»Nein, warten Sie, ich hole mein Jackett«, antwortete Kincaid, der sah, daß ihm die Entscheidung abgenommen worden war. Er war bereit, sich treiben zu lassen.

»Ihr Apartment«, sagte Sebastian in spöttischer Reiseleiterimitation, »heißt Sutton-Suite, weil Sie von Ihrem Balkon aus den Blick auf Sutton Bank haben. Originell, nicht wahr? Die Apartments haben alle so unglaublich einfallsreiche Namen. Das ist sehr viel persönlicher, hat so den heimeligen Touch, wie wenn jemand seine Doppelhaushälfte im dichtbesiedelten Vorort ›Bellevue‹ nennt. Direkt unter Ihnen befindet sich die Thirsk-Suite, derzeit Eigentum unseres aufstrebenden jungen Abgeordneten Patrick Rennie und seiner Gemahlin Marta mit dem ewigen Pferdeschwanz und der schwarzen Samtschleife. Sehr schick. Sie haben hier mehrere Wochen, über das Jahr verteilt.«

Kincaid band vor dem Spiegel im Wohnzimmer die Krawatte, schlüpfte ins Jackett und klopfte auf die Taschen, um zu prüfen, ob er Brieftasche und Schlüssel mit hatte.

»Das Apartment neben dem Ihren«, fuhr Sebastian fort, als sie die Tür hinter sich geschlossen hatten und die drei Stufen zum Hauptkorridor hinunterstiegen, »das Richmond, wird seit heute morgen von Hannah Alcock bewohnt, einer Wissenschaftlerin, die sehr professionell und sehr tüchtig aussieht. Außerdem recht attraktiv, auf eine etwas knochige Art, wenn man für intelligente Frauen was übrig hat.« Er warf Kincaid einen Blick blitzender Boshaftigkeit zu.

»Sie nicht?«

»O doch, ich finde viele Frauen vom rein ästhetischen Standpunkt aus attraktiv«, antwortete Sebastian in dem zweideutigen Ton, an den Kincaid sich schon zu gewöhnen begann. »So, diese Tür hier, unmittelbar rechts von Ihnen, führt auf den Balkon oberhalb des Swimming-Pools hinaus.« Er öffnete sie und ließ Kincaid den Vortritt.«

Feuchtigkeit und scharfer Chlorgeruch wehten Kincaid entgegen, und sein erster Eindruck, als er die kleine Galerie betrat, war der eines Südseeparadieses *en miniature*. Der Boden war mit glasierten roten Ziegeln gepflastert, grüne Pflanzen wucherten überall, und über ein schwarzes schmiedeeisernes Gitter hinweg konnte man unten das Wasser sehen.

»Genial, finden Sie nicht? Ein Ausblick, von dem aus Sie unsere Gäste beobachten können, wie sie sich fröhlich im Pool tummeln, diesem absoluten Schlager unseres Angebots. Macht sich bei den Rundgängen mit Interessenten echt gut, kann ich Ihnen sagen. Schlimm wird's nur, wenn der Gast eine Gästin ist, zwei Zentner wiegt und einen Tanga trägt.«

Kincaid lachte. »Mich scheinen Sie ja nicht gerade für einen ernst zu nehmenden Interessenten zu halten.«

Sebastian betrachtete ihn einen Moment, und als er sprach, fehlte seiner Stimme ausnahmsweise der ätzende Unterton. »Nein. Ich würde sagen, Sie lassen sich durch Wohlanständigkeit nicht so leicht verführen. Sie haben vielleicht andere Schwächen, hm? Aber das hier würden Sie sicher nicht wählen, wenn man Ihnen einen Urlaub schenkte.«

Kincaid dachte darüber nach. »Nein. Sie haben recht, so

angenehm es ist, ich würde es mir wahrscheinlich nicht aussuchen. Es ist mir zu strukturiert. Zu gemütlich. Ich komme mir ein bißchen wie ein Kind vor, das ins Ferienlager geschickt wird.«

»Wenn du brav bist, gibt's nach dem Abendessen einen Pudding. Hm. Kommen Sie. Sie sollten die Erfahrung jetzt gründlich auskosten, wenn Sie nicht die Absicht haben, sie zu wiederholen. Am hinteren Ende des Korridors«, sagte er mit einer Geste zur anderen Seite, »ist eine Treppe, die zum Pool-Eingang hinunterführt. Das Pool hat auch ein warmes Sprudelbad. Es befindet sich direkt unter uns. Die Sprudeldüsen kann man selbst aufdrehen, wenn man Lust dazu hat. Ich geh' da oft hinunter. Einer der Vorteile dieses Jobs.«

Kincaid konnte sich vorstellten, daß Sebastian Wade, im ständigen Machtkampf mit der Geschäftsleitung, sämtliche Vorteile des Jobs aus Prinzip wahrnahm.

Sie überquerten den Balkon und traten durch die Tür in die kühlere Atmosphäre des gegenüberliegenden Korridors. »Der Grundriß ist nicht symmetrisch.« Sebastian wies zum rückwärtigen Teil des Hauses. »In diesem Apartment wohnen die Lyles, aus Hertfordshire oder einer ähnlich tristen Gegend. So ein pingeliges kleines Männchen, ehemaliger Soldat – er wirkt absolut lächerlich. Mich hat er bereits stundenlang mit seinen Erlebnissen in Irland gelöchert. Wenn man ihm zuhört, könnte man glauben, er hätte die IRA ganz allein in die Knie gezwungen. Meiner Ansicht nach hat er allenfalls seine Untergebenen zur Weißglut gebracht, wenn er welche hatte.«

Kincaid mußte lächeln, daß ausgerechnet der akribische Sebastian mit seinem indiskreten Blick für das Detail einen anderen als pingelig bezeichnete.

»Das Apartment hier ist eine Art Maisonette. Da wohnen die Hunsingers, Maureen und John. Späte Hippies, die in Manchester einen Naturkostladen betreiben. Sie sind letzte Woche mit ihren ungeheuer gesunden Kindern hier angekommen.« Sebastian sah Kincaid fragend an. »Sie wissen, daß nicht alle Gäste zur gleichen Zeit ankommen und abreisen?«

Sie gingen durch den Flur zum vorderen Treppenabsatz. »Die Frazers zum Beispiel, die die Suite hier vorn haben, sind auch schon seit einer Woche hier. Vater und Tochter.« Kincaid wartete auf eine schnippische Bemerkung, aber es kam keine. Das Gesicht abgewandt, stieß Sebastian die Tür zur Treppe auf.

»Und was sind das für Leute?« erkundigte sich Kincaid, dessen Neugier geweckt war.

»Ich überlasse es Ihnen, sich eine Meinung zu bilden«, antwortete Sebastian ein wenig brüsk. Doch nach einem kurzen, etwas unbehaglichen Schweigen gab er nach. »Eine schmutzige Scheidung. Angela ist gerade fünfzehn, und sie ist der Zankapfel. Dabei will keiner von beiden sie in Wirklichkeit haben, und sie weiß das auch.« Die Maske maliziöser Unbekümmertheit war abgefallen, die helle Stimme klang bitter.

Kincaid hatte das Gefühl, daß er zum zweiten Mal an diesem Abend einen Blick hinter die spröde Fassade erhascht hatte. Doch mehr, so schien es, würde es auch nicht werden, denn schon auf dem Weg die Treppe hinunter zum Vestibül setzte Sebastian seinen bissigen Monolog fort.

»Bleibt noch das Erdgeschoß. Das vordere Apartment steht diese Woche leer. Es heißt übrigens das Herriot. Reiner Zufall, daß wir nicht auch noch Siegfried und Tristan haben. Wir bemühen uns selbstverständlich, aus unserer einheimischen Prominenz Kapital zu schlagen, wo es geht. Von den Rennies habe ich Ihnen bereits erzählt, und in dem hinteren Apartment auf der anderen Seite wohnen die Schätze dieser Woche, die Schwestern MacKenzie aus Denham Vale. Die guten Damen haben die erste Woche ihres Besuchs ungeheuer genossen – es ist richtig herzerwärmend.« Als er Kincaids verstehendes Lächeln sah, fügte er hinzu: »Ich sehe, Sie haben die beiden Damen schon kennengelernt. Aber lassen Sie sich vom Schein nicht trügen. Ich glaube nicht, daß Emma wirklich der alte Haudegen ist, der sie zu sein scheint, und die reizende Penny ist auch nicht ganz so verhuscht.«

Sie hatten das Portal erreicht und blieben stehen. »Und die Bungalows?« fragte Kincaid.

»Leer. Außer Cassies.« Ebenfalls ein Tabuthema, dachte Kincaid in Anbetracht von Sebastians kurzer Antwort. »Den Empfangsraum haben Sie gesehen. Dahinter ist der Salon mit der White-Rose-Bar. Sie soll die Eigentümer zum geselligen Beisammensein anregen. Die Bezahlung ist Ehrensache, aber es gibt immer welche, die nicht zahlen, und man erkennt sie sofort. An dem verstohlenen Blick nach dem Einschenken, wenn sie prüfen, ob jemand bemerkt hat, daß sie kein Geld in die Schale gelegt haben.«

Sebastian musterte sich im Spiegel, schnippte mit den Fingerspitzen eine helle Haarsträhne aus der Stirn und prüfte den Sitz seiner Leinenhose. »Also, auf, auf zum fröhlichen Jagen. Soll ich Sie zur Schlachtbank führen?« Sein Blick, so verschwörerisch wie ein Zwinkern, hinterließ in Kincaid das unangenehme Gefühl, daß Sebastian Wade ihn genauso durchschaute wie alle anderen armen Irren dieser Welt.

Die Luft im Salon war zum Schneiden, und verschlimmert wurde die unangenehme Muffigkeit noch durch die trockene Hitze der rotglühenden Heizröhren im offenen Kamin. In Grüppchen standen die Gäste auf dem rot-grün gemusterten Teppich, und ihre Stimmen vermischten sich zu einem unverständlichen Chor.

Sebastian führte ihn an den Tresen und schenkte ihm ein Lager ein. Während Kincaid wartete, bemerkte er hinter der Bar einen Raum, den Sebastian nicht erwähnt hatte. Im Gegensatz zum stilvoll eingerichteten, gepflegten Empfangsraum, in dem Cassie Whitlake ihn empfangen hatte, war dies ein Büro, in dem offensichtlich gearbeitet wurde. Statt eleganter Stilmöbel gab es hier einen grauen Metallschreibtisch, Aktenschränke, einen stabilen Schreibtischstuhl und einen alten hölzernen Garderobenständer. Die Addiermaschine war kaum noch zu sehen unter Bergen von Papieren, die den ganzen Schreibtisch und zum Teil auch die Schreibmaschine bedeckten. Dies mußte Cassies Reich sein, die Schaltzentrale des Hauses. Kein Wunder, daß Sebastian vorgezogen hatte, es nicht zu erwähnen.

Mit ihren Gläsern in den Händen bahnten sie sich einen Weg wieder durch den Salon zu einem Platz mit guter Übersicht in der Nähe der Tür. Einen Fuß hinter sich hochgestellt, lehnte Sebastian an der Wand und sah sich mit lebhaftem Interesse um.

»So«, sagte er, »und jetzt dürfen Sie raten. Mal sehen, ob Sie mir sagen können, wer wer ist.« Vier Personen standen mit Gläsern in den Händen im Gespräch vor dem offenen Kamin, ihre Aufmerksamkeit in der Art geübter Partygänger halb auf das Gespräch, halb auf die Umgebung gerichtet. »Immer auf dem Qui-vive, hm? Damit sie's nur ja nicht verpassen, wenn es irgendwo interessanter ist.« Sebastian trank einen Schluck und wartete darauf, daß Kincaid den Beschriebenen Namen geben würde.

»Hm«, meinte Kincaid, die Herausforderung annehmend, »der große Blonde mit dem Maßanzug aus der Savile Row – der Herr Abgeordnete?« Schlank, mit glänzendem, perfekt gestyltem Haar und einem gutaussehenden Gesicht, dem die stark ausgeprägten Wangenknochen einen charakteristischen Zug verliehen.

Als Sebastian nickte, fuhr Kincaid fort: »Es ist nicht nur das Aussehen, das ihn verrät. Er benimmt sich ganz wie jemand, der weiß, daß er im Blickpunkt der Öffentlichkeit steht. Hm, und die Frau mit dem Kräuselhaar und dem langen Schlabberkleid? Das ist doch bestimmt nicht die Gemahlin, oder? Nein, das ist die Naturkostladenbesitzerin, Maureen. Stimmt's?«

Sebastian grinste beifällig.

Ein schmächtig wirkender Mann mittleren Alters mit schütterem Haar und Brille schien das Gespräch für immer an sich gerissen zu haben. Die Gesichter der Zuhörer drückten Desinteresse unterschiedlichen Grades bis hin zur Langeweile aus. »Mr. Lyle aus Hertfordshire, ja? Und die dunkelhaarige Frau mit der Duldermiene muß seine Angetraute sein.«

»Bravo. Lauter Volltreffer bis jetzt. Können Sie die anderen auch noch abschießen?«

»Sie reden von den Leuten, als wären sie Schießbudenfiguren.« Doch Kincaid, dem diese Prüfung Spaß machte, sah sich gehorsam weiter um.

An einem Tisch am Fenster saß ein wuchtiger Mann mit wenig Haar und einem dafür um so üppigeren braunen Vollbart. Er spielte mit zwei Kindern ein Brettspiel, aber obwohl er sich so konzentriert wie die Kinder über das Brett neigte, schien er sich in Jackett und Krawatte unwohl zu fühlen. Immer wieder steckte er den Finger unter seinen Kragen und bewegte unbehaglich die Schultern unter dem Jackett. »Der Rest der Familie Hunsinger, würde ich sagen.«

Aber Sebastian hatte ihn nicht gehört. Seine Aufmerksamkeit galt einem jungen Mädchen, das allein an der Wand stand. Sie war ein wenig rundlich, Reste von Babyspeck wahrscheinlich, und ihre Gesichtszüge wirkten noch ungeformt, wie verwischt. Die dunklen Schatten, die ihre Augen umgaben, verliehen ihr das Aussehen einer Nachtschwärmerin, und ihr von violetten Strähnen durchzogenes Strubbelhaar paßte zu ihrem verdrossenen Gesicht. Kincaid stieß Sebastian an und sagte mit gesenkter Stimme: »Angela? Vielleicht sollten Sie zu ihr gehen und versuchen, sie ein bißchen aufzuheitern. Ich komme hier schon allein zurecht.«

»Gut«, sagte Sebastian. »Bis später.«

Kincaid bedauerte seinen Abgang beinahe sofort. Um das Sofa herum segelte die Frau mit dem Schlabberkleid mit wild entschlossenem Lächeln auf ihn zu. Sie hat anscheinend nur auf die Gelegenheit gewartet, dachte er, während er nach einer Fluchtmöglichkeit Ausschau hielt. Sein Blick fiel auf eine Frau, die zögernd an der Tür stand. Sie trug etwas Cremefarbenes, Seidenes, das ihre aparte, herbe Schönheit perfekt zur Geltung brachte. Die fehlende Wissenschaftlerin, dachte er, aber bevor er auch nur einen Schritt in ihre Richtung machen konnte, überschwemmte ihn Maureen Hunsinger mit einer Welle guter Absichten.

Hannah sah, daß die Party schon in vollem Gang war, und bemühte sich, als sie den Salon betrat, einen, wie sie hoffte, Ausdruck freundlicher Erwartung aufzusetzen. Sie ging direkt zur Bar und schenkte sich einen Whisky ein. Sie konnte sich nicht erinnern, wann sie zum letztenmal so dringend einen Mutmacher gebraucht hatte.

Neben ihr goß sich gerade die weichere der beiden MacKenzie-Schwestern einen großen Cream Sherry ein. Ihr flaumiges graues Haar umgab ihr Gesicht wie ein vom Wind zerzauster Heiligenschein. Penny neigte sich zu Hannah und hob mit verschwörerischem Flüstern ihr Glas: »So etwas gönne ich mir nur ganz selten. Und was«, fuhr sie in vertraulichem Ton fort, »halten Sie von unserem letzten Neuzugang, Miss Alcock? Wir haben ihn heute nachmittag beim Einkaufen getroffen, ein reizender junger Mann, so höflich. Cassie hat erzählt, er sei Beamter, irgendein schrecklich langweiliger Posten. Das würde man nie vermuten, wenn man ihn so sieht, nicht?«

Hannah sah ihrem Blick folgend zur anderen Seite des Raums hinüber, wo ein hochgewachsener Mann an der Wand lehnte, sichtlich in die Enge getrieben von einer üppigen Frau in einem unmöglichen Kleid. Er sah nicht wie ein Beamter aus. Sympathisch, Mitte Dreißig, vielleicht auch etwas älter, mit widerspenstigem toffeebraunen Haar und einer nicht unbedingt aristokratischen Nase. Er hörte Maureen mit einer Miene amüsierten Interesses zu, doch Hannah meinte etwas Wachsames an ihm wahrzunehmen, eine innere Distanz, die ihn von den anderen unterschied.

»Kincaid«, sagte Penny. »Er heißt Duncan Kincaid.« Hannah sah weg und fand es albern, daß sie sich solchen extravaganten Spekulationen hingab, wenn sie viel dringendere Sorgen hatte. In diesem Moment drehte Kincaid, als hätte er ihren Blick gespürt, plötzlich den Kopf und sah sie lächelnd an. Ein sympathisches Lächeln, verschmitzt und gütig zugleich, und absolut entwaffnend.

Cassie erschien lautlos wie immer an Hannahs Seite, angekündigt durch den scharfen Duft ihres Parfums. Er erinnerte Hannah an brennendes Laub.

»Sie und Miss MacKenzie haben sich heute morgen schon kennengelernt, glaube ich? Darf ich Sie mit einigen der anderen Gäste bekanntmachen?«

Cassie kam ihren Pflichten als professionelle Gastgeberin mit der Sorgfalt nach, die Hannah von ihr erwartet hatte. Das Zusammentreffen, das sie sich so brennend wünschte, würde so leicht und mühelos wie eine Zufallsbegegnung vonstatten gehen. Sie durfte sich nur nicht durch einen Versprecher oder eine unkontrollierte Geste verraten. Ihr Magen war so fest zusammengekrampft, daß sie kaum atmen konnte. Sie zwang sich, lockerzulassen und tief durchzuatmen, zwang sich mit einem zittrigen Lächeln zu sagen: »Ja, gern, das wäre nett.«

3

In der stillen Luft hingen Gerüche von Holzrauch und Küche. Kincaid schnupperte voll Wohlgefallen, als er den kurzen Weg vom Parkplatz zum *Carpenter's Arms* ging, und sein Magen knurrte wie zur Antwort. Nach Maureen Hunsingers Vortrag über die wohltuenden Eigenschaften von Algen und Tofu waren ketzerische Visionen von dampfendem Braten, knusprigen Bratkartoffeln und Apfelstreuselkuchen mit Sahne vor seinem inneren Auge aufgestiegen. Cassie hatte ihm das Restaurant empfohlen. Es sei das bevorzugte Lokal der gutbetuchten Einheimischen, hatte sie gesagt, und als Kincaid jetzt die Tür aufstieß, war ihm auch klar, warum. Man hatte das alte Pub aufgedonnert, gewiß, aber das Holzfeuer in dem riesigen Steinkamin am Ende der Bar lockte unwiderstehlich. Er holte sich am Tresen ein Bier und ging dann hinüber, um sich am Feuer den Rücken zu wärmen. Mit dem Essen hatte er es jetzt gar nicht mehr so eilig.

Der Sonntag war ein Tag, an dem nicht viel los war, und in der Bar war es ruhig. Kincaid trank gemächlich sein Bier und sah sich um. Ein paar Stammgäste unterhielten sich mit dem Barkeeper über die Rennen des nächsten Tages in Catterick.

Ganz hinten saß eine Frau an einem kleinen Tisch und studierte mit einer Lesebrille auf der Nase die Speisekarte. Er erkannte Hannah Alcock, auch wenn er auf der Party keine Gelegenheit gehabt hatte, ihre Bekanntschaft zu machen. Cassie hatte ihn mit den meisten anderen Leuten bekannt gemacht, aber Hannah war früh gegangen. Sie war jetzt ganz in die Speisekarte vertieft, und da er dies für eine gute Gelegenheit hielt, das Versäumte nachzuholen, ging er durch die Bar auf sie zu.

Sie sah überrascht aus, als er vor ihrem Tisch stehenblieb und sich vorstellte. Er glaubte, in ihrem Gesicht einen Schatten von Enttäuschung zu bemerken, ehe sie ihn anlächelte, aber der Eindruck war so flüchtig, daß er sich sagte, er habe es sich eingebildet. Sie nahm die Brille ab und steckte sie hastig ein. »Eitelkeit«, sagte sie entschuldigend. »Die Brille hat mir das Alter aufgezwungen, und ich bin noch nicht an sie gewöhnt. Bitte, setzen Sie sich doch.«

»Danke. Ja, erst wird man altersweitsichtig, und dann muß man, ehe man es sich versieht, eine Bifokalbrille tragen. Reizende Aussichten, nicht?«

»Du lieber Gott!« Sie lachte. »Da wird meine Eitelkeit mir wohl noch ernstliche Ungelegenheiten bereiten. Ich weiß, wer Sie sind. Ich weiß es von der Party. Penny MacKenzie war sehr angetan von Ihnen.«

»Und ich von ihr. Penny ist eine nette Person, aber bei ihrer Schwester scheine ich nicht so gut angekommen zu sein. Ihr gegenüber komme ich mir immer vor, als hätte ich meine Hausaufgaben nicht gemacht oder mein Hemd nicht ordentlich in die Hose gestopft.«

Hannah lachte wieder. »Ich weiß, was Sie meinen. Sind Sie zum erstenmal hier?«

»Ja, und nur dank der Großzügigkeit meines Vetters. Und Sie?«

»Ich auch. Ich bin heute morgen gekommen. Ich dachte, es wäre gut...«, sie hielt inne, und Kincaid hatte das Gefühl, sie hatte eigentlich etwas anderes sagen wollen, »mal einen Urlaub anderer Art auszuprobieren. Ich bin sonst immer...«

»Entschuldigen Sie. Ihr Tisch ist jetzt bereit.« Die Kellnerin sah Kincaid unsicher an. »Möchte der Herr...«

Kincaid sprang auf. Er war plötzlich verlegen. »Lassen Sie sich von mir nicht stören.«

Hannah hob die Hand und berührte seinen Arm. »Nein, nein. Es wäre doch albern, wenn jeder von uns für sich allein essen würde. Setzen Sie sich zu mir. Ich freue mich über Gesellschaft, wirklich.«

»Nun, wenn Sie sicher sind...« Mehr an höflicher Ablehnung konnte er bei dem plötzlich deprimierenden Gedanken an ein einsames Mahl nicht aufbringen.

Der Steak-and-kidney-pie mit der knusprig goldenen Kruste und der pikanten Füllung aus Pilzen mit Wein übertraf seine Erwartungen. Maureen Hunsinger, dachte er mit Genugtuung, wäre entsetzt gewesen.

Hannah hatte ihre Forelle in präziser Feinarbeit verzehrt und legte jetzt Gabel und Messer beiseite, ordentlich nebeneinander wie tote Soldaten. Über den Rand ihres Weinglases sah sie Kincaid an. »Sind Sie verheiratet?«

»Geschieden.«

»Kinder?«

Er schüttelte den Kopf.

»Dann stehen Sie gut miteinander?«

»Wie das eben so ist.« Er zuckte die Achseln und hörte die Bitterkeit in seiner Stimme. Es überraschte ihn, daß es immer noch so stach. Es war schließlich lange genug her; die Zeit, die alle Wunden heilte, hätte eigentlich ihr Werk tun müssen. Als er damals in Bramshill den Ausbildungslehrgang gemacht hatte, war er zu einer Party in Oxford eingeladen worden, und er hatte sich auf den ersten Blick unsterblich verliebt. Victoria. Der Name paßte zu ihr – feingliedrig und strahlend blond und hell (wie Sonnenlicht auf weißem Marmor, hatte er einmal in einer lyrischen Anwandlung, die ihm heute äußerst peinlich war, zu ihr gesagt), mit feinem Zuckerwatte-Haar und einer Ernsthaftigkeit des Ausdrucks, die ihn faszinierte.

Der Zauber hielt keine zwei Jahre an. Wie hatte er, darin geschult, in Gesichtern zu lesen und die Körpersprache zu verstehen, so blind sein können? Verpaßte Vorlesungen und Seminare, die Dissertation nie abgeschlossen, unerklärte Abwesenheiten und ihre Ernsthaftigkeit zur unüberwindlichen Mauer erstarrt. Als die Ungeheuerlichkeit der Veränderung schließlich in sein von Arbeit und

Erschöpfung stumpfes Bewußtsein drang, war es zu spät gewesen.

»Entschuldigen Sie.« Hannahs Stimme rief ihn zurück. »Ich hätte nicht fragen sollen.«

Kincaid lächelte und schüttelte die düsteren Gedanken ab. »Es könnte schlimmer sein, vermute ich. Und Sie?«

»Ich bin eine alte Jungfer, wie man so unschön, aber treffend sagt.«

»Na, auf Sie trifft das aber wirklich nicht zu. Bei dem Wort alte Jungfer denke ich an grauhaarige kleine Omas, und die Beschreibung paßt ja nun wirklich nicht auf Sie.« Kincaid musterte sie und fragte sich, warum eine so attraktive Frau nie geheiratet hatte.

Als hätte Hannah seine Gedanken gelesen, sagte sie: »Ich liebe meine Arbeit. Und ich liebe meine Selbständigkeit. Das schien mir genug zu sein.« Sie zog geistesabwesend an einem Ring an ihrer rechten Hand, während sie sprach. Es hätte Kincaid interessiert, ob der Gebrauch der Vergangenheit unbewußt gewesen war.

»Sebastian hat mir erzählt, daß Sie Wissenschaftlerin sind.«

»Biogenetikerin. Ich leite eine aus privaten Mitteln finanzierte Klinik, die sich mit der Erforschung seltener Viruskrankheiten beschäftigt. Die Ehefrau des Mannes, der die Stiftung ins Leben gerufen hat, starb an CJ, und seitdem hat er sich der Suche nach einer Heilung für diese Krankheit verschrieben.«

»Was ist CJ?« fragte Kincaid. »Oder müßte ich das wissen?«

»Verzeihen Sie. Das steht für Creutzfeldt-Jakob-Krankheit. Sie verursacht Orientierungsstörungen, Muskelkrämpfe, vorzeitigen Schwachsinn. Und sie ist tödlich.

Man vermutet, daß sie durch ein Viruspartikel, das als Prion bezeichnet wird, hervorgerufen wird.« Auf seinen fragenden Blick erläuterte sie: »Prione sind Sub-Viren, reines Protein ohne eigene DNA. Sie beuten das Protein in Wirtszellen zur Replikation aus. Prion scheint eine infektiöse Perversion einer normalen menschlichen Proteinzelle namens PrP zu sein – ach, du meine Güte, ich muß Sie schon wieder um Entschuldigung bitten. Eigentlich müßte ich das doch längst wissen. Diesen glasigen Blick kenne ich zur Genüge.«

»Ist Ihre Klinik in London?«

»Nein, in Oxford. Wir sind eine kleine Einrichtung, und Miles wohnt im obersten Stockwerk des Hauses.«

»Miles?«

»Miles Sterrett. Die Klinik ist nach seiner Frau, Julia Sterrett, benannt. Sie war noch sehr jung, als sie an dieser Krankheit starb, und er war untröstlich. Er hat sich danach gesundheitlich nie mehr ganz erholt, und in letzter Zeit geht es ihm gar nicht gut. Kleine Schlaganfälle, sagt der Arzt.«

Hannah trank von ihrem Wein, und Kincaids Augen folgten ihrem Blick, als sie eine Jagdszene betrachtete, die neben dem Kamin hing. Die zuckenden Schatten auf den langgestreckten Pferdekörpern erinnerten ihn an eine Höhlenmalerei, die er einmal gesehen hatte.

Sie stellte ihr Glas ab und sah ihn lächelnd an. »Und was machen Sie?« fragte sie, das Thema wechselnd. »Penny sagte, Sie seien Beamter.«

Die Versuchung war unwiderstehlich. »Richtig. Ich sitze eigentlich den ganzen Tag am Schreibtisch.« Er fühlte sich Millionen Meilen von New Scotland Yard entfernt, und er wollte die schillernde Seifenblase dieses

Abends nicht platzen lassen. Zum Teufel mit den Konsequenzen.

»Das paßt aber nicht zu Ihnen. Vielleicht sind Sie in Wirklichkeit ein Spion.«

Kincaid lachte. »Du lieber Gott, nein. Das hätte gerade noch gefehlt, ein Mantel-und-Degen-Bürokrat.«

Hannah runzelte die Stirn und rückte das säuberlich abgelegte Besteck einen Millimeter weiter zur Mitte. »Dabei fällt mir ein – bei Mantel und Degen, meine ich –, vor ungefähr einem halben Jahr ist in meiner Wohnung eingebrochen worden. Der Einbrecher hat nicht viel mitgenommen, nur meine Uhr, einen billigen Fotoapparat und etwas Schmuck, nichts Wertvolles. Aber es war alles durchwühlt. Mein Schreibtisch, alle Schränke und Kommoden. Es war ein scheußliches Gefühl. Ich war wütend, und gleichzeitig bekam ich die Gänsehaut, wenn ich daran dachte, daß ein Fremder an meinen Sachen gewesen war. Sogar an meiner Unterwäsche. Ich weiß, es ist albern«, fügte sie leicht verlegen hinzu, »aber…«

»Keineswegs«, widersprach Kincaid. »Den meisten Menschen geht es genauso. Sie sind wütend und fühlen sich in ihrer Intimsphäre verletzt, und es dauert meist lange, bis dieses Gefühl sich gibt.« Es waren die beschwichtigenden Worte des Polizeibeamten, aus der Erfahrung geboren. Er hatte zu Beginn seiner Laufbahn beim Einbruchsdezernat gearbeitet und genug verstörte Opfer getröstet, die den persönlichen Übergriff fast immer schwerer erträglich fanden als den Verlust irgendwelcher mehr oder weniger wertvoller Dinge. Hannah musterte ihn mit Interesse und holte Luft, um eine Frage zu stellen.

Jetzt hab' ich's gründlich verpatzt, dachte er. Ich bin

wirklich ein Meister der Täuschung. Ein Themawechsel würde den Abend vielleicht retten, wenn er es schaffte, nicht gleich wieder ins Fettnäpfchen zu treten. »Die Kellnerin macht ein Gesicht, als würde sie uns gern rauswerfen. Wollen wir gehen?«

Sie trafen sich auf dem Vorplatz von Followdale House. Einen Moment standen sie verlegen zwischen Hannahs neuem Citroën und dem altgedienten Midget. Kincaid hatte das Gefühl, sich für seinen alten Freund entschuldigen zu müssen. »Er ist mir ans Herz gewachsen«, erklärte er mit leichtem Spott. »Alter und Schönheit gehen Hand in Hand.«

Hannah lachte, und die Befangenheit zwischen ihnen legte sich. »Und auch in diesem Fall liegt die Schönheit ganz im Auge des Betrachters.«

Der Abend war dunstig und ungewöhnlich mild für September. Kincaid hatte keine Lust, den Abend schon zu beenden. »Machen wir noch einen Spaziergang durch den Garten, ehe wir hineingehen?«

»Ja, guter Gedanke«, antwortete Hannah.

Sie gingen schweigend durch die Dunkelheit. Das Licht im Garten war diffus und warf keine Schatten; gespenstisch leuchteten im Dunst die weißen Steinlöwen auf den Balustraden. Jenseits des Parks erhob sich finster Sutton Bank, ein schwarzer Buckel vor dem helleren Himmel. Am Ende des Wegs blieben sie stehen und blickten zum Haus zurück. Mehrere Fenster im ersten Stock waren erleuchtet, und in der leeren Suite im Parterre flammte ein Licht auf, so flüchtig allerdings, daß Kincaid meinte, seine Augen müßten ihm einen Streich gespielt haben.

»Wir wohnen übrigens nebeneinander. Wir müssen

einmal feststellen, wer von uns den schöneren Blick hat. Cassie hat mir versichert, von meinem Balkon hätte man den besten im ganzen Haus.«

»Das gleiche hat sie zu mir gesagt«, versetzte Hannah. »Sie müssen mir von Ihrem Balkon aus etwas vortragen – Lyrik um Mitternacht.« Sie lachte, hob die Arme hoch über ihren Kopf und drehte sich übermütig im Kreis. »Das war ein wunderbarer Abend. Ich hatte vor dem Urlaub ein paar Zweifel. Ich dachte, es sei vielleicht doch ein... kein guter Gedanke gewesen. Ach, ich kann es nicht erklären – es ist zu kompliziert. Aber plötzlich habe ich das Gefühl, als würde alles in Ordnung kommen. Sie müssen einen positiven Einfluß ausüben.«

»Ich bin mir nicht sicher, ob das ein Kompliment ist«, sagte er mit einem Lächeln und fragte sich im stillen, wer oder was hinter diesem plötzlichen Ausbruch von Überschwang steckte.

Vogelgezwitscher weckte ihn. Auf einem Sonnenstrahl schwebten die Töne durch die offene Balkontür ins Zimmer. Kincaid drehte sich auf die andere Seite und zog sich das Kissen über den Kopf. Dann streckte er sich und sah auf seine Uhr. Sieben.

Er war voll angekleidet, mit dem aufgeklappten Buch auf der Brust und bei Licht eingeschlafen, am frühen Morgen war er erst ins Bett geschlüpft. Und doch fühlte er sich nach dieser unorthodoxen Nacht erstaunlich frisch. Es war gerade noch Zeit für eine Runde im Pool und eine Dusche vor dem Frühstück; danach wollte er einen Ausflug in die Yorkshire Dales machen, es schien ein idealer Tag dafür zu sein. Er ließ seine zerknitterten Sachen in einem Häufchen auf dem Bett liegen, schlüpfte in Badehose und

Bademantel und machte sich auf bloßen Füßen auf den Weg zum Pool.

Stille hüllte das Haus ein – keine gedämpften Stimmen hinter den geschlossenen Türen, kein Klappern von Geschirr, kein Kaffeeduft. Im Flur blieb er einen Moment stehen und genoß den morgendlichen Frieden und das wiedergewonnene Gefühl körperlichen Wohlbefindens.

Er stieß die Tür zur Galerie auf. Vielleicht würde er den Pool für sich...

Ein durchdringender, schriller Klagelaut stieg von unten zu ihm auf. Ein leidendes Tier, ein junger Hund oder ein Kätzchen – der erste Eindruck verflüchtigte sich rasch, und mit dem bewußten Hinhören kam die Erkenntnis, daß der klägliche Schrei der eines Menschen war. Er raste die Treppe hinunter und stürmte durch die Tür.

Die beiden Kinder standen drinnen zusammengedrängt an den Stufen, nur ein, zwei Schritte vom Sprudelbad entfernt.

Sebastian Wades nackter Körper schaukelte sachte am Rand des Beckens, vom unaufhörlichen Wirbel des aus den Düsen sprudelnden Wassers getragen.

4

Sebastian lag mit dem Gesicht nach unten im Wasser. Seine Haut war mausgrau, und die Strähnen seines hellen Haars schlängelten sich in einer Art perverser Lebendigkeit wie die Fäden von Seeanemonen. Er hatte im Gegensatz zu Kincaids erstem Eindruck eine Badehose an, die mit tropischen Blumen gemustert war.

Vom Balkon in der ersten Etage hing ein elektrisches

Kabel herunter, das sich im wirbelnden Wasser verlor. Kincaid schob die nun stummen Kinder durch die Tür ins Haus. Ihre Gesichter schienen im Schock erstarrt, und ihm wurde bewußt, daß er sich nicht an ihre Namen erinnern konnte. Er ging vor den beiden in die Hocke und sagte sanft: »Bleibt schön hier, ja? Ihr dürft nicht noch mal ans Wasser. Habt ihr das verstanden?« Sie nickten ernsthaft, und er ließ sie stehen und rannte, immer drei Stufen auf einmal nehmend, die Treppe hinauf.

Das Kabel, das in der Dose neben der Tür eingesteckt war, hing durch die Gitterstäbe des Balkongeländers nach unten. Kincaid umfaßte den Stecker mit dem Zipfel seines Bademantels und zog ihn heraus. Dann schlang er das Kabel um eine der Geländerstangen, damit es nicht hinunterrutschen konnte. Auf dem Rückweg machte er bei den Kindern halt, um sie noch einmal zu beruhigen, dann zog er seinen Bademantel aus und ging daran, Sebastian Wade aus dem Wasser zu ziehen.

Sebastians Haut fühlte sich schlaff und schwammig an. Trotz langer Gewöhnung an den Tod bestürzte es Kincaid immer wieder, daß etwas so Unfaßbares wie das Leben so konkret über die Haut erfahren werden konnte. Sebastians Körper jedoch war wärmer als sein eigener, das Fleisch so glitschig, daß es seinen Fingern immer wieder entglitt.

Schließlich aber gelang es Kincaid, ihn aus dem Pool zu ziehen, indem er ihn unter den Achseln nahm; die Leiche rutschte mit einem leichten Schmatzgeräusch auf die Backsteineinfassung. Kincaid drehte den Körper herum und suchte nach Anzeichen von Leben, obwohl eigentlich klar war, daß dies vergeblich sein würde.

Die Tür zum Pool wurde aufgestoßen, und er hörte einen unterdrückten Aufschrei. Mit einiger Anstrengung richtete er sich auf und wischte sich instinktiv die Hände an den Seiten ab.

Emma MacKenzie war an der Tür stehengeblieben. Gott sei Dank, dachte Kincaid, daß es Emma ist und nicht Penny.

»Guter Gott! Sebastian! Er ist tot, nicht wahr?« Ihre Stimme war überraschend sanft. Sie kam näher und streckte den Arm aus, als wollte sie Sebastian berühren.

Kincaid nickte. »Ich fürchte, ja. Könnten Sie ins Büro gehen und die Polizei anrufen? Und dann vielleicht warten, bis sie kommen, damit Sie ihnen den Weg zeigen können?«

»Aber – was ist mit den Kindern?«

»Die haben das Schlimmste schon gesehen. Ich glaube nicht, daß ein paar Minuten mehr noch schaden können. Jemand muß bei der Leiche bleiben. Wenn ich die beiden allein hinaufschicke, werden in der nächsten Minute ihre Eltern hier unten erscheinen, und je weniger Trubel wir hier haben, bevor die Polizei kommt, desto besser.«

Emma überlegte kurz, dann nickte sie. »Gut«, sagte sie, wieder ganz die alte, nüchtern und sachlich. Ihre Badesandalen klatschten auf den Fliesen, als sie hinauseilte.

Sie hatte seine Autorität ohne Frage akzeptiert. Kincaid war klar, daß die Schwierigkeiten sich bald genug einstellen würden. Es war töricht von ihm gewesen, sich für etwas auszugeben, das er nicht war; nun würde er die Konsequenzen tragen müssen. Der Instinkt des Polizeibeamten in ihm war zu stark, um sich so leicht unterdrücken zu lassen. Schon spürte er den rauschhaften Reiz erhöhter Wahrnehmung, der den Beginn eines Falls zu kennzeichnen pflegte. Aber es ist nicht dein Fall, ermahnte er sich streng. Er war hier nicht zuständig, und die Kollegen, die zuständig waren, würden ihn höchstens als lästig empfinden. New Scotland Yard, das unaufgefordert seine Nase in fremde Angelegenheiten steckte. Er kannte niemanden von den Gästen hier, außer vielleicht Hannah. Er wünschte keinesfalls mehr als eine flüchtige Bekanntschaft mit ihnen, und er würde sich hüten, sich da hineinziehen zu lassen. Sein Gewissen zwickte ihn. Er hatte Sebastian gemocht. Plötzlich fühlte er sich erschöpft und tief erschüttert.

In der Stille zwischen der Entdeckung und dem Erscheinen der Polizei wurde ihm bewußt, daß er bis zu einem gewissen Grad unter einem emotionalen Schock stand. Immer überkam ihn eine Aufwallung von Zorn und Mitleid, wenn er eine Leiche das erstemal sah, aber er hatte gelernt, sich innerlich von den Toten zu distanzieren. Nie zuvor hatte er sich der Leiche eines Menschen gegenübergesehen, den er gekannt, berührt, mit dem er noch Stunden zuvor gesprochen hatte. Er hatte das Bedürfnis, irgendwie einen Unterschied zu machen, ihn durch eine persönliche Geste zu bestätigen. Er kniete nieder und berührte ganz kurz Sebastians bloße Schulter.

Der Dorfpolizist, der bald darauf erschien, war ein vierschrötiger junger Mann mit einem runden, roten Gesicht und leicht dümmlicher Miene. »Also was gibt's? Ich höre, daß hier ein Herr im Pool ertrunken ist.«

»Er ist nicht ertrunken«, sagte Kincaid. Er wies auf Emma, die dem Beamten gefolgt war, um ihm die Tür zum Pool zu öffnen und sich um die Kinder zu kümmern. Sobald sie mit den Kindern verschwunden war, fügte er hinzu: »Er ist an einem elektrischen Schlag gestorben. Es wird irgendein kleines Haushaltsgerät gewesen sein, vermute ich. Ich habe das Kabel oben herausgezogen, ehe ich ihn aus dem Wasser gezogen habe, aber ich habe nicht nachgesehen, was für ein Gerät es war.«

»Sie haben den Toten aus dem Wasser gezogen, Sir?« Er schien den Anblick Sebastians, der wie ein gestrandeter Wal am Rand des Beckens lag, mit Fassung aufzunehmen; Kincaid hatte allerdings den Eindruck, sein Gesicht sei etwas blasser geworden.

»Natürlich habe ich ihn herausgeholt. Ich mußte mich doch vergewissern, ob er wirklich tot war.«

Kincaids gereizter Ton veranlaßte den Constable, auf seine Amtswürde zu pochen. Er richtete sich zu voller Größe auf, zog Heft und Bleistift heraus und wippte ein klein wenig auf den Fußballen. Er räusperte sich, um sicher zu sein, daß seine Stimme die angemessene Resonanz haben würde. »Und wer sind Sie, Sir, wenn ich fragen darf?« Leider hatte er seinen Bleistift abgeleckt, ehe er ihn über dem Heft zückte, und das beeinträchtigte den Eindruck von Kompetenz und Autorität doch erheblich.

»Mein Name ist Kincaid. Ich bin Polizeibeamter, Superintendent bei New Scotland Yard. Ich bin im Urlaub hier und war heute morgen rein zufällig der erste, der herunter kam – abgesehen von den Kindern natürlich. Ein Glück, daß die beiden nichts angerührt haben.«

Er hatte inzwischen erfahren, daß die Kinder Bethany und Brian hießen und auf eigene Faust losgezogen waren, während ihre Eltern noch geschlafen hatten.

»Wir wollten uns nur umschauen«, hatte Brian mit einem leichten Lispeln, das durch die Zahnlücke noch verstärkt wurde, erklärt. »Wir haben gedacht, der Mann schwimmt und könnte unheimlich lang die Luft anhalten. Aber er ist überhaupt nicht mehr hochgekommen...«

»Und er hat auch ganz komisch ausgesehen«, fügte Bethany hinzu. »Wir haben nicht gesehen, daß es Sebastian war... wir konnten ja sein Gesicht nicht... und dann hat Brian zu heulen angefangen.« Sie hatte ihrem Bruder einen geringschätzigen Blick zugeworfen, jetzt, da das Entsetzliche hinter der Tür war, ganz die überlegene ältere Schwester. »Haben wir was Schlimmes getan?«

Brians kleines Gesicht verzog sich erneut zum Weinen, und Kincaid beeilte sich, die beiden zu beruhigen. »Ihr wart beide sehr mutig und sehr vernünftig. Eure Eltern werden sicher stolz auf euch sein. Sobald die Polizei hier ist, bringt jemand euch zu ihnen hinauf.«

Der Constable schien zu dem Schluß gelangt zu sein, daß Kincaid keinen weiteren Schaden anrichten könnte. Schließlich war er ja schon beträchtliche Zeit mit dem Toten allein gewesen. »Constable Ron Trumble, Sir. Ich muß mit Mid-Yorks telefonieren. Wenn es Ihnen nichts ausmacht...«

»Nein, nein. Gehen Sie ruhig telefonieren.« Kincaid wedelte mit der Hand und blieb nachdenklich bei dem toten Sebastian stehen. Was, zum Teufel, fragte er sich, war da benutzt worden? Kurz entschlossen nahm er seinen Bademantel und ließ sich ins Wasser gleiten. Nachdem er seine Hand mit einem Zipfel des Bademantels umwickelt hatte, griff er in die Tiefe des Wassers und stieß vorsichtig den Gegenstand, der auf dem Grund lag, in die Höhe. Es war ein kleiner Heizlüfter von der Größe einer Damenhandtasche, und wenn er sich nicht sehr täuschte, hatte er ihn oder ein sehr ähnliches Gerät unter Cassie Whitlakes grauem Metallschreibtisch gesehen.

Hochrot vor Aufregung und stolz über die eigene Wichtigkeit gab Constable Trumble Kincaid die Genehmigung, sich abzutrocknen und anzuziehen, und gestattete Emma, die Kinder in das Apartment ihrer Eltern zu bringen. Kincaid wollte den Beamten der Kriminalpolizei Mid-Yorkshire nicht unbedingt tropfnaß und halbnackt gegenübertreten. Es war wirklich nicht nötig, daß man sich gleich von Anfang an psychologisch ins Hintertreffen brachte. Er hatte sich das Haar trockengerubbelt und Jeans und einen verwaschenen blauen Baumwollpulli angezogen. Tennisschuhe, Brieftasche und Schlüssel, und er fühlte sich gewappnet.

Er war überrascht gewesen, als er bei der Rückkehr in sein Apartment gesehen hatte, daß es erst kurz vor acht war. Und doch schien der Moment friedlicher Verheißung, den er vor einer Stunde erlebt hatte, Lichtjahre entfernt. Das Haus erwachte jetzt. Gedämpftes Klappern war zu hören, hinter geschlossenen Türen Rumoren. Die Kollegen würden sich beeilen müssen, wenn sie die Gäste erreichen wollten, ehe diese zu ihrem täglichen Exodus aufbrachen.

Kincaid gesellte sich zur schweigenden Totenwache zu Trumble an den Pool, und als Chief Inspector Bill Nash in Begleitung von Inspector Peter Raskin eintraf, war er froh, daß er angekleidet war. Nash war ein korpulenter, zerknittert wirkender Mann mit beginnender Glatze, ein gutmütiger Polterer mit dröhnender Stimme und kleinen schwarzen Augen, die so kalt und glanzlos waren wie Teersteinchen. Er schnippte den Dienstausweis, den Kincaid ihm hinhielt, mit einem Finger zur Seite, und Kincaid hatte das Gefühl, innerhalb von fünf Sekunden gewogen und zu leicht befunden zu sein.

»So, so«, sagte Nash langsam und gedehnt, »einer von unseren Edelpolizisten, der zufällig nichts Besseres zu tun hat, als sich in anderer Leute Angelegenheiten einzumischen. Was für ein Glück für uns. Nun sagen Sie mir doch mal, alter Freund, wie kommt es, daß Sie so prompt an Ort und Stelle waren?«

Kincaid verschluckte eine Entgegnung, die augenblicklichem Widerwillen entsprang, und zwang sich, sachlich zu sprechen. »Das war reiner Zufall, Inspector. Es liegt mir fern, mich in Ihre Belange einzumischen, aber ich wäre gern als Beobachter dabei, wenn ich Ihnen da nicht im Weg bin.«

»Ja, da sehen Sie sich mal besser vor.« Nash schien klar zu sein, daß es unklug wäre, einen höheren Beamten von New Scotland Yard des Feldes zu verweisen, aber sein Ton war ablehnend. Er musterte schweigend und nachdenklich den Toten. »Mr. Sebastian Wade, richtig?« sagte er dann. »Zweiter Geschäftsführer. Ehemals zweiter Geschäftsführer, sollte ich wohl sagen.« Noch einen Moment lang blieb er in Nachdenklichkeit versunken stehen, ohne zu sprechen, dann riß er sich aus seinen Gedanken und sagte: »Peter, nehmen Sie Mister Kincaids Aussage auf, dann kann er spielen gehen.«

Er legte die Betonung auf das Wort ›Mister‹, und Raskin warf ihm einen schrägen Blick zu, ehe er sein Heft herauszog und Kincaid zu einer Holzbank bat, die an der Wand stand. Er hatte bisher kein Wort gesagt. Jetzt, nachdem er sich mit einem kurzen Blick vergewissert hatte, daß Nash beschäftigt war, sah er Kincaid mit hochgezogener Braue teilnahmsvoll an. Er war ein drahtiger junger Mann mit einem schmalen, dunklen Gesicht, das ein wenig düster wirkte. Die dunkle Locke, die ihm in die Stirn fiel, erinnerte an den romantischen Heathcliff. Kincaid beantwortete seine Fragen nur mit halber Aufmerksamkeit. Die andere Hälfte seiner Aufmerksamkeit war auf Nash konzentriert.

Trumble wurde abgeordnet, sich um die Gäste zu kümmern. »Trumble, richtig? Gut, dann trommeln Sie die Leute jetzt mal alle im Salon zusammen, egal, ob's ihnen paßt oder nicht, und sehen Sie zu, daß sie dort bleiben, bis ich mit ihnen sprechen möchte. Und wenn schon jemand weg sein sollte, dann stellen Sie fest, wann und wohin die gefahren sind. Verstanden?«

»Sir.« Trumbles Enthusiasmus war gedämpft. Er tat Kincaid leid. Das aufregendste Erlebnis seiner kurzen Laufbahn, und er wurde zum Babysitter degradiert und würde nicht einmal dem Spurensicherungs-Team bei der Arbeit zusehen können. Er war zu unerfahren, um aus der Gelegenheit, die Reaktionen der Gäste auf seine Neuigkeit zu beobachten, etwas zu machen, oder um auf die Nuancen in den Gesprächen zu achten, wenn sie alle zusammen waren. Und Nash klärte ihn nicht auf.

Eine Aussage zu Protokoll zu geben, anstatt sie aufzunehmen, war eine ganz neue Erfahrung für Kincaid, und er bemühte sich um größtmögliche Genauigkeit und Kürze seiner Angaben, während er die ganze Zeit Nashs bedächtiges Tun am Pool beobachtete. Zuerst kauerte der Chief Inspector neben dem toten Sebastian nieder. Er legte die Unterarme auf seine massigen Schenkel und ließ die Hände schlaff zwischen ihnen herabhängen. Er erinnerte Kincaid auf unangenehme Weise an einen gesättigten Geier. In gleicher Pose ließ er sich vor dem Häufchen ordentlich gefalteter Kleider nieder, das Sebastian hinterlassen hatte, und ging schließlich an den Beckenrand, um mit langem Hals den Weg des elektrischen Kabels zu verfolgen.

»Klare Sache«, verkündete er. »Hatte genug vom Leben, der Junge. Schlauer Bursche. Hat das Kabel da oben eingesteckt und heruntergelassen, dann ist er hinuntergelaufen und ins Wasser gesprungen. Wenn der Stromschlag ihn nicht auf der Stelle getötet hat, hat er ihn auf jeden Fall so lange bewußtlos gemacht, daß er ertrunken ist.«

»Nein.« Kincaid sagte es beinahe, ohne zu wollen. »Nein, so war es nicht. Es kam jemand, als er schon im Sprudelbecken war. Er wird dem Balkon den Rücken zugewandt haben, denn dort sind die Hauptdüsen. Und in der Zeit hat oben jemand das Kabel angeschlossen und dann das Ding ins Wasser geworfen. Selbst wenn Sebastian es gesehen hätte, hätte er keine Zeit mehr gehabt, aus dem Becken zu steigen.« Er fügte nicht hinzu, daß es bei dem Heizlüfter einen Kurzschluß gegeben haben mußte, sobald dieser in das Wasser eingetaucht war. Der Stromstoß konnte höchstens wenige Sekunden gedauert haben.

»Und woher wissen Sie das alles, Sportsfreund? Haben Sie vielleicht das zweite Gesicht?« Nash drehte sich um und sah Kincaid mit seinen schwarzen Äuglein an. »Mir sieht das ganz nach einem Selbstmord aus. Schauen Sie sich doch seine Sachen an. Sauber gefaltet. Typisch.«

»Nein. Er war ein sehr ordentlicher Mensch. Ich kann mir nicht vorstellen, daß er seine Sachen je einfach hingeworfen hat. Dieses ordentliche Ablegen der Kleider war wahrscheinlich ganz automatisch. Er hat kein Geheimnis daraus gemacht, daß er abends nach Dienstschluß gern noch hier heruntergekommen ist. Ich bin überzeugt, man wird weder auf dem Kabel noch auf der Steckdose einen Fingerabdruck von ihm finden. Selbstmörder tragen aber im allgemeinen keine Handschuhe. Außerdem war er nicht der suizidale Typ.«

Nash gewährte ihm jetzt seine ungeteilte Aufmerksamkeit. »Sie sind sich Ihrer Sache ja sehr sicher, junger Mann. Hab' ich nicht eben gehört, wie Sie meinem Inspector erzählt haben, daß Sie erst einen Tag hier sind? In der kurzen Zeit scheinen Sie Mr. Wade sehr gut kennengelernt zu haben.« Seine Stimme war leise und freundlich, aber voll feindseliger Unterströmungen.

Kincaid ballte unwillkürlich die Hände. Aber er zwang sich, den Mund zu halten – alles, was er über die kurze Zeit sagen konnte, die er mit Sebastian zugebracht hatte, hätte schwach und sentimental geklungen. Das beste war es, Nash mit seinen eigenen Waffen zu schlagen. Er lächelte ihn daher an und sagte ruhig: »Ich habe eine sehr gute Beobachtungsgabe. Das gehört zu meiner Arbeit, Inspector, falls Sie das vergessen haben sollten.«

Eine Erwiderung Nashs auf diese keineswegs subtile Zurechtweisung wurde durch das Eintreffen der Spurensicherung verhindert. Kincaid sah mit Erleichterung, daß Nash immerhin kompetent genug war, die Leute arbeiten zu lassen, ohne ihnen ins Handwerk zu pfuschen.

Der Fotograf stellte routiniert seine Lampen und Geräte auf und begann den Toten aus allen Blickwinkeln aufzunehmen. Der forensische Biologe, ein hellhaariger Mann mit Kaninchengebiß, wirkte in Shorts, schweißnassem Sweatshirt und Tennisschuhen völlig fehl am Platz. Nachdem er sich seine dünnen Latexhandschuhe übergezogen hatte, kauerte er wie vorher Nash neben dem Kleiderhäufchen Sebastians nieder und begann gewissenhaft die Sachen durchzugehen.

Von einem Pathologen war nichts zu sehen. Kincaid

wartete, bis Peter Raskin einen Moment frei war, um ihn zu fragen. »Wo bleibt der Amtsarzt?«

»Der ist anscheinend dienstlich unterwegs. Sie haben einen Arzt aus dem Ort gerufen. Im allgemeinen ist das nicht gut, aber in diesem Fall spielt es wahrscheinlich keine Rolle.«

»Dann stimmen Sie also mit Ihrem Chef überein? Daß es Selbstmord war?«

»Nein. Das habe ich nicht gesagt«, erwiderte Raskin ausweichend. Kincaid entdeckte einen Funken Humor in seinen Augen. »Aber bei der ersten Untersuchung einer Leiche kommt ja selten viel heraus, und die Obduktion führt selbstverständlich der Amtsarzt durch, sobald er kann. Da, schauen Sie...«, er wies mit dem Kopf zur Glastür, »da kommt die Ärztin schon.«

Nur am schwarzen Arztkoffer, den sie bei sich hatte, war sie zu erkennen. Sie hatte einen grünen Jogginganzug und Turnschuhe an. Feuchte Haarsträhnen ringelten sich um ihr herzförmiges Gesicht. Nash, der mit dem Fotografen beschäftigt war, hatte sie noch nicht gesehen. Raskin ging zu ihr, um sie zu begrüßen. Kincaid folgte in diskretem Abstand und bot ihr ebenfalls die Hand.

»Guten Tag. Ich bin Anne Percy.« Einen Moment lang sah sie von ihren Gesichtern weg zu der reglosen Gestalt am Beckenrand. »Kann ich anfangen? Ich bin auf Ihren Anruf hin sofort aufgebrochen. Ich kam gerade vom Joggen.« Sie wies entschuldigend auf ihren Anzug.

Eine Kleinstadtärztin, dachte Kincaid, an den natürlichen Tod im Kreise der Familie gewöhnt, nicht an Mordschauplätze. Ihr verlegenes Geplauder diente dem gleichen Zweck wie die zynischen Witze eines Polizeiarztes. »Was ist denn passiert? Wer ist der Mann?«

Sie sah Kincaid an, während sie sprach, und auf ein kaum wahrnehmbares Nicken von Raskin antwortete er ihr. »Er heißt Sebastian Wade und war hier zweiter Geschäftsführer. Äh... verdächtige Umstände.« Er bemerkte, wie Raskin flüchtig eine Augenbraue hochzog, eine Eigenheit, die er als Anzeichen von Erheiterung zu erkennen begann. »Tod durch Stromschlag oder durch Ertrinken infolge eines Stromschlags. Irgendwann gestern nacht, höchstwahrscheinlich.«

»Er wurde im Sprudelbad gefunden?«

Peter Raskin nahm den Faden auf. »Mr. Kincaid hat ihn heute morgen gefunden, als er zum Schwimmen herunterkam.«

»Oh.« Anne Percy schien einen Moment verwirrt. »Aber ich hatte den Eindruck, daß Sie auch Polizeibeamter seien.«

»Das bin ich auch«, antwortete Kincaid, »aber im Urlaub. Ich bin Gast hier.«

»Tja, ich weiß nicht, ob ich mehr für Sie tun kann, als den Tod festzustellen.« Sie klappte ihren Koffer auf und kniete neben Sebastian nieder. »Die Körpertemperatur können wir zur Feststellung der Todeszeit nicht gebrauchen.« Nachdem sie vorsichtig Sebastians schlaffen Arm gebeugt hatte, zog sie ihre dünnen Gummihandschuhe über. »Die relevanten Fakten werden Sie erst aus der Obduktion erfahren.«

Kincaid fühlte sich seltsam unbehaglich. Es erschien ihm unanständig, zuzusehen, wie Sebastians Körper Gewalt angetan wurde. Er wandte sich ab, als Dr. Percy sich an die Arbeit machte.

Cassie Whitlake stand an der Tür. Sie sah ungepflegt aus. Bei ihr wirkte schon die kleinste Nachlässigkeit wie Schlampigkeit. Das ungekämmte braune Haar war kurzerhand hinter die Ohren zurückgestrichen, an denen sie keinen Schmuck trug. Die Bluse hing ihr halb aus dem Rock, und ihre Füße steckten in abgestoßenen alten Slippers. Ihr Gesicht war wachsbleich.

Kincaid, der fand, er sei jetzt lange genug empfindlich gewesen, hatte sich wieder von der Wand weggedreht. Außerdem wog der Anblick Anne Percys das Unbehagen auf, das es bereitete, ihr bei der Arbeit zuzusehen. Er hatte nicht gehört, daß die Schwingtür sich geöffnet hatte.

Cassie hielt sich am Türgriff fest, als brauchte sie Halt, während sie mit aufgerissenen Augen auf das Bild starrte, das sich ihr bot. Warum, zum Teufel, dachte Kincaid, hatte Nash nicht einen Beamten an die Tür gestellt, um solche Zwischenfälle zu vermeiden? Er ging zu ihr und legte ihr die Hand auf den Arm.

»Cassie.«

Sie sah ihn nicht an, ihre ganze Aufmerksamkeit war auf die Szene am Pool konzentriert. Anne Percy streifte gerade sorgfältig die Handschuhe ab, schloß ihren Koffer und sprach leise mit Peter Raskin.

»Cassie«, wiederholte Kincaid. »Kommen Sie, ich bringe Sie...«

»Nein. Was ist passiert? Was ist los mit ihm? Dazu hatte er kein Recht. Verdammt, der gemeine Kerl.« Sie begann zu weinen, mehr zornig und geschockt, dachte Kincaid, denn kummervoll.

»Wozu hatte er kein Recht?«

»Er hat sich umgebracht, stimmt's? Hier. Er mußte es hier tun. Aus Bosheit. Mein Gott, was soll ich sagen...

wie soll ich das erklären...« Die gepflegte Sprechweise verfiel unter der Einwirkung des Schocks, und die gedehnten Vokale, die die Südlondoner Herkunft verrieten, wurden hörbar.

»Wem müssen Sie etwas erklären?« fragte Kincaid.

»Der Geschäftsleitung. Es gehört zu meinen Aufgaben, dafür zu sorgen, daß so etwas nicht passiert. Und Sie sind ein Bulle!«, zum erstenmal sah sie Kincaid an. »Dieser Brummer von einem Constable hat gesagt, Sie seien von der Polizei und den Leuten hier ›bei den Ermittlungen behilflich‹. Davon haben Sie mir keinen Ton gesagt! Wollen Sie hier herumschnüffeln und uns bespitzeln?«

»Cassie, es tut mir leid. Als ich kam, dachte ich nicht, daß es wichtig sei, was für einen Beruf ich habe.«

Ihre Aufmerksamkeit schweifte von ihm ab, kehrte zu Sebastian zurück, und ihre Stimme schwoll beunruhigend an. »Wann bringen Sie ihn endlich weg? So sieht es doch jeder. Und warum wurden alle zusammengetrieben wie Verbrecher?«

Anne Percy erkannte den Klang drohender Hysterie und kam auf sie zu. Sie tauschte einen Blick mit Kincaid. »Ich bin Dr. Percy. Kann ich...«

»Ich weiß, wer Sie sind.« Cassie zog heftig ihren Arm vor Annes Berührung zurück. »Ich brauche keine Hilfe. Ich will kein Beruhigungsmittel.« Sie machte eine sichtbare Anstrengung, sich zu fassen, schloß einen Moment die Augen und holte tief Atem.

Constable Trumble kam rot und schwitzend die geflieste Treppe heruntergerannt und bremste vor der Glastür mit quietschenden Sohlen ab. Kincaid mußte Cassie ein wenig zur Seite ziehen, damit die Tür sich öffnen ließ – diesmal zuckte sie nicht vor der Berührung zurück.

Trumble sah sich ängstlich nach Inspector Nash um und atmete erleichtert auf, als es den Anschein hatte, daß die Strafpredigt nicht auf dem Fuß folgen würde.

»Keine Sorge, Constable.« In Peter Raskins leiser Stimme schwang ein Anflug von Erheiterung. »Er ist gerade hinausgegangen, um die Sanitäter zu holen, weil Dr. Percy jetzt fertig ist.«

»Miss!« Trumble richtete sich vor Cassie wieder einmal zu voller Größe auf. »Sie können hier nicht bleiben. Unbefugten ist der Zutritt verboten. Sie müssen bei den anderen bleiben, bis der Chief Inspector mit allen gesprochen hat.« Zu Raskin sagte er, um sich zu rechtfertigen: »Ich wußte nichts von dem Bungalow, Sir. Die anderen haben es mir gesagt; sie meinten, jemand müßte Miss Whitlake Bescheid geben. Da bin ich hinübergegangen, und sie hat gesagt, sie würde direkt zu den anderen gehen. Erst als sie nicht kam, habe ich entdeckt, daß sie hierher gekommen war...«

»Das ist mein gutes Recht. Ich habe hier die Verantwortung. Ich muß für alles... ja, gut, meinetwegen.« Sie gab nach, als sie die unerbittlichen Gesichter sah. »Ich warte bei den anderen, aber ich hoffe, es dauert nicht zu lange. Ich muß telefonieren.«

Sie war jetzt ruhig, und Kincaid glaubte, die Rückkehr einer gewissen Berechnung zu entdecken. Mit vielen Blikken zurück und unter unwirschem Gebrummel führte Trumble sie weg, und Kincaid fiel auf, daß Cassie Sebastian nicht noch einmal ansah. Aber was hatte er denn erwartet? Eine kummervolle Abschiedsszene? Bestimmt nicht. Jedenfalls nicht von Cassie Whitlake. Wenn überhaupt Tränen um Sebastian vergossen werden würden, dann von anderen.

5

Ohne seinen Chef aus den Augen zu lassen, nahm Peter Raskin Kincaid auf die Seite und senkte seine Stimme, so daß nur Kincaid ihn verstehen konnte. »Ich gebe Ihnen den Befund der Obduktion. Und der Laboruntersuchungen, wenn Sie sich dafür interessieren. Um ehrlich zu sein, gefällt mir diese Selbstmordtheorie auch nicht. Meiner Ansicht nach paßt sie nicht. Die Ordentlichen hinterlassen im allgemeinen einen Abschiedsbrief und wählen irgend etwas, das langsam wirkt, Tabletten oder eine Spritze. Und die anderen, die mit Knallbumm aus dieser Welt scheiden wollen, hinterlassen meiner Erfahrung nach ein fürchterliches Chaos und blasen sich dann beim Gewehrreinigen das Lebenslicht aus. Das Bild hier ist einfach nicht stimmig.«

»Richtig.«

Schade um Raskin. Er hatte das Zeug zu einem guten Polizeibeamten – zurückhaltend, aufmerksam, intelligent und nicht so besserwisserisch, daß er nicht über seine eigene Nase hinaussehen konnte –, und ausgerechnet ihm mußte ein Ekel wie Nash vor die Nase gesetzt werden. Kincaid fragte sich, wie Raskin sich angesichts dieser Meinungsverschiedenheit mit seinem Chef verhalten würde. Wenn sich herausstellen sollte, daß Nash falsch lag, und davon war Kincaid überzeugt, würde er seine Wut an irgend jemand auslassen, und Raskin würde gut daran tun, seine Ansichten vorerst für sich zu behalten.

Kincaid fuhr nach Thirsk und versuchte, den ärgerlichen Gedanken »mit eingekniffenem Schwanz«, der ihm nicht aus dem Kopf wollte, zu ignorieren. Er hielt es für das beste, weitere Konfrontationen mit Nash zu vermeiden, bis er bessere Munition hatte.

Auf dem Marktplatz lockte eine Bank, und nachdem er sich in einer kleinen Bäckerei eine heiße Fleischpastete gekauft hatte und an einem Stand etwas frischen Käse und einen knackigen Apfel, ließ er sich dort nieder und verzehrte in Ruhe sein improvisiertes Mittagessen. Dann machte er sich auf, das Städtchen zu erkunden.

Um halb vier hatte er sämtliche Sehenswürdigkeiten genossen. Der Tag war so strahlend schön geworden, wie er sich angekündigt hatte, die Herbstluft weich und sonnenwarm. Er wanderte straßauf, straßab und schob in seiner Entschlossenheit, ein sorgloser Tourist zu sein, alle Gedanken an die Ereignisse des Morgens beiseite, sobald sie seine heitere Gelassenheit bedrohten.

Die schöne spätgotische Kirche mit dem hohen gezinnten Turm war wahrhaftig sehenswert gewesen. Das Gelände um sie herum stieg von Osten nach Westen leicht an, während die Kirche selbst auf ebenem Grund stand. So schien es beim Näherkommen, als versinke der Turm allmählich im Boden. Ihn erinnerte das Bild an ein gewaltiges Schlachtschiff, das eine stürmische See durchpflügte, und einen Moment lang fühlte er sich tatsächlich unsicher auf den Beinen.

Zum Abschluß seines Rundgangs ging er in die Buchhandlung auf dem Marktplatz. Mit einer Taschenbuchausgabe von James Herriots *Yorkshire* unterm Arm kam er wieder heraus, nachdem der Buchhändler ihm versichert hatte, daß sie als Führer durch diese Gegend weit besser und unterhaltsamer sei als die trockenen Machwerke, die einem unter diesem Namen verkauft wurden. Er hatte in den letzten Jahren kaum Gelegenheit gehabt, in

Kleinstadtbuchhandlungen herumzustöbern – ein Vergnügen, das ihn stets in seine Kindheit zurückversetzte, die er im ländlichen Cheshire verbracht hatte, wo seine Eltern im Zentrum einer kleinen Stadt eine Buchhandlung gehabt hatten. Und noch ein Vergnügen aus der Kinderzeit beschloß er sich an diesem Nachmittag zu gönnen, als er auf der anderen Seite des Platzes eine Teestube bemerkte, die Tee mit Sahne anpries.

Das *Blue Plate* machte seinem Namen alle Ehre; blaue Teller in vielerlei Mustern schmückten die Wände, und auf den Tischen lagen freundliche gelb-weiß karierte Dekken. Erst als Kincaid an einem kleinen Tisch im hinteren Teil des Raumes Platz genommen und bestellt hatte, bemerkte er die beiden Frauen, die in angeregtem Gespräch an einem Tisch am Fenster saßen. Maureen Hunsinger, mit ihrem runden, freundlichen Gesicht und dem gekräuselten Haar, trug ein blaues Chenillegewand, das aussah, als hätte es bereits ein früheres Leben als Tagesdecke hinter sich.

Er brauchte einen Moment, um in Maureens Gesprächspartnerin Janet Lyle zu erkennen, die Frau des ehemaligen Berufssoldaten. Gestern abend hatte sie kaum ein Wort gesprochen, nie gelächelt, ihren Mann kaum einen Moment aus den Augen gelassen, und wenn sie einmal etwas gesagt hatte, vorher stets seinen Blick gesucht; ob zur Ermutigung oder um sich Sprecherlaubnis zu holen, hatte Kincaid nicht erkennen können. Möglich, daß sie einfach schüchtern war oder sich in Gesellschaft nicht recht wohl fühlte. Jetzt jedoch fühlte sie sich ganz offensichtlich wohl, sie redete und lachte, unterstrich ihre Worte mit lebhaften Gesten und bewegte ihren Kopf so temperamentvoll hin und her, daß das dunkle Haar flog.

Merkwürdig, dachte Kincaid, nach den Ereignissen des Morgens. Unterhielten sie sich etwa über Sebastians Tod mit solcher Lebhaftigkeit? Erregung wäre eine typische Reaktion gewesen, vermischt mit der Erleichterung darüber, selbst verschont geblieben zu sein. Aber nicht diese gutgelaunte Heiterkeit, die sie an den Tag legten und die selbst aus der Ferne wahrnehmbar war.

Er spitzte die Ohren, und es gelang ihm, Fetzen ihres Gesprächs aufzufangen. »Ach, du lieber Gott, ich erinnere mich, als meine in dem Alter war. Furchtbar! Man weiß nicht, wie man das je überstehen soll. Aber man übersteht es… Noch schlimmer.« Janet lachte wieder. Sie muß ein älteres Kind haben, dachte Kincaid, das nicht mit ihnen im Urlaub ist. Im Internat vielleicht. Wieder wurden ihre Worte zu ihm herübergeweht. »…die beste Schule, sagt Eddie immer. Dann die Universität. Ich weiß nicht, wie wir das machen…« Sie neigten sich näher zueinander, ihre Gesichter waren jetzt ernster, und er konnte nichts mehr hören. Es war sowieso eine Unverschämtheit von ihm zu lauschen; ihr Gespräch ging ihn nichts an. Nur die verflixte Berufsgewohnheit hatte ihn dazu getrieben.

Die beiden Frauen hatten ihn nicht bemerkt, und als sein Tee und die warmen Brötchen kamen, schlug er sein Buch auf und vertiefte sich in die Schönheiten Yorkshires.

Es war nicht mehr länger aufzuschieben. Er hatte lang genug an seinen heißen Brötchen mit Erdbeermarmelade gekaut und so viel schwachen Tee getrunken, als wäre er kurz vor dem Verdursten. Er zahlte seine Rechnung und ging. Auf dem Heimweg klappte er das Verdeck herunter, um die Sonne genießen zu können, und fuhr langsam nach Followdale House zurück.

Das Haus wirkte still und verschlossen. Erst als er den Wagen abgestellt hatte und auf dem Weg zum Portal war, bemerkte er die kleine Gestalt, die zusammengekauert auf der Treppe hockte.

Angela Frazers ungeschminkte dunkle Augen waren verschwollen. Selbst ihr struppiges Haar mit den lila Strähnen wirkte gedrückt. Ohne etwas zu sagen, sah sie Kincaid an. Als er die Treppe erreichte, setzte er sich zwei Schritte von ihr entfernt und blickte schweigend auf den Vorplatz. Aus dem Augenwinkel sah er sie mit den Fäden spielen, die von ihrer modisch zerrissenen Jeans herabhingen, und ihre Füße, die in schmutzigen weißen Leinenschuhen steckten, erschienen ihm lächerlich klein.

Nach ein paar Sekunden begann sie zu sprechen. Ihre Stimme war kaum mehr als ein Flüstern. »Sie haben ihn gemocht, nicht wahr?«

»Ja.« Er wartete, ohne sie anzusehen.

»Er hat gesagt, Sie wären okay.« Ihre Worte waren jetzt klarer, ihre Stimme gewann an Kraft. »Echt okay. Nicht wie die meisten anderen.«

»Ach ja? Das freut mich.«

»Den anderen ist das ganz egal. Mein Vater war echt gemein. ›Na, dann sind wir den kleinen Schwulen wenigstens los‹, hat er gesagt. Alle haben sie gesagt...« Ihre Stimme schwankte, und er riskierte einen Blick zu ihr hinüber, bezwang jedoch den Impuls, sie zu berühren. Ohne ihm in die Augen zu sehen, drückte sie die Arme auf ihren Bauch und krümmte die Schultern ein wenig tiefer – eine Igelhaltung. »Sie sagen, daß er sich selber das Leben genommen hat. Aber das glaube ich nicht. So etwas hätte Sebastian nie getan.« Sie krümmte sich noch mehr zusammen und legte ihr Gesicht auf die hochgezogenen Knie.

Ach Gott, dachte Kincaid, was kann ich diesem Kind sagen, das es nicht noch unglücklicher macht? Hatte sie sich die Bedeutung dessen, was sie da gesagt hatte, überlegt? Daß Sebastian, wenn er sich nicht selbst das Leben genommen hatte, möglicherweise von jemandem getötet worden war, den sie kannte, vielleicht sogar liebte? Kincaid glaubte es nicht. Es war wahrscheinlicher, daß sie über die Umstände des Todes nicht genug wußte, um erkennen zu können, daß es kein Unfall gewesen sein konnte.

»Ich glaube«, improvisierte er, »bis jetzt steht gar nichts fest. Erst müssen sie ein paar Untersuchungen machen, um festzustellen, woran Sebastian gestorben ist.«

»Ich hab' noch nie erlebt, daß jemand, den ich kannte, gestorben ist. Außer meiner Großmutter, und die hatte ich sehr lange nicht gesehen.« Angelas Worte klangen gedämpft. Sie hielt das Gesicht noch immer an die Knie gedrückt. »Sie haben mich nicht zu ihm gelassen. Mein Vater hat gesagt, ich soll nicht so blöd sein. Aber ich kann nicht glauben, daß er tot ist. Einfach weg. Einfach so. Ich müßte ihm doch wenigstens auf Wiedersehen sagen.«

»Ja, es hilft wirklich manchmal, einen Menschen, der tot ist, noch einmal zu sehen. Abschied zu nehmen. Ich glaube, das ist der Grund, warum sie bei manchen Beerdigungen offene Särge haben. Aber weißt du, wenn die Leute im Bestattungsinstitut den Toten dann geschminkt und zurechtgemacht haben, hat er meistens überhaupt keine Ähnlichkeit mehr mit dem Menschen, den man gekannt hat. Und das macht es in gewisser Hinsicht noch schlimmer.«

Angela überlegte einen Moment. »Dann möchte ich, glaube ich, Sebastian lieber doch nicht sehen. Selbst wenn sie's mir erlauben würden. Ich möchte ihn lieber so in Erinnerung behalten, wie er war.«

»Ich an deiner Stelle«, sagte Kincaid langsam, »würde einfach auf meine eigene Art von ihm Abschied nehmen. Tu irgend etwas, von dem du weißt, daß er es gemocht hat. Geh irgendwohin, wo er gern war, oder tu etwas, was ihr zusammen getan habt.«

Angela hob den Kopf. Ihr Gesicht hatte sich aufgehellt. »Ja, das ist eine gute Idee. In memoriam. So heißt das doch, nicht wahr? Ja, vielleicht tu ich das.«

»Angela«, sagte Kincaid vorsichtig, »du hast Sebastian gestern abend noch gesehen, nicht wahr?«

»Ja, auf der Party. Da hat er mir von Ihnen erzählt. Aber ich kam nicht dazu, mit Ihnen zu reden, weil Sie mit den anderen so beschäftigt waren.« Sie legte besondere Betonung auf die Worte ›den anderen‹, und er vermutete, daß es die meisten Erwachsenen einschloß.

»Hat Sebastian irgendwie anders auf dich gewirkt als sonst?«

»Deprimiert, meinen Sie? Nein.« Angela krauste in plötzlicher Konzentration die Stirn. »Das heißt, er ist mal ein paar Minuten rausgegangen. Und als er wiederkam, da war er irgendwie... aufgeregt. Er hatte so einen Ausdruck im Gesicht, den ich schon kannte, wissen Sie, wie die Katze, wenn sie den Kanarienvogel gefressen hat. Zufrieden mit sich selbst. Aber er hat nichts gesagt. Und als ich ihn gefragt habe, hat er nur gesagt, ›Laß gut sein, Kleine‹ – auf diese neckende Art, die er so draufhatte.«

»Hast du ihn später noch einmal gesehen, nach der Party?«

»Nein, mein Vater ist mit mir nach York in ein piekfeines Restaurant gefahren. Aber er war so schlecht gelaunt, daß es ganz fürchterlich war. Auf der Rückfahrt hatten wir einen Riesenkrach.«

»Und ist dein Vater dann noch einmal weggegangen?«

»Nein. Jedenfalls glaub' ich es nicht. Ich hab' mich stundenlang ins Bad eingesperrt, weil ich so wütend war. Ich bin dann auf dem Boden eingeschlafen, und als ich aufgewacht bin, lag er im Bett und hat geschlafen.«

»Das muß ja wirklich ein ziemlich übler Krach gewesen sein. Worum ging es denn?« Kincaid stellte die Frage in leichtem Ton, beinahe scherzhaft, ängstlich darauf bedacht, sie nicht kopfscheu zu machen.

»Ach, es geht immer um das gleiche. Um meine Mutter. Um mich. Er findet meine Kleider fürchterlich, meine Haare, mein Make-up. Er hat gesagt, ich hätte gestern abend auf der blöden Party wie ein Flittchen ausgesehen, und er hätte sich wegen mir geschämt. Da kann ich nur sagen, hoffentlich. Ich hab' mich auch schon oft genug für ihn geschämt, wenn er...« Sie brach ab, senkte den Kopf, schien sich plötzlich gar nicht mehr wohl zu fühlen.

Durch die geschlossene Eichentür hinter ihnen drangen Stimmen, dann kurzes dröhnendes Gelächter.

»Das ist mein Vater.« Angela sprang auf, blieb lauschend stehen wie auf dem Sprung. »Ich glaube, ich...«

»Schon gut, Angela. Ich muß sowieso gehen«, sagte Kincaid und stand ebenfalls auf. Als sie sich nach ihm umdrehte, fügte er hinzu: »Sebastian hat dich auch gemocht, sehr sogar. Er hat es mir gestern abend gesagt, vor der Party.«

»Ich weiß.« Sie lächelte, und er sah, was schon Sebastian scharfsichtig entdeckt hatte, den Kern süßer Kindlichkeit, der sich hinter trotziger Verschlossenheit verbarg. »Darf ich Sie Duncan nennen? Mister Kincaid klingt so uralt.« Ein Hauch von Koketterie war jetzt in dem Lächeln und im Blick der dunklen Augen unter den gesenkten Wimpern. Kincaid wurde sich bewußt, daß er darauf achten mußte, sie nicht zu necken. Sie war schließlich fast erwachsen.

»Aber natürlich. Bis später.«

»Ja.«

Sie schlüpfte hinein, und er wartete einen Moment, ehe er ihr folgte. Er hatte das Gefühl, daß Angela ihr Gespräch gern für sich behalten wollte, und das war auch ihm recht.

Graham Frazers dröhnende Stimme schallte ihm entgegen, als er in den Salon trat. »Siehe da, ist das nicht unser Sonderdetektiv.« Kincaid begann, Sebastians Antipathie gegen Frazer zu verstehen.

Angela war nirgends zu sehen. Der Kreis von Gesichtern wandte sich ihm zu, eine Parodie des harmlosen Beisammenseins vom vergangenen Abend. Hannah fehlte, ebenso Emma und Penny MacKenzie, doch die anderen schienen zu einer feindseligen Abwehrmauer zusammenzurücken.

»Mr. Kincaid.« Maureen Hunsinger sprach vorwurfsvoll wie ein Kind, dessen Gefühle verletzt worden sind. »Sie haben uns irregeführt.«

Cassie, die vorübergehend ihre Sonderstellung als Geschäftsführerin aufgegeben zu haben schien, um sich mit der Herde zusammenzutun, stimmte auf ihre Art in den Vorwurf ein. »Oh, er hat stets eine kleine Überraschung parat, unser Superintendent Kincaid. Gut Freund mit der hiesigen Polizei und immer der Retter in der Not. Ein echter Held. Leider war es für den armen Sebastian zu spät.« Ihre Stimme klang hell, ihr Ton war spöttisch. Sie hatte sich wieder völlig in der Gewalt, alle Spuren des morgendlichen Ausbruchs waren getilgt. Ihr Haar war perfekt frisiert, ihr Gesicht perfekt geschminkt, sie trug Rostrot, Rock und Bluse Ton in Ton aus einem feinen Stoff, stumpf glänzend, von braunen Fäden durchzogen.

»Ich habe etwas dagegen, wie ein gemeiner Verbrecher behandelt zu werden. Erst sperrt man uns zusammen in ein Zimmer wie eine Herde Vieh, dann werden wir verhört, und dann nimmt man uns auch noch die Fingerabdrücke ab! Es ist eine Schande.« Eddie Lyle schien wütend zu sein, als hätte ihm Sebastian mit seinem Tod eins auswischen wollen.

»Sie haben ja keine Ahnung, wie das war...«, begann Maureen, errötete dann, als ihr einfiel, daß Kincaid sicherlich genau wußte, wie es war.

»Was haben Sie denn bis jetzt herausgefunden? Ihre Freunde haben uns gesagt, wir sollten uns ›zur Verfügung halten‹, bis die Todesursache festgestellt ist. Ich muß sagen, das entspricht nicht gerade meiner Vorstellung von einem gelungenen Urlaub«, erklärte Graham Frazer. Sein aufgedunsenes Gesicht war ohne Ausdruck, verriet nicht, was hinter seiner Stirn vorging, doch seine Stimme klang etwas weniger aggressiv.

Niemand hatte Kincaid einen Drink angeboten, obwohl sie sich alle an ihre Gläser klammerten, als seien es schützende Talismane. Er antwortete Frazer daher über die Schulter hinweg, während er zur Bar ging und sich einen Whisky eingoß. »Schauen Sie, ich weiß nicht mehr als Sie. Es war reiner Zufall, daß ich heute morgen als erster unten war.«

»Ja, ja, Sie haben gut reden«, quengelte Eddie Lyle mißmutig, »aber Sie sind ja auch nicht wie wir...«

»Ich mußte genau wie Sie eine Aussage machen und zu Protokoll geben«, unterbrach ihn Kincaid. Er trat wieder zu ihnen und nahm einen Schluck Whisky. Kein Single Malt Scotch, wenn zahlen Ehrensache war; das war ein Verschnitt übelster Sorte, und er brannte höllisch.

Kincaid fiel auf, daß Patrick Rennie noch keinen Ton gesagt hatte, obwohl er dem Gespräch mit Interesse folgte. Der will erst mal sehen, wie der Hase läuft, dachte Kincaid, typischer Politiker. In Pulli und zerknitterter Cordhose, das blonde Haar nicht ganz so geschniegelt, sah der Mann allerdings etwas menschlicher aus als am vergangenen Abend; wieviel davon jedoch Image war und wieviel echt, konnte Kincaid nicht sagen.

Rennie schaltete sich jetzt als Vermittler ein. »Ich bin sicher, Mr. Kincaid hat einen ebenso schwierigen Tag hinter sich wie wir und hat sicherlich kein Verlangen danach, in seinem Urlaub zu arbeiten. Ich finde, wir sind alle ziemlich unfair.«

»Danke.« Kincaid sah Rennie an und entdeckte in seinem Blick einen Funken humorvollen Verständnisses. Ein gewiefter Bursche, aber vielleicht nahm Rennie sich selbst doch nicht ganz so ernst. In Marta Rennies Augen glomm nichts auf. Sie beobachtete ihren Mann, ohne an dem kurzen Kontakt zwischen den beiden Männern teilzuhaben. Kincaid spürte Spannung zwischen den beiden, aber wenn seine Phantasie ihn nicht trog, war die ganze Atmosphäre, die diese Gruppe verbreitete, von Unterströmungen eines Unbehagens bewegt, das nicht allein auf Sebastians Tod zurückzuführen war.

»Wie geht es den Kindern?« Kincaid wandte sich John Hunsinger zu, der wie am vergangenen Abend etwas außerhalb der Gruppe stand.

»Sie sind mehr aufgeregt als erschrocken, jedenfalls vorläufig. In der Nacht, wenn sie träumen, wird das vielleicht anders werden.« Hunsingers Stimme war tief und ein wenig rauh, als sei er es nicht gewöhnt, viel zu sprechen. »Sie sagten, daß Sie…«

»Sie waren sehr nett zu ihnen«, fiel Maureen ihrem Mann ins Wort. »Die beiden lassen nichts auf Sie kommen. Das Schlimme ist, wir haben nicht mal gemerkt, daß sie weg waren. Sie hätten…«

»Wo sind sie denn jetzt?« fragte Kincaid.

»Emma MacKenzie macht einen Spaziergang mit ihnen. Sie wollen Vögel beobachten. Ist das zu glauben? Sie scheinen heute morgen Freundschaft geschlossen zu haben.«

Die Gruppe begann sich jetzt, da ihre Aufmerksamkeit nicht mehr auf Kincaid konzentriert war, aufzulösen. Janet Lyle stand, ihr Glas in der Hand, noch schweigend bei ihnen, während Eddie Marta Rennie mit Beschlag belegte. »Ich kann nicht verstehen, warum für ein derartiges Vorkommnis keine Vorsorge getroffen wird. Wenn das hier ein anständig geführtes Unternehmen wäre…«, ein Seitenblick zu Cassie, »würde man nicht zulassen, daß solche Dinge passieren.«

Kincaid widerstand der Versuchung, ihn zu fragen, was um alles in der Welt seiner Ansicht nach denn zur Verhinderung von Sebastians Tod hätte getan werden können, und wandte sich statt dessen Janet zu. »Janet, haben Sie Kinder?«

Sie errötete ein wenig, und als sie sprach, lag ein Hauch jener Lebhaftigkeit in ihrer Stimme und ihrem Gesicht, die er am Nachmittag beobachtet hatte. »Ja, wir haben eine Tochter. Chloe.« Auf seinen etwas erstaunten Blick –

er hatte wahrscheinlich eine Cindy oder eine Jennifer erwartet – fügte Janet hinzu: »Eddie hat den Namen ausgesucht. Er wollte, daß seine Tochter eine kultivierte Frau wird, und er meinte, wir sollten gleich mit einem Namen anfangen, der später zu ihr passen würde.«

»Und hat das geklappt?« fragte Kincaid.

Janets Blick schweifte zu Eddie, der mit Marta in Richtung Bar gegangen war. »Also, ich merke nichts.« Sie lachte. »Sie ist ein typischer Teenager, aber ihr Vater will es nicht glauben. Chloe ist ungefähr im selben Alter wie Angela Frazer, nur ist sie jetzt auf der Schule, und Angela ist... hm, sie geht, soviel ich weiß, im Moment gar nicht zur Schule.« Janet schwieg, als wäre sie am Ende ihrer Kraft.

Kincaid leerte sein Glas mit einem Zug. Die Luft im Zimmer war muffig und verbraucht. Die Spätnachmittagssonne lag heiß auf den geschlossenen Fenstertüren, und die Aschenbecher quollen über von Stummeln. Selbst Maureen schien in dieser Atmosphäre dahinzuwelken, nicht fähig, die Gesprächspause mit ihrem gewohnten Überschwang zu nutzen. Das Ordnungmachen, das Lüften, das Säubern der Aschenbecher, das Einsammeln und Bereitlegen der Zeitschriften, um all diese Dinge hatte Sebastian sich gekümmert.

Kincaid zog sich in Rekordzeit um, selbst für jemanden, der es gewöhnt war, im ungünstigsten Moment gerufen zu werden. Er stopfte sich eine Krawatte in die Jackentasche, sperrte die Tür seines Apartments hinter sich ab und rannte die Treppe hinunter, froh und erleichtert, ins Freie entkommen zu können.

Als er zum Tor hinausfuhr, sah er Hannah, die zu Fuß

den Weg vom Dorf zurückkam. Er beobachtete, wie sie ihm entgegenkam. Sie trug eine Strickjacke, und die letzten Strahlen der Sonne brachten ihr dunkles Haar zum Glänzen. Als sie seinen Wagen erreichte, öffnete sie die Tür und stieg ein, ohne ihn anzusehen, ohne etwas zu sagen. Kincaid fuhr etwa einen Kilometer weiter, dann zog er den Wagen an den Straßenrand und hielt.

»Sie haben uns verhört, Duncan.« Sie sprach in das plötzliche Schweigen nach dem Ausgehen des Motors, hielt das Gesicht immer noch abgewandt. »Einen nach dem anderen, in Cassies Büro. Sie haben gefragt, ob wir gestern abend zusammen waren. Nur zur Bestätigung Ihrer Aussage, sagten sie. Sie schienen anzunehmen, ich wüßte, daß Sie Polizeibeamter sind, und Nash, der Dicke, machte alle möglichen Anspielungen.« Jetzt erst sah sie ihn an, und ihr Gesicht rötete sich, während sie weitersprach. »Können Sie sich vorstellen, wie blöd ich mir vorgekommen bin? ›Polizeibeamter?‹ habe ich wie eine Idiotin gesagt. Warum haben Sie mich belogen, Duncan?«

Kincaid lenkte ab, um seine Gedanken zu sammeln. »Ach, dieser Inspector Nash ist wirklich ein fürchterlicher Kerl. Ich bin überzeugt, es ist bei ihm Standardpraxis, den...«, er zögerte, suchte nach dem richtigen Wort, »den Gesprächspartner in Verlegenheit zu bringen.«

»Wenn Sie ›Verdächtiger‹ meinen, dann sagen Sie es doch. Bei mir brauchen Sie kein Blatt vor den Mund zu nehmen. Im übrigen dachte ich, Chief Inspector Nash hätte gesagt, es sei Selbstmord gewesen.«

»Das ist seine offizielle Version«, sagte er langsam. »Aber man muß dennoch alle Möglichkeiten in Betracht ziehen.« Kincaid drehte sich in seinem Sitz herum, so daß er ihr leichter ins Gesicht sehen konnte.

»Aber... wir beide haben doch ein Alibi.«

»Infolge der hohen Wassertemperatur wird es schwierig sein, die genaue Todeszeit festzustellen. Ich persönlich halte es für wahrscheinlich, daß er schon tot war, als wir gestern abend im Garten spazierengegangen sind. Überlegen Sie. Er wird zum Pool gegangen sein, nachdem er mit seiner Arbeit fertig war und bevor er nach Hause fahren wollte. Also nicht allzu spät, sagen wir, so um zehn oder elf.«

Hannah war blaß geworden. »Ehe er nach Hause fuhr? Sie glauben nicht... Sie glauben überhaupt nicht, daß es Selbstmord war, nicht wahr?«

»Nein, ich halte es nicht für wahrscheinlich.«

»Mein Gott. Sie meinen, es hat jemand... jemand hat Sebastian das angetan, während wir im Garten waren und miteinander geredet haben? Und ich mich wie eine alberne Gans aufgeführt habe.«

»Sehr wahrscheinlich, ja.«

»Das erscheint mir jetzt alles so dumm und belanglos.« Sie schob sich das Haar aus der Stirn und sank etwas tiefer in ihren Sitz.

»Wir konnten es doch nicht wissen. Und Ihr Leben ist nicht trivial oder belanglos. Wenn die Dinge, die uns täglich widerfahren, nicht wichtig wären, wäre niemands Tod ein großer Verlust, auch Sebastians nicht.«

»Hätten wir denn etwas tun können, hätten wir ihm helfen können, wenn wir es gemerkt hätten?«

Kincaid nahm ihre Hand und hielt sie so, als wollte er ihr aus der Hand lesen. »Das bezweifle ich. Es war ein massiver Stromschlag. Er war vermutlich augenblicklich tot. Sofortige Wiederbelebung hätte ihn vielleicht retten können, aber auch das ist nicht sicher.«

Sie rückte von ihm ab, und ihre Stimme klang scharf, als sie sprach. »Natürlich, Sie kennen sich in diesen Dingen aus. Sie sind der Experte. Und Sie haben meine Frage immer noch nicht beantwortet.«

Seufzend wandte er sich ab, blickte durch die verschmierte Windschutzscheibe in die dichter werdende Dunkelheit hinaus. »Es war nicht meine Absicht, Sie zu täuschen. Ich denke, ich wollte einfach meine Arbeit eine Woche lang hinter mir lassen und ausnahmsweise einmal als der genommen werden, der ich bin. Sie hätten die anderen sehen sollen, vorhin im Salon. Sie wußten nicht, ob sie wütend über mich herfallen sollten, weil ich sie getäuscht hatte, oder ob sie sich einschmeicheln sollten, um Informationen zu bekommen.« Er lächelte. »Sie werden mich nie wieder als einen ganz normalen Menschen sehen. Von jetzt an bin ich der Spion im feindlichen Lager. Ich hätte wissen müssen, daß es nicht klappen kann. Ich kann den Menschen, der ich durch meine Arbeit bin, nicht so leicht abschütteln.«

»Ich glaube, ich verstehe, was Sie meinen«, sagte Hannah, den Blick auf ihre Hände gesenkt. »Und sind Sie ein Spion in unserem Lager?«

»Das glaube ich nicht. Weder Fisch noch Fleisch, wenn man es genau nimmt. Für Nash bin ich ganz bestimmt nur eine Plage, und die Tatsache, daß ich ihm an Rang überlegen bin, ist auch keine Hilfe.«

»Was haben Sie denn für einen Rang? Nash hat es nie gesagt, sondern immer nur mit höhnischer Miene von ›Ihr Freund Kincaid‹ gesprochen.«

»Superintendent.« Sie riß überrascht die Augen auf. »Ich weiß, ich weiß«, sagte er, ehe sie sprechen konnte. »Aber ich bin gerade erst befördert worden, es ist also nicht so schlimm, wie es klingt. Ich war in Bramshill.« Als er ihr Unverständnis sah, fügte er hinzu: »Die Polizeiakademie in der Nähe von Reading. Ein Spezialkurs. Er beschleunigt die Beförderung zum Inspector um ungefähr fünf Jahre.«

Er sagte nicht, daß nur »junge Beamte mit außergewöhnlichen Fähigkeiten« zur Sonderausbildung in Bramshill zugelassen wurden. Wenn Nash sich jedoch über ihn erkundigt hatte, so wußte er das jetzt und würde ihn darum nur um so weniger mögen.

»Ich wollte doch nur«, zitierte er mit klagender Stimme und falsch, »eine Woche Urlaub und ein bißchen Butter für mein Brot.«

Darauf lächelte sie immerhin. »Schwach. Aber jemand, der Milne gelesen hat, kann so übel nicht sein.«

»Waffenstillstand?« fragte er und bot ihr die Hand.

»Ja. Gut.« Sie drückte flüchtig seine Hand. »Ich komme mir vor wie eine Zehnjährige.«

»So ist es richtig.« Er vermerkte mit Befriedigung, daß ihr Gesicht etwas entspannter wirkte. »Ich bin gerade auf der Flucht.« Er wies auf sein Jackett. »Fahren Sie doch mit mir nach York zum Essen, wo keiner uns kennt.«

Sie schüttelte den Kopf. »Nein. Es war ein schlimmer Tag. Ich glaube, ich möchte lieber allein sein. Wenn Sie mich nur vor dem Haus absetzen.«

Kincaid lenkte den Wagen auf die schmale Straße und brachte Hannah zum Haus, wie sie gebeten hatte. Er neigte sich an ihr vorbei und öffnete die Tür, um sie hinauszulassen. In den Fenstern von Followdale House glänzten die Lichter, einladend wie der Tod.

6

Sergeant Gemma James schob ihren Ford Escort in eine Parklücke, die allenfalls für ein Motorrad gereicht hätte. Ihr ganzes geschicktes Manövrieren half nichts. Als sie den Motor abstellte und die Handbremse zog, ragte das Heck des Wagens schräg in die Straße hinaus. Früher als sonst zu Hause, ein ungewöhnliches Vorkommnis, und dennoch kein Platz zum Parken, weil die halbwüchsigen Söhne ihrer Nachbarn alles mit ihren Vehikeln vollgestellt hatten. Selbst der Kleine hatte sein Dreirad umgekippt mitten auf dem Weg liegenlassen.

Sie löste die Gurte von Tobys Sitz und hob ihren Sohn aus dem Auto. Mit dem Jungen auf einem Arm und der Einkaufstüte im anderen stieß sie die Autotür mit unnötiger Heftigkeit mit dem Fuß zu. Den Weg kam sie ganz gut hinauf, bis sie an einem Rad des Dreirads hängenblieb und stolperte. Sie fluchte.

Einen Namen wie ein Stabreim und die Hypothek auf der Doppelhaushälfte in Leyton war so ziemlich das einzige, was Rob ihr hinterlassen hatte, und die besonderen Eigenschaften des Hauses waren zweifelhafter Natur – Blick auf die Lea Bridge Road, roter Backstein, abblätternde Farbe, ein verkümmerter kleiner Vorgarten und Nachbarn, bei denen es immer aussah wie auf dem Schrottplatz.

Toby fing an zu strampeln und schrie: »Runter, runter!«

»Pscht, pscht. Gleich, Schatz, gleich.« Gemma schaukelte ihn auf ihrer Hüfte und klapperte mit den Schlüsseln, während sie nach dem richtigen suchte. Als sie Toby drinnen auf dem Boden absetzte, bemerkte sie auf der Hüfte ihrer Leinenjacke einen großen feuchten Fleck. »Verdammt. Jetzt reicht's mir aber«, murmelte sie mit unterdrücktem Zorn. Toby war klatschnaß, und als sie ihn nochmals hochhob, nahm sie auch den scharfen Geruch nach altem Urin wahr. »Dieser verdammte Hort«, sagte sie.

Toby zog eine blonde Augenbraue hoch, und es sah so komisch aus, daß sie lachen mußte.

»Verdammt«, wiederholte er ernst und nickte dazu.

»Ach, Schatz.« Sie drückte ihn samt seiner klatschnassen Windel fest an sich und flüsterte ihm ins Ohr. »Mama bringt dir wirklich schlimme Sachen bei. Aber verdammt ist in diesem Fall schon das richtige Wort. Anders kann man nicht sagen.« Sie trug ihn nach oben, stellte ihn in sein Bettchen, zog ihn aus und wusch ihm dann das feuchte Hinterteil ab. »Du bist eigentlich schon viel zu groß, um noch Windeln anzuziehen. Du bist doch schon zwei, nicht wahr? Ein richtiger großer Junge.«

»Ich zwei«, wiederholte Toby und lachte sie an.

Gemma seufzte. Sie hatte ihren Urlaub schon im Sommer genommen und wußte nicht, wie sie ihn sauber bekommen sollte, ohne ein paar Tage mit ihm zu Hause zu bleiben.

Sie drückte ihren Mund auf seinen Bauch und blies mit aller Kraft. Toby quietschte und krähte vor Wonne, als sie ihn mit Schwung heraushob und ihm einen Klaps gab. Prustend wie eine Lokomotive rannte er auf seinen kleinen Beinchen davon, und Gemma folgte langsamer.

Nachdem sie sich mit einem Glas gekühlten Weißwein gestärkt hatte, verstaute sie ihre Einkäufe und machte im Wohnzimmer Ordnung, indem sie Tobys Spielsachen und Bücher in Körbe warf. Sie hatte versucht, das Haus ein bißchen wohnlicher zu gestalten. Kugelschirme aus weißem Reispapier über den nackten Glühbirnen, Reispapierjalousien an den Fenstern, bedruckte Baumwollkissen auf der langweiligen Couch, bunte Poster an den Wänden – aber die Feuchtigkeit kroch dennoch durch die Tapete, und die Sprünge in der Decke verästelten sich wie Efeu.

Das dumpfe Dröhnen von Heavy-Metal-Rockmusik setzte nebenan ein, so stark, daß die Wände vibrierten. Gemma holte aus der Küche einen Besen und klopfte mit dem Stiel nachdrücklich an die Verbindungswand. Der Krach nahm um den Bruchteil eines Dezibels ab. »Wenn ihr die verdammte Musik nicht sofort leise macht, hol' ich die Polizei«, schrie sie an die Wand, obwohl sie genau wußte, daß sie drüben nicht ein Wort hörten.

Dann wurde ihr die Absurdität der Situation bewußt, und sie begann zu lachen. Da stand sie mit ihrem Besen in der Hand und fliegendem roten Haar und kreischte wie ein Fischweib – die reinste Hexe. Immer noch lächelnd holte sie ihren Wein aus der Küche, setzte sich aufs Sofa und legte die Füße auf die Truhe, die als Couchtisch diente. Toby schob, vom Lärm gänzlich unberührt, einen Plüschteddybären über den Boden und machte dabei Brummgeräusche.

So tolerant sollte ich mal sein, dachte Gemma ironisch. Vor zehn Jahren hätte ich nebenan feste mitgerockt – aber nein, vielleicht doch nicht. Mit achtzehn war es ihr weit wichtiger gewesen, ein anderes Leben für sich selbst zu planen, als sich zu amüsieren. Sie war auf der Schule geblieben und hatte den Abschluß gemacht, der ihr erlaubte, auf die Universität zu gehen, während ihre Freundinnen Verkäuferinnen oder Kassiererinnen geworden waren oder geheiratet hatten. An ihrem neunzehnten Geburtstag bewarb sie sich bei der Metropolitan Police. Zwei Jahre später entschied sie sich für eine Karriere beim CID, der Kriminalpolizei. Sie sah ihren zukünftigen Berufsweg so klar gezeichnet vor sich wie eine Karte.

Sie hatte nicht damit gerechnet, daß sie in einem Viertel landen würde, das genauso war wie das, aus dem sie immer herausgewollt hatte. Aber sie hatte ja auch nicht mit Rob James gerechnet.

Toby kletterte neben ihr aufs Sofa und schlug ein Bilderbuch auf. »Ball«, sagte er und tippte mit dem Finger auf die Seite. »Auto.«

»Ja, du bist ein gescheiter Junge, Schatz.« Gemma strich ihm über das glatte blonde Haar. Sie konnte sich wirklich nicht beklagen. Bisher war sie mit ihrem Leben gut zurechtgekommen, trotz aller Hindernisse. Und morgen hatte sie einen halben Tag frei, Zeit, sich Toby zu widmen.

Vielleicht kam ihre schlechte Laune zum Teil daher, gestand sie sich widerwillig ein, daß sie sich sehr schnell daran gewöhnt hatte, mit Duncan Kincaid zusammenzuarbeiten, und der Tag infolge seiner Abwesenheit einiges von seinem Glanz verloren hatte.

Und das, sagte sich Gemma streng, war eine Neigung, die man fest im Griff behalten mußte.

Am Dienstag morgen erwachte Kincaid spät, von einer Lustlosigkeit geplagt, die oft die Folge des Verschlafens ist. Das Bettzeug war verwurstelt und halb zu Boden gerutscht. Seine Zunge fühlte sich von allzuviel Wein am Abend zuvor pelzig an.

Ein bedrückender Traum hing ihm noch nach, quälte ihn mit zusammenhanglosen Bildfragmenten. Ein Kind in einem Brunnen – eine kleine Stimme, die nach ihm rief...

Er konnte kein Seil finden... Dann stieg er in den Brunnen hinab, Moos, das seine Handflächen wie gelatinöser Leim bedeckte... um nur Knochen zu finden, nichts als kleine Knöchelchen, die unter seiner Berührung in Staub zerfielen. Puh! Er schüttelte sich und lief in die Dusche, in der Hoffnung, daß das heiße Wasser seinen Kopf freimachen würde.

Als er aus dem Bad kam, merkte er, daß er einen Bärenhunger hatte. Er nahm sein Frühstück – Butterbrot, Käse und eine Tasse Tee – mit auf den Balkon hinaus und verzehrte es ans Geländer gelehnt, während er über den Tag nachdachte, der vor ihm lag. Er stellte fest, daß ihm aller Enthusiasmus, den Touristen zu spielen, abhanden gekommen war. Alle seine Pläne erschienen ihm langweilig, lahm, Abklatsch des trüben, bewölkten Tages. Selbst der Gedanke, allein zu wandern, eine Vorstellung, die er noch vor zwei Tagen herrlich gefunden hatte, konnte ihn jetzt nicht mehr reizen.

Sein Gewissen plagte ihn. All diese Träume von Dingen, die ungetan geblieben oder zu spät erledigt worden waren. Sein Unterbewußtsein bombardierte ihn mit kleinen Giftpfeilen, er mußte ein Friedensangebot machen. Offizielles Handeln war schwierig, aber er hatte das Bedürfnis, etwas Positives zu tun.

Er würde Sebastians Mutter besuchen. Ihr einen Beileidsbesuch machen. Ein altmodischer Brauch, traditionell, ehrenwert und häufig nicht mehr als leere Etikette, aber so ein Besuch würde ihm wenigstens das Gefühl geben, daß Sebastians Tod nicht ohne ein Zeichen vorübergegangen war.

Die Adresse konnte er sich bei Cassie holen.

Als Kincaid seine Apartmenttür abgeschlossen hatte und sich umdrehte, sah er Penny MacKenzie unsicher im Flur stehen. Sie trug an diesem Morgen eine lange Hose, Pullover und feste Schnürschuhe und wirkte irgendwie reduziert, als hätte sie zusammen mit ihrer exzentrischen Garderobe eine Dimension ihrer Persönlichkeit verloren. Eine ältere Frau, ein wenig gebrechlich vielleicht, aber durchschnittlich. Ihr Enthusiasmus fehlte, erkannte Kincaid plötzlich; statt zu sprudeln wie sonst, zauderte sie jetzt nur.

»Guten Morgen, Miss MacKenzie.«

»Oh, Mr. Kincaid, ich hatte gehofft... ich meine, ich dachte, wenn Sie vielleicht... ich dachte mir, ich warte einfach mal...« Die Worte gingen ihr aus, sie schwieg mit hilflosem Gesicht.

»Wollten Sie mit mir über etwas reden?«

»Ich wollte nicht mit diesem Inspector Nash sprechen, weil ich mir schrecklich albern vorkäme, wenn sich dann herausstellen sollte, daß es gar nicht wichtig ist. Und Emma hat mir gesagt, daß Sie auch Polizeibeamter sind, deshalb dachte ich, Sie könnten mir vielleicht... Ich wollte nicht, daß Emma es erfährt, wissen Sie... Ich habe nämlich Inspector Nash gesagt, ich hätte geschlafen, aber das stimmt nicht. Emma regt sich immer so auf, wenn ich etwas vergesse, deshalb habe ich gewartet, bis sie eingeschlafen war...«

»Ach, hatten Sie etwas vergessen?« Kincaid lehnte sich an die Wand, geduldig und entspannt, um sie nicht zu hetzen.

»Ja, meine Handtasche. Unten im Salon. Ich habe mich auf der Party so gut unterhalten. Ich habe einen Sherry getrunken. Ich trinke fast nie, wissen Sie, und der Sherry muß mich vergeßlich gemacht haben...«

Wieder geriet Penny ins Stocken, und diesmal wagte es Kincaid, sie zum Weitersprechen zu ermuntern. »Und nachdem Ihre Schwester eingeschlafen war, sind Sie wohl hinuntergegangen, um die Tasche zu suchen?«

»Ja. Ich habe gewartet, bis sie zu schnarchen anfing. Dann wacht sie nicht mehr so leicht auf.« Ein Hauch ihres verschmitzten Lächelns zeigte sich. »Das Haus war so still. Ich war richtig ein bißchen... furchtsam. Ich meine, in einem fremden Haus und dann so dunkel. Ich war überhaupt nicht darauf gefaßt...« Sie brach ab, die Unbefangenheit des Augenblicks war so rasch wieder verschwunden, wie sie gekommen war. »Wahrscheinlich hat es gar nichts zu bedeuten. Es wäre mir furchtbar, jemanden in Schwierigkeiten zu bringen. Der Fairneß halber wäre vielleicht ein Gespräch...«

»Ah, Penny, da bist du ja! Ich hab' dich schon überall gesucht.« Emma MacKenzie kam leicht keuchend die Treppe herauf. »Was machst du denn hier oben?«

»Ich wollte nur kurz mit Mr. Kincaid sprechen, Emma.«

Penny war verlegen und, den Eindruck hatte jedenfalls Kincaid, ein klein wenig erleichtert. Er verwünschte im stillen Emmas Erscheinen. Jetzt würde er nichts mehr aus Penny herausbekommen; das, wozu sie sich durchgerungen hatte ihm zu sagen, würde warten müssen. »Miss MacKenzie hat mir gerade erzählt, was ich mir anschauen sollte...«

»Dann laß doch Mr. Kincaid jetzt losgehen, und komm, sonst verpassen wir noch die Vögel. Es ist schon spät.« Emma drehte sich herum und murmelte: »Ein ganzer Morgen verschwendet...«, während sie wieder die Treppe hinunterstapfte.

Kincaid zwinkerte Penny hinter Emmas Rücken zu, als sie ihrer Schwester gehorsam folgte.

Cassie hatte, soweit Kincaid sehen konnte, eine angenehme Nacht verbracht. Er traf sie in ihrem Büro an, heiter, sichtlich ausgeruht, elegant und so sehr mit sich und der Welt zufrieden, daß er fast erwartete, sie würde gleich zu schnurren anfangen. Sie lächelte ihn strahlend an und begrüßte ihn mit seinem Titel – wohl um ihn wissen zu lassen, dachte Kincaid, daß sie Wert darauf legte, Abstand zu halten.

»Was kann ich für Sie tun, Superintendent?«

»Gut geschlafen, Cassie?« Sie lächelte nur und wartete, als erwartete sie Bedeutenderes von ihm. »Ich dachte, Sie könnten mir vielleicht Sebastians Adresse geben.«

»Ach, wollen Sie den guten Samariter spielen?« spöttelte Cassie.

»Ja, ich finde, irgendjemand muß es tun. Sie haben mir erzählt, daß er mit seiner Mutter zusammengelebt hat. Was ist mit seinem Vater?«

Kincaid setzte sich halb auf die Schreibtischkante und befingerte die losen Blätter, die auf dem Schreibtisch herumlagen. Er neigte sich zu ihr hinüber und mißachtete ganz bewußt den Abstand, den sie zwischen ihn und sich gelegt hatte.

»Der ist vor Jahren gestorben, zumindest hat er das immer gesagt. Mami hat ihr Bübchen allein großgezogen.« Cassie verschränkte die Arme und neigte den Kopf etwas nach rückwärts, um zu ihm hinaufzusehen.

»Cassie, haben Sie Sebastian an dem Abend nach der Party noch gesehen? Er schien mir völlig in Ordnung zu sein.«

»Ich bin gegen zehn in meinen Bungalow gegangen. Er hat noch im Salon aufgeräumt. Er sagte, er würde absperren – das hat er meistens getan. Er hat gern den Hausherrn gespielt und ist mit Vorliebe nachts im Haus herumgegeistert, um alles piekfein zu machen. Und am Schluß, bevor er nach Hause gefahren ist, ist er jedesmal noch ins Sprudelbad gegangen. Wenn ich noch wach war, hab' ich immer sein Motorrad anspringen hören, wenn er abgefahren ist – er hat immer direkt neben den Bungalows geparkt.«

Cassie schien so sehr mit sich selbst zu sprechen wie mit Kincaid. Ihre Stimme war leise, hatte einen Unterton, den man beinah für Bedauern hätte halten können.

»Ich kann mich nicht erinnern, ihn an dem Abend gehört zu haben, obwohl mir in dem Moment gar nicht aufgefallen ist, daß etwas gefehlt hat.«

»Und haben Sie sonst etwas gehört oder gesehen, nachdem Sie an dem Abend in Ihren Bungalow gegangen waren?«

»Hören Sie auf, mich zu verhören, Superintendent«, sagte Cassie scharf und unangenehm. »Das hat Inspector Nash schon für zwei erledigt.« Sie blätterte in einer Kartei auf ihrem Schreibtisch und kritzelte etwas auf einen Zettel. »Hier haben Sie die Adresse. Und jetzt muß ich arbeiten, wenn Sie gestatten.«

Er hatte es verpatzt. Cassie war ruckzuck wieder in ihre Rüstung gestiegen.

Eddie Lyle saß mit einer aufgeschlagenen Zeitung auf dem Schoß in einem Sessel im Salon. Kincaid blieb an der Tür stehen. Würde er mit einem kurzen Gruß und einem Nikken vorbeikommen? Sein Zögern wurde ihm zum Verhängnis.

Lyle blickte auf. »Ah, Mr. Kincaid.« Er schwenkte die Zeitung. »Wir sind heute die Sensation im lokalen Käseblättchen. Ich hoffe nur, die großen Zeitungen übernehmen das nicht. Ich möchte nicht, daß meine Tochter sich wegen irgendeines Sensationsberichts ängstigt.«

Kincaid, der jetzt nicht mehr einfach gehen konnte, sich aber auch nicht auf ein längeres Gespräch einlassen wollte, ging zum Sofa, das Lyles Sessel gegenüberstand, und lehnte sich an seinen Rücken. »Ihre Tochter ist so alt wie Angela Frazer, nicht?«

»Ja, sie ist fünfzehn, aber...«

»Die meisten Fünfzehnjährigen lesen keine Zeitungen, Mr. Lyle. Ich würde mir da keine Sorgen machen.«

»Chloe hat mit Angela Frazer nicht die geringste Ähnlichkeit, Mr. Kincaid. Sie ist eine sehr gute Schülerin, und ich habe sie immer ermutigt, sich für die Weltereignisse zu interessieren.«

»Ach, sie ist wohl im Internat?«

»Ja, aber so nahe, daß sie die meisten Wochenenden nach Hause kommen kann.« Lyle nahm seine Brille ab und massierte seinen Nasenrücken mit Daumen und Zeigefinger. »Meine Tochter soll einmal alle Chancen haben, Mr. Kincaid. Sie soll nicht knausern und kämpfen müssen, wie ich das mußte.«

Kincaid, der Lyle jetzt, da er nicht großspurig mit Beschwerden drohte, beinahe erträglich fand, verkniff es sich zu sagen, daß die meisten Kinder es gar nicht zu würdigen wußten, wenn ihnen Dinge in den Schoß fielen, die ihre Eltern hatten entbehren müssen – sie sahen das als selbstverständlich an.

Immerhin, Lyle mußte es zu etwas gebracht haben – eine Tochter im Internat, teure Garderobe, auch wenn sie schlecht saß, *timeshare*-Urlaub, das alles war nicht billig. »Sie waren bei der Armee, wie ich gehört habe?«

»Ja, da habe ich meine Ausbildung bekommen, aber umsonst war da gar nichts, falls Sie das glauben sollten. Ich habe dafür bezahlt, Mr. Kincaid. Ja, ich habe den Preis bezahlt.« Lyle sah wieder in seine Zeitung, faltete sie zusammen und zog scharf den Kniff nach.

Ein Gespräch mit Eddie Lyle, dachte Kincaid, war ungefähr so, als liefe man auf Eiern. Ganz gleich, wie vorsichtig man war, es ging unweigerlich schief.

Die Adresse, die Cassie Whitlake ihm gegeben hatte, führte ihn zu einem schmalen Reihenhaus in einer der gewundenen Gassen hinter dem Marktplatz von Thirsk. Ein Messingklopfer blitzte, und einige hartnäckige Petunien leuchteten noch in den Blumenkästen. Ehe er läuten konnte, wurde die Tür geöffnet, und er sah sich einer Frau mittleren Alters mit ergrauendem blonden Haar gegenüber.

»Mrs. Wade?« Die Frau nickte. »Darf ich hereinkommen? Mein Name ist Kincaid.«

Er reichte ihr seinen Dienstausweis, und sie studierte ihn sehr genau, trat dann mit schweigender Aufforderung zurück. Sie hatte, wie es schien, ihr bestes Kleid an, ein marineblaues Hemdblusenkleid mit weißen Manschetten und weißem Kragen. Das helle Haar war sorgfältig gekämmt, doch ihre Augen waren rot und verschwollen vom Weinen, und ihre Gesichtszüge waren so schlaff, als hätten sie allen Halt verloren. Selbst der Lippenstift schien in einer langsamen, roten Lawine des Schmerzes von ihren Lippen zu rutschen.

»Ich wußte, daß er tot war.« Die Stimme war tonlos,

ohne Schwingungen, nicht an ihn, sondern ins Leere gerichtet.

»Mrs. Wade.« Kincaids sanfter Ruf holte sie zurück, und zum erstenmal richtete sie ihren Blick auf ihn. »Ich möchte Ihnen nichts vormachen. Ich bin nicht in meiner Eigenschaft als Polizeibeamter hier. Die örtliche Kriminalpolizei ermittelt im Tod Ihres Sohnes. Ich habe Sebastian in Followdale kennengelernt, wo ich zur Zeit meinen Urlaub verbringe, und ich wollte Ihnen mein Beileid aussprechen.«

»Die Polizeibeamtin, die gestern hier war, die nette, hat mir gesagt, daß ein Kollege von ihr, der im Haus wohnt, ihn gefunden hat. Waren Sie das?«

»Ja«, antwortete Kincaid.

»Haben Sie... wie...« Sie ließ die Frage unausgesprochen, vielleicht, wie Kincaid meinte, weil sie spürte, daß sie in diesem Augenblick eine Beschreibung der Todesumstände nicht hätte ertragen können. Statt dessen sah sie ihn wieder an und sagte: »Haben Sie ihn gemocht?«

»Ja. Er war sehr freundlich zu mir, und er war sehr amüsant.«

Sie nickte, und ein Teil ihrer Spannung löste sich. »Ich bin froh, daß Sie ihn gefunden haben. Niemand ist zu mir gekommen. Nicht einmal diese Cassie.« Abrupt wandte sie sich von ihm ab und ging ihm voraus ins Wohnzimmer. »Möchten Sie eine Tasse Tee? Ich setze nur rasch Wasser auf.«

Das Zimmer, in dem sie ihn zurückließ, war kalt, blitzsauber, ordentlich und bar allen Charmes und jeglicher Gemütlichkeit. Die Luft roch so muffig wie ein alter Schiffskoffer. Die Tapete war einmal rosarot gewesen. Die Möbel, vor fünfzig Jahren vielleicht neu und von zweifelhaftem Geschmack, konnten Mrs. Wades Eltern gehört haben. Es gab keine Bücher, kein Fernsehgerät, kein Radio. Sie muß in der Küche leben, dachte Kincaid, oder im hinteren Zimmer. Dieser Raum war bestimmt seit dem vorletzten Todesfall in der Familie nicht mehr benutzt worden.

Das Teegeschirr stand sorgfältig geordnet auf einem alten Blechtablett, nichts paßte zusammen.

»Mrs. Wade«, begann Kincaid, nachdem sie sich gesetzt hatte und damit beschäftigt war, den Tee einzuschenken, »wie haben Sie gestern davon erfahren, daß Ihr Sohn tot ist? Hat es Ihnen jemand gesagt?«

»Er selbst.« Ihre Stimme war tonlos. Sie sah ihn flüchtig an und wandte sich wieder ihrem Tee zu. Sie hielt ihre Tasse nahe vor der Brust, umschloß sie mit beiden Händen, als könnte sie aus ihrer Wärme Kraft schöpfen. »Ich bin in der Nacht aufgewacht, das heißt, eigentlich war es schon früher Morgen, und ich habe gespürt, daß er da war, in meinem Zimmer. Er hat nicht richtig mit mir gesprochen, nicht laut, meine ich, aber irgendwie habe ich gespürt, daß er mich wissen lassen wollte, daß es ihm gut geht und daß ich mir keine Sorgen um ihn machen soll. Da habe ich gewußt, daß er tot ist. Das ist alles. Aber ich hab' es gewußt.«

Und dann war sie aufgestanden und hatte sich angekleidet und darauf gewartet, daß jemand kommen und es ihr sagen würde, um den Tod amtlich zu machen. Vor zehn Jahren hätte Kincaid auf ihre Geschichte mit Geringschätzung reagiert, sie als Ausgeburt einer vom Schmerz überreizten Phantasie abgetan. Aber er hatte zu viele ähnliche Berichte gehört, um nicht einen gewissen Respekt vor den geheimnisvollen Kräften der Seele zu haben.

Behutsam stellte er seine Tasse ab, und ihre Veilchen vereinigten sich mit den Rosen der Untertasse zu zarter Fülle. Mrs. Wades Aufmerksamkeit hatte sich wieder von ihm abgewandt. Geistesabwesend starrte sie die gegenüberliegende Wand an, die vergessene Teetasse noch mit beiden Händen umschlossen.

»Mrs. Wade«, sagte er leise, »wer waren Sebastians Freunde?«

Ihr Blick kehrte aufgestört zu ihm zurück. »Er hat eigentlich gar keine Freunde gehabt, nein. Er war ja fast jeden Tag bis spätabends in der Arbeit. Und nach der Arbeit ist er gern noch in den...«, sie geriet einen Moment ins Stocken, »in den Pool gegangen. Das sei eine der positiven Seiten des Jobs, hat er immer gesagt. Ich weiß, daß er mit dieser Cassie nicht zurechtgekommen ist. Er sagte, sie behandele jeden von oben herab, obwohl sie selber auch nichts Besseres sei. Ihr Vater hat in Clapham auf dem Bau gearbeitet. Er war Polier oder so was. Aber sie tut anscheinend immer so, als käme sie aus adligen Kreisen. Er hat mir oft von den Leuten erzählt, die ins Hotel gekommen sind, was sie angehabt und wie sie geredet haben. Er hat das so gut gemacht, daß ich manchmal das Gefühl hatte, sie wären hier bei mir im Zimmer.« Sie lächelte bei der Erinnerung, und Kincaid konnte Sebastian hören, wie er mit heller Stimme boshaft das prätentiöse Gerede seiner ahnungslosen Opfer nachahmte. »Aber es hat ihn nie jemand hier besucht. Wenn er nicht gearbeitet hat, saß er meistens in seinem Zimmer.«

»Hätten Sie etwas dagegen, wenn ich mir Sebastians Zimmer einmal ansehe, Mrs. Wade?«

Er wußte selbst nicht, was er erwartet hatte. Aber ganz gleich, was für Vorstellungen er vielleicht im Kopf gehabt hatte – Wände voller Poster zum Beispiel, Reste von Adoleszenz –, dem, was ihn empfing, hatten sie in keiner Weise entsprochen.

In dieses Zimmer, so schien es, hatte Sebastian das ganze Geld gesteckt, das ihm nach Bezahlung der Raten für sein Motorrad und nach den Ausgaben für Kleidung geblieben war. Der ganze Boden war mit einem blaßgrauen Berberteppich ausgelegt, der sehr teuer aussah. Planmäßig und überlegt verteilt standen üppige Grünpflanzen. Kommode und Stühle sahen aus wie Antiquitäten, schienen mindestens gute Reproduktionen zu sein. Das Bett, ebenfalls eine Antiquität oder eine gute Reproduktion, erinnerte an einen Schlitten. An den perlgrauen Wänden hingen gerahmte Drucke von Museumsqualität, vor allem moderne Maler, aber auch, wie Kincaid zu erkennen meinte, ein, zwei amerikanische Impressionisten.

Sebastians Bücher, eine bunte Mischung, standen in einem einfachen Fichtenholzregal, einziges sichtbares Relikt aus der Kinderzeit. Klassische Kinderbücher, Stapel von Motorradzeitschriften, Stephen King, Spionageromane, die neuesten Techno-Thriller. Sebastian hatte offenbar eine Vorliebe für das Verwickelte und Hinterhältige gehabt. Auf dem obersten Bord entdeckte Kincaid eine alte Ausgabe der gesammelten Werke von Sherlock Holmes und die Romane Jane Austens.

Sebastians Kleider hingen ordentlich nach Art und Farbe sortiert im Schrank. Der Anblick dieser Kleidungsstücke, die darauf warteten, daß ihr Besitzer unter ihnen wählte, sich für das eine entschied und das andere verwarf, erfüllte Kincaid mit einer tiefen Traurigkeit.

Er fand die Akten ganz hinten im Schrank, sorgfältig in einem Karton mit der Aufschrift »Versicherung« verstaut.

7

Kincaid drückte Mrs. Wade einen Moment die kleine Hand und dankte ihr so herzlich, wie es ihm möglich war. Sie war innerlich wieder davongegangen, während er oben gewesen war, und hatte sichtlich Schwierigkeiten, ihren Blick auf ihn einzustellen. Er nahm wahr, daß sie schwach nach Kaugummi und frisch geschnittenem Tabak roch, dem Aroma des Tabakladens.

»Was ist mir Ihrem Laden, Mrs. Wade? Haben Sie jemanden, der Sie vertreten kann?«

»Ich habe ihn fürs erste geschlossen. Ich konnte ihn nicht offenlassen. Ich wollte ihn immer Sebastian hinterlassen, wissen Sie. Er hätte ja gar nicht hinter der Theke zu stehen brauchen, ich meine, dazu war er viel zu begabt, aber er hätte jemanden einstellen können und trotzdem noch ein nettes kleines Einkommen gehabt. Ich hab' das ganze Versicherungsgeld von seinem Vater in den Laden gesteckt. Er hätte ihn einmal bekommen sollen.«

Kincaid tätschelte die schlaffe Hand und suchte nach einem Wort des Trostes. »Ich bin sicher, er hat das zu würdigen gewußt, Mrs. Wade. Es tut mir leid.«

Der Messingklopfer blitzte hell, als er die Tür hinter sich zuzog. Es war ein schöner, etwas windiger Morgen geworden. Ein Stück gelbes Papier flatterte unter dem Scheibenwischer des Midget wie ein kleiner Schmetterling. Er hatte sich einen Strafzettel für falsches Parken geholt – der zuständige Verkehrspolizist war offensichtlich ein wachsamer Typ.

Kincaid steckte den Strafzettel in seine Brieftasche. Er klappte das Verdeck des Midget herunter, schob sich hinter das Steuer und blieb eine Weile nachdenklich sitzen. Was sollte er jetzt mit diesen unerwarteten Informationen anfangen? Ignorieren konnte er sie auf keinen Fall. Warum, zum Teufel, hatten nicht Nashs Leute das Zimmer durchsucht? Es waren fast sechsunddreißig Stunden vergangen, seit Sebastian gefunden worden war, und Nash hatte lediglich eine Polizeibeamtin zu seiner Mutter geschickt, um dieser die Nachricht schonend beibringen zu lassen; er hatte die Mutter noch nicht einmal verhört. Ein Glück vielleicht für die Mutter; er jedenfalls konnte sich nicht vorstellen, daß Nash sich in irgendeiner Weise bemüht hätte, ihren Schmerz zu lindern.

Dennoch, Nash mußte informiert werden, daran war nichts zu ändern. Und darum brauchte er jetzt dringend Hilfe. Er ließ den Motor an und griff zum Autotelefon.

Kincaid schätzte sich glücklich, einen Vorgesetzten wie Chief Superintendent Denis Childs zu haben. Childs war ein intelligenter Mann, der Kincaid als Mensch sympathisch war und den er beruflich sehr schätzte – und Kincaid wußte, daß er genauso leicht einen Vorgesetzten wie Nash hätte erwischen können, auch wenn er es bevorzugte zu glauben, daß ein Polizeibeamter von Nashs Kaliber bei New Scotland Yard über den Rang eines Constables nie hinausgekommen wäre.

Denis Childs war ein wuchtiger Mann, neben dem Kincaid in seiner ganzen schlanken Größe beinahe zierlich wirkte. Mit seiner olivfarbenen Haut und dem freundlich unergründlichen Gesicht erinnerte er Kincaid manchmal an einen orientalischen Potentaten.

»Sir«, sagte Kincaid nach den üblichen Begrüßungsfloskeln, »ich habe ein kleines Problem.«

»Ach was, tatsächlich?« meinte Childs gleichmütig, so wenig wie immer bereit, sich aus der Ruhe bringen zu lassen. »Und wie klein ist es?«

»Hm.« Kincaid zögerte. »Die Situation ist etwas kniff-lig. Gestern morgen habe ich den stellvertretenden Geschäftsführer des Hotels tot im Swimmingpool gefunden. Er ist an einem Stromschlag gestorben. Der zuständige Beamte hier ist der Meinung, daß es Selbstmord war, aber ich denke, wenn die Laborbefunde kommen, wird er sehen, daß dem nicht so ist. Kurz und gut, mir gefällt die ganze Sache nicht besonders. Ich bin eben... äh... ganz zufällig auf Akten des Toten gestoßen, die ziemlich negative Dinge über einige der *timeshare*-Eigentümer enthalten.«

»Von wegen zufällig! Sie haben geschnüffelt, Kincaid, obwohl Sie gar kein Recht hatten, Ihre Nase da hineinzustecken.« In Childs' Stimme schwang ein beifälliger Ton. »Erpressung?«

»Nein, das glaube ich nicht. Jedenfalls keine direkte Erpressung. Ich wollte Sie fragen, ob Sie mir nicht den Weg ein bißchen ebnen können, damit ich ganz diskret, auf eigene Faust, ein paar Nachforschungen anstellen kann. Ich möchte niemandem auf die Zehen treten...« Kincaid schwieg. »Um ganz ehrlich zu sein, am liebsten würde ich dem Mistkerl vors Schienbein treten, aber im Interesse der guten Zusammenarbeit zwischen den einzelnen Abteilungen...«

»Ich könnte mir denken, daß Sie bereits auf einige Zehen getreten sind. Der Assistant Commissioner wird Ihre Zurückhaltung zu schätzen wissen«, fügte Childs sarkastisch hinzu. »Aber ich will sehen, was ich tun kann. Ich glaube, der Chief Constable dort oben ist ein alter Freund des A. C. Vielleicht ist der A. C. bereit, Ihretwegen ein Wörtchen mit ihm zu reden. Unsere Unterstützung anzubieten, falls die Sache schwierig werden sollte. Ich werde mich einmal mit ihm unterhalten. Treten Sie inzwischen in keine Fettnäpfchen und auf keine Zehen.«

»Ich werde schweben wie ein Engel«, versprach Kincaid. »Ist es in Ordnung, wenn ich Sergeant James anrufe?«

»Tun Sie, was Sie nicht lassen können«, antwortete Childs, und Kincaid legte befriedigt auf.

Gemma James schob zwei Kämme in ihre roten Locken, ein neuerlicher Versuch, sie zur Räson zu bringen. Stirnrunzelnd sah sie sich im Spiegel an, zog die Kämme wieder heraus und bürstete ihr Haar nach hinten, um es zum Pferdeschwanz zu binden. »Ich gebe auf«, sagte sie laut. Da Gott ihr nun einmal rotes Haar und Sommersprossen mitgegeben hatte, war es wohl das beste, beides zu akzeptieren, anstatt ständig eine kühle Blonde oder eine schwüle Brünette sein zu wollen.

Das Telefon läutete genau in dem Moment, als sie den widerspenstigen Toby einfing, um ihn zum Babysitter zu bringen. Der freie Vormittag hatte ihre Stimmung aufgehellt, und sie griff mit wiedergewonnener Energie nach dem Hörer. »Nein, nein, Schätzchen. Laß Mama das machen.« Sie hielt Tobys grapschende Fingerchen mit einer Hand fest, hob mit der anderen den Hörer ab und zog den Kleinen hoch, um ihn rittlings auf ihre Hüfte zu setzen. Einen Moment lang drückte sie ihre Wange an sein helles Haar. Es war dank einer Laune des Schicksals völlig glatt, ganz anders als ihr eigenes und das dunkle Wuschelhaar seines Vaters.

»Gemma?«

»Hallo, Sir. Wie ist der Urlaub?« Gemma lachte ins Telefon, überrascht und erfreut, Kincaids Stimme zu hören. Sie wußte nicht recht, sollte sie ihn beim Vornamen nennen oder mit seinem Titel ansprechen.

»Entschuldigen Sie, daß ich Sie störe, Gemma. Arbeiten Sie im Augenblick an irgendeiner besonderen Sache?«

Es war also ein geschäftlicher Anruf, sie hatte sich richtig entschieden. »Nein, eigentlich nicht. Warum?«

»Ich wollte Sie bitten, verschiedenes für mich zu überprüfen, und das möglichst inoffiziell. Ich habe es mit dem Chef geklärt, aber ich bin nicht wirklich zuständig.«

»Kaffeeklatsch mit den Lästermäulern?« Gemma kannte Kincaids indirekte Methoden.

»Genau. In einigen Fällen werden Sie allerdings direkt mit den Verwandten sprechen müssen. Das Problem ist nur, daß ich nicht genau weiß, was ich eigentlich suche. Ungereimtheiten im Leben dieser Leute, Dinge, die irgendwie nicht ganz zu stimmen scheinen, irgendwas in der Richtung. Aber ich sollte Sie wohl erst einmal grundsätzlich informieren.«

Gemma, die den widerspenstigen Toby längst zu Boden gesetzt hatte, spitzte die Ohren und begann zu schreiben. Mit halbem Ohr hörte sie, wie der Kleine Töpfe und Pfannen aus dem Küchenschrank räumte, doch ihre Aufmerksamkeit war auf Kincaid konzentriert, und als sie schließlich auflegte, umspielte ein kleines befriedigtes Lächeln ihren Mund.

Gerade als Kincaid den Midget abgesperrt hatte und über den gekiesten Vorplatz zum Haus gehen wollte, kam Inspector Peter Raskin aus der Tür und eilte leichtfüßig die Treppe hinunter, ihm entgegen.

»Sir, ich hatte Sie fast schon aufgegeben«, sagte er statt einer Begrüßung. »Ich dachte, es würde Sie vielleicht interessieren, was die Laboruntersuchungen ergeben haben.«

Kincaid blickte zu den blinden Fenstern über ihnen hinauf. »Ja, wir müssen uns wirklich einmal unterhalten. Kommen Sie, gehen wir ein Stück.«

Sie gingen den Weg hinunter zu der Bank am Ende des Gartens – zu eben der Stelle, an der er und Hannah zwei Abende zuvor gestanden hatten, den Blick zum Haus, das mit seinen erleuchteten Fenstern so freundlich und einladend ausgesehen hatte.

»Sie zuerst«, sagte Kincaid, als sie sich gesetzt hatten.

»Sie hatten recht, weder auf dem Heizlüfter noch auf dem Stecker ist auch nur die Spur eines Fingerabdrucks zu finden, der nicht von Cassie Whitlake stammt. Also hat entweder Cassie selbst das Kabel eingesteckt – wobei ich mir nicht vorstellen kann, daß sie so unbekümmert ihre Spuren hinterlassen hätte –, oder aber die Person, die es getan hat, hat Handschuhe getragen. Angenommen, diese Person war Sebastian – und ich habe noch nie von einem Selbstmörder gehört, der zur Ausführung seiner Tat Handschuhe angezogen hat –, was hat er mit ihnen getan? Seine Kleider, seine Brieftasche, sogar sein Taschentuch und sein Kamm – alles lag ordentlich neben der Bank. Hat er das Kabel eingesteckt, die Handschuhe versteckt oder weggeworfen, um dann ans Becken zurückzukehren, sich auszuziehen und hineinzuspringen? Das macht mir keiner weis.« Raskin schwieg einen Moment. »Erstens hätte der Heizlüfter leicht schon einen Kurzschluß haben können, bevor er überhaupt ins Wasser gesprungen war, zweitens hab' ich noch nie von einem methodischen Selbstmörder gehört, der keinen Abschiedsbrief hinterlassen hat.«

»Nein, daran glaube ich auch nicht«, sagte Kincaid. »Wie steht es mit der Todeszeit?«

»Zwischen zweiundzwanzig Uhr und Mitternacht, meint der Arzt, nach dem Mageninhalt zu urteilen. Enger kann er es nicht eingrenzen.«

»Eine große Hilfe ist das nicht, aber ich habe eigentlich nichts anderes erwartet. Keiner der Gäste hat ein wirkliches Alibi?«

»Nein, kann man nicht behaupten.« Raskin zählte die Leute an den Fingern ab. »Cassie sagt, sie sei gegen zehn in ihren Bungalow gegangen. Die Hunsingers sind schlafen gegangen, nachdem sie die Kinder zu Bett gebracht und noch einen Kräutertee getrunken hatten. Marta und Patrick Rennie haben ausgesagt, sie seien die ganze Zeit in ihrem Apartment gewesen, aber sie scheint sich mit dieser Aussage irgendwie nicht wohl zu fühlen. Die Damen MacKenzie haben sich gegen zehn zurückgezogen und um elf beide geschlafen. Janet Lyle hatte Kopfschmerzen, und ihr Mann brachte ihr eine Tasse Tee. Danach ist sie eingeschlafen, und er ebenfalls. Hm, mal sehen, wer jetzt noch bleibt.«

»Die Frazers«, sagte Kincaid.

»Richtig, die Frazers. Vater und Tochter kamen gegen halb elf aus York zurück, vom Abendessen, und sind danach beide zu Bett gegangen.«

»Und Hannah und ich«, fuhr Kincaid fort, »haben gegen elf noch hier im Garten einen Spaziergang gemacht...«

»...und danach haben Sie sich getrennt, und jeder ist in sein eigenes Apartment gegangen«, vollendete Raskin und dehnte seine Finger, bis die Knöchel knackten.

»Alles ziemlich unbrauchbar«, stellte Kincaid mißmutig fest. »Jeder von diesen Leuten kann lügen, und wir würden es nicht merken. Ich bin beispielsweise überzeugt davon, daß Angela Frazer keine Ahnung hat, ob ihr Vater im Apartment war oder nicht. Die beiden hatten auf der Heimfahrt einen Riesenkrach, und sie hat sich daraufhin im Badezimmer eingesperrt. Sie ist dort auf den Fliesen eingeschlafen.«

Raskin grinste. »Ihre Vernehmungstechnik muß ein ganzes Stück besser sein als die meines Chefs – er hat nicht mehr aus ihr herausbekommen als hin und wieder ein mürrisches Ja oder Nein.«

»Das kann ich mir vorstellen. Peter«, sagte Kincaid, sich vorsichtig seinen Weg ertastend, »ich habe heute Sebastians Mutter einen Besuch abgestattet.« Raskin zog nur eine Braue hoch. »Ich habe mir sein Zimmer angesehen. Er hatte einen ganzen Stapel Dossiers über die Eigentümer hier, einige davon mit durchaus brisantem Inhalt.«

Diesmal zog Raskin beide Augenbrauen hoch. »Das wird Nash Ihnen nie verzeihen, Sir. Sobald wir die Laborbefunde hatten, hat er ein Team zu Mrs. Wade geschickt – ihn wird wahrscheinlich der Schlag treffen, wenn er hört, daß Sie schon vor ihm dort waren.«

Kincaid lächelte ein wenig schuldbewußt. »Es war kein Vorsatz. Ich habe bereits Buße getan und die nötigen Schritte unternommen, um für eine Beruhigung Ihres Chefs zu sorgen. Aber es wird vielleicht ganz klug sein, wenn ich ihm aus den Augen bleibe, bis das Ganze von oben durchgesickert ist. Wenn Nash mich jetzt zur Minna macht und danach alles zurücknehmen muß, macht das den Umgang mit ihm höchstens noch schwieriger.«

Raskin maß ihn mit einem nachdenklichen Blick. »Das heißt wohl, daß New Scotland Yard uns bei unseren Ermittlungen ›behilflich‹ sein wird?«

»Möglich. Es geschieht selbstverständlich alles auf äußerst höfliche und diplomatische Art und Weise.«

»Selbstverständlich.« Sie tauschten ein verständnisinniges Lächeln. »Also dann«, sagte Raskin auffordernd, »wollen Sie mir nichts Näheres erzählen, Sir? Was für schmutzige Geheimnisse hat der neugierige Mr. Wade denn ausgegraben?«

Kincaid streckte die Beine aus und blickte sinnend zu seinen Schuhspitzen hinunter. »Es sind sehr viele Dossiers da, aber ich denke, wir sollten uns auf die Akten derjenigen Leute konzentrieren, die diese Woche hier sind. Zum Beispiel ist Sebastian einem Gerücht nachgegangen, das in Dedham zirkuliert und besagt, Emma und Penny MacKenzie hätten ihrem heißgeliebten Vater zu einem schnelleren Ende als von der Natur vorgesehen verholfen.« Raskin sah ihn verblüfft an, unterbrach jedoch nicht. »Er war Diabetiker, und sie haben ihm selbst das Insulin gegeben – sie könnten einfach die Dosis etwas erhöht haben.«

»Ja, möglich ist das wohl. Ich habe schon Unwahrscheinlicheres gehört. Und der nächste Kandidat?«

»Graham Frazer. Er hat anscheinend eine heiße Affäre mit Cassie Whitlake – was an sich nicht weiter schlimm wäre, wenn nicht Frazer zur Zeit einen erbitterten Kampf um das Sorgerecht für Angela führte, bei dem diese Geschichte vielleicht als Munition gegen ihn eingesetzt werden könnte. Das sind übrigens Sebastians Vermutungen. Er war sehr gründlich.

Er notierte außerdem zunehmende Unstimmigkeiten zwischen den Rennies. Das ist alles über die derzeitigen Gäste – abgesehen von einer alten Vorstrafe Maureen Hunsingers wegen Drogenbesitzes.«

Raskin verschluckte sich beinahe. »Unsere Große Mutter? Ich hätte nie geglaubt, daß ihr je etwas Giftiges über die Lippen käme.«

Kincaid grinste. »So unlogisch ist das gar nicht. Die Naturkostbewegung ist in gewisser Weise ein später Abkömmling der Hippiekultur der sechziger und siebziger Jahre, und diese Vorstrafe ist zwanzig Jahre alt. Wie Sebastian davon Wind bekommen hat, ist mir schleierhaft.«

»Was ist mit den anderen?« fragte Raskin.

»Hannah Alcock und die Lyles sind zum erstenmal hier. Vielleicht hatte er da nichts gefunden.«

»Das gleiche gilt für die MacKenzies«, erinnerte ihn Raskin.

Kincaid runzelte die Stirn. »Ja, das wäre zu bedenken. Es würde mich interessieren, wie er an diese kleine Geschichte gekommen ist.«

»Und nichts über Ihren Vetter?« Raskin grinste boshaft.

»Nein, Gott sei Dank nicht«, antwortete Kincaid mit Erleichterung. »Jack hat offensichtlich eine blütenweiße Weste. Sonst hätte das für mich peinlich werden können.«

»Und wer«, sagte Raskin mit Bedacht, »ist nun Ihrer Meinung nach das arme Opfer des Erpressers gewesen?«

Kincaid antwortete nicht gleich. Er hielt den Blick auf das stille Haus gerichtet, und als er sprach, war seine Stimme sehr leise. »Es mag merkwürdig erscheinen, aber ich glaube nicht, daß Sebastian jemanden erpreßt hat. Zumindest nicht um Geld. So wie es aussieht, hat er über fast jeden Eigentümer eine Akte angelegt. Der Inhalt ist größtenteils harmloser Natur – Charakterstudien, könnte man sagen. Vielleicht ging es ihm nur um ein bißchen Macht.« Kincaid rieb sich mit beiden Händen das Gesicht. »Ich weiß nicht... Ich verlasse mich da auf mein Gefühl. Ich kann ihn einfach nicht als Erpresser sehen.«

»Na wunderbar, ich höre schon, was mein Chef dazu sagen wird. Der hält nämlich nicht viel vom Gefühl.«

»Ja, das kann ich mir vorstellen.« Kincaid lachte. »Aus diesem Grund werde ich mich heute nachmittag lieber mal eine Weile rar machen. Jedenfalls so lange, bis mein Chef Gelegenheit hatte, ein paar Steinchen in den Teich zu werfen. Sonst buchtet Nash mich am Ende noch ein. Ich glaube, ich werde ein bißchen wandern. Ich mache ja schließlich Urlaub hier«, erklärte Kincaid nicht ohne eine gewisse Ironie.

Der Anblick Emma MacKenzies, die auf einer Bank oberhalb des Tennisplatzes saß, veranlaßte Kincaid, von seinem Weg abzuweichen. Durch ihren Feldstecher blickte sie angespannt zu den Baumwipfeln hinauf und ließ sich in ihrer Konzentration auch nicht stören, als Kincaid sich neben ihr hinsetzte. Er wartete schweigend, folgte mit den Augen ihrem Blick, und es dauerte nicht lange, da sah er es rot aufleuchten.

»Ach verdammt. Jetzt ist er weg«, sagte Emma und senkte den Feldstecher.

»Was war es denn?«

»Ein männlicher Dompfaff. Kommt zwar häufig vor, aber man sieht sie selten. Sie sind sehr scheu.«

»Ich habe noch nie Vögel beobachtet«, bemerkte Kincaid. »Das muß interessant sein.«

Emma warf ihm einen mitleidigen Blick zu. Unmöglich, jemandem, der eine so naive Bemerkung machen konnte, eine lebenslange Leidenschaft zu erklären. »Hm.« Sie wandte sich von ihm ab, um wieder zu den Bäumen hinaufzublicken. »Es ist eine Kunst. Sie sollten sich einmal darin versuchen.« Sie hielt ihm ihren Feldstecher hin. »Nehmen Sie ihn. Ich gehe jetzt sowieso hinein, der Nachmittag ist die ungünstigste Tageszeit.«

»Gern.« Kincaid nahm den Feldstecher und zog sich den Riemen über den Kopf. »Vielen Dank. Ich habe vor, zum Sutton Bank hinaufzuklettern.« Er zögerte, dann sagte er in möglichst neutralem Ton: »Miss MacKenzie, haben Sie sich viel mit Sebastian unterhalten?«

Emma hatte Anstalten gemacht aufzustehen. Jetzt hielt sie inne, ließ sich wieder zurücksinken, setzte sich bequemer. »Er schien mir ein intelligenter Junge zu sein, aber schwierig. Hinter dieser Schlagfertigkeit und dem spöttischen Mundwerk hat sich meiner Ansicht nach eine leicht verletzliche Empfindsamkeit versteckt.« Sie schwieg einen Moment nachdenklich. »Er konnte sehr liebevoll sein. Er war liebevoll zu Angela Frazer. Ich glaube, er hat sie als eine Art Schicksalsgenossin gesehen, jemand, der wie er nie dazugehörte; für ihren Vater immer nur eine Randfigur. Und ich hatte den Eindruck, daß er Graham Frazer verachtete. Ich weiß nicht, warum. Auch zu den kleineren Kindern war er sehr liebevoll, hat sich immer irgendwelche Spiele oder Unternehmungen für sie ausgedacht, um sie zu unterhalten. Er schien sich in ihrer Gesellschaft wohl zu fühlen.«

»Nett zu Kindern und zu Tieren«, murmelte Kincaid und spürte, wie Emma MacKenzie an seiner Seite erstarrte. Er sah förmlich, wie sie die Zugbrücke hochzog, und verfluchte sich für seine Taktlosigkeit. »Nein, nein, ich mache mich nicht über Sie lustig«, beteuerte er hastig. »Ich habe ihn auch gemocht, obwohl ich ihn nur so kurz kannte und eigentlich wider Willen. Und ich muß sagen«, fügte er mit einem unbefangenen Lächeln hinzu, »Sie sind eine sehr gute Beobachterin.«

Emma entspannte sich wieder, aber er spürte, daß der Strom versiegt war. Wenn er sie jetzt drängte, würde er nur ihr Gewissen auf den Plan rufen, und sie würde sich jede Neigung zu »billigem Tratsch« verbieten.

»Wonach soll ich eigentlich Ausschau halten?« fragte er und hob den Feldstecher an die Augen.

»Ich vermute, Sie könnten nicht einmal ein Rotkehlchen von einer Elster unterscheiden. Am besten nehmen Sie das hier mit«, sie reichte ihm ein kleines, abgegriffenes Buch, »da können Sie im Zweifelsfall nachschlagen. Versuchen Sie einfach, aufmerksam zu sein. Ich könnte mir denken, daß das Beobachten von Vögeln nicht so anders ist als das Beobachten von Menschen. O ja«, fügte sie hinzu, als sie seinen überraschten Blick sah, »Sie sind darin sehr geübt. Ich vermute, es ist eine Gabe, die Sie von Natur mitbekommen und dann ausgebildet haben. Sie flößen anderen Vertrauen ein mit dieser Miene aufrichtigen Interesses an jedem geäußerten Wort und einer kleinen Schmeichelei ab und zu. Und ich gehe jetzt lieber, ehe ich etwas sage, was ich besser nicht sagen sollte.«

Damit stand sie auf und stapfte entschlossen zum Haus.

8

Am Ende des Anwesens kreuzte der Fußpfad einen kleinen Bach und wandte sich dann scharf nach rechts, um dem Gewässer zum Sutton Bank zu folgen. Anfangs bereitete das Gehen keine Mühe, es war kühl unter den ausladenden Ästen, und der Boden war mit welkem Laub und knirschenden Eicheln gepolstert. Kastanienbeladene Zweige hingen tief herab, und zweimal sah Kincaid rote Fliegenpilze unter den gefallenen Blättern aufleuchten, so hell wie Tropfen frischen Bluts. Vögel sah er keine. Eine gespenstische Stille lag über dem Wald.

Nach einer Weile führte der Weg ins Sonnenlicht hinaus, und das Gelände begann anzusteigen. Bei jedem Schritt schlug ihm der Feldstecher an die Brust. Brombeersträucher, die in den Weg hineinwuchsen, zerkratzten ihm die Hände und hängten sich an seinen Kleidern fest. Ab und zu mußte er stehenbleiben, um sich zu befreien. Als er sich dem Gipfel näherte, fühlte er sich beinahe von der Erschöpfung überwältigt; die Sonne und die dunstige, von Pollen schwere Luft wirkten wie eine Droge auf seine Sinne. An einer Stelle am Wegrand war der braune Farn niedergetrampelt und flachgedrückt, als hätte dort jemand gelegen. Er streckte sich auf den welken Blättern aus und schlief augenblicklich ein.

Ein Schatten auf seinem Gesicht weckte ihn. Schlaftrunken wie er war, brauchte er einen Moment, um die Bilder zu sortieren, die sein Auge aufnahm – riesige rot- und gelbgestreifte Schwingen hingen über ihm, und ein menschliches Gesicht, das zwischen ihnen aufgehängt war, blickte zu ihm hinunter. Ein Drachenflieger. Reizende Überraschung. Jetzt erinnerte er sich auch, in einer

Broschüre gelesen zu haben, daß Sutton Bank bevorzugtes Gebiet der Drachenflieger war, aber das verdammte Ding hatte ihn fast zu Tode erschreckt.

Er setzte sich auf und sah zu, wie der Flieger langsam zu Followdale House hinunterschwebte. Dann hob er Emmas Feldstecher an die Augen und stellte die Gläser auf den Parkplatz ein. Hannahs silberner Citroën fuhr gerade durch das Tor und hielt auf dem Vorplatz, die kleine Gestalt, fern und unkenntlich bis auf eine typische Art der Körperhaltung, begab sich auf den Weg zur Tür. Er senkte den Feldstecher und streckte sich, dann stützte er die Ellbogen auf die hochgezogenen Knie. Die Kombination aus tiefem Schlaf und plötzlichem Erwachen hatte wie ein belebendes Tonikum auf ihn gewirkt, so daß er in diesem Augenblick alles mit bemerkenswerter Klarheit und Schärfe sah.

Diese ganze verdammte Geschichte ergab keinen Sinn, jedenfalls nicht nach dem, was er bisher wußte. Nicht einen Moment lang glaubte er daran, daß eine der Schwestern MacKenzie imstande sein könnte, einen vorsätzlichen Mord zu begehen. Möglich, daß sie ihrem alten Vater unter Skrupeln zu einem schnelleren Ende verholfen hatten, niemals jedoch würden sie töten, um ihre Tat zu vertuschen. Er konnte sich andererseits gut vorstellen, daß sie aus falsch verstandenem Pflichtgefühl oder fehlgeleiteter Dankbarkeit jemanden decken würden.

Hatte Sebastian gedroht, Cassies Affäre mit Graham publik zu machen? Das wäre auf jeden Fall eine Erklärung für das Gespräch, das er belauscht hatte. Aber selbst wenn es so gewesen sein sollte, welchen Grund sollte einer der beiden gehabt haben, Sebastian zu töten, um dies zu verhindern? Sicher war es der Geschäftsleitung des *timesha-*

ring-Projekts nicht recht, wenn Cassie zu den Eigentümern intime Beziehungen aufnahm, aber sie hatte doch gewiß keine so drastische Strafe zu fürchten, daß sie deswegen töten mußte.

Und Graham? Kincaid glaubte nicht, daß Familienrichter, die über das Sorgerecht zu entscheiden hatten, von geschiedenen Vätern erwarteten, daß sie wie Mönche lebten. Im übrigen wäre er zu wetten bereit gewesen, daß Angela genau wußte, was vorging, wenn auch vielleicht nicht bis ins letzte Detail. Sie war um einiges wacher, als ihr Vater glaubte. Wenn also Cassie und Graham in der Nacht vor Sebastians Tod zusammen gewesen waren, warum hatten sie sich dann nicht gegenseitig ein Alibi gegeben?

Kincaid seufzte. Nicht einmal für diese äußerst vagen Spekulationen besaß er genügend Fakten. Gemma würde vielleicht etwas herausfinden, aber verlassen konnte er sich darauf nicht. Es gab, soweit er sehen konnte, keine andere Möglichkeit für ihn, als sich, obwohl er bereits in unhaltbarer Lage war, noch ein wenig weiter vorzuwagen. An seinem Entschluß, einfach Urlaub zu machen und die ganze Geschichte zu ignorieren, konnte er nicht festhalten. Er hatte eine ungesunde Neigung, für seinen Beruf wahrscheinlich notwendig, an den Dingen herumzuspielen, wie man das etwa mit einem schmerzenden Zahn macht, den man immer wieder mit der Zunge befühlen muß – je mehr es schmerzt, desto schwieriger ist es aufzuhören.

Aber da war noch etwas anderes, ein Gefühl, daß das Drehbuch sich nach einer eigenen Dynamik entfaltete, ohne Rücksicht auf sein unbedeutendes Handeln.

Genug. Abrupt stand Kincaid auf. Wenn er so weitermachte, würde er gleich noch Camus lesen und das heulende Elend bekommen. Es war an der Zeit, daß er auf eigene Faust etwas unternahm.

Die Cocktailstunde lockte die Gäste in Followdale House an wie ein Unfallschauplatz die Neugierigen. Sie kamen, dachte Kincaid, trotz ihres Widerwillens, weil ihr Bedürfnis nach Klatsch stärker war als ihr Unbehagen an der Gesellschaft der anderen.

Unbehagen war nicht genau das Wort, das Kincaid verwendet hätte, um das Bild zu charakterisieren, das der Abgeordnete Patrick Rennie und Hannah Alcock boten. Sie standen lebhaft miteinander sprechend vor dem offenen Kamin, der Leute, die um sie herumschwirrten, offenbar gar nicht gewahr. Rennie zeigte sich von der sportlich eleganten Seite im petrolblauen Pullover, dessen Farbe sein glänzendes helles Haar zur Geltung brachte. Kaschmir, dachte Kincaid, das muß Kaschmir sein. Etwas anderes kam gar nicht in Frage. Hannah lachte, das Gesicht Rennie zugewandt, sein Ausdruck strahlend.

Kincaid blieb an der Tür stehen. Er fühlte sich auf kindische, lächerliche Art übergangen. Wie absurd. Sie hatten sich gut miteinander unterhalten, nicht mehr. Er hatte keinerlei Anspruch auf Hannahs Aufmerksamkeit oder Zuwendung.

Er nahm Kurs auf die Bar und ging mit einem nichtssagenden Lächeln an Maureen vorüber, fest entschlossen, sich von ihr auf keinen Fall festhalten zu lassen. Heute abend Bier, dachte er. Der Whisky in diesem Hause blieb am besten medizinischen Zwecken vorbehalten. Er schenkte sich ein Glas dunkles Ale ein und legte gewissenhaft sein Geld in die Schale.

Marta Rennie saß allein an einem der kleinen runden Tische, dessen glänzende Platte aus irgendeinem Holzimitat mit feuchten Gläserabdrücken und Zigarettenasche beschmutzt war. Sie zog grimmig entschlossen an einer Zigarette. Unter dem Tisch schlug sie mit dem Fuß gedämpft einen krampfhaften Takt. Auch von einer gewissen Eifersucht geplagt, dachte Kincaid. Es gibt keine bessere Kandidatin für verräterische Versprecher als die Eifersüchtige, und Kincaid beschloß, sich das nach Kräften zunutze zu machen.

»Gestatten Sie, daß ich mich zu Ihnen setze?« Er lächelte.

»Bitte.« Ihre nasale Antwort war so desinteressiert wie der Blick, mit dem sie ihn ansah.

Kincaid schob einen der Hocker zurück und setzte sich, ehe er den ersten Schluck von seinem Bier trank. Marta rauchte stumm, die Augen auf irgendeinen unsichtbaren Punkt in der Ferne gerichtet. Kincaid nahm sich die Zeit, sie zu mustern. Der Hautfarbe und dem Typ nach hätte sie die Schwester ihres Mannes sein können, und Kincaid witterte bei den Leuten, die sich Spiegelbilder ihrer eigenen Person zu Partnern nahmen, stets mehr als nur ein Quentchen Narzißmus. Martas geschliffene Eleganz jedoch verlor beträchtlich durch den Geruch nach kaltem Zigarettenrauch, der sie umgab.

»Ich war ganz überrascht, heute abend so viele Leute zu sehen. Ich habe gedacht, die Umstände würden die Stimmung etwas dämpfen.«

Auf diesen schwachen Versuch, ein Gespräch anzuknüpfen, erhielt Kincaid nicht einmal den Hauch einer Antwort. Ein großer persönlicher Erfolg für ihn schien dieser Abend ja nicht gerade zu werden. Marta drückte ihre Zigarette in dem billigen Blechaschenbecher aus und griff mit nicht allzu ruhiger Hand nach ihrem Glas. Sie schien reinen Gin oder Wodka zu trinken, und Kincaid erkannte plötzlich, daß Marta Rennie auf dem besten Weg war, sich sinnlos zu betrinken.

Als sie dann doch etwas sagte, war er überrascht. »Fünfzehn Jahre. Die muß mindestens fünfzehn Jahre älter sein als er.« Kincaid konnte jetzt das leichte Lallen hören.

»Wer?«

»Na, diese Wissenschaftlerin...« Sie verstummte wieder. Statt der schwarzen Samtschleife trug sie einen blaßgelben Seidenschal im Nacken. Die weich fallende Schleife war halb aufgegangen und hing ihr unordentlich den Rücken hinunter.

»Sie meinen Hannah?«

»Er ist vollkommen hingerissen. Von ihren verdammten ›Leistungen‹«, sagte Marta höhnisch. »Aber er wollte partout keine berufstätige Frau. O nein, er wollte eine Frau, die bei den politischen Veranstaltungen neben ihm sitzt und hübsch aussieht. Eine Frau, die er nach seinen Wahlreden vorführen kann wie ein preisgekröntes Pony. Die absolute Sinnlosigkeit.« Sie hielt ihr Glas hoch und starrte mit zusammengekniffenen Augen hinein, als könnte sie in seinen Tiefen die Offenbarung finden.

»Ich bin überzeugt, Ihr Mann weiß das, was Sie für ihn tun, zu schätzen.«

»Daß ich nicht lache.« Marta zündete sich eine neue Zigarette an. »Ich vermute allerdings«, fuhr sie eine Rauchwolke ausstoßend fort, »daß er das Geld, das meine Eltern für seinen Wahlkampf spenden, zu würdigen weiß.«

Kincaid kam zu dem Schluß, daß feine Töne an Marta in diesem Zustand verschwendet wären. »Ich höre«, er neigte sich zu ihr hinüber und senkte verschwörerisch die

Stimme, »daß Inspector Nash nicht recht daran glaubt, daß Sebastian Selbstmord begangen hat. Es ist ein Glück, daß Sie und Patrick in der Nacht zusammen waren. Denn so etwas könnte seinem Image bei seinen konservativen Wählern wirklich schaden.«

Marta sah ihn verständnislos an. »Was?«

»Eine Morduntersuchung«, erläuterte Kincaid freundlich.

Marta warf ihm einen listigen Blick zu. »Ich habe geschlafen. Sehr günstig, nicht wahr. Er auch. Ich meine, er hat auch geschlafen. Aufstrebende Politiker«, sie hatte etwas Mühe mit den Worten, »sollten nachts, wenn die Ehefrau schläft, nicht durch die Gegend laufen. So etwas ist sehr dumm. Aber Patrick«, sie sprach den Namen sehr klar und deutlich aus, »ist nie dumm.« Sie leerte ihr Glas und stellte es mit klirrendem Aufprall nieder. »Spendieren Sie mir einen Drink?«

»Aber natürlich. Was trinken Sie?«

»Gin und Tonic. Kein Tonic.«

Kincaid füllte ihr Glas und trug es zum Tisch zurück. Marta Rennie mochte wütend sein, aber sie war auch schlau, wie das Betrunkene oft sind. Sie wußte genau, wo ihr politischer Vorteil lag.

Mit dem Bierglas in der Hand ging Kincaid auf der Suche nach nüchterneren Gesprächspartnern langsam in den Salon zurück. Gute Laune, so schien es, besaß eine starke Anziehungskraft. Die Gäste hatten sich um Hannah und Patrick geschart, als hofften sie, daß etwas von der spontanen Freude auf sie abfärben würde. Eddie und Janet Lyle, Maureen Hunsinger und Graham Frazer. Und Penny MacKenzie, die genüßlich ihren süßen Sherry schlürfte.

Ihr Gesicht war von der Erregung gerötet. Nur Emma MacKenzie, John Hunsinger und die Kinder fehlten.

Kincaid gesellte sich zu der Gruppe. Hannah lächelte ihn an, und er, wider Willen angesteckt von ihrem unverhüllten Entzücken, erwiderte ihr Lächeln.

»Was ist denn so amüsant?« fragte er Hannah. »Habe ich vielleicht etwas verpaßt?«

»Patrick hat uns gerade eine äußerst witzige Geschichte über eine seiner Wählerinnen erzählt...«

»Ach«, wehrte Rennie bescheiden ab, »so toll ist es nun auch wieder nicht. Sie ist meine treueste Anhängerin, aber sie kann sich einfach nicht meinen Namen merken. Sie ist eine wirklich nette alte Dame, sitzt in sämtlichen Ausschüssen des Bezirks und macht beträchtliche Spenden locker. Es würde mir nicht einfallen vorzuschlagen, daß jemand anderer mich vorstellen soll. Aber ich habe in Kürze eine sehr wichtige Wahl vor mir, und ich sehe jetzt schon, wie sie aufsteht, um mich bei der letzten Versammlung vorzustellen, wie sie ihren Mund aufmacht und dann kein Wort herausbringt, weil sie keine Ahnung hat, wie ich heiße.«

Rennie erzählte seine Anekdote mit Charme und routinierter Lockerheit, und Kincaid konnte sich vorstellen, wie die Damen »im gewissen Alter« ihn umschwärmten und um seine Aufmerksamkeit kämpften.

»Ich vergesse auch manchmal etwas«, sagte Penny in der folgenden Pause. »Erst neulich abends konnte ich meine Handtasche nicht finden. Ich habe sie überall gesucht, und bin dann hier herunter gegangen, und da hatte ich sie doch hier mitten auf dem Tisch liegengelassen.«

»Ja, mir passiert auch andauernd so etwas«, warf Maureen gutmütig ein. »Manchmal habe ich den Verdacht, ich würde sogar meine Kinder vergessen, wenn sie mich nicht daran erinnern würden, daß sie auch noch da sind.«

»Eddies Mutter war auch schrecklich vergeßlich.« Janet Lyle sprach leise, mit einem zaghaften Blick zu ihrem Mann. »Wir haben uns große Sorgen um sie gemacht. Wir fanden es zu gefährlich für sie, weiterhin allein zu leben, aber sie wollte nicht in ein Heim.«

»Sie war sehr stolz. Sehr selbständig bis zuletzt«, fügte Eddie hinzu.

Maureen war ganz Teilnahme. »Ach Gott. Und was ist dann passiert?«

»Sie hatte einen Unfall. Mit dem Wagen.« Eddie schüttelte den Kopf. »Wir hatten ihr immer wieder geraten, nicht mehr zu fahren. Aber sie wollte nicht auf uns hören. Chloe, unsere Tochter, war untröstlich.«

Kincaid glaubte einen Anflug von Genugtuung in Lyles Stimme zu hören, ein »Ich hab's euch ja gesagt«, das sich nicht ganz unterdrücken ließ.

In das teilnehmende Zungenschnalzen hinein sagte Patrick Rennie: »Es ist sehr schwierig, für alte Eltern zu sorgen. Ich höre das ständig von meinen Wählern.«

Werden wir jetzt, dachte Kincaid, mit der konservativen Standardlösung des Problems konfrontiert, oder ist er tatsächlich betroffen? In der Erwartung, höflich interessierte Mienen zu sehen, sah er sich um.

Die Reaktion schien reichlich unangemessen. Penny MacKenzies Augen schwammen in Tränen. »Entschuldigen Sie mich.« Ihr Flüstern war beinahe nicht zu hören. Sie drückte Maureen ihr Sherryglas in die Hand und floh.

»Was zum Teufel?« Patricks Stimme klang laut in der Stille, die dem Zuschlagen der Tür gefolgt war. »Da bin ich wohl in ein Fettnäpfchen getreten?«

»Ich weiß es nicht«, antwortete Maureen. »Ich glaube, Penny und Emma haben lange Zeit ihren kranken Vater gepflegt. Vielleicht war die Erinnerung zuviel für sie.«

»Wie schwierig für sie«, sagte Janet Lyle, und alle nickten mitleidig. Alle außer Hannah, die, wie Kincaid sah, sehr blaß geworden und zum erstenmal, seit er sie kennengelernt hatte, so alt aussah wie sie war.

»Ich glaube, ich gehe jetzt besser auch.« Hannah lächelte mühsam und ging aus dem Zimmer, ohne Patrick auch nur anzusehen.

»Du meine Güte, das scheint ansteckend zu sein.« Das war das erstemal, daß Cassie etwas sagte. »Armer Patrick. Hoffentlich haben Sie nicht die gleiche Wirkung auf die Wähler.« Bis zu diesem Augenblick hatte sie ganz am Rand der Gruppe gestanden und die Gäste ausnahmsweise einmal sich selbst überlassen. Ihr Ton jetzt war ätzend.

Ehe Rennie etwas erwidern konnte, erschien seine Frau an der Tür zur Bar. Sie bewegte sich, als ginge sie auf Eiern, mit der übertriebenen Vorsicht der stark Betrunkenen. Der gelbe Schal flatterte ihr um die Schultern wie ein Banner.

»Was ist denn los«, sagte sie langsam und schleppend, »fühlt sich jemand gekränkt?«

Der Krocketschläger traf die Kugel mit einem satten Knall. Brian Hunsinger jubelte, als seine Kugel an die seiner Schwester prallte und sie vom Tor wegschlug. »Jetzt hab' ich dich. Jetzt hab' ich dich«, schrie er begeistert, während er seinen Schläger durch die Luft schwang.

»Ach du bist ja ein Baby!« schrie Bethany zurück. »Mit dir spiel' ich überhaupt nicht mehr. Du schwindelst ja. Eigentlich war ich jetzt dran.«

»Gar nicht wahr.«

»Bald wird es zu dunkel, um weiterzuspielen.« Angela mischte sich in den Streit ein. »Komm, Beth. Jetzt bist du an der Reihe. Ich wette, du kannst Brians Kugel bis zum Vorplatz schlagen.«

Angela als Friedensstifterin. Das ist, dachte Kincaid, etwas ganz anderes als das trotzige Kind, das irgendwo in einer Ecke sitzt und mit niemandem spricht. Er blieb auf der Treppe stehen und beobachtete die drei Kinder. Am anderen Ende des Gartens saßen Emma MacKenzie und John Hunsinger in freundschaftlichem Gespräch nebeneinander auf der steinernen Bank. Sie schienen eindeutig besser miteinander klarzukommen als die Gruppe, die sich drinnen gerade aufgelöst hatte.

Patrick Rennie hatte hochrot im Gesicht vor peinlicher Verlegenheit seine Frau aus dem Zimmer geführt. »So ein Pech. Der arme Patrick«, hatte Marta Rennie den anderen über die Schulter hinweg zugerufen, während ihr Mann sie durch die Tür bugsiert hatte. Das letzte, was sie hörten, war der Widerhall ihres boshaften Gelächters aus dem Vestibül.

Cassie hatte sich auf dem Absatz umgedreht und war ohne ein Wort aus dem Salon gegangen. Graham, der den ganzen Abend so schweigsam wie Cassie gewesen war, hatte plötzlich gesagt: »Ach Mist, die macht es vielleicht genau richtig«, und war in Richtung Bar verschwunden.

Maureen hatte sich umgeblickt, »ach Gott, die Kleinen haben ja noch gar nicht zu Abend gegessen«, gerufen und war davongeeilt.

»Es war nett. Ich meine, bis…« Janets Blick war in Richtung zu ihrem Mann gewandert.

»Unerhört. Absolut unerhört. Woher der Mann die

Dreistigkeit nimmt, sich mit einer solchen Frau um ein öffentliches Amt zu bewerben, ist mir völlig schleierhaft.« Eddie war entrüstet aus dem Salon stolziert, und Janet war ihm mit einem letzten entschuldigenden Blick zu Kincaid gefolgt.

Cassie zog sich verärgert den Pulli über den Kopf. Die Wolle hatte so stark auf ihrer Haut gekratzt, daß sie das Gefühl hatte, mit einer Stahlbürste gescheuert worden zu sein. Aber die Farbe, ein stumpfes Oliv, schmeichelte ihr, und sie hatte sich für diesen Abend mit besonderer Sorgfalt angekleidet. Gebracht hatte es allerdings gar nichts. Ebensogut hätte sie in Sack und Asche erscheinen können.

Von dem Moment an, als sie zum Cocktail in den Salon gekommen war, war alles schiefgegangen.

Ach was, seit dem Riesenkrach mit Sebastian am Sonntag nachmittag war alles schiefgegangen. Cassie ließ ihren Pulli einfach fallen, schleuderte die Leinenhose in Richtung Schlafzimmer und schlüpfte in einen alten Satinmorgenrock, der noch vom Abend zuvor über dem Sessel lag. Sie hatte kaum Anstrengungen gemacht, der unpersönlichen Atmosphäre des in Chintz und Eiche eingerichteten Bungalows ihren eigenen Stempel aufzudrücken. Sie zog es vor, sich im großen Haus mit ihren Liebhabern zu treffen.

Bei dem Gedanken hellte ihr Gesicht sich flüchtig auf, verdüsterte sich jedoch gleich wieder, als sie sich an das letzte Rendezvous dort erinnerte. Sie hatte genau gewußt, was sie zu sagen und was sie zu tun hatte, aber irgendwie war alles ihrer Kontrolle entglitten, all ihre Vorsätze waren nichts wert gewesen.

Leises Klopfen an der Eingangstür riß Cassie aus ihren

Gedanken. Zorn schoß in ihr hoch. Sie riß die Tür auf. »Ich hab' dir doch gesagt, du sollst niemals...«

Duncan Kincaid mit seinem aufreizend selbstgefälligen Lächeln stand vor ihr. »Haben Sie jemand anders erwartet? Dann geh' ich gleich wieder.«

Nach einem kurzen Zögern zog Cassie die Tür auf und trat zurück. Erst als sie die Tür hinter ihm geschlossen hatte, sagte sie: »Was tun Sie hier?« und zog ihren Morgenrock fest um ihren Körper.

Die Hände in den Hosentaschen sah Kincaid sich im Zimmer um, und Cassie fielen plötzlich ihre herumliegenden Sachen ein. Sie bückte sich und hob sie auf, warf sie ins Schlafzimmer und schloß die Tür.

»Hübsch.« Kincaid umfaßte mit einer kurzen Geste den ganzen Bungalow. »Haben Sie hier häufig Gäste?«

Cassie beherrschte sich eisern, sie wollte sich nicht reizen lassen. Was zum Teufel wußte er schon. »Sie sind der einzige.« Sie lächelte ihn mit einer Spur ihrer früheren selbstsicheren Gelassenheit an. »Möchten Sie etwas trinken?«

Kincaid schüttelte den Kopf. »Nein, danke. Wir haben doch eben eine sehr anschauliche Lektion über den Fluch des Alkohols erhalten, meinen Sie nicht?«

Sein Lächeln war eine Aufforderung, seine Erheiterung über das Debakel der Cocktailparty zu teilen, aber Cassie ließ sich nicht aus der Reserve locken.

»Cassie.« Er hockte sich auf die Armlehne eines der Chintzsessel und sah sie mit einem Ausdruck freundlicher Offenheit an, den sie noch beunruhigender fand als das Lächeln. »Wenn Sie und Graham Frazer in der Nacht von Sebastians Tod zusammen waren, warum haben Sie das nicht gesagt? Es wäre doch für Sie beide viel einfacher.«

Sie wandte sich von ihm ab und ging um die Frühstückstheke herum in die Küche. »Dann vielleicht einen Kaffee?« Sie füllte den Wasserkessel, nutzte das Ritual, um Zeit zu gewinnen. Was wußte er? Was konnte sie gewinnen, wenn sie leugnete?

»Hören Sie, Duncan, reden Sie nicht in diesem Samaritерton mit mir, als stünde mein Wohlbefinden auf Ihrer Prioritätenliste an erster Stelle. Ich bin nicht dumm. Wie kommen Sie überhaupt auf den Gedanken, daß ich an dem Abend mit Graham zusammen war?« Sie sprach ruhig, in eher scherzhaftem Ton.

»Sie haben doch schon seit einiger Zeit ein Verhältnis mit ihm. Da hielt ich es einfach für wahrscheinlich.«

Kincaid stand von dem Sessel auf und zog sich einen Hocker an die Frühstückstheke ihr gegenüber. Sie fühlte sich plötzlich in der winzigen Küche gefangen. Der Wasserkessel pfiff, und sie goß das kochende Wasser in den Filter. Tassen hingen an Haken über dem Kessel. Sie stellte zwei auf die Theke und starrte, auf ihrer Unterlippe kauend, zu ihnen hinunter.

»Wie kommen Sie darauf, daß ich mit Graham ein Verhältnis habe?« Sie verschüttete etwas Kaffee beim Eingießen.

Kincaid nahm die Tasse. Cassie zog rasch ihre Hand zurück und hoffte, er habe das leichte Zittern nicht bemerkt.

»Ich verstehe nicht«, sagte er, ohne auf ihre Frage einzugehen, »warum es Ihnen so wichtig ist, das geheimzuhalten. Sie sind beide erwachsen, und Sie sind beide ledig. Und ich glaube kaum, daß Angela schockiert wäre.«

Cassie umfaßte mit ihren langgliedrigen Fingern die Tasse, bis die Hitze unerträglich wurde, als glaubte sie, der Schmerz würde ihren Geist schärfen. Offenheit und ernste Bitte um Verständnis, sagte sie sich, würden am besten wirken. »Es ist wegen Graham. Wegen dieser Sorgerechtsgeschichte. Im Augenblick hat er nur das Besuchsrecht. Er möchte aber das alleinige Sorgerecht haben, und die Verhandlung steht kurz bevor. Er hat Angst, man könnte ihn nicht als verantwortungsbewußten Vater betrachten. Meiner Ansicht nach ist das Ganze in Wirklichkeit Unsinn. Er tut das nur, um Marjorie eins auszuwischen.« Sie trank einen Schluck von dem heißen Kaffee und zog ein Gesicht, als sie sich die Zunge verbrannte. »Ihrem Chief Inspector Nash muß ich natürlich die Wahrheit sagen. Ich hatte ja keine Ahnung, daß es so wichtig werden würde.«

Kincaid hörte sich ihre Worte schweigend an und betrachtete sie über den Rand seiner Tasse, während er trank. Cassie hörte ihre eigene Stimme und fand, sie klänge so idiotisch, wie sie selbst sich fühlte.

»Natürlich«, fuhr sie fort, sich immer tiefer verstrikkend, »wäre es mir lieber, wenn das über Graham und mich nicht allgemein bekannt werden würde. Um ganz ehrlich zu sein, es ist praktisch schon aus zwischen uns, und beruflich wäre es für mich bestimmt nicht gut, wenn es sich herumsprechen sollte. Deshalb dachte ich...«

»Deshalb dachten Sie«, vollendete Kincaid für sie, als sie schwieg, »es wäre am klügsten, gar nichts zu sagen. Ich kann Sie verstehen. Ich kann mir vorstellen, in Ihren Augen war das alles nur eine Menge Lärm um nichts. Was spielt es schließlich für eine Rolle, wo die Leute waren, als Sebastian beschloß, sich im Swimmingpool umzubringen? Die Sache hat nur einen kleinen Haken. Ich fürchte, Chief Inspector Nash wird binnen kurzem zu dem Schluß kommen, daß Sebastian keineswegs von eigener Hand gestorben ist. Und dann spielt es sehr wohl eine Rolle, was die verschiedenen Leute in der Nacht von Sonntag auf Montag getan haben.«

Kincaid sah sie mit einem flüchtigen Lächeln an, als hätte er nichts Ungewöhnliches gesagt. Ein Schauder der Furcht durchrann Cassies Körper, und sie mußte einen Moment verstreichen lassen, ehe sie zu sprechen wagte.

»Ich dachte... Ich war nicht hier. Wir waren nicht hier. Graham und ich.«

Kincaid machte große Augen. »Aber Sie waren doch sicher nicht mit Angela...«

»Nein. Wir waren in dem leeren Apartment. Wir haben uns immer in den leeren Apartments getroffen, wenn das möglich war. Wir waren die ganze Zeit zusammen. Es war nach Mitternacht, als ich in den Bungalow zurückkam.«

»Und Sie haben sich keine Gedanken darüber gemacht, daß Sebastians Motorrad immer noch draußen stand?«

»Nein.« Das Wort hing schwer zwischen ihnen, und Cassie hatte das Gefühl, gewogen und zu leicht befunden worden zu sein.

»Und Sie haben nichts gesehen oder gehört, nichts, was anders war, als es hätte sein sollen?«

»Nein.« Sie konnte ihm nichts von dem Zettel sagen. Ein hastig gekritzeltes Briefchen, das im Türspalt gesteckt hatte und bewies, daß am späten Sonntagabend noch jemand anders unterwegs gewesen war. Es hatte alle Gedanken an Sebastian oder sonst jemanden vertrieben.

»Danke, Cassie. Für den Kaffee.« Kincaid stand auf, und Cassie kam um die Theke herum und folgte ihm zur Tür.

Als er sie aufmachte, berührte sie seinen Arm, und er

blieb stehen. »Was... glauben Sie, es muß herauskommen? Ich meine, das mit Graham und mir?«

»Ich weiß es nicht. Vielleicht nicht. Aber auf Nashs Diskretion würde ich mich nicht verlassen.«

Sie nickte. »Was hat Sie eigentlich veranlaßt, Ihre Meinung zu ändern? In bezug auf Sebastians Selbstmord?«

»Ich habe meine Meinung nicht geändert. Ich habe nie geglaubt, daß er Selbstmord begangen hat.« Sachte zog er die Tür hinter sich zu.

Hannah stand an der offenen Balkontür ihres Apartments, während es langsam dunkel wurde. Sie hatte kein Licht gemacht. Sie hörte deutlich die Stimmen der Kinder, aber die Kinder selbst konnte sie nicht sehen, ohne auf den Balkon hinauszutreten, und sie wollte nicht gesehen werden. Sie war innerlich so aufgewühlt, daß sie das Gefühl hatte, man müßte es ihr selbst aus der Ferne ansehen.

Die Realität dessen, was sie getan hatte, was sie noch zu tun vorhatte, packte sie mit eisiger Hand. Sie hatte in einem Märchenland gelebt, in dem alle Geschichten ein glückliches Ende nahmen, und sie selbst war die gute Fee, die im rechten Augenblick erschien, um alles Unrecht eines Lebens wiedergutzumachen. Lieber Gott, wie konnte sich ein Mensch so lächerlich machen!

Das Szenario, das sie so oft durchgespielt hatte, hatte niemals sexuelle Anziehung beinhaltet; als daher der Wirbel von Gefühlen sie so plötzlich mitgerissen hatte, war ihr im ersten Moment gar nicht klar gewesen, was eigentlich geschah. Langsam und heimtückisch hatte sich das Wissen eingeschlichen, und etwas in ihr, etwas Wildes, Ungezähmtes, liebäugelte mit dem Gedanken, sich diesen Gefühlen einfach zu überlassen, sich von ihnen treiben zu lassen, wohin sie wollten. Sie konnte ihm die Wahrheit ja einfach verschweigen; auf anderem Wege würde er sie nie erfahren.

Dieses Bild ihrer selbst, das durch das Gespräch auf der Cocktailparty heraufbeschworen worden war, hatte sie mit einem Schlag zur Vernunft gebracht und sie veranlaßt, sich voll Entsetzen zu fragen, wie sie solchen Wahnsinn überhaupt hatte ins Auge fassen können. Niemals, wenn sie sich im Geiste bis ins Detail vorgestellt hatte, wie ihre Beziehung sein würde, hatte sie sich als – alte Frau gesehen. Nie hatte sie daran gedacht, daß sie älter werden würde, nie sich vorgestellt, daß man sie eines Tages vielleicht bemitleidete, daß sie abhängig sein würde. Ob sie ihm nun die Wahrheit sagte oder nicht, dieser Tatsache würde sie letztendlich ins Gesicht sehen müssen. Es sei denn, sie machte sich klammheimlich davon und kehrte in ihr altes steriles Leben zurück, als sei nie etwas geschehen. Und wie stand es mit Duncan? Was mußte er von ihr denken, wenn er sie wie einen überalterten Schmetterling von Mann zu Mann flattern sah? Sie fand, sie schuldete ihm eine Erklärung, aber alles konnte sie ihm nicht sagen, jedenfalls nicht, solange sie nicht selbst zu einem Entschluß gekommen war. Ein Gefühl der Dringlichkeit erfaßte sie. Es mußte bald geschehen.

Penny wußte, wie sich der Hase fühlt, wenn er sich von den Hunden gehetzt auf seine Schlauheit verlassen muß. Wenn sie zur Haustür hinausging, würde sie ihrer Schwester in die Arme laufen, und Emma war die letzte, die sie jetzt sehen wollte. Sie wollte überhaupt keinen Menschen sehen – jeder Versuch, ihr Verhalten zu erklären, wäre eine zusätzliche Erniedrigung.

Schließlich war sie nach oben gegangen, den langen Korridor entlang zur hinteren Treppe und zum Pool. Von dort war es ein leichtes gewesen, den Fußweg zum Tennisplatz zu nehmen, der von Bäumen und dichten Büschen gesäumt war. Sie setzte sich auf ihre Lieblingsbank oberhalb des Platzes, und ihre kleine Gestalt war im schwindenden Licht kaum auszumachen.

Emma und die Kinder mußten noch draußen im Garten sein; sie konnte die helle Stimme des kleinen Jungen hören, die vom Wind getragen bald lauter, bald leiser klang. Witzig eigentlich, wie gut Emma mit den beiden, Brian und Bethany, zurechtkam. Sie hatten nie Kinder gekannt – keine Nichten oder Neffen, um die sie sich hätten kümmern können, keine Nachbarskinder, die alle naselang ankamen und ein Bonbon wollten –, und Penny wußte nie recht, wie sie sich ihnen gegenüber verhalten sollte. Emma hingegen kommandierte die beiden Kleinen einfach auf ihre übliche barsche Weise herum. Die Kinder schienen das ganz gelassen hinzunehmen, und die drei kamen prächtig miteinander aus.

Würde Emma, fragte sich Penny, auch sie so behandeln, mit dieser barschen Freundlichkeit, jedoch in ihrem Fall von Mitleid gefärbt? Würde man über sie genauso sprechen, wie man heute abend über die arme Mrs. Lyle gesprochen hatte, und Emma hinter ihrem Rücken bemitleiden? Würde es eines Tages so weit kommen, daß Emma es nicht mehr wagen konnte, sie allein zu lassen; daß sie sich und anderen zur Gefahr werden würde? Der Gedanke war unerträglich. Wieder schossen ihr die Tränen in die Augen, und sie versuchte nicht, sie zu unterdrücken, als sie ihr über das Gesicht strömten und salzig in den Mund rannen. Emma hätte ihr gesagt, sie solle aufhören, sich in

Selbstmitleid zu suhlen, und sich zusammenreißen, aber Penny hatte nie ein Talent dafür besessen, Haltung zu bewahren, wie Emma es zu nennen pflegte.

Sie schniefte und suchte in ihrer Tasche nach einem Taschentuch. Sie mußte versuchen, sich zusammenzunehmen, um ihrer selbst wie um Emmas willen. Außerdem hatte sie eine moralische Pflicht, die sie erfüllen mußte. Sie hatte ihren Entschluß auf der Cocktailparty gefaßt. Es ging nicht an, jemanden in falschen Verdacht zu bringen. Das, was sie gesehen hatte, mußte eine andere, logische Erklärung haben, und um sie herauszufinden, gab es nur eins: fragen.

9

Kincaid schlug neben dem Schinkenspeck zwei Eier in die Pfanne und gratulierte sich zu seinem meisterlichen Umgang mit einem fremden Herd. Nach anfänglichen Einstellungsschwierigkeiten und einer kleinen Verbrennung am Daumen hatte er die Temperatur genau richtig hinbekommen und den Schinkenspeck à point gebraten. Als im Toaströster der Toast in die Höhe sprang, wendete er die Eier, und als er Schinken und Toast auf seinem Teller drapiert hatte, waren auch die Eier fertig.

Gerade als er sich den Kaffee einschenkte, klopfte es.

Hannah Alcock lehnte an der Wand neben seiner Apartmenttür. Sie trug ihre lange Strickjacke und hielt ihren Oberkörper mit beiden Armen umschlungen. Sie war nicht geschminkt, ihre Lippen wirkten blaß im Gegensatz zu den dunklen Ringen unter ihren Augen.

»Hannah! Kommen Sie herein.« Kincaid ging ihr voraus in das Apartment und zog ihr am kleinen Eßtisch einen Stuhl heraus. »Wie geht es Ihnen? Sie sehen ziemlich müde aus heute morgen.«

»Ich habe kaum geschlafen.« Sie ließ sich auf den Stuhl fallen, als hätte es sie ihre ganze Kraft gekostet, auf den Beinen zu bleiben.

»Darf ich Ihnen etwas anbieten? Toast? Kaffee?«

»Ach ja, eine Tasse Kaffee wäre schön, danke.«

Kincaid goß noch eine Tasse ein und setzte sich Hannah gegenüber. Er schob ihr Milch und Zucker über den Tisch. Sie rührte einen Moment lang ihren Kaffee um, ehe sie ihn ansah. Sie versuchte ein schwaches Lächeln. »Ich komme mir wie eine Idiotin vor, daß ich einfach so bei Ihnen hereinplatze. Ich wollte eigentlich sagen: ›Wir müssen miteinander sprechen‹; aber dann habe ich gemerkt, daß das gar nicht stimmt. Ich bin diejenige, die sprechen muß.« Hannah schwieg einen Moment. Mit einem kleinen, wegwerfenden Achselzucken sagte sie dann: »Ich finde, ich schulde Ihnen eine Erklärung für mein Verhalten. Es ist nicht...«

»Wieso?« fragte Kincaid verwundert. »Ich habe wahrhaftig keinen Anlaß, über Sie zu urteilen.«

»Ach Gott, Duncan, protestieren Sie nicht. Das macht alles nur noch demütigender für mich. Dann fange ich noch an zu glauben, ich hätte mir nur eingebildet, daß zwischen uns gleich etwas da war – ich weiß auch nicht –, ein Gefühl, eine Beziehung... Das ist mir schon früher ein- oder zweimal passiert. Man begegnet einem anderen Menschen, verbringt einen Abend zusammen, stellt fest, daß man miteinander redet, als kenne man sich seit Jahren, und Dinge sagt, die man zu Leuten, die man tatsächlich schon seit Jahren kennt, niemals sagen würde.« Ihr Lächeln war wehmütig. »Ein solcher Abend ist ein seltenes Geschenk, und ich hatte so etwas überhaupt nicht erwartet.«

Wenigstens, dachte Kincaid, ist sie ehrlicher als ich. Es hatte wirklich etwas zwischen ihnen gezündet, ein Funke der Affinität, der Funke einer Möglichkeit, und es hatte ihn verletzt zu sehen, daß sie die gleiche plötzliche Vertrautheit mit Patrick Rennie geteilt hatte. Es war nicht bloße Eifersucht gewesen, sondern mehr als das, ein Gefühl verratenen Vertrauens.

»Gut, Hannah. Da stimme ich Ihnen zu.« Er sah sie aufmerksam an, bemerkte den unverändert porzellanzarten Teint und den feinen Schnitt ihrer Züge, bemerkte auch die Angespanntheit um die umschatteten Augen. »Aber es geht noch um etwas anderes, nicht wahr? Es geht nicht allein um meine empfindlichen Gefühle.«

Hannah schüttelte den Kopf schon, ehe er den Satz fertiggesprochen hatte. »Nein. Ich meine, doch. Ich weiß auch nicht.« Ihre Hand zuckte beim Sprechen, und ihr Kaffee schwappte über und bildete eine milchige Pfütze auf dem Tisch. »Es geht um Patrick. Aber es ist nicht das, was Sie glauben.« Die Art, wie Kincaid die Augenbrauen hochzog, hätte Peter Raskin alle Ehre gemacht. »Ich weiß, wie es aussieht.« Sie sah Kincaid in die Augen. »Daß ich vor lauter Torschlußpanik gleich den Kopf verliere, wenn mich ein Mann nur zweimal anschaut. Aber so ist es wirklich nicht. Lieber Gott, ich wünschte, es wäre so einfach.« Sie stützte den Kopf in ihre Hände und drückte die Finger auf die Augen.

»Hannah...« Kincaid streckte den Arm aus, um sie zu berühren, und zog seine Hand wieder zurück.

Durch ihre Finger hindurch sagte sie: »Sie müssen das

verstehen. Ich glaubte, ich hätte mir das vollkommene Leben eingerichtet. Ich war intelligent und tüchtig, allgemein geachtet. Und ich hatte das Glück gehabt, die Arbeit zu finden, die mir wirklich Freude machte.« Hannah hob den Kopf. »Die Leute denken immer, ich hätte keine Chance gehabt zu heiraten. Das alte Stereotyp von der frustrierten alten Jungfer. Lieber Gott!« sagte sie bitter. »Man sollte meinen, über diese Zeiten wären wir hinaus, aber wir sind es nicht. Frauen werden immer noch zuerst als Ware beurteilt, als Anhängsel eines Mannes. Wenn man keinen Mann hat, ist man nicht gesellschaftsfähig. So einfach ist das. Was den Sex angeht...«, sie lachte rauh, »das ist die einfachste Sache der Welt. Vor der Ehe hatte ich Angst. Vor dem Verlust der Kontrolle über mein Leben.« Hannah schob ihre Tasse ein Stück von sich weg und sah zur Balkontür hinaus. »Meine Eltern haben mein ganzes Leben bis ins kleinste Detail bestimmt. Sie bestimmten, was ich aß, wie ich mich kleidete, wie ich mein Haar zu schneiden hatte, mit wem ich verkehrte, ja, sogar, was ich dachte. Den einzigen Schritt, den ich selbständig hätte tun können, den haben sie mir... Sie haben ihn mir abgenommen. Da habe ich mir geschworen, ich würde mir das nie wieder von einem anderen Menschen antun lassen. Können Sie das verstehen?«

»Ja«, sagte Kincaid leise, »ich denke schon.«

»Ja, und so habe ich dann jahrelang gelebt, mein Leben selbst in die Hand genommen und so weiter, und im letzten Jahr überfiel mich dann plötzlich dieses Gefühl der Sinnlosigkeit und Leere. Sicher, ich hatte Freunde, ich hatte Liebhaber, aber ich hatte keinen Menschen, der wirklich in mein Leben gehörte. Vielleicht«, sagte sie seufzend, und Kincaid spürte, wie ein Teil ihrer Spannung sich löste, »leide ich an einer Art klimakterischem Schwachsinn, einem hormonellen Ungleichgewicht. Aber es fühlt sich nicht so an.«

Sie sprach jetzt mehr mit sich selbst als mit Kincaid. Ihr Blick war verschwommen. »Meinem Leben fehlt etwas, es ist so unbezogen. Es fühlt sich an...« Der Redefluß versiegte. Hannah schwieg einen Moment, dann sah sie Kincaid mit klarem Blick an. »Jetzt hab' ich's schon wieder getan, nicht wahr? Genau wie am ersten Abend, und dabei fanden Sie meine Lebensgeschichte damals schon langweilig genug. Tut mir leid.«

»Hannah, was hat das alles mit Patrick Rennie zu tun?«

Sie kaute auf ihrer Unterlippe, holte dann tief Atem, bevor sie sprach. »Das kann ich Ihnen jetzt noch nicht sagen. Aber später werde ich...« Sie unterbrach, als er protestieren wollte. »Nein, ich möchte, daß Sie es erfahren. Aber erst muß ich verschiedenes mit Patrick klären. Danach können Sie mir sagen, ob ich einen Analytiker oder einen Rechtsanwalt brauche.« Sie lächelte ihn mit einem Anflug der humorvollen Direktheit an, die ihn von Anfang an fasziniert hatte. »Ich verspreche, daß ich es Ihnen sage. Hinterher.«

»In Ordnung.« Kincaid lehnte sich auf seinem Stuhl zurück und schob den Teller mit dem kalten Ei weg.

Hannahs Blick fiel auf seinen Teller. »Ach, jetzt hab' ich Ihnen das ganze Frühstück verdorben. Sie haben ja überhaupt nichts angerührt.« Sie stieß mit den Oberschenkeln gegen den Tisch, als sie aufstand, und die Kaffeepfütze auf dem Tisch vergrößerte sich noch ein wenig. »Ich gehe jetzt lieber. Mir tut das alles wirklich leid, Duncan.«

»Du lieber Himmel, nun hören Sie schon auf, sich zu entschuldigen. Sie haben keinen Anlaß dazu, und außerdem paßt es nicht zu Ihnen.« Er folgte ihr zur Tür. »Den kalten Toast werde ich schon verschmerzen.«

»Mein ganzes derzeitiges Leben paßt nicht zu mir.« Sie lachte, zum erstenmal an diesem Morgen ganz spontan. »Vielen Dank. Bitte haben Sie Geduld mit mir. Ich weiß, ich habe kein Recht, das von Ihnen zu verlangen.«

»Aber ja.« Kincaid stand an der offenen Tür und sprach zu ihrem Rücken. Sie war schon auf dem Weg durch den Flur. »Darin habe ich Übung.«

»Sir.« Gemmas Stimme vibrierte praktisch vor morgendlicher Energie. »Ich habe mit den Nachforschungen angefangen, um die Sie mich gebeten haben, und ich habe auch schon einige Informationen für Sie.«

Kincaid schluckte einen Bissen Schinkenbrot hinunter. Die Eier waren durch seine kurze Abwesenheit nicht besser geworden, so wenig wie der Toast und der Schinken, die er zum Sandwich verarbeitet hatte, ehe er seinen Teller in die Spüle gestellt hatte.

»Gemma! Mann, ich hasse Leute, die morgens gleich so quietschvergnügt sind.«

»Sir?«

»Entschuldigen Sie. Vergessen Sie's. Irgendwelche Schwierigkeiten mit der Genehmigung?«

»Nein, Sir. Der Chef hat das Getriebe ganz gut geölt, scheint mir.«

Kincaid lächelte. Er hatte keine Schwierigkeiten, sich vorzustellen, wie sein Chef diskret das rechte Wort ins rechte Ohr geflüstert hatte. Alle vorherigen Aufträge Gemmas waren vermutlich in den Papierbergen des Schreibzimmers verschüttgegangen.

»Dann schießen Sie mal los. Nein, Augenblick noch.«

Er holte Stift und Heft, die er auf dem Sofa liegengelassen hatte, zog das Telefon zum kleinen Tisch hinüber und nahm einen Schluck von seinem kalten Kaffee. »So, jetzt.«

»Also, ich war in Dedham Vale. Tödlich langweilig, meiner Meinung nach.« Gemma, die Nordlondonerin, konnte an dörflicher Idylle nichts Verlockendes finden.

»Das wundert mich nicht. Und weiter?«

»Ich bin ein bißchen rumgelaufen und habe mich dann mit dem ortsansässigen Arzt unterhalten. Er hat Pastor MacKenzie anscheinend während seiner letzten Krankheit betreut. Kennt natürlich jeden, obwohl die Gesundheitsbehörde jetzt viele seiner alten Patienten in die neue Klinik nach Ipswich schickt.«

Kincaid konnte der Versuchung, sie ein wenig zu nekken, nicht widerstehen. »Ah, Sie scheinen sich ja gut mit ihm verstanden zu haben.« Er sah förmlich, wie Gemmas sommersprossiges Gesicht sich mit der Röte der Entrüstung überzog. Wenn sie sich nicht aus dienstlichen Gründen Zurückhaltung auferlegt hätte, hätte sie ihn wahrscheinlich der Gönnerhaftigkeit beschuldigt, aber das traf wirklich nicht zu. Es war einfach so, daß Gemma ihren eigenen Vorzügen gegenüber blind war – die freimütige Offenheit ihres Gesichts wirkte auf andere Menschen in einer Art vertrauenerweckend, wie das bei einer geschliffenen Schönheit niemals möglich gewesen wäre.

Gemma blieb einen Moment still, ihre gewohnte Reaktion. Wenn sie nicht wußte, ob er scherzte, dachte Kincaid, dann ignorierte sie ihn einfach.

»Sir, um noch einmal auf den Arzt zurückzukommen...«

»Entschuldigen Sie, Gemma. Bitte.«

»Also, wie gesagt, er war jahrelang der Hausarzt von

Mr. MacKenzie. Und seinen Töchtern. Der alte Mann war Diabetiker, sehr krank. Er war erblindet, und seine Nieren arbeiteten nicht mehr richtig. Der Arzt erzählte mir, er sei eines Nachts ganz ruhig im Schlaf gestorben, und es gäbe keinen Anlaß zu glauben, daß da irgend etwas nicht ganz koscher gewesen wäre. Aber…«, Gemma bemühte sich nicht, den Hauch von Genugtuung zu unterdrücken, der sich in ihre Stimme schlich, »beim Reisebüro im Dorf habe ich erfahren, wo das Gerücht möglicherweise seinen Ursprung hat. Es gibt noch jemanden im Dorf, der sich in Followdale House eingekauft hat – ein pensionierter Major, der angeblich das größte Klatschmaul im ganzen Dorf ist. Jedenfalls hat mir das das Mädchen im Reisebüro erzählt.«

Kincaid ließ sich das einen Moment durch den Kopf gehen. »Hm, das wäre eine Erklärung. Sonst noch etwas?«

»Cassie Whitlake. Ihre Eltern leben in Clapham. Der Vater arbeitet auf dem Bau. Er ist Polier. Sie sind beide sehr stolz auf ihre Tochter. Tolle Stellung, Kleider wie aus der *Vogue,* hat ihre Mutter mir erzählt, todschick.«

»Das kann ich mir vorstellen«, sagte Kincaid trocken.

»Aber ich hatte den Eindruck, daß sie sie nicht oft besucht. Sie sagt, wenn alle anderen in Urlaub fahren, hätte sie am meisten zu tun. Aber sie ruft häufig an, und ihre Mutter hat mir erzählt, daß sie in letzter Zeit richtig euphorisch war. Sie hat ihr erzählt, sie habe etwas Tolles in Aussicht. Daß die Leute sie dann bestimmt nicht mehr übersehen würden. ›Eine Stellung?‹ habe ich gefragt, weil ich nicht ganz verstanden hatte, was sie meinte. ›Nein, es ist ein Mann‹, sagte ihre Mutter, ›ein bedeutender Mann.‹ «

»Na, das klingt mir nicht gerade nach Graham Frazer. Würde mich interessieren, was für ein Spiel sie treibt.«

»Zu Hause ist noch eine Schwester, Evie. Sie geht auf die Handelsschule. Sie hat mir erklärt, sie sei heilfroh, daß Cassie nicht mehr nach Hause kommt – sie würde immer nur die feine Dame spielen.«

Kincaid hörte ein Lachen in Gemmas Stimme, die mit dem Erzählen der Geschichte etwas von ihrer dienstlichen Förmlichkeit verlor.

»Wie haben Sie's denn geschafft, mit ihr allein zu sprechen? Ein Täßchen Tee?« Kincaid kannte Gemmas Geschick mit der vergessenen Handtasche, der Hilfe in der Küche – und ihre Fähigkeit, anderen die intimsten Details ihres Lebens zu entlocken.

»Hm. Evie hat mir erzählt, Cassie hätte gesagt, wenn sie, ich meine Evie, es richtig anstelle, dann würde sie es vielleicht auch noch zu etwas bringen. Evie hat sie immer nur das Biest genannt. Die beiden Schwestern scheinen nicht viel füreinander übrig zu haben.«

»Na ja«, sagte Kincaid, »ich kann mir schon vorstellen, daß Cassie diese Bezeichnung in mancher Beziehung verdient. Ist das alles?«

»So ziemlich, ja, Sir. Ich hab's alles aufgeschrieben.«

»Okay, bleiben Sie dran, Gemma. Man kann ja nie wissen. Wer ist als nächstes an der Reihe?«

»Die Sterrett-Klinik, in der Hannah Alcock arbeitet.«

»Gut. Melden Sie sich, wenn Sie können. Ich muß Schluß machen. Mir schlägt gleich jemand die Tür ein.«

Kincaid riß die Tür auf. Im ersten Moment, als er noch nicht wußte, wer draußen stand, war er ärgerlich; danach machte er sich resigniert auf einige unangenehme Minuten gefaßt. Chief Inspector Nash war der Besucher, ein Bote, den nicht die Götter gesandt hatten.

»Guten Morgen, junger Freund. Zu den Frühaufstehern scheinen wir ja nicht gerade zu gehören, hm?«

»Chief Inspector Nash! Bitte, kommen Sie doch herein. Was für eine nette Überraschung.«

»Ja, das glaub' ich.« Nash quittierte Sarkasmus mit Sarkasmus und setzte sich demonstrativ unaufgefordert auf einen der Eßzimmerstühle. Kincaid schnitt eine Grimasse, abgestoßen vom Anblick der wenigen fettigen Haarsträhnen, die quer über Nashs glänzende Glatze gelegt waren.

»Was kann ich für Sie tun, Inspector?« fragte er, da er nicht bereit war, die Gesprächseröffnung Nash zu überlassen.

»Sie wohnen ja sehr elegant hier. Vom Gehalt eines Superintendenten läßt sich offenbar gut leben.«

»Chief Inspector«, sagte Kincaid mit Betonung. »Lassen wir das doch.« Er lehnte sich leicht an das Sofa. »Was gibt es? Sie sind doch nicht hergekommen, um mir über mein Feriendomizil Komplimente zu machen.«

Nash sah ihn unverwandt an. In den kleinen schwarzen Augen glitzerte etwas, das man bei einem anderen als Humor hätte auslegen können. »Die Laborbefunde sind da. Keinerlei Fingerabdrücke auf dem Stecker, dem Kabel oder dem Heizlüfter. Sie haben anscheinend recht gehabt. Der Coroner ist nicht bereit, auf Selbstmord zu erkennen.«

Nash setzte sich bequemer auf seinem Stuhl und wechselte, wie es schien, das Thema. »Der Chief Constable hat sich bei mir gemeldet. Welch ein Glück für uns, daß Superintendent Kincaid ganz zufällig am Tatort war und sich erboten hat, uns bei unseren Nachforschungen behilflich zu sein. Sie gelten, wie er mir sagte, in den oberen Etagen als echter Wunderknabe. Aber jetzt hören Sie mir mal gut zu, junger Freund.« Nash richtete sich auf, die Bosheit jetzt unverhüllt. »Ich hab' was dagegen, wenn Wunderknaben mir ins Handwerk pfuschen. Ich hab' was dagegen, daß Sie angebliche Kondolenzbesuche machen, um Ihre Nase in Dinge zu stecken, die Sie überhaupt nichts angehen. Ihr Rang und Ihre hochgestochenen Ansichten«, er stach mit einem Finger nach Kincaid, »interessieren mich nicht im geringsten, ist das klar? Und wenn Sie sich nicht aus meinen Sachen raushalten, werd' ich dafür sorgen, daß es Ihnen leid tut.

Für mich steht fest, wenn dieser Kerl sich nicht selbst umgebracht hat, dann hat er jemanden erpreßt und nur das bekommen, was er verdient hat. Und um herauszufinden wen, brauche ich Ihre Hilfe bestimmt nicht.«

Nash stützte seine Hände auf die Knie und beugte sich vor, als wollte er, dachte Kincaid, ihm im nächsten Moment an die Kehle springen. Aber da klopfte es plötzlich laut und heftig an die Apartmenttür. Kincaid eilte hin, um zu öffnen. Aller guten Dinge sind drei, dachte er hoffnungsvoll.

Inspector Raskin stand außer Atem auf der Schwelle. Seine Krawatte saß schief, das dunkle Haar fiel ihm fast über die Augen. »Chief Inspector Nash?« fragte er nach Luft schnappend, und als Kincaid nickte, folgte er ihm in das Apartment. Er blickte von Nash zu Kincaid und sprach schließlich in den leeren Raum zwischen den beiden.

»Es handelt sich um Penny MacKenzie. Unten auf dem Tennisplatz. Sie ist tot.«

10

Kincaid hielt an seiner Ungläubigkeit fest, bis sie den Tennisplatz erreichten. Hannah saß an den Maschendraht gelehnt, die Knie hochgezogen, die Hände gegen die Brust gedrückt, das Gesicht im Schock erstarrt. Penny, klein und zierlich, lag vor dem Netz, und von ihrem Körper ging eine Stille aus, die etwas unbestreitbar Endgültiges hatte. Kincaid stieß die Luft aus, als hätte ihm jemand in den Magen geschlagen.

»Gerade als ich aus dem Wagen stieg, kam Miss Alcock durch den Garten zum Vorplatz gelaufen.« Inspector Raskin wies mit dem Kopf auf Hannah, während er Kincaid mit gesenkter Stimme berichtete. »Sie sagte, sie glaube, Miss MacKenzie sei tot, und da bin ich natürlich sofort mit ihr hierhergekommen.«

Kincaid zögerte einen Moment, dann ging er zu Hannah und ließ sich neben ihr in die Hocke sinken. »Hannah! Alles in Ordnung?«

»Ich weiß nicht. Ich hatte das Gefühl, ich bekäme keine Luft mehr.« Sie sah sich mit einem Ausdruck der Verwirrung um. »Ich habe Inspector Raskin gesagt, ich würde bleiben, während er Sie holt. Ich kann mich gar nicht erinnern, daß ich mich gesetzt habe.«

»Können Sie mir erzählen, was geschehen ist?«

»Das ist schnell gesagt. Nachdem ich heute morgen von Ihnen weggegangen war, habe ich einen Spaziergang gemacht. Ich wollte nachdenken und habe kaum auf meine Umgebung geachtet. Als ich dann den Weg herunterkam, habe ich sie gesehen.«

»Und dann?«

»Ich bin zu ihr gegangen. Im ersten Moment glaubte

ich, es sei ihr vielleicht übel geworden, sie sei ohnmächtig geworden oder so etwas. Aber dann hab' ich ihren Kopf gesehen.« Hannah hielt inne und schluckte. »Trotzdem dachte ich, sie wäre vielleicht noch am Leben. Erst hab' ich ihr Herz gesucht, dann hab' ich an ihrem Hals nach einem Puls gesucht. Ihre Haut war kühl.« Hannah begann zu frösteln. »Ich wußte nicht, was ich sonst tun sollte.«

Kincaid neigte sich zu ihr und zog ihre dicke Wolljacke fester zusammen. »Ich bin ganz sicher, Sie haben alles für sie getan, was Sie tun konnten. Jetzt müssen wir uns erst einmal um Sie kümmern. Sie haben einen Schock erlitten.« Er sah sich um. Raskin kniete neben der Toten, ohne sie zu berühren, und Nash, der erst noch hatte telefonieren wollen, war noch nicht erschienen. »Ich fürchte allerdings, Sie werden mindestens so lange bleiben müssen, bis Chief Inspector Nash kommt. Der wird Ihre Aussage hören wollen. Soll ich Sie da hinaufbringen?« Er wies mit dem Kopf auf die Bank am Weg oberhalb des Tennisplatzes und half Hannah auf.

»Duncan«, Hannah drehte sich nach ihm um, als er ihr das Tor öffnete, »es kann kein Unfall gewesen sein, nicht wahr? Sie kann nicht gestürzt sein und sich dabei den Kopf aufgeschlagen haben?«

»Das weiß ich noch nicht, aber ich bezweifle es sehr.«

»Aber warum?« Hannahs Finger krampften sich um seinen Arm. »Warum sollte jemand Penny etwas antun wollen?«

Ja, warum, dachte Kincaid, während er zum Tennisplatz zurückging. Weil Penny etwas gesehen oder gehört hatte, was für einen anderen eine Gefahr darstellte, und wenn er nicht so vernagelt gewesen wäre, so hätte er herausgefunden, was es war.

Widerstrebend kauerte Kincaid neben Raskin nieder.

Penny lag auf ihrer rechten Seite, eine zur Faust geballte Hand unter der Wange, die blauen Augen geschlossen. Nur die unnatürliche Stellung ihrer Beine verriet, daß etwas nicht stimmte – bis man den Hinterkopf sah. Die Verletzung, wenn auch klein, hatte stark geblutet, und auf dem Boden unter dem Kopf hatte sich eine kleine Blutlache gebildet. Dicht bei Pennys ausgestrecktem linken Arm lag ein Tennisschläger, als hätte sie ihn mitten im Volley am Netz fallen lassen. Ein Blutspritzer leuchtete rostfarben auf dem Rahmen des Schlägers. Pennys Feldstecher lag halb unter ihr, und Kincaid mußte gegen den Impuls ankämpfen, ihn wegzuziehen, als wäre es wichtig, ob sie bequem lag oder nicht.

»Ach Gott«, sagte er mit brennenden Augen und brüchiger Stimme.

»Hm.« Raskin sah nicht auf, sondern musterte konzentriert die Verletzung an Pennys Hinterkopf. »Nicht schön. Nein, gar nicht schön. Ich würde sagen, sie stand am Netz – möglicherweise beobachtete sie gerade irgend etwas durch ihren Feldstecher –, als der Kerl sich von hinten anschlich.«

»Und ich würde sagen«, fügte Kincaid hinzu, als er seiner Stimme wieder traute, »daß der Kerl bisher eine verdammte Glückssträhne gehabt hat. Handelt völlig ungeplant, grapscht sich das erstbeste, was zur Hand ist, und, siehe da, es klappt. Es hätte aber auch nicht klappen können. Als er den kleinen Heizlüfter ins Wasser warf, hätten ja zum Beispiel auch sämtliche Sicherungen im Haus durchbrennen und das Ding einen Kurzschluß kriegen können, ohne daß Sebastian etwas passierte. Und Penny…«, er blickte weg, »…der Schlag war nicht zu wuchtig. Ich habe schon Leute mit schlimmeren Kopfverletzungen zu Fuß ins Krankenhaus gehen sehen.«

»Das gleiche hab' ich mir auch schon gedacht«, sagte Peter nachdenklich. »Aber er hatte in beiden Fällen nicht viel zu verlieren. Sebastian wird ihn nicht gesehen haben. Und Penny hätte er noch einen zweiten Schlag verpassen können, wenn sie nicht sofort umgefallen wäre. Glauben Sie, er hat gewartet?« Peter sah Kincaid mit hochgezogenen Brauen an. »Ich glaube nicht, daß sie sofort tot war. Sie hat noch ziemlich stark geblutet.«

»Dieses Schwein.« Der Damm, hinter dem Kincaid seinen Zorn aufgestaut hatte, drohte zu brechen. Er holte einmal tief Atem und drängte die Aufwallung zurück. »Ich bezweifle es. Zu riskant, selbst für unseren Glücksjungen. Ist Ihnen klar, daß wir beide die ganze Zeit von einem Mann sprechen? Dabei gibt es keinen Hinweis darauf, daß es ein Mann gewesen sein muß.«

»Nur der Einfachheit halber«, versetzte Peter Raskin. »Nein, in beiden Fällen ist nicht auszuschließen, daß eine Frau die Täterin war. Immer vorausgesetzt, es war ein und dieselbe Person.«

»Oh, ich denke schon. Ich bin sogar überzeugt davon. Dieselbe Person, und beide Male aus demselben Grund. Penny hat irgend etwas gesehen, das mit Sebastians Tod zu tun hatte, da bin ich sicher. Sie wollte es mir sagen, aber wir wurden unterbrochen, und ich bin der Sache dann nicht nachgegangen. Aber Sebastian... was hat Sebastian gesehen? Oder was hat er herausgefunden? Das ist die Frage. Was steckt hinter diesen Morden? Und...«, Kincaid stand auf und streckte seine steifen Knie, während er zum Tor hinüberblickte, »wo zum Teufel bleibt Ihr Chef? Der gute Mann läßt sich ja wirklich Zeit.«

»Na, Sie kennen doch Chief Inspector Nash, Sir«, sagte Raskin sarkastisch, »er delegiert mit Vorliebe.«

»Dann soll er jemanden delegieren, Miss Alcocks Aussage später zu Protokoll zu nehmen. Ich bringe sie jetzt nach oben. Da kann er toben, soviel er will.«

Aber einen Moment blieb Kincaid noch stehen, den Blick auf den Tennisschläger gerichtet. Der Lack auf dem Holzrahmen war größtenteils abgeblättert, mehrere Saiten waren gerissen, der Griff war fleckig, die Umwickelung ausgefranst. Nicht gerade neu, dachte Kincaid.

»Wo hatte der Mörder den Schläger her? Er wird ihn doch kaum für den unwahrscheinlichen Fall, daß ihm jemand über den Weg laufen sollte, dem er gern eins über den Schädel geben würde, mit sich herumgeschleppt haben.«

»Da«, Raskin zeigte mit ausgestrecktem Arm, »hinter dem Tor.« Der Holzkasten verschmolz mit dem Gebüsch jenseits des Gitters; seine verblichene grüne Farbe wirkte beinahe wie Tarnung. Er hatte ungefähr die Größe eines Kindersargs und ein einfaches Schnappschloß. »Für die Gäste, vermute ich.«

»Okay«, sagte Kincaid laut denkend, »nehmen wir an, er sieht Penny allein weggehen und folgt ihr... Sie steht sehr günstig mit dem Rücken zu ihm, ganz auf einen Vogel konzentriert... Er weiß, wo die Tennisschläger aufbewahrt werden... Aber er hat ihn bestimmt nicht mit bloßen Händen angefaßt, nicht unser schlauer Freund. Was hat er also benützt? Einen Handschuh? Eine Plastiktüte? Wahrscheinlich hat er es verschwinden lassen, was auch immer es war. Ich würde den Leuten von der Spurensicherung sagen, sie sollen mal danach Ausschau halten.«

»Ich werde die Empfehlung weitergeben.« Peter Raskin grinste. »Selbstverständlich als meine eigene.«

Hannah saß mit geschlossenen Augen, die Wange auf den hochgezogenen Knien. Als Kincaid sich über sie neigte, öffnete sie die Augen und lächelte ihn dann schläfrig an. »Ich glaube, ich bin tatsächlich eingeschlafen. Ist das nicht sonderbar? Ich fühle mich schrecklich schwach.«

»Das ist der Schock.« Kincaid bot ihr die Hand. »Der stellt oft mit dem Körper die seltsamsten Dinge an. Sie brauchen jetzt erst einmal eine Tasse unseres guten alten Hausmittels – heißen, süßen Tee. Ich bringe Sie nach oben ins Haus. Nash kann ja später einen Beamten zu Ihnen schicken, wenn er Ihre Aussage hören will.«

»In Ordnung. Duncan...«, Hannah blickte zum Tennisplatz hinunter, wo Peter Raskin stand und wartete, »jemand muß es Emma sagen. Was ist, wenn...«

»Nein, nein, daran dürfen Sie nicht einmal denken. Wenn wir jemandem begegnen, sagen Sie einfach, Sie fühlen sich nicht wohl. Ich glaube«, fügte Kincaid hinzu, und seine Stimme war voll grimmiger Entschlossenheit, »ich selbst werde es Emma sagen.«

Kincaids Klopfen an der Apartmenttür der Schwestern MacKenzie erzeugte einen dumpfen Widerhall. Er hatte Hannah durch die Hintertür ins Haus gebracht. Das Schreien der Kinder, die sich im Pool tummelten, erreichte sie laut und klar durch die Glastür. Der Rest des Hauses schien wie ausgestorben, und er hatte sich schon von Emmas Tür abgewandt, als er hörte, wie sie öffnete.

»Tut mir leid«, sagte Emma, »ich war tropfnaß. Ich war mit den Kindern, diesen kleinen Ungeheuern, beim Schwimmen.«

Sie rubbelte sich das Haar mit einem Frottiertuch, so daß es struppig von ihrem Kopf abstand. Sie sah seltsam jung aus mit diesem Strubbelkopf und erinnerte ihn einen Moment lang an Angela. Der Badeanzug jedoch war bester Nachkriegsjahrgang, schwarz, mit einem Röckchen, das diskret den Ansatz der Oberschenkel verbarg.

Emma sah ihn mit einem bei ihr so seltenen Lächeln an. »Wenn Sie zu Penny wollen, haben Sie Pech gehabt. Sie ist schon ziemlich früh losgezogen, um die Vögel zu beobachten. Ich weiß gar nicht, was plötzlich in sie gefahren ist. Sonst ist sie ein ziemlicher Faulpelz.«

»Nein, Emma, ich wollte zu Ihnen. Können wir uns einen Moment setzen?«

»Natürlich.« Emma machte ein verwundertes Gesicht, führte ihn jedoch ohne Protest zum Sofa. Sie selbst setzte sich in den Sessel, nachdem sie sorgfältig ein Handtuch auf dem Sitz ausgebreitet hatte.

Kincaid neigte sich zu ihr. »Emma, es tut mir leid, ich habe eine sehr schlechte Nachricht.« Sie sagte nichts, aber er sah, wie Furcht sich auf ihrem Gesicht breitmachte. »Es handelt sich um Penny.«

Emma griff sich an die Brust. »Ist sie tot?« fragte sie flüsternd.

»Ja, es tut mir sehr leid.«

Emma schloß die Augen und drückte den Kopf an die Sessellehne. Nur das sachte Auf und Ab ihrer Brust gab Kincaid die beruhigende Gewißheit, daß sie atmete. Nach einer kleinen Weile begann er sich zu fragen, ob sie ohnmächtig geworden war, aber da begann sie zu sprechen, ohne die Augen zu öffnen.

»Wie ist es passiert?«

»Das wissen wir noch nicht genau. Hannah hat sie auf dem Tennisplatz gefunden. Sie hatte eine Verletzung am Kopf.«

»Kann sie – kann sie gefallen sein? Ist es möglich, daß sie sich den Kopf angeschlagen hat?«

»Möglich ist es, ja.«

Emma hörte das Zögern in seiner Stimme. Sie öffnete die Augen und starrte Kincaid unverwandt an. »Aber Sie glauben es nicht.«

Kincaid antwortete nicht. Es war eine Feststellung gewesen, keine Frage. Emma richtete sich in ihrem Sessel auf, und als sie wieder sprach, hatte ihre Stimme etwas von der gewohnten Kraft zurückgewonnen. »Ich möchte sie sehen.«

»Natürlich... Ich werde sehen, was ich tun kann. Aber Sie müssen warten, bis der Arzt und die Polizei mit ihrer Arbeit fertig sind. Wenn Sie sich anziehen und ein bißchen sammeln möchten, warte ich draußen vor der Haustür auf Sie. Emma...« Kincaid zögerte. Es war immer schwer, jemandem sein Beileid auszusprechen, selbst nach jahrelanger Übung an Fremden. »Es tut mir von Herzen leid.«

»Ich weiß«, antwortete Emma, und Kincaid meinte, er habe nie ein trostloseres Gesicht gesehen.

Peter Raskin kam den Weg vom Tennisplatz herauf und hob winkend die Hand, als er Kincaid auf dem Vorplatz stehen sah. Sie trafen sich auf dem Rasen, Raskin ein wenig außer Atem vom raschen Anstieg.

»Ich muß wieder anfangen zu joggen. Ganz schön warm ist es.« Er fuhr sich mit einem Finger unter den Kragen und zuckte mit den Schultern, als wollte er sein Jackett abwerfen. »Mission ausgeführt?«

»Ja. Und ich habe inzwischen auch mit Miss MacKenzie gesprochen.«

Raskins gewohnte Miene spöttischer Erheiterung wich Ernsthaftigkeit. »Danke, daß Sie mir das erspart haben. Wie hat sie es aufgenommen?«

»Sehr ruhig. Aber einen hysterischen Anfall haben Sie ja auch nicht erwartet, oder?« Kincaid schwieg einen Moment. »Aber ich glaube, es hat sie sehr schwer getroffen. Sie möchte ihre Schwester sehen. Ich habe ihr gesagt, ich würde mich darum kümmern, daß man es ihr erlaubt.«

Raskin überlegte einen Moment. »Dr. Percy ist hier, wie Sie gewiß mit Vergnügen hören werden.« Er grinste Kincaid verschmitzt an. »Und die Spurensicherung ist auch schon da.«

»Das habe ich mir schon gedacht.« Kincaid wies mit dem Kopf zu den fremden Fahrzeugen, die ziemlich willkürlich geparkt auf dem Kies standen.

»Der Pathologe ist unterwegs, ebenso der Wagen vom Bestattungsinstitut. Wenn Miss MacKenzie sie sehen würde, bevor sie weggebracht wird, bliebe es ihr erspart, im Bestattungsinstitut eine förmliche Identifizierung vorzunehmen. Ich wüßte nicht, warum das nicht möglich sein sollte. Ich fange mit den Vernehmungen an, sobald die da unten fertig sind. Wollen Sie mitkommen? Oder sind Sie noch immer weder Fisch noch Fleisch?«

»Fleisch inzwischen, denke ich. Aber ich habe Miss MacKenzie versprochen, daß ich auf sie warte.«

Kincaid trennte sich von ihm und ging den Weg hinunter, bis er sehen konnte, was auf dem Tennisplatz vor sich ging. Ein uniformierter Beamter stand am Tor Wache, und das Gebiet rund um die Tote war mit weißem Band abgesperrt. Anne Percy kniete an Penny MacKenzies Seite, Nash stand schweigend in der Nähe, den Blick wie ein finster drohender Gott auf die Szene gerichtet.

Anne Percy schloß ihr Köfferchen, stand auf und ging zu Nash, um mit ihm zu sprechen. Sie blickte kurz auf, sah Kincaid auf dem Fußweg und begrüßte ihn mit einem flüchtigen Lächeln. Kincaid fand, sie sähe heute amtlicher aus und in dem erikafarbenen Pullover mit dazu passender langer Hose noch attraktiver als bei ihrer ersten Begegnung.

Das schwarze Köfferchen schwingend, kam sie ihm auf dem Weg entgegen. »Ich werde mich vielleicht noch daran gewöhnen, für den Polizeiarzt einzuspringen«, sagte sie statt einer Begrüßung. »Ich habe den Tod festgestellt, das ist so ziemlich alles, was ich hier tun kann.«

»Warten Sie noch auf den Pathologen?« fragte Kincaid.

»Ja. Wie ich höre, hat Miss MacKenzie eine Schwester. Meinen Sie, ich sollte einmal nach ihr sehen?«

»Würden Sie das tun? Ich bin mir allerdings nicht sicher, wie sie es aufnehmen wird.«

Anne Percy lächelte. »Das macht nichts. Ich bin solche Situationen gewöhnt.«

Der Wagen des Bestattungsunternehmens wartete mit weit geöffneten Türen, und Kincaid wartete ebenfalls. Es mutete ihn seltsam an, daß nicht er die hektische Betriebsamkeit rund um ihn herum befehligte, daß er nicht einmal eine ihm zugeteilte Aufgabe auszuführen hatte.

Hinter ihm öffnete sich leise die Haustür, und als er sich umdrehte, sah er Emma MacKenzie zögernd unter dem Torbogen des Portals stehen. Sie schien geschrumpft zu sein, ihre zupackende Resolutheit schien sich verflüchtigt zu haben. Die Linien von der Nase zum Mund wirkten plötzlich sehr scharf.

»Geht es?« fragte Kincaid.

»Ihre Frau Dr. Percy war bei mir. Sehr freundlich, aber unnötig.«

Es erleichterte Kincaid zu hören, daß ihre Stimme so kratzbürstig und barsch klang wie immer, auch wenn sie auf ihre schroffe Art seine Besorgtheit um sie durchaus würdigte. Sie sah an ihm vorbei zu dem wartenden Wagen, setzte zum Sprechen an, hob dann ihre Hand in einer flehenden Geste.

»Es dauert nicht mehr lange«, sagte er sanft und behutsam. »Ich glaube, sie sind beinahe fertig.«

Emma richtete ihren Blick fest auf Kincaids Gesicht. »Sie wirkte so entschlossen heute morgen. So zielbewußt. Sie wissen doch, wie verhuscht Penny immer ist – war. Und sie war ausnahmsweise auch einmal ganz verschwiegen. Als ich sie gefragt habe, was sie vorhabe, hat sie nur gelächelt. Dumme Gans, hab' ich gedacht, Geheimniskrämerin...« Sie stockte.

»Nicht, Miss MacKenzie. Wir müssen uns beide vorwerfen, sie nicht ernst genommen zu haben.«

Aus dem Garten kamen schlurfende Geräusche. Die Leute vom Bestattungsinstitut kamen den Weg vom Tennisplatz herauf, trugen die Bahre über den Hügelkamm und traten den Marsch über den Rasen an. Peter Raskin folgte ihnen. Penny lag in schwarzen Kunststoff eingehüllt, so ordentlich verpackt wie ein Weihnachtspäckchen.

Kincaid nahm Emmas Arm. »Wollen Sie das wirklich auf sich nehmen?«

Emma nickte nur einmal kurz, aber sie schüttelte Kincaids Hand nicht ab, als sie die Treppe hinunterstiegen. Ein Ende der Kunststoffhülle hatte man offengelassen, und Raskin schlug das Material vorsichtig zurück, um Pennys

Gesicht zu enthüllen. Lange sah Emma stumm auf ihre Schwester hinunter, dann nickte sie wieder. Raskin zog den Kunststoff wieder hoch und verschloß die Öffnung mit Klebeband. Mit den flinken, routinierten Bewegungen langjähriger Erfahrung schoben die beiden Männer vom Bestattungsinstitut die Bahre in den Wagen und schlossen die Tür, und als der Fahrer sich hinter das Steuer setzte, hörte Kincaid ihn sagen: »Komm, Kumpel. Wir verpassen das Abendessen, wenn wir uns nicht beeilen.« Die Bremslichter des Wagens flammten auf, als er auf die Straße hinausfuhr, und Kincaid bemerkte, daß der Himmel sich bewölkt hatte.

»Sie hat heute morgen doch etwas gesagt«, bemerkte Emma mitten in seine Gedanken hinein. »Als sie ihre Sachen zusammensuchte. Es war beinahe – Sie werden mich wahrscheinlich für albern halten.«

»Nein, bestimmt nicht. Erzählen Sie weiter.«

»Es hörte sich fast wie eine Litanei an, die sie sich ständig vorsagte. ›Dies oder jenes, dies oder jenes…‹ Das hat unser Vater immer gesagt, als wir noch klein waren. Immer wenn wir eine schwierige Entscheidung zu treffen hatten. Dies oder jenes.«

11

Gemma streckte den Kopf zum Fenster ihres Escorts hinaus und rief dem Tankwart zu: »Können Sie mir sagen, wie ich zum Grove House komme?«

»Die nächste links, Miss, gleich um die Ecke. Es ist das alte Herrenhaus. Sie können's gar nicht verfehlen.«

Er war jung und gutaussehend, und seine freundliche

Erklärung heiterte sie auf, obwohl sie das verdammte Haus anscheinend verfehlt hatte. Dreimal war sie jetzt schon im Dorf herumkutschiert, und sie konnte selbst jetzt noch nicht sagen, wo sie gewesen war und wo nicht.

Dörfer waren ihr sowieso ein Greuel, und dies hier war keine Ausnahme. Mitten im tiefsten Wiltshire gelegen, auf allen Seiten von alten Kiesgruben umgeben, war es beinahe eine Insel. Hier gab es keine Bilderbuchstraße mit adretten kleinen Läden – hier war die Hauptstraße ein buntscheckiges Durcheinander neuer Häuser, zwischen denen hier und dort noch ein altes Gebäude eingezwängt war.

Aber keines war das, das sie suchte. Nummer zwei, Grove House. Kein Straßenname, keine Hausnummer. Wie sollte man sich da zurechtfinden?

Am Pub bog Gemma nach links ab, und ehe sie sich's versah, fand sie sich in einer Sackgasse moderner Einfamilienhäuser wieder. Sich jetzt auch noch aufzuregen, würde überhaupt nichts bringen, sagte sie sich. Also holte sie tief Luft, legte den Rückwärtsgang ein und kroch am Bürgersteig entlang wieder Richtung Hauptstraße.

Vielleicht drei Meter vor dem Pub an der Ecke entdeckte sie in der Hecke eine Lücke. An dem offenstehenden schmiedeeisernen Tor war ein kleines Schild angebracht. »Grove House«, las Gemma. Die Reifen ihres Wagens knirschten auf dem Kies, als sie in die Auffahrt einbog und anhielt. Der Straßenlärm drang nur gedämpft durch die hohen Hecken, und der Geruch nach frisch umgegrabener Erde wehte durch das offene Fenster des Wagens herein. Ein Schubkarren und ein Spaten standen bei einem Komposthaufen auf dem Rasen. Jedenfalls glaubte sie, daß es sich um einen Komposthaufen handelte – ihre gärtnerische Erfahrung bestand darin, das Fleckchen Rasen zu mähen, das in der Annonce für ihr Haus als »großzügiger Garten« angepriesen worden war.

Das Haus selbst vermittelte einen flüchtigen Eindruck von grauem Verputz und Schiefer und grün bewachsenen Mauern. In der Mitte sprang im rechten Winkel eine verwilderte Hecke hervor – die Trennwand zwischen Nummer eins und Nummer zwei. Sie fragte sich, wie das Haus ausgesehen hatte, als es neu gewesen war, und einen Moment lang stellte sie sich vor, das Haus habe sich, ohne sich zu verändern, hinter Mauern verschanzt, während das Dorf rund um es herumgewachsen war. »Ein bißchen sehr verstiegen für dich, mein Schatz«, sagte sie laut, schüttelte den Kopf und stieg aus dem Wagen.

Nummer zwei war das Haus auf der linken Seite, halb versteckt hinter der Mittelhecke. Gemma strich sich über das Haar und rückte ihre Umhängetasche zurecht, ehe sie läutete. Schnelle Schritte auf gefliestem Boden waren zu hören, und eine Frau öffnete die Tür. Sie war schlank und blond, hübsch auf eine etwas verblaßte Weise, und sah Gemma mit einem fragenden Lächeln an.

»Mrs. Rennie?« fragte Gemma. »Mein Name ist Gemma James.« Sie reichte der Frau ihren Dienstausweis. »Bei der Kriminalpolizei London. Ich hätte Sie gern einen Moment gesprochen, wenn das möglich ist.«

»Aber ja, selbstverständlich.« Mrs. Rennie machte ein verwundertes Gesicht. »Was kann ich für Sie tun?« Ein Hauch von Furcht schlich sich in ihre Züge. »Es geht doch nicht um diese schreckliche Geschichte oben in Yorkshire? Patrick hat angerufen und uns erzählt...« Gemma sah den plötzlichen Schrecken in den Augen der Frau. »Ist etwas mit Patrick? Ist Patrick etwas passiert?«

»Nein, nein«, beschwichtigte Gemma hastig. »Ihrem Sohn geht es gut, Mrs. Rennie. Wir führen lediglich eine Routineuntersuchung sämtlicher Gäste im Followdale House durch.« Sie lächelte ihr ermutigendstes Lächeln.

»Gott, wie albern von mir. Einen Moment lang dachte ich...« Mrs. Rennie faßte sich, erinnerte sich ihrer guten Manieren und bat Gemma in den Vorsaal. »Bitte, kommen Sie doch herein.«

Flüchtig sah Gemma auf ihrem Weg ins Wohnzimmer einen schmalen Tisch, auf dem ein riesiges Blumenarrangement stand, von weichem Licht angestrahlte Ölporträts an den Wänden des Flurs und der Treppe, die nach oben führte.

»Bitte, nehmen Sie Platz. Möchten Sie vielleicht eine Tasse Tee?«

»Das wäre sehr nett, vielen Dank. Die Fahrt hierher war ziemlich mühsam«, antwortete Gemma und dachte, daß sie sich in diesem Haus nicht anbieten würde, in der Küche zu helfen.

Allein, sah sie sich im Zimmer um. Wie der Rest des Hauses vermittelte es einen Eindruck abgenutzter Eleganz – teure Dinge, die viel und gern benutzt wurden; der Perserteppich hatte fadenscheinige Stellen, die mit Chintz bezogenen Sessel und das Sofa hatten dort, wo meistens jemand saß, kleine Mulden. Es gab Bücher und Landkarten und Objekte, von denen sie vermutete, daß sie aus dem Orient stammten. Dieser Raum mit seiner schäbigen Vornehmheit, die nach gediegener Kleidung und vernünftigen Schuhen roch, weckte in Gemma ein Gefühl tiefen Unbehagens.

Sie atmete den Geruch von Blumen und Möbelpolitur und staubigen Bucheinbänden ein und dachte an ihr eigenes kleines Reihenhäuschen, wo die Küchendünste von nebenan durch die Wände zu sickern schienen und sich niemals ganz verzogen, ganz gleich, wie weit sie die Fenster aufriß und wie lange sie lüftete. Sie dachte an ihr Wohnzimmer und die beigefarbene Couchgarnitur mit dem groben, billigen Bezug und strich dabei über den seidig glatten Chintz. Nun, mehr ging eben im Augenblick nicht bei ihrem Gehalt und den Ausgaben für Tobys Tagesheim und den Unterhaltszahlungen von Rob, die ziemlich unregelmäßig kamen.

Geschirrgeklapper aus der Küche riß sie aus ihren Gedanken. Seufzend richtete sie sich auf. Mrs. Rennie stieß mit einer Schulter die Schwingtür auf und kam mit dem Teetablett ins Zimmer. Als Gemma aufstand, um ihr zu helfen, schüttelte sie ablehnend den Kopf. »Nein, bleiben Sie sitzen. Ich schaffe das schon.«

Gemma nahm die Tasse, die sie ihr anbot, und hielt sie sorgsam ausbalanciert auf ihrem Knie.

»Mrs. Rennie«, sagte sie, während sie ihren Tee umrührte, »sind Ihr Sohn und seine Frau schon lange Eigentümer im Followdale House?«

»Seit zwei oder drei Jahren, würde ich sagen. Marta war anfangs ganz begeistert davon, und sie freuten sich jedesmal sehr auf den Urlaub.«

»Aber jetzt nicht mehr?« Gemma trank einen Schluck Tee. Es war Earl Grey, den sie nicht mochte, aber das starke, blumige Aroma schien ihr zu diesem Zimmer zu passen.

»Nun ja, der Reiz des Neuen ist wohl inzwischen ein bißchen verblichen, wie das bei den meisten Dingen der Fall ist. Und Patrick hat ja zur Zeit mit seinen politischen Verpflichtungen sehr viel zu tun. Aber eigentlich«, Mrs.

Rennie zog nachdenklich die Brauen zusammen, »war Marta diejenige, die vorgeschlagen hat, sie sollten den Termin ändern oder diesmal woanders hinfahren.«

»Aber das haben sie dann doch nicht getan?«

»Nein. Nein, Patrick hielt nichts davon.«

»Sie sind sicher sehr stolz auf Ihren Sohn, Mrs. Rennie. Soweit ich höre, hat er eine große Karriere gemacht.«

»Ja, das ist richtig. Es ist noch besser gegangen, als selbst wir erwartet haben. In der Partei bezeichnet man seinen Aufstieg als ›meteorhaft‹.« Sie lächelte liebevoll, aber Gemma glaubte in ihrer Stimme einen Vorbehalt zu hören, eine Andeutung, daß Patrick Rennies Leben vielleicht doch nicht ganz so glanzvoll war, wie es dargestellt wurde.

»Haben Ihr Sohn oder Ihre Schwiegertochter jemals eine Bemerkung darüber gemacht, daß ihnen im Followdale House etwas als sonderbar aufgefallen ist? Manchmal«, fuhr Gemma in vertraulichem Ton fort, »macht man so eine Bemerkung und vergißt sie dann völlig.«

Mrs. Rennie überlegte einen Moment. »Ich kann mich nicht erinnern. Patrick ist kein Mensch, der schlecht über andere spricht oder Klatsch weitergibt.« Obwohl der Ton durchaus milde war, fühlte sich Gemma freundlich, aber bestimmt in die Schranken gewiesen.

Sie trank ihren Tee aus und stellte Tasse und Untertasse behutsam auf das polierte Holztablett. »Ich danke Ihnen, Mrs. Rennie. Es war sehr freundlich von Ihnen, mich zu empfangen, und ich möchte Sie nicht länger aufhalten.« Sie standen beide auf, aber auf dem Weg zur Tür zögerte Gemma noch einmal. »Äh... darf ich mir vielleicht rasch die Hände waschen und mich ein wenig frisch machen, ehe ich wieder fahre?«

»Aber selbstverständlich.« Mrs. Rennie führte sie hinaus. »Die Treppe hinauf links.«

»Danke.« Gemma blieb vor dem ersten Porträt stehen. Der Junge sah fragend zu ihr hinunter. Sein blondes Haar wirkte, obwohl frisch gebürstet, widerspenstig, und die blauen Augen in dem schmalen Gesicht schienen freundlich und interessiert. Etwa zwölf oder dreizehn, vermutete Gemma. Oben, am Hals des blauen Pullis, sah man ein Stück Krawatte mit den Schulfarben. Sie fragte sich, ob Toby je so gut aussehen würde. »Das ist wirklich ein schönes Porträt. Ist das Ihr Sohn, Mrs. Rennie?«

»Ja, das ist Patrick. Es ist ein sehr gutes Bild von ihm.«

»Die Ähnlichkeit zwischen Ihnen beiden ist auffallend.«

Mrs. Rennie lachte. »O ja. Das ist unser bester Familienscherz.« Gemmas Gesicht zeigte wohl ihr Unverständnis, denn Mrs. Rennie fügte eilig hinzu: »Ach, entschuldigen Sie, ich sehe, Sie wissen nicht Bescheid.«

»Worüber, Mrs. Rennie?«

»Daß Patrick adoptiert ist.« Ihr Gesicht wurde weich. »Er war drei Tage alt, als wir ihn bekamen. Es wurde alles sehr ruhig und diskret abgewickelt, ohne das ganze Theater, das man hat, wenn man über eine Vermittlungsstelle geht. Der Anwalt meines Mannes hat alles arrangiert. Selbstverständlich haben wir Patrick die Wahrheit gesagt, sobald er alt genug war, um sie zu verstehen.«

»Nein, das wußte ich nicht.« Gemma studierte wieder das Porträt. »Die Ähnlichkeit ist wirklich bemerkenswert.«

»Vielleicht eine kleine göttliche Intervention«, meinte Mrs. Rennie, und Gemma sah in ihrem Lächeln einen Zug von Scherzhaftigkeit.

Vom Toilettenfenster aus sah Gemma in die Einfahrt

hinunter. Sie hatte das Geräusch eines Autos gehört, als sie sich die Hände abgetrocknet hatte, und während sie hinunterblickte, verschwand ein hellbrauner Kombi in einer Garage seitlich vom Haus. Sie wagte es nicht, sich im oberen Stock umzusehen – die alten Holzdielen knarrten, und sie war überzeugt, jeder Schritt würde unten zu hören sein.

Die Stimmen erreichten sie klar und deutlich, als sie die Treppe hinunterstieg. »Louise, Sie haben überhaupt kein Recht dazu. Es ist völlig –«

Sie drehten beide die Köpfe, als Gemma erschien. Der Mann war groß und dünn mit einem schmalen borstigen Oberlippenbärtchen, das beinahe ein Zeichen des pensionierten Soldaten war.

»Mein Mann, Major Rennie.« Louise Rennie legte ihm leicht die Hand auf den Arm, als wollte sie ihn zurückhalten.

»Ich weiß nicht, wie wir Ihnen behilflich sein können.« Sein Gesicht war rot angelaufen – kein Wunder, dachte Gemma, daß seine Frau versuchte, ihn zu beschwichtigen. »Ich bin ganz sicher, daß diese schmutzige Geschichte mit uns oder unserem Sohn überhaupt nichts zu tun hat. Wenn Sie weitere Fragen haben, können Sie sich an unseren Anwalt wenden!«

»John, das ist doch nicht nötig...«

»Wie ich Ihrer Frau schon sagte, Mr. Rennie, besteht kein Anlaß zur Beunruhigung. Fragen dieser Art gehören bei einem Mordfall zur Routine.«

Das Wort »Mord«, obwohl ruhig und gelassen ausgesprochen, brachte sie beide zum Schweigen, und in ihren Gesichtern las Gemma einen Anflug von Furcht.

»Ich habe mir Cassie Whitlakes Büro requiriert.« Peter Raskin grinste. »Ich kann nicht behaupten, daß sie es mir freundlich zur Verfügung gestellt hat. Suchen Sie sich einen unauffälligen Platz, und machen Sie sich's gemütlich.« Von der Tür aus sah er sich im Zimmer um. »Nur ein Stuhl auf dieser Seite des Schreibtischs.« Er trat in die Bar zurück und packte mit einer Hand einen Barhocker. »Geht der?«

»Ausgezeichnet«, antwortete Kincaid und ließ sich in einer Ecke des kleinen Büros nieder. »Paßt genau zu meiner brenzligen Lage.« Er beobachtete Raskin, der Cassies Drehsessel ausprobierte und ihm einen beifälligen Klaps gab. Mit geschickten Händen schob und klopfte Raskin die wacklige Pyramide von Cassies Papieren zu einem sauberen Stapel zurecht. »Sie wird nicht begeistert sein.« Kincaid wies mit dem Kopf zur jetzt leeren und ordentlich aufgeräumten Schreibtischplatte.

»Da ist sie sicher nicht die einzige. Alle Gäste sind jetzt hier im Haus, und ich habe dem Constable Anweisung gegeben, sie im Salon zu versammeln. Sie werden müde und ungeduldig sein und ihren Tee wollen, darum ist es am besten, wir bringen das hier so schnell wie möglich hinter uns.

Knöpfen wir uns als erstes die Hunsingers vor, dann haben wir die aus dem Weg. Wie ich von Emma MacKenzie hörte, waren sie den ganzen Morgen mit den Kindern im Pool.«

Raskin ging um Cassies Schreibtisch herum und verschwand in der Bar. Einen Augenblick später kehrte er mit einer sehr gedämpften Maureen Hunsinger zurück.

Maureen sah Kincaid mit einem zitternden Lächeln an, als Raskin sie aufforderte, Platz zu nehmen. Mit steifem

Rücken blieb sie auf der Stuhlkante sitzen, und ihr weißes Knitterkleid bauschte sich wie ein Ballon um sie herum. Kincaid dachte, daß sie eigentlich hätte lächerlich wirken müssen – ihr Haar noch krauser als sonst vom stundenlangen Aufenthalt im Wasser, das Gesicht rot und verschwollen vom Weinen, aber er entdeckte eine gewisse Würde in ihrer Haltung und in ihrem offenkundigen Schmerz. Eine üppige und recht exzentrische Madonna, dachte er und unterdrückte ein Lächeln.

»John ist bei den Kindern. Brauchen Sie ihn auch?«

»Wahrscheinlich nur, damit er das Protokoll unterschreibt«, antwortete Raskin diplomatisch.

»Das ist alles ganz schrecklich für die Kinder. Zuerst Sebastian und jetzt das hier. Wie sollen wir ihnen das alles erklären? Heute morgen dachten wir, wenn sie sich im Pool amüsieren, würden sie vergessen, was dort passiert ist, aber jetzt...« Maureen schien den Tränen nahe zu sein. »Ich wollte, wir wären nie hergekommen.«

»Ich kann verstehen, wie Ihnen zumute ist, aber wir müssen Sie leider bitten, noch eine Weile zu bleiben, wenigstens so lange, bis wir die Formalitäten abgeschlossen haben.« Raskins Stimme war freundlich und teilnahmsvoll, und Kincaid sah, daß Maureen sich ein wenig entspannte. »Also, vielleicht können Sie mir jetzt in aller Kürze schildern, was Sie heute morgen getan haben?«

»Die Kinder haben uns geweckt. Wir haben gefrühstückt, und danach sind wir alle zum Pool hinuntergegangen. Emma kam auch...«

»Wie lange ist sie geblieben?«

»Oh, ungefähr eine Stunde, denke ich. Sie sagte, sie habe genug, und nicht lange danach wurden die Kinder wieder hungrig, und wir sind auch hinaufgegangen. Wir haben uns gerade umgezogen, als Janet Lyle kam und sagte, es sei irgend etwas im Gange – sie wüßte nicht, was.« Mit flehender Gebärde beugte Maureen sich vor. »Bitte sagen Sie mir genau, was geschehen ist. Ich weiß, daß Penny... tot ist, der Constable hat es uns gesagt. Aber was ist ihr zugestoßen? Ist es wie... wie bei Sebastian?«

Raskin sprach in förmlichem Ton, bester Schutz des Polizeibeamten vor Gefühl und Emotion, dachte Kincaid mit etwas bitterer Ironie. »Miss MacKenzie erhielt einen Schlag auf den Hinterkopf. Mehr können wir Ihnen im Augenblick leider nicht sagen.«

Maureen sank wieder in ihren Sessel zurück, und Kincaid hatte den Eindruck, daß mit der Bestätigung ihrer schlimmsten Befürchtungen alle innere Spannung sich bei ihr löste. Still, ohne etwas zu sagen, stand sie auf und ging, doch als sie die Tür erreichte, drehte sie sich noch einmal herum und sagte: »Ich werde jetzt einmal nach Emma sehen. Irgend jemand muß das tun. Man sollte sie nicht allein lassen.« Der entschlossene Zug um ihren Mund verbot jede Widerrede.

Sie kamen und gingen in rascher Folge, mehr oder weniger hilfsbereit und kooperativ.

Cassie ließ sich in den Besuchersessel sinken, streifte ihre Pumps ab und zog ihre Beine unter sich an. Eine bewußte Demonstration von Besitzerrecht, dachte Kincaid. Wütend starrte sie den sauberen Papierstapel auf ihrem Schreibtisch an.

»Ist Ihnen klar, wie lang ich brauchen werde, um das wieder zu ordnen?«

Peter Raskin gestattete sich den Hauch eines Lächelns. »Und ich dachte, ich hätte Ihnen einen Gefallen getan.«

»Wo ist Chief Inspector Nash?« Cassies Blick flog zu Kincaid.

»Bei der Autopsie«, antwortete Raskin. »Wenn Sie nichts dagegen haben, würde ich jetzt gern...«

»Ich war den ganzen Morgen hier. Ich hab' gearbeitet.«

»Waren Sie...«

»Oh, ich war ein- oder zweimal unten in der Toilette, falls Sie das interessieren sollte. Ich habe im Salon und in der Bar Ordnung gemacht. Patrick Rennie hat im Salon am Schreibtisch gearbeitet. Und Eddie Lyle kam mal kurz vorbei, um sich irgend etwas zu holen. Sonst habe ich niemanden gesehen.«

»Bewundernswert knapp und präzise, Miss Whitlake«, sagte Raskin, ganz unerschüttert von ihrer Art und Weise, das Gespräch an sich zu reißen.

»Nennen Sie mich Cassie. Bitte.« Cassie ließ ihren ganzen koketten Charme spielen, und Kincaid wartete mit Interesse darauf, wie Raskin reagieren würde. Sie stand plötzlich auf und beugte sich über ihren Schreibtisch, so daß Raskin zurückweichen mußte, als sie die mittlere Schublade aufzog. »Entschuldigen Sie.« Sie kramte kurz darin herum, zog dann eine zerknitterte Packung Zigaretten und ein Heftchen Streichhölzer heraus. »Mein geheimes Laster. Macht auf die Gäste keinen guten Eindruck.« Ihre Hand zitterte, als sie das Streichholz anriß. Ihre Nerven verrieten sie.

»Der Superintendent hier«, wieder dieser schnelle Blick zu Kincaid, »ist der Meinung, ich sollte reinen Tisch machen. Und ich würde viel lieber vor Ihnen mein Geständnis ablegen, Inspector, als vor Chief Inspector Nash.« Cassie bedachte Raskin mit einem Tausend-Watt-Lächeln.

»Bitte, tun Sie sich keinen Zwang an.«

»Ich habe ausgesagt, ich hätte den Sonntagabend allein in meinem Bungalow verbracht. Also, das stimmt nicht. Ich war nicht allein, und ich war auch nicht in meinem Bungalow. Ich habe mich mit Graham Frazer in der leeren Suite getroffen... Oh, so gegen zehn, denke ich, und wir waren fast bis Mitternacht dort.«

Kincaid bewunderte ihre Fähigkeit, aus einer peinlichen Enthüllung eine beinahe kokette Herausforderung zu machen.

»Haben Sie das oft getan?« fragte Raskin, wurde dann leicht rot, als ihm bewußt wurde, wie das klang. »Ich meine, Sie beide.«

Auch nicht viel besser, dachte Kincaid, erheitert, den unerschütterlichen Raskin etwas aus der Fassung gebracht zu sehen.

»Na ja, wir sind seit ungefähr einem Jahr oder so zusammen.« Cassie zog an ihrer Zigarette und beugte sich ein wenig vor, um in vertraulichem Ton zu sagen: »Graham wollte nicht, daß es jemand erfährt. Wegen der Sorgerechtsgeschichte. Ich hätte es natürlich sofort gesagt, wenn ich gewußt hätte, daß es wichtig ist. Ich hoffe nur«, ihre Stimme wurde beinahe drängend, »das bleibt unter uns.«

Raskin stand auf und ging zur Tür. »Ich kann leider nichts versprechen, das werden Sie verstehen. Vielen Dank jedenfalls für Ihre Hilfsbereitschaft, Miss Whitlake.« Er betonte die formale Anrede. Nun hatte er doch das letzte Wort gehabt.

»Wie haben Sie ihr denn diesen Wurm aus der Nase gezogen?« fragte er Kincaid, als er die Tür hinter Cassie Whitlake geschlossen hatte.

»Mein unwiderstehlicher Charme.« Kincaid grinste. »Und ein Schuß ins Blaue, der mitten ins Schwarze getroffen hat. Ich habe ihr gesagt, ich wüßte, daß sie etwas miteinander haben, und könnte nicht verstehen, warum sie es nicht zugeben wollen. Ich hatte ja nichts zu verlieren.«

»Offensichtlich nicht. Holen wir uns als nächstes Mr. Frazer. Mal sehen, was der uns dazu sagen kann.«

Mit grimmigem Bulldoggenblick auf Kincaid sagte Graham Frazer: »Aha, jetzt haben Sie wohl Ihren Beobachterposten aufgegeben. Ich kann mir vorstellen, daß einem da mit der Zeit der Hintern weh tut.«

Angela, die ihrem Vater folgte, sah man an, daß sie am liebsten im Boden versunken wäre.

»Daddy...«

Frazer achtete gar nicht auf sie, setzte sich und ließ sie einfach stehen, ein linkisches, unschlüssiges Kind.

Kincaid stand auf und bot ihr mit großer Geste seinen Barhocker an. Sie dankte ihm mit einem kleinen Lächeln.

»Ich habe den ganzen Morgen im Apartment gearbeitet. Ich hatte einen Haufen Papierkram aufzuarbeiten«, sagte Frazer in Antwort auf Raskins Frage. »Angie hat geschlafen. Das tun Teenager doch dauernd, stimmt's?«

Angela entrüstete sich wie erwartet. »Daddy, das ist nicht...«

»...fair«, vollendete Raskin für sie und lächelte. »In welcher Branche sind Sie tätig, Mr. Frazer?«

»Versicherungen. Verdammt langweilig, aber so ist es nun mal. Irgendwie muß man seine Rechnungen ja bezahlen.«

»Aha.« Raskin richtete sorgfältig seine Notizen gerade.

»Und vor zehn Uhr heute morgen haben Sie Ihr Apartment nicht verlassen?«

»Nein.« Nicht einmal mehr ein Hauch seines aggressiven Humors lag in seiner Stimme, und er beschränkte sich auf dieses eine kurze Wort. »Wenn Sie jetzt...«

»Angie«, unterbrach Kincaid, »wann bist du heute morgen aufgewacht?«

Sie sah ihren Vater an, ehe sie sich Kincaid zuwandte. »Ungefähr um zehn, glaube ich.«

»Angie«, sagte Raskin, »du kannst jetzt gehen, wenn du der Erklärung deines Vaters nichts hinzuzufügen hast.« Frazer wollte aufstehen. »Sie noch nicht, Mr. Frazer, ich habe noch einige Fragen an Sie, wenn Sie nichts dagegen haben.«

»Doch, ich hab' was dagegen. Aber ich hab' ja wohl keine Wahl?«

Raskin wartete, bis Angela hinausgegangen war und die Tür hinter sich geschlossen hatte. »Sie können selbstverständlich Ihren Anwalt zuziehen, wenn Sie das wünschen, aber es handelt sich hier keineswegs um ein förmliches Verhör, Mr. Frazer. Wir werfen Ihnen nichts vor.«

Frazer überlegte, dann nickte er einmal. Er ist zu dem Schluß gekommen, daß es besser ist, fürs erste kein Theater zu machen, dachte Kincaid.

»Mr. Frazer, Miss Whitlake hat uns gesagt, daß Sie beide am Sonntagabend von etwa zweiundzwanzig Uhr bis Mitternacht zusammen waren. Sie hatten beide vorher das Gegenteil zu Protokoll gegeben. Miss Whitlake sagte uns, Sie hätten sie gedrängt, von Ihrem Zusammensein nichts zu sagen, da Sie befürchteten, es könnte sich auf Ihren Sorgerechtsprozeß ungünstig auswirken.«

Graham Frazers flaches, volles Gesicht verriet so leicht

keine Emotionen, doch Kincaid glaubte eben in seiner völligen Reglosigkeit das Ausmaß von Frazers Verblüffung zu erkennen. Eine ganze Weile sagte Frazer gar nichts, bis er schließlich hervorstieß: »Das hat sie Ihnen erzählt? Cassie? Sie war doch diejenige, die auf keinen Fall wollte…« Er brach ab und sagte nach einer kleinen Pause leise: »Dieses Luder! Ich hab' doch gleich gewußt, daß da was dahintersteckt.«

»Soll das heißen, Sie waren gar nicht derjenige, der die Wahrheit unbedingt verschweigen wollte?« Raskin schaffte es nicht, seine Förmlichkeit aufrechtzuerhalten.

»Ja. Ich meine, nein, meine Idee war das bestimmt nicht. Was sollte meine Beziehung zu Cassie Whitlake für einen Einfluß auf den verdammten Sorgerechtsprozeß haben? Und wenn, ich weiß nicht, ob mich das überhaupt kümmern würde – ich bin allmählich soweit, daß ich sie Marjorie mit Handkuß überlassen würde. Nein, Cassie war diejenige, die um ihren Ruf besorgt war. Sie bat mich, sie nicht in Verlegenheit zu bringen.« Frazer lachte ohne Erheiterung. »Und jetzt hat sie mich ganz schön in Verlegenheit gebracht.«

Edward Lyle nahm sich den Vortritt vor seiner Frau und dachte erst daran, ihr den Sessel anzubieten, als Raskin sie begrüßte. Kincaid holte einen zweiten Hocker und nahm wieder seinen Platz am Rande ein. Lyle wirkte gedämpft, nicht ganz so quengelig und moralisch entrüstet, wie Kincaid ihn zuletzt erlebt hatte.

»Ich weiß nicht, was ich Ihnen erzählen kann, Inspector.« Lyle fuhr sich mit einer Hand durch das schüttere Haar. »Wirklich ein Pech, ein großes Pech für die arme Miss MacKenzie.«

Pech? Kincaid fand die Wortwahl mehr als sonderbar.

Raskin ließ nach diesem Kommentar einen Moment Schweigen eintreten, ehe er sprach. »Vielleicht berichten Sie mir nur kurz, was Sie und Ihre Frau heute morgen getan haben. Das genügt eigentlich schon, Mr. Lyle.«

»Nun ja, wir haben wie üblich gefrühstückt – ich lege Wert auf ein anständiges Frühstück, wissen Sie. Dann bin ich zum Dorf hinuntergegangen, um die Zeitung zu holen, und Janet ist im Apartment geblieben, um einige Briefe zu schreiben. Nach meiner Rückkehr hab' ich ein bißchen Zeitung gelesen, und wir hatten gerade die Landkarten rausgeholt, um den heutigen Ausflug zu planen, als draußen der Tumult begann. Das ist alles, Inspector. Ich muß sagen...«, begann er, schon wieder in den gewohnten Quengelton verfallend, als Raskin ihn unterbrach.

»War es so, Mrs. Lyle?«

Lyle holte Atem, um zu protestieren, aber seine Frau ließ ihn nicht zu Wort kommen.

»Ja... Natürlich. Ich habe an Chloe geschrieben, unsere Tochter. Sie ist im Internat. Es ist wirklich schade, daß wir keine Zeit bekommen konnten, die mit Chloes Ferien zusammenfiel. Sie hätte...« Sie gewahrte das mißbilligende Gesicht ihres Mannes. »Oh, entschuldige, wie dumm von mir. Ich bin natürlich froh, daß sie jetzt nicht hier ist.« Sie krauste die Stirn, holte Luft, als nähme sie allen Mut zusammen, um weiterzusprechen. »Inspector, was hier geschehen ist, ist schrecklich, aber ich verstehe nicht, was es mit uns zu tun haben soll.«

Sie wandte sich Kincaid zu, während sie sprach, um ihn in ihren Appell einzubeziehen. Ihr dichtes dunkles Haar bekam durch das feine Grau einen hellen Schimmer, ihr Teint war klar, die dunklen Augen sehr ausdrucksvoll.

Kincaid dachte plötzlich, wie attraktiv sie war – oder wäre, wenn sie nicht ständig diese Miene ängstlicher Zaghaftigkeit trüge. Er erinnerte sich ihrer Lebhaftigkeit, als er sie mit Maureen Hunsinger zusammen in der Teestube beobachtet hatte, und fragte sich, wie sie wäre, wenn sie nicht gerade Edward Lyle geheiratet hätte. Warum hatte sie ihn geheiratet? Das war die Frage, auf die es ankam. Hatte sie vor fünfzehn, zwanzig Jahren in diesem weichlichen, egozentrischen Wichtigtuer vielleicht eine Verheißung gesehen, von der nichts geblieben war?

»Mrs. Lyle«, sagte Raskin mitten in Kincaids Spekulationen hinein, »wir müssen allen hier dieselben Fragen stellen. Es könnte ja sein, daß jemand etwas gesehen oder gehört hat, was uns bei unseren Ermittlungen weiterhilft. Ich bin überzeugt, Sie haben dafür Verständnis.«

»Wir haben nichts Ungewöhnliches gesehen, Inspector«, versicherte Lyle. »Überhaupt nichts.«

Patrick Rennie, stets der perfekte Gentleman, half seiner Frau fürsorglich in den Sessel. Marta sah aus, als könnte sie alle Hilfe gebrauchen – sie gehörte offensichtlich nicht zu den wenigen Glücklichen, die vom Kater verschont blieben. Das flachshelle Haar war strähnig, mit einem schlichten Gummiband zurückgenommen.

»Meine Frau hat den ganzen Morgen im Bett gelegen«, erklärte Patrick. »Sie hat sich nicht wohl gefühlt.« Sein Gesicht war ernst und freundlich, er sah seine Frau beim Sprechen nicht an. Er selbst sei in den Salon hinuntergegangen, um an einer Rede zu arbeiten, berichtete er. Er habe seine Frau nicht stören wollen.

»Und waren Sie den ganzen Morgen im Salon, Mr. Rennie?« fragte Raskin.

»Nein, ich bin immer wieder einmal hinausgegangen. Sie wissen ja, wie das ist. Ich habe Cassie guten Morgen gesagt. Dann bin ich hinaufgelaufen, um ein Buch zu holen – Zitate machen sich in einer Rede immer gut. Irgendwann kam Lyle herein und quasselte ein bißchen. Er hat meine ganze Konzentration zerstört, gerade als ich zur entscheidenden Stelle gekommen war. Sonst habe ich niemanden gesehen. Ach, und Inspector«, in seinem Ton schwang eine Spur Scherzhaftigkeit, »Sie und Ihren Chef habe ich kommen sehen. Vom Salonfenster aus habe ich den Wagen vorfahren sehen.«

Frecher Kerl, dachte Kincaid.

»Mrs. Rennie?« sagte Raskin.

Sie war nicht imstande gewesen, ihre Hände auch nur eine Sekunde ruhig zu halten. Jetzt leckte sie sich die Lippen. »Ich habe den ganzen Morgen geschlafen, wie Patrick Ihnen schon sagte. Ich habe mich ziemlich mies gefühlt. Es muß die Grippe oder so etwas sein. Ich war gerade aufgestanden und wollte Kaffee machen, als Patrick hereinkam und sagte, es müßte irgend etwas passiert sein, draußen sei alles in Aufruhr.« Sie kramte in ihrer Handtasche nach einer Zigarette. »Es tut mir leid um Miss MacKenzie. Sie schien eine nette Frau zu sein.«

Ein dürftiger Nachruf, dachte Kincaid, doch wenigstens hatte Marta Rennie einen Gedanken für die Tote übrig.

»Miss MacKenzie war ziemlich außer sich, als sie gestern abend ging. Es kann nicht sein, daß sie…«

»Nein, Mr. Rennie«, sagte Raskin, die unausgesprochene Frage beantwortend. »Es ist ausgeschlossen, daß sie sich die Verletzungen selbst beigebracht hat.«

12

»So, das wär's dann.« Peter Raskin gähnte und streckte sich.

»Ja, und der ganze Zirkus war genauso sinnlos wie beim letztenmal«, stellte Kincaid ärgerlich fest. »Fünf Minuten, mehr Zeit hat der Mörder nicht gebraucht. Jeder von ihnen kann zum Tennisplatz hinuntergelaufen und wieder heraufgekommen sein. Außer den Hunsingers natürlich«, fügte er hinzu, »und die hab' ich sowieso nie ernstlich in Betracht gezogen.«

Raskin setzte sich in seinem Drehsessel auf und sah Kincaid einen Augenblick forschend an. »Wie steht's mit Miss Emma MacKenzie? Und Hannah Alcock?«

»Oh, ich denke, auch das liegt im Bereich des Möglichen. Emma könnte ihrer Schwester zum Tennisplatz gefolgt sein...«

»Der typische Familienkrach«, unterbrach Raskin. »Sie wissen ja, daß es manchmal gerade nach so langen Jahren des Zusammenlebens plötzlich zu einer Explosion kommt.«

»Weswegen? Wegen der Ziegen vielleicht? Und Sie wissen so gut wie ich, daß diese häuslichen Gewaltszenen fast immer durch Alkohol ausgelöst werden und sich praktisch aus heiterem Himmel entwickeln.« Kincaids Worte klangen schärfer als beabsichtigt. »Wie dem auch sei, das glaube ich nicht. Emma hat an Penny gehangen. Sie wird sich jetzt ohne ihre Schwester erst einmal wie verloren vorkommen.« Er hob abwehrend die Hand, als Raskin etwas sagen wollte. »Und kommen Sie mir jetzt bloß nicht mit Sterbehilfe aus Mitleid. Doch nicht mit einem Tennisschläger.«

»Na gut«, meinte Raskin nachgiebig. »Ich gebe zu, daß es ziemlich unwahrscheinlich ist. Aber was ist mit Miss Alcock?«

Kincaid bewegte sich voll Unbehagen auf seinem Barhocker. »Mir gefällt das nicht, Peter. Ich bezweifle, daß wir unter den gegebenen Umständen vom Pathologen eine genauere Todeszeit bekommen werden. Wenn man Emma glauben kann, ist Penny um halb neun aus dem Apartment weggegangen. Miss Alcock kam etwa um die gleiche Zeit zu mir und ist ungefähr...« Er machte eine Pause, um zu überlegen. »Sie ist ungefähr eine halbe Stunde geblieben. Kurz nachdem sie gegangen war, kam ein Anruf von meinem Sergeant, und da habe ich auf die Uhr gesehen. Es war fünf nach neun. Sie sind Miss Alcock auf dem Parkplatz begegnet, als Sie uns holen wollten. Das war um...«

»Halb zehn. Im Radio waren gerade die Meldungen zur halben Stunde zu Ende.«

»Also...«

»Sie hätte die Zeit gehabt«, sagte Raskin ruhig. »Es wäre knapp gewesen, aber es hätte gereicht. Und ich habe sie von dem Weg, der zum Tennisplatz führt, über den Rasen kommen sehen. Es wäre für sie das Klügste gewesen, mir zu sagen, sie hätte gerade die tote Penny gefunden.«

»Aber ich glaube es einfach nicht.« Kincaid stand auf und begann rastlos in dem engen Büro hin- und herzugehen. »Das ist mir zu glatt. Und was für ein Motiv sollte sie haben?«

»Was für ein Motiv sollten die anderen haben? Die ganze Sache ergibt doch hinten und vorn keinen Sinn«, erklärte Raskin gereizt. »Und Chief Inspector Nash wird die

Frage nicht einfach auf sich beruhen lassen, das wissen Sie wohl«, fügte er hinzu.

»Ja, natürlich.« Trotz seiner Meinung über Nash hatte Kincaid Schwierigkeiten, seine Gewißheiten vor sich selbst zu rechtfertigen. Er konnte sich mit der Vorstellung einfach nicht anfreunden, daß Hannah zuerst zu ihm gekommen war, um ihm ihr Herz auszuschütten, und dann hinuntergegangen war, um kaltblütig Penny MacKenzie zu ermorden. Ging es hier um seinen Stolz, um seine Menschenkenntnis oder einfach um seinen Glauben an ihre grundlegende menschliche Anständigkeit? Hätte man sich bei ihm darauf verlassen können, daß er mit aller Gründlichkeit arbeitete, wenn er in diesem Fall die Ermittlungen geleitet hätte? Er freute sich nicht darauf, Chief Inspector Nash seine Vorbehalte zu erklären.

»Wo ist eigentlich Ihr Superintendent, Peter? Normalerweise wird doch eine Morduntersuchung nicht von einem Chief Inspector geleitet.«

»Er liegt im Krankenhaus und erholt sich von einer Virus-Lungenentzündung.« Raskin schnitt ein Gesicht.

»Sie Ärmster. Darauf müssen wir zum Trost einen trinken.«

Kincaid ging in die Bar und kehrte mit zwei Gläsern und zwei Flaschen Bier zurück.

»Danke. Ich denke, wir haben hier für heute so ziemlich alles getan, was wir tun konnten.« Raskin sah auf seine Uhr. »Ich geh' jetzt am besten nach Hause.« Aber er blieb sitzen und sah zu, wie der Schaum auf seinem Bier immer mehr in sich zusammenfiel.

»Mir ist eben klargeworden, daß ich eigentlich überhaupt nichts über Sie weiß, Peter. Sind Sie verheiratet? Haben Sie Kinder?«

»Ja. Zwei. Einen Jungen und ein Mädchen. Und jetzt verpasse ich gerade das Fußballtraining meines Sohns.« Er sah wieder auf seine Uhr. »Das ist er allerdings schon gewöhnt.« Raskin seufzte. »Wahrscheinlich ist das ganz gut für ihn – Enttäuschungen stärken den Charakter, stimmt's?« Spöttische Erheiterung flog wieder über sein Gesicht. »Und ich weiß alles über Sie. Der Chief Inspector hat sich gründlich informiert. Er hat wohl gehofft, er würde ein paar Leichen im Keller finden. Was er dann tatsächlich fand, hat ihm die größten Magenbeschwerden gemacht. Ein *shooting star* vom New Scotland Yard, Liebling des *Assistant Commissioner.*«

Sie lachten beide, tranken dann in einverständlichem Schweigen ihr Bier. Kincaid wurde sich plötzlich bewußt, daß ihm davor graute, den Abend allein zu verbringen; jeder Kontakt jedoch mit den Hausgästen war mit Zweifeln belastet, die er nicht beseitigen konnte.

»Peter, Sie haben nicht zufällig Dr. Percys Adresse?«

Raskin hätte sich beinahe an seinem Bier verschluckt. »Sie ist verheiratet, nur damit Sie Bescheid wissen.«

»Das dachte ich mir schon«, sagte Kincaid, aber er war doch ein wenig enttäuscht, und hastig versicherte er sich, daß sein Interesse an der Frau rein dienstlicher Natur sei. »Ich wollte sie noch ein paar Dinge fragen, da ich ja bei der Obduktion nicht dabeisein durfte...« Er machte ein neutrales Gesicht, gab kein Quentchen seiner Würde preis.

»Okay, wer's glaubt, wird selig«, sagte Raskin, und Kincaid mußte wider Willen lachen.

»Mr. Kincaid!« Leise wehte ihm die Stimme aus dem dunklen Garten entgegen. »Oder wäre es richtiger, Superintendent zu sagen?«

Kincaid erkannte den Sprecher jetzt. Edward Lyle trat aus dem Schatten einer dekorativen Urne und wies zu Kincaids Wagen.

»Verzeihen Sie, wenn ich Sie aufhalte, aber ich hätte gern ein paar Worte mit Ihnen gesprochen.«

Lyles Verhalten war noch schleimiger als sonst, und Kincaid seufzte. Er hatte etwas Derartiges aus irgendeiner Ecke erwartet. »Bitte, bitte. Was kann ich für Sie tun?«

»Natürlich ist diese ganze Geschichte sehr betrüblich, Superintendent, aber meiner Meinung nach geht Chief Inspector Nash zu weit. Dieser Urlaub sollte ein besonderes Geschenk an meine Frau werden, damit ihre Nerven endlich einmal zur Ruhe kommen. Die unglückseligen Ereignisse haben sie auch ohne die grobe Art des Chief Inspectors schon genug aufgeregt. Und die Ruhe, die ich mir erhofft hatte, ist mir völlig genommen worden. Ich bin doch nicht hierhergekommen, um...«

»Mr. Lyle«, sagte Kincaid geduldig, »ich habe, wie ich bereits früher erklärt habe, keinerlei Befugnis, Chief Inspector Nash irgendwelche Verhaltensmaßregeln zu geben. Ich bin hier selbst bloß geduldet. Aber ich bin sicher, daß er nur seine Pflicht tut.« Kincaid hörte sich ein Klischee nach dem anderen äußern und schnitt ein Gesicht – Lyle schien sie herauszufordern.

»Meine Arbeit ist sehr anstrengend, Superintendent, und keiner hier scheint in Betracht zu ziehen...«

»Welcher Art ist denn Ihre Arbeit?« Kincaid versuchte den einsetzenden Schwall von Beschwerden zu stoppen. »Ich glaube, das haben Sie uns noch gar nicht gesagt.«

»Ich habe ein Bauunternehmen. Die Firma läuft recht gut.« Lyle plusterte sich ein wenig auf. »Eine gute Gelegenheit zur Kapitalanlage im Augenblick, wenn Sie...«

»Danke«, fiel Kincaid ihm ins Wort, »aber Polizeibeamte verfügen im allgemeinen nicht über übriges Geld. Und jetzt muß ich gehen, wenn Sie nichts dagegen haben. Ich kann Ihnen mit Chief Inspector Nash leider nicht helfen – ein Wort von mir würde ihn sicher nicht Ihnen gegenüber geneigter machen.«

Aufgeblasener, egoistischer kleiner Schleimer, dachte er, als er in seinen Wagen stieg und Lyle noch einmal zuwinkte. Er und Nash verdienten einander.

Die einspurige Straße zog sich in Windungen bis dicht unter die Hügel. Kincaid hatte den Midget offengelassen und drehte die Heizung voll auf, weil er hoffte, die frische Abendluft würde sein Gehirn von Spinnweben befreien. Der Himmel hing schwach leuchtend hinter den dunklen Formen der Bäume.

Nach einer Weile sah er die Lichter des Bungalows durch die Bäume zu seiner Linken und zog den Wagen in die von welkem Laub bedeckte Einfahrt. Es war ein niedriges Haus aus rosenfarbenem Backstein; das Licht kam durch große Panoramafenster zu beiden Seiten einer gewölbten Haustür.

Er klingelte, und die Tür öffnete sich. Zwei kleine Mädchen mit dunklem Haar, das herzförmige Gesichter umrahmte, standen vor ihm. Mit ernsten Gesichtern sahen sie ihn an und brachen dann, noch ehe er etwas sagen konnte, in übermütiges Gekicher aus. Sie machten kehrt und rannten »Mama, Mama« rufend ins Haus hinein.

Das Zimmer nahm die ganze Breite des Hauses ein, Eßecke auf der linken Seite, Wohnraum rechts von ihm. Auf dem Stück abgewetzten Teppich, das er sehen konnte, lagen Horden von Patienten einer Puppenklinik herum. Bücher stapelten sich auf Tischen, ein Feuer brannte mit ruhiger Flamme im offenen Kamin des Wohnzimmers, und die Versuchung, sich zu setzen und ein Nickerchen zu machen, wurde beinahe unerträglich.

Anne Percy erschien, wischte sich die Hände an ihrer weißen Baumwollschürze und rettete ihn aus seiner Verlegenheit. Sie lächelte erfreut, als sie sah, wer es war, musterte ihn dann etwas kritischer.

»Sie sehen ja völlig erschöpft aus. Was kann ich Ihnen Gutes tun?«

Die beiden Mädchen linsten hinter ihr hervor wie chinesische Akrobaten, ihre Heiterkeit durch die Anwesenheit der Mutter kaum gedämpft.

»Molly, Caroline, das ist Mr. Kincaid.«

»Hallo«, sagte er ernst.

Sie begannen wieder zu kichern und versteckten sich in schöner Einmütigkeit hinter ihrer Mutter.

»Kommen Sie doch mit in die Küche. Ich hoffe, es macht Ihnen nichts aus, wenn ich koche, während wir uns unterhalten.«

Sie führte ihn durch eine Schwingtür in eine große, freundliche Küche, in der es appetitanregend nach Brathühnchen und Knoblauch duftete.

Nachdem sie den Kindern gesagt hatte, daß das Essen frühestens in einer halben Stunde fertig sein würde, scheuchte sie sie hinaus, zog Kincaid einen hohen Hocker heran und stellte sich wieder an den Herd, um irgend etwas umzurühren; dies alles mit einer anmutigen Sparsamkeit der Bewegungen.

»Möchten Sie etwas trinken? Ich habe mir einen Wermut eingeschenkt, den brauch' ich sowieso für das Hühnchen, aber Sie sehen aus, als könnten Sie ganz gut einen

Whisky vertragen. Sie sind ja wohl nicht im Dienst, nicht wahr? Stimmt es eigentlich, daß Polizeibeamte im Dienst nicht trinken, oder ist es nur ein Mythos, der vom Fernsehen verbreitet wird?«

»Danke.« Kincaid nahm dankbar das Glas, das sie ihm reichte, und nach dem ersten Schluck begann sich von seinem Magen aus Wärme in seinem ganzen Körper auszubreiten. »Nein, das stimmt nicht. Ich kenne eine ganze Menge Kollegen, die im Dienst trinken. Alkoholismus trifft man bei der Polizei genauso häufig wie anderswo. Vielleicht sogar noch häufiger, wenn man bedenkt, wie hoch der Streß in diesem Beruf ist. Aber ich trinke eigentlich nie im Dienst. Ich habe immer gern einen klaren Kopf.«

»Ich weiß zwar Ihren Rang, aber nicht Ihren Vornamen. Ich kann Sie doch nicht weiterhin Mister oder Superintendent nennen. In einer Küche paßt das nicht, finde ich.«

»Ich heiße Duncan.« Er lachte über ihre Überraschung. »Ich habe schottische Vorfahren. Und meine Eltern hatten eine heftige Vorliebe für Macbeth. Es hätte schlimmer sein können. Sie hätten mir ja auch Prospero oder Oberon aufbrummen können.«

»Sie können von Glück reden. Meine älteren Geschwister nennen mich immer noch Annie Rose. Ich komme mir jedesmal vor, als wäre ich drei Jahre alt und nicht eine erwachsene Frau mit eigenen Kindern und einem halbwegs ordentlichen Beruf. Meine Patienten nennen mich Dr. Anne. Da fühlen sie sich besser aufgehoben.«

»Ich werde einfach Anne sagen.«

Er setzte sich und trank seinen Whisky, während sie zwischen Küchenschrank und Herd hin- und herging, und ließ sich von der Wärme des Raums umspülen wie von einem warmen Bad. Er hatte das Gefühl, als säße er schon seit Jahren auf diesem Hocker in dieser Küche und könnte noch jahrelang so sitzen bleiben. Konzentration stand Anne Percy gut zu Gesicht, dachte er, während er ihr beim Kochen zusah. Sie hatte das gleiche herzförmige Gesicht wie ihre Töchter, aber das weiche, feine Haar war heller, hatte die Farbe von braunem Zucker.

Sie sah nach einem Auflauf im Rohr, wischte sich dann die Hände und drehte sich, an die Arbeitsplatte gelehnt, zu ihm um.

»So. Jetzt müßte eigentlich ein paar Minuten lang alles von selber gehen.«

Kincaid war einen Moment unsicher, abgelenkt von einem kleinen Mehlfleck auf ihrer Augenbraue. Was er von ihr wollte, war so formlos, so nebulös, daß er nicht wußte, wo er anfangen sollte. »Ich befinde mich in einer ziemlich unmöglichen Situation. Ich habe keine amtliche Weisung, in diesen beiden Todesfällen zu ermitteln – jedenfalls noch nicht. Aber ich kann mich auch nicht heraushalten, denn ich habe sowohl Sebastian Wade als auch Penny MacKenzie gekannt.«

Anne Percy musterte ihn mit dem gleichen ernsthaften Blick, den sie ihrem Auflauf gewidmet hatte, und Kincaid fühlte sich plötzlich unbehaglich, als könnte sein Gesicht Geheimnisse offenbaren, die er für sich behalten wollte.

»Es ist mir auch schon passiert, daß ich meine professionelle Distanz verloren habe.« Sie hatte mit diesem scheinbaren *non sequitur*, dachte Kincaid, genau den Kern der Sache getroffen. »Ich war heute morgen noch bei Emma, weil ich sehen wollte, ob sie ein Beruhigungsmittel haben wollte oder…«

»Wollte sie aber natürlich nicht«, unterbrach Kincaid mit einem Lächeln.

»Wie recht Sie haben! Sie war empört. Aber sie hat mit mir gesprochen. Das ist manchmal so; wenn die Leute unter Schock stehen, dann reden sie. Dann sagen sie einem Dinge, die sie normalerweise niemals preisgeben würden. Pennys Verhalten hatte Emma schon seit Monaten beunruhigt, und es schien immer schlimmer zu werden. Sie war sehr vergeßlich und manchmal richtiggehend verwirrt. Mir klingt es, als hätten sich da die Anfänge der Alzheimerschen Krankheit gezeigt oder eine Form vorzeitigen Altersschwachsinns. Ich weiß nicht, ob es Ihnen ein Trost ist, aber die Qualität ihres Lebens hätte sich wahrscheinlich rapide verschlechtert.«

»Nein, nein, das ist mir verdammt noch mal kein Trost. Ganz gleich, wie sich ihr Leben weiterentwickelt hätte, kein Mensch hatte das Recht, es ihr einfach zu nehmen. Und ich mache mir schwere Vorwürfe. Ihr Tod hätte verhindert werden können. Sie wollte mit mir reden, aber ich habe mir nicht die Zeit genommen, ihr zuzuhören, weil es nicht mein Fall war, weil ich keine Verantwortung übernehmen wollte, weil ich sie als töricht und verhuscht einschätzte. Ich hätte es besser wissen müssen – so etwas gehört schließlich zu meiner Arbeit, Herrgott noch mal. Jetzt werden wir niemals mit Sicherheit wissen, was sie gesehen hat. An dem Abend, an dem Sebastian gestorben ist, hat Penny gewartet, bis Emma eingeschlafen war, und ist dann hinuntergegangen. Sie hatte ihre Handtasche vergessen und wollte nicht, daß Emma es merkte. Lächerlich im Grunde, aber wenn sie gewußt hat, daß Emma sich wegen ihrer Vergeßlichkeit um sie sorgte...«

»Sie glauben, Penny wurde getötet, weil sie etwas gesehen hat, das Sebastians Mörder verraten hätte? Sie glauben, daß beide Morde von ein und derselben Person begangen worden sind?«

»Emma hat mir von einer Bemerkung Pennys erzählt, die sie zufällig hörte. Deshalb glaube ich, daß Penny an jenem Abend zwei Personen gesehen hat – an einem Ort, wo sie eigentlich nicht hätten sein sollen. Hat sie sich vielleicht erinnert, wo sie ihre Handtasche gelassen hatte, und ist dann im Dunkeln in den Salon gehuscht? Hat sie vielleicht jemanden aus Cassies Büro kommen sehen?«

»Und haben diese Personen sie gesehen?« fragte Anne, auf seine Rekonstruktion eingehend.

»Ja, eben das wissen wir nicht, nicht wahr?« meinte Kincaid leise. »Aber ich glaube nicht. Sonst wäre nämlich entweder der Plan geändert worden, oder Penny wäre auf der Stelle gestorben. Diese – Person – ist ein Opportunist erster Güte. Meiner Ansicht nach war keiner der beiden Morde geplant, jedenfalls nicht im üblichen Sinn, doch beide wurden mit absoluter Skrupellosigkeit und einer Bereitschaft, beinah irrsinnige Risiken einzugehen, durchgeführt. Der Mörder hatte ungeheures Glück, daß ihm beide Male die Durchführung gelang, ohne beobachtet zu werden...«

»Außer vielleicht von Penny«, unterbrach Anne.

»Ja. Aber aus diesem Sachverhalt ergibt sich das Bild einer ziemlich merkwürdigen Persönlichkeit. Menschen, die ohne Vorsatz töten, tun das im allgemeinen im Affekt, häufig im Zorn, und bedauern ihre Tat hinterher. Die anderen, die einen Mord beabsichtigen, planen im allgemeinen sehr genau und führen ihren Plan am liebsten aus sicherer Entfernung aus, mit möglichst geringem Risiko der Entdeckung. Giftmischer sind das perfekte Beispiel.«

»Vielleicht hat diese Person größenwahnsinnige Vorstellungen von ihrer eigenen Unbesiegbarkeit.«

»Möglich, aber ich glaube nicht, daß dies willkürliche Morde eines Psychopathen sind, Gewalt um der Gewalt willen. Hinter diesen Morden steht ein Ziel, das zielbewußte Streben, einen ganz bestimmten Zweck zu erreichen.« Kincaid lachte unvermittelt, zuckte dann die Achseln. »Klingt ein bißchen verstiegen, nicht wahr?«

»Vielleicht. Aber gehen wir doch noch einmal einen Schritt zurück, Duncan.« Anne runzelte die Stirn. »Wenn der Mörder Penny gar nicht gesehen hat, woher wußte er dann, daß sie ihn gesehen hatte?«

»Ich glaube«, sagte Kincaid mit Bedacht, »sie hat es ihm gesagt.« Als er Annes ungläubiges Gesicht sah, schüttelte er den Kopf, ehe sie ihn unterbrechen konnte. »Ich weiß, es klingt verrückt, aber Penny...« Er suchte nach Worten, um Anne Penny so sehen zu lassen, wie er sie gesehen hatte. »Penny war ein Mensch, der bis ins letzte ehrlich war – außer vielleicht, wenn es darum ging, Emma zu schützen. Niemals hätte sie einen anderen fälschlich beschuldigen wollen.«

»Sie glauben also, sie ist einfach zu diesem Mörder hingegangen und hat gesagt: ›Ich habe Sie gesehen. Was wollen Sie jetzt tun?‹, aber das ist doch...« Annes Stimme schwoll an vor Entrüstung, und Kincaid konnte sich vorstellen, wie es Patienten erging, die einer vernünftigen Anweisung der guten Frau Doktor zuwiderhandelten.

»Töricht, ja. Und wenn Penny zwei Leute gesehen hat, dann hat sie genau mit der falschen Person zuerst gesprochen.« Kincaid streckte sich, warf einen Blick auf seine Uhr, trank noch einen Schluck von seinem Whisky. »Ich sollte fahren, nur für den Fall, daß sich etwas Neues ergibt. Peter Raskin hat Mitleid mit mir gezeigt – wenn er heute abend noch die Obduktionsbefunde bekommt, wird er sie mir vielleicht weitergeben. Danke, daß Sie mir so geduldig zugehört haben.«

Trotz seiner Worte blieb er auf seinem Hocker sitzen und drehte die Reste seines Whiskys im Glas.

»Bleiben Sie doch zum Essen. Es ist genug da. Kim macht einen Besuch, da warten wir sowieso nicht auf ihn. Wir wissen nie, wie lange er braucht.«

»Was arbeitet Ihr Mann?«

»Er ist Geburtshelfer.« Sie lachte, als sie sein Gesicht sah. »Sie dürfen den Mund wieder zumachen. Die meisten Leute reagieren so. Aber wer kann für die Arbeitszeiten eines Arztes mehr Verständnis aufbringen als jemand, der ebenfalls Arzt ist oder Tierarzt? Oder Polizeibeamter«, fügte sie nachdenklich hinzu.

»Jetzt weiß ich endlich, was ich falsch gemacht habe. Ich hätte eine Ärztin heiraten sollen. Meine geschiedene Frau hatte für meine Arbeitszeiten überhaupt kein Verständnis.« Er leerte sein Glas und stand auf, wobei er registrierte, wie schwer ihm das fiel. »Ich würde sehr gern bleiben, aber es ist besser, wenn ich fahre. Ein andermal vielleicht.«

Einen Moment lang standen sie in gespanntem Schweigen beieinander, dann hob Kincaid die Hand und wischte ihr den Mehlfleck mit dem Daumen von der Augenbraue. Anne umfaßte sein Handgelenk und hielt es einen Augenblick fest, dann wandte sie sich ab.

»Gut, dann bringe ich Sie hinaus.«

Die Kinder stritten sich gerade mit großem Eifer, wer jetzt die Puppe bandagieren dürfe. Ihre Gesichter glänzten rosig im Feuerschein.

»Auf Wiedersehen, Molly und Caroline.«

»Kommen Sie mal wieder zu Besuch?« fragte Molly neugierig.

»Ich hoffe es.«

»Kommen Sie jederzeit.« Anne berührte leicht seinen Arm.

Als die Tür sich hinter ihm schloß, sah Kincaid, daß alles Licht aus dem Himmel hinter den Bergen geschwunden war.

13

»Ich bin die Königin«, sagte Bethany herrisch und rückte das weiße Tüchlein auf ihrem Kopf zurecht. »Und das hier ist meine Krone. Und du sollst das Königsbaby sein.«

»Aber ich will nicht das Königsbaby sein.« Brian zog einen Flunsch.

»Du mußt das Königsbaby sein. Sonst spiel' ich nicht mehr mit.«

Brian stampfte wütend mit dem Fuß, geschlagen, aber nicht bereit, ein guter Verlierer zu sein. »Warum? Warum muß ich immer das Baby sein?«

»Darum.« Bethany sprach mit dem Machtbewußtsein der älteren Schwester, die weiß, daß der kleine Bruder nichts gegen sie ausrichten kann.

Kincaid stand im Flur vor seiner Tür und beobachtete amüsiert, wie Bethany ihrem unwilligen Bruder eine kleine Decke um die Schultern legte. Die Kinder spielten auf dem breiten Vorplatz der Treppe im ersten Stock im Licht der frühen Morgensonne, das durch die drei Fenster hereinfiel.

»Es war einmal eine Königin«, begann Bethany, »die wohnte in einem Schloß mit ihrem süßen kleinen Baby, dem jungen Prinzen.«

»Igitt!« sagte Brian vehement.

Bethany ignorierte ihn. »Eines Tages kam ein böser Zauberer ins Schloß und stahl den kleinen Prinzen und nahm ihn mit sich in seine Höhle. Die Königin wußte nicht, was sie tun sollte.«

Kincaid fragte sich, wie die Königin sich so bequem ihres Königs entledigt hatte, und wunderte sich darüber, daß die überaus moderne Maureen ihren Kinder solch altmodische Märchen erzählte. Aber vielleicht war es ja ein modernes Märchen mit einer emanzipierten Königin.

»Hallo«, sagte er und ging durch den Flur zu ihnen. »Ihr beiden seid aber früh auf.«

Er selbst hatte eine so schlechte Nacht verbracht, daß er froh gewesen war, als sich der erste schwache Lichtschimmer gezeigt hatte. »Ist das hier das Schloß?« Er umfaßte den Treppenvorplatz mit einer Handbewegung.

Bethany nickte ernsthaft. »Sie stehen gerade im Burggraben.«

»Oh! Bitte vielmals um Entschuldigung.« Kincaid trat einen Schritt zurück und kauerte sich nieder. »Besser so?« Diesmal begleitete ein kleines Lächeln das Nicken. »Wenn ich der Prinz wäre«, sagte er, »würde ich mir irgend etwas ganz Tolles ausdenken, um dem Zauberer zu entkommen. Man könnte zum Beispiel seinen Drachen einschläfern oder dem Zauberer einfach seine Zaubersprüche stehlen. Dann würde dich die Königin nicht retten müssen.«

Die Kindergesichter veränderten sich, Brians wurde plötzlich fröhlicher, Bethanys bekam einen angriffslustigen Zug. Brian würde nicht lange die Oberhand behalten.

Kincaid wandte sich an Bethany, um das Gleichgewicht wiederherzustellen. »Deine Krone gefällt mir gut, Beth.«

Die Kinder tauschten Blicke und rückten näher zusammen, in plötzlichem Unbehagen den Streit vergessend.

Kincaid wurde aufmerksam. Er sah sich das weiße Tüchlein genauer an. Ein Taschentuch, an den Rändern ein wenig ausgefranst, höchstwahrscheinlich das eines Mannes, da es weder ein Monogramm trug noch sonst eine Verzierung. An einer Ecke war ein kleiner rostfarbener Fleck. Kincaid stockte der Atem.

»Woher hast du denn die Krone, Beth?« fragte er betont ruhig.

Die Kinder drängten sich nur schweigend, mit großen Augen aneinander.

Kincaid versuchte es noch einmal. »Ist das von deinem Papa?« Kopfschütteln – immerhin besser als gar keine Antwort. »Habt ihr es irgendwo gefunden?«

Brian sah Bethany mit flehenden Blicken an, und nachdem Kincaid noch einen Moment geduldig gewartet hatte, begann die Kleine zu sprechen. »Wir haben vorn im Vorsaal gespielt. Mama und Papa haben gesagt, daß wir überall im Haus spielen dürfen, außer im Pool, und raus dürfen wir nicht.«

»Ja, da haben sie recht«, meinte Kincaid, als die Kleine innehielt. »Was habt ihr denn gespielt?«

Bethany warf einen raschen Blick auf ihren Bruder und sah, daß er nicht bereit war, für sich selbst zu sprechen. »Brian hat mit seinen Matchbox-Autos gespielt. Er hat eins auf dem Rand vom Schirmständer herumfahren lassen, und dann ist es reingefallen.«

»Und als ihr es herausholen wolltet, habt ihr das Taschentuch gefunden?«

Vielleicht von Kincaids freundlichem Ton ermutigt, fand auch Brian endlich die Sprache wieder. »Ja, ganz unten. Ganz zusammengeknüllt. So.« Er machte eine Faust. »Ein richtiger Klumpen.«

»Darf ich es mal ein Weilchen haben? Ich glaube, daß Chief Inspector Nash es gerne sehen würde.«

Die Kinder nickten mit Nachdruck. Kincaid konnte sich vorstellen, daß die kurzen Begegnungen mit dem Chief Inspector in ihnen nicht gerade den Wunsch geweckt hatten, ihn schnell wiederzusehen. Er überlegte einen Moment, dann sagte er sich, daß zwei Plastikbeutel aus der Küche es auch tun würden. »Laßt es jetzt einfach mal liegen, wo es ist, ja? Ich bin gleich wieder da.«

Wenn er das nächstemal in Urlaub fuhr, würde er seinen Mordermittlungsutensilienkoffer mitnehmen.

Stimmen schallten klar und deutlich durch die offene Tür der unbewohnten Suite im Erdgeschoß. Kincaid blieb im Flur stehen, seinen Fund vorsichtig mit zwei Fingern haltend, und lauschte.

»Wenn Gott Ihnen auch nur einen Funken Verstand mitgegeben hat, Jungchen, dann tun Sie, was ich Ihnen gesagt habe, und stehen hier nicht rum und glotzen wie ein Schwachsinniger.« Chief Inspector Nashs maliziöser Ton war unverwechselbar. Die unverständliche Antwort kam wohl von Raskin, für den der Morgen offensichtlich nicht gut anfing.

»Verdammt.« Kincaid fluchte unterdrückt. Er hatte Raskins verbeulten Austin vom Fenster im ersten Stock aus gesehen und gehofft, ihn allein zu erwischen, um ihn die Lorbeeren für seinen Fund einheimsen zu lassen. Wenn er selbst mit einem solchen Geschenk daherkam, würde das seine Beziehung zu Nash keineswegs verbessern; aber er konnte jetzt nicht auf einen günstigeren Moment warten, das Tuch mußte dringend ins Labor. Er schob also den Kopf um die Ecke und blickte ins Zimmer.

Nash saß vor Papierbergen an dem kleinen Eßtisch. Das Telefonkabel spannte sich gefährlich stramm vom Sofa zum Tisch, weil Nash den Apparat offenbar direkt neben sich haben wollte. Wahrscheinlich, dachte Kincaid, hatte es deswegen mit Raskin Streit gegeben.

»Ist das hier der provisorische Dienstraum?« erkundigte er sich freundlich.

»Was geht das Sie an, junger Mann?« erwiderte Nash und musterte Kincaid mit verächtlichem Blick von oben bis unten.

»Es scheint mir die beste Lösung zu sein, Sir.« Peter Raskin sprach in das Schweigen hinein. »Wir konnten ja nicht Miss Whitlakes Büro auf unbeschränkte Zeit beschlagnahmen. Und es ist außerdem ja wirklich ein bißchen eng.« Raskin schien sich seines eigenen Gebabbels bewußt zu werden, öffnete den Mund und schloß ihn wieder.

Kincaid trat ins Zimmer und legte den Plastikbeutel vor Nash auf den Tisch. »Die Kinder haben das heute morgen im Schirmständer gefunden.«

Nash nahm den Beutel und hielt ihn ans Licht. »Ein Taschentuch? Wirklich, das haut mich um.« Er lächelte spöttisch. »Was wird unserem Wunderknaben wohl als nächstes einfallen?«

»Hören Sie, Inspector«, sagte Kincaid so ruhig und geduldig, wie es ihm möglich war, während er sich fragte, wie weit seine eigene instinktive Abneigung Nashs Feindseligkeit schürte. »Auf dem Taschentuch ist an einer Ecke, wie es aussieht, ein Blutfleck. Vielleicht wurde es benutzt, um Fingerabdrücke auf dem Rahmen des Tennisschlägers zu vermeiden. Es würde sich auf jeden Fall lohnen, es ins Labor zu schicken.«

»Wenn es hier irgend etwas Lohnendes zu finden gegeben hätte, dann hätte mein Spurensicherungsteam es gefunden.« Selbst die sarkastische Scheinhöflichkeit war jetzt aus Nashs Stimme geschwunden, ebenso wie der starke lokale Akzent. »Sie haben hier keinerlei Zu...«

Kincaid verlor die Beherrschung. »Wenn Ihre Leute anständig gearbeitet hätten, dann hätten sie das hier nicht übersehen. Ich habe Ihre gezielte Opposition gründlich satt, Chief Inspector. Der einzige Grund, weshalb man Ihnen die Leitung dieser Ermittlungen übertragen hat, ist, daß Ihr Spurenintendent im Krankenhaus liegt. Wenn Sie nicht zur Zusammenarbeit bereit sind, wenn Sie unfähig sind, Ihre Abneigung gegen mich so weit im Zaum zu halten, daß sie Ihr Urteil in diesem Fall nicht trübt, werde ich dafür sorgen, daß Ihnen nie wieder eine solche Verantwortung übertragen wird.« Nashs Gesicht nahm einen so ungesunden violetten Ton an, daß Kincaid plötzlich Angst hatte, er sei zu weit gegangen – den Mann würde womöglich auf der Stelle der Schlag treffen.

»Nichts dergleichen werden Sie...« Das Telefon ging, und sein durchdringendes Läuten ließ sie alle zusammenfahren. Nash griff zum Hörer. Die wütende Tirade erstarb ihm auf den Lippen. »Sir! Ja, Sir, er ist gerade hier.« Sein Blick flog zu Kincaid. »Ja, Sir. Ich denke, das ist klar. Mit allem Entgegenkommen.« Nash legte mit äußerster Bedächtigkeit den Hörer auf, sah zuerst Raskin an, dann Kincaid, ehe er es endlich über sich brachte, etwas zu sagen. »Es scheint, daß der Chief Constable mit dem Assistant

Commissioner gesprochen hat. Der Chief Constable ist der Meinung, Sie könnten uns bei unseren Ermittlungen in dieser Sache behilflich sein, und der Assistant Commissioner hat seine Zustimmung gegeben. Könnte es sein«, die von Sarkasmus triefende Stimme richtete sich an Kincaid, »daß der Assistant Commissioner mit dem Chief Constable gesprochen hat, und nicht umgekehrt?«

»Das könnte sein, ja«, antwortete Kincaid in neutralem Ton. »Chief Inspector, es liegt mir fern, Ihnen zu sagen, wie Sie Ihre Arbeit zu tun haben. Ich möchte lediglich an den Ermittlungen teilnehmen.«

»Sie meinen, Sie möchten sich gern einmischen, wann und wo es Ihnen gerade paßt.«

»So ungefähr.« Kincaid lächelte.

»Ich mag keine andere Wahl haben, als Ihnen zu erlauben, Ihre Nase in meine Angelegenheiten zu stecken, aber das heißt noch lange nicht, daß ich damit einverstanden sein muß«, versetzte Nash mit unversöhnlicher Miene. »Hey, Sie.« Er wandte sich Peter Raskin zu, der sich die größte Mühe gab, den Unbeteiligten zu spielen, obwohl auch das, argwöhnte Kincaid, ihn nicht davor retten würde, von Nash als Prügelknabe mißbraucht zu werden.

»Chief Inspector«, unterbrach Kincaid, ehe Nash seine Wut an Raskin auslassen konnte, der das gewiß nicht verdient hatte. »Kann ich vielleicht den Autopsiebefund von gestern abend sehen?«

Nash schob die Papiere auf dem Tisch hin und her, bis er den braunen Umschlag fand, der den Bericht enthielt, und sah dann den Inhalt durch. »Nach Meinung des Pathologen ist sie irgendwann in dem Zeitraum, nachdem sie zum letztenmal gesehen worden war und bevor sie gefunden wurde, ums Leben gekommen.« Kincaid sah einen

Funken Hoffnung in Nashs Augen, Zeugnis, wie er hoffte, einer kleinen Schmelze.

Kincaid lachte prustend. »Das ist ja sehr hoffnungsvoll. Und sonst?«

»Penny MacKenzies Schädeldecke scheint ungewöhnlich dünn gewesen zu sein. Der Schlag, so wie er geführt wurde, bedurfte keiner besonderen körperlichen Kräfte. Der Arzt meint, daß der Angreifer etwa mittelgroß war, es kann ein Mann oder eine Frau gewesen sein. Wenn es eine Frau war, dann hat sie den Schlag wahrscheinlich beidhändig geführt.« Nash lehnte sich zurück, und der zerbrechliche Stuhl knarrte beunruhigend. »Dabei fällt mir ein, Superintendent«, sagte er im Konversationston und verzog den Mund zu einem dünnen Lächeln, »daß es ja ein ausgesprochen interessanter Zufall ist, daß ausgerechnet Ihre Freundin, Miss Hannah Alcock, die arme Miss MacKenzie gefunden hat.« Die momentane Entspannung war nur Illusion gewesen.

Wieder läutete das Telefon und enthob Kincaid einer Erwiderung. Er war dankbar für den Aufschub. Während Nash sprach, wanderte er zerstreut im Zimmer umher und blieb an der Tür zum Schlafzimmer stehen, in dem Cassie und Graham sich am Abend von Sebastians Tod ihrer Aussage zufolge getroffen hatten.Er erinnerte sich des flüchtig aufflackernden Lichtscheins, den er und Hannah im Fenster gesehen hatten. Von zehn bis Mitternacht, hatte Cassie gesagt. Eine lange Zeit für das, was Cassie als eilige sexuelle Begegnung dargestellt hatte. Was war sonst noch zwischen ihnen vorgegangen? Hatten sie gestritten?

Die Namen gingen Kincaid durch den Kopf – Cassie und Graham, Hannah und Patrick, Cassie und Patrick... Der Gedanke, der ihm kam, erschien plausibel. War es möglich, daß Hannah wie Penny etwas herausgefunden hatte, das eine andere Person belastete? War es möglich, daß Hannah wie Penny ihr Wissen aus einer Art Ehrgefühl oder Fairneß für sich behielt?

Nash beendete sein Telefongespräch, und Raskin ergriff die Gelegenheit, um sich bemerkbar zu machen. »Ich lasse das rasch ins Labor bringen, Sir.« Er nahm den Plastikbeutel vom Tisch. Kincaid begegnete seinem leise erheiterten Blick und sagte sich, nun seien sie, was die Gefälligkeiten anging, quitt.

»Danke«, sagte er und wandte sich Nash zu. »Dann gehe ich jetzt, Chief Inspector, wenn es weiter nichts gibt. Ich bin im Haus, falls Sie meinen Rat wünschen sollten.« Er hob grüßend die Hand und ging aus dem Zimmer, ehe Nash über die Vorstellung, bei ihm Rat zu suchen, einen Wutanfall bekommen konnte.

Als er durch den Vorsaal ging, fiel sein Blick auf den Schirmständer, einen Messingkübel, der mit einem rotgrünen Druck einer Jagdszene umkleidet war. Munter sprangen da rotbefrackte Reiter auf langgestreckten Pferden über Zäune. Vor ihnen rannte die Hundemeute, scharte sich dann um ihre Beute. Der Fuchs lag sterbend auf dem Boden.

Hannah öffnete ihre Tür sehr rasch und mit einem Gesicht, als erwartete sie schlechte Nachrichten. Sie hatte sich sorgfältiger zurechtgemacht als am Vortag, doch das geschickt aufgetragene Make-up verbarg nicht die unnatürliche Blässe ihres Gesichts, nicht die Schatten unter ihren Augen.

»Duncan.« Sie sprach seinen Namen hastig und atemlos, und Kincaid fing wieder diesen Schatten der Enttäuschung in ihren Augen auf, den er an jenem ersten Abend zu sehen geglaubt hatte, als er zu ihr an den Tisch getreten war und sich vorgestellt hatte. »Was... gibt es...«

»Nein«, sagte er ruhig, ihre unausgesprochene Frage beantwortend. »Es gibt nichts Neues. Ich bin nur gekommen, um zu sehen, wie es Ihnen geht.« Und das, was er sah, flößte ihm Unbehagen ein.

»Kommen Sie herein, kommen Sie herein. Trinken Sie eine Tasse Kaffee mit mir. Ich wollte mir gerade einen machen.«

Hannah drehte sich abrupt um und ging in die Küche, wobei sie mit dem Arm gegen die Theke schlug, als sie sie umrundete.

Hannahs Apartment war, wie Kincaid am Tag zuvor entdeckt hatte, kein Abklatsch des seinen. Die Größe und der Schnitt der Räume waren etwas anders, ebenso die Farbgebung – gedämpftes Himbeerrot anstelle von gedämpften Grüntönen. Es wirkte im Gegensatz zu seinem eigenen nach fast einer Woche Aufenthalt immer noch unbewohnt. Nirgends im Wohnzimmer lagen Kleider oder Bücher herum, auf der Ablage in der Küche stand kein Geschirr zum Trocknen.

Kincaid blieb unsicher an der Tür zu der kleinen Kochnische stehen und beobachtete die Ruckhaftigkeit von Hannahs Bewegungen, die sich auffallend von ihren sonst so ruhigen, beherrschten Gesten unterschieden. Was immer sie bedrückt hatte, sie hatte sich, so vermutete jedenfalls Kincaid, entschlossen zu handeln und versuchte jetzt, den nötigen Mut dafür aufzubringen.

»Kann ich helfen?« fragte er, als Hannah den gemahlenen Kaffee auf der Arbeitsplatte verstreute.

»Nein, nein, ich schaff' das schon. Danke.« Sie fegte

den verschütteten Kaffee in den Filter und setzte den Filter auf die Kanne. »So. Gleich wird er fertig sein.« Hannahs Blick flog zu Kincaids Gesicht und schweifte wieder ab. Sie sah ihm nicht in die Augen. Der Kaffee war noch nicht ganz durchgelaufen, als sie den Filter herunternahm und Kaffee in eine Tasse goß.

»Kommen Sie. Setzen wir uns.« Er legte ihr eine Hand zwischen die Schulterblätter, führte sie ins Wohnzimmer und fragte sich dabei die ganze Zeit, wie er das Thema aufs Tapet bringen sollte, das ihm am Herzen lag.

Sie setzten sich, aber auch das schien Hannah nicht zu beruhigen – sie kauerte zusammengekrümmt auf der Sofakante, und ihre Hände zitterten, als sie die Tasse hob.

»Kalt?« fragte Kincaid.

»Ich oder der Kaffee?«

»Schwach. Ihr Witz, nicht der Kaffee.« Kincaid lächelte, und sie schien sich ein wenig zu entspannen. »Hannah«, sagte er langsam, »hat Patrick Rennie irgendwann einmal etwas über Cassie Whitlake zu Ihnen gesagt?«

»Nein«, antwortete sie verwundert und sah ihn zum erstenmal direkt an. »Wieso? Ich meine«, ihre Stimme wurde energischer, »weshalb sollte er mit mir über Cassie sprechen, und wieso sollte er irgend etwas wissen, was der Erwähnung wert wäre? Sie glauben doch nicht, daß Cassie... irgend etwas mit...«

»Ich glaube, daß Patrick eine ganze Menge darüber weiß, womit Cassie etwas zu tun hat und womit nicht – ja, daß er weit mehr über Cassie Whitlake weiß, als er vor anderen, besonders seiner Frau, zugeben möchte.«

»Patrick... und Cassie?« Das Rouge auf Hannahs Wangen glühte auf der plötzlichen Blässe ihrer Haut.

»Ja, das glaube ich.« Kincaid sprach im Konversationston und trank dabei von seinem Kaffee. »Sehen Sie, Cassie hat schon seit einiger Zeit ein Verhältnis mit Graham Frazer, aber da hat sich, soweit mir bekannt ist, in letzter Zeit etwas verändert. Ein neuer Liebhaber ist auf den Plan getreten, ein Mann mit großer Zukunft, ein aufgehender Stern. Und Cassie ist plötzlich ungemein darauf bedacht, daß ja niemand erfährt, daß sie immer noch mit Graham zusammen ist.«

Er schwieg, um Hannahs Reaktion abzuwarten. Sie saß sehr still, die Kaffeetasse schief in der Hand, offensichtlich vergessen.

»Es würde mich nicht wundern, wenn sie versucht hat, mit Graham Schluß zu machen, und er auf stur geschaltet hat. Er macht mir den Eindruck eines ziemlich sturen Burschen.

Und jetzt«, fuhr Kincaid fort, »sehen wir uns die Situation einmal aus einem etwas anderen Blickwinkel an. Cassie möchte nicht, daß Patrick die Sache mit Graham erfährt, richtig? Das wäre das Ende der Romanze, Ende der großen Zukunftsaussichten, ob nun real oder eingebildet. Aber was ist mit Patrick? Was würde es für Patrick bedeuten, wenn jemand, insbesondere seine Frau, dahinterkäme, daß er ein Verhältnis mit Cassie hat? Ehekrach? Eine unerquickliche Scheidung vielleicht? Skandalberichte in der Boulevardpresse?«

Er neigte fragend den Kopf zur Seite, als hätte Hannah sich skeptisch geäußert.

»Altmodisch, meinen Sie? Nicht skandalös genug, um eine beginnende politische Karriere zu ruinieren? Vielleicht nicht. Aber ziehen Sie folgendes in Betracht – Marta Rennies Eltern sind in dem Wahlkreis, in dem Patrick aufgestellt ist, politisch sehr aktiv. Sie sind Patricks wichtigste Geldgeber. Ich würde sagen, es würde sich für Patrick nicht gerade günstig auswirken, wenn sie jetzt dahinterkämen, daß er ihre Tochter betrogen hat. Was meinen Sie?«

»Nein.« Das Wort war kaum ein Flüstern. Hannah schien einen Moment zu brauchen, um sich zu fassen, dann erst sprach sie wieder. »Nein, ich glaube das nicht. Ich glaube es einfach nicht. Patrick würde niemals...« Ihre Stimme schwoll an, bekam einen hysterischen Unterton. »Wie können Sie nur so etwas sagen? Warum tun Sie mir das an?«

»Aber Hannah, hören Sie mir doch zu.« Kincaid beugte sich vor und streckte eine Hand nach ihr aus. Sie zuckte vor seiner Berührung zurück. »Wenn Sie etwas über Patrick Rennie wissen, wenn Sie etwas gesehen oder gehört haben, wenn er Ihnen vielleicht irgend etwas gesagt hat, dann dürfen Sie das nicht für sich behalten. Es könnte gefährlich sein. Ich möchte nicht, daß Sie das gleiche Ende nehmen wie...«

»Nein! Das ist ja absurd. Ich höre mir das nicht an!« Sie sprang auf. Ihr Atem kam in kurzen Stößen. »Verschwinden Sie auf der Stelle!«

Auch Kincaid stand auf. Sie starrten einander an. Er konnte das Zittern ihres Körpers sehen, fühlte ihren Atem an seinem Gesicht.

»Warum, Hannah? Was schulden Sie ihm? Was hat Patrick Rennie je für Sie getan?«

Eine ganze Weile hielt er ihrem Blick stand, dann schien alle Wut sie plötzlich zu verlassen. Sie wandte sich halb von ihm ab und senkte den Kopf, als hätte sie nicht mehr die Kraft, ihn hochzuhalten. »Patrick Rennie«, sagte sie leise, »ist mein Sohn.«

14

Das kleine Empfangsgebäude der Rievaulx-Abtei diente als Verkaufsstelle für Eintrittskarten und Souvenirs und als eine Art Minimuseum. Ein Modell der vollendeten Abtei unter einem Glassturz lud zu näherer Betrachtung ein. An den Wänden hingen Zeichnungen und Fotografien zur Geschichte der Abtei, doch Hannah ging an ihnen vorüber, ohne ihnen einen Blick zu gönnen. Sie hatte ihre Hausaufgaben schon am vergangenen Abend gemacht, nachdem Patrick erwähnt hatte, daß er die Absicht habe, hierherzukommen.

Da hatte sie in der Begegnung noch nicht mehr gesehen als eine Gelegenheit, mit ihm allein zu sprechen, ohne sich näher an den gefährlichen Abgrund der Enthüllung heranzuwagen. Sie hatte warten wollen, bis ihre Beziehung sich ein wenig über den ersten Funken warmer Herzlichkeit hinaus entwickelt hatte – sie hatte Vertrauen wachsen lassen wollen, sich ihrem Ziel mit aller Behutsamkeit nähern, ihn vielleicht fragen wollen, was für Gefühle er seiner leiblichen Mutter entgegenbrachte.

Jetzt schreckte sie vor all den erdachten Choreographien zurück, war unfähig, einen klaren Gedanken zu fassen. Aber sagen mußte sie es ihm. Aus irgendeinem Grund fühlte sie sich dazu gezwungen, ihm Kincaids Verdacht mitzuteilen; es schien ihr unmöglich, die Beziehung unter Vorspiegelung falscher Tatsachen fortzuführen. Wie konnte sie von Patrick erwarten, daß er ihr gegenüber ehrlich sein würde, wenn sie nicht mit ihm ehrlich umging? Sie mußte seinen eigenen Bericht hören, selbst beurteilen, ob er wahr war oder nicht. Konnte ihr Sohn des Mordes fähig sein? Sie konnte es nicht ertragen, es nicht zu wissen.

Hannah trat durch die Hintertür des kleinen Gebäudes ins Freie. Der erste Blick auf die langgezogenen grünen Rasenflächen raubte ihr buchstäblich den Atem. Sie spürte das Brennen von Tränen in ihren Augen und drängte sie zurück.

Vor ihr erhob sich die Rievaulx-Abtei, eingebettet in eine natürliche Mulde am Fuß des Rievaulx-Moors, wie ein Edelstein eingefaßt vom leuchtend grünen Gras im Vordergrund und den roten und goldenen Tönen der Bäume, die den Hang bedeckten. Eine sanfte, tiefhängende Wolkendecke hatte die Morgensonne verdrängt, und die Feuchtigkeit in der Luft schien die Farben mit einer elementaren Lebendigkeit zu tränken.

Sie ging sehr langsam über den Rasen, den Blick auf die hochstrebenden Bögen des Chors gerichtet. Sechshundert Mönche hatten hier gelebt, gegessen, geschlafen, gebetet, die Schafe versorgt und die Gärten. Sie konnte sie beinahe bei ihrer Arbeit singen hören, derart zeitlos, traumhaft war die Atmosphäre dieses Ortes. Einen Herzschlag lang wußte sie, wie nahe sie sich ihrem Gott gefühlt haben mußten, und Neid durchzuckte sie.

Patrick saß auf einem abgebröckelten Sims, den Rücken an eine der Chorsäulen gelehnt, von deren verwittertem Stein sich sein Haar leuchtend abhob. Die genoppte braune Wolle seines Shetlandpullovers hätte beinahe das grobe braune Tuch einer Mönchskutte sein können, doch der Rauch, der von der Zigarette zwischen seinen Fingern aufstieg, ruinierte das Bild. Sie hatte ihn niemals rauchen sehen.

Er zeigte keine Überraschung über ihr Erscheinen, sprach erst, nachdem sie eine Weile dagestanden und ihn angesehen hatte.

»Ich dachte mir schon, daß Sie vielleicht kommen würden. Wunderbar, nicht wahr?« Er wies mit einer Kopfbewegung auf den Chor rund um sie herum. Er ließ die Zigarette fallen und trat den Stummel in den Boden. Auf ihren Blick hin sagte er: »Wenn Marta dabei ist, rauche ich nie. Da würde ich ja den Vorteil meiner moralischen Überlegenheit einbüßen. Und Politiker«, er lächelte, und seine Stimme hatte einen spöttischen Unterton, den sie nie zuvor gehört hatte, »halten an jedem Vorteil eisern fest.«

»Ist das auch der Grund, weshalb Sie nicht wollen, daß jemand von der Sache mit Cassie erfährt?« sagte Hannah, erstaunt, wie ruhig ihre Stimme klang. Sie hatte nicht die Absicht gehabt, ihn direkt zu beschuldigen; doch die Worte sprangen ihr wie von selbst über die Lippen. »Wozu waren Sie bereit, Patrick, um zu verhindern, daß Marta davon erfährt? Um zu verhindern, daß Sie vielleicht die Unterstützung von Martas Eltern verlieren und damit wahrscheinlich die Wahl?« Hannah merkte, daß sie keuchte, und sie begann zu frösteln wie bei einer Erkältung.

Patrick zog überrascht die Augenbrauen hoch. Er setzte zum Sprechen an, ging dann ein paar Schritte zur Mitte des Chors und blieb, die Hände in den Hosentaschen, mit dem Rücken zu ihr stehen. Nach einem kleinen Moment sagte er ruhig: »Mir ist klar, daß wir alle verdächtig sind. Das wäre jedem Idioten klar. Aber gerade von Ihnen habe ich aus irgendeinem Grund keinen Angriff erwartet. Wie sind Sie denn«, fuhr er fort, ohne sich umzudrehen, »auf diese... diese phantastische Geschichte gekommen?«

»Duncan Kincaid glaubt, daß Sebastian hinter Ihre Beziehung zu Cassie gekommen ist und Ihnen gedroht hat, sie publik zu machen – um Geld zu erpressen oder nur, weil er Cassie haßte, weiß ich nicht.«

Jetzt drehte er sich doch um, immer noch ruhig und bedächtig. »Das ist doch Unsinn, Hannah. Glauben Sie im Ernst, daß Marta mich wegen eines Seitensprungs verlassen würde? Daß sie klein und gedemütigt zu ihren Eltern und ihrer Clique in Sussex zurücklaufen und zugeben würde, daß sie mich nicht halten konnte? Oder daß ihre Eltern öffentlich die Demütigung ihrer Tochter zugeben würden? Nie im Leben. Wir haben es nicht nur mit meinem Ehrgeiz zu tun, wir haben es auch mit dem Ehrgeiz dieser Familie zu tun, und die gibt ihre Ambitionen so leicht nicht auf. Selbst wenn man ihnen unwiderlegbare Beweise vorlegte, würden sie sämtliche Augen zudrükken, weil ihnen das in den Kram paßt. Oh, Marta würde sicher kräftig sticheln und noch ein bißchen mehr Gin schlucken, aber das wäre auch alles.«

»Aber was...«

»Sie halten mich für gefühllos, nicht wahr?« Patricks Ton war überraschend bitter. »Sie glauben, ich hätte Marta und ihre Eltern wegen ihres Einflusses gewählt?« Einen Moment lang starrte er sie herausfordernd an, aber sie sagte nichts. »Dann lassen Sie sich belehren, Hannah. *Sie* haben mich gewählt. Ich war für sie das perfekte Mittel zur Erfüllung ihrer gesellschaftlichen Ambitionen, das Kuscheltier, das man verhätschelt und pflegt wie eine preisgekrönte Katze, der charmante Schwiegersohn, der stets bereit ist, sich geschwätzigen alten Damen zu opfern. Ich würde sagen, ich habe meinen Teil der Abmachung durchaus erfüllt.« Wieder lag in seinem Lächeln dieser Hauch von Selbstironie.

Es klingt alles so verführerisch plausibel, dachte Hannah. Wie sollte sie ihm nicht glauben, wenn sie ihn so vor sich sah, so merkwürdig verletzlich wirkend in dieser leicht gebeugten Haltung, während der Wind das glatte blonde Haar auf seiner Stirn zauste?

»Aber Patrick…«, Hannah hatte Mühe, die Worte zu finden, um fortzufahren, »was ist dann an dem Abend passiert, an dem Sebastian gestorben ist? Duncan glaubt, daß Penny Sie gesehen hat.«

Patrick kam zu dem Torbogen zurück und lehnte sich an die Säule. Er zog eine zerknüllte Packung Marlboro aus seiner Hosentasche, riß im Schutz seiner gekrümmten Hand ein Streichholz an und zog einmal an der Zigarette, bevor er zu sprechen anfing. »Ich war an dem Abend tatsächlich draußen. Marta habe ich gesagt, ich wollte ein Buch aus dem Wagen holen – ob sie das geglaubt hat oder nicht, weiß ich nicht. Sie war nüchterner als sonst. Wir waren erst am Morgen angekommen, und Cassie war mir den ganzen Tag aus dem Weg gegangen, so daß ich schließlich anfing zu glauben, sie wollte mich nicht sehen.« Während er sprach, beobachtete er, wie der Wind die Glut am Ende seiner Zigarette anfachte. Nicht einmal hob er den Blick zu Hannah. »Schließlich bin ich zu Cassies Bungalow gegangen und habe geklopft, aber sie hat sich nicht gemeldet. Ich hatte im Auto ein Notizbuch liegen, da habe ich eine Seite herausgerissen und Cassie einen kurzen Brief geschrieben, den ich ihr in den Türspalt gesteckt habe.«

»Und dann sind Sie direkt in Ihr Apartment gegangen?« Hannah bemühte sich, ruhig zu sprechen, nicht zu verraten, wie verzweifelt sie hoffte, daß es so gewesen war.

»Nein, nicht direkt.« Patrick ließ das Streichholz ins Gras fallen, wich Hannahs Blick immer noch aus. »Ich dachte, sie säße vielleicht noch an der Arbeit, ein Vorwand, um in ihrem Büro auf mich zu warten. Das war wahrscheinlich naiv von mir. Das Büro war dunkel und leer, genau wie der Salon, aber als ich durch den Salon wieder hinausgegangen war und gerade durch die Empfangshalle gehen wollte, hörte ich hinter mir ein Geräusch.«

Er schien jetzt ganz in seinem eigenen Bericht gefangen, schien mehr zu sich selbst als zu Hannah zu sprechen, während er sich einer Einzelheit nach der anderen erinnerte. »Ich hörte, wie jemand ganz plötzlich die Luft einsog, es klang beinahe wie ein unterdrückter Schrei. Ich drehte mich um, und als meine Augen sich an die Dunkelheit gewöhnt hatten, konnte ich beim Sofa eine Gestalt stehen sehen. Es kam immerhin soviel Licht durch die Salonfenster, daß ich glaubte, Penny zu erkennen. Ich wollte etwas sagen, aber wie sie da so stand, ohne sich zu rühren, ohne ein Wort zu sprechen, das hatte etwas ganz Sonderbares. Es wirkte verstohlen, vielleicht auch ängstlich. Na ja, und dann überlegte ich mir, daß ich eigentlich auch nicht erpicht darauf war, mich erklären zu müssen, und da hab' ich mich umgedreht und bin gegangen.« Zum erstenmal hob er den Blick und sah sie an. »Ich hätte gleich zu Anfang die Wahrheit sagen sollen. Aber ich wollte keine Erklärungen abgeben müssen. Ich hätte sicher irgendwelche Ausreden erfinden können, aber Ausreden klingen auch immer wie Ausreden. Als Penny dann auch nichts sagte, wurde es irgendwie immer peinlicher. Es wäre beinahe komisch gewesen, wenn das Ende nicht so tragisch gewesen wäre.«

Das Knattern eines Rasenmähers zerfetzte den tiefen Frieden der Abtei. Hannah fuhr zusammen. Sie meinte, nie ein aufdringlicheres Geräusch gehört zu haben. Patrick seufzte und rieb sich das Gesicht.

»Ich habe keinerlei Beweise, Hannah. Keinen Beweis dafür, daß ich an diesem Abend nichts anderes getan habe und einfach zu Bett gegangen bin.« In Erwartung einer Antwort hielt er den Blick jetzt auf sie gerichtet.

»Was hätten Sie getan, wenn es so gewesen wäre, wie Duncan sagt? Wenn Sebastian mit Marta gesprochen hätte, und sie Sie verlassen und das Geld ihrer Mutter mitgenommen hätte?« Sie sprach ohne Erregung, nur neugierig.

»Wenn ich diese Vorwahl nicht gewinne, dann gewinne ich die nächste oder die danach, und ich brauche ihre Hilfe nicht, um es zu schaffen. Ich könnte es eines Tages bis zum Premierminister bringen, Hannah, wenn ich meine Trümpfe richtig ausspiele, und Marta ist schon lange keine Hilfe mehr, sondern eher eine Last.«

»Aber wenn Sie bereits eine Frau geheiratet hatten, die Sie benutzen wollte, wieso suchen Sie sich dann eine zweite, die genau das gleiche vorhat?«

Er zuckte die Achseln. »Schlechte Menschenkenntnis wahrscheinlich. Natürlich hab' ich es allmählich gemerkt, aber sie ist dennoch sehr... attraktiv. Ich kenne vielleicht meine Stärken als Politiker, aber deswegen bin ich noch lange nicht unfehlbar. Außerdem hatte ich nie die Absicht, Cassie zu heiraten.« Sein Mund verzog sich zu einem kleinen ironischen Lächeln, und er richtete sich auf, trat einen Schritt näher an sie heran. »Und jetzt möchte ich Ihnen eine Frage stellen, Hannah. Woher nehmen Sie das Recht, mir Vorwürfe zu machen? Oder vielleicht«, er lächelte wieder, »sollte ich mich lieber fragen, wieso ich mich verpflichtet fühle, mich vor Ihnen zu rechtfertigen. Irgend etwas... zwingt mich, Ihnen gegenüber ehrlich zu sein. Ich verstehe das nicht.«

Hannah wandte sich von ihm ab. Sie stand am Scheideweg, sie mußte sich entscheiden. Jetzt zu sprechen, erforderte mehr Mut als alles andere, was sie je in ihrem Leben getan hatte. Er hatte ihr den perfekten Einstieg geliefert, und dennoch blieb sie stumm, und ihr Geist war wie erstarrt. Sie zwang sich zu atmen. Und nach einem langen Augenblick des Schweigens begann sie stockend zu sprechen, aber die Worte, die sie sagte, hatten keine Ähnlichkeit mit denen, die sie vorbereitet hatte.

»Sie hätten mich mit sechzehn sehen sollen, Patrick. Zu groß, zu knochig, nur Arme und Beine und linkische Bewegungen. Kein Junge zeigte auch nur das geringste Interesse an mir, bis mich eine Schulfreundin in den großen Ferien mit nach Hause nahm und ihr älterer Bruder sich meiner erbarmte. Er kann höchstens neunzehn gewesen sein, aber ich fand ihn toll, in meinen Augen war er ein weltläufiger Gentleman. Ich war neugierig und fühlte mich geschmeichelt, und er war sehr ungeschickt – aber das wußte ich damals nicht, ich fand nur alles ziemlich enttäuschend.«

Sie drehte sich halb herum und riskierte einen Blick auf sein verwundertes Gesicht, ehe sie fortfuhr.

»Natürlich waren die Konsequenzen solcher... solcher Dummheit und Naivität unausweichlich. Sie können sich nicht vorstellen, wie schrecklich es für mich war, meinen Eltern sagen zu müssen, ich sei schwanger. Meine Eltern... sie hatten für Fehler kein Verständnis. Ich war bereits für das folgende Jahr an der Universität angenommen. Daß ich das Kind vielleicht behalten könnte, war für sie undenkbar. Und ich – ich hatte nicht den Mut, mich ihnen entgegenzustellen. Ich hätte es schaffen können. Ich hätte von der Schule abgehen und mir eine Stellung suchen können. Irgend etwas hätte ich bestimmt arbeiten können.«

Hannahs Stimme war lauter geworden. Sie merkte, daß sie wieder zu zittern begonnen hatte, und kreuzte die Arme fest über ihrer Brust. Dann sprach sie weiter, ruhiger jetzt. »Es wurde alles sehr diskret abgewickelt. Ich fuhr zu einer Tante. Als das Kind geboren war, ein kleiner Junge, brachten meine Eltern ihn weg. Sie sagten, sie hätten ein gutes Zuhause für ihn gefunden.«
drehte sich jetzt ganz herum, um ihm ins Gesicht sehen zu können. Sie senkte die Arme, als wollte sie sich vor ihm entblößen. »Erst im vergangenen März, als mein Vater starb und ich Einsicht in seine persönlichen Unterlagen bekam, fand ich heraus, was sie tatsächlich getan hatten. Mein Vater – er war Anwalt, sagte ich das? – hatte unter seinen Mandanten ein Ehepaar Rennie, das unbedingt ein Kind wollte. Selbstverständlich hat mein Vater ihnen niemals gesagt, daß er ihnen seinen eigenen Enkel gebracht hat. Ein glattes, sauberes Geschäft.« Hannah unterdrückte angestrengt den plötzlichen hysterischen Wunsch zu lachen. »Und wissen Sie das Schlimmste von allem? Mein Vater hat die ganzen Jahre mit ihnen Kontakt gehalten, und ich hatte keine Ahnung. Ihre Eltern haben ihm Ihre Schulzeugnisse geschickt – Fotos von Patricks erstem Kricketspiel, Patricks erstes Pony –, und ich habe nichts davon je zu Gesicht bekommen. Für ihn waren Sie ein realer Mensch, aber ich… mir war das nie vergönnt.«

Die Worte gingen ihr aus. Sie hatte keine Rechtfertigung mehr anzubieten. Zum erstenmal seit sie zu reden begonnen hatte, sah sie ihn direkt an. Erst als sie die bleiche Stille seines Gesichts sah, erkannte sie, wie ungerührt er geblieben war, als sie ihn mehr oder weniger des Mordes beschuldigt hatte.

Die Stille dröhnte in ihren Ohren. Sie konnte sich nicht erinnern, wann das Knattern des Rasenmähers aufgehört hatte.

Patrick schluckte. »Was... ich kann das nicht glauben. Sie sollen meine Mutter sein?« Seine Stimme war ungläubig, ausnahmsweise einmal nicht beherrscht. »Das kann nicht sein. Sie sind zu jung...«

»Nein, das bin ich nicht, Patrick. Ich war ja praktisch noch ein Kind.«

Er schüttelte den Kopf. »Unmöglich, Sie...«

»Weshalb sollte ich dich belügen? Welchen Grund sollte ich haben, dir das zu erzählen, wenn es nicht wahr wäre?«

Er gab nach. »Aber ihn habe ich gekannt. Ihren Vater. Er hat Dad und mich manchmal zum Mittagessen in seinen Club eingeladen, wenn mein Vater in London zu tun hatte. Ich habe die Namen nicht miteinander in Verbindung gebracht. Ich hätte mir nicht träumen lassen...«

»Daß er dein Großvater war? Nein, er hat dafür gesorgt, daß du niemals auf diesen Gedanken kommst.« Dieser letzte Verrat ihres Vaters kränkte sie tief. Sie schloß die Augen. Sie sah das Bild deutlich vor sich. Ihr Vater, jovial bei Zigarren und Brandy, wie er zu dem gesichtslosen Major Rennie sagte: »Verraten Sie dem Jungen nicht, daß ich seine Adoption arrangiert habe. Das würde ihn vielleicht befangen machen.« Als sie die Augen öffnete, sah sie, daß Patrick sie konsterniert anstarrte.

»Warum erzählen Sie mir das alles jetzt, Hannah? Sie hätten sich längst mit Ihrem Vater auseinandersetzen können. Sie waren eine Erwachsene mit den Rechten einer Erwachsenen. Und warum so?« Seine Verwirrung war in seiner Stimme zu hören. »Wie haben Sie mich gefunden? Ich meine, hier, im Followdale House?«

»Ich habe einen Privatdetektiv engagiert.« Sie zuckte unter seinem angewiderten Blick zusammen.

»Guter Gott, ich kann es nicht glauben. Sie haben mich überwachen lassen? Sie haben mich bespitzelt...«

»Ich habe nur die Adresse deiner Eltern. Ich konnte doch nicht einfach zu ihnen gehen und sagen, ich wollte dich sehen. Und ich wollte dich erst einmal auf neutralem Boden kennenlernen, ganz ohne Vorurteile, so objektiv wie möglich. Ich war nicht einmal sicher, ob ich überhaupt mit dir sprechen würde.«

»Wie angenehm risikolos für Sie. Sie haben sich wieder einmal alle Möglichkeiten offengelassen. Was hätten Sie denn getan, wenn ich häßlich und unangenehm gewesen wäre? Oder dumm? Wären Sie dann einfach gegangen und hätten so getan, als wäre nichts gewesen – genau wie Sie das vor fast dreißig Jahren getan haben?« Patricks Gesicht war nackt, bar allen routinierten Charmes, und zum erstenmal entdeckte Hannah in ihm einen Widerschein ihrer eigenen Züge. »Warum haben Sie sich dann doch entschlossen, mit mir zu sprechen, Hannah?«

»Ich mußte es einfach tun. Ich könnte nicht weiterleben, ohne mit dir gesprochen zu haben.«

»Ging es Ihnen um Ihren Seelenfrieden oder um meinen?«

Darauf hatte Hannah keine Antwort. Unglücklich stand sie vor ihm und wartete darauf, was als nächstes kommen würde.

»Was haben Sie erwartet? Haben Sie geglaubt, Sie könnten nach all diesen Jahren einfach in mein Leben treten und würden mit offenen Armen aufgenommen werden?«

»Patrick, bitte...«

»Daraus wird nichts, Hannah. Wir haben keine gemeinsame Basis, auf der wir aufbauen können. Meine Eltern waren mir echte Eltern. Und was haben Sie mir gegeben? Mein Leben, gewiß. Soll ich vielleicht dankbar sein, daß Sie mich nicht abgetrieben haben? Das wäre wahrscheinlich möglich gewesen, selbst damals.«

Sie fühlte sich völlig ausgehöhlt, sie hatte keine Kraft mehr zu sprechen. Wie konnte sie diesem plötzlich so harten, barschen Mann beschreiben, wie sehr sie ihn in jenen Monaten, als sie mit ihm schwanger gewesen war, geliebt hatte? Wie sie getrauert hatte, als man ihn ihr genommen hatte? Und wie konnte sie ihm erklären, was ihr später geschehen war? Es schien lächerlich, absurd, auch nur daran zu denken. Mit Anstrengung holte sie Atem. »Patrick, ich...« Die Tränen, die sie bis jetzt zurückgedrängt hatte, drohten sie zu ersticken. »Du verstehst es nicht. Ich kann es dir nicht begreiflich machen.«

»Nein.«

Das Schweigen zog sich in die Länge, bis Hannah meinte, sie müsse sprechen, sie müsse ein Steinchen finden, das sie in diesen Abgrund werfen konnte, der sich zwischen ihnen aufgetan hatte. »Ich wollte...«

»Sie wollten«, sagte Patrick, freundlicher jetzt, »das Unmögliche. Was für eine Enttäuschung für Sie«, fügte er ironisch hinzu, »den lang verlorenen Sohn zu finden und ihn des Mordes für fähig zu halten.«

»Nein, Patrick, das stimmt nicht. Das habe ich nie gedacht.« Hannahs Stimme schwoll erregt an. »Ich hatte Angst um dich, ich hatte Angst, du könntest in Schwierigkeiten stecken. Ich wollte nicht, daß du...«

»Sie wollten sich das Bild des perfekten Sohnes nicht

verderben lassen, wie? Den Sie wie den Märchenprinz in einen tiefen Schlaf versetzt haben, um ihn eines Tages mit dem Mutterkuß zu wecken?«

Sie weinte jetzt offen. »Nein, Patrick, bitte, das ist unfair.«

»Ja, das ist es wahrscheinlich«, sagte er nach einer kleinen Pause, »aber Ihre Erwartungen waren es auch. Sie hätten, wie man so schön sagt«, in seinem Lächeln lag kein Humor, »die Finger davon lassen sollen.« Einen Moment lang sah Patrick sie schweigend an, dann schien er einen Entschluß gefaßt zu haben. »Tut mir leid, Hannah.«

Hannah sah zu, wie er seine Hand auf die abgebröckelte Mauer legte, sie übersprang und über den Rasen davonging.

Sie saß auf dem Toilettendeckel, ein feuchtes Tuch an ihr Gesicht gedrückt. Sie hatte aufgehört zu weinen und fühlte sich ausgelaugt, von jenem seltsamen leichten Schwindelgefühl erfaßt, das manchmal auf langes Weinen folgt. Es war Jahre her, daß sie so geweint hatte, ihr Schluchzen aus solchen Tiefen aufgestiegen war. Jetzt fühlte sie sich auf merkwürdige Weise in Frieden, beinahe gereinigt.

Patrick hatte natürlich recht gehabt. Was hatte sie erwartet? Bedingungslose Annahme? Vielleicht sogar Liebe? Das waren Phantasien gewesen, aus dem Hunger geboren. Sie hatte das Bild des perfekten Sohnes geschaffen, um eine undefinierte Leere in ihrem eigenen Inneren zu füllen.

Hannah seufzte und tauchte das Tuch in das Becken mit dem kalten Wasser. Nun, jetzt war es vorbei. Sie hatte getan, was sie sich vorgenommen hatte – es war sinnlos, noch länger hierzubleiben und sich weiter zu erniedrigen.

Vorausgesetzt, daß die Polizei sie abreisen ließ. Noch einmal tupfte sie ihr Gesicht mit dem feuchten Tuch ab, dann rieb sie es mit einem Handtuch trocken, vermied es aber, in den Spiegel zu sehen. Es würde Stunden dauern, ehe die Schwellungen zurückgingen, und es war das beste, wenn sie jetzt gleich mit Inspector Nash sprach. Sonst würde ihr ihre Entschlossenheit vielleicht wieder abhanden kommen.

Auf der Suche nach moralischer Unterstützung ging Hannah zuerst zu Kincaids Apartment, aber als ihre zum Klopfen gekrümmte Hand die Tür berührte, merkte sie plötzlich, daß sie ihm jetzt nicht ins Gesicht sehen konnte, und wandte sich ab. Besser, sie sprach allein mit Nash.

Der Flur war leer, das Haus still, und Hannah wurde sich bewußt, daß sie keine Ahnung hatte, wie spät es war. Mittag? Früher Nachmittag? Teezeit? Die Zeit hatte alle Bedeutung für sie verloren. Einen Moment blieb sie am Kopf der Treppe stehen und überlegte, was sie Nash sagen wollte. Daß ihr Arbeitgeber krank sei? Daß sie eiligst nach Oxford zurückmüsse, weil dort ein dringendes Projekt wartete?

Schuldbewußtsein überflutete sie. Wie hatte sie Miles' Krankheit in diesen letzten Tagen so einfach vergessen können? Es war ihr nicht einmal eingefallen, in der Klinik anzurufen, um sich nach seinem Befinden zu erkundigen, und das nach allem, was er für sie getan hatte. Höchste Zeit, daß sie sich endlich zusammennahm.

Sie hörte kein Geräusch. Nur der feine Luftzug verriet ihr, daß die Tür hinter ihr sich geöffnet hatte. Ehe sie sich umdrehen oder etwas wagen konnte, erhielt sie einen harten Stoß in den Rücken.

Und als ihr die Treppe entgegenkam, klammerten sich

ihre Gedanken an ein kleines, belangloses Detail – die Hand in ihrem Rücken hatte sich warm angefühlt.

15

Von Suffolk nach Sussex nach Wiltshire nach Oxfordshire, Ringelringel Rosen. Gemma wurde schwindlig, wenn sie an die letzten zwei Tage dachte. Und müde.

Ihre Kleider sahen jetzt schon aus, als hätte sie in ihnen geschlafen, und dabei war dies erst ihr zweiter Besuch an diesem Morgen. Lavender Lane, Wildmeadow Estates. Puh! Der Name paßte auf diese neue Siedlung am Stadtrand von St. Albans wie die Faust aufs Auge. Kästen von Häusern, die wie geklont aussahen, zogen sich in akkuraten Reihen über das Land, aus dem man alles herausgerissen hatte, was mit wilden Wiesenblumen nur die entfernteste Ähnlichkeit hatte. Sahen allerdings nicht billig aus – Mr. Edward Lyle mußte recht gut verdienen.

Das Haus der Lyles war von den Häusern seiner Nachbarn nicht zu unterscheiden. Gemma hielt den Wagen an und vermerkte sorgfältig den Meilenstand in ihrem Dienstheft. Kincaid vergaß das dauernd, und sie ärgerte sich immer wieder darüber. Vielleicht konnte man es sich mit dem Gehalt eines Superintendenten leisten, so nachlässig zu sein. Dann fragte sie sich seufzend, warum sie eigentlich so schlecht gelaunt war. Sie arbeitete nicht gern allein, das war einer der Gründe. Sie hatte sich an Kincaids Gesellschaft gewöhnt und fand sie merkwürdigerweise durchaus angenehm – merkwürdigerweise deshalb, weil sie sich erinnerte, wie nervös sie gewesen war, als sie ihm zugeteilt worden war.

Und außerdem hatte sie bei diesem Fall – wenn man es überhaupt einen Fall nennen konnte – das Gefühl, ständig im dunkeln zu tappen. Wie sollte sie Nachforschungen anstellen, wenn sie gar nicht wußte, wonach sie forschen sollte? Der Ort der Handlung lag in Yorkshire, und sie hatte keinen blassen Schimmer, ob die fragmenthaften Informationen, die sie ausgrub, überhaupt von Nutzen waren.

Die Lavender Lane wirkte wie ausgestorben, als hätten sämtliche Bewohner plötzlich ihre Sachen gepackt, um zum Mond zu fliegen. Nirgends ein Kinderwagen, in keinem der Vorgärten stehengebliebene Kinderfahrräder oder Tretautos. Gemma klingelte bei den Nachbarn zu beiden Seiten, jedoch ohne Erfolg. Natürlich, die Hypotheken hier konnten nur Doppelverdiener bezahlen – die Mütter waren wahrscheinlich alle irgendwo bei der Arbeit und die Kleinen beim Babysitter oder im Hort. Sie wollte gerade entmutigt zu ihrem Auto zurückkehren, als sie sah, wie sich in einem der Fenster des Hauses gegenüber ein Store bewegte.

Die Frau, die auf Gemmas Läuten öffnete, trug Jeans und T-Shirt. Auf ihrer Hüfte hockte ein etwa zweijähriger Junge mit schmutzigem Gesicht. »Wenn Sie die Lyles suchen«, sagte sie und musterte Gemma mit neugierigem Blick, »die sind im Urlaub.«

»Ich weiß. Wir führen im Zusammenhang mit gewissen Ereignissen an ihrem Urlaubsort eine Routineuntersuchung durch. Kennen Sie die Lyles? Vielleicht können Sie mir weiterhelfen.«

»Janet ist doch nichts passiert?« Das Kind hörte das Erschrecken in der Stimme der Mutter und begann zu quengeln.

»Nein, nein, Mrs. Lyle geht es gut, aber es hat zwei unerklärliche Todesfälle gegeben.«

»Unerklärlich? Sie meinen Unfälle?« Die Frau faßte ihr Kind fester, und der Kleine begann nun wirklich zu brüllen.

»Wir sind nicht sicher.« Gemma bemühte sich, das Heulen des Kindes zu übertönen. »Deshalb machen wir diese Untersuchungen. Wenn ich Ihnen vielleicht ein paar Fragen...«

»Dann kommen Sie doch lieber herein.« Die Frau schaukelte den Jungen auf ihrer Hüfte und sagte: »Schon gut, Malcolm, schon gut.« Dann bot sie Gemma die freie Hand. »Ich bin Helen North.« Sie wies mit dem Kopf zum rückwärtigen Teil des Hauses. »Kommen Sie mit in die Küche. Janet und ich sind ganz gut befreundet, wenn *er* nicht dabei ist«, bemerkte sie über ihre Schulter, »und es täte mir sehr leid, wenn ihr etwas zugestoßen wäre. Sie hat es sowieso schon schwer genug gehabt, das arme Ding.«

Gemma folgte ihr. Helen, fand sie, war ein recht altmodischer und eleganter Name für diese lässige junge Mutter. Helen North führte Gemma an einen kleinen Tisch in der hellen Küche und setzte ihren kleinen Sohn mitten in einem Durcheinander von Bauklötzen nieder.

»Möchten Sie vielleicht eine Tasse Tee?«

»Gern, danke.« Im allgemeinen dankte Gemma Gott für eine starke Blase – bei ihrer Arbeit mußte sie mehr Tee trinken als ein Pastor –, aber diesmal hatte die Aussicht auf eine Tasse Tee ausnahmsweise etwas Verlockendes.

»Gut«, sagte Helen. »Ich setze nur das Wasser auf.« Der schwache Singsang in der Stimme der Frau war bei den letzten Worten ausgeprägter geworden.

»Sie sind Irin«, sagte Gemma.

»Aus County Cork.« Helen lächelte. »Ich geb' mir Mühe, nicht so zu reden, als wäre ich gerade erst herübergekommen, aber es bricht eben immer wieder durch, wenn ich nicht aufpasse. Würden Sie glauben«, sie zauste die roten Locken ihres Sohnes, »daß er das Haar von seinem Vater hat? Und dabei bin ich doch die Irin.«

»Und mein Sohn«, antwortete Gemma, »hat Haare wie ein Skandinavier, so hell und so glatt.« Sie lachten gemeinsam.

»Vielleicht ist das der Grund, weshalb Eddie Lyle mich nicht mag«, sagte Helen, als sie Gemma eine Tasse hinstellte und sich ihr gegenüber setzte. »Iren sind in seinen Augen nicht ganz gesellschaftsfähig. Er war Berufssoldat, obwohl man das kaum glauben würde, wenn man ihn so sieht. Er war in Nordirland stationiert, und für ihn sind alle Iren eine miese Bande.

Oder vielleicht kommt es auch daher, daß mein Mann für den Bauunternehmer hier arbeitet.« Mit einer raschen Geste deutete sie zur Siedlung hinaus. »Ich frag' mich wirklich, woher der Mann seinen Hochmut nimmt. Seine Eltern waren auch nur kleine Wirtsleute. Ich finde das völlig in Ordnung, aber Janet sagt immer, er mag es nicht, wenn man darüber spricht. Meiner Ansicht nach ist der Mann größenwahnsinnig.«

Gemma entdeckte mehr als ein Fünkchen Boshaftigkeit in Helen Norths Geplauder. Edward Lyle mußte sie schon sehr verschnupft haben.

»Wie kommt es, daß Sie und Janet befreundet sind?«

»Wir sind hier in der Straße die beiden einzigen Frauen, die zu Hause bleiben. Da kriegt man richtig Sehnsucht nach einem Erwachsenengespräch.« Sie neigte den Kopf leicht zur Seite und sah Gemma nachdenklich an.

»Manchmal beneide ich Frauen wie Sie, die im wirklichen Leben stehen und mit Erwachsenen zu tun haben.«

»Ich glaube nicht, daß Sie mich so sehr beneiden wie ich Sie«, erwiderte Gemma. Sie berührte leicht das Haar des umherspazierenden kleinen Jungen.

»Na ja, es war ja auch meine Entscheidung, zu Hause zu bleiben und lieber mit etwas weniger auszukommen. Ich sollte mich wirklich nicht beschweren. Bei Janet ist das etwas anderes. Er hat ihr nicht erlaubt zu arbeiten, nicht einmal, als Chloe zur Schule kam. Das sei nicht standesgemäß! Ich bitte Sie! Und dabei ist sie gelernte Krankenschwester. Mein Gott, ist das eine Verschwendung.«

Helen schwieg einen Moment, ihr Gesicht voller Verachtung. »Aber als er seine alte Mutter zu ihnen ins Haus holte«, fuhr sie dann gedankenvoll fort, »da kam ihm ihre Ausbildung grad recht. Oh, ja«, beteuerte sie, als hätte Gemma Zweifel geäußert, »die alte Dame konnte man am Ende überhaupt nicht mehr allein lassen, und wer war da besser geeignet als Janet, sich um sie zu kümmern? Die alte Dame hat nämlich getrunken, wissen Sie. Angeblich soll sie angefangen haben, als ihre einzige Schwester starb. Die war damals noch sehr jung. Jedenfalls hat Janet es mir so erzählt. Und sie schluckte viel zu viele Medikamente. Sie ließ sich von irgendeinem alten Kurpfuscher behandeln, der sie mit Tabletten vollgestopft hat. Janet war wütend, aber sie konnte nichts dagegen tun.«

»Eine gefährliche Kombination«, sagte Gemma.

»Das kann man wohl sagen«, antwortete Helen. »Das hat sich ja dann auch gezeigt.«

»Wieso?«

»Ach, Sie wissen nichts von dem Unfall?« Gemmas verständnisloser Gesichtsausdruck beantwortete diese

Frage. »Eine tragische Geschichte.« Helen schnalzte bedauernd mit der Zunge und schüttelte den Kopf. »Die alte Dame nahm eines Tages, als Janet zu Fuß zum Einkaufen gegangen war, Janets Wagen. Sie hat einen Riesenunfall gebaut und war sofort tot. Später haben sie festgestellt, daß sie getrunken und Tabletten geschluckt hatte.«

»Wie schrecklich.« Gemma beugte sich auf ihrem Stuhl vor und sagte teilnahmsvoll: »Für Janet muß das ja scheußlich gewesen sein.«

»Ja, sie machte sich entsetzliche Vorwürfe. Sie hätte dies tun sollen, sie hätte jenes tun sollen. Als hätte sie die alte Frau rund um die Uhr überwachen können. Und ihn hätten sie sehen sollen, ganz der gramgebeugte Sohn. Aber als sie noch am Leben war, hat er sie kaum eines Wortes gewürdigt. Ich bin Janets wegen zur Beerdigung gegangen. Da stand er ganz würdevoll und sehr korrekt am Grab, und eine Krokodilsträne tropfte ihm aus dem Auge. Zum Kotzen, sage ich Ihnen.« Helen schüttelte mit gekrauster Stirn den Kopf. »Warum schießt sie den Kerl nicht in den Wind, können Sie mir das sagen?«

Die Frage schien rhetorisch zu sein, dennoch schüttelte Gemma den Kopf. »Nein. Tut mir leid. Ist es schon lange her, daß die alte Mrs. Lyle gestorben ist?«

»Das war im letzten Winter. Und nicht lange danach kam er mit diesem Urlaubsplan daher. Er sagte, er wolle Janet damit aufheitern, aber sie war überhaupt nicht scharf darauf. Ich glaube eher, er wollte seinen Chef damit beeindrucken. Janet hat mir erzählt, daß er sich das Geld leihen mußte, um ihre Woche zu kaufen. Und dann konnte er nicht mal eine Zeit bekommen, in der Chloe schulfrei gehabt und mitkommen hätte können.«

Der kleine Junge begann quengelig zu werden und an

der Bluse seiner Mutter zu zupfen. Er hatte genug davon, übersehen zu werden. Gemma trank ihren Tee aus und machte Anstalten zu gehen. »Vielen Dank für den Tee und dafür, daß Sie sich die Zeit genommen haben.«

Helen North wurde plötzlich verlegen, die Nachwirkung allzu offenherziger Geständnisse. »Ich hätte nicht sagen sollen... Es ist Janet gegenüber wirklich nicht fair...«

Gemma beruhigte sie. »Sie haben nicht ein Wort gesagt, das ich nicht selbst gesagt hätte. Ich habe eine Nachbarin, die sich um die Mutter ihres Mannes kümmert – Sie können sich nicht vorstellen, was sie sich von der alten Dame alles gefallen lassen muß...« Als sie zum Ende ihrer kleinen Anekdote kam, hatte Helen ihr Gleichgewicht wiedergefunden.

Kincaid stand auf seinem Balkon, wie ihm das, wenn er nachdenken wollte, zur Gewohnheit geworden war. Er schlug seinen Hemdkragen zum Schutz gegen das kühle Lüftchen hoch, das ihm um die Ohren strich. Das feuchte, unentschlossene Wetter entsprach seiner Stimmung.

Es fiel ihm sehr schwer, sich an die Vorstellung zu gewöhnen, daß Hannah Patricks Mutter war. Niemals hätte er sie für alt genug gehalten, einen erwachsenen Sohn zu haben. Und er hatte die beiden zusammen gesehen, hatte gesehen, wie da ein Funke übergesprungen war, hatte sogar eine schwache Regung von Neid verspürt. Hatte auch Hannah das gesehen? Kein Wunder, daß sie so durcheinander gewesen war.

Lieber Gott, wozu hatte er Hannah getrieben? Er hatte sie mit einer Art Schocktherapie dazu bewegen wollen, ihm wichtige Informationen zu geben, von denen er vermutete, daß sie sie zurückhielt; keinesfalls hatte er sie Hals über Kopf in eine Konfrontation mit Patrick treiben wollen. Aber dazu war es offenbar gekommen; sie waren beide nicht da, das hatte er festgestellt. Hannah hatte ihn mit solcher Dringlichkeit aus ihrem Apartment hinauskomplimentiert, daß ihm gar nichts anderes übriggeblieben war, als zu gehen. Als er ein paar Minuten später zurückgegangen war, um noch einmal zu versuchen, sie zum Reden zu bringen, hatte er vom Fenster auf dem Treppenabsatz die Bremslichter ihres Wagens aufleuchten sehen, als der auf die Straße hinausgefahren war.

Marta Rennie, nüchtern und mürrisch, wußte nicht, wo ihr Mann war, und es schien ihr auch gleichgültig zu sein. »Er schaut sich irgendwelche Sehenswürdigkeiten an«, sagte sie spöttisch. »Mein Gott, geht mir das auf die Nerven.« Und damit hatte sie die Tür geschlossen, noch ehe Kincaid weitere Fragen stellen konnte.

Es schien ihm, daß alles, was er seit Beginn dieser Affäre getan hatte, schiefgegangen war. Er mochte sich drehen und wenden wie er wollte, stets gingen seine Schläge ins Leere; es war Schattenboxen mit einem unsichtbaren Feind. Er hätte sich anhören sollen, was Penny MacKenzie zu sagen gehabt hatte. Er hätte seine Gedanken über Patrick Rennie für sich behalten sollen.

Er hätte Hannah niemals aus den Augen lassen dürfen.

Das Summen des Telefons riß ihn aus seinen Selbstvorwürfen. Er rannte hinein, riß den Hörer von der Gabel, hörte Gemmas Stimme. »Was denken Sie sich eigentlich dabei, mich in der ganzen Weltgeschichte herumzuhetzen?«

Kincaid lachte, aufgemuntert durch den herben Ton ihrer Stimme. »Das weiß ich ehrlich gesagt selber nicht. Was gibt's denn?«

»Das kann ich Ihnen sagen – mir klebt schon der Autositz am Hintern.«

»Ach so, Mitleid wollen Sie? Also von mir bekommen Sie das nicht. Sie tun wenigstens etwas.«

»Da haben Sie recht. Ich war heute morgen in aller Frühe bei Mrs. Marjorie Frazer in ihrem Büro in Finchley. Sie war nicht erfreut, mich zu sehen, das kann ich Ihnen versichern. Saß anfangs sehr auf ihrem anwaltschaftlich hohen Roß. Aber dann hat sie sich's anscheinend überlegt und ist zu dem Schluß gekommen, daß es nicht schaden könnte, ihren Ex-Mann richtig anzuschwärzen. Sie sagt, anfangs habe sie das Sorgerecht für die Tochter Angela gehabt, aber dann sei sie es müde geworden, immer die Böse zu sein, und habe sich überlegt, daß Angela, wenn sie mit Graham zusammenlebe, vielleicht merken würde, daß er auch nicht der Supervater ist.«

»Ich würde sagen, das Ziel hat sie erreicht. Es wundert mich allerdings, daß Angela je eine hohe Meinung von ihrem Vater gehabt haben soll.«

»Aber jetzt scheint Mrs. Frazer es sich wieder anders überlegt zu haben. Angela ist im letzten Trimester von der Schule geflogen, einem Nobelinternat. Wegen Drogen, würde ich sagen, Mrs. Frazer hat allerdings nichts darüber verlauten lassen. Wie dem auch sei, jetzt habe sie die Nase voll, sagte sie. Sie ist jetzt entschlossen, das alleinige Sorgerecht zu erkämpfen und ihm selbst das Besuchsrecht zu verweigern.« Gemma machte eine Pause. »Ich hatte nicht den Eindruck, daß es Mrs. Frazer unbedingt um das Wohl ihrer Tochter zu tun ist. Es geht mehr um die Wut auf ihn.« Gemma schien sowohl verwundert als auch empört über einen solchen Mangel mütterlicher Zuwendung.

»Die arme Angela«, sagte Kincaid. »So ist das also.

Kein Wunder, daß sie nach ein bißchen Freundlichkeit lechzt.«

»Er scheint nicht gerade ein angenehmer Typ zu sein. Ich habe mich bei ein paar Leuten im Versicherungsgeschäft umgehört. Er ist nicht sehr beliebt. Er hat anscheinend die Neigung, andere niederzumachen. Und es wird getuschelt, daß seine Geschäfte nicht ganz sauber sind – etwas Konkretes habe ich allerdings nicht erfahren.« Sie machte eine kleine Pause, um ihre Worte wirken zu lassen, und Kincaid wartete geduldig. Er hatte gelernt, daß es das beste war, Gemma ihre Geschichten auf ihre Weise erzählen zu lassen. »Es heißt außerdem, daß er kokst. Halten Sie's für möglich, daß Angela sich an Papas Vorräten vergriffen hat?«

»Kann schon sein«, antwortete Kincaid.

»Glauben Sie«, sprach Gemma etwas zögerlich weiter, »daß auch sexueller Mißbrauch vorliegen könnte?«

»Ich weiß nicht. Möglich ist es.« War es ganz gewiß in Anbetracht dessen, was er von der Beziehung zwischen Angela und ihrem Vater gesehen hatte. Und was, wenn Angela sich Sebastian anvertraut hatte? Das wäre eine plausible Erklärung für Sebastians heftige Abneigung gegen den Mann. Vielleicht hatte Sebastian Graham auch damit gedroht, ihn bloßzustellen, entweder vor Cassie oder seiner geschiedenen Frau.

Gemma räusperte sich, und ihm wurde bewußt, daß er sie hängengelassen hatte. »Entschuldigen Sie, Gemma. Haben Sie noch etwas?«

Gemma berichtete von ihrem Gespräch mit Helen North und fügte dann hinzu: »Wenn Mr. Lyle nicht eine verdammt gute Stellung hat, würde ich sagen, daß er ein wenig über seine Verhältnisse lebt – die Hypothek auf das

Haus, eine Ehefrau, die nicht arbeitet, eine Tochter, die ein teures Internat besucht. Scheint übrigens ein ziemliches Ekel zu sein«, schloß sie.

»Noch so ein vollkommener Ehemann und Vater?«

»Und liebevoller Sohn.«

Kincaid hörte Papier rascheln, als Gemma in ihrem Heft blätterte.

»Wo sind Sie jetzt eigentlich?«

»In einer Zelle in St. Albans. Miles Sterrett von der Klinik, in der Hannah Alcock arbeitet, konnte ich noch nicht erreichen. Man hat mir gesagt, er sei krank...«

»Bleiben Sie dran, Gemma. Ich glaube, bei mir hat es gerade geklopft.«

Der Hauch eines Klopfens, so schwach, daß er meinte, es sich eingebildet zu haben. Als er die Tür öffnete, war niemand draußen. Er kehrte zum Telefon zurück.

»Gemma? Ich habe anscheinend schon Halluzinationen. Hören Sie, erledigen Sie heute, was Sie können, und kommen Sie dann so bald wie möglich hierher. Mir ist die ganze Sache nicht geheuer, auch wenn das vielleicht melodramatisch klingt.«

Nachdem sie das Gespräch beendet hatten, blieb Kincaid noch einen Moment stehen und überlegte. Er fand, es sei an der Zeit, sich noch einmal mit Angela Frazer zu unterhalten.

Kincaid war auf halbem Wege die erste Treppe hinunter, als er einen Fuß sah, einen Frauenfuß in einem pfirsichfarbenen Socken, auf der Treppe unter ihm. Nicht weit davon lag ein flacher Lederschuh. Mit einem Ruck blieb er stehen, dann raste er los.

Hannah Alcock lag auf den Stufen unter ihm.

16

Hannah lag halb auf der Seite, halb auf dem Rücken; ihr Kopf hing abwärts; ihre Arme waren ausgestreckt, als hätte sie versucht, ihren Sturz abzufangen. Obwohl Kincaid im ersten Moment vor Schreck wie gelähmt war, nahm sein Gehirn alle Details auf – ihr Pullover, pfirsichfarben wie der Strumpf, war hochgerutscht, und darunter war ein breiter Streifen heller Haut zu sehen. Diese unvorteilhaft entblößten Rippen hoben und senkten sich in gleichmäßigem Rhythmus.

Erleichterung überschwemmte Kincaid. Er schloß die Augen und atmete einmal tief durch, um wieder zur Ruhe zu kommen, dann kniete er neben ihr nieder. Obwohl ihr Kopf wie verrenkt erschien, hatte sie eine gesunde Gesichtsfarbe, und er glaubte nicht, daß ihre Bewußtlosigkeit sehr tief sei. Behutsam berührte er ihre Schulter.

»Hannah.« Sie antwortete mit einem leisen Laut, und ihre Lider flatterten. Er versuchte es noch einmal, etwas dringlicher. »Hannah.« Sie öffnete die Augen und sah ihn verständnislos an. »Hannah! Hannah!«

Ein Funke des Erkennens blitzte in Hannahs Augen auf. Sie drehte ein wenig den Kopf und stöhnte. »Was…« Noch einmal bewegte sie sich vorsichtig, als Empfindung und Orientierung gleichzeitig zurückkehrten. »Mein Kopf. Oh, Gott, das ist ja furchtbar.« Sie versuchte sich aufzurichten und verzog vor Schmerz das Gesicht.

»Vorsichtig, vorsichtig, wo tut es weh?«

»Mein Kopf… hinten.«

»Und Ihr Hals? Der tut nicht weh?«

Sie drehte versuchsweise den Kopf in beiden Richtungen. »Nein. Der scheint in Ordnung zu sein.«

»Gut. Können Sie Ihre Beine bewegen?« Sie bog ein Bein nach dem anderen ab und nickte. »Okay. Das ist gut. Nein, warten Sie«, sagte Kincaid, als sie erneut versuchte, sich aufzurichten. »Wir sollten das lieber ganz langsam tun.« Er schob ihr den Arm unter den Kopf und stützte ihn. »Besser so?«

»Ja. Aber ich glaube, ich bin ganz in Ordnung. Wirklich. Ich fühle alles und kann alle Glieder bewegen.« Hannah beugte zur Demonstration wiederum Arme und Beine. »Lieber Gott, ich komme mir wie das bucklige Männlein vor.« Sie lächelte schwach.

»Ich bin froh, daß Sie nicht so aussehen«, sagte Kincaid mit Nachdruck.

Er wußte nicht, ob er es wagen sollte, sie zu bewegen, aber nachdem noch ein paar Minuten vergangen waren und Hannah sich darüber beschwerte, daß ihr das Blut in den Kopf stieg, improvisierte er. Er schob ihr den Arm unter die Schultern, hob sie vorsichtig hoch und drehte sie so, daß sie mit dem Rücken an die Wand gelehnt auf der Stufe sitzen konnte.

Hannah bewegte ihren Kopf hin und her. »Alles in Ordnung. Lassen Sie mich jetzt...«

»Warten Sie!« unterbrach Kincaid. »Sehen wir erst einmal, wie groß der Schaden ist.« Er strich mit seinen Fingern leicht über ihren Hinterkopf. In der Nähe des Scheitels bildete sich bereits eine Schwellung. »Da bekommen Sie auf jeden Fall eine Beule, aber die Haut ist nicht geplatzt. Was noch?«

Sie umfaßte mit der linken Hand ihr rechtes Handgelenk. »Das Handgelenk tut verdammt weh, aber ich kann es bewegen.«

»Noch etwas?«

»Nein, ich glaube nicht.«

»Okay. Ich vermute, Sie werden außerdem noch ein paar blaue Flecken haben.«

Als er sich aufrichtete, merkte er, daß seine Hände zitterten, und auf seinen Fingerspitzen schien ihm ein Abdruck ihres Haares und der Schwellung darunter zurückgeblieben zu sein. Die Reaktion würde sich geben, das wußte er, und er verbannte das erste Bild, das sich in sein Gehirn eingegraben hatte – Hannah, wie sie reglos, wie zerbrochen zu seinen Füßen lag –, aus seinen Gedanken.

»So, und jetzt erzählen Sie mir, was passiert ist.«

Zum erstenmal zeigte Hannah Angst. »Ich stand oben an der Treppe. Da ging die Tür zum Vorplatz auf – ich weiß noch, daß ich mich so ganz verschwommen, wie nebenbei, gewundert habe, wieso ich keine Schritte hörte oder sonst irgendein Geräusch. Und dann hatte ich schon die Hand im Rücken.«

»Haben Sie gesehen...«

»Nein. Es ging ganz schnell. Ich bekam einen Stoß, und das ist im Grunde alles, woran ich mich erinnere.« Sie betastete vorsichtig ihr Handgelenk. »Ich muß versucht haben, den Sturz abzufangen.«

Kincaid legte ihr die Hand auf den Arm. »Hannah, sind Sie sicher, daß Sie nicht wissen, wer es war? Haben Sie nicht einmal eine Vorstellung?«

Sie schüttelte den Kopf. »Nein. Weshalb sollte...«

Vorn im Haus schlug krachend die Tür zu, dann hörten sie schnelle Schritte im Vorsaal. Patrick Rennie kam in den Flur gelaufen, rot im Gesicht, vor Zorn oder vor Aufregung. Er blieb stehen, als er sie sah, und blickte fragend von einem zum anderen.

»Hannah? Wieso... was ist passiert?« Seine Verwirrung schlug in Besorgnis um, als er Kincaids schützende Pose sah. »Ist alles in Ordnung?«

Kincaid, der immer noch Hannahs Arm hielt, spürte, wie sie steif wurde. Als sie nichts sagte, antwortete er für sie. »Sie hat ziemliche Schmerzen.« Er hielt inne, den Blick aufmerksam auf Rennies Gesicht gerichtet. »Jemand hat sie die Treppe hinuntergestoßen.«

Einen Moment lang starrte Rennie sie beide ungläubig an. Dann begann er zu stammeln wie ein Schuljunge. »W-w... gestoßen? Sie ist gestoßen worden? Warum zum Teufel sollte jemand Hannah die Treppe hinunterstoßen wollen? Sie hätte ja...«

Ausnahmsweise einmal, dachte Kincaid boshaft, hatte Rennie alle weltmännische Gewandtheit verloren. »Ich dachte, Sie könnten das vielleicht...« begann er, als Rennie ihn unterbrach.

»Haben Sie einen Arzt angerufen? Und was ist mit der Polizei? Die treiben sich den ganzen Tag hier im Haus herum, und jetzt, wo sie sich nützlich machen könnten...«

»Beruhigen Sie sich, Mr. Rennie. Ich hatte noch gar keine Zeit, jemanden anzurufen. Vielleicht...« Kincaid spürte, wie Hannah ihn anstieß, und sie sagte leise, drängend: »Nicht. Lassen Sie mich jetzt nicht allein.«

»Vielleicht«, fuhr er zu Rennie gewandt fort, ohne Hannah anzusehen, »könnten Sie die Polizei anrufen.«

»Ich habe den Eindruck, Sie sind dauernd dabei, mir Tee zu kochen.« Hannah versuchte ein Lächeln, das nicht ganz glückte.

»Tja, das scheint mein Los zu sein«, antwortete Kincaid aus der Küche. »Ich bin im falschen Zeitalter geboren. Ich bin überzeugt, ich hätte einen phantastischen Butler abgegeben.«

»Sie als Jeeves? Das kann ich mir nicht vorstellen.« Diesmal war ihr Lächeln echt, und es erleichterte Kincaid zu sehen, wie ihr Gesicht sich entspannte. Mit Rennies Hilfe hatte er sie die Treppe hinauf in ihr Apartment geführt, und dort hatten sie ihr auf das Sofa geholfen.

Rennie war geblieben, wartete offensichtlich auf eine Gelegenheit, ohne Kincaid mit Hannah sprechen zu können. Hannah schien sich nach dem ersten, beinahe instinktiven Zurückschrecken vor ihrem Sohn gefangen zu haben, aber sie hatte ihn nicht ein einziges Mal angesehen, kein Wort mit ihm direkt gesprochen. Kincaid hatte nicht die Absicht, sie so bald allein zu lassen.

Rennie gab schließlich auf und sagte mit der anmutigen Gewandtheit, die man von ihm gewohnt war: »Ich sehe schon, ich bin hier im Augenblick nicht erwünscht. Aber Sie geben mir Bescheid, wenn ich irgend etwas tun kann?« Er richtete das Wort an Hannah, nicht an Kincaid, und als er an der Tür war, drehte er sich noch einmal zu ihr um. »Es tut mir leid, Hannah.« Kincaid hatte den Eindruck, daß die Worte sich nicht auf ihren Sturz bezogen.

Mit einem Tablett, auf dem zwei Tassen Tee und ein Teller mit Keksen standen, kam Kincaid aus der Küche wieder ins Wohnzimmer. »Der Tee ist fertig.«

»Oh, wie schön.« Hannah nahm sich einen Keks. »Ich glaube, ich habe ganz vergessen, zu Mittag zu essen. Kein Wunder, daß ich mich so schwach fühle.«

Kincaid zog sich einen Sessel heran und setzte sich so nahe zu ihr, daß er ihr Tee und Kekse reichen konnte. Er sah ihr forschend ins Gesicht, als sie die Tasse von ihm entgegennahm.

Als sie ein wenig gegessen und getrunken hatte, sagte er: »Hannah, erzählen Sie mir, was sich heute zwischen Ihnen und Patrick Rennie abgespielt hat. Ich glaube, Sie müssen darüber sprechen«, fügte er hinzu, um seine Forderung etwas abzumildern.

Ihre Tasse klapperte auf der Untertasse, als sie sie absetzte. »Ich hatte es mir völlig anders vorgestellt. Ich wollte nie...« Hannah wandte sich ab, als ihre Augen, die schon vom früheren Weinen rot und geschwollen waren, von neuem feucht wurden. »Zuerst hab' ich ihn all dieser schrecklichen Dinge beschuldigt, die ich vorher von Ihnen gehört hatte. Die Worte sind einfach von selbst so rausgekommen. Ich konnte es nicht verhindern. Und dann hab' ich ihm gesagt...«

»Daß Sie seine Mutter sind?«

Sie lachte zitternd. »Ich bin wirklich einmalig! Mißtrauisch. Zänkisch. Kein Wunder, daß er nicht gerade vor Begeisterung außer sich geraten ist.« Hannah kreuzte fröstelnd ihre Arme über der Brust.

»Sie stehen immer noch unter Schock.« Kincaid neigte sich zu ihr. »Ich hätte Sie nicht bedrängen sollen«, sagte er reuig. »Ich...«

»Nein. Nein, ich muß es Ihnen erzählen. Ich möchte es Ihnen erzählen.« Ihre Stimme schwoll an, und Kincaid sah, wie sie um ihre Beherrschung kämpfte. »Ich habe einfach alles falsch gemacht«, fuhr sie fort und sprach jetzt sehr klar und ruhig. »Von Anfang an. Erfolgreich. Selbständig. So habe ich mich gesehen. Keinem anderen Rechenschaft schuldig. Ehe und Familie bedeuteten für mich immer Verlust von Autonomie.« Hannah drehte einen Zipfel der Decke zwischen ihren Fingern. »Nichts als Getue. In Wahrheit hatte ich einfach nichts zu geben, nichts zu teilen.« Sie hob den Blick und sah ihn an. »Und Patrick... Ich glaube, am meisten hat Patrick mir übelgenommen, daß ich so lange gewartet habe. Er konnte nicht verstehen, weshalb ich nicht schon vor Jahren nach ihm gesucht habe, wenn mir wirklich soviel daran gelegen war, ihn kennenzulernen. Und es ist wahr, ich hätte damals schon nach ihm suchen können. Ich hatte Riesenillusionen von meiner Kraft und Eigenständigkeit, aber ich habe nie den Mut aufgebracht, meinen Vater zu fragen. Mein Vater...«

Kincaid wartete, während sie versuchte, eine bequemere Lage zu finden. Sie wirkte erschöpft, ihr fielen fast die Augen zu. »Hannah...«

»Nein. Ich muß es Ihnen erzählen, ehe es alles entschwindet.«

Kincaid gab nach. Ihrem Zwang zu sprechen gegenüber war er machtlos. Er hatte Ähnliches bei Unfallopfern oder Menschen im Schock oft genug erlebt, doch Hannah drückte sich vernünftiger aus als die meisten.

»Patrick... Wie hätte ich ihm erklären können, was im letzten Jahr mit mir passiert ist? Das mit der biologischen Uhr ist Quatsch, ich weiß.« Ihre Lippen verzogen sich zu einem schwachen Lächeln. »Aber als ich mir klarmachte, daß ich nie wieder ein Kind bekommen kann – da hat sich irgend etwas in mir verändert. Plötzlich erschien mir alles so leer. So sinnlos...«

Kincaid protestierte irritiert. »Sie werden mir jetzt doch nicht mit dieser alten Mär kommen, daß Frauen ihre Erfüllung nur in der Ehe und durch Kinder finden? Das kann ich mir bei Ihnen einfach nicht vorstellen.«

Sie wollte den Kopf schütteln, hielt aber dann inne und berührte mit einer Hand leicht ihren Nacken. »Nein.« Danach schwieg sie so lange, daß Kincaid schon glaubte, sie sei ihm in eine andere Welt entglitten. Dann aber sagte sie leise: »Ich glaube nicht, daß Sex viel damit zu tun hat. Es sind die kleinen Lügen, die Selbsttäuschung. Panzer, nichts als Panzer. Man versteckt sich hinter einem Panzer wie irgendein Weichtier. Man hat Angst…«

»Angst wovor, Hannah?«

Wieder schüttelte sie beinahe unmerklich den Kopf. »Vor dem Verlust…« Ihr Blick wich dem seinen aus. Sie nahm ihre Tasse, trank durstig den kalten Tee und wich vor dem Abgrund zurück, dem sie sich genähert hatte.

Sie zwinkerte einmal, dann schloß sie ihre Augen. Die dunklen Wimpern lagen strahlenförmig auf ihren Wangen. Die leere Teetasse begann in ihrer Hand zu kippen. Kincaid wollte sie ihr gerade abnehmen, als sie, die Augen noch immer geschlossen, wieder zu sprechen begann. »Eines Tages wurde mir klar, daß kein Mensch mich vermissen würde, wenn ich am nächsten Morgen nicht mehr aufwachen würde. Außer Miles.

Miles und ich waren einmal ein Paar, am Anfang.« Hannah lächelte ein wenig bei der Erinnerung. »Er verlor das Interesse, als seine Gesundheit nachließ. Oder vielleicht hatte ich auch schon damals nicht genug zu geben. Trotzdem, ich bin alles, was er hat, ausgenommen einen unsympatischen Neffen, den er nicht mag, und ich habe ihn schrecklich vernachlässigt, seit ich… so total von Patrick besessen bin.«

Sie öffnete die Augen und sah Kincaid an. Im Licht des späten Nachmittags wechselte die Farbe ihrer Augen von Hellbraun zu Grün, einem Grün, das beinahe so klar war wie das von Patrick Rennies Augen. »Besessenheit… Der reine Egoismus«, sagte sie träumerisch, um dann in bestimmterem Ton fortzufahren. »Welches Recht hatte ich, Patrick ausfindig zu machen und ihn zu bespitzeln, über seine Qualifikation als Sohn zu urteilen? Ich hätte in sein Büro gehen und ihm die Wahrheit sagen können, ihm so die Chance zu einem Anfang auf gleicher Ebene geben können. Statt dessen...« Ein trostloses kleines Achselzucken faßte den Sachverhalt zusammen.

»Ich habe den Eindruck«, sagte Kincaid behutsam, »daß Sie sich ziemlich gründlich für Fehler bestraft haben, die jeder hätte machen können. Keiner von uns weiß schon vorher alle Antworten. Warum sollte es für Sie und Patrick zu spät sein? Warum können Sie ihm nicht sagen, was Sie jetzt mir gesagt haben? Was haben Sie zu verlieren?«

»Ich... Er möchte nicht...«

»Woher wissen Sie, was Patrick möchte und was nicht? Mir hat er vorhin nicht den Eindruck eines Menschen gemacht, der entschlossen ist, alle Verbindungen abzubrechen.« Aber vielleicht, dachte Kincaid, hatte Patrick einen Vorteil darin gesehen, die Rolle des reuigen Sohns zu spielen, der zu seiner liebenden Mutter zurückfindet.

»Es ist merkwürdig.« Hannah unterbrach seine unerfreulichen Spekulationen. »Nach allem, was heute geschehen ist, fühle ich mich schrecklich distanziert. Es ist so, als sähe ich alles durch ein Teleskop, aber von der falschen Seite. Klar und fern. Wahrscheinlich wird das nicht andauern. Aber immerhin sehe ich ganz deutlich, daß ich nicht hinter Patrick herlaufen und von ihm erwarten kann, daß er die Leere in meinem Leben füllt.«

Hannahs Stimme war zunehmend schläfriger geworden. Kincaid räumte das Teegeschirr ab, und als er wieder zu ihr zurückkehrte, wurde er sich bewußt, daß er sie doch noch nicht ihrer Ruhe überlassen konnte. Die unausgesprochene Frage lastete wie ein schweres Gewicht auf ihm.

»Hannah, könnte Patrick Sie die Treppe hinuntergestoßen haben?«

Sie brauste nicht auf wie zuvor bei jeder Andeutung, daß Patrick schuld sein könnte, sondern antwortete mit schläfriger Nachdenklichkeit. »Natürlich habe ich mich das auch gefragt. Aber nein, ich glaube es nicht.« Sie hielt inne, um nach den richtigen Worten zu suchen. »In diesem Stoß war eine solche – *Bosheit*. Ich habe es wirklich gespürt.« Sie runzelte in angestrengter Konzentration die Stirn. »Heute habe ich etwas von dem wahren Patrick gesehen, nicht meine idealisierte Version von ihm. Da ist ein gewisser Zorn unter der Oberfläche, eine gewisse Bitterkeit, aber er besitzt auch die Fähigkeit, über sich selbst zu lachen, sich selbst und seine Gefühle mit Distanz zu sehen. Einen derartigen Haß kann ich mir bei ihm nicht vorstellen.« Sie begann wieder zu frösteln. »Ich frage mich sowieso, warum jemand mich so sehr hassen sollte?«

»Was hat er...«

Ein Klopfen an der Tür schnitt seine Frage ab, aber Hannah legte ihm die Hand auf den Arm, als er aufstehen wollte, um die Tür zu öffnen. »Ich werde Ihnen nicht sagen, was er mir über Cassie und Penny erzählt hat. Das müssen Sie ihn schon selbst fragen. Das verstehen Sie doch?«

Kincaid zögerte, dann nickte er. Es hatte keinen Sinn, sie unter Druck zu setzen – er bekam langsam ein Gefühl für ihren Eigensinn. Außerdem verstand er sie tatsächlich.

Anne Percy stand geduldig vor der Tür. Kincaids Herz schlug einen Purzelbaum, und er schalt sich einen Narren.

Auf der Treppe begegnete Kincaid Chief Inspector Nash.

»Ich bin gerade auf dem Weg zu Miss Alcock, um ihre Aussage zu Protokoll zu nehmen.« Nash begrüßte ihn nicht, sprach in jenem höhnischen Ton, auf den Kincaid am liebsten mit einer kindischen Erwiderung geantwortet hätte.

»Dr. Percy ist jetzt bei ihr. Sie scheint nicht allzu schlimm verletzt zu sein.«

»Ach, tatsächlich?« Nashs Stimme triefte vor Sarkasmus. »Na, ist das nicht eine Überraschung?«

»Was wollen Sie damit sagen?« Kincaid hatte Mühe, seinen Zorn zu zügeln.

»Na, ist Ihnen noch nicht der Gedanke gekommen, junger Freund, daß so ein Sturz eine ganz praktische Sache ist? Ganz allein, keine Zeugen, ein kleiner Sturz auf der Treppe.«

»Ich habe sie selbst gefunden. Sie war bewußtlos.«

»Na, sag' ich doch, sehr praktisch, von einem teilnahmsvollen Polizeibeamten gefunden zu werden.« Nash schnalzte mit der Zunge und sagte dann sehr herablassend: »Und Bewußtlosigkeit, Jungchen, kann jeder vortäuschen.« Er ließ seine Lider flattern und stöhnte.

Kincaid schloß die Augen und holte tief Atem. »Haben Sie eine Ahnung, Chief Inspector, warum Miss Alcock es riskieren sollte, sich den Hals zu brechen?«

»Na ja, wenn man die Leute rechts und links umlegt, kann es doch nicht schaden, selbst als Opfer zu erscheinen. Das ist ein alter Trick.«

»Welches Motiv soll sie für den Mord an Sebastian Wade oder Penny MacKenzie haben?«

»Die gleiche Frage könnten Sie bei jedem der anderen stellen. Sagen Sie's mir doch, junger Mann. Sie sind doch derjenige, der mit ihr so gut Freund ist.« Nash grinste, und Kincaid hatte das Gefühl, daß der ganze Wortwechsel zur Farce wurde.

»Es tut mir leid, aber da kann ich Ihnen nicht helfen, Inspector. Da müssen Sie sie schon selbst fragen.«

Kincaid stürmte zur Haustür hinaus, als hoffte er, draußen an der frischen Luft wieder einen klaren Kopf zu bekommen. Selbst in kleinen Dosen genossen, erzeugte Chief Inspector Nash bei ihm das Gefühl, im dicksten Nebel herumzutappen. Er hatte einige Fragen an Patrick Rennie und hatte nicht die geringste Absicht, Nash zur Teilnahme an dem Gespräch aufzufordern und sich von ihm alles vermasseln zu lassen.

Er lief im Garten herum, in dem es allmählich dunkel wurde, und wünschte, er hätte Gemma oder Peter Raskin bei sich, um sich mit ihnen zu besprechen. Die erste Etage von Followdale House war durch Feuerschutztüren in mehrere Abschnitte unterteilt – eine trennte den Teil des Hauses, in dem sich sein Apartment und die Terrassentür befanden, von jenem ab, in dem Hannahs Suite und die Haupttreppe waren; hinter der nächsten befanden sich die Apartments des anderen Flügels. Als er durch die Tür zwischen seinem Apartment und der Treppe getreten war, glaubte er, gehört zu haben, wie sich die Tür auf der anderen Seite geschlossen hatte.

In dem Moment hatte er sich nichts dabei gedacht; doch das hatte sich geändert, als Patrick Rennie Minuten, nachdem er Hannah gefunden hatte, erhitzt und schwer atmend zur Haustür hereingekommen war. Kincaid hatte keine Ahnung, wie lange Hannah auf der Treppe gelegen hatte, aber es war möglich, daß es nur Minuten gewesen waren. Rennie konnte die Hintertreppe hinunter- und um das Haus herum nach vorn gelaufen sein, weil er sehen wollte, welche Wirkung sein Schlag auf Hannah gehabt hatte.

Kincaid kehrte zum Haus zurück. Im Vorsaal zögerte er einen Moment. Wo war Peter Raskin? Hatte inzwischen jemand mit den anderen Gästen gesprochen und ihre Aussagen aufgenommen?

Er stand still und lauschte. Kein Geräusch war zu hören, nichts, was bezeugt hätte, daß Leben und Bewegung im Haus waren. Es erstaunte ihn, daß ein Haus von dieser Größe, in dem fast ein Dutzend Menschen wohnte, so einsam und verlassen wirken konnte. Das angeregte Geplauder der Cocktailstunde am ersten Abend war jetzt beinahe nicht mehr vorstellbar – die Gäste hatten eindeutig den Geschmack an der Gesellschaft ihrer Mitbewohner verloren.

Er ging durch den dunklen Empfangsraum zum Salon, in dem eine einzige Lampe brannte. Ein feines Geräusch aus der Bar veranlaßte Kincaid, zur Tür zu gehen.

Patrick Rennie saß allein an einem Tisch und schob trübsinnig sein Glas auf der polierten Kunststoffplatte hin und her.

»Genau der Mann, den ich gesucht habe«, sagte Kincaid, und Rennie hob mit einem Ruck den Kopf.

»Wie geht es ihr?«

»Dr. Percy ist jetzt bei ihr. Ich glaube nicht, daß sie ernstlich verletzt ist.« Kincaid holte sich am Tresen ein Bier und setzte sich Rennie gegenüber. »Wo sind die anderen alle?«

»Sie haben sich wohl in ihre Zimmer eingeschlossen und warten auf die Katastrophe. Nash hat diesen Constable herumgeschickt, weil er die Leute verhören möchte. Ich weiß nicht, ob er schon alle zusammengetrommelt hat.« Rennie schwieg einen Moment, dann sah er Kincaid an und wechselte das Thema. Es schien ihm wichtig zu sein, das loszuwerden, was ihn bedrückte. »Ich habe mich heute Hannah gegenüber abscheulich benommen. Und jetzt das.« Rennie machte eine vage Handbewegung in Richtung zur Treppe. Er sah Kincaid forschend in die Augen. »Hat sie Ihnen gesagt, wie wir zueinander stehen?«

»Ja.«

»Und hat sie Ihnen auch erzählt, wie idiotisch ich mich heute morgen benommen habe?«

»Sie sagte mir, Sie hätten es ihr übelgenommen, daß sie einfach so in Ihr Leben hineinplatzte«, antwortete Kincaid trocken.

Rennie rieb sich die Stirn. »Was sie das gekostet haben muß... und dann bin ich ungefähr mit dem Feingefühl eines Nilpferdes auf ihr herumgetrampelt.« Seine Augenbrauen hoben sich, als er voll Spott über seine eigene Unzulänglichkeit lächelte. »Ich vermute, es war der Schock. Jahrelang habe ich mir über sie Gedanken gemacht, wer sie wohl sein könnte, was für ein Mensch sie sei, warum sie mich hergegeben hatte – das alles überfiel mich plötzlich von neuem. Glauben Sie, es ist zu spät für einen Neuanfang?«

An der Rolle des Briefkastenonkels fand Kincaid nun überhaupt keinen Geschmack, und in diesem Fall störte es ihn besonders, daß möglicherweise die eine Partei versucht hatte, den vorzeitigen Heimgang der anderen herbeizuführen.

»Das kann ich wirklich nicht sagen.« Er trank einen

Schluck von seinem Bier und fügte dann wie beiläufig hinzu: »Es käme sicher sehr darauf an, wo Sie heute waren, kurz bevor Sie ins Haus kamen.«

Rennie wurde rot. »Lieber Gott, ich war wirklich ein verdammter Idiot. Sie hatten recht mit Cassie. Es hat letztes Jahr angefangen. Marta wußte, daß etwas im Gange war, aber ich habe sie trotzdem überredet, hierherzukommen. Ich dachte, Cassie sei wirklich an mir gelegen. Ich dachte, sie sei es wert, daß ich meine Zukunft für sie riskiere.« Er schüttelte den Kopf wie verdattert über seine eigene Dummheit. »Aber in diesem Urlaub ist sowieso alles schiefgegangen. Heute nachmittag wollte ich mit ihr reden und klare Verhältnisse schaffen. Ich ging zu ihrem Bungalow und wollte gerade klopfen, als ich sah, daß die Tür nur angelehnt war. Na ja, es war die übliche alte Geschichte. Ich frage mich, warum ich so perplex war.« Er lächelte, aber sein Gesicht war immer noch gerötet, und er sah Kincaid nicht in die Augen.

»Kompromittierende Situation?«

»Ziemlich.«

»Und wer war der Glückliche?«

Rennie wandte sich ab. »Graham Frazer.«

17

Kincaid ging im trübe erleuchteten Empfangsraum auf und ab und horchte ein wenig schuldbewußt nach Anne Percys leichtem Schritt auf der Treppe. Er hatte Patrick Rennie allein mit seinem Whisky in der Bar zurückgelassen und wußte jetzt noch weniger, ob der Mann authentisch war oder ein begabter Lügner.

Wenn Cassie seine Geschichte bestätigen sollte, war das dann ein ausreichendes Alibi für ihn? Hannah hatte Kincaid erzählt, daß sie versuchsweise bei ihm geklopft hatte, ehe sie zur Treppe gegangen war. Es sei aber nur ein sehr leichtes Klopfen gewesen, hatte sie gesagt, da sie plötzlich anderen Sinnes geworden sei und beschlossen habe, sich allein mit Nash auseinanderzusetzen. War das vielleicht das Geräusch gewesen, das er gehört hatte, während er mit Gemma telefonierte? Oder war er im fraglichen Moment auf dem Balkon gewesen und hatte überhaupt nichts gehört?

»Es ist alles eine Zeitfrage«, murmelte er vor sich hin. Angenommen, Hannah hatte nur Minuten auf der Treppe gelegen – konnte Patrick beweisen, daß er direkt von Cassies Bungalow gekommen war? Und wie verhielt es sich mit Cassie und Graham? Alibi auf Gegenseitigkeit bei einem narrensicheren Mordversuch? Immer vorausgesetzt natürlich, daß Hannah nicht eine halbe Stunde oder länger bewußtlos dagelegen hatte – dann konnte es jeder von den dreien gewesen sein. Aber weshalb sollte einer von ihnen – oder sonst jemand – Hannah töten wollen?

Und wo waren die anderen in der fraglichen Zeit gewesen?

In einem Anfall zorniger Frustration schlug Kincaid sich mit der Faust in die offene Hand. Nichts hatte er zuwege gebracht. Er, der sich so oft über die unkreative Monotonie der Schreibtischarbeit beklagt hatte, hätte jetzt alles für einen Stapel sauber getippter Protokolle der tüchtigen Gemma gegeben. Chief Inspector Nash war von anfänglich bewußter Ablehnung auf eine hinterhältige Ausweichtaktik umgestiegen; beide Strategien zeitigten dasselbe Resultat – Kincaid hatte keinerlei Fakten.

Eine Bewegung in dem schattig düsteren Raum, ein Luftzug vielleicht, veranlaßte Kincaid, sich nach der Tür zum Salon umzudrehen. Im dämmrigen Licht glaubte er flüchtig Sebastian Wade zu sehen, wie er ihn an jenem Spätnachmittag gesehen hatte – nonchalant an den Türpfosten gelehnt, die Hände in den Hosentaschen, ein boshaftes Lächeln im Gesicht.

Wie zum Teufel, dachte Kincaid, paßt das alles zusammen?

Rasche Schritte auf der Treppe zogen ihn in den Vorsaal. Anne Percy begegnete seinem fragenden Blick mit einem Lächeln.

»Es geht ihr gut«, sagte sie, die letzten Stufen herunterkommend. »Sie ist natürlich ein bißchen mitgenommen. Am Handgelenk hat sie eine kleine Verstauchung und am Kopf eine ziemlich dicke Beule. Ich habe ihr gesagt, daß sie gesunde Knochen hat.« Erheiterung lag in Annes Lächeln. »Keine Anzeichen von schleichender Osteoporose.« Sie seufzte, streckte sich und sagte in ernsterem Ton: »Sie geben doch auf sie acht, nicht wahr, Duncan? Ich werde den Gedanken nicht los...« Mit gekrauster Stirn hielt sie einen Moment inne. »Wer auch immer sie gestoßen hat, er hätte leicht bleiben können, um dafür zu sorgen, daß sie nie wieder aufsteht.«

»Es ist möglich, daß er mich aus meinem Apartment kommen hörte. Was hier passiert ist, hat sich im Grunde ähnlich abgespielt wie bei Sebastian und Penny. Der Täter sah eine Gelegenheit und packte sie kurzerhand beim Schopf. Das Risiko war praktisch gleich Null. Hätte er sich allerdings auf der Treppe über Hannah gebeugt, so wäre das nicht ganz so risikolos gewesen.«

Anne schauderte. »Ein schlechter Gedanke.«

»Ja, ich weiß. Ich habe ihr gesagt, sie soll ihr Apartment absperren und nicht weggehen, ohne mir Bescheid zu sagen. Worauf sie erklärte, sie brauche keinen Babysitter«, fügte er mit einer gewissen Gereiztheit hinzu. »Sie war ganz fügsam und vernünftig, bis sie anfing sich zu erholen.«

»Jetzt ist Chief Inspector Nash bei ihr. Beruhigend wird das sicher nicht auf sie wirken.«

»Nein. Aber es ist gut, wenn sie es hinter sich bringt. Dann wird er sie hoffentlich in Ruhe lassen.« Kincaid musterte Anne beifällig. Unter einem gelben Lackmantel trug sie fuchsienfarbene Leggins und dazu ein passendes langes Oberteil mit breiten Streifen. Mit Kincaids Bild von einer Landärztin hatte sie absolut nichts gemein.

»Was ist denn so lustig?« fragte Anne, als sie das breite Lächeln auf seinem Gesicht sah.

»Ich dachte gerade an unseren ruppigen alten Hausarzt, der uns verarztet hat, als wir klein waren.«

Sie blickte an sich hinunter und lachte. »Na ja, die Zeiten ändern sich eben. Gott sei Dank.« Ihr Blick ging zu ihrer Uhr. »Aber manches andere scheint sich nie zu ändern. Ich bin schon wieder zu spät dran. Die Mädchen warten auf ihr Abendessen. Ich muß mich beeilen, tut mir leid.«

Er war plötzlich verlegen, als sei er daran schuld, daß sie ihre Pflichten vergessen hatte, doch er sagte recht ruhig: »Ja. Kommen Sie, ich bringe Sie hinaus.«

Ihr gelber Mantel raschelte und quietschte, als sie hinausgingen, und einmal streifte ihr Arm leicht den Kincaids. Als sie den Wagen erreichten, öffnete sie die Tür und warf ihr Köfferchen hinein. Dann drehte sie sich nach Kincaid um. Er stand ihr nahe genug, um den Lavendelduft wahrzunehmen, der von ihr ausging – ein sauberer, angenehmer Duft –, und er suchte nach einem Wort, das sie vielleicht doch noch einen Moment zurückhalten würde. »Vielen Dank. Das war alles ziemlich scheußlich für Sie, denke ich mir.«

Anne lächelte. »Oh, der Tod ist mir vertraut. Die Umstände waren hier anders. Aber morgen ist der Amtsarzt sowieso aus dem Urlaub zurück, dann habe ich keinen Notdienst mehr.«

»Tut mir leid«, sagte Kincaid in das Schweigen hinein, das zwischen ihnen hing.

»Ja, mir tut es auch leid«, antwortete Anne Percy, als sie in ihren Wagen stieg. Kincaid sah ihr nach, als sie davonfuhr, und wußte nicht, was sie beide eigentlich gemeint hatten.

Am selben Abend fuhr Gemma in nördlicher Richtung die Banbury Road hinauf. Große, stattliche Häuser flankierten die Straße zu beiden Seiten, warm und einladend im Glanz ihrer erleuchteten Fenster. Das herbstlich gefärbte Laub der alten Bäume in den Gärten wirkte wie ausgebleicht im schwindenden Licht.

Sie war nie zuvor in Oxford gewesen – nie hatte ein Fall sie hierher geführt, und es war ganz sicher kein Ort, den ihre Eltern für einen Urlaubsaufenthalt gewählt hätten. Ihre Eltern fuhren, soweit sie zurückdenken konnte, jedes Jahr zur gleichen Zeit für zwei Wochen in dasselbe Dorf in Cornwall – ein hübscher, zuverlässiger Ort und nicht im mindesten abenteuerlich.

Sehr zu ihrer Überraschung war Gemma bezaubert von der Stadt. Nachdem sie sich durch die Vermittlung der Haushälterin einen Abendtermin bei Miles Sterrett gesichert hatte, blieben ihr mehrere Stunden freie Zeit, die sie dazu nutzte, die Stadt zu erforschen. Vom Cornmarket bis zum Magdalen College hinunter und zum Fluß lockten die stillen, grünen Innenhöfe der Colleges.

Sie ging langsam, den Kragen ihrer marineblauen Jacke gegen den Wind hochgeschlagen, und als sie die Brücke über den Cherwell erreichte, stützte sie die Ellbogen auf die Brüstung und sah den Booten zu, die leicht wie Wasserflöhe über das Wasser huschten.

Ein Universitätsstudium hatte so weit außerhalb ihrer Möglichkeiten gelegen, daß sie andere nie um dieses Privileg beneidet hatte, aber jetzt plötzlich verspürte sie eine flüchtige Trauer um eine verpaßte Gelegenheit. Kincaid hatte ihr einmal bei einem Bier nach der Arbeit erzählt, daß er die Möglichkeit gehabt hätte, mit einem Polizeistipendium zu studieren, aber er hatte sich nie beworben. »Verspätete Rebellion, vermute ich«, hatte er gesagt und dabei leicht spöttisch eine Augenbraue hochgezogen. »Das wäre den Wünschen und Erwartungen meiner Eltern zu sehr entgegengekommen. Jetzt finde ich es ziemlich albern, daß ich die Chance damals nicht genutzt habe.«

Oxford, dachte Gemma, als sie in die Seitenstraße einbog, die sie am Nachmittag übersehen hatte, wäre für Kincaid das Richtige gewesen.

Die Julia Sterrett Klinik sah genau so aus, wie der Name vermuten ließ – ein großes Privathaus in einer ruhigen Seitenstraße der Banbury Road. Auskunft über das wahre Wesen des Hauses gab lediglich ein diskretes Schild, das in den Backstein neben der Haustür eingelassen war. Gemma läutete und wartete, und nach einem Moment hörte sie schwerfällige Schritte und das Geräusch der Riegel, die zurückgezogen wurden.

»Sie sind sehr pünktlich, Miss«, sagte die Haushälterin, als sie die Tür öffnete.

Gemma war die rundliche kleine Haushälterin weit sympathischer als der Drachen von Sekretärin, mit dem sie es am Nachmittag zu tun gehabt hatte.

»Guten Abend, Mrs. Milton. Paßt es jetzt?«

»Oh, ja, ich führe Sie gleich hinauf.«

Mrs. Milton stapfte keuchend und mit rotem Kopf die Treppe hinauf, und Gemma folgte ihr mit etwas schlechtem Gewissen. Wenn sie zurückschaute, konnte sie rechts von der Haustür das Empfangsbüro sehen, und sie wußte von ihrem Besuch am Nachmittag, daß die eigentliche Klinik Erdgeschoß und erste Etage des Hauses einnahm, während im obersten Stockwerk Miles Sterrett seine Privaträume eingerichtet hatte.

Oben angekommen, klopfte Mrs. Milton an eine Tür, winkte Gemma einzutreten und zog die Tür dann energisch hinter ihr zu. Gemma stand allein auf der Schwelle und fühlte sich ein wenig wie Daniel in der Löwengrube. Nach den grimmigen Versuchen der Sekretärin, sie abzuwimmeln, hatte Gemma einen alten Herrn erwartet, bettlägerig vielleicht, oder im Rollstuhl an ein Krankenzimmer gefesselt.

Sie befand sich in einem Arbeitszimmer mit Bücherwänden, ledernen Klubsesseln, einem leuchtenden Orientteppich unter ihren Füßen und einem offenen Kamin, in dem ein helles Feuer brannte. Miles Sterrett saß an einem eleganten Schreibtisch, den Kopf über einige Papiere gebeugt. Er sah auf und lächelte, stand auf und kam durch das Zimmer auf sie zu, um sie zu begrüßen.

»Sergeant James.«

»Guten Abend, Mr. Sterrett.« Gemma mußte aufblikken, als sie ihm die Hand gab. Er war groß und schlank, mit einem schmalen Gesicht und feinem Haar, das im Feuerschein eher gelblich wirkte als grau. Er trug einen blaßgelben Pullover und eine dunkle Hose. Nur die dunklen Schatten unter seinen Augen und eine leichte Verzögerung seiner Bewegungen verrieten seine Krankheit.

»Kommen Sie, setzen Sie sich. Mrs. Milton hat uns Kaffee gemacht.« Er wies sie zu einem von zwei Sesseln am Feuer und nahm in dem anderen Platz. Auf einem niedrigen Tisch zwischen ihnen stand ein Tablett mit Tassen und einer Wärmekanne. Als Miles Sterrett nach ihrer Tasse griff, sah Gemma das leichte Zittern seiner Hand.

»Soll ich einschenken?«

Miles Sterrett lehnte sich zurück und legte die Hände auf seinen Knien übereinander. »Danke.« Er nahm seine Tasse und wartete, bis Gemma sich selbst eingegossen hatte, ehe er sprach. »So, und jetzt verraten Sie mir erst einmal, Sergeant, worum es sich eigentlich handelt. Mrs. Milton hat mir versichert, daß es Miss Alcock gut geht?«

Die letzten Worte endeten im Ton einer Frage, und Gemma hatte den Eindruck, daß sich hinter Sterretts höflicher Zurückhaltung echte Beunruhigung verbarg.

»Ja, Miss Alcock geht es gut, Sir. Aber in der letzten Woche sind im Followdale House zwei Personen unter verdächtigen Umständen gestorben, und wir sind selbstverständlich um die Sicherheit der anderen Gäste besorgt.«

»Sie wollen doch nicht sagen, daß Hannah…«

»Nein, nein, aber je eher wir die Sache klären können, desto beruhigender ist es für alle Beteiligten.« Gemma trank einen Schluck Kaffee. »Wissen Sie, ob Miss Alcock Verbindungen irgendeiner Art zu Sebastian Wade oder Penny MacKenzie hatte?«

Er schüttelte den Kopf. »Ich kann mich nicht erinnern, daß sie je eine der beiden Personen erwähnt hätte.«

»Hat sie früher schon einmal in diesem *timesharing*-Hotel Urlaub gemacht? Hat sie zu Ihnen etwas darüber gesagt, weshalb sie sich für dieses Hotel entschieden hat?«

Sterrett griff nach seiner Tasse, und Gemma fiel auf, daß er nur daraus trank, und sie dann sogleich wieder abstellte. »Sie hat eigentlich kaum etwas darüber gesagt. Ich fand das ziemlich seltsam, weil Hannah und ich schon seit Jahren befreundet sind.« Er lächelte, und das Lächeln milderte die Strenge seines Gesichts. »Hannah kam vor fast fünfzehn Jahren zu mir – mit den besten Empfehlungen von einer Forschungsabteilung der Universität. Ich bin kein Wissenschaftler, und der Erfolg unserer Arbeit hier«, er machte eine kurze, umfassende Geste, »ist in erster Linie Hannahs Brillanz und hartnäckiger Ausdauer zu verdanken. Sergeant...« Er brach ab und sah Gemma mit gerunzelter Stirn an. »Sie sind eine zu schöne junge Frau, um ›Sergeant‹ genannt zu werden, finde ich. Kann ich Sie nicht ›Miss‹ oder ›Mistress‹ nennen, oder meinetwegen auch ›Madam‹, obwohl ich das auch ziemlich scheußlich finde?«

Gemma, die bei anerkennenden Pfiffen auf der Straße nicht einmal mit der Wimper zuckte, spürte, wie sie bei diesem Kompliment rot wurde. Sie mußte zugeben, daß es auch reichlich chauvinistisch war, aber sie brachte es nicht fertig, daran Anstoß zu nehmen. »Na gut, dann nennen Sie mich ›Mistress‹, wenn Sie möchten.«

»Einverstanden, Mrs. James. Wenn Sie von mir ein Leumundszeugnis über Hannah haben möchten, kann ich nur sagen, daß ich über sie und ihre Vergangenheit nichts weiß, was auch nur im geringsten fragwürdig wäre. Für mich ist sie eine Freundin, die mir nähersteht als jeder Verwandte, und ich würde für sie jederzeit die Hand ins Feuer legen. Ganz gewiß ist sie nicht fähig, einen Menschen zu töten.« Seine Hände zuckten, während er sprach.

»Mr. Sterrett, ich glaube nicht, daß die Untersuchungsbeamten diese Möglichkeit ernsthaft in Betracht ziehen, aber wir müssen diese Nachforschungen nun einmal anstellen. Das werden Sie sicher verstehen.« Gemma wechselte das Thema, um ihm Gelegenheit zu geben, sich zu beruhigen. »Trägt die Klinik den Namen eines Ihrer Familienangehörigen, Mr. Sterrett?«

»Den meiner Frau. Sie ist vor nahezu dreißig Jahren an der Creutzfeldt-Jakob-Krankheit gestorben. Damals war die Krankheit kaum erforscht, und da ich mein Geld erbte, wollte ich es in eine gute Sache investieren.« Er lächelte sie wieder an. »Machen Sie kein so unglückliches Gesicht, Mrs. James. Ich trauere nicht mehr um meine verstorbene Frau. Das ist alles sehr lange her. Wir hatten keine Kinder – und das war vielleicht gut so, wenn man die Geschichte ihrer Familie bedenkt. Ihre einzige Schwester war emotional ausgesprochen labil, und mein Neffe ist ein armseliger Wicht.«

Miles starrte einen Moment lang ins Feuer, dann trank er seinen Kaffee aus und sagte mit einiger Überwindung, wie es Gemma schien: »Es überrascht mich, daß Hannah mich nicht angerufen hat. Ich vermute, sie fürchtete, die Geschichte würde mich beunruhigen. Auf die Idee, daß die Polizei mich aufsuchen könnte, wenn auch in noch so attraktiver Form, ist sie wahrscheinlich gar nicht gekommen.« Sowohl das Lächeln als auch die Schmeichelei wirkten diesmal gezwungen. Gemma hatte den Eindruck, lange genug hiergewesen zu sein.

Sie trank ihren Kaffee aus und stand auf. »Ich habe Sie ermüdet. Das tut mir leid. Ihre Sekretärin würde mich mit Haut und Haaren auffressen, wenn sie das wüßte.«

Sterrett lachte. »Das ist ihre Art der Konkurrenz mit Mrs. Milton. Das geht schon seit Jahren so.« Er stand auf, ließ es sich nicht nehmen, sie hinauszubringen. Auf der Treppe gab er ihr nochmals die Hand. »Sie nehmen es mir nicht übel, wenn ich nicht mit hinunterkomme? Mrs. Milton sperrt Ihnen die Tür auf.«

»Danke, Sir. Es tut mir leid, wenn ich Sie beunruhigt haben sollte.« Es war ein Standardsatz, aber Gemma war es ernst damit.

Sie hatte ein Zimmer in einem kleinen Hotel am Stadtrand reserviert, und nachdem sie ausgepackt und sich eingerichtet hatte, verbrachte sie den Rest des Abends damit, bei Kincaid anzurufen, der sich nicht meldete.

Hannah schlief auf dem Sofa, den Kopf halb unter dem Kissen vergraben, während die Decke zu Boden zu gleiten drohte.

In ihrem Traum ging sie durch die Vorortstraßen ihrer Kindheit. Über ihr blühten die Kirschbäume. Vertraute Stimmen, denen sie keine Namen geben konnte, schallten aus den Gärten, und sie ging schneller. Ihr Haus schien stets um die nächste Ecke zu sein – sie war sicher, sie würde es finden, wenn nur das leise, beharrliche Klopfen aufhören würde.

Das Geräusch nagte an den Rändern ihres Traums und zog sie schließlich in einen Zustand schlaftrunkenen Erwachens hinüber. Stöhnend versuchte sie sich aufzurichten – ihre Muskeln waren steif, und sie hatte heftige Kopfschmerzen. In den Scheiben der Balkontür spiegelte sich ihr Bild. Draußen war es jetzt ganz dunkel, und sie konnte nicht sagen, ob sie Stunden oder Minuten geschlafen hatte. Das Klopfen ging weiter, als sie steifgliedrig zur Tür schlurfte, und sie hörte seine flehende Stimme, noch ehe sie die Tür erreicht hatte. »Hannah, ich bin's, Patrick. Bitte! Ich muß mit Ihnen sprechen.«

Einen Moment zögerte sie, und gleich darauf überkam sie heiße Scham. Sie würde nicht an ihm zweifeln, sie würde nicht ihr Leben von Furcht regieren lassen. Das Gefühl der Demütigung hatte sie draußen auf der Treppe veranlaßt, sich vor ihm zurückzuziehen, aber seitdem hatte sie viel nachgedacht. Mit unsicherer Hand zog sie den Riegel an der Tür auf.

Patrick musterte sie besorgt, ehe er sprach. »Wie fühlen Sie sich?«

»Den Umständen entsprechend, denke ich.« Zerstreut berührte Hannah ihr bandagiertes Handgelenk. »Dr. Percy hat gesagt, morgen würde ich mich wahrscheinlich wie eine Hundertjährige fühlen. Der Prozeß hat schon angefangen.«

Er folgte ihr ins Wohnzimmer und legte, als sie sich setzte, fürsorglich die Decke um sie. Nachdem er sich einen Sessel herangezogen und sich so gesetzt hatte, daß er ihr ins Gesicht sehen konnte, sagte er mit entwaffnender Offenheit: »Duncan Kincaid glaubt, ich könnte Sie die Treppe hinuntergestoßen haben, obwohl er, höflich wie er ist, es nicht direkt gesagt hat.« Patrick lächelte. »Hannah«, das Lächeln verschwand ganz, »glauben Sie, daß ich Sie gestoßen habe?«

Sie schüttelte müde den Kopf. »Nein. Ehrlich nicht.« Zum erstenmal seit er ins Zimmer gekommen war, sah sie ihm in die Augen. Er schien im Lauf eines einzigen Tages zehn Jahre gealtert zu sein. Feine Linien, die sie vorher nicht bemerkt hatte, kräuselten sich rund um seine Augen. Es war fast so, dachte Hannah, als wäre eine Maske von seinem Gesicht gezogen worden, und er säße jetzt mit entblößten Zügen vor ihr.

Er seufzte. »Dann ist es ja gut. Aber ich mache mir Sorgen um Sie – um dich, Hannah. Wenn man nicht weiß, warum etwas geschieht, ist es sehr schwer, ihm ein Ende zu bereiten.«

Hannah antwortete nicht. Sie fühlte sich zu erschöpft, um von neuem ihre Unwissenheit zu beteuern. Nach einer kleinen Weile fuhr Patrick zu sprechen fort.

»Ich war gemein zu dir, heute morgen. Ich weiß selbst nicht, warum. Wahrscheinlich sind in dem Moment zu viele Kinderphantasien über mich hereingebrochen.« Als er ihr verwundertes Gesicht sah, versuchte er zu erklären. »Ach, du weißt schon. Erst habe ich meine Mutter als Camille gesehen«, er hob eine Hand zu seiner Stirn und grinste, »die im Kindbett starb und mich mit ihrem letzten schwachen Atemzug segnete. Später habe ich sie mir warm und weich und liebevoll vorgestellt – eines Tages würde sie mich finden und in den Schoß einer anderen Familie aufnehmen. Die typische Phantasie eines Einzelkindes. Niemals«, er beugte sich vor und lächelte sie wieder an, »habe ich sie mir als erfolgreiche und intelligente Karrierefrau vorgestellt, niemals anregend und attraktiv. Es war ein ganz schöner Schock, das kann ich dir sagen.«

Hannah, die sich plötzlich bewußt wurde, wie sie aussehen mußte, fuhr sich mit den Fingern durchs Haar. »Es tut mir leid«, sagte sie und wußte selbst nicht, ob es ihr leidtat, daß sie ihn so überfallen hatte mit ihrer Enthüllung, oder daß sie nicht seinem Mutterbild entsprach.

»Es tut dir leid? Du lieber Gott, diesem ganzen Kinderkram hätte ich doch längst entwachsen sein müssen. Und ich habe dich nicht einmal nach meinem Vater gefragt.«

Hannah spürte die Verletzlichkeit unter seinem heiter-gelassenen Gebaren.

»Meinen Eltern habe ich nie gesagt, wer er war, aber du verdienst es, wenigstens etwas zu wissen«, sagte sie widerstrebend. »Er hieß Matthew Carnegie. Eine gute Familie.« Sie verzog ein wenig den Mund. »Wie mein Vater es formuliert hätte. Ich weiß nicht, was aus ihm geworden ist, ich wollte es nicht wissen. Ich wollte ihn nie wiedersehen.« Sie riß die Mauer ein, die sie im Lauf der Jahre hochgezogen hatte, und dachte zurück, versuchte sich zu erinnern, was die sechzehnjährige Hannah damals zu Matthew hingezogen hatte. »Er war blond – das hast du von ihm – und gutaussehend, natürlich noch unfertig, linkisch. Er hat mich zum Lachen gebracht.« Diese Erinnerung überraschte sie. »Und er war sehr sanft.«

Patrick ließ sich einen Moment Zeit, um das zu verarbeiten, und nickte. »Es muß dich eine Menge Mut gekostet haben, deinen Eltern nichts von ihm zu sagen.«

»Mut? Nein, das war reine Sturheit. Und außerdem wußte ich, daß ich die Demütigung nicht ertragen würde, wenn er es erfahren sollte, wenn seine Familie es erfahren sollte.«

Patrick beugte sich wieder vor und sah sie mit brennendem Blick an. »Hannah, glaubst du, wir könnten noch einmal anfangen? Vielleicht nicht so, wie jeder von uns es sich vorgestellt hat – wir waren beide ziemlich unrealistisch –, aber einfach als – Freunde?«

Hannah schloß die Augen, um sich nichts von dem Ansturm plötzlicher Sehnsucht anmerken zu lassen. »Ich habe nie geglaubt, ich könnte deine Mutter verdrängen. Oder überhaupt eine richtige Mutter sein. Ich wollte nur ein Gefühl der Zugehörigkeit – der Verbundenheit.«

Patrick berührte ihre Schulter, ein wenig ungeschickt, als sei er nicht sicher, wie er reagieren sollte. »Ich glaube, es ist am besten, wenn ich dir jetzt erst einmal eine Weile Ruhe lasse, Hannah.« Er stand auf. »Du bist vorsichtig, ja? Ich möchte dich nicht verlieren«, ein Hauch von Ironie schwang in seiner Stimme, »wo ich dich doch gerade erst gefunden habe.«

Kincaid sah, wie vor ihm Patrick Rennie, daß Cassie Whitlakes Tür nur angelehnt war. Er klopfte leicht. Als er von drinnen nichts hörte, stieß er die Tür langsam auf.

Das Wohnzimmer des Bungalows wurde nur von einem Licht im Flur dahinter dämmrig erleuchtet; er brauchte deshalb einen Moment, um sich zu orientieren. Cassies Stimme drang von dem Sessel, der am Feuer stand, zu ihm. Mürrisch und kurz. »Hauen Sie ab.«

Kincaid griff zum Schalter der Tischlampe und zwinkerte im plötzlichen Aufflammen gelben Lichts. Cassie hockte zusammengekauert im Sessel, blaß und mit wirrem Haar, in einen gesteppten Morgenrock gewickelt.

»Sie sollten sich angewöhnen, hinter sich abzuschließen«, sagte Kincaid.

»Das hat jetzt wohl nicht mehr viel Sinn.«

Kincaid ließ sich auf der Armlehne des anderen Sessels nieder. »Sieht aus, als hätten Sie's gründlich verpfuscht, hm?« meinte er in leichtem Ton.

Zorn sprühte in ihren Augen. »Ich? Du lieber Gott.« Sie wandte ihr Gesicht ab, und er sah den roten Striemen auf ihrer Wange. »Das Schwein hat mich geschlagen.«

»Wer? Graham Frazer?«

»Natürlich. Patrick spielte die beleidigte Leberwurst und stolzierte gekränkt hinaus, aber nicht ohne Graham die Situation genauestens auseinandergesetzt zu haben. Und wer hat Sie in die schmutzigen Details eingeweiht?«

»Patrick.«

»O Gott.« Sie begann zu weinen. »Es ist alles aus.«

»Keine Aussicht mehr auf Downing Street Nummer zehn?«

»Sie ...« begann Cassie, aber dann brach sie ab, zu verzweifelt sogar, um ihn zu beschimpfen.

»Aber es war doch eigentlich klar, daß das passieren mußte«, sagte Kincaid etwas teilnahmsvoller. »Sie haben ein riskantes Spiel gespielt.«

Cassie wischte sich mit dem Handrücken die Tränen aus dem Gesicht. »Ich hatte keine Ahnung, daß Graham so schwer abzuschütteln sein würde.« Sie schniefte. »Es fing als nettes kleines Abenteuer an. Bevor ich Patrick kennengelernt hatte. Aber je mehr ich versuchte, auf Distanz zu gehen, desto aufdringlicher wurde Graham. Und mit der Zeit hatte ich Angst davor, Schluß zu machen – Angst vor seiner Reaktion, genauer gesagt.«

»Hat er Ihnen denn gedroht?«

Cassie zuckte die Achseln. »Nicht direkt. Aber er gab immer diese kleinen Kommentare – was denn wohl passieren würde, wenn die Geschäftsleitung erfahren sollte, daß ich mit den Eigentümern schlief? So in der Art. Ich konnte das auf die Dauer nicht aushalten. Eine Zeitlang konnte ich zwischen den beiden lavieren. Aber dann tauschte Graham seine Woche – er wollte nicht bis zu den Schulferien warten. Angela ist ja im Moment sowieso nicht in der Schule, und er wollte mich unbedingt sehen.«

»Es könnte unter Umständen sehr wichtig sein zu wissen, was jeder von Ihnen drei tat, als jemand auf den Gedanken kam, Hannah Alcock die Treppe hinunterzustoßen. Hat denn niemand danach gefragt?«

»Doch, der Constable war hier – der aussieht wie ein preisgekröntes Rindvieh.« Feindseligkeit schärfte ihre Stimme, und Kincaid erinnerte sich, wie schwer Constable Trumble es am Morgen nach Sebastians Tod mit ihr gehabt hatte. »Ich habe gesagt, ich könnte mich nicht erinnern.«

Kincaid ließ nicht locker. »Denken Sie nach. Was haben Sie getan, bevor Graham kam?«

Cassie kaute nachdenklich auf ihrem Daumennagel. »Ich habe gearbeitet. Im Haus war es so still wie in einem Grab, und mir fing an, unheimlich zu werden. Dann kreuzte Angela auf und schnüffelte ein bißchen herum...«

»Was wollte sie?« fragte Kincaid neugierig. Er konnte sich nicht vorstellen, daß Angela Cassie freiwillig aufsuchen würde.

»Soweit ich mich entsinne, hat sie keinen Ton gesagt«, fauchte Cassie. »Sie ist nur herumgelaufen und hat alle meine Sachen angetatscht. Dieses Mädchen hat was Grusliges, und heute war sie mal wieder in voller Vampirmontur. Als ich sie gefragt habe, was sie wolle, sagte sie ›nichts‹ und ging. Na, danach hatte ich restlos genug. Ich bin hierher gegangen, um mir eine Tasse Kaffee zu machen.« Sie schwieg, um zu überlegen. »Es muß nach drei gewesen sein – ich hatte bis spätestens um drei einen Anruf erwartet. Als er nicht kam, habe ich den Anrufbeantworter eingeschaltet.«

»Und Graham?« Kincaid wartete mit geschärfter Aufmerksamkeit. Gemma hatte ihn etwa um Viertel nach drei angerufen. Nach Beendigung des Gesprächs war er hinuntergegangen, hatte Hannah gefunden und hatte erst danach gedacht, auf seine Uhr zu schauen, als Patrick durch die Haustür hereingestürmt war. Es war zwanzig vor vier gewesen.

»Ich weiß nicht. Ich hatte mir einen Kaffee gemacht und war auf dem Klo gewesen.«

»Und wie lange war Graham schon da, als Patrick kam?«

»Lange genug«, antwortete Cassie mit einer gewissen Bitterkeit, »um einen Ringkampf anzufangen und mir die Hälfte meiner Kleider vom Leib zu reißen.«

»Und Sie wissen nicht zufällig«, fragte Kincaid hoffnungsvoll, »um welche Zeit Patrick wieder weggegangen ist?«

Cassie richtete sich auf und warf ihm einen wütenden Blick zu. »Seien Sie doch nicht so verdammt blöd.«

Als Kincaid aus Cassies Bungalow kam, sah er Eddie Lyle über den Parkplatz zur Haustür eilen. »Na, dem pressiert's aber«, brummelte er vor sich hin und grinste. »Lyle!«

Eddie Lyle drehte sich um und wartete, bis Kincaid ihn eingeholt hatte. Seine Brillengläser blinkten im Licht des Portals.

»Hat Sie heute nachmittag jemand vernommen?« fragte Kincaid im Konversationston, als sie auf gleicher Höhe waren.

»Ja, ja, natürlich«, antwortete Lyle auf seine pingelige, leicht nörgelnde Art. »Ich war gerade von meiner Wanderung zurückgekommen, als ich von dem Sturz der armen Miss Alcock auf der Treppe hörte.« Er schüttelte den Kopf, und Kincaid war nicht sicher, ob er über Hannahs

Unfall entrüstet war oder über die nachmittägliche Belästigung.

»Sie waren wandern?«

»Ja, ich war oben auf dem Sutton Bank. Ein herrlicher Tag.« Lyle begleitete seine Worte mit einer vagen Geste. »Janet hatte sich nach dem Mittagessen hingelegt, und ich wollte ihr ein bißchen Ruhe gönnen. Sie hatte sich in letzter Zeit nicht wohl gefühlt, wissen Sie«, fügte er in vertraulichem Ton hinzu. »Seit Mutters Tod hat sie immer wieder diese Anfälle von Müdigkeit. Und jetzt, da hier all diese gräßlichen Dinge passieren, ist sie völlig erschöpft.«

»Ja, das kann ich verstehen.« Kincaid nickte teilnahmsvoll, überzeugt, daß ein Zusammenleben mit Edward jeden erschöpfen würde.

»Aber ich habe Janet gesagt, daß wir bis zum Ende unserer Woche am Samstag bleiben.« Lyle stach mit dem Zeigefinger in die Luft, um seinen Worten Nachdruck zu verleihen. »Chief Inspector Nash hätte zwar sicher nichts dagegen, wenn wir vorher abreisen würden, aber wenn ich für etwas bezahlt habe, möchte ich auch den vollen Gegenwert haben. So«, sagte er mit einem Blick auf seine Uhr, »und jetzt muß ich gehen. Meine Frau hat sicher schon das Essen fertig, und ich mag es nicht, wenn es kalt ist.« Er winkte Kincaid herablassend zu und eilte geschäftig die Treppe hinauf.

18

Sie konnte nicht weg sein.

Kincaids plötzlich schweißnasse Hand rutschte am Türknauf ab, als er Hannahs Apartment zu öffnen versuchte.

Die Tür war abgeschlossen. Er trat zurück und sah vom Fenster des Treppenvorplatzes aus zum Parkplatz hinunter. Das knallige Rot seines Midget stach ihm blitzend ins Auge; der Platz neben dem MG, an dem Hannahs grüner Citroën gestanden hatte, war leer.

Sein Magen krampfte sich zusammen, und gleichzeitig sagte er sich, er solle sich nicht so anstellen. Kein Grund zur Panik – sie war wahrscheinlich nur irgendwo hingefahren, um sich Kaffee oder eine Zeitung zu holen. Aber keine vernünftige, rationale Erklärung vermochte die Angst zu mildern, die ihn quälte.

Den halben Vormittag hatte er damit vertan, in seinem Apartment hin- und herzulaufen und auf einen Anruf von Gemma zu warten, immer in dem Glauben, Hannah säße sicher und geborgen in ihrer Suite.

Er hätte es besser wissen müssen. Hannah Alcock hatte zu lange ihr eigenes Leben geführt, um sich plötzlich an die Weisungen anderer zu halten. Kincaid starrte zum Parkplatz hinunter und fragte sich, was sie an diesem Morgen aus dem Haus getrieben hatte.

Die Tür zum gegenüberliegenden Flügel öffnete sich mit Schwung. Kincaid drehte sich herum. Angela Frazer kam zur Tür herein und blieb stehen, den Blick scharf auf ihn gerichtet. Cassie hatte die Wahrheit gesagt. Von der normalen Fünfzehnjährigen war nichts zu sehen; alles war unter der Punk-Vampir-Tarnung versteckt. Gesicht und Lippen leuchteten weiß, die Augen waren dunkel umrandet wie die einer Kleopatra, das Haar stand in gelsteifen Stacheln vom Kopf ab.

Kein schlechter Abwehrmechanismus, dachte er. Sie sah in der Tat absolut unzugänglich aus. Aber was, fragte er sich, hatte Angela Frazer wieder hinter ihre Maske getrieben? Er schob seine Sorge um Hannah für den Augenblick beiseite und konzentrierte sich auf Angela. Unter ihrem Blick kam er sich vor wie eine Fliege unter dem Mikroskop. Er schob eine Hüfte auf das Fensterbrett und verschränkte die Arme. »Wo hast du dich denn versteckt gehalten?« fragte er, bemüht, die frühere Vertrautheit wiederherzustellen.

Keine Antwort. Es überraschte ihn nicht. Seine Worte hatten sogar in seinen eigenen Ohren gönnerhaft und künstlich heiter geklungen. Er versuchte es mit einer direkteren Taktik. »Womit habe ich dein Anschweigen verdient?«

Der Blick der dunklen Augen ließ ihn los, als Angela den Kopf senkte und an der Wand entlang auf ihn zuging, wobei sie mit einem Finger die Abschlußleiste der Täfelung entlangfuhr, als wolle sie prüfen, ob sie staubig sei. Knapp außerhalb seiner Reichweite blieb sie stehen und hob wieder den Kopf, um ihn anzusehen. »Mit gar nichts.«

»Mit gar nichts? Aber Angela, dich bedrückt doch etwas. Zwei Tage lang läßt du dich nicht blicken, und jetzt, wo du endlich wieder auf der Bildfläche erscheinst, siehst du aus wie Frankensteins Braut. Was ist passiert?«

Angelas Blick wanderte über ihre mit Silberknöpfen besetzte schwarze Jeansjacke und den Minirock aus Leder. Die Knie unter dem Saum des schwarzen Rocks waren blaß und rundlich – Kinderknie, nicht einmal die Grübchen fehlten.

Man hätte sie in den Arm nehmen oder übers Knie legen müssen – beides hätte wahrscheinlich gewirkt, beides konnte Kincaid sich nicht erlauben. Er konnte nur warten.

»Vorher haben Sie mich Angie genannt.«

»Richtig. Ich dachte, wir wären Freunde.«

Bei diesen Worten hob sie mit einem Ruck den Kopf und sagte trotzig: »Sie haben überhaupt nichts getan. Dabei haben Sie's versprochen. Allen ist es egal, was Sebastian passiert ist. Ich mein' ja nicht«, ergänzte sie, sich plötzlich in den Mittelstandskonventionen verfangend, nach denen sie erzogen worden war, »daß mir die arme Miss MacKenzie und Miss Alcock nicht leid tun, aber Sebastian war...«

»Natürlich. Ich weiß. Es ist ganz richtig, daß du so empfindest.« Ganz gleich, was für Fehler Sebastian gehabt hatte, er hatte Angelas Loyalität verdient. Kincaid nutzte den Moment der Weichheit und faßte das Mädchen bei der Schulter. »Ich habe mich bemüht, Angie. Ich bemühe mich immer noch.«

Angelas Gesicht verzog sich, und plötzlich lag sie schluchzend an seiner Schulter, die Arme fest um seine Taille geschlossen. Kincaid brummte beruhigend und strich ihr über den Hinterkopf, wo das unbehandelte Haar sich so weich und fein anfühlte wie Flaum. Er wünschte, er hätte ihr ihren Kummer abnehmen können.

Nach einer Weile ließ das Schluchzen nach. Sie trat von ihm weg und wischte sich mit der Hand über die Augen. Kincaid, der nicht das blütenweiße Taschentuch besaß, das die Situation eigentlich erforderte, kramte ein zerknittertes Papiertaschentuch aus seiner Hosentasche. »Hier. Es ist relativ sauber.«

Angela wandte ihm den Rücken zu und schneuzte sich. Dann sagte sie leise und giftig: »*Sie* hat ihn dazu gezwungen.«

Kincaid hatte den Eindruck, ein Stichwort verpaßt zu haben. »Wer hat wen wozu gezwungen?«

»Tun Sie doch nicht so.« Angela schniefte. »Sie wissen schon.«

»Nein, ich weiß es wirklich nicht. Sag es mir.« Er horchte auf. Seine Stimme jedoch zeigte nur freundliches Interesse – ein falscher Ton, eine falsche Geste konnten Angela veranlassen, sich wieder zurückzuziehen.

Sie zögerte, zog den Reißverschluß an ihrer Jacke auf und zu. »An dem Abend, an dem Sebastian... er hat gesagt, er wäre nicht weg gewesen, aber er ist weggegangen. Ich hab's genau gehört.«

»Dein Vater?«

Sie nickte. »Und an dem Morgen, an dem Miss MacKenzie gestorben ist, bin ich aufgestanden, und er war nicht da. Er hat gesagt, er sei die ganze Zeit dagewesen.«

Kincaid hakte vorsichtig nach. »Angie, was glaubst du denn, daß dein Vater getan hat?«

»Ich weiß es nicht.« Ihre Stimme hob sich klagend. »Aber wenn er was getan hat, dann hat sie ihn dazu gebracht.«

»Cassie?« fragte Kincaid, der Antwort sicher.

Angela nickte.

»Warum glaubst du das?«

»Die treffen sich doch dauernd, und dann flüstern sie miteinander. Sie denken, ich merke es nicht.« Kincaid hörte die Genugtuung hinter dem Tadel. »Und immer wenn ich reinkomme, hören sie auf zu reden und rücken auseinander. Mit so einem Blick. Sie wissen schon.«

»Aber etwas Bestimmtes hast du nicht gehört?«

Angela schüttelte den Kopf und trat ein paar Schritte zurück. Vielleicht gewann ihr Instinkt, ihren Vater zu schützen, nun doch die Oberhand über ihren Wunsch, ihn anzuschwärzen.

»Es könnte doch etwas ganz Harmloses sein, meinst du nicht? Vielleicht siehst du das alles ein bißchen übersteigert.« Kincaid sprach in leichtem Ton, ein klein wenig spöttisch, um sie zu reizen.

»Ich hab' gehört, wie er zu ihr gesagt hat, daß er es meiner Mutter schon zeigen würde«, gab Angela heftig, über seinen Spott verärgert, zurück. »Daß es ihr noch leid tun würde und allen anderen auch, die ihm Knüppel zwischen die Beine schmeißen wollten. Was ist, wenn...« Angela brach mit erschrockenem Blick ab. Sie war weiter gegangen, als sie vorgehabt hatte. »Ich muß gehen.«

»Angie!«

»Bis später.« Sie schlüpfte durch die Tür hinaus, und eine Sekunde später hörte er ihren leichten Schritt auf der Haupttreppe.

Er starrte auf die Tür, die leise seufzend hinter ihr zufiel. Der gute Graham hatte vielleicht heimliche Nötigung betrieben. Andererseits, was war, wenn... Wenn man über diesen Burschen doch etwas Handfestes in Erfahrung bringen könnte, nicht nur Gerüchte und Beschuldigungen aus zweiter Hand. Graham Frazer war so glitschig wie ein Eiswürfel. Und ebenso kalt.

Am Kopf der Treppe lief ihm Maureen Hunsinger in die Arme. Ihr rundes Gesicht glänzte wie ein polierter Apfel, ihr kauses Haar war feucht, als käme sie direkt aus dem Bad.

»Ich wollte gerade zu Ihnen«, sagte sie strahlend. Dann wurde ihr Gesicht ernst. »Ich wollte mich von Ihnen verabschieden.«

»Sie reisen ab?« fragte Kincaid.

Maureen nickte. »Chief Inspector Nash hat uns die Erlaubnis gegeben.« Es klang beinahe wie eine Entschuldigung. »Das war für die Kinder alles zuviel. Wozu es noch hinausziehen? Außerdem...«, sie wandte sich ab, und Kincaid glaubte, Verlegenheit zu entdecken, »nach dem, was Hannah gestern passiert ist, kann man ja... ich meine, es könnte doch jeden erwischen, nicht wahr? Wir haben Angst, die Kinder aus den Augen zu lassen. Es ist einfach zu beunruhigend.« Maureen seufzte und strich sich eine Haarsträhne aus dem Gesicht. Kincaid merkte, daß es ihm leid tat, ihre robuste Lebensfreude so gedämpft zu erleben.

»Sie haben sicher recht«, tröstete er sie. »Ich würde genauso handeln.«

»Ja? Wir wollen unsere Woche hier vielleicht verkaufen oder gegen einen anderen Ort eintauschen. Ich glaube nicht, daß ich mich hier je wieder richtig wohl fühlen kann. Haben Sie...«

»Nein. Nichts Eindeutiges.« Kincaid beantwortete die Frage, die sie nicht formuliert hatte, und stellte die, welche ihm zu schaffen machte. »Haben Sie Hannah heute morgen schon gesehen, Maureen?«

»Ja, aber ich habe nicht mit ihr gesprochen.«

»W...«

»Wir haben gerade die erste Ladung zum Auto runtergetragen. Es war bestimmt vor mindestens einer Stunde. Sie wissen vielleicht, wie das ist, wenn man mit Kindern reist – man fragt sich, wie man das viele Zeug überhaupt ins Auto gebracht hat...«

»Maureen.« Kincaid versuchte, sie wieder zum Thema zurückzubringen.

»Na ja, also ich kam gerade aus dem Haus, als sie wegfuhr. Sie hat mir zugewinkt. Und ich habe zurückgewinkt, nur hatte ich die Arme leider voller Lego.« Sie lächelte. »Emma hat mir dann geholfen, sie wieder einzusammeln.«

»Emma?«

»Sie kam gerade herein, als ich hinausging. Vielleicht hat sie mit Hannah gesprochen.«

»Danke, Maureen. Ich werde sehen, ob ich sie finden kann.« Kincaid lächelte ihr liebevoll zu. »Viel Glück.«

Er hatte schon einen Schritt zur Treppe gemacht, als Maureen ihn an der Schulter faßte und zurückhielt. »Passen Sie auf sich auf«, sagte sie leise. Dann hob sie sich auf die Zehenspitzen und küßte ihn mit warmem Druck ihrer Lippen auf die Wange.

Er fühlte sich auf merkwürdige Weise getröstet.

Emma fand ihn, bevor er sie fand. Jeder, dachte Kincaid, schien ihn an diesem Morgen zu suchen, nur die nicht, die er am dringendsten finden wollte.

Sie trafen sich im Vorsaal. Emma nickte ihm mit kurzer, scharfer Kopfbewegung zu, als sei er auf ihren Befehl erschienen. Das Nicken jedoch schien nur ein letztes Relikt ihrer barschen Unverwüstlichkeit zu sein. Sie sah erschöpft aus und irgendwie so – Kincaid suchte nach dem rechten Wort –, als sei sie aus dem Leim gegangen. Ihr Rücken war krumm, wie er ihn nie gesehen hatte, und selbst das eisengraue Haar hing schlaff und strähnig herab.

»Gehen wir hinaus, ja?« Ihre Stimme hatte, wie er erleichtert feststellte, nichts von ihrer Kraft eingebüßt.

Emma führte ihn auf die Veranda hinaus und hob ihr Gesicht einen Moment der Sonne entgegen. »Yorkshire hat beschlossen, uns noch einen schönen Herbsttag zu gönnen, ehe wir abreisen. Für morgen ist Regen angesagt.

»Er hatte wohl Glück«, meinte Kincaid, »daß er eine Woche in den Schulferien bekommen hatte?«

»Glück?« Cassie schien verwundert. »Er hätte so ziemlich jeden Zeitraum haben können, den er wollte – außerdem hätte er jederzeit tauschen können. Es gibt immer Leute, die bereit sind umzusteigen. Warum«, sie sah ihn mit inständig flehendem Blick an, »mußte er sich ausgerechnet diese Woche aussuchen?« Es schien sich um eine rein rhetorische Frage zu handeln.

Sie gefiel ihm besser so, ohne diesen amerikanischen Schliff vollendeter Gepflegtheit, ledig ihrer leicht spöttisch-überheblichen Art. Er vermutete, daß sie auch im Bett diese harte Seite ablegte und gerade der Kontrast sie für Patrick Rennie und Graham Frazer so anziehend gemacht hatte.

»Was ist denn nun passiert heute?« fragte er, seine Spekulationen beiseite schiebend.

Cassie schluckte und schob sich eine Strähne ihres zerzausten Haars hinters Ohr. »Graham war wütend. Ich habe ihn noch nie so erlebt. Er fühlte sich von mir zum Narren gehalten. Er sagte, ich hätte ihn nur benutzt.« Sie sah Kincaid an. »Ich war heute nicht gerade die willfährige Geliebte. Aber das konnte Patrick natürlich nicht wissen.«

»Nein. Und dann – nachdem Patrick gegangen war?«

Cassie berührte mit einem Finger ihre Wange. »Ich kann von Glück sagen, daß ich so glimpflich davongekommen bin. Ich glaube, jetzt ist es endlich aus.«

»Um welche Zeit heute nachmittag hat sich das alles abgespielt?«

»Woher zum Teufel soll ich das wissen?« brauste Cassie auf. »Rund um mich herum bricht alles zusammen, und Sie erwarten, daß ich auf die Zeit achte?«

Wußten Sie«, sagte sie, sich ihm zuwendend, »daß morgen Sebastians Beerdigung ist? Und ich lasse Penny jetzt nach Hause überführen. Man hat die Leiche freigegeben.« Ihre Schultern fielen schlaff herab. »Ich fahre morgen nach dem Trauergottesdienst nach Hause. Ich muß Pennys Beerdigung vorbereiten.«

Mehr als der Schmerz um die Schwester schien auf Emma zu lasten – der Wunsch, für Penny das zu tun, was sie für notwendig und angemessen hielt, das Bedürfnis, ihr ein letztes Lebewohl zu sagen.

»Ich wußte gar nichts von Sebastians Beerdigung. Ich komme auch.« Und er würde dafür sorgen, daß Angela Frazer ihn begleitete. »Emma, Maureen sagte mir, daß Sie vielleicht heute morgen mit Hannah gesprochen haben, ehe sie weggefahren ist.«

»Ja, das stimmt.«

»Was hat sie gesagt? Ich meine«, erklärte er ungeduldig, »hat sie gesagt, wohin sie wollte? Und warum?«

»Ich würde doch meinen, das Warum liegt auf der Hand«, versetzte Emma mit einer gewissen Schärfe. »Wenn mich jemand die Treppe hinuntergestoßen hätte, würde ich in noch weitere Fernen verschwinden.«

»In noch weitere Fernen als wohin?«

»Sie hat gesagt, sie wolle sich die Wasserfälle ansehen, solange das Wetter noch hält. Sie sei schließlich im Urlaub, und zum Teufel mit Ihnen allen. So ungefähr hat sie's ausgedrückt.«

»Was für Wasserfälle?« fragte Kincaid.

»Aysgarth, vermute ich. Oben in Wensleydale. Das sind hier in der Gegend die einzigen größeren Wasserfälle.« Emma strecke den Arm nach dem Türgriff aus, drehte sich dann aber noch einmal herum. »Sie war heute morgen ganz gut auf den Beinen, wenn man bedenkt, was für einen Sturz sie hinter sich hat. Sie hat keinen Tag älter als siebzig ausgesehen.« Mit einem Schatten ihres grimmigen Lächelns nickte sie ihm zu und ging ins Haus.

Kincaid war auf dem Weg zu seinem Wagen, um sich eine Karte zu holen, als Janet Lyle mit gesenktem Kopf, die Hände tief in den Taschen ihres Anoraks, um das Haus herumkam. Sie machte ein finsteres Gesicht, das erstemal überhaupt, daß Kincaid bei ihr einen Ausdruck schlechter Laune sah. Ihre Miene hellte sich auf, als sie ihn gewahrte, und sie ging schneller, wechselte ihren Kurs, um ihn abzufangen. »Ach, Sie fahren wohl nicht zufällig nach Thirsk?«

»Nein, ich hatte es eigentlich nicht vor. Brauchen Sie eine Fahrgelegenheit?«

»Ja, verflixt, Eddie ist heute morgen einfach mit dem Wagen abgebraust.« Verärgerung verlieh ihren Gesten Lebhaftigkeit, und zum erstenmal konnte Kincaid sie sich als energische, durchsetzungsfähige Krankenschwester vorstellen. »Er sagte, er müßte ein Fax ins Büro schicken. Aber ich habe neulich ein paar Stiefel für Chloe bestellt – hier im Dorf ist ein hervorragender Schuhmacher. Sie sollten heute morgen fertig sein, und am Freitag schließt der Laden den halben Tag. Das ist wirklich sehr dumm jetzt.«

Sie sah tatsächlich verstimmt aus, aber sie wirkte, da sie ihre mäuschenhafte Art abgelegt hatte, auch ausgesprochen lebendig.

»Ihr Mann sagte, Sie fühlen sich nicht wohl.«

»Ach das!« Janet tat es mit einem Achselzucken ab. »Das ist typisch seine Art. Als seine Mutter starb, stand für ihn fest, daß ich langsam dahinsieche und dringend einen richtigen Urlaub brauchte. Man nennt das Übertragung, wenn ich nicht irre.« Sie lächelte, und ihre ebenmäßigen weißen Zähne blitzten. »Wenn ich den Urlaub gewollt hätte, dann wäre ich nach Mallorca geflogen.«

Gemma steuerte ihren Wagen langsam durch das Tor von Followdale House und hielt mit laufendem Motor an, um sich erst einmal umzusehen. Das erste, was sie erblickte, war Kincaids Midget, der auf dem gekiesten Vorplatz stand. Da wußte sie, daß sie an der richtigen Adresse war.

Als nächstes sah sie Kincaid selbst, der neben seinem Wagen stand, auf der Kühlerhaube eine Karte ausgebreitet. Cordhose und seegrüner Pullover, Tweedjackett mit Ellbogenflicken, das hellbraune Haar vom leichten Wind malerisch zerzaust – ein gutaussehender Mann, dachte Gemma. Sie hielt neben ihm an, stieg aus und schlang sich ihre Umhängetasche über die Schulter.

»Olala, der lässige Landedelmann heute, wie? Planen Sie Ihre nächste Jagd, oder stehen Sie nur für *Country Life* Modell?«

Er fuhr herum. »Gemma!« Die aufblitzende Freude auf seinem Gesicht erlosch so rasch, daß sie glaubte, ihr Auge habe sie getrogen. »Wo zum Teufel sind Sie gewesen?«

»Ja, ich freue mich auch, Sie zu sehen, vielen Dank. Ich hab' mir fast das Genick gebrochen, um möglichst schnell hier zu sein, und das ist das einzige, was Sie mir zu sagen haben?« entgegnete Gemma gutmütig, aber ein wenig schockiert war sie doch. Es war nicht Kincaids Art, so auf andere loszugehen.

»Entschuldigen Sie, Gemma.« Das vertraute Lächeln kehrte wieder, wenn auch nicht ganz so strahlend wie sonst. »So, und jetzt sagen Sie mir, wo Sie gewesen sind.«

Sie lehnte sich an ihren Escort – zu spät fiel ihr ein, daß er dringend eine Wäsche brauchte – und kramte in ihrem Beutel nach ihrem Heft. Die Seiten flatterten raschelnd, als sie sie durchblätterte. Sie wußten beide, daß sie das Heft gar nicht brauchte, aber es war ein Requisit, das ihnen einen glatten Übergang vom Privaten zum Dienstlichen erlaubte.

»Es ist mir schließlich doch noch gelungen, mit Miles Sterrett zu sprechen. Dieser Drachen von einer Sekretärin in der Klinik bewacht ihn ja wie ihren Augapfel. Daraufhin habe ich aber mein Glück bei der Haushälterin versucht, und siehe da, es ging wie geschmiert. ›Ein kurzer Besuch nach dem Abendessen‹, sagte sie. ›Wir wollen ihn nicht ermüden.‹« Gemma machte eine kleine Pause und klappte über ihrem eingelegten Finger das Heft zu. »Ich habe übrigens gestern abend Ewigkeiten versucht, Sie zu erreichen. Aber Sie haben sich nicht gemeldet.«

»Okay, *mea culpa.* Und weiter?«

»Er hat einen leichten Schlaganfall gehabt, aber er ist immer noch mehr auf Draht als manche Leute, die angeblich im Vollbesitz ihrer geistigen Kräfte sind.« Gemma machte eine kleine Pause, um sich zu sammeln. »Jünger als ich erwartet hatte – vielleicht sechzig –, und immer noch durchaus attraktiv, wenn auch vielleicht ein bißchen hager.« Ein Zug in Kincaids Miene veranlaßte sie, eilig weiterzusprechen. »Er hatte von den Geschehnissen hier keine Ahnung und war ziemlich besorgt um Hannah Alcock. Ich hatte den Eindruck, er fand diesen *timeshare*-Urlaub ziemlich untypisch für sie, und das bereitete ihm Unbehagen. Sie schmeißt anscheinend die ganze Klinik praktisch allein, und er hat für den Rest des Personals sehr wenig übrig. Ohne Hannah, sagte er, würden sich die Verwandten und das Finanzamt um das Vermögen streiten müssen, oder er würde es vielleicht einfach dem National Trust vererben.« Gemma lächelte. »Seinen Humor hat er sich trotz allem bewahrt.«

»Tja, ich hab' meinen leider verloren«, versetzte Kincaid. »Hannah ist tatsächlich etwas passiert – gestern hat jemand sie die Treppe hinuntergestoßen.«

»Ist sie...«

»Nein, es ist ihr nichts passiert. Aber jetzt ist sie plötzlich verschwunden.«

Gemma sah auf die Karte, die immer noch ausgebreitet auf der Kühlerhaube lag. Kein Wunder, daß er so unkommunikativ gewesen war. »Sie wollen sie suchen«, sagte sie. »Wissen Sie schon wo?«

»Hm?« Sein Blick schien auf eine große Blumenschale konzentriert. »Nur eine Möglichkeit«, antwortete er vage. »Die Aysgarth-Wasserfälle.«

»Ich fahre mit Ihnen. Keine Widerrede«, fügte sie hinzu, obwohl er durch nichts zu erkennen gegeben hatte, daß er sie überhaupt gehört hatte. »Ich hole nur rasch meine Sachen aus dem Auto. Sie können mich unterwegs aufs laufende bringen.«

Gemmas Fallakte war unter den Beifahrersitz gerutscht, und während sie noch quer über dem Fahrersitz lag und nach dem Hefter angelte, hörte sie Kincaid sagen: »O mein Gott!«

Der völlig ausdruckslose Ton seiner Stimme veranlaßte sie, sich so heftig aufzurichten, daß sie sich den Kopf am Wagendach anschlug und es nicht einmal spürte.

Sein sonst so lebhaftes Gesicht war starr und reglos wie Marmor.

»Was ist?« fragte Gemma erschrocken.

Er sah sie an. »Hannah.« Seine Stimme gewann an Kraft. »Sebastian hatte überhaupt nichts damit zu tun. Er war nur im Weg. Genau wie Penny.«

»Wie...«

»Der Grund ist nicht etwas, das Hannah über den Mord an Sebastian weiß.« Kincaid umfaßte mit beiden Händen Gemmas Schultern. »Hannah war von Anfang an das Zielobjekt.«

19

Als Hannah fröstelnd in der Kälte stand, die von den gewaltigen Steinplatten unter ihren Füßen heraufzog, ging ihr auf, daß sie sich etwas vorgemacht hatte. Die fieberhafte Energie, die sie beim Erwachen beschwingt hatte, war verpufft, und jetzt fühlte sie sich so hohl und leicht wie eine leere Hülle. Was heute morgen vernünftig schien, hielt jetzt einer logischen Prüfung nicht mehr stand.

Nichts als der Mut der Verzweiflung hatte sie heute morgen aus dem Haus getrieben. Sie würde sich nichts von der Furcht diktieren lassen; sie würde sich nicht verhätscheln und entmündigen lassen wie ein schwaches altes Weib.

Das hatte durchaus überzeugend geklungen. Aber Tatsache war, daß sie geflohen war, als säßen ihr die Furien im Nacken; geflohen vor dem Haus und seiner gesichtslosen Bosheit.

Sie schob die Gedanken weg und blickte flußabwärts zum sanften Tal der Ure hinunter, das zu ihren Füßen ausgebreitet lag. Eine Wolke schob sich vor die Sonne, und Hannah zog ihre Jacke fester um sich. Sie hätte das einzige Wesen auf der Welt sein können, so tief war hier die Einsamkeit; nirgends ein Zeichen menschlichen Lebens – nicht einmal Schafe oder Trockenmauern, nur die baumbestandenen Hänge und ein blauer Horizont und auf der anderen Seite drüben ein glänzender Teppich rostroten Laubs.

Das sanfte Geräusch des Wassers, das glucksend und murmelnd in seinem steinigen Bett dahinplätscherte, hätte beruhigend wirken können, aber es vertiefte nur ihr Gefühl der Isolation. Oben bei den Mittelfällen sprangen Eltern mit ihren Kindern über halb im Wasser versunkene Steine, aber sie konnte nur die Bewegungen ihrer Münder erkennen, als lachten und schrien sie in einem Stummfilm.

Seufzend drückte sie ihr verletztes Handgelenk an die Brust. Hier gab es keinen Trost für sie. Besser, sie fuhr zurück und stellte sich. Duncan wäre zornig, und Patrick – wenn Patrick sie als eine Last sah, jemand, um den man sich kümmern und sorgen mußte, dann war alles verloren.

Hannah wandte sich dem Hang hinter ihr zu, und bei dem Gedanken an den steilen Anstieg hinauf zum Fußweg geriet ihre sowieso nur halbherzige Entschlossenheit wieder ins Wanken. Ein Mann erschien am Beginn des Wegs und rutschte und schlidderte mit schwingendem Spazierstock und lichtblitzenden Brillengläsern den Hang hinunter zu ihr. Er hatte ein Tweedjackett an und einen Tirolerhut auf dem Kopf. Verblüfft erkannte sie Eddie Lyle.

Wie sonderbar, dachte sie. Sie hätte ihm eine Vorliebe für Wanderungen nicht zugetraut. Und wie lästig – er war ein lästiger kleiner Mann, und im Augenblick hatte sie überhaupt nicht die Nerven, sich auf ihn einzustellen. Aber fliehen konnte sie auch nicht – er hatte sie gesehen und wurde sogar noch schneller, während er ihr erfreut zuwinkte.

»Wie nett, ein bekanntes Gesicht zu sehen«, sagte er, als er mit ihr auf gleicher Höhe war. »Ich dachte mir doch, daß ich auf dem Parkplatz Ihren Wagen gesehen hatte.«

Hannah fiel keine höfliche Erwiderung ein, sie beschränkte sich deshalb auf ein etwas dünnes Lächeln.

Er streckte tief Luft holend seine schmale Brust heraus und stieß geräuschvoll den Atem wieder aus. »Wunderschön hier, nicht wahr? Haben Sie die oberen Fälle auch schon gesehen? Ich muß sagen, ich finde diese hier am schönsten, ganz gleich, was die Leute sagen.«

Die letzte Bemerkung machte er in diesem Ton selbstgerechter Überlegenheit, den sie so unausstehlich fand, aber sie sagte nur »Ah ja«, da sie das Gespräch nicht durch eine Widerrede verlängern wollte. Sie fragte sich, wie Janet Lyle diesen Mann ertrug. Sie machte doch einen ganz angenehmen Eindruck. Vielleicht, dachte Hannah mit einem heimlichen Lächeln, haut sie einfach ab, so oft es möglich ist.

Lyle dozierte unverdrossen weiter, zeigte mit seinem Spazierstock bald hierhin, bald dorthin, während er die geographischen Eigenheiten des Tals beschrieb. Hannah beschränkte sich auf einsilbige Antworten und musterte ihn neugierig. Sein Verhalten wirkte merkwürdig aufgeregt. Ständig drehte er den Kopf und blickte suchend die Hänge hinter ihnen hinauf und hinunter, während er sprach. Es war beinahe so, als hielte er nach jemand Ausschau.

Hannah wandte ihren Blick flußaufwärts und sah, daß die munter springende Familie jetzt auf die Holzstufen zuhielt, die von den Mittelfällen zum Fußweg hinaufführten. Das letzte Kind verschwand mit niedergeschlagen gesenktem Kopf hinter dichtbelaubten Bäumen.

»Schauen Sie. Gleich hier, in diesen Steinen.« Lyle beugte sich vor und richtet seinen Stock wie einen Zeigestab auf den Rand des Flusses. »Versteinerter Farn, wenn ich mich nicht sehr täusche.«

Ziemlich unwillig ging Hannah zu ihm hinüber und sah hinunter. Die Farnform in dem weißen glatten Stein hätte eine Fotografie sein können. Sie war in ihren Konturen so kräftig und so zart wie uralte Gebeine.

»Rufen Sie Peter Raskin an. Sagen Sie ihm...«

»Lassen Sie mich doch mitkommen«, unterbrach Gemma. »Ich rufe vom Auto aus an.«

Als Kincaid noch zögerte, kam Patrick Rennie aus dem Haus und näherte sich ihnen mit besorgter Miene. »Hallo!« rief er. »Haben Sie Hannah gesehen?«

Kincaid sah Gemma an. »Wir dürfen keine Zeit verlieren. Treiben Sie Raskin auf, und nehmen Sie dann Rennie mit. Er wird sowieso darauf bestehen, und ich werde ihn vielleicht brauchen, wenn Peter es nicht rechtzeitig schafft.«

Er nahm die Karte von der Kühlerhaube, setzte sich in seinen Wagen und ließ den Motor an.

»Aber was soll ich denn sagen?« Gemma legte die Hand auf den Rahmen des offenen Fensters.

»Sagen Sie, was Sie wollen. Hauptsache, Sie kommen.« Kincaid legte den Gang ein und fuhr los, überließ es Gemma, sich mit dem verblüfften Rennie auseinanderzusetzen. Als Kincaid zurückblickte, nahm Gemma gerade Rennie bei der Hand und sagte: »Er will Hannah suchen. Kommen Sie...« Ihre Stimme verlor sich, als er auf die

Straße hinausfuhr. Auf Gemma war Verlaß. Sie würde schon alles in den Griff bekommen.

Nach der Art und Weise, wie Kincaid in die Kurven hineindonnerte, hätte man meinen können, er habe es auf den Großen Preis von Monte Carlo abgesehen. Die Karte lag ausgebreitet neben ihm auf dem Beifahrersitz, mit Tinte eilig eine gewundene Route eingezeichnet, damit er nicht lange suchen mußte. Bei Thirsk bog er von der Hauptstraße ab und konnte nur hoffen, daß ihn die direkteren, aber kleineren Straßen nicht aufhalten würden. Als er einen zufälligen Blick auf seine Hände warf, sah er, daß sie völlig verkrampft das Steuer umklammerten, und lokkerte sie ganz bewußt. Er fuhr mit äußerster Konzentration, sah immer wieder auf die Karte, achtete auf jeden Wegweiser, und die ganze Zeit rasten seine Gedanken.

Er hätte es sehen müssen. All die kleinen Details hatten sich kaleidoskopartig zu einem Bild zusammengefügt. Konnten Kleinigkeiten – Widersprüche, Zufälle, Ungereimtheiten – sich zu einer so tödlichen Summe addieren? Eddie Lyle hatte seiner Frau offenbar erzählt, es sei ihm nicht gelungen, eine Woche in der Ferienzeit zu kaufen oder einzutauschen. Doch Cassie war, als Kincaid eine solche Schwierigkeit im Zusammenhang mit den Frazers ausgesprochen hatte, höchst erstaunt gewesen. Lyle hatte mehr als einmal angedeutet, daß seine Frau diesen Urlaub gewünscht hatte, während sowohl Janet als auch ihre Nachbarin es so dargestellt hatten, als sei dieser Urlaub einzig seine Idee gewesen. Gemma hatte gemeint, Lyle habe sich finanziell übernommen... lebe über seine Verhältnisse... Kincaid erinnerte sich an das Gespräch, das er an jenem Tag im *Blue Plate* mitgehört hatte – als Janet ihre Sorge über Eddies Pläne geäußert hatte, ihre Tochter auf eine teure Universität zu schicken, die sie sich ihrer Meinung nach nicht leisten konnten... Eddies Tante war jung gestorben, an einer seltenen Krankheit, genau wie Miles Sterretts Frau... Miles' verachteter Neffe, und Hannah, die den Weg zu Miles' Vermögen blockierte.

Kincaid schüttelte den Kopf. Vielleicht waren das alles nur Hirngespinste, die seiner Angst um Hannah entsprangen. Aber dann fiel ihm ein, daß Eddie Lyle kurz nach Hannahs Abfahrt ›abgebraust‹ war, und unwillkürlich umfaßte er das Lenkrad wieder fester.

Das Licht fiel in schrägen Strahlen auf die Höhen des Hochmoors, als Kincaid Wensleydale erreichte. Auf den geraden Strecken jagte er die Geschwindigkeit hoch, bis das Weideland zu beiden Seiten nur noch ein grünes Flimmern war. Von dem alten Städtchen Middleham nahm er nur bunte Fahnen auf mittelalterlichen Wehrmauern wahr und die dampfenden Hinterteile von Rennpferden, die um eine Ecke verschwanden. Wensley und das verschlafene West Witton, wo alte Männer und Mütter mit Kinderwägen stehenblieben und ihm nachstarrten, zwangen ihn, langsamer zu fahren – dann ein letztes Stück freier Straße nach Aysgarth.

Gerade als er aufatmen wollte, drängte vor ihm eine Herde Schafe auf die Straße. Fluchend hielt er an. Die Schafe ließen sich nicht hetzen. Blökend trotteten sie über die Straße, eine wogende Masse wolliger, weißer Leiber, die mit großen Klecksen roter und blauer Farbe gebrandmarkt waren. Kincaid drückte auf die Hupe und schob die Säumigen mit seiner Stoßstange an. Der Schäfer drohte ihm mit seinem Stock, und das letzte Schaf machte endlich die Straße frei.

Nach einer letzten scharfen Kurve führte die Straße steil

zur Brücke über die Ure hinunter, und dort befand sich linker Hand der Parkplatz für die Aysgarth-Fälle. Kincaid ließ den Midget auf dem ersten freien Plätzchen stehen und stieg aus. Hannahs grüner Citroën stand in einer Ecke für sich, einsam und leer.

Vor ihm befand sich der Fußweg zu den Oberen Fällen; hinter ihm, über die Straße und talabwärts, führte der Weg zu den Mittleren und den Unteren Fällen.

Er zögerte einen Moment, dann rannte er den oberen Fußweg hinauf, stieß im raschen Lauf Wanderer mit Rucksäcken genauso an wie Touristen auf der Jagd nach Sehenswürdigkeiten. Nach einer Weile verdunkelten die überhängenden Zweige alter Bäume den Weg, der Boden war feucht und moosbewachsen, rundherum war das Geräusch plätschernden Wassers zu hören. Dunkle Ahnungen überfielen ihn, aber als er wieder ins Freie gelangte, sah er auf den großen Steinen nur Familien beim Picknick und schwerbepackte Wanderer, die Rast machten. Von Hannah war nichts zu sehen.

Der Pfad über die Straße war so ruhig wie ein Feldweg auf dem Land. Auf der einen Seite dehnte sich offene Wiese, auf der anderen befand sich die dicht bewachsene Uferböschung. Eine Familie kam im Gänsemarsch eine Holztreppe herauf. Die Kinder waren naß und quengelig, die Eltern wirkten gestreßt.

»Aber ich möchte jetzt ein Eis, Mami. Du hast's versprochen.« Die Stimme des kleinen Jungen schwoll bedrohlich an.

»Schluß jetzt, Trevor. Ich hab' dir gesagt...«

Kincaid prallte beinahe mit ihnen zusammen. Nach Luft schnappend sagte er: »Ist da unten noch jemand?«

»Von uns nicht.« Der Mann streckte richtungsweisend

den Arm aus. »Ein Stück weiter flußabwärts sind noch ein paar Leute.«

»Zwei Personen?«

Der Mann überlegte. »Ich glaube, ja. Aber beschwören kann ich es nicht.«

Kincaid rannte weiter, hatte sie schon vergessen, während sie ihm noch erstaunt nachblickten.

Beinahe hätte er den Wegweiser und die schmale Öffnung im grünen Gewirr der Böschung übersehen. »Untere Fälle. Nur Ausgang.« Ohne auf die diskrete Warnung des Schilds zu achten, jagte er den Weg hinunter.

Er rutschte auf Sand und Geröll in halsbrecherischem Tempo abwärts. In einer Wolke aufspritzender Steine und mit einem letzten Griff nach einem Busch schlitterte er aus den Bäumen heraus auf die ebene Fläche der Böschung.

Zehn Meter von ihm entfernt stand Hannah Alcock über den Flußrand geneigt. Hinter ihr stand vorgebeugt Eddie Lyle, und Kincaid sah einen weißen Stein in seiner Hand aufblitzen.

Er schrie, hinterher wußte er nicht mehr, was. In seiner Erinnerung war es ein wortloser, endlos widerhallender Schrei zu der Zeitlupenszene, die sich vor ihm abspielte.

Hannah richtete sich auf und drehte sich um. Ihr Gesicht verzog sich zu einem Lächeln, als sie ihn erkannte. Lyle erstarrte. Und einen Augenblick später schlang er Hannah blitzschnell seinen Arm um den Hals und griff mit der anderen Hand in seine Jackentasche. Kincaid sah stumpfen Glanz, als Lyle seine Hand aus der Tasche zog und sie an Hannahs Schläfe hob.

Eine Pistole. Der Schweinehund hatte eine Schußwaffe. Hannahs kurze Gegenwehr erstarb, als Lyle ihr die Pistole an den Kopf drückte.

Kincaid hob seine Hände und ging vorsichtig ein paar Schritte weiter.

»Kommen Sie nicht näher!« schrie Lyle schrill. Gleichzeitig umfaßte er Hannahs Hals fester, und Kincaid sah, wie ihre Augen sich verdrehten.

»Können Sie mich hören, Eddie?« Kincaid schrie nicht. Er hatte Angst, das könnte die Situation nur noch explosiver machen. »Hören Sie mir zu, Eddie. Es hat keinen Sinn. Lassen Sie sie los!«

»Keinen Sinn? Wieso?« Lyle lachte. »Und warum sollte ich Sie nicht einfach beide umlegen? Kein Mensch würde was erfahren.« Seine wichtigtuerische Pingeligkeit war einer Art fiebriger Erregung gewichen. Er genießt es, dachte Nash. Die Morde an Sebastian Wade und Penny MacKenzie mochten Notmaßnahmen gewesen sein, aber inzwischen genoß Lyle das Töten. Diese Erkenntnis entsetzte ihn.

Hannah mußte einen Laut von sich gegeben haben, denn Lyle drückte ihren Kopf noch weiter nach hinten. »Ich kann tun, was mir gefällt, Superintendent.« Die Worte troffen vor Verachtung.

»Wenn Sie uns töten, wird das nichts ändern, Eddie. Sie haben Spuren hinterlassen. Im Labor hat man auf dem Taschentuch, das Sie versteckt haben, latente Fingerabdrücke gefunden. Und außerdem Penny MacKenzies Blut.«

Ein Schatten des Zweifels flog über Lyles Gesicht. Kincaid nutzte seinen Vorteil. »Sie müssen das schon sehr lange geplant haben, Eddie. Sie und Ihre Mutter waren Miles Sterretts einzige Verwandte. Wie nett von Ihrer Mutter, daß sie etwa um die gleiche Zeit das Zeitliche gesegnet hat, als Sie in Hannahs Wohnung einbrachen. Da haben Sie wohl den Kreis der Erben ein wenig verkleinert, was, Eddie?«

»Das sind doch nur alte Polizeitricks, Kincaid. Reden, reden, bis die Verstärkung kommt, wie? Haben Sie im Ernst geglaubt, darauf würde ich hereinfallen?« Hinter Lyles leichten, spöttischen Worten war die Feindseligkeit zu hören, die ihn trieb. »Sie haben die Schmeicheleien vergessen, Superintendent.«

Kincaid schluckte. Sein Mund war so trocken, daß er kaum einen Ton hervorbringen konnte. »Darauf wollte ich noch kommen.« An Verstärkung sollte Eddie Lyle jetzt auf keinen Fall denken – er sollte glauben, er hätte alle Zeit der Welt. Aber wo zum Teufel blieb Gemma?

Und mit welchen Argumenten konnte er diesen Mann hinhalten, der nichts zu verlieren hatte? Lyle würde Miles Sterretts Geld niemals zu sehen bekommen; auf ihn wartete eine lebenslängliche Zuchthausstrafe, egal, ob er Hannah und Kincaid auch noch tötete.

»Vielleicht wären Sie so nett, meine Neugier zu befriedigen, Eddie. Ich weiß, daß Penny Sie an dem Abend gesehen hat, an dem Sie Sebastian getötet haben. Hat sie sich dann mit Ihnen auf dem Tennisplatz verabredet?«

Kincaid sprach in einem Ton, als säßen sie im Pub bei einem Bier. Er überlegte, ob es ihm möglich wäre, Lyle zu erreichen, ehe dieser die Pistole abfeuern konnte, und gestand sich ein, daß es ausgeschlossen war. Er mußte sich auf seine Zunge verlassen.

»Nur ein beiläufiger Vorschlag von mir.« Wieder lächelte Lyle. »Der Ort war so gut wie jeder andere.«

»Und Sebastian? Was hatte Sebastian herausgefunden?«

»Dieser verdammte kleine Schnüffler.« Lyles Ton klang quengelig. »Er hat mich aus *ihrem* Zimmer kommen sehen.« Er schloß seinen Arm fester um Hannahs Hals, als wolle er keinen Zweifel daran lassen, von wem er sprach. »Ich hatte – verschiedenes überprüft. Ich konnte doch nicht riskieren, daß hinterher eine Verbindung hergestellt werden würde, oder?«

»Nein. Nein, das konnten Sie natürlich nicht«, antwortete Kincaid, als sei dies die natürlichste Frage der Welt. Er glaubte, oben auf dem Fußweg gedämpfte Schritte zu hören, und sprach hastig, um zu verhindern, daß auch Lyle aufmerksam wurde. »Hören Sie, Eddie...«

»Mir reicht's allmählich, Superintendent. Stellen Sie sich da drüben hin.« Lyle wies mit dem Kopf zum Flußufer. Das Sonnenlicht fing sich in den Gläsern seiner Brille, und einen Moment lang sah es aus, als hätte er zwei kreisrunde, opale Augen, die blitzten wie Metall.

Kincaid hörte hinter sich das Geräusch rutschender Füße und rollender Steine, dann Patricks Stimme, in Panik. »Han...« Die Stimme verstummte abrupt, zweifellos von Gemmas Hand erstickt. Die Geräusche ihres keuchenden Atems übertönten das Murmeln des Wassers und den hämmernden Schlag seines Herzens und drangen klar an sein Ohr.

Lyle drehte ruckartig den Kopf nach ihnen, und Kincaid sah, wie sein Körper sich spannte. »Zurück! Alle!« Er packte Hannah noch fester.

»Geben Sie auf, Eddie. Es ist noch mehr Verstärkung unterwegs. Machen Sie es nicht noch schlimmer für Sie.«

»Schlimmer?« Lyles Gelächter schwankte am Rand der Hysterie. »Weshalb soll ich mir nicht die Genugtuung gönnen, Sie alle mitzunehmen, hm? Und ganz besonders sie.« Er drehte die Pistole an Hannahs Schläfe. »Widerlich seid ihr alle miteinander.«

»Und was wird aus Ihrer Frau?« rief Kincaid in seiner Verzweiflung. »Was wird aus Ihrer Tochter? Was glauben Sie wohl, wie das für sie sein wird, wenn sie in sämtlichen Zeitungen das Bild ihres Vaters sieht? Und darauf können Sie sich verlassen, die Presse wird sich diese Sensation nicht entgehen lassen! Die wird das gründlich ausschlachten. Und Ihre Tochter Chloe wird diese Bürde ihr Leben lang mitschleppen.«

Zum erstenmal schien Lyle unsicher zu werden. Wie ein Blinder drehte er den Kopf. Plötzlich sank Hannah zu seinen Füßen zusammen.

Kincaid sprang auf die beiden zu. Das Sonnenlicht um ihn herum schien zu gerinnen, bis er hilflos in ihm eingefangen war.

Eddie Lyle riß den Arm in die Höhe. Seine goldgeränderte Brille fiel herab. Er setzte sich die Pistole an die Schläfe und drückte ab.

20

Die Krümmungen der Regenschirme, schwarz und grau, glänzten wie die nassen Rücken von Walen. Die Kirche von Thirsk hatte immer noch Schlagseite wie ein sinkendes Schiff, und der Regen fiel in feinen Fäden – der Gelegenheit angemessen, fand Kincaid.

Die Trauerfeier zu Ehren von Sebastian Wade war kurz gewesen, da der Pastor sich bei seiner Rede auf persönliche Bemerkungen aus Sebastians Schulzeit beschränken mußte. Die Schar der Trauergäste war so spärlich gewesen wie der Sermon des Pastors: Sebastians Mutter von zwei Verwandten gestützt, ein paar Fremde, die vielleicht alte Schulkameraden waren, und die kleine Gruppe aus dem *Followdale House*. Mit seinem intensiven und häufig boshaften Interesse an den Privatangelegenheiten anderer hatte sich Sebastian offensichtlich keine Freunde geschaffen.

Cassie hatte es abgelehnt, zur Beerdigung zu gehen. »Es tut mir leid, daß er sterben mußte«, hatte sie zu Kincaid gesagt, »aber ich habe ihn nicht gemocht. Ich will jetzt nicht wie eine Heuchlerin dastehen und so tun, als wäre es anders gewesen.« Fall erledigt.

Kincaid meinte, man müßte ihre Ehrlichkeit bewundern, wenn auch nicht ihre Menschlichkeit.

Emma MacKenzie kam allein und ging, sobald der Gottesdienst beendet war. Beim Abschied im Vestibül war sie noch brüsker als sonst, als hätten die Gedanken an Pennys bevorstehende Beerdigung bereits all ihre innere Kraft absorbiert.

Kincaid hielt ihre breite, kräftige Hand einen Moment in der seinen. »Es tut mir leid, daß Penny das geschehen mußte, Emma. Wenn ich nur...«

»Nehmen Sie nicht zuviel Schuld auf sich, junger Mann.« Emma sah ihn mit ihren klaren grauen Augen sehr direkt an. »Sie hätte Ihnen sagen sollen, was sie an dem Abend gesehen hatte. Sie hatte ausreichend Gelegenheit dazu.« Emma wandte den Blick ab und fuhr ein wenig geistesabwesend fort: »Meine Schwester war keine dumme Frau, auch wenn sie häufig verhuscht war. Manchmal frage ich mich, ob sie... aber lassen wir das. Vorbei ist vorbei.« Sie schüttelte kurz Kincaids Hand und spannte ihren Schirm auf, um dem Regen zu begegnen.

In stillschweigender Übereinstimmung traten die zurückgebliebenen vier gemeinsam ins Freie hinaus. Patrick

Rennie, der seine Frau im Hotel gelassen hatte, hielt besitzergreifend Hannahs Arm. Ihre vom Schock noch immer schmal und eingefallen wirkenden Gesichter waren einander sehr ähnlich. Patrick, dachte Kincaid, war dabei, sein gestriges Verhalten wiedergutzumachen.

Gestern war es Kincaid gewesen, der Hannah gehalten und ihr die Blutspritzer vom Gesicht gewischt hatte. »Es ist ja gut. Es wird alles gut. Ihnen ist nichts passiert.« Die Worte, die er ständig wiederholt hatte, fielen ihm jetzt wieder ein, obwohl er sich ihrer in jenem Moment gar nicht bewußt gewesen war.

Er erinnerte sich, wie Gemma neben ihm gekauert und Hannah die eisigen Hände gerieben hatte. Wie Sterne hatten ihre Sommersprossen ihr weißes Gesicht gesprenkelt.

Patrick hatte sich in die Büsche geschlagen, um sich zu übergeben.

Heute morgen hatte Gemma Schreibarbeit vorgeschützt und war im Followdale House zurückgeblieben, aber Kincaid hatte den Verdacht, daß das nur ihre Art war, ihm die Möglichkeit zu geben, abzuschließen und zur Ruhe zu kommen.

Aber Kincaid war nicht allein zu Sebastians Beerdigung gegangen. Seinem Vorsatz getreu hatte er Angela Frazer mitgenommen. Still und schweigsam saß sie neben ihm im Wagen, und selbst ihr Haar wirkte ohne die violetten Stachelsträhnen friedlich und gedämpft. Erst als er einen Parkplatz in der Nähe der Kirche gefunden hatte, sprach sie, den Blick starr auf die Wasserbäche gerichtet, die an der Windschutzscheibe herabliefen. »Es ist ungerecht.«

»Ja«, antwortete er und ging um den Wagen herum, um ihr herauszuhelfen.

Sie stand jetzt neben ihm, während Graham Frazers schwarzer Ford an den Bordstein heranfuhr. »Ich muß fahren.« Angela sah ihn mit ernstem Blick an. »Danke. Was ich gesagt habe, tut mir leid... Sie wissen schon.« Dann stellte sie sich auf Zehenspitzen, streifte mit ihren Lippen rasch die seinen und lief den Weg hinunter.

»Glauben Sie, sie wird sich fangen?« fragte Hannah, während sie ihr beide nachblickten.

Kincaid lächelte und strich sich mit einem Finger über die Lippen. »Ich sehe da gewisse Anzeichen für Kraft und Flexibilität. Ich würde sagen, es ist möglich. Wenn sie ihre Eltern noch ein, zwei Jahre aushalten kann. Wenn sie sie und ihre Streitereien hinter sich lassen und sich ihr eigenes Leben gestalten kann.« Kincaid wandte sich Hannah zu. »Aber mich würde interessieren, wie es Ihnen geht.«

Hannah schauderte. »Für mich ist alles immer noch unfaßbar. Sebastian und Penny hätten nicht zu sterben brauchen. Sie hatten keinerlei Verbindung zu mir.«

»Ja, genau das hat alles durcheinandergebracht. Wenn wir gleich von Anfang an jemanden gesucht hätten, dem es darum ging, Sie aus dem Weg zu haben, hätten wir ihn früher entdeckt. Er war nicht ganz so schlau, wie er selbst glaubte.«

»Aber doch immerhin so schlau«, warf Patrick ein, »daß sein Plan beinahe geglückt wäre.«

»Ich glaube, er hat das lange, lange geplant. Die Vorstellung, daß Hannah zwischen ihm und dem Geld seines Onkels stand, muß ihm zur fixen Idee geworden sein.«

»Aber Miles hatte doch nie die Absicht, mir etwas zu hinterlassen«, protestierte Hannah verwundert.

»Nicht direkt, nein. Aber für Eddie machte es keinen Unterschied, ob das Geld an Sie direkt gehen oder der Klinik zugute kommen würde.« Kincaid machte eine kurze Pause, um seine Gedanken zu ordnen. »Nach dem, was Janet gestern abend erzählte, hatte Eddie kaum persönlichen Kontakt mit seinem Onkel – Janet fiel nicht einmal auf Anhieb sein Name ein –, aber seine Mutter korrespondierte noch gelegentlich mit ihm. Eine Bemerkung, die sie irgendwann einmal machte, muß in Eddie die Vorstellung geweckt haben, daß Sie das Herz der Klinik sind und für ihre Weiterführung lebenswichtig.«

Hannah nickte. »Das ist wahrscheinlich richtig. Es ist eine sehr spezialisierte Arbeit – wahrscheinlich wäre es schwierig, jemand anderen zu finden, der über die Qualifikationen verfügt, das Projekt zu leiten. Trotzdem, Miles hätte doch sein Vermögen auch jemand anderem hinterlassen können...«

»Aber nicht, wenn er ohne Testament gestorben wäre. Vielleicht hatte Eddie auch schon einen Plan, wie er sich bei seinem Onkel einschmeicheln wollte. Er war ja ein sehr erfinderischer Mensch. Wie dem auch sei, ich glaube nicht, daß Miles Sterrett Sie lange überlebt hätte.«

Hannah sah ihn bestürzt an. »Sie meinen, Miles auch?«

Patrick legte ihr den Arm um die Schultern.

»Warum nicht?« Kincaid zuckte die Achseln. Er machte seinen Regenschirm zu und schüttelte ihn aus. Der Regen hatte aufgehört. »Der gute Eddie verstand sowohl mit Schlafmitteln als auch mit stumpfen Gegenständen umzugehen. Ich könnte mir vorstellen, daß er bei dem Autounfall seiner Mutter ein bißchen nachgeholfen hat...«

»Das hätten Sie aber niemals beweisen können«, bemerkte Patrick.

»Nein. Ebensowenig, daß er Janet an dem Abend, an dem er Sebastian tötete, ein Schlafmittel gegeben hatte.«

»Aber was ist mit Sebastian und Penny?«

»Beide Opfer der Umstände und ihrer eigenen Veranlagung. Eddie hat uns gesagt, daß Sebastian ihn an dem fraglichen Abend in Ihr Zimmer gehen sah, Hannah. Vermutlich wollte Eddie rausfinden, ob es nicht ein Mittel gäbe, Sie so umzubringen, daß es nach einem Unfall aussah. Ich vermute, Sebastian konnte der Versuchung nicht widerstehen, ihn mit dem, was er beobachtet hatte, ein bißchen zu hänseln, und Eddie konnte es nicht riskieren, daß nach vollbrachter Tat jemand eine Verbindung von ihm zu Ihnen herstellen würde.«

»Und Penny?«

Kincaid zögerte. Das Gefühl, an Pennys Tod Mitschuld zu tragen, war immer noch stark. »Das werden wir wohl nie mit Sicherheit wissen. Ich glaube, Penny sah Patrick und Eddie in Cassies Büro gehen.« Patrick nickte zustimmend. »Sie wollte fair sein und beiden die Gelegenheit geben, sich zu melden, ehe sie etwas sagte. Leider konfrontierte sie zuerst den falschen Mann mit ihrem Wissen. Eddie Lyle hielt sich nicht an die Spielregeln.«

»Ich verstehe immer noch nicht, woher er wußte, daß ich in dieser Woche hiersein würde…«

»Erinnern Sie sich an den Einbruch in Ihrer Wohnung? Sie sagten damals zu mir, Sie hätten sich vergewaltigt gefühlt.«

»So lange hatte er das schon geplant?« Hannah starrte mit leerem Blick zum Friedhof hinaus, während sie überlegte. »Ja. Das war kurz nachdem ich den *timeshare*-Vertrag unterschrieben hatte. Ich weiß, daß ich den Eindruck hatte, meine Papiere seien durchwühlt worden, aber es fehlte nichts.«

»Und Eddie hat sich nur ein paar Wochen später das

Geld geliehen, um sich in das *timeshare*-Projekt einzukaufen«, sagte Kincaid.

»Aber das waren doch alles nur Indizienbeweise«, sagte Patrick, bei dem der Anwalt durchkam.

»Aber die Fingerabdrücke auf dem Taschentuch. Sie sagten doch...«

Kincaid antwortete Hannah mit Behutsamkeit. »Die Befunde aus dem Labor sind immer noch nicht da, aber es ist höchst unwahrscheinlich, daß man etwas entdeckt hat. Das ist ein heikles Verfahren.«

Hannah wurde blaß. »Das war nur Bluff?«

Kincaid nickte. »Ich hatte keine andere Wahl.«

Patrick machte ruckartig Hannahs Regenschirm zu und gab Kincaid die Hand. »Mit Ihnen möchte ich nicht pokern.« Er lächelte mit seinem routinierten Charme. »Ich warte auf dich, Hannah«, sagte er und ging den Weg hinunter davon.

Hannah sah Kincaid lange schweigend an. »Ich weiß nicht, was ich sagen soll. Ich muß Ihnen danken. Wenn Sie nicht gewesen...«

»Es wäre mir lieber, Sie würden das lassen. Dankbarkeit ist keine gute Voraussetzung für eine Freundschaft. Glauben Sie, wir könnten uns vielleicht...« Kincaid verstummte, wußte selbst nicht recht, was er vorschlagen wollte. Gemeinsames Mittagessen, wenn sie einmal nach London kommen sollte? Ein höflicher Austausch von Glückwunschkarten zu Weihnachten? Hannah hatte lebenslange Erfahrung als ein Mensch, der alles mit sich allein ausmacht – irgendwie konnte er sich nicht vorstellen, daß sie sich nach der Intimität, die nur zwangsweise zwischen ihnen entstanden war, in seiner Gesellschaft wohl fühlen würde.

Hannah zögerte. Ihr fehlte die ruhige Sicherheit, die eigentlich typisch für sie war. »Ich weiß es nicht. Jetzt noch nicht, glaube ich. Es wird eine Zeitlang alles schwierig genug werden.«

»Ja.« Kincaids Blick flog zu Patrick, der am Ende des Fußwegs wartete.

Hannahs Blick folgte dem seinen. »In den Monaten, in denen ich Patrick gesucht habe, habe ich sehr viel darüber nachgedacht, was ich will und was ich brauche. Irgendwie habe ich es geschafft«, sagte sie mit feiner Ironie, »Patricks Wünsche und Bedürfnisse dabei ganz außer acht zu lassen. Es wird darum zu Beginn vielleicht schwierig werden, die rechte Balance zu finden. Ich kann nicht sagen, wie sich die Beziehung zwischen uns entwickeln wird.«

»Sie wird gut werden.« Er sah sie lächelnd an, beugte sich dann zu ihr und küßte sie auf die Wange.

»Auf Wiedersehen.« Hannah wandte sich von ihm ab und ging zu Patrick, und gemeinsam gingen sie davon.

Kincaid kehrte langsam zum Parkplatz zurück, wich automatisch den Pfützen auf der mit Kopfstein gepflasterten Straße aus. Er fühlte sich ausgelaugt und unbefriedigt, als hinge er nun, nachdem er alle losen Fäden verknüpft hatte, in der Luft.

Er bog um die Ecke und sah auf, als jemand ihn anstieß. Eine Frau in einem leuchtend gelben Lackmantel eilte vor ihm die Straße hinunter. Ihr lichtbraunes Haar ringelte sich feucht, und sie schwang ihre Handtasche im Takt mit ihrem Schritt.

Kincaid rannte, um sie einzuholen. Das Herz schlug ihm bis zum Hals. Er berührte ihre Schulter. »Anne?«

Die Frau drehte sich erstaunt um. Ihr Gesicht war ihm fremd.

Gemma streckte den Kopf zur Tür herein. »Fertig?«

»In diesem Moment.« Er fegte alles von seinem Schreibtisch in eine Schublade und stieß sie zu.

»Großartiges Ablagesystem«, sagte Gemma mit einem zweifelnden Blick auf die leere Schreibtischplatte.

»Wenigstens ist das Zeug so aus dem Weg.« Kincaid stand auf und streckte sich. Sie waren getrennt nach London zurückgefahren und hatten vereinbart, die Papierberge, die sich angestaut hatten, in Angriff zu nehmen, während sie noch dienstfrei hatten.

Gemma trat ein paar Schritte ins Zimmer und rümpfte angewidert von dem durchdringenden Geruch nach kaltem Zigarrenrauch die Nase. »Die haben hier wohl Konferenzen abgehalten, während Sie weg waren?«

Kincaid grinste. »Die Beweise sind unwiderlegbar. Trinken wir noch einen zusammen?«

Gemma überlegte. »Okay, aber nur einen schnellen.«

Statt in die Kantine des Yards mit ihrer unvermeidlichen Fachsimpelei setzten sie sich in das Pub in der Wilfred Street. Kincaid drängte sich zum Tresen durch und kehrte mit den Getränken an ihren Tisch in der Ecke zurück – Wein für sich, Lager und Limette für Gemma. »Igitt!« Er schnitt ein Gesicht. »Wie können Sie dieses Zeug nur trinken.«

Kincaid regte sich jedesmal auf, und Gemma änderte niemals ihre Bestellung, wahrscheinlich aus reinem Eigensinn, vermutete er.

»Alles Übungssache.« Gemma trank kräftig und lachte.

Ein paar Minuten lang saßen sie schweigend beieinander und ließen sich vom Samstag-Abend-Lärm des Pubs umbranden. Dann schob Gemma seufzend ihren Stuhl ein wenig zurück.

»Ich muß nach Hause. Toby wird sich schon wundern, wo seine Mutter bleibt.«

»Ja.« Kincaid stellte sich das Willkommen vor, das Gemma erwartete, und einen Moment lang verspürte er Neid. Er schüttelte ihn ab und zwang sich zu einem Lächeln. »Ich wünschte...« Ja, was wünschte er sich eigentlich? Daß er überhaupt nicht nach Followdale gefahren wäre, obwohl dann Hannah vielleicht auch ums Leben gekommen wäre?

Gemma stellte energisch ihr Glas auf den Tisch, und er sah sie an und fand unerwartetes Verständnis in ihrem Blick. Ihre Mundwinkel zuckten. »Wenn Wünsche Pferde wären, wie meine Mutter immer zu sagen pflegte...«

»Genau.« Sie lächelten sich freundschaftlich an.

»Nächstes Mal mehr Glück?« meinte Gemma.

Kincaid hob sein Glas. »Prost.«

Alles wird gut

Die Originalausgabe erschien unter dem Titel »All Shall Be Well«
bei Charles Scribner's Sons, New York

Fürwahr es ist die Sünde Quell all dieses Schmerzes.
Aber alles wird gut werden und alles wird gut werden und
alle Dinge jeglicher Art werden gut werden.

Juliana von Norwich, *15. Jahrhundert*

Danksagung

Wie immer gilt mein besonderer Dank den Every-Other-Tuesday-Night-Writers: Diane Sullivan, Dale Denton, Jim Evans, Viqui Litman, John Hardie und Aaron Goldblatt. Ein besonderes Dankeschön an Terry Mayeux, die für die sehr nötige Ermutigung bei den letzten Kapiteln dieses Buches sorgte.

Danken möchte ich auch meiner Lektorin, Susanne Kirk, und meiner Agentin, Nancy Yost, sowohl für ihre Freundschaft als auch für ihre professionelle Hilfe. Und zu guter Letzt meinen Eltern, Mary und Charlie Darden, für ihre unerschütterliche Unterstützung.

1

Jasmine Dent ließ sich in die Kissen zurücksinken und schloß die Augen. Morphium umhüllt das Bewußtsein wie der Flaum einen Pfirsich, dachte sie schläfrig und lächelte ein wenig über ihre Metapher. Eine Weile schwebte sie zwischen Wachen und Schlafen, nahm die gedämpften Geräusche wahr, die durch das offene Fenster hereindrangen, und das Sonnenlicht, das auf dem Fußende ihres Betts lag, war jedoch unfähig, sich aus der Benommenheit zu befreien.

Ihre frühesten Erinnerungen hatten mit Hitze und Staub zu tun, und der ungewöhnlich warme Aprilnachmittag beschwor Gerüche und Geräusche herauf, die ihr durch das Gedächtnis spukten wie die Geister lang vergessener Verstorbener. Jasmine fragte sich, ob die Erinnerung an die langen, sich träge dahinschleppenden Stunden ihrer Kindheit irgendwo in den Zellen ihres Gehirns eingeschlossen war und nur darauf wartete, in ihr Bewußtsein einzubrechen, mit dieser besonderen Luzidität, die den Erinnerungen Sterbender zugeschrieben wird.

Sie war in Indien geboren, in Mayapore, in einer Zeit, als die britische Herrschaft über Indien ihr Ende fand. Ihr Vater, ein kleiner Beamter, hatte den Krieg in irgendeiner obskuren Behörde ausgesessen. 1947 hatte er sich dafür entschieden, in Indien zu bleiben und sich mit seiner Pension recht kümmerlich durchgeschlagen.

An ihre Mutter hatte sie kaum Erinnerungen. Fünf Jahre nachdem sie Jasmine zur Welt gebracht hatte, war sie bei Theos Geburt gestorben, im Sterben so zurückhaltend und bescheiden wie im Leben. Hinterlassen hatte sie nichts als einen schwachen Duft nach englischen Rosen, der sich in Jasmines Bewußtsein mit dem Klappern geschlossener Fensterläden und dem Summen von Insekten vermischte.

Eine leichte Erschütterung des Betts riß Jasmine aus ihren Fantasien. Sie hob ihre Hand und schob ihre Finger in Sidhis flauschiges Fell. Einen Moment öffnete sie die Augen und starrte auf ihre Finger, deren geschwollene Gelenke von fragilen Brücken aus Haut und Muskeln zusammengehalten wurden. Der Körper der Katze, ein schwarzer Farbklecks auf dem Orangerot der Bettdecke, schmiegte sich pulsierend an ihre Hüfte.

Nach einer Weile strich sie der Katze ein letztes Mal über den seidenglatten Kopf, dann richtete sie sich mühsam auf, um sich auf die Bettkante zu setzen. Automatisch griff sie prüfend an den Katheter in ihrer Brust. Seit sie das Krankenhausbett in ihr Wohnzimmer hatte stellen lassen, war sie den klaustrophobischen Gefühlen entronnen, die sich ihrer bemächtigt hatten, als sie über immer längere Zeiträume an ihr kleines Schlafzimmer gefesselt wurde. So, von ihren persönlichen Dingen umgeben und mit den zum Garten geöffneten Fenstern, durch die das Sonnenlicht herein konnte, erschien ihr das Schrumpfen ihrer Welt erträglicher.

Zuerst eine Tasse Tee, dann ein paar Bissen von dem Abendessen, das Meg ihr gebracht hatte, soviel sie eben hinunterbringen konnte, und danach konnte sie es sich für den Abend vor dem Fernsehapparat bequem machen. In kleinen Schritten planen, jedem Vorgang den gleichen Stellenwert geben – das war die Technik, die sie sich angeeignet hatte, um jeden neuen Tag zu meistern.

Sie stemmte sich vom Bett in die Höhe und schlurfte, in einen indischen Seidenkaftan in leuchtenden Farben gehüllt, in die Küche. Gedeckter britischer Flanell war nie ihre Sache gewesen; jetzt allerdings hing der Kaftan so lose an ihr wie ein

Stück Wäsche auf der Leine. Einem genetischen Zufall hatte sie es zu verdanken, daß sie exotischer aussah, als bei ihrer rein englischen Herkunft zu erwarten gewesen wäre – zierlich und dunkel, mit schwarzen Augen und schwarzem Haar. Den in Kalkutta verbliebenen englischen Schulkameradinnen war sie eine Zielscheibe des Spotts gewesen. Jetzt, mit dem knabenhaft kurzen dunklen Haar und den übergroß wirkenden Augen in dem mageren Gesicht, wirkte sie ätherisch und trotz ihrer Krankheit jünger als sie war.

Sie setzte den Wasserkessel auf und stieß, an die Küchenspüle gelehnt, das Fenster auf, um in den Garten hinauszublicken.

Sie wurde nicht enttäuscht. Der Major patrouillierte in seiner Uniform – ausgeleierte graue Wolljacke und alte Flanellhose – mit der Gartenschere in der Hand durch das kleine Hintergärtchen, bereit, jedem aufmüpfigen Zweiglein sofort den Garaus zu machen. Er sah zu ihr hinauf und hob grüßend die Schere. Jasmine rief: »Tee?«, und als er zustimmend nickte, kehrte sie an den Herd zurück und widmete sich mit ganzer Aufmerksamkeit dem Ritual der Teezubereitung.

Sie trug die Tassen zur Treppe, die von ihrer Wohnung in den Garten hinunterführte. Der Major hatte die Souterrainwohnung und betrachtete den Garten als seine Domäne. Sie und Duncan, der über ihr wohnte, waren nur privilegierte Außenseiter. Die Holzdielen der obersten Stufe drückten hart gegen ihre Knochen, als sie sich vorsichtig niedersetzte.

Der Major kam die Stufen herauf und setzte sich neben sie. Mit einem Brummen nahm er seine Tasse in Empfang.

»Herrlicher Tag«, sagte er anstelle eines Dankesworts. »Wäre schön, wenn es eine Weile so bliebe.« Er trank von seinem Tee. »Geht's Ihnen gut heute?« Er sah sie nur eine Sekunde lang an, ehe er seine Aufmerksamkeit wieder auf Narzissen und Tulpen richtete.

»Ja«, antwortete Jasmine lächelnd.

Der Major war nun einmal kein gesprächiger Mensch. Diese lakonischen Bemerkungen waren seine Art des Monologs, und diese immer gleiche Frage war die einzige Anspielung, die er je auf ihre Krankheit machte.

Sie tranken schweigend. Der Tee und die Spätnachmittagssonne wärmten sie beide. Schließlich sagte Jasmine: »Ich glaube, ich habe den Garten nie so schön gesehen wie in diesem Frühjahr, Major. Kommt das daher, daß ich jetzt alles bewußter wahrnehme, oder ist er dieses Jahr wirklich schöner?«

»Hm«, brummte er in seine Tasse und räusperte sich dann in Vorbereitung auf das schwierige Geschäft des Antwortgebens. »Könnte sein. Das Wetter war ja wirklich gut.« Stirnrunzelnd zog er seine Finger über die Spitzen der Gartenschere, um zu prüfen, ob sich irgendwo Rost festgesetzt hatte. »Aber die Tulpen sind fast verblüht.« Und die Tulpen durften auch nicht über die Hochzeit ihrer Blüte hinaus verweilen. Beim ersten gefallenen Blütenblatt würde ihnen der Major mit einem schnellen gnädigen Schnitt den Kopf vom Stengel trennen.

Jasmines Mund zuckte bei dem Gedanken – zu schade, daß ihr niemand einen solchen Dienst erweisen konnte. Sie selbst war vor ihrem letzten Entschluß zurückgeschreckt – ob aus Kleinmütigkeit oder Mut hätte sie nicht sagen können. Und Meg – es war zuviel verlangt gewesen, sie hatte nicht das Recht gehabt, sie darum zu bitten. Jasmine verstand jetzt nicht mehr, wie sie überhaupt auf einen solchen Gedanken hatte kommen können.

Als Meg heute gekommen war, hatte sie noch verhuschter ausgesehen als sonst, und ihre breite Stirn war von Sorgenfalten durchfurcht gewesen. Jasmine hatte ihre ganze Kraft gebraucht, um Meg davon zu überzeugen, daß sie es sich anders überlegt hatte, und dabei hatte sie ständig das Ironische der Situation gesehen. Sie war diejenige, die sterben mußte; aber Meg brauchte den Trost.

Sie konnte Meg nicht erklären, was in der Nacht mit ihr

vorgegangen war. Sie wußte nur, daß sie bei ihrer schnellen Annäherung an den Tod einen Meridian überschritten hatte. Die Schmerzen machten ihr keine Angst mehr. Mit dem Annehmen ging die Fähigkeit einher, jeden Moment bewußt zu erleben und auszukosten, und eine ganz neue innere Zufriedenheit.

Die Sonne ging hinter dem behäbigen viktorianischen Haus jenseits des Gärtchens unter, und innerhalb eines Augenblicks wurde der goldene Schimmer seiner Mauern von kaltem Grau verdrängt. Die Luft lag plötzlich kühl auf Jasmines Haus, und sie hörte gedämpft den Verkehrslärm vom Rosslyn Hill, Zeugnis, daß noch immer betriebsames Leben sie umgab.

Der Major stand ächzend auf. »Ich mache besser weiter. Es wird bald dunkel sein.« Er neigte sich zu Jasmine herunter und half ihr so mühelos auf die Beine, als hätte sie überhaupt kein Gewicht. »Hinein mit Ihnen. Nicht daß Sie sich eine Erkältung holen.«

Jasmine hätte beinahe gelacht über die Absurdität der Vorstellung, daß sie an einer Erkältung erkranken könnte; als ließe sich irgendein äußerer Umstand mit den Verwüstungen vergleichen, die sich von innen in ihrem Körper ausbreiteten. Doch sie gestattete ihm, sie ins Haus zu führen und die Tassen abzuspülen.

Als er gegangen war, sperrte sie die Tür zum Garten ab und schloß die Fenster, zögerte jedoch einige Minuten, ehe sie die Jalousien herunterließ. Das Licht über den Dächern begann zu schwinden, und die Blätter der Birke im Garten fröstelten im Abendwind. Von Duncans Terrasse aus hätte sie sehen können, wie die Sonne hinter West-London unterging. Er zahlte einen hohen Preis für dieses Privileg und war so nett gewesen, sie einige Male daran teilhaben zu lassen, ehe ihr das Treppensteigen zuviel geworden war.

Duncan – hm, das war auch so etwas, das sie Meg nicht

erklären konnte, zumindest nicht, ohne sie zu verletzen. Sie hatte nicht gewollt, daß Meg ihn kennenlernte; sie hatte ihn von ihrem übrigen Leben, von ihrer Krankheit getrennt halten wollen. Meg kümmerte sich mit solchem Eifer um sie, verfolgte die Entwicklung eines jeden Symptoms, überwachte ihre Pflege und die Verabreichung der Medikamente mit solcher Gewissenhaftigkeit, als sei Jasmines Krankheit ihre ganz persönliche Verantwortung. Duncan brachte ihr die Außenwelt, scharf und beißend, und wenn er auch mit dem Tod zu tun hatte, so war dieser Tod doch weit entfernt von ihrem eigenen.

Seufzend zog sie die Jalousie herunter. Sidhi strich ihr schnurrend um die Beine. Diese Unterscheidung zwischen Duncan und Meg war blanker Unsinn; Meg hatte sich gewissermaßen in ihre Krankheit hineingestürzt, und eben diese Krankheit machte sie – Jasmine – zu einer ungefährlichen Freundin Duncans. Eine Beziehung ältere Frau – jüngerer Mann war ausgeschlossen. Als Sterbende war man akzeptabel und so gar nicht bedrohlich.

Sie fand ihn widersprüchlich in seinem Wesen, zurückhaltend und entgegenkommend zugleich, und sie wußte niemals so recht, was sie gerade zu erwarten hatte. »Wie wär's mit einem Eis heute abend?« konnte er in einer seiner lockeren Stimmungen fragen, und dann joggte er den Rosslyn Hill zum Häagen-Dazs hinauf und kehrte keuchend und strahlend wie ein Sechsjähriger mit dem Eis zurück. An solchen Abenden pflegte er sie mit Spielen und Gesprächen aufzumuntern und eine Energie in ihr freizusetzen, die sie längst nicht mehr zu besitzen geglaubt hatte.

An anderen Abenden schien er sich in sich selbst zurückzuziehen und begnügte sich damit, im blaugrau zuckenden Lichtschein des Fernsehapparats ruhig neben ihr zu sitzen. Sie wagte dann keinen Versuch, die Barriere zu durchbrechen. Und sie wagte auch nicht, sich von seiner Gesellschaft allzu abhängig zu machen, jedenfalls sagte sie sich das immer wieder. Es überraschte sie, daß er soviel Zeit mit ihr verbrachte, doch ehe ihr Verstand sich auf den Weg begeben konnte, seine Motive zu analysieren, nahm sie ihn, aus Furcht, auf Mitleid zu stoßen, fest an die Leine.

Sie richtete sich so energisch auf, wie es ihr noch möglich war, und öffnete den Kühlschrank. Margaret hatte ihr ein Gemüsecurry dagelassen – Megs Vorstellung von gesunder Ernährung. Jasmine schaffte es, ein paar Bissen zu essen, obwohl ihr das Schlucken schwerfiel. Geruch und Geschmack des Currygerichts erinnerten sie so lebhaft an ihre Kindheit wie die Wachträume dieses Nachmittags. Zufall, sagte sie sich, merkwürdig, aber bedeutungslos.

Sie döste vor dem Fernsehapparat, mit einem Ohr in ständiger Erwartung von Duncans Klopfen. Sidhi kniff die Augen zusammen wegen des grellen Lichts, und machte es sich auf ihrem Schoß bequem. Was würde aus Sidhi werden? Sie hatte keine Vorsorge für ihn getroffen; sie war nicht imstande gewesen, über ihn zu verfügen wie über ein Möbelstück. Ihr Bruder Theo mochte keine Katzen. Der Major beschwerte sich, wenn Sidhi in seinen Blumenbeeten scharrte. Duncan behandelte den Kater mit höflicher Gleichgültigkeit, Felicity fand ihn unhygienisch, und Meg wohnte in einem möblierten Zimmer in Kilburn bei einer Wirtin, die sie als äußerst grimmig zu schildern pflegte. Also insgesamt keine guten Aussichten. Vielleicht würde Sidhi mit seinem nächsten Leben ohne ihr Eingreifen zurechtkommen. In diesem Leben jedenfalls hatte er großes Glück gehabt – sie hatte ihn, ein struppiges, sechs Wochen altes Kätzchen, aus einer Mülltonne gerettet.

Während langsam die Nacht heraufzog, fragte sich Jasmine, ob sie wirklich die richtige Entscheidung getroffen hatte, doch irgendwie wußte sie, daß es kein Zurück mehr geben konnte, wenn man einmal diese unsichtbare Linie überschritten hatte.

Duncan Kincaid trat aus den Tiefen des Untergrundbahnhofs Hampstead ans Tageslicht und blinzelte geblendet. Er bog in die High Street ein, und ein Meer wogender Farben brandete ihm entgegen. Ganz Hampstead schien sich voll frühsommerlicher Heiterkeit aufgemacht zu haben, diesen Frühlingsmorgen zu begrüßen. Passanten, die miteinander zusammenstießen, lächelten, anstatt zu schimpfen, vor den Restaurants wurden eilig ein paar Tische auf den Bürgersteig gestellt, und der Duft frischen Kaffees mischte sich mit den Auspuffgasen.

Kincaid eilte gänzlich immun gegen die überschwengliche Stimmung den Hügel hinunter. Kaffee lockte ihn nicht – er hatte von den zahllosen Tassen abgestandenen Kaffees, die er getrunken hatte, einen Geschmack von Spülwasser auf der Zunge; die Augen brannten ihm vom Zigarettenqualm anderer Leute; und die Tatsache, daß der Fall nun geklärt war, war ein schwacher Trost für die harte Arbeit einer langen, bedrükkenden Nacht. Auf einer Wiese hatte man die Leiche eines Kindes gefunden. Die Spuren des Verbrechens hatten zu einem Nachbarn geführt, der, als man ihn damit konfrontierte, schluchzend gestanden hatte, er habe nicht anders gekonnt, er habe der Kleinen nichts antun wollen.

Kincaid hatte nur noch den Wunsch, sich zu waschen und in sein Bett fallen zu lassen.

Als er den Rosslyn Hill erreichte, hatte ihn die Frühlingsstimmung ein wenig angesteckt, und als er den Blumenhändler an der Ecke der Pilgrim's Lane sah, fiel ihm Jasmine ein. Er hatte sie eigentlich gestern abend auf einen Sprung besuchen wollen – das tat er meistens, wenn es ihm irgend möglich war –, aber ihre Beziehung war so lose, daß ein Anruf, um abzusagen, übertrieben gewirkt hätte, und sie selbst würde niemals ein Wort darüber verlieren, daß er nicht gekommen war.

Er kaufte einen Strauß Freesien, weil er sich erinnerte, daß Jasmine den Duft dieser Blumen besonders liebte.

Die Stille der Carlingford Road erschien ihm nach dem

Lärm in den Hauptstraßen besonders intensiv. In der Luft im Schatten des Hauses, in dem er seine Wohnung hatte, hing noch die Kühle der Nacht. Kincaid begegnete dem Major, der eben die Treppe von seiner Souterrainwohnung heraufkam, und erhielt das erwartete »Hm-rm. Morgen« und ein abgehacktes Nicken in Erwiderung seines Grußes.

Sobald er ins Treppenhaus trat, hörte er das Klopfen. Erst ein sachtes Pochen, dann dringlicheres Hämmern. Eine Frau – groß, mit rotblondem Haar, das an den Schläfen leicht ergraut und offensichtlich von einem teuren Friseur geschnitten war – drehte sich nach ihm um, als er den Treppenabsatz vor Jasmines Wohnung erreichte. Er hätte sie für eine Rechtsanwältin gehalten, wäre nicht das Köfferchen gewesen, das sie bei sich trug.

»Ist sie nicht da?« fragte er.

»Sie muß da sein. Sie ist viel zu schwach, um allein auszugehen.« Die Frau musterte Kincaid und schien zu dem Schluß zu kommen, er sähe aus, als könnte er ihr nützlich sein. Sie bot ihm die Hand. »Ich bin Felicity Howarth, die Pflegerin vom Heimpflegedienst. Ich komme jeden Tag um diese Zeit. Sind Sie ein Nachbar?«

Kincaid nickte. »Ich wohne oben. Kann es sein, daß sie ein Bad nimmt?«

»Nein. Dabei helfe ich ihr immer.«

Einen Moment lang sahen sie einander schweigend an, und ein Funke der Furcht glimmte zwischen ihnen auf. Kincaid drehte sich um und schlug an die Tür.

»Jasmine!« rief er. »Machen Sie auf.« Er horchte, das Ohr an die Tür gedrückt, ehe er sich wieder Felicity zuwandte. »Haben Sie einen Schlüssel?«

»Nein. Sie steht morgens immer allein auf und läßt mich herein. Haben Sie einen?«

Kincaid schüttelte den Kopf. Er überlegte. Das Schnappschloß war ein einfaches Ding, Standardausführung, aber er wußte, daß Jasmine eine Kette und ein Sicherheitsschloß hatte.

»Haben Sie vielleicht eine Haarnadel?« fragte er Felicity. »Oder eine Büroklammer?«

Felicity kramte in ihrer Tasche, brachte ein Bündel Papiere zum Vorschein, das mit einer Büroklammer zusammengehalten war. »Geht die?«

Er drückte ihr den Blumenstrauß in die Hand, nahm die Klammer und bog sie auseinander. Dann nahm er sich die Tür vor. Schon nach wenigen Sekunden vorsichtigen Herumstocherns sprang das Schloß auf, ein Traum jedes Einbrechers. Kincaid drehte versuchsweise den Knauf, und die Tür ging auf.

Das einzige Licht im Zimmer fiel durch die Sonnenjalousien aus weißem Reispapier, die heruntergelassen waren. Es war still in der Wohnung. Nur von einer Stelle, die sich irgendwo in der Nähe von Jasmines Bett befand, war ein schwaches summendes Geräusch zu hören. Kincaid und Felicity Howarth traten in beinahe synchroner Bewegung zum Fußende des Betts. Sie sprachen nicht. Es war etwas im Raum, das ihnen den Mund verschloß.

Von der Frau, die in die Farbenpracht der Decken eingebettet war, ging keine Bewegung aus; kein Atemzug hob die Brust, auf der schnurrend die schwarze Katze kauerte.

Die Freesien sanken vergessen herab und fielen auf der Bettdecke wie Mikadostäbchen auseinander.

2

»Diese blöde Kuh!« Rogers Stimme wurde laut und hallte in dem kleinen Zimmer wider. In der Fantasie hörte Margaret schon den schweren Schritt ihrer Zimmerwirtin auf der Treppe, und sie streckte den Arm nach ihm aus, als könne sie ihn mit einer Geste zum Schweigen bringen. Mrs. Wilson hatte mehr als einmal gedroht, Margaret augenblicklich an die Luft zu setzen, wenn sie dahinterkommen sollte, daß Roger über Nacht blieb, und wenn sie sie jetzt, morgens um halb acht, streiten hörte, wüßte sie, wie die Dinge lagen.

»Roger, bitte! Um Gottes willen, sei still. Wenn Mrs. Wilson dich hört! Du weißt doch, wie sie ist...«

»Gott hat damit überhaupt nichts zu tun, Meg, außer daß deine Freundin Jasmine ihm deinetwegen heute nicht näher ist als gestern.«

Da sich hier eine Gelegenheit zum Sarkasmus bot, war es nicht nötig, die Stimme zu erheben. Es traf Margaret auch so.

»Roger, was redest du da – bist du völlig verrückt geworden? Ich habe dir gesagt, sie hat es sich anders überlegt. Und ich bin froh darüber...«

»Ja, klar, damit du jede freie Minute um sie herumschwirren kannst wie eine gottverdammte Florence Nightingale, was? Ich finde das zum Kotzen. Was soll ich hier eigentlich noch? Hm? Kannst du mir das mal sagen, Meg, meine Liebste...«

»Bitte, sei doch still, Roger. Ich habe dir gesagt, du sollst mich...«

»...nicht so nennen. Das ist ihr Kosename für dich. Wie reizend.«

Er trat einen Schritt näher an sie heran und packte sie beim Ellbogen, quetschte ihren Arm zwischen seinen Fingern zusammen. Margaret roch den Duft der Seife auf seiner Haut und des Kräutershampoos, mit dem er sich die Haare gewaschen hatte. Sie sah, wie das Licht auf dem Fleckchen rotbrauner Stoppeln glänzte, das er beim Rasieren am Kinn übersehen hatte.

»Na los, sag mir endlich, was ich hier noch soll, Margaret.« Er sprach jetzt leise. Es war beinahe ein Flüstern. »Wo du doch sowieso nie Zeit für mich hast, und sie vielleicht noch Monate lebt.«

Margaret riß sich von ihm los. »Dann geh doch!« zischte sie und war überrascht, als sie die Worte hörte, die gar nicht von ihr selbst zu kommen schienen. »Hau doch ab, wenn du willst.«

Lange Zeit standen sie einander gegenüber, ohne ein Wort zu sagen, und ihr keuchender Atem übertönte die Hintergrundgeräusche von Radiomusik. Dann begann Roger plötzlich zu lachen. Er hob eine Hand, schob sie Margaret unters Kinn und drückte ihr Gesicht hoch.

»Willst du das wirklich, Süße?« fragte er und neigte sich so tief über sie, daß sein Mund nur Zentimeter von ihrem entfernt war. »Du wirst es aber nicht bekommen. Ich gehe nämlich, wenn es *mir* paßt, und keine Minute früher. Und bilde dir bloß nicht ein, du kannst mich abservieren.«

Der Bus Nummer 89 ratterte schwankend den Hang durch Camden Town hinauf. Margaret Bellamy saß im Oberdeck auf der vordersten Bank. Ihre prall gefüllte Einkaufstasche hatte sie zur Abschreckung von Störenfrieden neben sich abgestellt.

Aber sie hätte sich gar keine Sorgen zu machen brauchen. Der einzige andere Fahrgast, der sich die Mühe gemacht hatte, zum Oberdeck hinaufzusteigen, war ein zahnloser alter

Mann, der in eine Pferderennzeitung vertieft war. Die rissigen Kunstlederbezüge der Sitze stanken nach kaltem Zigarettenrauch und Autoabgasen, aber Margaret fand den vertrauten Geruch tröstlich. Sie knabberte an ihrem Handknöchel, eine Unsitte, die sie sich angewöhnt hatte, um sich am Fingernägelkauen zu hindern. Eine infantile Angewohnheit, hatte Jasmine es genannt. Jasmine...

Margarets Gedanken schweiften ab, sprangen in eine andere Spur wie die Nadel eines alten Grammophons. Sie hatte einfach nicht länger im Büro bleiben können. Sie hatte gehen müssen, auch wenn Mrs. Washburn sie mit diesem kalten Fischblick fixierte und gesagt hatte: »Schon wieder ein Zahnarzttermin?«

»Dieses Biest«, sagte Margaret laut vor sich hin und drehte sich sofort um, um zu sehen, ob der zahnlose Alte sie gehört hatte. Und wenn schon? fragte sie sich sogleich. Es kam ihr vor, als hätte sie sich ihr ganzes Leben lang immer nur bemüht, nur ja niemanden vor den Kopf zu stoßen, es nur ja allen recht zu machen. Und was hatte sie damit erreicht? Daß sie jetzt ganz fürchterlich in der Patsche saß.

Sie hätte Jasmine von Roger erzählen sollen. Daß sie es nicht getan hatte, war ihr erster Fehler gewesen. Bei seinen ersten Einladungen hatte sie selbst nicht recht an ihr Glück glauben können und nicht die Blamage riskieren wollen, die es für sie gewesen wäre, wenn er sie genauso schnell wieder fallen gelassen hätte, wie er sie erobert hatte. Später hatte sich irgendwie nie die richtige Gelegenheit ergeben, und ihr schlechtes Gewissen darüber, daß sie es geheimhielt, machte alles noch peinlicher. Sie probte alle möglichen »Ach, übrigens, ich wollte Ihnen schon lange etwas sagen«-Szenarien und schwieg am Ende doch.

Genaugenommen hatte Roger sie nie eingeladen. Rückblickend erkannte sie, daß er sie nur mit seiner Anwesenheit und seinen Aufmerksamkeiten beglückt hatte, während sie fast immer bezahlt hatte. Der Preis war ihr damals gering erschienen dafür, daß sie sich im Glanz seines blendenden Aussehens, seiner Verbindungen, seines gewandten Auftretens sonnen konnte.

Aber das war nur eine kleine Dummheit aus Eitelkeit gewesen, ein verzeihlicher Fehler. Die Fehler, die sie seither begangen hatte, waren nicht so leicht abzutun. Niemals hätte sie Roger erzählen dürfen, worum Jasmine sie gebeten hatte. Und niemals hätte sie ihm von dem Geld erzählen dürfen.

Der Bus hielt am South End Green an. Ihre Tasche auf der Hüfte tragend, stieg Margaret aus und trat blinzelnd in den Sonnenschein hinaus. Die mächtigen alten Platanen und Weiden der South Heath begleiteten rechter Hand ihren Weg, als sie den Hügel hinaufging. Die Sonne glitzerte auf den Teichen, und rundherum tummelten sich Menschen in Festtagsstimmung, wie sie ein unerwartet warmer Frühlingstag stets bei den Engländern hervorruft.

Das Gefühl nagender Unruhe, das sie seit dem vergangenen Abend quälte, verstärkte sich. Von der Willow Road bog sie, der Heide den Rücken kehrend, in die Pilgrim's Lane ein. Als sie die Carlingford Road erreichte, blickte sie auf und sah das Heck eines Krankenwagens, der gerade nach links zum Rosslyn Hill abbog. Eisiger Schrecken durchzuckte sie, und ihre Knie drohten nachzugeben.

Felicity zog das Bett ab, breitete die Tagesdecke über die Matratze und strich sie sorgfältig glatt. Kincaid, der die Jalousien hochgezogen hatte, starrte in den kleinen Garten hinaus. Dann riß er sich aus seiner Lethargie, fuhr sich mit den Fingern durchs Haar und drehte sich herum.

»Wer sind die nächsten Verwandten? Wissen Sie das?«

»Ein Bruder, glaube ich. Er heißt Theo«, antwortete Felicity, während sie in Höhe des Kopfkissens ein letztes Mal glättend über die Tagesdecke strich. Sie musterte das Bett einen Moment, nickte befriedigt und trat zum Spülbecken. »Ich bin allerdings nicht sicher, ob die beiden gut miteinander ausgekommen sind«, fuhr sie fort, während sie sich die Hände wusch und dann den Kupferkessel mit Wasser füllte. »Sie hat verschiedentlich von ihm gesprochen. Er lebt in Surrey oder Sussex, aber ich habe ihn nie kennengelernt.« Felicity wies mit dem Kopf zu dem Sekretär, in dem Jasmine ihre Papiere aufbewahrt hatte. »Seine Telefonnummer und seine Adresse sind sicher da bei den Papieren.«

Kincaid war etwas schockiert darüber, mit welcher Selbstverständlichkeit sie annahm, daß er für die Benachrichtigung von Jasmines Angehörigen zuständig sei, aber er hatte andererseits keine Ahnung, wer sonst die unerfreuliche Aufgabe übernehmen sollte. Er fand die Aussicht nicht besonders verlockend.

»Das kommt manchmal vor, daß es so plötzlich geht.« Felicity drehte sich um und sah ihn teilnahmsvoll an. Kincaid konnte sich nur darüber wundern, wie schnell sie ihre Gelassenheit wiedergefunden hatte. Ein paar Sekunden des Schocks – Augen geschlossen, Gesicht leer –, dann war sie professionell und kompetent in Aktion getreten. Für sie wahrscheinlich ein relativ alltägliches Ereignis, der Verlust eines Patienten.

»Aber sie schien doch gar nicht...«

»Nein. Ich hätte ihr mindestens noch ein, zwei Monate gegeben. Aber wir sind eben nicht Gott – unsere Prophezeiungen sind nicht unfehlbar.«

Der Kessel pfiff, und Felicity wandte sich ab. Sie nahm Tassen von einem Bord und goß kochendes Wasser über die Teebeutel. Ihr dunkles Schneiderkostüm paßte nicht zu solch häuslicher Tätigkeit, und Felicity selbst, nüchtern und präzise inmitten des kunterbunten Allerleis von Jasmines exotischen Besitztümern, erinnerte Kincaid an einen Habicht unter Pfauen.

»Sie hat nie darüber gesprochen – über ihre Krankheit, meine ich«, sagte Kincaid. »Ich hatte keine Ahnung, daß sie so weit...«

Die Wohnungstür flog krachend auf. Kincaid und Felicity Howarth fuhren erschrocken herum. Eine Frau stand in der Tür. Sie hielt eine Einkaufstasche an ihre Brust gedrückt.

»Wo ist sie? Wohin haben sie sie gebracht?« Sie sah das ordentlich gerichtete Bett und die Gesichter Kincaids und Felicitys und schwankte. Die Einkaufstasche geriet ins Rutschen.

Felicity reagierte schneller als Kincaid. Sie hatte die Tasche schon sicher zu Boden gestellt und der Frau die Hand unter den Ellbogen geschoben, ehe Kincaid sie überhaupt erreichte.

Sie führten sie zu einem Sessel, und sie ließ sich widerstandslos hineinfallen. Noch keine Dreißig schätzte Kincaid, eine Spur rundlich, mit widerspenstigem braunem Haar und sehr heller Haut und einem runden Gesicht, das jetzt tiefen Kummer ausdrückte.

»Margaret? Sie sind doch Margaret, nicht?« fragte Felicity behutsam. Sie warf Kincaid einen Blick zu und sagte erklärend: »Sie ist eine Freundin von Jasmine.«

»Sagen Sie mir, wohin man sie gebracht hat. Sie möchte bestimmt nicht allein sein. Ach, ich wußte ja, ich hätte gestern abend nicht gehen sollen.« Sie drehte den Kopf von einer Seite zur anderen, als suchte sie nach Jasmine, und rang dabei die Hände in ihrem Schoß. Kincaid und Felicity sahen einander über Margarets Kopf hinweg an.

Felicity kniete nieder und nahm Margarets Hände in die ihren. »Margaret, sehen Sie mich an. Jasmine ist tot. Sie ist gestern nacht im Schlaf gestorben. Es tut mir leid.«

»Nein.« Margaret starrte Felicity flehend an. »Sie kann nicht tot sein. Sie hat es mir versprochen.«

Seltsam, diese Worte. Kincaid horchte auf. Er neigte sich zu

Margaret hinunter. »Sie hat es versprochen? Was hat Jasmine versprochen, Margaret?«

Zum erstenmal richtete Margaret ihren Blick bewußt auf Kincaid. »Sie hatte es sich anders überlegt. Ich war so erleichtert. Ich glaubte nicht, daß ich es wirklich tun...« Ein Schluckauf unterbrach sie, und sie fröstelte. »Jasmine hat ihr Versprechen nicht gebrochen. Sie hat immer Wort gehalten.«

Felicity ließ Margarets Hände los, die sich sogleich wieder rastlos zu bewegen begannen.

»Margaret«, sagte Kincaid eindringlich. »Was wollte Jasmine, daß Sie tun?«

Sie wurde plötzlich still und starrte ihn verwundert an. »Sie wollte, daß ich ihr helfe, sich das Leben zu nehmen.« Sie zwinkerte einmal, und dann rollten ihr die Tränen aus den Augen. Danach sprach sie so leise, daß Kincaid sich anstrengen mußte, um ihre Worte zu verstehen. »Was soll ich denn jetzt tun?«

Felicity stand auf, holte eine Tasse lauwarmen Tee aus der Küche, gab etwas Zucker hinein und drückte Margaret die Tasse in beide Hände. »Trinken Sie, Kind. Dann wird Ihnen besser.«

Margaret trank gierig, ohne auf die Tränen zu achten, die ihr über das Gesicht liefen, bis die Tasse leer war.

Kincaid zog sich einen Stuhl heran und setzte sich ihr gegenüber. Er wartete, während sie ein zerknülltes Taschentuch aus ihrer Rocktasche zog und sich die Augen wischte. Die hellen Wimpern verliehen ihr etwas Schutzloses, das ihn an ein im Scheinwerferlicht gebanntes Kaninchen erinnerte.

»Erzählen Sie mir genau, was geschehen ist, bitte, Margaret. Ich möchte es gern wissen.«

»Ich weiß, wer Sie sind«, sagte sie schniefend, während sie ihn aufmerksam ansah. »Duncan. Sie sehen viel besser...« Rote Flecken brannten plötzlich auf ihrer hellen Haut, und sie blickte zu ihren Händen hinunter. »Ich meine...«

»Dann hat Jasmine Ihnen also von mir erzählt?« Jasmine war eine Meisterin darin gewesen, die einzelnen Bereiche ihres Lebens voneinander getrennt zu halten, dachte Kincaid. Sie hatte ihm nie etwas von Margaret erzählt.

»Nur, daß Sie über ihr wohnen und sie manchmal besucht haben. Ich habe immer zu ihr gesagt, sie hätte Sie erfunden wie sich kleine Kinder oft einen Freund erfinden, weil ich Sie ja nie..«, sie schluchzte auf, und die Papiertücher traten wieder in Aktion, »...gesehen habe.«

»Margaret.« Kincaid beugte sich vor und berührte ihren Arm, um ihre Aufmerksamkeit wiederzugewinnen. »Sind Sie sicher, daß Jasmine die Absicht hatte, sich das Leben zu nehmen? Vielleicht wollte sie sich nur Mut machen und hat nur davon gesprochen, um sich das Gefühl zu geben, sie hätte eine Wahl.«

»O nein.« Margaret schüttelte energisch den Kopf. »Sobald Sie erfuhr, daß die Therapie bei ihr nicht anschlug, hat sie an Exit geschrieben. Sie sagte, die Vorstellung, künstlich ernährt zu werden, all die Schläuche und Röhrchen, hat sie immer gesagt, sei ihr grauenvoll. Sie sagte, sie würde sich überhaupt nicht mehr als Mensch fühlen und...« Margaret verzog das Gesicht und drückte, in dem Bemühen, die Tränen zurückzuhalten, eine Hand auf den Mund.

Kincaid nickte ihr aufmunternd zu. »Es ist schon in Ordnung. Erzählen Sie weiter.«

»Exit hat dann alle Unterlagen geschickt, und wir haben es genau geplant – wieviel sie nehmen müßte und so. Gestern abend. Sie wollte es gestern abend tun.«

»Aber dann hat sie es sich anders überlegt?« hakte Kincaid nach, als sie schwieg.

»Ich bin gekommen, sobald ich aus dem Büro weg konnte. Ich war fest entschlossen, ihr zu sagen, daß ich es nicht tun könnte, aber sie hat mich nicht mal ausreden lassen. ›Laß nur, Meg‹, sagte sie. ›Mach dir keine Kopfzerbrechen. Ich habe es mir auch anders überlegt.‹ Und sie sah auch irgendwie anders aus ... Sie sah glücklich aus.« Margaret sah ihn mit flehender Miene an. »Ich habe ihr geglaubt. Ich hätte sie niemals allein gelassen, wenn ich es nicht geglaubt hätte.«

Kincaid wandte sich Felicity zu. »Ist es möglich? Hätte sie es allein tun können?«

»O ja, bei den Patienten, die sich ihre Medikamente selbst verabreichen, ist das natürlich immer eine Möglichkeit«, antwortete sie sachlich. »Das ist eines der Risiken, die man bei der Heimpflege eingeht.«

Einen Moment lang sagte keiner etwas. Margaret saß zusammengesunken da, verweint und erschöpft. Kincaid seufzte und rieb sich das Gesicht, während er überlegt. Wenn er allein Margarets Enthüllung gehört hätte, hätte er vielleicht nichts unternommen, und Jasmine ihren Tod gelassen, ohne Fragen zu stellen. Die Anwesenheit Felicity Howarths jedoch komplizierte die Angelegenheit. Sie kannte das korrekte Verfahren zweifellos so gut wie er, und mögliche Anzeichen eines unnatürlichen Todes zu ignorieren, das roch nach Kollusion. Und schließlich bedrückte ihn, auch wenn er in seinem Schmerz und seiner Erschöpfung nicht in der Lage war, dieses Gefühl zu isolieren, immer noch ein diffuses Unbehagen.

Als er aufsah, bemerkte er, daß Felicity ihn nicht aus den Augen gelassen hatte. »Tja«, sagte er widerstrebend, »da werde ich wohl eine Obduktion anordnen müssen.«

»Sie?« fragte Felicity mit zusammengezogenen Brauen, und Kincaid wurde sich bewußt, daß sie ja nicht wußte, wer er war.

»Entschuldigen Sie. Ich bin Polizeibeamter. Detective Superintendent, Scotland Yard.«

Angesichts Felicitys Reaktion hatte Kincaid den gleichen Eindruck wie zuvor, als sie die tote Jasmine gefunden hatten. Ihr Gesicht wurde leer und ausdruckslos, wie von allen Gefühlsregungen leergefegt.

»Oder möchten Sie das lieber übernehmen?« fragte er in der Befürchtung, sie gekränkt zu haben, indem er sich über ihre Autorität hinweggesetzt hatte.

Felicitys Aufmerksamkeit kehrte zu ihm zurück. Sie schüttelte den Kopf. »Nein. Ich denke es ist am besten, wenn Sie sich darum kümmern.« Sie wies mit einer Kopfbewegung zu Margaret, die immer noch wie betäubt dasaß. »Ich muß mich um andere Dinge kümmern.« Sie ging zu Margaret und berührte behutsam ihre Schulter. »Kommen Sie, ich bringe Sie nach Hause, Kind. Mein Wagen steht vor der Tür.«

Margaret folgte ihr widerstandslos. Die Einkaufstasche, die Felicity vom Boden aufgehoben hatte, hielt sie fest an ihre Brust gedrückt. An der Tür drehte sie sich noch einmal nach Kincaid um. »Sie hätte nicht allein gelassen werden dürfen«, flüsterte sie, und die Worte schienen beinahe eine Anklage zu sein, als wäre auch er irgendwie für das Geschehen verantwortlich.

Die Tür fiel hinter den beiden Frauen zu. Kincaid blieb in der stillen Wohnung zurück und wurde sich plötzlich bewußt, daß er seit fast achtundvierzig Stunden nicht geschlafen hatte. Ein dünner Schrei durchbrach die Stille, und er wirbelte mit klopfendem Herzen herum.

Der Kater. Natürlich. Den Kater hatte er ganz vergessen. Er kniete neben dem Bett nieder und spähte darunter. Grüne Augen funkelten in der Dunkelheit.

»Komm, Mieze. Miez-miez-miez«, rief er in schmeichelndem Ton. Der Kater zwinkerte, und Kincaid nahm eine flinke Bewegung wahr, vielleicht das Zucken des Schweifs. »Komm, Mieze. Komm, du Braver.«

Keine Reaktion. Kincaid kam sich wie ein Idiot vor. Er stand auf, klopfte sich den Staub von der Hose und suchte in der Küche, bis er eine Dose Katzenfutter und einen Dosenöffner entdeckte. Er löffelte das widerliche Zeug in eine Schale, die er auf den Boden stellte.

»Okay, Katze. Fressen mußt du selbst. Ich geh jetzt nach Hause schlafen.«

Fast drohte ihn die Erschöpfung zu überwältigen, aber er hatte noch ein paar Dinge zu erledigen. Er warf einen Blick in den Kühlschrank und fand dort zwei noch nahezu volle Ampullen Morphium. Dann zog er den Mülleimer unter der Spüle heraus und durchsuchte die Abfälle. Keine leeren Ampullen.

Jasmines Adreßbuch hatte er schnell gefunden. Es lag ordentlich aufgeräumt in einem Fach ihres Sekretärs. Unter dem Vornamen ihres Bruders waren eine Adresse und eine Telefonnummer in Surrey eingetragen. Er hatte das Büchlein eingesteckt und die Hand schon auf den Türknauf gelegt, als ihm unversehens ein Gedanke kam, der ihn innehalten ließ.

Jasmine war eine sehr methodische Person gewesen. Immer wenn er nach einem seiner Besuche von ihr weggegangen war, hatte er gehört, wie sie hinter ihm das Sicherheitsschloß abgesperrt und die Sicherheitskette vorgelegt hatte. Hätte sie sich ruhig und gelassen zum Sterben niedergelegt, ohne ihre Tür abzusperren? Aus Aufmerksamkeit gegenüber denen vielleicht, die am nächsten Tag kommen würden? Er schüttelte den Kopf. Es wäre ein Leichtes gewesen, durch die Gartentür in die Wohnung zu gelangen. Aber wenn sie eines natürlichen Todes im Schlaf gestorben wäre, so hätte sie am Abend, ehe sie sich zum Schlafen legte, gewiß wie immer abgesperrt.

Die Zweifel ließen ihm keine Ruhe. Er trat in den Hausflur hinaus und zog die Tür heftiger als beabsichtigt hinter sich zu. Und da fiel ihm ein, daß er vergessen hatte, nach einem Schlüssel zu suchen.

3

Die Mittagssonne schien durch die Südfenster von Kincaids Wohnung und machte das Zimmer beinahe unerträglich heiß. Als erstes öffnete er Fenster und Balkontür und legte sein Jackett ab. Er spürte, wie ihm unter den Armen der Schweiß ausbrach und seine Oberlippe feucht wurde. Der Telefonhörer in seiner Hand fühlte sich glitschig an, als er die Nummer des Coroner wählte.

Nachdem er seinen Namen genannte hatte, brachte er sein Anliegen vor und erläuterte die Situation. Ja, die Tote war ins Krankenhaus gebracht worden, da kein Arzt dagewesen sei, der den Totenschein hätte ausstellen können. Nein, zunächst habe er an der Todesursache keine Zweifel gehabt, habe jedoch in der Zwischenzeit etwas erfahren, das seine Zweifel geweckt habe. Ob der Coroner veranlassen könnte, daß eine Obduktion vorgenommen werde? Ja, gewiß, dies sei ein amtlicher Auftrag. Und würde man ihn bitte den Befund sobald wie möglich wissen lassen?

Er dankte und legte auf, befriedigt, daß er die Dinge nun wenigstens ins Rollen gebracht hatte. Der Papierkram konnte bis morgen warten. Unschlüssig stand er da und sah sich wie hilfesuchend in seiner Wohnung um. Ihm graute vor dem Anruf bei Jasmines Bruder.

Das Geschirr mehrerer Tage stapelte sich unordentlich im Spülbecken, Tassen mit verkrusteten Kaffeeresten standen auf dem staubigen Couchtisch, Bücher und Kleider lagen überall herum. Seufzend ließ Kincaid sich in einen Sessel fallen und rieb sich geistesabwesend das Gesicht. Selbst seine

Haut fühlte sich schlaff und gummiartig an vor Erschöpfung. Als er sich mit geschlossenen Augen zurücklehnte, spürte er unter seinem Schulterblatt einen harten Druck – Jasmines Adreßbuch, in der Brusttasche seines Jacketts, das er vorhin über die Sessellehne geworfen hatte. Er zog das schmale Buch heraus und sah es sich an. Es paßte zu Jasmine, fand er – smaragdgrünes Leder, in das kleine goldene Drachen geprägt waren, elegant und ein wenig exotisch. Ich muß sie fragen, wo sie das gekauft hat, dachte er und schüttelte den Kopf. Er würde wohl noch eine ganze Weile brauchen, um es zu begreifen.

Die goldgeränderten Seiten des Büchleins flatterten wie Schmetterlingsflügel unter seinen Fingern. Namen, in Jasmines zierlicher Hand geschrieben, sprangen ihm entgegen: Margaret Bellamy, mit einer Adresse in Kilburn; Felicity Howarth, Highgate. Theo fand er unter »T«, nur Vornamen und Telefonnummer.

Er tippte die Nummer ein, langsam, beinahe zögernd. Das wiederholte Summen des Telefons klang fern und dünn, und er war nahe daran aufzugeben, als eine Männerstimme sich meldete. »Kinkerlitzchen.«

»Wie bitte?« sagte Kincaid verblüfft.

»Kinkerlitzchen. Was kann ich für Sie tun?« Diesmal klang die Stimme leicht ungeduldig.

Kincaid faßte sich. »Mr. Dent?«

»Ja. Was kann ich für Sie tun?« Aus der leichten Ungeduld wurde massive Gereiztheit.

»Mr. Dent, mein Name ist Duncan Kincaid. Ich wohne mit Ihrer Schwester Jasmine in einem Haus. Es tut mir leid, Ihnen mitteilen zu müssen, daß sie in der vergangenen Nacht gestorben ist.« Das Schweigen am anderen Ende der Leitung dauerte so lange an, daß Kincaid Zweifel bekam, ob der Mann überhaupt noch am Apparat war. »Mr. Dent?«

»Jasmine? Sind Sie sicher?« Theo Dents Stimme klang verwirrt. »Aber ja, natürlich sind Sie sicher«, fuhr er in etwas festerem Ton fort. »Was für eine idiotische Frage! Aber ich ... ich habe überhaupt nicht damit gerechnet ...«

»Nein, ich glaube, keiner ...«

»War sie ... ich meine, sie hat doch nicht ...«

»Sie wirkte sehr friedlich, Mr. Dent«, sagte Kincaid behutsam. »Aber Sie werden wohl herkommen und sich um die Formalitäten kümmern müssen.«

»Oh, selbstverständlich.« Die Aussicht, tätig werden zu müssen, schien einen Ausbruch zielloser Energie bei ihm auszulösen. »Wo hat man sie ... wo ist sie jetzt? Ich kann erst heute abend weg. Ich muß den Laden zumachen. Ich kann nämlich nicht Auto fahren, wissen Sie. Ich muß den Zug nehmen ...«

Kincaid unterbrach. »Ich kann Sie hier in der Wohnung erwarten, wenn Sie möchten, und Ihnen dann die Einzelheiten berichten.« Er wollte nicht am Telefon erklären, weshalb sich die Beerdigung möglicherweise verzögern würde.

Theo stieß einen hörbaren Seufzer der Erleichterung aus. »Wäre das möglich? Das ist sehr freundlich von Ihnen. Ich nehme den Zug um fünf. Wohnen Sie oben oder unten? Jasmine hat mir nie ...«

»Oben.« Theos Unwissenheit überraschte Kincaid nicht – er selbst hatte schließlich nicht einmal gewußt, daß Jasmine einen Bruder hatte.

Sie legten auf, und Kincaid schloß einen Moment aufatmend die Augen. Das Schlimmste war geschafft. Es war nicht so arg gewesen, wie er erwartet hatte. Jasmines Bruder hatte eher verwirrt gewirkt, als von Schmerz überwältigt. Vielleicht hatten die beiden einander nicht besonders nahegestanden, wenn auch, wie er allmählich herausfand, Jasmines Schweigen zu einem Thema keineswegs als Indikator ihrer Einstellung dazu genommen werden konnte. Zu wirr im Kopf, um klar zu überlegen, trottete er in die Küche und öffnete den Kühlschrank – Eier, eine verschrumpelte Tomate, ein verdächtig aussehendes Stück Käse, einige Dosen Bier. Er öffnete eine der Dosen, trank einen Schluck, verzog das Gesicht, stellte die Dose wieder weg.

Er hatte sein Hemd zur Hälfte aufgeknöpft und stand schon vor der Schlafzimmertür, als es klopfte – scharf, amtlich, zweimal. Kincaid öffnete die Wohnungstür und kniff verdutzt die Augen zusammen. Er sah Major Keith selten in etwas anderem als seiner Gartenmontur, und heute sah er ganz besonders korrekt aus – Tweedanzug mit Regimentskrawatte, blitzblank gewichste Schuhe, einen weichen Filzhut in der Hand. Ein Ausdruck ängstlicher Besorgnis lag auf dem runden Gesicht.

»Major?«

»Ich habe eben mit dem Briefträger gesprochen. Er sagte, er habe heute morgen, als er hier vorbeikam, einen Krankenwagen wegfahren sehen, und ich wollte wissen – als ich eben unten geklopft habe, rührte sich nichts. Es ist ihr doch nichts passiert?«

Ach, du lieber Gott! Kincaid ließ sich schlaff an den Türpfosten fallen. Wie hatte er vergessen können, daß der Major nichts wußte? Und dabei waren die beiden Freunde gewesen, nicht nur oberflächliche Bekannte. Über die gemütlichen Teestunden mit dem Major wenigstens hatte Jasmine gesprochen. »Ich weiß nicht, ob man von ›Unterhaltung‹ sprechen kann«, hatte sie lachend gesagt. »Eigentlich sitzen wir nur in der Sonne wie zwei alte Hunde.« Kincaid riß sich zusammen. »Bitte, kommen Sie doch herein, Major.«

Er führte den Major ins Zimmer und wies vage zu einem Sessel, doch der Mann blieb stehen, blickte ihn an und wartete schweigend. Seine Augen blitzten in einem überraschend intensiven hellen Blau.

»Wollen Sie es mir nicht sagen?« fragte er schließlich.

Kincaid seufzte. »Als heute morgen die Pflegerin kam,

machte Jasmine nicht auf. Ich kam zufällig vorbei und habe dann das Schloß mit einer Büroklammer geknackt. Wir fanden sie in ihrem Bett. Sie schien ganz friedlich im Schlaf gestorben zu sein.«

Der Major nickte stumm, und ein Ausdruck flog über sein Gesicht, den Kincaid nicht recht deuten konnte. »Eine gute Frau, trotz...« Er brach ab und sah Kincaid an. »Aber das spielt jetzt keine Rolle mehr.« Das rollende schottische »R«, das man sonst kaum noch wahrnahm, machte sich stärker bemerkbar. »Dann kümmern Sie sich um alles?«

Wieder, dachte Kincaid seltsam berührt, wurde ihm da eine Vertrautheit mit Jasmine unterstellt, die gar nicht bestanden hatte. »Vorläufig zumindest, ja. Heute abend kommt ihr Bruder.«

Der Major nickte nur und wandte sich wieder zur Tür. »Dann will ich Sie jetzt nicht länger stören.«

»Major?« hielt Kincaid ihn auf, als er schon an der Tür war. »Hat Jasmine Ihnen je von einem Bruder erzählt?«

Der Major, der gerade dabei war, seinen Hut auf das schüttere Haar zu setzen, das sorgsam seitlich gebürstet seinen Schädel bedeckte, drehte sich herum. Nachdenklich zupfte er an seinem grauen Schnauzer. »Äh... nein, ich kann mich nicht erinnern. Sie hat überhaupt nicht viel geredet. Höchst bemerkenswert für eine Frau.«

Nachdem der Major gegangen war, schloß Kincaid die Tür und lehnte sich an das glatte Holz. Nicht einmal sein übernächtigter Zustand und die Arbeit an einem besonders abscheulichen Fall konnten diese Bleischwere in seinen Gliedern und die Benommenheit in seinem Kopf erklären. Schock, vermutete er, Abwehr von Schmerz.

Er legte die Sicherheitskette vor und nahm im Vorbeigehen den Telefonhörer von der Gabel. Seine Kleider abwerfend, taumelte er ins Schlafzimmer. Fliegen flogen tief brummend zum offenen Fenster herein und wieder hinaus. Ein Sonnenstrahl lag über dem Bett, so greifbar wie ein Stein. Kincaid ließ sich hineinfallen und schlief, noch ehe sein Gesicht das zerknitterte Laken berührte.

Als die Sonne unterging, fiel die Temperatur rasch, und Kincaid erwachte vom kühlen Luftzug auf seiner Haut. Das Stück südlichen Himmels, das er durch das immer noch geöffnete Fenster sehen konnte, war dunkelgrau, mit einem rosaroten Schimmer an den Rändern. Er wälzte sich auf die Seite und sah auf den Wecker, fluchte und sprang aus dem Bett, um zu duschen.

Fünfzehn Minuten später, er war in Jeans und Pullover und kämmte sich gerade das feuchte Haar, klingelte es an der Tür. Alle seine Erwartungen, sich einer männlichen Ausgabe Jasmine Dents gegenüberzusehen, wurden auf einen Schlag zunichte gemacht, als er die Tür öffnete.

»Mr. Kincaid?« Der Mann sprach zögernd, als fürchtete er, zurückgewiesen zu werden.

Kincaid musterte ihn. Er hatte ein ovales, fein gemeißeltes Gesicht, aber hier endete auch schon die Ähnlichkeit mit Jasmine. Theo Dents zierlicher Körper war mit einer extra Schicht Fett gepolstert, das lockige braune Haar umgab seinen Kopf wie ein Heiligenschein, und die Augen hinter den runden Brillengläsern, die an John Lennon erinnerten, waren nicht braun, sondern blau.

»Mr. Dent.« Kincaid bot ihm die Hand, und Theo schüttelte sie einmal kurz. Seine Hand war feucht, und Kincaid hatte den Eindruck, daß sie zitterte. »Haben Sie einen Schlüssel zur Wohnung Ihrer Schwester, Mr. Dent?«

Theo schüttelte den Kopf. »Nein.«

Kincaid überlegte einen Moment. »Dann kommen Sie doch einen Moment herein, während ich mir etwas überlege.« Er ließ Theo Dent auf den Fersen wippend im Flur stehen, während er die Kommodenschublade im Schlafzimmer durchwühlte. Als er noch beim Einbruchsdezernat gearbeitet hatte, hatte einer seiner Stammkunden ihm ein Werkzeug geschenkt, das zu gebrauchen er bisher keine Gelegenheit gehabt hatte.

Er hielt den Ring mit den feinen Drähten hoch, als er ins Wohnzimmer zurückkehrte, und Theo Dent zog fragend die Augenbrauen in die Höhe.

»Ich habe vergessen, nach einem Schlüssel zu sehen, als ich heute mittag ging«, erklärte Kincaid. »Aber damit müßten wir eigentlich hineinkommen.«

»Aber wie... ich meine, Sie haben sie doch gefunden...«

»Ja. Ich habe das Schloß heute morgen schon einmal auf weniger elegante Weise geknackt. Mit einer Büroklammer.« Theo Dent fragte nicht, wie Kincaid zu dem Einbrecherwerkzeug kam.

Sie stiegen die Treppe hinunter, und Kincaid hatte das billige Schloß im Nu geöffnet. Als er die Tür aufstieß und zur Seite trat, streifte sein Arm Theos, und er spürte das Zittern des anderen. Er hielt einen Moment inne und legte Theo die Hand auf die Schulter.

»Beruhigen Sie sich. Es ist nicht schlimm. Es gibt nichts zu sehen. Sie müssen nicht einmal hineingehen, wenn Sie nicht möchten. Ich dachte nur, Sie wollten vielleicht ihre Papiere durchsehen.«

Theo sah ihn mit seinen blauen Augen ernsthaft an. »Doch, ich möchte hineingehen. Ich muß. Verzeihen Sie, daß ich so töricht bin.«

Er ging an Kincaid vorbei in die Wohnung seiner Schwester. In der Mitte des Wohnzimmers blieb er mit hängenden Armen stehen. Sein Blick wanderte über die Besitztümer seiner Schwester, die Dinge aus Jade und Messing, die farbenfrohen Seidenteppiche und das ordentlich gerichtete Krankenhausbett, das den meisten Platz in dem Raum beanspruchte.

Zu Kincaids Verwirrung liefen Theo Dent plötzlich die Tränen aus den Augen und rollten unter den runden Brillengläsern hervor ungehindert seine Wangen hinab. Wie er da so inmitten der Besitztümer seiner Schwester stand, wirkte er sowohl mitleiderregend als auch fehl am Platz – das sportlich robuste Jackett, das Hemd mit dem Nadelstreifen, die roten Hosenträger wirkten beinahe wie eine Parodie alles Englischen. Er erinnerte Kincaid an die herausgeputzten Teddybären in den Schaufenstern.

»Kommen Sie.« Er nahm Theo beim Arm und führte ihn zu einem Stuhl. »Setzen Sie sich.« Er suchte auf dem Tisch neben dem Bett nach Papiertaschentüchern, und der Anblick von Jasmines Buch und Lesebrille, die so ordentlich obenauf lagen, machten ihm selbst arg zu schaffen. »Jasmine hatte immer eine Flasche Whisky im Schrank«, sagte er, als er Theo die Taschentücher gab. »Wir können jetzt beide einen steifen Drink gebrauchen.«

Theo schüttelte den Kopf. »Ich trinke fast nie.« Er schniefte einmal, nahm seine Brille ab, wischte sich die Augen und schneuzte sich. »Aber ein kleiner Whisky wird wohl nicht schaden.«

Kincaid holte zwei Gläser, gab zwei Fingerbreit Whisky in jedes und reichte eines Theo.

»Danke«, sagte der. »Und nennen Sie mich doch Theo. Alles andere ist unter den Umständen ziemlich absurd.«

Sie tranken schweigend. Theo bekam langsam wieder etwas Farbe. Er vergrub sein Gesicht in einem der Taschentücher und schneuzte sich kräftig. Dann zog er ein verknülltes Taschentuch aus seiner Tasche und tupfte behutsam seine Nasenspitze ab.

»Wissen Sie, ich konnte es einfach nicht glauben«, sagte er unvermittelt. »Erst als ich hier hereinkam und die leere Wohnung sah und das Bett mitten im Zimmer ... Ich wußte das gar nicht, daß sie das Bett ins Wohnzimmer gestellt hatte.«

Kincaid runzelte verwundert die Stirn. Jasmine hatte das Krankenhausbett schon mehrere Monate zuvor bestellt gehabt. »Wann haben Sie Ihre Schwester das letztemal gesehen, Theo?«

Theo nahm noch einen Schluck von seinem Whisky, während er überlegte. »Vor sechs Monaten, glaube ich. Ja, das müßte hinkommen.« Er sah Kincaids Überraschung. »Bitte, verstehen Sie das nicht falsch – jetzt habe ich Ihren Namen vergessen. Irgendwie ist alles an mir vorbeigegangen, als Sie angerufen haben.«

»Duncan.«

Theo nickte mit eulenhafter Miene, und Kincaid dachte bei sich, daß er nicht übertrieben hatte, als er auf seine geringe Alkoholtoleranz hingewiesen hatte. »Es ist nicht so, daß ich meine Schwester nicht sehen wollte, Duncan. *Sie* wollte mich nicht sehen. Oder genauer gesagt...«, er beugte sich vor und wedelte mit seinem Glas, um seine Worte zu unterstreichen, »... sie wollte mich hier nicht sehen. Nachdem sie erfahren hatte, daß sie krank war, wollte sie meine Besuche nicht mehr.« Theo lehnte sich seufzend in seinem Sessel zurück. »Gott! Sie konnte so dickköpfig sein! Jede Woche habe ich sie angerufen. Einmal, als ich mit ihr telefoniert und praktisch gebettelt habe, sie besuchen zu dürfen, sagte sie: ›Theo, mir gehen die Haare aus. Ich will nicht, daß du mich siehst.‹ Ich kann sie mir ohne ihr Haar nicht vorstellen. War sie...«

»Ja, sie hat ihr Haar verloren, aber es ist wieder nachgewachsen, als die Behandlung abgebrochen wurde. Sehr dick und dunkel. Sie sah aus wie ein Junge.«

Theo ließ sich das durch den Kopf gehen. Dann nickte er. »Sie hat es immer lang getragen. Seit ihrer Kindheit. Sie war sehr stolz auf ihr Haar.« Er schwieg und schloß die Augen, blieb so lange so, daß Kincaid schon glaubte, er sei eingenickt. Gerade als er ihm das sich langsam schräg neigende

Glas aus der Hand nehmen wollte, öffnete Theo die Augen wieder und fuhr zu sprechen fort, als hätte er nie eine Pause gemacht.

»Wissen Sie, Jasmine hat von Anfang an für mich gesorgt. Unsere Mutter starb bei meiner Geburt, unser Vater als ich zehn war und Jasmine fünfzehn. Aber mit unserem Vater war eigentlich sowieso nie zu rechnen gewesen. Im Grund gab es immer nur uns beide.« Theo nahm einen weiteren Schluck und tupfte wieder seine Nasenspitze mit dem Taschentuch ab. »Mir hat sie erzählt, die Behandlung habe angeschlagen, es ginge ihr gut. Ich hätte das durchschauen müssen.« Wieder schwieg er einen Moment, und als er dann zu sprechen fortfuhr, klang seine Stimme überraschend bitter. »Ich glaube, sie konnte es nicht ertragen, schwach zu sein. Sie konnte es nicht ertragen, nicht das Kommando zu haben. Sie hat mir die einzige Möglichkeit genommen, ihr zu danken, mich so um sie zu kümmern, wie sie sich ihr Leben lang um mich gekümmert hatte.«

»Aber sie wollte Sie wahrscheinlich einfach nicht belasten«, meinte Kincaid behutsam.

Theo zog die Nase hoch. »Möglich. Aber es wäre leichter gewesen als dies ... dies Unerledigte.«

Kincaid hielt es für besser, Theo nichts mehr zu trinken anzubieten, und nahm die beiden Gläser mit in die Küche, um sie zu spülen. Er fühlte sich selbst unerwartet benebelt von dem Alkohol, und ihm fiel ein, daß er seit den frühen Morgenstunden, als er sich ein Sandwich hatte bringen lassen, nichts mehr gegessen hatte. Theos Stimme riß ihn aus seinen Gedanken.

»Das Merkwürdige ist, daß sie mich gestern angerufen hat – das war an sich schon ungewöhnlich, da sie sonst immer auf meine Anrufe gewartet hat – und sagte, sie wolle mich dieses Wochenende sehen. Ich dachte, es müßte ihr besser gehen. Es klang wirklich so, als fühlte sie sich wohl. Wir verabredeten uns für den Sonntag, da ich samstags den Laden nicht zumachen kann.«

Ein grausamer Streich, dachte Kincaid, wenn sie wirklich vorgehabt haben sollte, sich das Leben zu nehmen. Er hätte sie der Bosheit nicht für fähig gehalten. Doch was wußte er schon über die Beziehung zwischen diesen beiden, oder auch nur über Theo?

Er drehte sich herum, lehnte sich an das Spülbecken und verschränkte die Arme vor der Brust. »Was verkaufen Sie, Theo? Jasmine hat es mir nie erzählt.«

Theo lächelte. »Trödel«, sagte er. »Dinge, die nicht alt genug sind, um als Antiquitäten gelten zu können. Alles vom Knopf bis zur Butterschale.« Sein Gesicht wurde bekümmert. »Jasmine hat mich unterstützt, sonst hätte ich den Laden gar nicht aufmachen können.« Er stand auf und ging ruhelos im Zimmer hin und her. »Ich weiß nicht, was ich jetzt tun soll.« Er schüttelte den Kopf und drehte sich wieder herum. In der Hand hielt er einen kleinen Porzellanelefanten von Jasmines Schreibtisch. »Was geschieht jetzt – in bezug auf Jasmine, meine ich? Es müssen doch wahrscheinlich alle möglichen Formalitäten erledigt werden ... ich habe keine Ahnung, wo ich anfangen soll. Wissen Sie, was sie für Wünsche hatte?« Theo runzelte die Stirn und fuhr zu sprechen fort, ehe Kincaid antworten konnte. »Waren Sie ein enger Freund meiner Schwester? Entschuldigen Sie – ich war so mit mir selbst beschäftigt –, ich hätte es wissen müssen. Es muß sehr schwer für Sie gewesen sein.«

Auf Anteilnahme war Kincaid nicht vorbereitet gewesen. »Ja«, antwortete er sowohl auf die direkte wie auf die indirekte Frage Theos. Dann holte er Atem und richtete sich auf. Es konnte nicht länger hinausgeschoben werden. »Ich war ein Freund Ihrer Schwester, aber ich bin außerdem Polizeibeamter. Als Jasmines Pflegerin und ich Ihre Schwester heute morgen fanden, nahmen wir an, sie sei eines natürlichen

Todes gestorben. Aber dann kam Jasmines Freundin Margaret und berichtete uns, sie habe Jasmine versprochen, ihr zu helfen, sich selbst das Leben zu nehmen.«

Theo blieb abrupt stehen und ließ sich auf einen Stuhl fallen, als habe man ihm den Boden unter den Füßen weggezogen. »Selbstmord?«

»Margaret erzählte uns, gestern habe Jasmine ihr gesagt, sie habe es sich anders überlegt; aber nun glaubt sie, daß Jasmine das nur sagte, um sie aus ihrer Verpflichtung zu entlassen.«

»Aber warum? Warum hätte sie sich das Leben nehmen sollen?«

»Vielleicht wollte sie nicht völlig abhängig von der Hilfe anderer werden. Vielleicht wollte sie nicht mehr leiden.«

»Natürlich. Wie dumm von mir.« Theo starrte ins Leere. Geistesabwesend strich er über den Porzellanelefanten, den er immer noch in der Hand hielt. »Das sähe ihr ähnlich.«

»Theo, ich habe über den Coroner eine Obduktion anordnen lassen.« Als Kincaid das Unverständnis des anderen sah, fügte er hinzu: »In einer Situation wie dieser ist es notwendig festzustellen, was genau geschehen ist.«

»Finden Sie?« fragte Theo, immer noch verständnislos.

»Nun, das ist jedenfalls das übliche Procedere, wenn hinsichtlich der Todesursache nicht absolute Gewißheit besteht.« Kincaid hatte den Eindruck, daß der zweite Schock Theo völlig gelähmt hatte. »Die Beerdigung wird sich dadurch leider verzögern. Vielleicht könnten Sie sich mit Jasmines Anwalt in Verbindung setzen.« Theo starrte ihn mit leerem Blick an. »Wissen Sie den Namen ihres Anwalts?« fragte Kincaid.

Theo versuchte, sich zu fassen. »Thomas ... Thompson ... Ich weiß nicht genau.« Er stand auf, immer noch den Elefanten in den Händen. »Duncan, Sie waren sehr freundlich. Könnten Sie sich vorläufig weiter um alles hier kümmern? Ich glaube, ich möchte jetzt nach Hause.«

Kincaid fragte sich, ob er das schaffen würde. »Soll ich Sie zur U-Bahn bringen?«

Theo schüttelte den Kopf. »Nein, nein. Das schaffe ich schon. Wirklich.« Er stand auf, und erst als er Kincaid die Hand bot, schien ihm bewußt zu werden, daß er immer noch den Elefanten hielt. »Er hat mir gehört, als ich noch ein Kind war«, sagte er, als er Kincaids fragenden Blick sah. »Ich habe ihn Jasmine geschenkt, als ich in meine erste eigene Bude gezogen bin. Ich fand ihn wohl nicht schick oder erwachsen.« Er lächelte und stellte den Elefanten sorgfältig wieder auf seinen Platz auf Jasmines Schreibtisch. »Sie geben mir Bescheid?« fragte er, sich wieder Kincaid zuwendend.

»Ja. Sobald ich etwas höre.«

Theo ging und ließ Kincaid im zweifelhaften Besitz von Jasmines Wohnung zurück.

Kincaid blieb eine Weile stehen, wo er war und versuchte, fest entschlossen, das Knurren seines Magens noch ein wenig länger zu ignorieren, Ordnung in seine Gedanken zu bringen. Theo Dents Bericht, daß Jasmine ihn nach einer absoluten Funkstille von sechs Monaten plötzlich hatte sehen wollen, verstärkte das Gefühl des Unbehagens, das sich bereits in ihm festgesetzt hatte. Hatte Jasmine sowohl Margaret als auch Theo belogen? In Margarets Fall hatte vielleicht Güte sie zu der Lüge veranlaßt; aber ganz sicher nicht in Theos Fall.

Kincaid schob die Hände in die Hosentaschen und sah sich seufzend in dem vertrauten Zimmer um. So wie es schien war Jasmine für mehr als einen Menschen ruhender Pol und Halt gewesen – sowohl Margaret als auch Theo hatten so jammervoll wie im Stich gelassene Kinder gefragt: »Was soll ich denn jetzt tun?« Und doch hatte er keine Ahnung, was für Gefühle Jasmine ihnen oder sonst jemandem entgegengebracht hatte. Schon war ihr Wesen so flüchtig geworden wie Rauch, und dabei hatte er geglaubt, sie recht gut zu kennen.

Er ging zur Spüle in der Küche, um die Whiskygläser abzutrocknen und wegzustellen. Mit dem Fuß stieß er gegen irgendein Hindernis und blickte nach unten. Es war der Futternapf, den er am Morgen der Katze hingestellt hatte; das Futter war unberührt, angetrocknet und überkrustet. »Verdammt«, fluchte er. Er hatte die Katze völlig vergessen, obwohl er sich vorgenommen hatte, mit Theo über sie zu sprechen, da er gehofft hatte, Jasmines Bruder würde das Tier mitnehmen oder sonstwie über es verfügen.

Er kniete nieder und spähte unter Jasmines Bett. Die Katze hockte noch immer an derselben Stelle wie am Vormittag, als hätte sie sich überhaupt nicht gerührt. »Miez, Miez, Miez«, rief er schmeichelnd und erreichte damit so wenig wie zuvor. Er ging in die Küche zurück, warf das ausgetrocknete Futter weg und gab eine frische Portion in den Napf. Den schob er so weit es ging unter das Bett und blieb dann auf allen vieren liegen, um die Katze zu beobachten. Er hatte ein schlechtes Gewissen angesichts der Trauer des Tiers und wußte doch nicht, wie er ihm helfen sollte, da er mit Katzen keine Erfahrung hatte.

»Also«, sagte er zu der Katze, »mehr kann ich nicht für dich tun. Ob du frißt oder nicht, ist deine Sache. Ich kann dich nicht weiterhin ›Mieze‹ nennen, und ›Sidhi‹ oder etwas ähnlich Absurdes werde ich dich ganz bestimmt nicht nennen.« Die Katze schloß die Augen, ob aus Müdigkeit oder Langeweile, konnte Kincaid nicht sagen. »Sid. Von jetzt an heißt du schlicht und einfach Sid. Okay?« Er nahm das Schweigen als Zustimmung und stand auf.

Er mußte einen Schlüssel haben, wenn er sich weiter um die Katze kümmern wollte. Wo hatte Jasmine ihre Schlüssel aufbewahrt? Sie hatte sie wahrscheinlich nicht häufig gebraucht, seit sie praktisch ans Haus gefesselt gewesen war, aber sie mußten leicht zugänglich gewesen sein. Der kleine Sekretär erschien ihm als der nächstliegende Aufbewahrungsort, und in der Tat brauchte er nicht lange zu suchen. Er fand einen einzelnen Schlüssel an einem Messingring mit Monogramm in einem Holzkästchen auf der Schreibplatte des Sekretärs.

Als er sich abwenden wollte, fiel ihm etwas Farbiges in einem der offenen Fächer des Schreibtisches auf. Es war ein Terminkalender, wie man sie in manchen Museen kaufen kann: Jede Seite, die jeweils eine Woche umfaßte, war mit dem Druck eines Gemäldes von Constable geschmückt. Er blätterte die letzten Monate durch und fand Eintragungen ihrer Klinikbesuche, von Geburtstagen und, immer häufiger, seines eigenen Namens. In den Märzwochen erschienen die ersten botanischen Vermerke: über die Blüte der Forsythien und der japanischen Quitten, der Narzissen und, als er zum April blätterte, die Blüte von Birne und Pflaume, der ersten Tulpe im Garten. All diese Pflanzen waren von den Fenstern der Wohnung aus zu sehen, und Kincaid hatte den Eindruck, daß diese Aufzeichnungen nicht Teil eines alljährlichen Rituals waren, das Jasmine gepflegt hatte, sondern vielmehr Wiedergabe des Erlebens eines letzten Frühlings. Unter dem Datum des gestrigen Tages, gegenüber von Constables »Blick von Hampstead Heath« hatte sie geschrieben: »Theo – Sonntag?« Und darunter, sehr sorgfältig: »Mein fünfzigster Geburtstag.«

Das hatte er nicht gewußt.

4

Am Samstag morgen erwachte Kincaid langsam, fühlte sich wohlig träge und zufrieden, bis die Erinnerung wiederkehrte. Das Gefühl des Verlusts senkte sich schwer auf ihn nieder und saß ihm wie ein Alp auf der Brust. Er richtete sich auf und schüttelte den Kopf wie ein Schwimmer, der aus den Tiefen auftaucht.

Wenn er geträumt hatte, so hatte er keine Erinnerung daran. Sein Kopf war klar, und er wurde sich bewußt, daß er im Schlaf zu einem Entschluß gekommen war. Wenn der Pathologe feststellte, daß Jasmine eines natürlichen Todes gestorben war, würde er mit Freuden seinen Argwohn fallen lassen. Wenn jedoch nicht, so mußte er, fand er, vorbereitet sein. Selbstmord war die naheliegende Schlußfolgerung; er hatte keinen konkreten Anlaß ihr zu mißtrauen, und doch tat er es. Vielleicht war es einfach so, daß er, der Kriminalbeamte, nicht einmal zu Hause abschalten konnte und selbst im natürlichen und friedlichen Tod einer Freundin noch die Gewalt suchte. Oder vielleicht wehrte er sich gegen den Gedanken an Selbstmord, weil dieser bei ihm Schuldgefühle auslöste, als hätte er sie irgendwie im Stich gelassen. Aber was auch immer die Quelle seines Unbehagens sein mochte, die Erfahrung hatte Kincaid gelehrt, sich auf seinen Instinkt zu verlassen, und etwas an Jasmines Tod beunruhigte ihn.

Das Wochenende würde ihm Zeit zu näherer Überlegung geben. Er war dienstfrei. Er konnte damit beginnen, sich in Jasmines Wohnung umzusehen. Jedoch bei der Vorstellung, ganz allein in Jasmines persönlichen Dingen zu kramen, überfiel ihn Niedergeschlagenheit. Theo hatte ihm zwar praktisch *carte blanche* gegeben; dennoch erschien es ihm, als drängte er sich in ihre Privatsphäre.

Gemmas offenes, sommersprossiges Gesicht tauchte vor ihm auf. Auch sie hatte dieses Wochenende keinen Dienst. Er würde sie anrufen und um ihre Hilfe bitten. Mit Gemma zusammen, die sein Sergeant war, würde das Kramen in Jasmines Wohnung etwas Amtlicheres bekommen, und Gemma mit ihrer praktischen Art würde ihn davon abhalten, allzuviel nachzudenken. Er wälzte sich in seinem Bett zur Seite und griff nach dem Telefon.

Gemma war ungewöhnlich mürrisch, bis sie seine Stimme erkannte. Selbst dann zögerte sie, nachdem er ihr erklärt hatte, was er wollte; doch er schrieb es der Sorge um ihren kleinen Sohn zu und versicherte ihr, sie könne ihn mitbringen.

Zufrieden mit diesem Arrangement stand er auf und machte sich auf den Weg in die Küche, um Kaffee zu kochen. Der Anblick seines Wohnzimmers jedoch entsetzte ihn so sehr, daß er abrupt stehen blieb. Gemma hatte ihn schon des öfteren abgeholt oder nach Hause gefahren, aber sie hatte nie seine Wohnung zu Gesicht bekommen. Sie würde ihn für einen absoluten Chaoten halten, wenn sie das Tohuwabohu hier sähe. Da mußte sofort eine größere Aufräum-Aktion gestartet werden.

Es war später Vormittag, als Gemma James ihren Ford Escort vor Kincaids Haus parkte. Sie schaltete den Motor aus und blieb einen Moment lauschend sitzen. Die Stille in der Carlingford Road überraschte sie immer wieder. In ihrem eigenen Haus in Leyton wurde der Verkehrslärm von der Lea Bridge Road höchstens nachts einmal zu einem gedämpften Donnern. Es war eben eine andere Gegend, dachte sie, während sie an den noch schattendunklen Fassaden der Häuser emporsah. Sie waren alle aus rotem Backstein; weiße Fensterstöcke bewahrten sie vor Düsternis und Haustüren in leuchtenden Farben vor Eintönigkeit.

Toby begann in seinem Kindersitz unruhig zu werden, und sie drehte sich etwas widerstrebend um und öffnete seinen Gurt. Er kletterte nach vorn, um auf ihrem Schoß herumzuhüpfen. »Autsch!« rief sie grimassenschneidend, und er lachte begeistert. »Bald bist du so schwer, daß ich dich überhaupt nicht mehr auf den Schoß nehmen kann. Ich glaube, ich darf dir nichts mehr zu essen geben.« Sie kitzelte ihn, bis er quietschte, dann schlang sie ihre Arme um den drallen kleinen Körper und drückte ihr Gesicht in sein helles glattes Haar. Er war zwei und sah schon wie ein richtiger kleiner Junge aus; sie geizte mit jeder Minute der knapp bemessenen Zeit, die sie mit ihm verbringen konnte.

Ihr früherer Ärger kehrte zurück. Glaubte Kincaid sie wüßte mit ihrem Samstag nichts Besseres anzufangen, als ihm bei der Lösung irgendwelcher persönlicher Probleme zu helfen? Doch ehrlich wie sie war, gestand sie sich sogleich ein, daß ihr Unwille mehr mit ihrem eigenen Widerstreben zu tun hatte, die Grenze zu überschreiten, die sie sorgfältig zwischen Privatem und Beruflichem gezogen hatte, als mit seiner Zumutung. Sie war gekommen, weil sie sich geschmeichelt fühlte, daß er an sie gedacht hatte, und weil sie neugierig war.

Kincaid öffnete die Tür und sagte erst einmal gar nichts, sondern musterte sie nur beifällig.

»Sie haben gesagt, privat«, erinnerte sie ihn brüsk und sah von dem orangefarbenen T-Shirt, das ihr Haar mehr kupferrot als rotblond wirken ließ, zu dem bedruckten Baumwollrock und den Sandalen hinunter.

»Und ich bin froh, daß ich es gesagt habe.« Er lachte sie an und schwang dann Toby in die Luft.

»Sie sehen auch nicht gerade aus wie die Eleganz in Person«, bemerkte sie mit einem demonstrativen Blick auf seine verblichene Jeans und sein T-Shirt.

»Stimmt. Ich habe Ihnen zu Ehren gründlich aufgeräumt.« Er trat zurück und bat sie mit übertrieben schwungvoller Geste in seine Wohnung.

»Wie schön«, sagte Gemma und hörte selbst die Überraschung in ihrer Stimme. Weißgetünchte Wände, um das Südlicht zu voller Geltung zu bringen, helle dänische Möbel mit bunten Baumwollbezügen, an der einen Wand Bücherregale, an der anderen eine Stereoanlage und gerahmte Poster – die Gesamtwirkung war hell und behaglich und verriet einen Mann mit sicherem Geschmack.

»Was haben Sie denn erwartet? Eine verwahrloste Junggesellenbude voll altem Gerümpel?« Kincaids Stimme klang erheitert.

»Anscheinend, ja. Mein Exmann hatte eine Vorliebe für Orangenkisten«, antwortete Gemma ein wenig zerstreut, ihre Aufmerksamkeit schon gefesselt von der wahren Attraktion dieses Raums – dem Blick über die Dächer Nord-Londons. Wie an einer unsichtbaren Schnur gezogen, ging sie durch das Zimmer zur Balkontür, und Kincaid folgte ihr rasch und machte ihr die Tür auf. Sie traten zusammen hinaus, wobei Gemma automatisch eine Hand unter Tobys Hosenträger schob.

Ihre Begeisterung und ihr Neid mußten deutlich auf ihrem Gesicht zu sehen sein, denn Kincaid sagte beinahe zerknirscht: »Ich hätte Sie schon viel früher einmal heraufbitten sollen.«

Gemma beurteilte den Balkon als sicher und ließ Toby los. Mit geschlossenen Augen, das Gesicht zur Sonne erhoben, lehnte sie sich an das Geländer. Sie hatte hier ein Gefühl von Frieden und Zuflucht, das sie zu Hause niemals fand. Es wunderte sie nicht, daß er eifersüchtig darüber wachte. Seufzend öffnete sie die Augen.

»Sie haben mich nicht angerufen, damit ich das Panorama bewundere. Was gibt es also?«

Kincaid erklärte kurz die Umstände von Jasmines Tod und, etwas zögernd, seine Zweifel. Während er sprach, sah er zu, wie Toby vergnügt mit einem Stock in seinem einzigen Blumentopf herumstocherte. »Vielleicht ist es albern von mir«, sagte er, »aber irgendwie fühle ich mich verantwortlich. Als hätte ich sie im Stich gelassen, ohne es zu wissen.«

Im klaren Licht sah Gemma die Schatten unter seinen Augen und neue Linien um seinen Mund. Sie blickte wieder auf die Dächer. »Sie waren eng befreundet mit ihr?«

»Ja. Zumindest glaubte ich das.«

»Hm.« Widerstrebend wandte Gemma dem Ausblick den Rücken. »Gehen wir hinunter und sehen wir uns um, ja?«

»Und später lade ich Sie und Toby zum Mittagessen ins Pub ein, und hinterher können wir vielleicht einen Spaziergang im Park machen?« Sein Ton war leicht, aber Gemma spürte bittendes Drängen, und ihr kam der Gedanke, daß ihrem sonst so autonomen Chef davor graute, den Tag allein zu verbringen.

»Ist das Bestechung?«

Er lächelte. »Wenn Sie so wollen.«

Das erste, was Gemma in Jasmine Dents Wohnung auffiel, war der Geruch – nur ein Hauch, süß und würzig zugleich. Sie krauste die Nase in dem Bemühen, ihn zu identifizieren, dann hellte sich ihr Gesicht auf. »Das ist Weihrauch. Ich habe keinen Weihrauch mehr gerochen, seit ich aus der Schule bin.«

Kincaid sah sie verdutzt an. »Was denn?«

»Riechen Sie es nicht?«

Er reckte die Nase in die Luft, schüttelte den Kopf. »Wahrscheinlich bin ich zu sehr daran gewöhnt.«

Gemma mußte eine irrationale Anwandlung von Eifersucht auf diese Frau unterdrücken, von der sie nichts wußte, in deren Wohnung er so viele Stunden verbracht hatte. Es ging sie schließlich überhaupt nichts an, was er mit seiner Zeit anfing.

Sie blickte sich im Zimmer um, ohne Toby ganz aus den Augen zu lassen. Die Besitztümer eines Lebens, dachte sie; Besitztümer einer Frau, die den Dingen Bedeutung beigemessen hatte, sie ihrer Farbe, ihrer Beschaffenheit, ihrer Assoziationen wegen geliebt hatte und nicht wegen ihres materiellen Werts.

An einer Wand hingen Bilder, und Gemma trat näher, um sie genauer anzusehen. Das Mittelstück des Arrangements war eine sepiabraune Fotografie Eduards VIII. als junger Mann in Pfadfinderuniform. Schön und lächelnd stand er da und wußte noch nichts von Mrs. Simpson und Abdankung. Ein Andenken an Jasmines Eltern vielleicht? Der Druck daneben zeigte zwei turbangeschmückte indische Prinzen, die auf Elefanten und von ihren Heeren gefolgt gegeneinander ritten. Der Künstler hatte offenbar von perspektivischer Darstellung keine Ahnung gehabt; die Elefanten schienen in der Luft zu schweben, und das verlieh der ganzen Komposition etwas Stilisiertes und Eigenwilliges.

Gemma trat ans Fenster und strich mit den Fingern leicht über die geschnitzten Holzelefanten, die auf dem Fensterbrett aufgestellt waren. »Sind Elefanten nicht Glücksbringer? Komm mal her, Toby. Sieh sie dir an. Sind sie nicht schön?« Sie wandte sich Kincaid zu und fragte: »Glauben Sie, ich kann ihn mit den Elefanten spielen lassen? Sie scheinen ganz stabil zu sein.«

»Aber ja, warum nicht?« Er kam ebenfalls ans Fenster, schob es hoch, und sie lehnten sich beide hinaus und sahen in den Garten hinunter.

»Oh«, sagte Gemma beinahe atemlos, als sie das kleine Rechteck gepflegten grünen Rasens sah, das von Beeten vielfarbiger Tulpen eingerahmt und von leuchtender Forsythie und knospenden Pflaumenbäumen beschattet wurde. »Der ist ja hinreißend.« Sie dachte an ihr eigenes verkümmertes Fleckchen Garten, meistens mehr nackte Erde als Rasen, und sah zu Toby hin, der ganz vertieft mit den Elefanten spielte. »Könnte er…«

»Besser nicht.« Kincaid schüttelte den Kopf. »Da müssen wir schon mit ihm zusammen hinuntergehen. Wenn er dem Major seine Tulpen zertrampelt, dreht der ihm den Kragen um.« Er lachte und zauste Toby das helle Haar. »Was meinst du…«

Sie hörten das Miauen gleichzeitig, nur schwach, selbst in der Stille der Wohnung. Als sie sich herumdrehten, sahen sie die schwarze Katze unter Jasmines Bett hervorkriechen. Vor dem Bett machte sie halt, kauernd bereit, jederzeit zu fliehen.

»Eine Katze!« rief Gemma. »Sie haben gar nicht gesagt, daß sie eine Katze hatte.«

»Ich vergesse sie dauernd«, gestand Kincaid beschämt.

Gemma kniete nieder und rief die Katze. Sie zögerte einen Moment, dann kam sie langsam näher, und Gemma nahm sie auf den Arm. »Wie heißt sie?«

»Sie ist ein er und heißt Sid. Als ich ihn gerufen habe, ist er nicht gekommen«, sagte Kincaid gekränkt.

»Vielleicht hat meine Stimme ihn an sie erinnert«, meinte Gemma.

Kincaid kniete nieder, um nach dem Futternapf zu sehen, den er unter das Bett geschoben hatte. »Er frißt immer noch nicht.«

»Kein Wunder.« Gemma rümpfte angewidert die Nase, als sie das alte Futter sah. »Da muß schon etwas Besseres her.« Sie setzte die Katze auf den Boden und suchte in den Küchenschränken, bis sie eine Dose Thunfisch fand. »Vielleicht klappt's damit.« Sie öffnete die Dose und gab etwas Thunfisch in eine saubere Schale, die sie dem Kater hinstellte. Sidhi schnupperte, sah sie forschend an, hockte sich dann vor die Schale und nahm versuchsweise einen Happen.

Kincaid war wieder ins Wohnzimmer gegangen und wanderte ziellos umher, zerstreut bald dies, bald jenes berührend.

»So geht das nicht«, sagte Gemma, die seine sonstige Selbstsicherheit kannte, mit gedämpfter Stimme. »In diesem Zustand würde er ja nicht mal einen ganzen Heuhaufen mitten im Wohnzimmer finden, hm, Sid?« Der Kater ignorierte sie, ganz mit seinem Mahl beschäftigt.

Kincaid blieb vor dem schweren Bücherschrank aus Eiche stehen und starrte die Buchrücken an, als könnten sie ihm etwas offenbaren, wenn er nur lange genug hinsah. Gemma trat zu ihm und überflog die Namen. Scott, Forster, Delderfield, Galsworthy, eine sehr abgegriffene, in Leder gebundene Ausgabe der Romane Jane Austens.

»Es sind gar keine Modernen dabei«, sagte Gemma verwundert. »Keine Taschenbücher, keine Bestseller, keine Krimis oder Liebesromane.«

»Sie hat sie immer wieder gelesen. Es waren alte Freunde für sie.«

Gemma musterte ihn so aufmerksam, wie er die Bücher musterte, und beschloß, die Sache in die Hand zu nehmen.

»Also. Sie fangen mit dem Schreibtisch an, okay? Und ich nehme mir das Schlafzimmer vor.«

Kincaid nickte und ging zum Sekretär. Er setzte sich auf den Stuhl, der zu zierlich wirkte, um seinen großen, kräftigen Körper tragen zu können, und zog behutsam die oberste Schublade auf.

Jasmines kleines Schlafzimmer ging nach Norden, zur Straße hinaus. Gemma knipste die kleine Lampe auf der Kommode an. In dem Zimmer standen nur ein schmales Bett mit einem alten Chenilleüberwurf, die Kommode, ein Nachttisch und ein massiger Kleiderschrank. Im Gegensatz zum Wohnzimmer spiegelte dieser Raum nichts von der Persönlichkeit der Bewohnerin, sondern wirkte beinahe anonym. Gemma hatte den Eindruck, daß der Raum nur zum Schlafen und zur Aufbewahrung von Wäsche und Garderobe benutzt, jedoch nicht in dem Sinn bewohnt worden war wie der Rest der Wohnung.

Sie begann mit der Kommode und durchsuchte behutsam eine Schublade nach der anderen. Unter Unterröcken und Strümpfen in einer unteren Schublade lag mit der Vorderseite nach unten ein gerahmtes Bild. Gemma nahm es heraus und drehte es um. Eine dunkeläugige junge Frau blickte ihr aus einer Porträtaufnahme in Schwarz-Weiß entgegen. Sie schob den Rücken des Rahmens heraus, um sich die Rückseite der Fotografie selbst anzusehen. »Jasmine, 1962«, stand da in ordentlicher Bleistiftschrift. Gemma drehte das Foto wieder herum. Das dunkle Haar war lang und glatt, in der Mitte gescheitelt; das Gesicht klein und oval, und um den Mund schwebte die Andeutung eines Lächelns über ein Geheimnis, das der Betrachter nicht teilte. Das Mädchen hatte etwas sehr Altmodisches – sie hätte für eine Renaissance-Madonna Modell sitzen können.

Gemma öffnete den Mund, um Kincaid zu rufen, zögerte und legte schließlich die Fotografie wieder in die Schublade zurück.

Sie ging zum Schrank und zog die schweren Türen auf. Drinnen hingen vor allem Kostüme, Kleider und mehrere Seidenkaftane. Gemma ließ ihre Hände genießerisch über den Stoff gleiten und sah dann die Stapel von Hosen und Pullovern in den Schubladen durch.

Auf dem oberen Bord des Schranks standen Reihen übereinander getürmter Schuhkartons. Gemma schlüpfte aus ihren Sandalen, stellte sich auf den Boden des Schranks und hob den Deckel eines Kartons, um einen Blick ins Innere zu werfen. Eilig zog sie die Kartons heraus und stellte sie aufs Bett, um sie zu öffnen.

»Chef! Kommen Sie mal und sehen Sie sich das an.«

Er erschien an der offenen Tür. »Was ist denn?«

»Schreibhefte. In Massen. Alle vollgeschrieben.« Gemma schlug eines der Hefte auf und zeigte ihm die Seiten, die mit der gleichen zierlichen Schrift bedeckt waren, die sie auf der Rückseite der Fotografie gesehen hatte. Sie war sich seiner Nähe in dem kleinen Raum plötzlich sehr stark bewußt, seines hastigen Atems, des Geruchs nach Rasierwasser und warmer Haut. Sie trat zurück und sagte lauter als beabsichtigt: »Sieht aus, als hätte Jasmine Tagebuch geführt.«

Sie ordneten die Kartons chronologisch, indem sie jeweils das Datum auf der ersten Seite eines jeden Hefts nachschlugen.

»Das früheste, das ich gefunden habe, stammt von neunzehnhundertzweiundfünfzig«, sagte Gemma und rieb sich die vom Staub kitzelnde Nase. Ihre Fingerspitzen fühlten sich trocken und pergamenten an.

Kincaid rechnete. »Da war sie zehn Jahre alt.« Schweigend sortierten sie weiter, bis Kincaid stirnrunzelnd aufsah. »Die letzte Eintragung scheint sie vor einer Woche gemacht zu haben.«

»Haben Sie im Wohnzimmer nichts gefunden?«

Er schüttelte den Kopf. »Nein.«

»Glauben Sie, daß sie zu schreiben aufgehört hat, weil sie wußte, daß sie sterben würde?« fragte Gemma.

»Nachdem sie ein Leben lang die Gewohnheit gehabt hatte, ihre Gedanken niederzuschreiben? Nein, das kann ich mir nicht vorstellen.«

»Oder«, meinte Gemma nachdenklich, »ist das letzte Heft vielleicht irgendwie verschwunden?«

Sie saßen im *Freemason's Arms* im Garten und aßen dunkles Brot mit Käse und Gewürzgurken. Sie hatten eine Weile warten müssen, bis einer der weißen Plastiktische frei geworden war, aber die Möglichkeit, in der Sonne zu sitzen und den

Blick über die Willow Road zur *Heath* zu genießen, war es ihnen wert gewesen.

Toby, der mit Heißhunger ein Käsebrötchen und einen Haufen Pommes verschlungen hatte, saß im Gras zu ihren Füßen. Er zog einen Gegenstand nach dem anderen aus Gemmas Tasche und gab jedem seinen Namen – »Schlüssel, Lippenstift, Tobys Pferdchen« – und dabei hielt er ein angelutschtes Plüschpferd zu ihrer Inspektion in die Höhe. Kincaid mußte unwillkürlich an die Bestandsaufnahme der Besitztümer eines Opfers denken und schob den Gedanken hastig weg. Er brach ein Stück Brot ab und hielt es Toby hin.

»Hier, Toby. Füttere die Vögel.«

Tobys Blick flog von Kincaid zu den Spatzen im Gras. »Vögel«, sagte er interessiert und rannte dann mit seinem Stück Brot in der Hand auf die Spatzen zu. Die flatterten prompt davon.

»Das haben Sie großartig gemacht«, sagte Gemma lachend. »Jetzt ist er bestimmt total frustriert.«

»Das ist gut für seine emotionale Entwicklung«, behauptete Kincaid mit gespielter Ernsthaftigkeit und lachte dann. »Tut mir leid.« Es gefiel ihm, Gemma so zu sehen, entspannt und nachdenklich. Bei der Arbeit war sie oft allzu schnell mit ihren Schlußfolgerungen bei der Hand, und er hatte ihr mehr als einmal vorgeworfen, schneller zu reden als zu denken.

Und sie hatte eine gute Art, mit Toby umzugehen, aufmerksam, ohne gluckenhaft zu sein. Er beobachtete sie, wie sie den Kleinen zurückholte und zu ihren Füßen ins Gras setzte. Sie nahm ihm das Stück Brot aus der Hand und legte es etwas entfernt von ihm ins Gras. »So, Schatz. Jetzt halt dich ganz, ganz still, dann kommen sie vielleicht von selbst.« Die Sonne hatte ihre Nase gerötet und die Farbe der Sommersprossen auf ihrer hellen Haut vertieft. Sie merkte plötzlich, daß Kincaid sie beobachtete und sah errötend auf.

»Sie sollten einen Sonnenhut tragen, wie sich das für eine junge viktorianische Frau gehört, die auf sich hält.«

»Puh! Sie reden wie meine Mutter. ›Du wirst dir einen Sonnenbrand holen, Gem. Warte nur, mit dreißig bist du völlig verwittert‹«, äffte Gemma ihre Mutter nach. »Dieses Wetter wird sowieso nicht anhalten.« Sie legte den Kopf in den Nacken und sah zum wolkenlosen Himmel hinauf.

»Nein.« Aber solange es anhielt, konnte er mühelos hier sitzen, an nichts denken, dem Tschilpen der Spatzen und dem fernen Verkehrslärm von der East Heath Road lauschen und zusehen, wie die Sonne goldene Blitze in Gemmas Haar aufleuchten ließ.

»Duncan.« Gemmas Ton war ungewohnt zaghaft. Kincaid richtete sich auf und sah sie blinzelnd an. »Duncan, sagen Sie mir, warum Sie nicht an einen Selbstmord Jasmines glauben.«

Er sah von ihr weg, nahm ein Restchen Brot von seinem Teller und zerbröselte es zwischen seinen Fingern. »Sie meinen, ich mache mir etwas vor, um mich in meiner gekränkten Eitelkeit zu trösten. Vielleicht ist es so.« Er beugte sich vor und sah ihr in die Augen. »Aber ich kann einfach nicht glauben, daß sie nicht etwas hinterlassen hätte – irgendeinen Hinweis, eine Nachricht.«

»Für Sie?«

»Für mich. Oder für ihre Freundin Margaret. Oder für ihren Bruder.« Der Zweifel, den er in Gemmas hellbraunen Augen sah, machte ihn trotzig. »Ich habe sie gekannt, verdammt noch mal.«

»Sie war krank. Sie hat gewußt, daß sie sterben würde. Die Menschen verhalten sich nicht immer rational. Vielleicht wollte sie Sie alle glauben machen, es wäre ein natürlicher Tod gewesen.«

Kincaid sagte heftig: »Nein, sie hätte gewußt, daß Margaret das nicht glauben würde; nicht nach dem, was sie miteinander besprochen hatten.«

»Wie Margaret behauptet.«

»Okay, gut.« Kincaid fuhr sich mit der Hand durch sein Haar. »Aber trotzdem ...«

»Schauen Sie«, unterbrach Gemma ihn, an ihrer Rolle als Advokatin des Teufels Gefallen findend, »Sie sagen, Sie glauben nicht, daß sie eines natürlichen Todes gestorben ist, weil die Wohnungstür nicht abgesperrt war wie sonst. Aber es könnte doch sein, daß sie sich zu unwohl fühlte, um abzusperren. Vielleicht hat sie sich gesagt, ich leg mich erst einmal einen Moment hin und dann ...«

»Nein. Sie war zu ... gefaßt. Es war einfach alles zu perfekt.«

»Und warum kann sie nicht im Lauf des Abends eingenickt sein und das Bewußtsein verloren haben, ehe sie überhaupt merkte, was ihr geschah?«

Kincaid schüttelte den Kopf. »Kein Licht. Kein Fernsehen. Kein Buch, das offen auf ihrer Brust lag oder heruntergefallen war. Keine Lesebrille. Gemma«, sagte er scharf, mit einem Achselzucken des Unbehagens, »ich glaube genau das hat mich von Anfang an stutzig gemacht, noch bevor Margaret erschien und von der Selbstmordvereinbarung erzählte. Sie lag da wie aufgebahrt.« Er sagte das Letzte ein wenig verlegen und warf ihr dabei einen Seitenblick zu, um ihre Reaktion zu sehen. Als er keinen Spott bemerkte, fügte er hinzu: »Das Bettzeug war auch nicht im geringsten in Unordnung.«

»Das würde alles mit Selbstmord übereinstimmen«, sagte Gemma, und ihr sanfter Ton erweckte in Kincaid den Verdacht, daß sie freundliche Nachsicht mit ihm übte.

»Ja, das ist richtig.« Er streckte unter dem Tisch seine Beine aus und betrachtete sie über den Rand seines fast leeren Bierglases. »Ich weiß, Sie halten mich für verbohrt.«

Gemma zog lediglich eine Augenbraue hoch. Sie nahm Toby auf den Schoß, der unruhig zu werden begann, und ließ ihn auf ihrem Knie hopsen, bis er lachte. »Und was passiert, wenn der Obduktionsbefund positiv ist?« fragte sie. »Der Coroner wird ganz sicher auf Selbstmord erkennen. Es liegen keinerlei Hinweise vor, die eine kriminalpolizeiliche Untersuchung rechtfertigen würden.«

»Fehlen einer schriftlichen oder mündlichen Absichtserklärung?«

Gemma zuckte die Achseln. »Sehr unsichere Sache. Und Margarets Geschichte würde als Bestätigung der Selbstmordtheorie gesehen werden, nicht umgekehrt.«

Kincaid beobachtete einen Drachen, der am Himmel seine Bahn zog, und antwortete nicht. Margaret. Richtig. Weshalb sollte er Margaret ihre Geschichte unbesehen glauben? Gestern war er zu erschüttert und erschöpft gewesen, um irgend etwas in Frage zu stellen, jetzt aber kam ihm der Gedanke, daß Margaret sich gar keine bessere Geschichte hätte ausdenken können, wenn sie den Eindruck erwecken wollte, Jasmine habe Selbstmord verübt. Und Vorwürfe wegen ihres Nichteingreifens konnte man ihr unter diesen Umständen auch nicht machen.

»Hey, dieses Gesicht kenn ich«, sagte Gemma. »Sie brüten doch was aus!«

»Richtig.« Kincaid trank den letzten Schluck seines Biers und richtete sich auf. »Ich würde mich gern mit Jasmines Anwalt unterhalten, aber vor Montag hab ich da keine Chance.«

»Und was noch?« fragte Gemma, und Kincaid fand, sie sähe unerklärlich selbstzufrieden aus.

»Ich werde mit Margaret reden. Und vielleicht auch noch mal mit Theo.«

»Und die Hefte?«

Flüchtig schoß Kincaid der Gedanke durch den Kopf, Gemma um Hilfe zu bitten, aber er verwarf ihn sofort. Dies war eine Aufgabe, die er nicht delegieren konnte. »Ich werde anfangen, sie zu lesen.«

Mit Toby in der Mitte, den sie zu seinem höchsten Vergnügen ab und zu hoch in die Luft schwangen, gingen sie langsam in die Carlingford Road zurück. »Kein Spaziergang mehr?« fragte Kincaid, dem aufgefallen war, daß Gemma mehrmals auf ihre Uhr gesehen hatte.

Gemma schüttelte den Kopf. »Besser nicht. Ich habe meiner Mutter versprochen, wir würden noch vorbeikommen. Sie behauptet, wir besuchten sie nicht oft genug.«

Kincaid hörte einen Unterton in ihrer Stimme, einen Anflug von Beunruhigung oder Gereiztheit, und ihm fiel wieder ein, wie sie am Morgen am Telefon gewesen war. Wahrscheinlich irgendein Kerl, dachte er und erkannte plötzlich, wie wenig er von Gemma wußte. Nur daß sie sich kurz nach Tobys Geburt hatte scheiden lassen; in einem Doppelhaus in Leyton wohnte; in Nord-London aufgewachsen und zur Schule gegangen war. Das war alles. Er war nie in Leyton gewesen – immer holte sie ihn ab, oder sie trafen sich im Yard.

Das Ausmaß seiner Kurzsichtigkeit erschreckte ihn. Er fand sie zuverlässig, attraktiv, intelligent und häufig eigensinnig, mit dem besonderen Talent ausgestattet, den Leuten bei der Vernehmung die Befangenheit zu nehmen – mehr als diese Eigenschaften, die sie zu einer wertvollen Mitarbeiterin machten, hatte er nie gesehen. Hatte sie einen Freund (dies mit einem Stich der Irritation, der unidentifiziert blieb)? Verstand sie sich mit ihren Eltern? Was für Freunde hatte sie?

Er betrachtete sie, während sie Seite an Seite gingen. Sie strich sich eine rote Haarsträhne aus dem Gesicht, als sie den Kopf neigte, um eine Frage Tobys zu beantworten, doch ihr Gesicht verriet, daß sie mit ihren Gedanken ganz woanders war.

»Gemma«, sagte er ein wenig zögernd. »Ist etwas nicht in Ordnung?«

Sie sah ihn verdutzt an, dann lächelte sie. »Wieso? Nein, es ist alles bestens.«

Irgendwie war Kincaid nicht überzeugt, aber er ließ es dabei bewenden. Ihr Verhalten ermutigte nicht zu weiteren Fragen.

Die blütenschweren Äste eines Pflaumenbaums streckten sich über den Bürgersteig, und als sie unter ihnen hindurchgingen, rieselten die Blütenblätter wie Konfetti auf sie herab. Sie lachten, und die momentane Verlegenheit verflog, und dann standen sie vor seinem Haus und verabschiedeten sich voneinander.

Kincaid stieg allein die Treppe hinauf. Der Nachmittag dehnte sich wie eine Wüste vor ihm. Das rote Licht seines Anrufbeantworters blinkte zur Begrüßung, als er in die Wohnung trat, und seine Stimmung sank noch tiefer. »Na prächtig«, murmelte er und drückte auf den Wiedergabeknopf.

Der diensthabende Sergeant wollte wissen, was zum Teufel das zu bedeuten habe, das Krankenhaus habe wegen einer Obduktion angerufen, die er angeordnet habe, und er solle sich gefälligst an den vorgeschriebenen Dienstweg halten, sonst gäbe es Krach. Die eigentliche Nachricht fügte er beinahe beiläufig hinzu, ehe er abrupt auflegte.

In Jasmine Dents Körper hatte man eine tödliche Menge Morphium gefunden.

5

Kincaid knöpfte die Plane seines Midget auf, faltete sie von vorn nach hinten und verstaute sie im Kofferraum. Dank langer Übung erledigte er dies alles schnell und routiniert. Der knallrote kleine Wagen blitzte ihn heiter an und lud zu einer Spritztour in der Sonne ein, doch Kincaid schüttelte den Kopf, als er sich hinter das Steuer setzte. Eine idyllische Fahrt über die Dörfer war nicht das, was er im Sinn hatte, mochte der Tag auch noch so verlockend sein. Er holte seine Sonnenbrille aus dem Seitenfach in der Wagentür und legte den Gang ein.

Hinter dem Rosslyn Hill fuhr er durch kleine Nebenstraßen South Hampsteads bis zur Kilburn High Road gleich nördlich von Maida Vale. Er fand die Adresse, die er suchte, ohne Schwierigkeiten. Margaret Bellamy wohnte in einem schäbigen Reihenhaus in einer Straße, die der Sanierung entgangen war. Die Haustür war rostrot wie getrocknetes Blut, doch an den vielen Stellen, an denen der Anstrich abblätterte, zeigten sich freundlichere Farben – Apfelgrün, Gelb, Königsblau –, die davon zeugten, daß hier früher einmal auch optimistischere Menschen gewohnt hatten. Er läutete und wartete naserümpfend unter dem Eindruck der Gerüche, die von den Mülltonnen vor der Kellertür heraufwehten.

Eine ältere Frau öffnete ihm. Sie hatte eine Polyesterhose an, die über den massigen Schenkeln gefährlich spannte, und dazu ein glänzendes Kunststoffoberteil, das über dem üppigen Busen ebenfalls ausgesprochen knapp saß. Mit mürrischer Miene sah sie Kincaid an.

»Ich suche Margaret Bellamy.« Kincaid bemühte sein gewinnendstes Lächeln, während er sich fragte, ob sie ihn bei dem Getöse des Fernsehgelächters aus dem hinteren Teil des Hauses überhaupt verstehen konnte.

Die Frau musterte ihn noch einen Moment, dann wies sie mit einer brüsken Kopfbewegung zur Treppe. »Ganz oben. Rechts.«

Kincaid dankte ihr und stieg die Treppe hinauf. Er spürte ihren neugierigen Blick in seinem Rücken, bis er am ersten Absatz um die Ecke bog. Der Geruch nach altem Bratenfett und das Grölen aus dem Fersehapparat folgten ihm weitere drei Treppen hinauf, dann war er im obersten Stockwerk in einem trübe erleuchteten Flur mit fleckig gemalerten Wänden. Die beiden Türen trugen keine Schilder. Er klopfte leicht an die auf der rechten Seite.

Unten wurde der Fernsehapparat ausgeschaltet, und in der plötzlichen Stille hörte Kincaid das Quietschen von Sprungfedern. Margaret Bellamy öffnete die Tür mit einem Lächeln zaghafter Erwartung. »Ach! Sie sind's«, sagte sie enttäuscht, bemühte sich jedoch sogleich wieder zu lächeln.

»Kommen Sie rein.« Mit einer Kopfbewegung zum Treppenhaus hinunter sagte sie, als sie ihn hereinzog: »Sie horcht, diese gräßliche alte Schnüfflerin. Nur darum hat sie den Fernseher ausgemacht.« Nachdem sie die Tür geschlossen hatte, blieb sie verlegen stehen, als wüßte sie nicht, was sie nun, da Kincaid im Zimmer war, mit ihm anfangen solle. Sie sah sich einmal rasch in ihren vier Wänden um und schnitt eine Grimasse.

Er sah ein ungemachtes, durchhängendes Bett, einen fleckigen alten Polstersessel, einen Kleiderschrank und einen Holztisch, der als Schreibtisch, Toilettentisch und Küchentisch zu dienen schien.

Margaret machte eine kleine, das Zimmer umschließende Handbewegung und sagte: »Tut mir leid.«

Kincaid hatte den Eindruck, daß sich die Entschuldigung sowohl auf das Zimmer als auch auf ihre eigene Person bezog.

Er lächelte sie an. »Ich habe selbst mal in einem möblierten Zimmer gewohnt, als ich noch in der Ausbildung war. Es war ziemlich scheußlich, obwohl meine Wirtin der Ihren nicht das Wasser reichen konnte.«

Das brachte Margaret immerhin zum Lächeln. Sie trat zum Sessel, um ihn für Kincaid freizumachen. Als sie sich hinunterbeugte, um ein Bündel Kleider wegzunehmen, schwankte sie plötzlich und mußte sich an der Sessellehne festhalten.

»Ist Ihnen nicht gut?« fragte Kincaid und betrachtete sie aufmerksamer. Ihr weiches, braunes Haar war feucht und ungekämmt, ihre Augenlider waren verschwollen, als hätte sie heftig geweint. Sie trug ein langes T-Shirt und eine graue Jogginghose.

»Waren Sie heute schon einmal an der frischen Luft?« fragte er sie.

Margaret schüttelte den Kopf.

»Haben Sie gegessen?«

»Nein.«

»Das dachte ich mir. Haben Sie etwas im Haus?«

Wieder schüttelte sie den Kopf. »Eigentlich nur Tee.«

Kincaid überlegte einen Moment, dann sagte er kurz: »Sie kochen uns jetzt eine Kanne Tee, und ich gehe hinunter und bitte Ihre Wirtin, ein paar Brote zu machen.«

Margaret starrte ihn entsetzt an. »Sie würde nie im Leben... Niemals würde sie...«

»O doch, sie wird.« An der Tür blieb er stehen. »Aber wenn Sankt Georg den Drachen besiegen soll, sollte er vielleicht seinen Namen wissen.«

»Oh.« Ein Funke der Belustigung erhellte Margarets Gesicht. »Sie heißt Wilson. Mrs. Wilson.«

Die Tür, durch die, wie Kincaid vermutete, Mrs. Wilson zuvor herausgekommen war, stand einen Spalt offen. Er klopfte kurz und kräftig. Der Fernsehapparat lief noch, aber gedämpft jetzt, so daß er das Schlurfen ihrer Pantoffeln hören konnte, als sie näherkam. Einen Augenblick später ging die Tür auf, und Mrs. Wilson sah ihn blinzelnd durch eine Rauchwolke an, die aus ihren Nasenlöchern quoll. Fürwahr ein Drache.

»Mrs. Wilson?«

Sie machte ein argwöhnisches Gesicht. »Was?«

»Kann ich Sie einen Moment sprechen?«

»Ich kaufe nichts.« Sie machte Anstalten, die Tür zu schließen. »Betteln und Hausieren ist hier verboten.«

»Ich will Ihnen nichts verkaufen«, entgegnete Kincaid, der sich fragte, was sie wohl glaubte, daß er ihr verkaufen wolle. »Es handelt sich um Margaret. Bitte, nur einen Moment.«

Sie seufzte verdrossen, wich aber soweit zurück, daß Kincaid eintreten konnte. Er sah sich die Drachenhöhle mit Interesse an. Sie war offensichtlich gute Stube und Küche in einem – ein kleines Sofa stand eingequetscht zwischen den Küchenschränken, und ein großes Farbfernsehgerät hatte einen Ehrenplatz neben dem Kühlschrank.

Mrs. Wilson setzte sich an den Resopaltisch und nahm die glimmende Zigarette, die sie im Aschenbecher abgelegt hatte. Neben einer zur Hälfte geleerten Tasse Tee lag eine aufgeschlagene Boulevardzeitung. Sie forderte Kincaid nicht auf, sich zu setzen.

»Dieses Mädchen ist einfach strohdumm«, erklärte Mrs. Wilson mit Verachtung. »Was ist jetzt wieder los? Hat's mit dem Freund wieder Krach gegeben?«

Freund? Das war eine Komplikation, die Kincaid aus irgendeinem Grund nicht erwartet hatte; aber damit war natürlich Margarets enttäuschtes Gesicht bei seinem Erscheinen vor ihrer Tür erklärt. Kincaid überlegte, was für einen Bären er Mrs. Wilson, dieser Xanthippe, aufbinden könnte, um ihre Anteilnahme zu gewinnen. Nach den Schlagzeilen des Revolverblatts auf dem Tisch zu urteilen – »Elfjährige Mutter kämpft um ihr Kind« – hatte Mrs. Wilson eine Schwäche für Melodramen, aber die Wahrheit, so schien ihm, wäre ein Verrat an Margaret und Jasmine gewesen.

Er improvisierte. »Es handelt sich um ihren Onkel. Er ist gestern ganz plötzlich gestorben, und Margaret nimmt es sehr schwer.«

Mrs. Wilsons feistes Gesicht blieb so unbewegt wie ihr steifgesprühtes Haar. »Kann ich mir denken.« Sie mustere Kincaid argwöhnisch. »Was haben Sie überhaupt damit zu tun?«

»Ich bin ein Freund der Familie. Duncan Kincaid.« Er bot ihr seine Hand, und Mrs. Wilson ließ sich dazu herab, ihm flüchtig ihre dralle Patschhand zu reichen, ehe sie wieder zur Zigarette griff.

»Und was hat das mit mir zu tun?«

»Sie hat seit gestern nichts mehr gegessen. Ich dachte, Sie könnten ihr vielleicht ein paar Brote machen?« sagte Kincaid einschmeichelnd und zog eine Augenbraue hoch.

Mrs. Wilson öffnete schon den Mund, um abzulehnen, aber dann hielt sie inne und starrte Kincaid taxierend an. Die Klatschsucht stritt mit ihrer natürlichen Abneigung, für andere etwas zu tun, und siegte schließlich. »Na gut, ich werd' ihr was machen, aber daß sie sich nur nicht einbildet, das geht dann immer so.« Sie stemmte sich aus dem Sessel und wies dann mit dem Kopf zum Sofa. »Setzen Sie sich.« Am Kühlschrank stehend, fragte sie über ihre Schulter hinweg: »Ist der Onkel, der gestorben ist, der Bruder ihrer Mutter oder ihres Vaters?«

»Er war der jüngste Bruder ihrer Mutter, kaum älter als Margaret selbst«, antwortete Kincaid prompt. »Die beiden haben einander sehr nahegestanden.«

Mrs. Wilson schnitt irgend etwas auf, das Kincaid nicht sehen konnte, und sagte dabei: »Also ich hab' noch nie jemand von ihrer Familie zu Gesicht bekommen, seit sie hier wohnt. Genausogut könnte sie Waise sein.«

»Nun ja, sie hat ja wenigstens ihren Freund, der sich ein bißchen um sie kümmert«, meinte Kincaid.

»Der!« Mrs. Wilson drehte sich herum und fixierte Kincaid mit verächtlichem Blick. »Der hat sich sein Leben noch nie um jemand anders als sich selbst gekümmert, das sag' ich Ihnen. Ein Schmarotzer ist der Kerl.« Sie wandte sich wieder ihrer Arbeit zu. »So'n Schönling, und schmierig dazu. Was der in ihr sieht«, sie hob den Kopf zur Decke, »ist mir schleierhaft.« Sie wischte sich die Hände an ihrer Schürze und präsentierte Kincaid einen Teller mit matschigen, wenn auch eßbar aussehenden Schinken-Tomaten-Broten. »Recht so?«

»Wunderbar, vielen Dank.«

Doch Mrs. Wilson schien ihn noch nicht weglassen zu wollen. Sie zündete sich eine frische Zigarette an und hievte eine Gesäßbacke auf die Tischkante. Kincaid sah weg, um sich den Anblick ihres breitgequetschten Oberschenkels zu ersparen, und ließ sich noch einmal im Sofa zurücksinken.

Mrs. Wilson führte ihren zuvor angefangenen Gedankengang fort. »Ich hab' ihr gesagt, daß ich ihn nicht hier im Haus haben will, schon gar nicht über Nacht. Da kommt mein Haus womöglich noch in Verruf.«

»Oh, ich bin sicher, daß hier niemand etwas Nachteiliges von Ihnen denken würde, Mrs. Wilson«, sagte Kincaid beschwichtigend.

Darauf plusterte sie sich ein wenig auf und neigte sich dann mit Verschwörermiene näher zu ihm. »Sie glaubt, ich weiß nicht, was vorgeht, aber ich weiß es ganz genau. Ich hör' ihn jedesmal, wenn er sich mitten in der Nacht wie ein Dieb die Treppe runterschleicht. Und die Kräche hör' ich auch.« Sie legte eine Pause ein, um an ihrer Zigarette zu ziehen und eine

Rauchwolke in Kincaids Richtung zu blasen. »Meistens brüllt er rum, und sie jammert zum Gottserbarmen. Eine dumme Gans!« schloß Mrs. Wilson voller Verachtung. »Sie läßt sich das wahrscheinlich alles gefallen, weil sie Angst hat, sie kriegt keinen Besseren.«

Liebenswürdige alte Hexe, dachte Kincaid und lächelte sie an. »Dann wird er ihr wohl jetzt kein großer Trost sein?«

»Der war schon 'ne ganze Weile nicht mehr hier. Seit...« Mrs. Wilson kniff die Augen zusammen und zog ein letztes Mal an ihrer Zigarette, ehe sie sie in dem billigen Aschenbecher ausdrückte. »Oh, muß Donnerstag abend gewesen sein, daß er das letzte Mal hier war. Da ist er hier rausgefegt wie der Teufel. In seiner Wut hätt' er beinahe die Tür aus den Angeln gerissen. Aber donnerstags ist immer Damenabend drüben im Pub«, sie verlagerte ihr Gewicht, während sie überlegte, und der Tisch knarrte, »und ich bin geblieben, bis sie geschlossen haben. Wenn er später zurückgekommen ist, waren sie so leise, daß ich nichts gehört hab.«

Kincaid hatte fürs erste genug von Mrs. Wilson. Er stand auf und nahm den Teller mit den Broten. »Ich gehe jetzt lieber hinauf und kümmere mich um Margaret. Sie wird Ihnen für Ihre Freundlichkeit sicher sehr dankbar sein, Mrs. Wilson. Das war wirklich nett von Ihnen.«

»Schon gut«, sagte sie und winkte ihm mit klimpernden Fingern beinahe kokett zu.

»Es hat geklappt«, sagte Kincaid, als Margaret ihn wieder einließ.

In seiner Abwesenheit hatte sie das Bett gemacht, die verstreuten Kleidungsstücke eingesammelt, ihr Haar gebürstet und etwas rosaroten Lippenstift aufgelegt. Ihr Lächeln war nicht mehr so zaghaft. Er hatte den Eindruck, das Alleinsein hatte ihr geholfen, sich ein wenig zu fassen.

Margaret machte große Augen, als sie den Teller mit den

Broten sah. »Ich kann's nicht glauben. Mir hat sie bis jetzt nicht mal einen Teebeutel geliehen.«

»Ich habe an ihre edleren Instinkte appelliert.«

»Ich wußte gar nicht, daß sie die hat«, versetzte Margaret lachend und nahm Kincaid den Teller aus der Hand. Dann erstarrte sie plötzlich, und ihr Gesicht wurde besorgt. »Sie haben ihr doch nicht gesagt...«

»Nein.« Kincaid rettete den schiefhängenden Teller und stellte ihn auf den Tisch. »Ich habe ihr ein Märchen erzählt. Sie haben Ihren Lieblingsonkel verloren, den jüngsten Bruder Ihrer Mutter, falls Mrs. Wilson fragen sollte.«

»Aber sie hat doch gar keinen...« Margaret lachte wieder. »Oh. Entschuldigung. Ich scheine heute wirklich auf der Leitung zu stehen. Vielen Dank.«

»Zum Teil ist daran sicher der Hunger schuld. Jetzt essen Sie erst einmal.«

Der Kessel pfiff. Neben ihm standen schon zwei Tassen mit Teebeuteln. Kincaid goß den Tee auf, drückte Margaret in den Sessel, öffnete dann das Fenster und lehnte sich an das Fensterbrett. Während Margaret zu essen begann, sagte er: »Da ich mir nun schon so traurige Geschichten über Ihre Familie ausgedacht habe, sollten Sie mir vielleicht ein bißchen was über sie erzählen.«

»Woking«, sagte Margaret mit vollem Mund, schluckte und setzte neu an. »Dorking. Entschuldigen Sie. Ich habe gar nicht gemerkt, wie hungrig ich bin.« Sie biß wieder von ihrem Brot ab und kaute einen Moment, ehe sie zu sprechen fortfuhr. »Ich komme aus Dorking. Mein Vater hat da eine Tankstelle mit Autowerkstatt. Ich hab' ihm die Bücher geführt und mich um das Büro gekümmert.«

Kincaid konnte sich gut vorstellen, daß sie in einer kleineren, vertrauteren Welt gut zurechtkam, während sie hier in London unsicher und verletztlich war. »Und warum sind Sie weggegangen?«

Margaret zuckte die Achseln und wischte sich mit einem Finger die Brotkrumen von den Mundwinkeln. »Es war so eintönig. Jeden Tag das gleiche. Ich hätte in zwanzig Jahren immer noch im Büro meines Vaters gesessen, die Kinder meiner Schwester gehütet und wäre nie zu einem eigenen Leben gekommen.«

»Und wie haben sie reagiert?«

Margaret lächelte selbstironisch. »Ich bin die Einfache; sie haben nicht angenommen, daß ich mir je etwas anderes wünschen könnte. Ich hätte damit zufrieden sein müssen, daß Dads Kunden mir hin und wieder einen freundlichen Klaps gaben und ein dummes Kompliment machten und daß ich die liebe Tante Meg war, die sich um Kathys Kinder kümmerte, wenn die etwas Besseres zu tun hatte.«

»Sie waren wütend.« Kincaid grinste, und Margaret lächelte ein wenig widerwillig.

»Ja.«

»Und wie lange sind Sie schon weg?«

Margaret aß den letzten Bissen des letzten Brots, leckte sich die Fingespitzen und rieb sie dann an ihrer Jogginghose ab. »Seit anderthalb Jahren.«

»Und in dieser Zeit hat keiner von Ihrer Familie Sie besucht?«

Sie errötete und entgegnete hitzig: »Diese boshafte alte Hexe. Ich wette, sie führt Buch über jeden, der ...« Sie senkte den Kopf in ihre Hände und krümmte sich zusammen. »Ach, was spielt es schon für eine Rolle? Mir ist übel.«

Zuviel und zu schnell auf leeren Magen gegessen, dachte Kincaid. »Lassen Sie Ihren Kopf unten. Das wird gleich vorbeigehen.« Er sah auf dem Bord über dem Bett einen Waschlappen und ein Handtuch liegen. »Wo ist die Toilette?« fragte er.

»Eine Treppe tiefer«, antwortete sie undeutlich, das Gesicht jetzt auf die Knie gedrückt.

Kincaid nahm den Waschlappen mit nach unten, drückte ihn unter dem kalten Wasser aus und gab ihn, als er wieder im Zimmer war, Margaret, die ihn auf ihr Gesicht preßte. Unruhig ging er zum Fenster und wünschte, er besäße etwas von Gemmas Talent, praktischen Trost zu spenden.

Der Blick in den kleinen, von Unkraut überwucherten Garten, in dem an einer Wäscheleine ein überdimensionaler Overall hing, konnte ihn nicht lange fesseln. Er drehte sich wieder um und sah sich Margarets wenige Besitztümer an. Auf dem Tisch standen eine Schale mit einigen billigen Schmuckstücken und ein paar Kosmetika. Neben dem Gaskocher waren ein Topf, eine Schüssel, ein angeschlagener Teller und einige Besteckteile, alles Ramsch, das Notwendigste für das erste eigene Zuhause, so billig wie möglich erstanden. Auf dem Bord über dem Bett hatte sie ein Radio, ein paar eselsohrige Taschenbücher und eine gerahmte Fotografie.

Kincaid trat näher, um sie sich anzusehen. Ein älterer Mann, schütteres Haar, kernig aussehend im robusten Tweedjackett, den Arm um die schmalen Schultern seiner Frau, die drei Kinder hübsch in Reih und Glied vor ihnen. Ein Bruder und eine Schwester, blond, gutaussehend, beide Selbstsicherheit ausstrahlend, und zwischen ihnen Margaret mit zerzaustem Haar und einem schiefen Lächeln.

»Meine Eltern, Kathleen und mein Bruder Tommy.«

Kincaid bemühte sich, kein Mitleid zu zeigen, als er sich umdrehte. Margaret beobachtete ihn, wartete, er spürte es, auf eine vorhersehbare Bemerkung.

Er setzte sich auf das Bett und sagte: »Das war sicher schwer, die ersten Monate so ganz allein.«

»Ja.« Margaret sah auf den feuchten Waschlappen in ihrer Hand und begann ihn zu immer kleineren Quadraten zu falten. »Ich hatte keinen Menschen, bis ich Jasmine kennengelernt habe. Ich habe in der Baubehörde als Stenotypistin angefangen. Wenn ich für sie gearbeitet habe, war sie immer nett zu mir, aber nicht...« eine Pause, während sie überlegte, »nicht persönlich, wenn Sie wissen, was ich damit sagen will.«

Sie sah fragend zu Kincaid auf, und der nickte.

»Ein bißchen distanziert. Aber dann wurde sie krank. Sie hat sich Urlaub genommen für die Behandlung, und als sie zurückkam, hat man ihr angesehen, daß es schlecht um sie stand, aber keiner hat mit ihr darüber gesprochen. Alle haben so getan, als gäbe es die Krankheit gar nicht.« Margaret sah unter hellen Wimpern zu ihm hinauf und lächelte ein wenig über ihre Kühnheit. »Da hab' ich sie eben gefragt. Jeden Tag hab ich zu ihr gesagt: ›Wie geht es Ihnen?‹ oder ›Was bekommen Sie jetzt?‹, und nach einer Weile hat sie angefangen, mir zu erzählen.«

»Und als sie zu arbeiten aufhörte?« fragte Kincaid.

»Da habe ich sie besucht. Jeden Tag, wenn es ging. Sonst hat kein Mensch sie besucht.« Selbst jetzt noch schwang Empörung in Margarets Stimme. »Klar, sie haben gemeinsam Karten geschrieben oder für Blumen gesammelt, aber nicht eine hat es fertiggebracht, sie mal zu besuchen.«

»Hat Jasmine das gekränkt?«

Margaret runzelte die breite Stirn, während sie überlegte. »Ich glaube nicht. Ich glaube, sie war mit niemandem im Büro wirklich befreundet. Niemand hatte was gegen sie, aber es ist auch keiner richtig warm mir ihr geworden.« Margaret sah Kincaid mit einem leicht ironischen Lächeln an. »Am häufigsten hat sie von Ihnen gesprochen.«

Kincaid stand auf und ging wieder zum Fenster. Er hatte es lange genug hinausgeschoben, ihr den Befund der Obduktion mitzuteilen; jetzt überlegte er, wie er ihr am schonendsten beibringen konnte, daß Jasmine nicht friedlich im Schlaf gestorben war.

»Ich weiß«, sagte Margaret hinter ihm, »daß Sie nicht nur hergekommen sind, um sich nach meinem Befinden zu erkundigen. Jasmine hat ihr Versprechen nicht gehalten, habe ich recht?«

Es war, dachte Kincaid, als hätte Margaret seine Gedanken gelesen. Er setzte sich wieder ihr gegenüber und sah ihr aufmerksam ins Gesicht. »Ich weiß es nicht. Man hat eine große Menge Morphium in ihrem Körper gefunden.«

Margaret ließ sich in dem Sessel zurückfallen und schloß die Augen. Tränen quollen unter den geschlossenen Lidern hervor und rannen ihr die Wangen hinunter. Nach einem Moment richtete sie sich auf und rieb sich das Gesicht mit dem zerknitterten Waschlappen ab.

»Ich hätte ihr niemals glauben dürfen«, flüsterte sie, während sie in ihrem Sessel vor und zurück wippte.

»Meg, wenn Jasmine entschlossen war, sich das Leben zu nehmen, hätten Sie es nie und nimmer verhindern können. Oh, eine Nacht vielleicht, ja, aber nicht auf Dauer.« Als Margaret fortfuhr, sich mit geschlossenen Augen zu wiegen, neigte er sich näher zu ihr. »Meg! Es gibt da einige Dinge, die ich wissen muß, und Sie sind die einzige, die mir helfen kann.«

Die Schaukelbewegungen wurden langsamer und hörten auf. Margaret öffnete die Augen, blieb jedoch in vornübergebeugter Haltung sitzen, die Arme schützend über ihrem Bauch gekreuzt.

»Sagen Sie mir, warum Jasmine Ihre Hilfe brauchte.«

»Sie brauchte mich nicht...« Margaret versagte die Stimme. Sie griff nach der Tasse mit den Resten kalten Tees und trank krampfhaft schluckend. Dann versuchte sie es noch einmal. »Sie hat mich nicht gebraucht. Ich habe ihr geholfen, die Dosierung auszurechnen – sie war morphiumabhängig, wir wußten also, daß sie ziemlich viel brauchen würde –, aber das hätte sie genausogut allein tun können. Morphium war genug da. Sie hatte die Dosis nicht gesteigert, der Pflegerin aber gesagt, sie brauche höhere Dosen.«

»Wozu denn?« fragte Kincaid und hielt mit seinen Augen ihren Blick fest.

»Ich weiß es nicht. Ich glaube, sie wollte vielleicht am Ende nicht ganz allein sein.«

Hatte Jasmine einer Schwäche nachgegeben, als sie Margaret um Hilfe gebeten hatte, und dann unerwartet Kraft gefunden? Kincaid schüttelte den Kopf. Es war möglich, wahrscheinlich, logisch, und doch konnte er es nicht glauben.

»Was ist?« Margaret richtete sich ein wenig auf.

»Hat Jasmine ...« Kincaid brach ab, als die Tür geräuschlos geöffnet wurde. Ein Mann trat ins Zimmer und musterte Kincaid und Margaret mit spöttischer Verachtung.

Margaret, die mit dem Rücken zur Tür saß, sah Kincaid verwirrt an und sagte: »Was ist denn ...«

»So ist das also«, sagte der Mann in einem Ton, der von gemeinen Unterstellungen förmlich troff.

Margaret fuhr zusammen, als sie die Stimme hörte, dann sprang sie auf, hochrot im Gesicht. »Rog ...«

»Bitte, bleib doch sitzen, Meg. Ich habe nicht erwartet, daß du Besuch hast.« Er hatte nur einen kurzen Blick auf Margaret geworfen. Seine ganze Aufmerksamkeit galt Kincaid.

Der erwiderte die Musterung mit Interesse und augenblicklicher Abneigung. Der schlanke, mittelgroße Mann, der an der Tür stehen geblieben war, war vielleicht Ende Zwanzig. Er trug Designer-Jeans und ein teures weißes Baumwollhemd, das bis zur Brust hinunter offen stand. Das rotbraune Haar hatte er straff zurückgekämmt und hinten zusammengebunden, seine Gesichtszüge waren wie gemeißelt. Er ist, dachte Kincaid mit wehmütiger Ironie, ein unglaublich gutaussehender Mann.

Margaret stand wie erstarrt, die Hände um die Rückenlehne ihres Sessels gekrampft, und als sie sprach, klang ihre Stimme hoch und unkontrolliert. »Roger, wo bist du gewesen? Ich habe auf dich gewart ...«

»Warum die Panik, Meg?« Roger blieb in lässiger Haltung an der Tür stehen und machte keinen Versuch, Margaret zu berühren oder zu trösten. »Findest du nicht, du solltest mich mit deinem Gast bekannt machen?«

Kincaid ergriff die Initiative, ehe Margaret etwas sagen konnte. »Mein Name ist Kincaid.« Er stand auf und bot Roger die Hand, der ihm ohne großen Enthusiasmus die seine reichte. »Ich bin ein Nachbar von Margarets Freundin Jasmine Dent.«

»Jasmine ist tot, Roger. Sie ist Donnerstag nacht gestorben. Ich konnte dich nirgends erreichen.« Margaret zitterte von Kopf bis Fuß.

Roger zog die Brauen in die Höhe. »Ach, tatsächlich? Und Sie sind gekommen, um Margaret das mitzuteilen?«

»Ich bin hergekommen, um mich zu erkundigen, wie es ihr geht«, entgegnete Kincaid ruhig. Er lehnte sich an die Tischkante und verschränkte die Arme.

»Wie reizend von Ihnen.« Rogers gepflegter Internatsakzent drückte Sarkasmus aus. »Die arme Meg.« Erst jetzt trat er zu ihr und zog ihren steifen Körper in flüchtiger Umarmung an sich. Dann drehte er sich wieder nach Kincaid um, ließ jedoch eine Hand leicht auf Margarets Nacken liegen.

»Das muß ein Schock gewesen sein, daß sie soviel früher gestorben ist, als man erwartet hat.«

»So war es nicht. Jasmine ist an einer Überdosis Morphium gestorben«, sagte Margaret und sah Kincaid, während sie sprach, unverwandt an, zweifellos in der Hoffnung auf Unterstützung.

Roger ließ sie abrupt los, und sie trat von ihm weg.

»Ach Gott, Meg. Das tut mir aber leid, daß sie ...«

»Duncan weiß von dem Selbstmord.« Sie nickte zu Kincaid hin. »Du brauchst nicht so zu tun, als täte es dir leid, Roger. Ich weiß doch, daß es nicht so ist. Du brauchst dir jetzt keine Sorgen mehr zu machen.«

»Sorgen? Sei nicht albern, Meg.«

Rogers Ton war leicht, beinahe spielerisch, aber Kincaid spürte die scharfe Wachsamkeit, die sich hinter der scheinbaren Nonchalance versteckte.

»Es gibt noch eine andere Möglichkeit«, sagte Kincaid in die gespannte Atmosphäre hinein. Beide wandten sich ihm zu, Margaret verwirrt, Roger hellwach. »Es könnte sein, daß jemand Jasmine eine Art Hilfe gegeben hat, die sie gar nicht haben wollte.«

»Was soll das ...« begann Margaret und sah dann Roger an, der, wie Kincaid vermutete, nur allzugut wußte, was das heißen sollte.

Das Schweigen dehnte sich in die Länge, bis Kincaid sich aufrichtete und streckte. »Ich habe leider Ihren Nachnamen nicht verstanden«, sagte er zu Roger.

Roger zögerte einen Moment, dann antwortete er widerstrebend: »Leveson-Gower.« Er sprach es »Luhß-n-Goa« aus.

Wie angemessen nobel, dachte Kincaid. Er ging zur Tür, drehte sich noch einmal nach Margaret um. »Dann gehe ich jetzt. Kommen Sie zurecht, Margaret?«

Margaret nickte unsicher. Roger schlang einen Arm fest um ihre Taille und griff ihr mit der anderen Hand unter das Kinn. Margaret errötete.

»Oh, um Margaret brauchen Sie sich nicht zu sorgen, nicht wahr, Schätzchen?« sagte Roger.

Noch einmal drehte sich Kincaid um, als er die Tür schon geöffnet hatte. »Wo waren Sie übrigens am Donnerstagabend, Roger?«

Roger hielt immer noch Margaret an sich gedrückt, teils Schutz, teils Besitz. »Was geht Sie das an?«

»Oh, sagte ich das nicht? Ich bin von der Polizei.« Kincaid lächelte die beiden kurz an, dann ging er.

6

Die Ostseite der Carlingford Road lag tief in abendlichen Schatten, als Kincaid den Midget am Bordstein anhielt. Er kurbelte die Fenster hinauf, schloß das Verdeck und blieb dann einen Moment stehen und betrachtete das Haus, in dem er wohnte. Es wirkte unnatürlich still und unbelebt, kein Licht in den Fenstern, kein Anzeichen von Bewegung. Mit einem Achselzucken sagte er sich, das sei zweifellos seine eigene verdrehte Sicht. Aber als er halbwegs die Treppe zu seiner Wohnung hinauf war, fiel ihm plötzlich ein, daß er den Major seit dem vergangenen Abend nicht mehr gesehen hatte.

Im ersten Moment bekam er einen regelrechten kleinen Schreck, dann schalt er sich hysterisch. Es gab überhaupt keinen Grund anzunehmen, dem Major könnte etwas zugestoßen sein. Es war schließlich nicht so, daß im Haus der Tod lauerte wie ein Gespenst aus einem Gruselroman. Dennoch konnte er es nicht lassen, umzukehren, nach unten zu gehen und beim Major zu klopfen.

Es blieb alles still. Kincaid wandte sich wieder zur Straße. Er beschloß, durch Jasmines Wohnung in den Garten zu gehen, um dort nach dem Major Ausschau zu halten. Genau in dem Moment sah er ihn vorn an der Straßenecke in die Carlington Road einbiegen. Er ging langsam und schwerfällig, von zwei großen Blumentöpfen mit Büschen behindert, die er in beiden Armen trug.

Kincaid eilte ihm entgegen. »Mir scheint, Sie können Hilfe gebrauchen.«

»Sehr aufmerksam, danke.«

Als Kincaid den einen der schweren Töpfe entgegennahm, hörte er, wie angestrengt der Major atmete.

»Ein langer Weg von der Bushaltestelle hier herauf.«

»Was sind das für Pflanzen?« fragte Kincaid, während er seinen Schritt dem kürzeren des Majors anpaßte.

»Rosen. Eine altmodische Art. Aus einer Gärtnerei in Bukkinghamshire.«

»Was?« rief Kincaid erstaunt. »Sie haben diese schweren Dinger mit dem Bus aus Buckinghamshire hierher geschleppt?«

Sie hatten die Treppe erreicht, die zur Wohnungstür des Majors hinunterführte. Der Major stellte seinen Topf nieder, nahm seine Mütze ab und wischte sich den schweißfeuchten Schädel mit dem Taschentuch. »Woanders bekommt man sie nicht. Sie heißen Himalayan Musk.«

Kincaid setzte seinen Topf ebenfalls ab und musterte mit zweifelnder Miene die kahlen, dornigen Stengel. »Aber hätten Sie nicht...«

Der Major schüttelte energisch den Kopf. »Es ist natürlich die falsche Jahreszeit. Aber es mußte etwas ganz Besonderes sein.« Als er Kincaids verständnisloses Gesicht sah, erklärte er: »Für Jasmine. Der Duft ist das Entscheidende, wissen Sie. Diese Rosen duften noch, und Jasmine hat duftende Blumen geliebt. Sie sagte immer, es sei ihr ganz gleich, wie sie aussähen, Hauptsache, sie dufteten. Diese Rosen hier blühen nur einmal, spät im Frühjahr. Ein Meer rosaroter Blüten, und sie duften paradiesisch.«

Kincaid brauchte einen Moment, um das zu verdauen; nie hatte er den Major soviel auf einmal reden hören, nie hatte er aus seinem Mund etwas vernommen, das nur im geringsten schwärmerisch klang. »Ja, Sie haben recht«, sagte er dann. »Sie hätten ihr sicher gefallen.«

Der Major sperrte seine Wohnungstür auf und bückte sich nach den Töpfen.

»Warten Sie, ich helfe Ihnen«, sagte Kincaid und hob schon einen der Töpfe mühelos auf.

Der Major wollte ablehnen, zögerte, sagte dann: »Danke, das ist nett.«

Kincaid folgte ihm in die Wohnung. Nichts als Braun, war sein erster Eindruck. Der Major machte Licht, und zu dem Eindruck von Braun kam der von sauber und ordentlich hinzu. Eine verblichene Blumentapete in Rosé- und Brauntönen, ein brauner Teppich, eine braune Couchgarnitur. Keine Bilder, keine Fotografien, keine Bücher, soweit Kincaid sehen konnte, als er dem Major durch das Wohnzimmer folgte. Der einzige Farbtupfer war der Stapel von Gartenzeitschriften und -katalogen, der auf dem Couchtisch aus Fichtenholz lag.

Der Major führte Kincaid in die Küche und öffnete die Tür zu einem betonierten Vorplatz, der sich bis unter die Treppe erstreckte, die von Jasmines Wohnung in den Garten führte. Auf der rechten Seite, in der Ecke, die der Zaun und die Hausmauer bildeten, hatte der Major sich einen kleinen Geräteschuppen gebaut. Kincaid streckte den Kopf hinein und bekam so intensiven Humusgeruch in die Nase, daß es ihm einen Moment den Atem verschlug.

Der Major stieg die Treppe zum Garten hinauf und stellte seinen Topf ab. Kincaid folgte dem Beispiel und ließ dann seinen Blick durch den Garten schweifen. Der Kontrast zwischen der eintönig braunen Wohnung des Majors und dieser kleinen Oase der Fülle und der Farbenpracht hätte kaum stärker sein können. Er fragte sich, woran der Major sich im Winter erfreute, wenn im Garten nichts blühte.

Nach einer kleinen Weile, während der auch der Major in Gedanken verloren schien, sagte Kincaid: »Wo wollen Sie sie einpflanzen?«

»Da drüben, habe ich mir gedacht.« Der Major wies zu der Backsteinmauer am hinteren Ende des Gartens, der einzige

Fleck, der, soweit Kincaid sehen konnte, noch nicht bepflanzt war. »Es sind Kletterrosen. Sie werden bald die ganze Mauer überwuchern.«

»Lassen Sie mich Ihnen helfen.« Kincaid verspürte plötzlich den Wunsch, in diesem Moment des Gedenkens teilzuhaben, der passender war als jeder von einem Fremden abgehaltene Gottesdienst.

Der Major zögerte wieder. Kincaid hatte den Eindruck, daß er stets so reagierte, wenn jemand ihn in seinem Einsiedlerdasein zu stören drohte. »Gut, ja. Im Schuppen ist noch ein zweiter Spaten.«

Kincaid trug die Töpfe nach hinten zur Mauer, und als der Major mit den Spaten zurückkam und auf eine Stelle zwischen den Stiefmütterchen und den Löwenmäulchen deutete, begann er zu graben. Sie arbeiteten schweigend, während die Schatten im Garten länger wurden.

Als der Major meinte, die Löcher seien tief genug, setzten sie die Wurzelballen behutsam hinein, füllten die Hohlräume auf und drückten die Erde mit den Händen fest. Nach jahrelangem Leben in einer Großstadtwohnung fühlte Kincaid sich danach so befriedigt wie in seiner Kindheit in Cheshire, als er mit Leidenschaft Erdburgen gebaut hatte.

Der Major richtete sich auf und musterte auf seinen Spaten gestützt ihr gemeinsames Werk. »So, das hätten wir. Gut gemacht. Sie würde sich freuen, wenn sie es sehen könnte.«

Kincaid nickte, den Blick auf die dunklen Fenster von Jasmines Wohnung gerichtet. In seinen eigenen Fenstern, eine Etage höher, spiegelte sich noch die Sonne.

»Ich habe einen Bärenhunger. Kommen Sie doch mit, gehen wir etwas essen«, sagte er impulsiv und versuchte sich einzureden, er wolle lediglich die Gelegenheit nutzen, dem Major ein paar Fragen zu stellen, und sein Vorschlag habe überhaupt nichts mit dem Gedanken an seine leere Wohnung zu tun. Geduldig wartete er auf die Antwort des Majors.

Der sah sich im Garten um, als wollte er sich bei den Tulpen und Forsythien Rat holen. »Gut. Dann waschen wir uns jetzt am besten mal die Hände.«

Sie setzten sich in eine Imbißstube am Rosslyn Hill und bestellten Omelettes mit Pommes frites und Salat. Der Major hatte sich das dünne Haar sehr gründlich gebürstet, so daß seine Kopfhaut rosig schimmerte wie sein Gesicht; und Kincaid wunderte sich über diese Generation, die zum zwanglosen Abendessen an einem Samstagabend einen Schlips umband. Er selbst hatte sein Baumwollhemd mit einem langärmeligen Pulli vertauscht, weil der Abend kühl geworden war.

Als sie den ersten Schluck von ihrem Bier getrunken hatten, wischte sich der Major den Schaum vom Schnauzer und fragte: »War der Bruder inzwischen da? Erledigt er die Formalitäten wegen der Beerdigung und so weiter?«

»Ja, der Bruder war hier, aber soviel gibt es im Moment nicht zu erledigen, da die Beerdigung vorläufig nicht stattfinden wird.«

Der Major riß erstaunt die blauen Augen auf. »Wieso denn das?«

»Weil ich eine Obduktion angeordnet habe, Major. Es gab Anzeichen dafür, daß Jasmine Selbstmord begangen haben könnte.«

Einen Herzschlag lang starrte der Major ihn sprachlos an, dann stellte er sein Glas mit solchem Schwung auf den Tisch, daß etwas Bier überschwappte. »Was soll das? Warum konnten Sie sie nicht einfach in Frieden sterben lassen? Spielt es denn für irgend jemand eine Rolle, wenn die arme Seele sich ihr Leiden etwas abgekürzt hat?«

Kincaid zuckte die Achseln. »Nein, gewiß nicht, Major, und ich hätte bestimmt nichts unternommen, wenn nicht noch etwas anderes hinzugekommen wäre. Ein paar Dinge paßten nicht zu der Selbstmordtheorie, und ich weiß jetzt mit

Sicherheit, daß sie keines natürlichen Todes gestorben ist. Ich habe inzwischen den Obduktionsbefund.«

»Was für Dinge?« fragte der Major.

»Jasmine spielte in der Tat mit dem Gedanken an Selbstmord, das wissen wir. Sie hatte ihre Freundin Margaret gebeten, ihr dabei zu helfen. Dann jedoch erklärte sie Margaret, sie habe eine andere Einstellung dazu gewonnen und es sich nun anders überlegt. Sie hinterließ keinen Abschiedsbrief, keinerlei Erkärung. Aber mindestens Margaret hätte sie doch ganz gewiß etwas hinterlassen. Und...« Kincaid machte eine kleine Pause, um einen Schluck Bier zu trinken, »sie verabredete sich mit ihrem Bruder, den sie seit sechs Monaten nicht mehr gesehen hatte, für morgen.«

Der Major hatte nickend zugehört, doch als Kincaid endete, sagte er: »Ich kann mir nicht vorstellen, daß jemand dem armen Ding etwas antun würde. Sie hätte es doch sowieso nicht mehr viel länger gemacht.« Die blauen Augen in dem runden Gesicht hatten einen überraschend scharfen Glanz.

Das Erscheinen der Kellnerin, die ihr Essen brachte, gewährte Kincaid Aufschub. Der Major goß Essig über seine Pommes frites und Flaschensoße über sein Omelette. Kincaid krauste unwillkürlich die Nase, als ihn die Essigdünste erreichten. Junggesellengewohnheiten, dachte er. In ein paar Jahren würde er selbst es nicht anders machen.

»Was meinen Sie, Major? Sie haben sie gekannt, besser vielleicht als ich.«

Der Major schob einen Bissen Omelette in den Mund. »Ich kann beim besten Willen nicht behaupten, sie gut gekannt zu haben. Wir haben uns immer nur über Alltägliches unterhalten – den Garten, das Fernsehprogramm. Margaret habe ich nie kennengelernt, aber ich hab' sie natürlich kommen und gehen sehen, und manchmal kam sie zur Treppe heraus, wenn ich im Garten war, und hat mir gewinkt. Ein freundliches junges Ding. Nicht wie Jasmine. Damit will ich nicht sagen«, fügte er hastig hinzu, »daß Jasmine unfreundlich war. Aber sie war verschlossen, wenn Sie verstehen, was ich meine.« Wie von seiner eigenen Redseligkeit überrascht, hielt der Major plötzlich den Mund und widmete sich seinem Omelette.

Im Hintergrund zischte und gurgelte die Espressomaschine. Kincaid nahm einen Happen von seinem Omelette und fragte: »Haben Sie Margaret einmal in Begleitung kommen sehen? Mit einem Freund vielleicht?«

Der Major runzelte die Stirn und schüttelte den Kopf. »Kann ich nicht behaupten.«

Kincaid war sicher, daß er sich an Roger erinnert hätte. »Haben Sie Theo, ihren Bruder, einmal kennengelernt?«

»Nein. Sie hatte ja in den letzten Monaten kaum Besuch. Nur die Pflegerin kam regelmäßig. Die«, sagte er in vertraulichem Ton und neigte sich näher zu Kincaid, »ist wirklich eine gutaussehende Frau.«

Kincaid vermerkte mit Erheiterung, daß des Majors Leidenschaft für Pflanzen sich nicht auf Rohkost erstreckte – fast die ganze Kresse- und Gurkengarnitur auf seinem Teller war unberührt.

»Wie war es am Donnerstagabend? Haben Sie gesehen, ob da jemand Jasmine besucht hat?«

»Da war ich nicht zu Hause. Donnerstags bin ich nie zu Hause. Da hab' ich Chor.«

»Sie singen?« fragte Kincaid. Er schob seinen leeren Teller weg und beugte sich mit aufgestützten Ellbogen vor.

»Seit meiner Kindheit. Ich hab' vor dem Stimmbruch sogar Preise gewonnen.«

Kincaid hatte den Eindruck, daß das Gesicht des Majors noch tiefer gerötet war als sonst. Dies also war die andere Leidenschaft seines Lebens. »Das ist ja interessant. Und wo singen Sie?«

Der Major trank sein Bierglas aus und tupfte sich den Schnauzer mit der Serviette. »In der St. John's Kirche. Beim

Sonntagsgottesdienst. Mittwochs im Abendgottesdienst. Und donnerstags haben wir Probe.«

»Sind Sie am Donnerstag spät zurückgekommen?«

»Nein. So gegen zehn, wenn ich mich recht erinnere.«

»Und haben Sie irgend etwas Ungewöhnliches gehört oder gesehen?«

Kincaid hielt nicht gerade den Atem an vor Spannung. Solche Fragen mußte er stellen, aber die Antworten fielen selten aufregend aus. Wenn jemand etwas wahrhaft Ungewöhnliches beobachtet hatte, erzählte er das meist gleich von selbst. Kleine Ungereimtheiten hingegen fielen den Leuten oft erst wieder ein, wenn man ihrem Gedächtnis mit Fragen nachhalf.

Der Major schüttelte den Kopf. »Nichts, nein.«

Die Kellnerin räumte Kincaids leeren Teller ab und kam gleich mit ihrer Rechnung wieder. Der Geräuschpegel in dem Lokal war ständig gestiegen, und als Kincaid sich jetzt umblickte, sah er, daß alle Tische besetzt waren und an der Tür die Leute Schlange standen, die auf einen Tisch warteten. Widerstrebend trank er den letzten Schluck Bier.

»Na, dann wollen wir den Massen mal Platz machen.«

Im Schatten der Polizeidienststelle Hampstead bogen sie nach kurzem Marsch in die Pilgrim's Lane ein. Kincaid fand es recht ironisch, daß er sich seine Wohnung ausgerechnet in der Nähe dieses Gebäudes gesucht hatte, das von J. Dixon Butler entworfen worden war, dem Architekten, der mit Norman Shaw zusammen New Scotland Yard sein bauliches Gesicht gegeben hatte. In Kincaids Phantasien umwaberten stets Nebelschwaden seine Queen-Anne-Türmchen, und viktorianische Bobbys eilten schneidig zur Rettung armer Opfer herbei.

Als sie die Carlingford Road erreichten, brach der Major das Schweigen zwischen ihnen und sagte: »Was ist mit dem Dachhasen? Ist für den gesorgt?«

»Dachhase?« echote Kincaid verständnislos. »Ach so, Sie meinen die Katze. Nein. Nein, ich weiß nicht, was aus dem Tier werden soll. Sie würden wohl nicht...«

Der Major schüttelte schon den Kopf. »Ich kann die Tiere nicht im Haus haben. Da muß ich dauernd niesen. Und womöglich würde mir der Bursche in meinen Blumenbeeten graben.« Ihm sträubte sich der Schnauzer vor Unwillen. »Aber man muß natürlich etwas tun.«

Kincaid seufzte. »Ich weiß. Ich werde mich darum kümmern. Gute Nacht, Major.«

»Mr. Kincaid!« Kincaid, der schon auf der Treppe zur Haustür war, blieb stehen. »Ich glaube, Ihr Nachhaken in dieser Sache ist eher schädlich als hilfreich. Manchmal ist es einfach besser, man weckt schlafende Hunde nicht.«

Kincaid wanderte ruhelos in seinem Wohnzimmer auf und ab. Es war noch früh, noch nicht einmal neun Uhr. Er war müde, aber wie aufgedreht, unfähig sich auf irgend etwas zu konzentrieren. Er zappte durch das komplette Fernsehprogramm und schaltete den Apparat schließlich mißmutig aus. Keines seiner Bänder, keine seiner CDs konnte ihn locken, ebensowenig die Bücher, die zu lesen er noch keine Zeit gefunden hatte.

Als er sich dabei ertappte, daß er die Fotografien an seiner Wand anstarrte, drehte er sich um und faßte ganz bewußt den braunen Karton auf seinem Couchtisch ins Auge. Die klassische Vermeidungshaltung, die Weigerung, eine unangenehme Aufgabe anzupacken. Oder, um ehrlicher zu sein, dachte er, die Angst davor, daß Jasmine ihm frisch und schmerzhaft lebendig aus den Seiten ihrer Tagebücher entgegentreten würde.

Er gestattete sich noch einen kleinen Aufschub – die Zeit, sich eine Tasse Kaffee zu machen. Dann ging er mit der Tasse wieder ins Wohnzimmer und machte es sich im Lichtschein der Stehlampe auf dem Sofa bequem. Er zog den Karton etwas näher zu sich heran und strich mit den Fingern über die blauen Papprücken der Schreibhefte. Eine feine Staubschicht blieb an ihnen haften.

Wenn er sich schon darauf einlassen mußte, dann wollte er mit der Lektüre wenigstens von vorn anfangen – in den früheren Heften würde die Jasmine, die er kannte, nicht so unmittelbar zu spüren sein; außerdem hatte er bereits einen flüchtigen Blick in das letzte Heft geworfen und nichts auf den ersten Blick Nützliches entdeckt. Er nahm das am stärksten verblichene Heft aus dem Karton und schlug es auf. Das Papier war spröde und vergilbt und roch ein wenig muffig. Kincaid unterdrückte ein Niesen.

Die Eintragungen begannen im Jahr neunzehnhunderteinundfünfzig. Die Handschrift der zehnjährigen Jasmine war sauber und gewissenhaft, die Aufzeichnungen waren so banal wie befangen: Theos Heldentaten (schon damals war das beschützerische Interesse an dem jüngeren Bruder offenkundig), Schulnoten, eine Tennisstunde, ein Ritt auf dem Pferd der Nachbarn.

Kincaid blätterte ein Heft durch, dann ein zweites und drittes. Mit den Jahren veränderte sich die kindliche Handschrift, entwickelte sich zu Jasmines charakteristischer, zierlicher Schreibweise. Manchmal lagen Wochen, Monate zwischen einzelnen Einträgen, und wenn sie auch unbefangener wurden, so verrieten sie doch nichts über die Seelenlage der Schreiberin. Er hatte mit der Lektüre des vierten Heftes angefangen, als ein Eintrag vom März sechsundfünfzig ihn aufmerksam machte. Er kehrte noch einmal zum Anfang zurück und las genauer.

»9. März

Theos zehnter Geburtstag. Die übliche Feier. Alles wie im letzten Jahr und in den Jahren davor. Wir drei in unseren guten Kleidern am Eßtisch, drückende Hitze, geschlossene

Fensterläden, und keiner sagt ein Wort. Der Koch hat einen Kuchen gebacken. Was er sich eben unter einer Geburtstagstorte vorstellt. Scheußlich (er ist immer scheußlich), aber Vater saß nur mit einem Gesicht da, als stünde das Jüngste Gericht vor der Tür, und Theo kicherte nicht einmal. Ich hätte am liebsten laut geschrien.

Vater hat Theo ein Modellflugzeug zum Selberbasteln geschenkt, und Theo interessiert das natürlich nicht im geringsten. Bestimmt muß ich ihm am Ende helfen, das Ding zusammenzubauen. Man darf Vater schließlich nicht kränken. Ich habe einen Monat lang jeden Tag das Pferd dieser gräßlichen Mrs. Savarkar bewegt, um das Geld für den Tennisschläger zusammenzubringen, den ich Theo geschenkt habe. Ich meine, gegen das Pferd hatte ich ja gar nichts, aber Mrs. S. ist eine richtige Hexe. Immer kommandiert sie einen herum, bloß weil wir ›arme Engländer‹ sind.

Kann ich mich wirklich an die Nacht erinnern, in der Theo zur Welt kam, oder habe ich nur die Geschichten unserer Ayah so oft gehört, daß ich nicht mehr unterscheiden kann, was ich von ihr gehört habe und was ich aus eigener Erfahrung weiß? Ich erinnere mich an lautes Geschrei und an Rauch und den Geruch nach Feuer, aber ich glaube, das alles ist erst später passiert und hat sich nur in meinem Gedächtnis mit der Erinnerung an den Doktor, der an die Tür trommelt, und an die Schreie meiner Mutter vermischt.«

»22. Mai

Mr. Patel hat mich in der Schule wieder in den Arm gekniffen. Er geht dauernd im Gang auf und ab, und seine Kleider knistern wie welkes Laub, und die ganze Zeit schaut er uns beim Schreiben über die Schulter. Ich kann es immer spüren, wenn er von hinten kommt. Dann wird mir im Nacken ganz heiß.

Heute hat er mich am Oberarm gepackt und mir seine

Finger ins Fleisch gebohrt und gedrückt, daß ich die Zähne zusammenbeißen mußte, um nicht zu schreien. Er sagte, ich hätte meine Aufgaben nicht ordentlich gemacht, aber das war nur ein Vorwand, um mich nach dem Unterricht dazubehalten, das wissen alle. Ich habe gehört, wie die anderen Mädchen hinter meinem Rücken gekichert haben.

›Jasmine‹, sagte er, als alle weg waren, und zischte das ›S‹ in meinem Namen, daß sich mir die Haare sträubten. ›Erinnerst du dich noch an deine englische Mutter, Jasmine? Du brauchst jemanden, der dich führt, Jasmine.‹ Dann kam er um das Pult herum. Ich preßte mich an den Türpfosten und drückte meine Bücher ganz fest an meine Brust. ›Du weißt doch, daß du nicht in die Sonne gehen solltest, nicht wahr? Sonst siehst du gleich aus wie eine Inderin.‹ Dabei hat er mich angelächelt. Er sah aus wie eine kahlköpfige Schildkröte mit seinem dünnen, sehnigen Hals und seinen Glotzaugen. Ich bin weggerannt, bevor er mich noch einmal anfassen konnte. Ich bin den ganzen Weg bis nach Hause gerannt, und zu Hause habe ich mich übergeben. Ich wollte, ich könnte ihn umbringen.

Bis ich heimkam waren die Fingerabdrücke auf meinem Arm ganz blau geworden. Ich zog eine langärmlige Bluse an, damit Vater und Theo sie nicht sehen konnten. Mit Vater darüber zu sprechen, hat sowieso keinen Sinn. Ich habe es einmal versucht. Er bekam nur diesen verschwommenen Gesichtsausdruck, als wünschte er, ganz woanders zu sein, und sagte, meine Phantasie ginge mit mir durch.

Ich weiß, warum Mr. Patel mich nach Mami gefragt hat. Sie glauben, daß ich ein Mischling bin, wegen meiner Haar- und Hautfarbe, und daß Mami in Wirklichkeit gar keine Engländerin war.

Ich erinnere mich an meine Mutter. Ich erinnere mich an den weichen Stoff ihrer Kleider und wie sie immer nach Rosen geduftet hat. Ich erinnere mich an die Puppen, die sie mir aus England schicken ließ, und die Geschichten, die wir uns über sie ausgedacht haben. ›Du mußt eine richtige Engländerin werden, Jasmine‹, hat sie immer gesagt, ›damit du auch weißt, was sich gehört, wenn wir nach Hause reisen.‹ Das war das einzige, wovon sie immer gesprochen hat – von der Reise nach Hause. Sie muß hier schrecklich unglücklich gewesen sein. Kann es sein, daß jemand an Heimweh stirbt?«

»5. Juni

Theo, die kleine Ratte, hat Vater verraten, daß ich die Schule geschwänzt habe, während er verreist war. Vater setzte seine Unglücksmiene auf und sagte, ich wollte ihm nur das Leben schwer machen, und jetzt müßte er mit dem Direktor sprechen.«

»30. Juni

Gestern ist Vater gestorben. Der Arzt sagt, es war sein Herz. Er meinte, es hätte was mit den Fieberkrankheiten zu tun, an denen er leidet, seit er nach Indien kam.

Er saß beim Abendessen und las Zeitung. Plötzlich sagte er, ihm sei nicht gut, er wirkte irgendwie verwundert dabei, und dann fiel er über dem Tisch zusammen.

Ich kann es nicht glauben. Was soll aus Theo und mir werden?«

7

Gemma saß in Robs altem Frotteebademantel am Küchentisch. Es war seine Farbe, nicht ihre – das dunkle Weinrot gab ihrem Haar einen Stich ins Rötlichgelbe. Sie wußte, sie sollte ihn wegwerfen oder Oxfam vermachen, genau wie all die anderen Relikte ihrer Ehe, die noch überall im Haus herumflogen. Aber manchmal, wenn sie den rauhen Stoff des Bademantels an ihr Gesicht drückte, bildete sie sich ein, es hafte ihm noch Robs Geruch an.

»Dumme Gans«, sagte sie laut zu sich selbst. Was hatte Rob ihr denn hinterlassen, daß sie sich überhaupt an ihn erinnern wollte? Es überraschte sie, daß er ihr noch immer fehlte, rein körperlich. Es ging dabei nicht nur um Sex (obwohl der selten geworden war seit dem Tag vor zwei Jahren, als sie beim Heimkommen Robs Schränke leer und auf dem Küchentisch seinen Abschiedsbrief gefunden hatte), sondern um die kurze Berührung, die Hand auf ihrem Haar, Körperwärme, statt einer Wärmflasche, wenn sie abends in ihr Bett ging. Der Beruf und Toby ließen ihr nur wenig Zeit und Gelegenheit, auszugehen und neue Menschen kennenzulernen.

Bei dem Gedanken an Toby fiel ihr wieder der Stapel Rechnungen ein, der vor ihr auf dem Küchentisch lag. Sie stand auf und schenkte sich frischen Kaffee ein. Sonntag morgen, neun Uhr, und Toby war noch nicht wach – der gestrige Besuch bei ihren Eltern hatte ihn völlig erledigt. Die drei wilden Gören ihrer Schwester hatten ihm eingeheizt, bis er völlig überdreht gewesen war. Schreiend und strampelnd hatte sie ihn zum Auto getragen, in dem er dann wenige Minuten später mitten im Schrei eingeschlafen war.

Wieder starrte sie auf die Rechnungen, dann ging sie mit ihrer Kaffeetasse zur Hintertür und blieb dort stehen, den Blick in den Garten gerichtet. Tobys Plastikdreirad lag in einer Pfütze. Rob hatte jetzt seit drei Monaten keinen Unterhalt mehr geschickt, und sie wußte bald nicht mehr, woher sie das Geld für Tobys Hortgebühren nehmen sollte. Die Hypothek auf das Haus war hoch, und wenn sie Überstunden machte, mußte sie auch noch einen Babysitter für Toby bezahlen. Unter Robs letzter Telefonnummer gab es keinen Anschluß mehr, und als sie zu seiner Wohnung gefahren war, hatte sie gehört, er sei umgezogen und habe keine Nachsendeadresse hinterlassen. Der Autohändler, bei dem er als Vertreter gearbeitet hatte, hatte ihr das gleiche erzählt, er hatte gekündigt und war spurlos verschwunden.

Gemma spürte die Panik, die im Hintergrund ihres Bewußtseins lauerte und nur darauf wartete, sich auf sie zu stürzen. Sie war so stolz gewesen auf ihre Autonomie und hatte sich nicht eingestanden, wie wichtig Robs Unterstützung war, weil das nicht zu ihrem Selbstbild von der patenten alleinerziehenden Mutter paßte. Jetzt mußte sie dafür bezahlen. Sei realistisch, sagte sie sich, überleg dir, was du für Möglichkeiten hast. Das Haus zu verkaufen und eine preiswertere Unterbringung für Toby zu finden, war schließlich nicht das Ende der Welt. Dennoch drückte ihr der Gedanke des Scheiterns wie ein Stein auf die Brust.

Das durchdringende Surren des Küchentelefons riß sie aus ihren trüben Gedanken. Sie stellte die Kaffeetasse auf die Arbeitsplatte und griff rasch nach dem Hörer, weil sie nicht wollte, daß Toby erwachte. »Gemma? Ich kann verstehen, wenn Sie es unverschämt finden, daß ich schon wieder anrufe, aber ich wollte Sie fragen, ob Sie nicht Lust haben, zwei Besuche mit mir zu machen.«

In seinem Ton lag ein Zaudern, das sie im Dienst niemals hörte. »Immer noch inoffiziell?« fragte sie.

»Hm. Bis morgen wenigstens. Aber den Obduktionsbefund habe ich inzwischen. Eine Überdosis Morphium.«

Gemma griff nach ihrer Tasse und trank einen Schluck lauwarmen Kaffee. Damit also hatte er wenigstens recht behalten, und sie hatte sich getäuscht, als sie geglaubt hatte, seine persönliche Betroffenheit habe sein Urteil getrübt.

»Ich weiß, Sie sind immer noch der Meinung, daß ich aus einer Mücke einen Elefanten mache«, sagte er, als sie beharrlich schwieg, und Gemma hörte den feinen Unterton der Belustigung in seiner Stimme.

»Wen wollen Sie denn besuchen?«

»Felicity Howarth, Jasmines Pflegerin, in Kew. Und Bruder Theo unten in Surrey. Es ist ein herrlicher Tag für einen Ausflug«, fügte er drängend hinzu.

»Mami!« Toby war auf nackten Füßen in die Küche gewandert und bliebt jetzt, seine Bettdecke im Arm, mit schlafgerötetem Gesicht und zerzaustem Haar vor ihr stehen.

»Komm her, Schatz.« Gemma ging in die Knie und drückte ihn an sich.

»Wie bitte?« fragte Kincaid verdutzt.

Gemma lachte. »Ich habe mit Toby gesprochen. Er ist gerade hereingekommen.« Für Toby war dieser geplante Ausflug nicht das Richtige – sie würde ihre Mutter fragen müssen, ob sie sich um ihn kümmern konnte, und würde dann den ganzen Tag ein schlechtes Gewissen haben, weil sie ihn so sehr vernachlässigte.

»Gemma?«

»Ich muß erst noch Toby unterbringen.«

»Ich hole Sie ab. Welche Zeit?«

»Nein!« Kincaid war noch nie bei ihr gewesen, und jetzt, da sie seine Wohnung gesehen hatte, wollte sie ihn schon gar nicht kommen lassen. »Ich meine«, fügte sie hastig hinzu, da sie selbst hörte, wie brüsk ihr Ton geklungen hatte, »ich muß Toby sowieso zu meiner Mutter fahren. Da kann ich auch gleich zu Ihnen weiterfahren.«

Sie war Kincaid dankbar dafür, daß er so taktvoll war, nicht zu erwähnen, daß die Leyton High Street, in der ihre Eltern wohnten, absolut nicht auf dem Weg nach Hampstead war.

Der schöne Tag schien ein gut Teil der Londoner Bevölkerung nach Kew gelockt zu haben, um den Frühlingsanfang zu feiern. Gemma, die das Gesicht der Sonne zugewandt neben Kincaid in dem knallroten MG saß, rechnete sich selbst auch zu den Feiernden. Sie mußte sich immer wieder daran erinnern, daß sie nicht zu ihrem Vergnügen mitgekommen war, und sie bemühte sich, ihren Blick auf die Straße zu richten und nicht auf Kincaids Profil. Normalerweise zog sie es vor, ihn zu chauffieren, statt sich von ihm chauffieren zu lassen, aber als sie in Hampstead angekommen war, hatte er darauf bestanden, daß sie ihren Wagen stehen ließ, und sie ohne viel Federlesens in den Midget gepackt. »Entspannen Sie sich, Gemma. Schließlich ist heute Ihr freier Tag.« Sie hatte ohne allzu großes Widerstreben nachgegeben.

Eingekeilt ins Verkehrsgetümmel umrundeten sie den Kew Green. In den Straßen, die zu Kew Gardens und zum Fluß abzweigten, krochen die Autos im Schrittempo vorwärts, doch als sie das Südende des Green hinter sich gelassen hatten, lichtete sich das Gewühl. Durch kleine Straßen schlängelten sie sich nach Südosten zu der Adresse, die Felicity Howarth Kincaid genannt hatte. Zuerst ging es an großen Villen mit Gärten vorbei, dann an weniger vornehmen Doppelhäusern, und schließlich gelangten sie in eine Sackgasse mit Reihenhäusern. Abfälle lagen auf den Bürgersteigen, und die Häuser wirkten schäbig und vernachlässigt.

Gemma sah Kincaid verwundert an. »Sie ist doch private Pflegerin? Haben Sie wirklich die richtige Adresse?«

Er zog achselzuckend die Augenbrauen hoch. »Schauen wir mal.«

Felictiy Howarths Souterrainwohnung zeigte im Gegensatz zu den meisten Nachbarhäusern Anzeichen von Pflege. Die Treppe war gefegt, die Tür glänzend dunkelgrün lackiert, der Türklopfer aus Messing poliert. Kincaid läutete, und gleich darauf öffnete Felicity ihnen die Tür.

Sie starrte Kincaid an, als wüßte sie nicht, wohin mit ihm. Dann hellte sich ihr Gesicht auf. »Mr. Kincaid?«

Gemma, die nach Kincaids Beschreibung ein Ausbund an korrekter Eleganz und steifer Tüchtigkeit erwartet hatte, sah sich getäuscht. Unter anderen Umständen mochte Felicity Howarth eine aparte Frau sein, doch an diesem Tag zeigte sie sich nicht von ihrer besten Seite. Sie hatte eine alte Jeans an, war ungeschminkt und hatte einen großen Schmutzfleck auf der Stirn. Gemma fand sie müde aussehend und hatte den Eindruck, daß sie über ihren Besuch nicht sonderlich erfreut war.

»Ich habe gerade ein bißchen im Garten gearbeitet«, sagte sie entschuldigend und verschmierte in dem Bemühen, ihn wegzuwischen, den Schmutz auf ihrer Stirn.

Kincaid stellte ihr Gemma lediglich mit Namen vor und sagte dann: »Ich würde gern einen Moment mit Ihnen sprechen. Über Jasmine.«

»Dann kommen Sie am besten herein.« Felicity führte sie in ihr Wohnzimmer, sagte: »Ich mache mich nur rasch frisch«, zögerte, als sie schon hinausgehen wollte, und fügte hinzu: »Möchten Sie eine Tasse Kaffee? Ich wollte mir gerade welchen machen.«

Gemma und Kincaid nutzten die Gelegenheit, um sich im Zimmer umzusehen. Es war ordentlich aufgeräumt und pieksauber, wie Gemma bezeugen konnte, nachdem sie verstohlen mit einem Finger über die Kante eines Bücherbords gefahren war – nicht ein Stäubchen blieb hängen. Die Möbel waren gediegen, aber nicht neu, und die Zierstücke schienen Gemma ererbt zu sein und nicht danach ausgesucht, ob sie zur Einrichtung paßten. Auf dem Sofa lag aufgeblättert die Sonntagsausgabe des *Observer*, einziges Zeugnis, daß hier auch gelebt wurde.

Kincaid trat zu den Fenstern und blickte in den Garten hinaus, der sich auf Augenhöhe befand.

»Sie lebt allein?« fragte Gemma leise, als sie zu ihm trat.

»Scheint so.«

Felicity kehrte mit einem Tablett, auf dem Kaffeekanne und Tassen standen, ins Zimmer zurück. Nachdem sie das Tablett abgestellt hatte, nahm sie die Zeitung vom Sofa und ließ sie unter einem Beistelltisch verschwinden. Mit der Säuberung von Gesicht und Händen schien sie ihre autoritäre Selbstsicherheit wiedergewonnen zu haben. Sie wies Gemma und Kincaid zum Sofa, während sie ihnen einschenkte, und zog sich selbst einen steiflehnigen Stuhl an den Tisch. Das Sofa war in der Mitte durchgesessen, und Gemma merkte, wie sie immer wieder in die Knie rutschte, während sie peinlichst zu vermeiden suchte, daß ihr Oberschenkel mit dem Kincaids zusammenstieß. Sie sah sehr wohl Kincaids leise Erheiterung über ihre mißliche Lage. Sehr clever von Felicity, die erhaben auf ihrem steifen Stuhl thronte. Es überraschte Gemma nicht im geringsten, daß sie sofort die Gesprächsführung an sich riß.

»Sie haben also den Obduktionsbefund bekommen?« fragte sie Kincaid, schlug die Beine übereinander und stellte Tasse und Untertasse leicht auf ihrem Knie ab.

»Man hat weit mehr Morphium gefunden als die vorgeschriebene Dosis. Könnte sie ...«

»Ich verstehe, wie Ihnen zumute ist«, unterbrach Felicity, sich ihm zuneigend. »Sie sind erschüttert, weil Sie es nicht erwartet haben. Aber ich erlebe dergleichen immer wieder. Es ist nichts Ungewöhnliches.«

»Margaret glaubte ...«

»Wir wissen beide, Mr. Kincaid, daß Beihilfe zum Selbstmord ein Verbrechen ist. Ich bin sicher, Jasmine überlegte sich, ob sie es riskieren könne, Margaret in so etwas zu verwickeln; und sie hielt Margaret für klug genug, über ihr Gespräch den Mund zu halten. Jasmine brauchte in Wirklichkeit gar keine Hilfe. Sie hatte ja Morphium in flüssiger Form.«

Kincaid lehnte sich zurück und trank von seinem Kaffee. »Warum eigentlich flüssiges Morphium und nicht Tabletten?« fragte er.

»Jasmine hatte starke Schluckbeschwerden. Der Tumor drückte, je größer er wurde, immer stärker auf die Speiseröhre. Jasmine konnte nur noch geringe Mengen weicher Nahrung zu sich nehmen. Wenn sie am Leben geblieben wäre, hätte man ihr früher oder später eine Magensonde legen müssen.« Felicity seufzte und nahm eine etwas lockerere Haltung an. »Auch die Schmerzen wären stärker geworden, vielleicht sogar mit Drogen gar nicht mehr zu lindern gewesen. Ich habe schon erlebt, daß solche Tumore die Rippen des Patienten brachen.«

»Wußte Jasmine, was ihr da bevorstand?« fragte Gemma entsetzt.

»Ich denke, ja. Jasmine war eine gutinformierte Patientin. Sie war immer über den Stand der Dinge unterrichtet.« Felicity lächelte und schwieg, und Gemma sah die Müdigkeit hinter der forschen Fassade.

»Wie halten Sie das in Ihrem Beruf aus, die Menschen so entsetzlich leiden zu sehen?«

Felicitys Achselzucken war beredt. »Irgend jemand muß diese Menschen doch pflegen. Und ich habe eine Begabung dafür. Bei mir fühlen sie sich gut aufgehoben und beruhigt.«

Kincaid trank seinen Kaffee aus, beugte sich vor und stellte seine leere Tasse nachdenklich auf den Tisch. »Felicity, wie konnte Jasmine genug Morphium für einen Selbstmord ansammeln? Haben Sie nicht die Rezepte für sie ausgestellt?«

»Sie verlangte schon vor Wochen eine Erhöhung ihrer bisherigen Dosis. Wir versuchen nicht, den Opiatverbrauch sterbender Patienten einzuschränken; wir bemühen uns lediglich darum, es ihnen so angenehm wie möglich zu machen. Es ist gut möglich, daß sie mir nur vormachte, sie brauche mehr Morphium, und in Wirklichkeit ihre alte Dosis beibehielt.« Felicity sah Kincaid an. »Das ist leider alles, was ich Ihnen dazu sagen kann.«

Offensichtlich war es ihre Absicht, das Gespräch damit zu beenden, aber Kincaid schlug nur ein Bein über das andere und lächelte sie an. »Sie haben uns erzählt, daß Sie Margaret ein paarmal begegnet sind. War ihr Freund auch einmal dabei? Er heißt Roger – ich bin sicher, Sie würden sich an ihn erinnern.«

»Nein, Margaret kam immer allein, wenn ich da war, und Jasmine erwähnte nie etwas von einem Freund.«

»Hat Jasmine zu Ihnen etwas davon gesagt, daß sie sich mit ihrem Bruder verabredet hatte?«

Felicity schüttelte den Kopf und begann, die Kaffeetassen auf das Tablett zu stellen. »Wir haben nie über persönliche Dinge gesprochen. Es gibt Patienten, die einem gleich ihre Lebensgeschichte erzählen; Jasmine war nicht so.«

»Hat sie überhaupt Besuch bekommen? Oder haben Sie in letzter Zeit jemanden im Haus gesehen, der Ihnen bekannt war?«

»Nein. Tut mir leid.«

Kincaid beugte sich vor. Er stand auf und gab Felicity die Hand. »Vielen Dank für Ihre Hilfe.«

Gemma tat es ihm nach. »Danke, daß Sie sich die Zeit genommen haben.«

»Es kann sein, daß Sie zur Leichenschau kommen müssen«, bemerkte Kincaid, als sie schon auf dem Weg zur Tür waren.

»Natürlich. Sie geben mir Bescheid?«

Kincaid nickte und hielt Gemma die Tür auf. »Auf Wiedersehen.«

Gemma drehte sich noch einmal um, ehe die Tür zufiel, um ebenfalls auf Wiedersehen zu sagen. Mit einem letzten Blick sah sie Felicity Howarth allein in ihrem Wohnzimmer stehen.

Erst als sie die A24 nach Surrey erreicht hatten, sprachen sie wieder. Gemma musterte Kincaid von der Seite. Er saß locker am Steuer, eine Hand leicht auf dem Schalthebel, die Augen hinter den dunklen Gläsern der Sonnenbrille verborgen.

»Sie sind immer noch nicht überzeugt, stimmt's?« sagte sie.

Er antwortete, ohne den Blick von der Straße zu wenden. »Nein. Aber vielleicht bin ich ja nur dickköpfig.«

»Sie glauben, sie hätte Margaret oder Theo einen Brief hinterlassen«, sagte Gemma und fügte im stillen hinzu: oder dir. Sie merkte, daß diese Frau, die in Kincaids Leben soviel Raum eingenommen und von der sie nichts gewußt hatte, sie immer neugieriger machte. Er hatte ab und zu beiläufig von Besuchen bei »jemandem im Haus« gesprochen, aber sie hatte immer angenommen, es handle sich um einen männlichen Nachbarn, jemand, mit dem er hin und wieder ein Bier trank. Welcher Art war seine Beziehung zu Jasmine Dent gewesen? Waren die beiden trotz Jasmines tödlicher Krankheit ein Liebespaar gewesen?

Wieder warf Gemma einen Seitenblick auf Kincaids Gesicht, und plötzlich fiel ihr auf, wie wenig sie von ihm wußte. Sie hatte stets den Eindruck gehabt, er ginge mit einer Anmut und Unbefangenheit durchs Leben, um die er zu beneiden war. Aber vielleicht fiel ihm doch nicht alles so mühelos zu, wie sie angenommen hatte – Jasmines Tod bereitete ihm offensichtlich Schmerz und Schuldgefühle.

Wann, fragte sie sich, hatte sie ihm je die Möglichkeit gegeben, etwas mehr darüber zu erzählen, was er tat, wenn er nicht im Dienst war? Sie hatte unentwegt von Toby gequasselt, und Kincaid hatte zugehört, als wären die Aktivitäten eines Zweijährigen absolut faszinierend. Sie mußte das seiner angeborenen Höflichkeit zuschreiben und beschloß, in Zukunft weniger egozentrisch zu sein.

»Gemma?«

Sie sah Kincaid an und errötete, weil sie sich so durchschaubar fühlte. »Ja?«

»Sie hatten eben einen so glasigen Blick. Ich dachte, Sie seien vielleicht starr vor Angst wegen meiner Fahrerei.«

»Nein«, entgegnete Gemma lächelnd. »Ich habe nur nachgedacht.« Sie sagte das Erstbeste, das ihr in den Sinn kam. »Über Felicity. Glauben Sie nicht, daß man einen sehr starken Glauben braucht, wenn man Sterbende pflegt und sich bemüht, sie irgendwie zu trösten?«

»Möglicherweise, ja. Weiter.«

Gemma hörte aus seinem Ton das Stirnrunzeln heraus, obwohl sie ihn nicht angesehen hatte. »Na ja, elf Uhr, Sonntag morgen, und Felicity hat im Garten gearbeitet – sie war nicht in der Kirche.«

»Vielleicht ist sie katholisch und war schon in aller Frühe in der Messe«, meinte Kincaid belustigt.

»Kein Makeup«, konterte Gemma, »nicht einmal der geringste Hauch Lippenstift. Sie wollen mir doch nicht weismachen, daß eine Frau wie Felicity ungeschminkt zur Kirche gehen würde.«

»Gutes Argument.« Kincaid lachte, dann wurde er ernst. »Vielleicht ist der Glaube, aus dem Felicity ihre Kraft schöpft, nicht von der auffallenden Sorte.«

Sie hatten die Außenbezirke von Dorking erreicht. Kincaid zog eine Straßenkarte aus dem Seitenfach in der Tür und reichte sie Gemma. »Können Sie mal nachsehen, ob wir nach Abinger Hammer wirklich die A25 nehmen müssen?« Während Gemma die Karte ausbreitete, fuhr er fort: »Meg kommt von hier. Sie hat mir erzählt, daß ihr Vater eine Tankstelle hat. Es ist doch gar nicht so weit von London, und trotzdem hat sie, seit sie von hier fort ist, anscheinend nichts mehr von ihrer Familie gehört. Man sollte doch meinen ...«

»Gleich kommt die Kreuzung«, unterbrach Gemma ihn. »A25 in westlicher Richtung nach Guildford.« Nachdem Kincaid den Kreisverkehr hinter sich gebracht hatte und in die richtige Straße eingefädelt war, sagte sie: »Entschuldigen Sie. Was wollten Sie sagen?«

»Ach, vergessen Sie's. Denken wir lieber ans Mittagessen.«

Abinger Hammer war eher Weiler als Dorf, ein paar Läden und ein Park, durch den ein Bach floß. Theo Dents Laden »Kinkerlitzchen« befand sich an einem Knick in der Straße, direkt gegenüber der Teestube.

Gemma und Kincaid setzten sich in die Sonne im Gärtchen der Teestube und aßen Sandwiches mit Käse und Tomaten, die mit Kresse garniert waren und von einer jungen Bedienung mit pinkfarbenem Haar und vielen Ohrringen sehr freundlich serviert wurden.

»Die Dorfpunkerin«, bemerkte Kincaid und schob sich ein paar widerspenstige Kresseblättchen mit dem Finger in den Mund.

»Na, viel kann hier abends nicht los sein.« Gemma hatte die Geringschätzung der Londonerin für das dörfliche Leben nie überwunden.

»Wahrscheinlich gibt's im Gemeindesaal eine Disco. Oder Videospiele im Pub für die, die alt genug sind.«

Gemma schnitt eine Grimasse. »Puh!«

Kincaid lachte. »Überlegen Sie doch mal, Gemma. Ist das nicht genau das, was Sie sich für Toby wünschen würden, wenn er mal größer ist. Keine Möglichkeit, Dummheiten zu machen?«

Sie schüttelte den Kopf. »Darüber werde ich jetzt bestimmt

noch nicht nachdenken.« Gemma schob den letzten Bissen ihres Brots in den Mund und schlug nach einer dicken Hummel, die unaufhörlich Sturzflüge auf ihren Tisch machte. »Sind Sie in so einem kleinen Ort aufgewachsen?«

»Nein, so klein war er nicht. Relativ zivilisiert nach Ihren Maßstäben. Wir hatten sogar ein Café. Videospiele gab's damals allerdings noch nicht. Wir mußten uns mit Darts begnügen.« Sein flüchtig aufblitzendes Lächeln verriet Gemma, daß er sie ein wenig auf den Arm nahm. Die hartnäkkige Hummel landete kopfüber in Kincaids Teetasse. Er kippte sie heraus und streckte sich. »Kommen Sie. Wir wollen mal sehen, was Theo Dent am letzten Donnerstagabend getrieben hat.«

Irgendwo in den Tiefen des Ladens klimperte ein Glockenspiel, als Gemma und Kincaid eintraten und die Tür hinter sich schlossen. Das Schild mit der Aufschrift »Geschlossen«, das innen an der Tür hing, schwang rhythmisch hin und her, Kontrapunkt zum schwächer werdenden Gebimmel des Glockenspiels.

Ihre Augen brauchten einen Moment, um sich nach dem grellen Sonnenlicht draußen auf das gedämpfte Licht einzustellen. »Wir scheinen die einzigen Kunden zu sein«, bemerkte Kincaid halblaut, während er sich umsah. »Nicht viel los für einen Sonntagnachmittag.«

»Das Wetter ist zu schön«, meinte Gemma.

Es schien ihr unerträglich warm und muffig im Laden. Durch die Schaufenster, die nicht durch Vorhänge abgeschirmt waren, fielen schräge Lichtbahnen ein und erhellten verstaubte Gegenstände. Gemma drehte sich langsam herum und musterte vollgestellte Borde und Tische, auf denen unter anderen Dingen unvollständige Teeservice, Schnickschnack aus Messing, fleckige Jagddrucke zur Schau gestellt waren. Eine kleine Glasvitrine war voller antiker Köpfe.

»Um sich hier gründlich umzusehen, braucht man einen

Regentag«, sagte sie und hielt eine Butterschale von altmodischer Form ans Licht. »Ach, die hat einen Sprung. Schade.«

Sie hörten das Geräusch eiliger Schritte auf einer Treppe, dann wurde hinten im Laden eine Tür aufgestoßen. »Tut mir leid. Ich habe nur schnell mein...« Theo Dent, der gerade dabei war, seine Brille aufzusetzen, hielt inne und riß verdutzt die Augen auf. »Mr. Kincaid? Ich habe Sie nicht gleich erkannt... Ich habe nicht erwartet...«

»Hallo, Theo. Ich wollte Sie nicht aus der Fassung bringen. Ich hätte wahrscheinlich vorher anrufen sollen, aber es war so ein verlockender Tag für eine Autofahrt.«

Alles Quatsch, dachte Gemma bei Kincaids entwaffnendem Gesäusel. Sie war überzeugt davon, daß es seine volle Absicht gewesen war, Theo auf dem falschen Fuß zu erwischen. Was ihn trieb, mochte rein private Neugier sein, die Methoden aber waren die gleichen, die er im Dienst anzuwenden pflegte.

Kincaid stellte Gemma vor, wobei er ihre Beziehung zueinander wiederum völlig offen ließ, und Theo reichte ihr die Hand. Er war ein kleiner Mann mit ovalem Gesicht und lockigem braunen Haar, das von Grau durchschossen war. Die Brille mit den runden, goldgefaßten Gläsern verlieh ihm etwas Altväterisches. Seine Hand war klein und weicher als die ihre.

»Es freut mich, Sie kennenzulernen. Sie haben hübsche Dinge hier.« Gemma umriß mit einer Handbewegung den Ladenraum und ergriff dann den erstbesten Gegenstand in ihrer Reichweite, ein Porzellantöpfchen in Form eines Bienenkorbs.

»Finden Sie wirklich?« Theo schien über die Maßen erfreut. Er strahlte Gemma an und zeigte dabei kleine, regelmäßige Zähne. »Interessieren Sie sich für Honigtöpfe? Hier, sehen Sie sich den an«, sagte er und nahm die porzellanene Nachbildung eines strohgedeckten Häuschens von einem Bord. »Oder den hier.« Weißes Porzellan diesmal, mit Mäuschen verziert, die hinter einem Busch hervorlinsten. »Wußten Sie, daß die alten Ägypter glaubten, der Honig bestünde aus den Tränen des Sonnengottes Ra? Niemals wurde ein Pharao bestattet, ohne daß man ihm einen versiegelten Honig...«

»Theo«, unterbrach Kincaid den enthusiastischen Monolog, »können wir uns irgendwo in Ruhe unterhalten?«

»Unterhalten?« Theo schien verblüfft. Erwartungsvoll sah er sich in seinem Laden um, und als keine Stühle zum Vorschein kamen, sagte er: »Äh... natürlich. Wir könnten nach oben gehen.« Er drehte sich herum, um ihnen vorauszugehen. »Es ist aber nichts Besonderes«, fügte er mit einem ängstlich besorgten Blick nach rückwärts, zu ihnen, hinzu. »Es macht Ihnen hoffentlich nichts aus...«

Die Wohnung oben diente offensichtlich gleichzeitig als Büro, wobei das Büro aus einem abgestoßenen alten Holzschreibtisch voller Zettel und loser Blätter und einem altmodischen schwarzen Bakelit-Telefon bestand. Der Wohnbereich sah nach Gemmas Meinung nicht viel besser aus: ein hastig gemachtes Couchbett, ein museumsreifer Ledersessel, beides mit gutem Blick auf einen neuen Farbfernsehapparat und ein Videogerät. In einem Alkoven hinter zugezogenem Vorhang verbargen sich, so vermutete jedenfalls Gemma, Wasch- und Kochgelegenheit.

»Ach, das war mein Mittagessen«, sagte Theo entschuldigend und nahm einen Teller mit Brotrinden und einen Pappbehälter, der eine Fertigsuppe enthalten hatte, um ihn hinter dem Vorhang verschwinden zu lassen. Er wies Kincaid zu dem Ledersessel und zog Gemma den Schreibtischstuhl heran. Nun war er selbst jedoch ohne Sitzgelegenheit. Verlegen stand er da, dann entdeckte er eine leere Kiste, drehte sie um und benutzte sie als Hocker. Seine nervöse Unsicherheit ließ etwas nach, und er lächelte entschuldigend: »Ich habe selten Gäste, wie Sie vielleicht schon gemerkt haben werden. Für Jasmine, wenn sie gekommen wäre, hätte ich natürlich ein bißchen Ordnung gemacht.« Er holte einmal tief Atem. »Also, Mr. Kincaid, was haben Sie mit mir zu besprechen? Sie haben diese hübsche junge Dame doch gewiß nicht hierher gebracht, damit sie meinen Trödel bewundern kann.« Beim Sprechen wies er mit dem Kopf auf Gemma, und wiederum hatte sie den Eindruck von einer gewissen altmodischen Qualität.

»Ich habe inzwischen den Obduktionsbefund bekommen, Theo. Ihre Schwester ist an einer Überdosis Morphium gestorben.« Kincaid sprach leise und ruhig.

Theos Blick glitt ins Leere. Der Mann saß so still, daß Gemma unwillkürlich Kincaid einen fragenden Blick zuwarf. Doch schließlich erwachte Theo mit einem Seufzer aus seiner Erstarrung und sagte: »Eigentlich habe ich das erwartet, seit Sie am Freitagabend mit mir gesprochen haben. Es ist sehr nett von Ihnen, daß Sie extra die weite Fahrt gemacht haben, um es mir zu sagen.«

Gemma, die wußte, daß Nettigkeit nichts damit zu tun hatte, sah, wie Kincaid leicht errötete.

»Theo ...«

»Es war der Schock, der mich so aus der Fassung gebracht hat, wissen Sie. Inzwischen habe ich etwas Zeit gehabt, um mich an den Gedanken zu gewöhnen, und ich glaube, daß es typisch Jasmine gewesen wäre, so etwas zu tun. Aber eines verstehe ich immer noch nicht.« Theo sah von Kincaid zu Gemma, um sie in die Frage einzubeziehen. »Warum hat sie mich angerufen und mich gebeten, sie heute zu besuchen?«

»Theo«, sagte Kincaid behutsam, »es gibt noch eine andere Möglichkeit. Der Coroner wird höchstwahrscheinlich auf Selbstmord erkennen, es sei denn, wir finden Hinweise, daß das Gegenteil passiert ist.«

»Das Gegenteil? Wie meinen Sie das?« Theos Brauen zogen sich über den goldgeränderten Brillengläsern zusammen.

Kincaid richtete sich auf und neigte sich Theo zu. Er sprach jetzt drängender. »Es könnte doch sein, daß eine dritte Person ihr das Morphium verabreicht hat, Theo. Vielleicht hat Jasmine Margaret die Wahrheit gesagt, vielleicht hatte sie tatsächlich beschlossen, keinen Selbstmord zu verüben, und vielleicht gab es jemanden, dem dieser Entschluß überhaupt nicht in den Kram paßte.«

»Das kann doch nicht Ihr Ernst sein.« Theo blickte Kincaid forschend ins Gesicht, als suche er ein Anzeichen dafür, daß dieser gescherzt hatte. Als er ein solches nicht fand, wandte er sich fragend an Gemma.

Die nickte. »Doch, es ist leider unser Ernst.«

»Aber wieso denn?« Theos Stimme überschlug sich fast. »Warum sollte jemand Jasmine töten wollen? Sie wäre doch sowieso gestorben. Sie haben selbst gesagt, daß sie nur noch ein paar Monate hatte.« Er schob seine Brille hoch und deutete mit wackelndem Zeigefinger anklagend auf Kincaid. »Wie kann ihr überhaupt jemand soviel Morphium gegeben haben, ohne daß sie es gemerkt hat?«

Eine gute Frage, dachte Gemma; eine Frage, die Kincaid noch nicht beantwortet hatte.

»Das weiß ich auch nicht, Theo. Ich vermute, es kann nur jemand gewesen sein, dem sie vertraut hat. Und was das Warum angeht«, sein Ton wurde härter, »so hatte es jemand vielleicht aus einem ganz bestimmten Grund eilig. Was wissen Sie über Jasmines Vermögensverhältnisse, Theo?«

»Über ihre Vermögensverhälntisse?« wiederholte Theo verständnislos.

»Nun kommen Sie schon. Machen Sie nicht so ein entgeistertes Gesicht.« Kincaid stand auf und ging in dem kleinen Zimmer auf und ab. »Sie müssen doch wenigstens eine Ahnung davon gehabt haben, wie Jasmine über ihr Vermögen verfügen wollte. Sie hat mir erzählt, daß sie im Lauf der Jahre ihr Geld recht gut angelegt hätte, und die Wohnung hatte sie auch zum großen Teil abbezahlt. Werden Sie das alles erben?«

»Ich weiß nicht.« Theo sah zu Kincaid auf, und es schien Gemma, als wäre er vor ihren Augen geschrumpft. »Sie hat die Anzahlung auf die Hypothek für den Laden geleistet. Ich war völlig pleite, wirklich am Ende.« Er drehte sich um und richtete auf der Suche nach Verständnis das Wort an Gemma. »Es war einiges schief gegangen, verstehen Sie? Ich habe nie darüber nachgedacht, was geschehen würde, wenn sie stirbt.«

Kincaid zog ungläubig die Brauen hoch und öffnete den Mund zum Protest, doch dann besann er sich anders und wechselte das Thema. »Was haben Sie Donnerstagabend gemacht?«

»Donnerstag?«

»An dem Abend, an dem Jasmine starb«, sagte Kincaid.

»Ich war hier! Wo hätte ich sonst sein sollen?« Theo schien jetzt gründlich verängstigt, den Tränen nahe.

»Fangen Sie von vorne an«, sagte Gemma, um ihm zu helfen. »Um welche Zeit schließen Sie das Geschäft?«

»Um halb sechs normalerweise.«

»Und am Donnerstag haben Sie auch um halb sechs geschlossen? Was haben Sie danach getan?«

»Na ja, ich hab' ein bißchen Ordnung gemacht und die Kasse abgesperrt, dann bin ich zum Abendessen rüber gegangen.« Theo, der sichtlich ruhiger wurde, sah Gemma erwartungsvoll an. Kincaid war ans Fenster getreten und sah zur Straße hinunter.

»Rüber?«

»Ins Pub. Das ist das einzige, was abends offen ist. Die Teestube macht um fünf zu. Ich geh' zum Abendessen immer rüber ins Pub. Da ist das Essen gut, und ich kann ja hier nicht viel kochen.« Er wies zum Vorhang vor der Nische. »Ich habe nur eine Kochplatte.«

»Sagten Sie nicht, Sie tränken kaum«, bemerkte Kincaid vom Fenster her.

Theo lief rot an. »Das stimmt auch. Höchstens ab und zu mal ein Glas Apfelmost.«

Gemma übernahm wieder das Kommando. »Was haben Sie nach dem Essen getan? Haben Sie einen Wagen?«

Die Frage schien Theo zornig zu machen. »Nein, verdammt noch mal, ich habe keinen Wagen, wenn das überhaupt jemanden was angeht. Ich bin nach Hause gegangen. Ein Nachtleben existiert in Abinger Hammer nicht. Und außerdem«, er lächelte Gemma an, der flüchtige Zornesausbruch schon vergessen, «außerdem hatte ich einen neuen Film. Er war gerade am Nachmittag gekommen. *Random Harvest.* Von 1942. Mit Ronald Coleman und Greer Garson. Tolle Geschichte. Es geht da um einen Offizier des Ersten Weltkriegs mit einer schweren Kriegsneurose, der vor einem Leben in der Nervenheilanstalt von einer Revuesängerin gerettet wird – ach, ist ja unwichtig.

Den Film hab' ich mir an dem Abend angesehen. Danach hab' ich noch ein Weilchen gelesen, dann bin ich zu Bett gegangen.« Er sah Kincaid an, der zum Sessel zurückgekehrt war und sich auf dessen Armlehne niedergelassen hatte. »Zufrieden?«

»Tut mir leid.« Kincaid stand auf und bot Theo die Hand. »Aber ich mache mir gern ein klares Bild von den Dingen. Sie werden leider zur Leichenschau kommen müssen. Die Einzelheiten teile ich Ihnen noch mit.«

»Es hat mich gefreut, Sie kennenzulernen, Theo.« Gemma nahm Theos Hand und stellte überrascht fest, daß sie trotz der Hitze in dem kleinen Raum eiskalt war.

Theo folgte ihnen die steile Stiege hinunter, und Gemma warf einen letzten Blick auf den Honigtopf mit den neugierigen Mäuschen, ehe Theo die Ladentür hinter ihnen schloß.

Ohne ein Wort zu wechseln, traten sie auf die Straße hinaus und schlugen den Fußweg zum Fluß ein. Kincaid ging mit gekrümmten Schultern, ohne Gemma anzusehen.

»Raffiniert haben Sie das gemacht, wie Sie mich in das Böser-Bulle-Guter-Bulle-Spiel reingedrängt haben. Der arme Kerl! Dabei war er Ihnen so rührend dankbar. Hatten Sie diese Taktik schon geplant, als Sie mich aufgefordert haben mitzukommen?« Gemma blieb stehen und zwang ihn so, sich umzudrehen und ihr ins Gesicht zu sehen.

»Nein. Das war wahrscheinlich reine Gewohnheit. Ich fühle mich ungefähr so, als hätte ich ein Kind verprügelt. Aber Herrgott noch mal, Gemma, wie kann ein Mensch so dumm sein? Sie glauben doch nicht, daß er wirklich nie daran gedacht hat, was aus Jasmines Geld werden würde.«

»Oh, ich glaube nicht, daß er dumm ist, Duncan.« Gemma setzte sich wieder in Bewegung, und Kincaid folgte ihr. »Naiv vielleicht. Aber Sie können doch nicht im Ernst glauben, daß er etwas mit Jasmines Tod zu tun hat.«

»Ach, ich merk's schon«, sagte Kincaid mit dem Anflug eines Lächelns, »er hat mit seiner hilflosen Art Ihren Beschützerinstinkt geweckt. Genauso ist es den Leuten wahrscheinlich mit Crippen gegangen.«

»Sie haben überhaupt keinen Grund, ihm nicht zu glauben«, konterte Gemma. »Denken Sie denn darüber nach, was aus dem Geld Ihrer Eltern oder Ihrer Schwester wird, wenn die plötzlich sterben sollten?«

»Nein. Aber die sind auch nicht krank, und sie unterstützen mich nicht. Mir sieht es ganz so aus, als ob Theo immer noch alle Hilfe braucht, die er kriegen kann. Sein Geschäft scheint nicht gerade zu blühen.«

Sie bogen jetzt ab und folgten dem Wasserlauf zur Brücke am Ende des Dorfes. Kresse, grün gesprenkelt im Sonnenlicht, wuchs dicht im fließenden Wasser des Bachs. Der Kinderspielplatz auf der Wiese war leer, eine Schaukel bewegte sich leise in der Brise, und Gemma wünschte von Herzen, nichts anderes, als das Verlangen nach einem Spaziergang am Bach hätte sie an diesem Nachmittag hier heraus gelockt.

»Es ist fast drei Uhr, und soweit ich sehen kann, ist dies das einzige Pub im Dorf.« Kincaid wies auf das niedrige weißgetünchte Haus, das an der Kreuzung jenseits der Brücke stand. »Wenn wir noch einen kleinen Schwatz mit dem Wirt halten wollen, müsse wir uns beeilen. Ich lade Sie zu einem Apfelmost ein«, fügte er mit einem breiten Lächeln hinzu.

Der joviale Wirt des *Bull and Whistle* bestätigte, daß Theo Dent am Donnerstag abend sein Nachtmal im Pub eingenommen hatte. »Er kommt jeden Abend, immer um die gleiche Zeit. Mir würd's bestimmt auffallen, wenn er mal nicht käme. Am Donnerstag hatten wir vegetarische Lasagne. Richtig gefreut hat er sich, wie er das am schwarzen Brett gelesen hat.« Der Wirt nahm Gemmas leeres Glas und fragte sie mit einem beifälligen Blick: »Darf's noch was sein, Miss?«

»Danke, nein. Das war alles.«

Gemma hatte sich einen Apfelwein bestellt und Kincaid nur einen vernichtenden Blick zugeworfen. Er hatte daraus geschlossen, daß sie es satt hatte, ständig wegen ihrer Vorliebe für süße Getränke geneckt zu werden. Mit unergründlicher Miene saß sie neben ihm am Tresen, frisch und kühl in heller Hose und zimtbrauner Baumwollbluse. Kincaid fühlte sich im Vergleich zu ihr recht mitgenommen und zerknittert.

Auf der Tafel über dem Tresen war nichts zu sehen als ein paar verwischte Kreidestreifen.

»Und heute gibt's kein Tagesmenü?« fragte Kincaid.

»Sonntags nimmt meine Frau sich frei. Da gibt's nur kalte Pasteten und belegte Brote, wenn Sie so was wollen.«

Kincaid schüttelte den Kopf. »Können Sie sich erinnern, um welche Zeit Theo Dent am Donnerstag hier weggegangen ist?«

Der Wirt kratzte sich am Kopf. »Wird so halb acht gewesen sein, würd' ich sagen. War nicht viel los an dem Abend. Manchmal, wenn's richtig zugeht oder die hier ein Darts-Turnier veranstalten, bleibt er noch auf ein Glas.«

»Ach, er versteht sich gut mit den Einheimischen?« fragte Kincaid etwas verwundert.

»Na ja, das würd ich nicht gerade sagen. Aber er ist ein ganz netter Mann. Bißchen schüchtern vielleicht. Schaut eher zu, als daß er mitmacht, wenn Sie verstehen, was ich meine.«

»Haben Sie eine Ahnung, wohin er gegangen ist, nachdem er hier weggegangen war?«

Der Wirt lachte. »In Abinger Hammer? Da gibt's keine große Auswahl. Und ein Auto hat er nicht. Nach Hause ist er gegangen, soviel ich weiß.«

»Danke.« Kincaid leerte sein Glas und sah Gemma an.

»Zufrieden?« fragte sie beißend.

Kincaid grinste. »Noch nicht. Schauen wir noch im Videoladen vorbei.«

Laden war übertrieben. Zeitungshandel, Postamt und Videoverleih waren in einem Raum zusammengepreßt, der etwa die Größe von Kincaids Badezimmer hatte. Die junge Frau hinter dem Ladentisch kaute träge einen Kaugummi, während sie sich Kincaids Frage durch den Kopf gehen ließ, und forderte unglückliche Vergleiche mit einer Kuh heraus.

Sorgfältig zählte sie an ihren Fingern zurück. »Ja. *Random Harvest* ist am Donnerstag reingekommen. Ich hab's extra für ihn bestellen müssen.« Sie bohrte mit ihrem Zeigefinger in ihrem Ohr. »Komischer Kauz ist das. Ganz geil auf alte Filme. Die echt guten Sachen, so wie *Terminator* und so, die interessieren den gar nicht. Der schaut sich nur das verstaubte alte Zeug an. Letzte Woche wollte er – Mensch, jetzt weiß ich schon wieder nicht mehr, wie der Film heißt. Ist was mit Cary Grant. *Arsen und Spitzendeckchen?«*

»Arsen und Spitzenhäubchen«, korrigierte Kincaid, ein Lächeln unterdrückend. »Und hat er Ihnen *Random Harvest* am nächsten Tag zurückgebracht?«

»O ja. Ganz pünktlich«, antwortete das junge Mädchen verwundert.

»Danke.«

»Also, es wird Ihnen doch nicht einfallen, das als Indiz für irgend etwas zu nehmen«, sagte Gemma empört, als sie in den Wagen stiegen. »Viele Leute lieben diesen Film, ohne deshalb gleich ihre ganze Verwandtschaft zu vergiften.«

Kincaid mußte zugeben, daß er sich nur schwer vorstellen konnte, Theo sei irgendwie ganz unauffällig nach London verschwunden, habe dort seine Schwester umgebracht und es dann geschafft, so bald wieder zu Hause zu sein, daß er sich noch einen Videofilm ansehen konnte, auf den er sich die ganze Woche gefreut hatte. Trotz angestrengten Nachdenkens auf der Heimfahrt hatte er bei ihrer Ankunft in Hampstead nicht mehr vorzuweisen als einen Entschluß, zu überprüfen, ob Theo bezüglich Jasmines Angelegenheiten wirklich so ahnungslos war, wie er behauptete. Er würde schnellstens Jasmines Anwalt aufsuchen.

Er konnte Gemma nicht zum Bleiben überreden, als sie vor seinem Haus hielten; nicht einmal mit der Einladung zu einem Drink auf seinem Balkon konnte er sie locken. Sie war schon auf der Rückfahrt aus Surrey unruhig gewesen und hatte immer wieder auf die Uhr gesehen. Das, was als vergnüglicher Sonntagsausflug begonnen hatte, hatte allmählich seinen Reiz verloren, und Kincaid hatte das dumpfe Gefühl, sie in irgendeiner ihm unbekannten Erwartung enttäuscht zu haben.

Vielleicht war sie ihm immer noch böse, weil er mit Theo so hart umgesprungen war, und wenn er ehrlich war, konnte er ihr das nicht einmal verübeln. Eigentlich hatte er nur ein paar Auskünfte haben wollen, aber angesichts der Hilflosigkeit des Mannes hatte er sich tollpatschig und unzulänglich gefühlt, und das wiederum hatte ihn gereizt.

Kincaid öffnete Gemma die Tür zu ihrem Wagen und schloß sie wieder, als Gemma am Steuer saß. Die Hand auf den Rand des offenen Fensters gestützt, blieb er stehen, so daß sie den Kopf neigen mußte, um zu ihm hinaufzusehen.

»Danke, daß Sie mitgekommen sind, Gemma.«

»Ich war nur leider keine große Hilfe, fürchte ich.« Sie lächelte und drehte den Zündschlüssel. »Also – vergessen Sie nicht, nach der Katze zu sehen«, sagte sie, als sie losfuhr, aber Kincaid fand, sowohl das Lächeln als auch die Ermahnung wirkten zerstreut.

Dennoch nahm er sie sich zu Herzen. Nachdem er sich ein Bier und einen Stapel blauer Tagebücher aus seiner Wohnung geholt hatte, betrat er leise Jasmines Wohnung. Sid, der auf dem Krankenhausbett zusammengerollt lag, begann geräuschvoll zu schnurren, als Kincaid ins Zimmer kam.

»Ach, diesmal freust du dich wohl tatsächlich, mich zu sehen, wie?« sagte Kincaid zu dem Kater. »Aber wahrscheinlich auch nur, weil du hungrig bist.« Er löffelte etwas Dosenfutter in eine Schale und stellte sie dem Kater hin. Der ließ sich immerhin hinter den Ohren kraulen, ehe er seine gesammelte Aufmerksamkeit dem Futternapf zuwandte.

Mit dem Bierglas in der Hand und den Tagebüchern unterm Arm, öffnete Kincaid die Fenstertür zum Garten und setzte sich auf die oberste Treppenstufe. An das Geländer gelehnt, in der gleichen Haltung, in der Jasmine so oft auf der Treppe gesessen hatte, begann er zu lesen.

»22. September 1957

Es ist kalt hier. Die ganze Zeit ist es kalt, obwohl Tante May behauptet, es sei ein ›schöner Herbst‹. Hände und Füße tun mir weh vor Kälte, und diese blöden Wollsachen kratzen alle. Überall habe ich rote Pickel auf der Haut. Wenigstens werde ich niemals so bleich sein wie diese Engländer. Ihre Haut hat die Farbe von rohen Kartoffeln, und ihre Gesichter sind so zu wie Fenster mit geschlossenen Läden.

May hat mich oben in der Mansarde einquartiert. Theo hat das Gästezimmer bekommen. Sie behauptet, weil er der Kleine sei, aber in Wirklichkeit zieht sie ihn vor. Mich hat sie vom ersten Moment an nicht gemocht.

Abends liege ich oben in meinem Bett und lausche dem Wind in den Dachbalken und stelle mir vor, wie ich barfuß im Staub gehe, und denke an kühle Baumwollkleider und Kokosmilch und Granatäpfel und Passionsfrüchte und wie das Sonnenlicht in unserem Haus in der Mohur Street durch die grünen Bambusjalousien fiel, so daß mein Zimmer aussah, als wäre es unter Wasser.

Sie sagt, ich muß zur Schule gehen bis ich sechzehn bin. Das ist hier gesetzliche Vorschrift. Die Mädchen reden überhaupt nicht mit mir, außer wenn sie gemeine Bemerkungen machen. Und die Jungen starren mich nur an.

Theo kommt besser zurecht. Er trifft sich nach der Schule mit ein paar von den Jungen. Er fängt sogar schon an, so wie sie zu reden.

Ich würde ja hier gleich an meinem sechzehnten Geburtstag abhauen, aber ich kann Theo nicht allein in Mays Klauen zurücklassen. Sie hat alles schon für ihn geplant, macht sich bereits Gedanken wegen seiner Noten und redet dauernd von der Universität.

Wir sind ohne sie prima zurechtgekommen, Theo und ich, und das wird auch wieder so, das schwöre ich.«

8

Der Montag zog kalt und windig herauf und setzte dem milden Wetter, das Jasmines Tod begleitet hatte, ein Ende. Mit einem Gefühl der Erleichterung, in das sich Erwartung mischte, band Kincaid seinen Schlips und schlüpfte in ein Wollsakko. Er musterte sich im Badezimmerspiegel, als wollte er in seinem Gesicht irgendeine sichtbare Spur des schleppenden Verlaufs des Wochenendes entdecken, doch die blauen Augen, die ihn anblickten, sahen aus wie immer, höchstens noch ein wenig schlaftrunken. Mit einem letzten Bürstenstrich über sein Haar ließ er es gut sein. Er steckte Schlüssel und Brieftasche ein, kippte den Kaffee, den er nicht ausgetrunken hatte, ins Spülbecken und ging.

Er fuhr mit der U-Bahn bis St. James Park. Ein paar Minuten zu Fuß, dann stand er im kalten Schatten des Stahl- und Betonturms, in dem New Scotland Yard untergebracht war. Die Bürgersteige waren verlassen bis auf die uniformierten Wachbeamten, die vor den Glastüren Posten standen. Der Wind blies weggeworfene Papiere den Rinnstein entlang. Nicht gerade ein tröstlicher Anblick, das Yard, aber, dachte Kincaid, das war wohl auch nicht das Anliegen der Architekten gewesen. Er nickte dem Wachposten zu und betrat das Gebäude.

Er hatte den kurzen Fußmarsch genutzt, um seine Argumente zurechtzulegen, und ging jetzt direkt zum Büro seines Chief Superintendent. Denis Childs' Sekretärin, eine rundliche, dunkelhaarige junge Frau, sah von ihrer Schreibmaschine auf und strahlte ihn an.

»Morgen, Mr. Kincaid. Was kann ich für Sie tun?«

Der Chief Superintendent hatte eine Begabung dafür, sich Mitarbeiter zu wählen, die sowohl gutmütig als auch tüchtig waren.

»Ist er da, Holly?« Kincaid wies mit dem Kopf zur geschlossenen Tür des anschließenden Büros.

»Ja, wahrscheinlich liest er gerade seine Berichte. Es liegt nichts Dringendes vor heute morgen. Klopfen Sie einfach.« Noch ehe sie fertig gesprochen hatte, wandte sie sich wieder ihrer Schreibmaschine zu.

Der Chief Superintendent hatte sein Büro im modernen skandinavischen Stil eingerichtet: helles Holz, Rohr und Grünpflanzen. Kincaid hatte den Verdacht, daß das Motiv weniger eine besondere Vorliebe war als Protest gegen die Konvention.

Denis Childs lag bequem im Sessel hinter seinem Schreibtisch, auf den gekreuzten Knien einen Bericht, im Aschenbecher am Rand des Schreibtischs eine schwelende Zigarette. Sein massiger Körper ließ das Mobilar beinahe kümmerlich erscheinen, die Pastellfarben wirkten neben dem dunklen Haar und den lebhaften braunen Augen anämisch.

»Was gibt's, Duncan? Nehmen Sie sich einen Sessel.« Er blätterte die letzte Seite des Berichts um und warf das Bündel Papiere in den Ausgangskorb. Dann drückte er die Zigarette aus und verschränkte die Arme über der Brust, um, wie das seine Gewohnheit war, mit ungeteilter Aufmerksamkeit zuzuhören.

Nachdem Kincaid es sich im Besuchersessel bequem gemacht hatte, berichtete er so ausführlich wie nötig über Jasmine Dents Tod und seine darauffolgenden Unternehmungen.

»Ich möchte gern amtliche Ermittlungen anstellen«, schloß er. »Ein großes Aufgebot an Leuten ist dazu nicht nötig, nur Gemma und ich im Grunde.«

Childs ließ sich die ganze Sache einen Moment durch den Kopf gehen, ehe er sprach. »Mir scheint das ein ziemlich eindeutiger Fall von Selbstmord zu sein. Sie wissen doch, daß wir bei diesen Geschichten im allgemeinen ein Auge zudrücken – eine Verfolgung bringt ja meistens gar nichts, besonders nicht für die Angehörigen. Wenn aber konkrete Beweise da sind, daß diese junge Frau – wie heißt sie gleich wieder?«

»Margaret Bellamy.«

»...daß diese Margaret Bellamy anwesend war und Ihrer Bekannten aktive Sterbehilfe geleistet hat, müssen wir etwas unternehmen.«

»Ausschließen kann ich das nicht. Sie behauptet, sie sei an dem fraglichen Abend nicht bei Jasmine Dent gewesen, aber bestätigen kann das niemand.« Kincaid verlagerte sein Gewicht, und der Sessel knarrte beunruhigend. »Aber ich finde, das ergibt keinen Sinn. Weshalb die Absprache zum Selbstmord überhaupt erwähnen? Sie hätte nichts davon zu sagen brauchen, dann wäre ich wahrscheinlich nie auf den Gedanken gekommen, eine Obduktion anzuordnen.«

»Der Schreck vielleicht?« meinte Childs, während er sich aus der Packung auf dem Schreibtisch eine Player's nahm und anzündete. Abwartend blinzelte er Kincaid durch die Rauchschwaden an.

Kincaid zuckte gereizt die Achseln. »Natürlich war sie erschrocken und schockiert. Sie ist wahrscheinlich emotional ganz allgemein nicht besonders stabil. Aber sie ist nicht dumm. Sie muß das Gesetz kennen. Und das «, er beugte sich in seinem Sessel vor, »ist der Punkt, der mir zu schaffen macht. Jasmine hat zweifellos gewußt, wie riskant die Sache für Meg war. Ich habe die Texte von *Exit* gelesen«, Kincaid ignorierte die hochgezogenen Brauen seines Chefs, »und sie empfehlen mit allem Nachdruck, Freunde und Angehörige von seinen Absichten zu unterrichten und für den Fall, daß

Verdächtigungen erhoben werden sollten, entlastende Dokumente zu hinterlassen.«

»Einen Abschiedsbrief?«

»Nicht unbedingt... jedenfalls nicht, wenn man den Eindruck eines natürlichen Todes erwecken möchte. Aber *Exit* schlägt eine präzise Absichtserklärung mit Datum und Unterschrift vor, für den Fall, daß an der Todesursache Zweifel aufkommen sollten. Jasmine Dent hat nichts dergleichen hinterlassen. Jedenfalls habe ich nichts gefunden.«

Childs seufzte und drehte sich in seinem Sessel sachte hin und her. »Und Sie sind der Meinung, das war untypisch für sie? Kranke verhalten sich nicht immer...«

»Sie sind nicht der erste, der mich darauf aufmerksam macht, aber ich glaube, ich bin nie einer rationaler denkenden Person als Jasmine Dent begegnet, und den Entschluß, sich das Leben zu nehmen, muß man bei einer Frau, die weiß, daß sie an einer tödlichen Krankheit leidet, doch als rational werten.«

»Haben Sie schon mit ihrem Anwalt gesprochen? Vielleicht hat sie die entlastenden Unterlagen bei ihm hinterlegt.«

»Er steht als erster auf meiner Liste«, antwortete Kincaid, erleichtert, als er sah, welche Richtung das Gespräch nahm. Er wußte, wenn Childs erst einmal begonnen hatte, sich mit einer Frage zu beschäftigen, ließ er so leicht nicht locker.

»Lassen Sie sich eine richterliche Vollmacht zur Einsichtnahme in die Akten des Anwalts ausstellen. Sie haben meine Ermächtigung dazu. Hat es Sinn, die Leute von der Spurensicherung mobil zu machen?«

Kincaid lachte. »Das wäre schon ein Wunder, wenn die da was finden würden. Die Wohnung ist sauber. Im Kühlschrank liegen zwei noch fast volle Ampullen Morphium; was daraus fehlt, hätte sicher nicht gereicht, um Jasmines Tod herbeizuführen. Ich bringe sie her, aber ich bezweifle, daß wir Fingerabdrücke von Personen an ihnen finden werden, die nicht normalerweise Zugang zu der Wohnung hatten. Wenn es Mord war, dann ist der Täter sehr sorgfältig zu Werke gegangen.« Er überlegte einen Moment. »Wenn Jasmine sich selbst das Leben genommen hat, was hat sie dann mit der leeren Morphiumampulle getan? Ich habe die Wohnung ziemlich gründlich durchsucht.«

Childs beugte sich über seinen Schreibtisch und drückte seine Zigarette aus. »Ich kann Sie ein paar Tage entbehren, wenn nichts Größeres hereinkommt. Sullivan soll sich mit den Fällen von heute morgen befassen, der kann ruhig mal wieder eine Dosis Kopfschmerzen vertragen.« Kincaid sah das boshafte Lächeln, das die letzten Worte begleitete, und war froh, nicht in Bill Sullivans Schuhen zu stecken.

»Und Gemma?« fragte er.

»Als ich sie das letztemal mit Sullivan zusammengespannt habe, hat's ziemlich gekracht. Zwei Rothaarige passen nicht zusammen, jedenfalls nicht diese beiden. Sie können sie zwei Tage haben, wenn sie damit einverstanden ist – und denken Sie daran, das gilt nur, solange ich Sie nicht brauche.«

»In Ordnung«, sagte Kincaid und stand auf. »Vielen Dank auch.«

Kincaid fand Gemma bereits in seinem Büro. Sie hatte es sich in seinem Schreibtischsessel bequem gemacht. Als sie aufstehen wollte, winkte er sie zurück und hockte sich auf die Kante seines unansehnlichen Schreibtischs. Über das Zweckmäßige war die Inneneinrichtung seines Büros nie hinausgekommen – irgendwie kam er nie dazu, mehr als Bücherregale zu bestellen.

Jedes verfügbare Fleckchen in dem kleinen Raum war von Büchern besetzt. Der Bücherfriedhof seiner Mutter, dachte Kincaid, während er die Bände betrachtete, die ohne Ordnung und System in die Regale gequetscht waren. Sie trafen regelmäßig per Post aus Cheshire ein, immer irgend etwas, auf das sie in der Buchhandlung »ganz zufällig gestoßen« war. Vom Handbuch für den Heimwerker bis zum russischen Science-Fiction-Roman war hier alles vertreten, wofür sich seine Mutter je begeistert hatte. Hinter ihrem Kampf um die ständige Erweiterung seiner Bildung vermutete Kincaid ihre Enttäuschung, daß er es abgelehnt hatte zu studieren, und er brachte es nicht übers Herz, die Bücher zurückzuschicken oder zu verschenken. Und wenn er auch seine Mutter wegen ihrer fixen Ideen neckte, so konnte man doch nicht mit Büchern aufwachsen, so wie das bei ihm gewesen war, und sie nicht um ihrer selbst willen lieben.

Gemma klappte den Hefter zu, in dem sie gelesen hatte, und reichte ihn Kincaid. »Jasmines Obduktionsbefund. Keine Einstiche. Das Morphium muß ihr über den Katheter verabreicht worden sein.«

»Das ist nicht weiter überraschend.«

»Und ich habe mit dem Büro des Coroner telefoniert. Die Leichenschau ist für Mittwoch angesetzt.« Gemma stand auf und fegte einige Krümel von der Löschunterlage. Dann griff sie nach einer Kaffeetasse mit Lippenstiftspuren am Rand. Statt ihres sonstigen Schneiderkostüms trug sie eine lange marineblaue Wolljacke und einen weich fallenden Rock.

»Sie sind ja heute morgen ein richtiger Schnellstarter, wie?« Kincaid sah sie lächelnd an. »Ist das Ihr zweites Frühstück?«

Gemma ignorierte die kleine Stichelei. »Ich hab' gehört, Sie sind direkt zum Chef gegangen. Hat er's genehmigt?«

Kincaid wurde ernst. »Wir haben zwei Tage, wenn nichts reinkommt, womit Sullivan nicht allein fertig wird. Die anderen können vor Arbeit kaum aus den Augen schauen.« Er ging um den Schreibtisch herum und setzte sich in den Sessel, den Gemma freigemacht hatte. Zurückgelehnt zählte er an den Fingern ab: »Zuerst Jasmines Anwalt – das übernehme ich. Vielleicht können Sie mal auf der Bezirksbaubehörde vorbeischauen, wo Meg und Jasmine gearbeitet haben, und mit Meg sprechen. Versuchen Sie herauszubekommen, was Jasmine ihr über die gesetzlichen Regelungen wegen Beihilfe zum Selbstmord erzählt hat. Und reden Sie dann eventuell mit anderen, die was zu sagen haben. Aber zuerst möchte ich, daß Sie den umwerfenden Roger Leveson-Gower mal unter die Lupe nehmen. Würde mich interessieren, was Sie von ihm halten.« Bei der Vorstellung dieses Rencontres zwischen Gemmas hitzigem Temperament und Leveson-Gowers schneidendem Sarkasmus mußte er lächeln. »Vielleicht«, fügte er hinzu, »sagt er Ihnen, was er am Donnerstagabend getrieben hat. Mir hat er's jedenfalls nicht verraten.«

Kincaid fand die Adresse in Bayswater ohne Schwierigkeiten: eine Erdgeschoßwohnung in einem ehemals privat genutzten Stadthaus. Zu seiner Überraschung stand auf dem Messingschild lediglich »Antony Thomas, Rechtsanwalt«. Aus irgendeinem Grund hatte er eine ganze beeindruckende Latte von Namen erwartet.

Die Empfangssekretärin ließ sich Kincaids Namen nennen und riß die dunklen Augen auf, als sie seinen Dienstausweis sah. Sehr jung, sehr hübsch, sehr wahrscheinlich Pakistani, dachte Kincaid. Sie warf ihm immer wieder nervöse Blicke zu, während er auf seinem geradlehnigen Stuhl sitzend geduldig wartete. Als die Sprechanlage summte, führte sie ihn mit unverkennbarer Erleichterung ins Büro ihres Chefs.

»Was kann ich für Sie tun, Superintendent?« Antony Thomas begrüßte Kincaid mit einem Lächeln und einem kräftigen Händedruck. »Bitte, nehmen Sie doch Platz. Ich kann mir allerdings nicht vorstellen, wie ich Ihnen behilflich sein kann, wenn es sich um eine polizeiliche Angelegenheit handelt.«

Kincaid ließ sich in dem Ohrensessel nieder, der schräg vor dem Schreibtisch stand, und musterte Thomas. Wieder einmal ein vorgefaßtes Bild gründlich zertrümmert, wobei er selbst nicht wußte, wieso seine Bekanntschaft mit Jasmine ihn dazu veranlaßt haben sollte, einen widerborstigen alten Familienanwalt zu erwarten. Antony Thomas war ein schlanker Mann mittleren Alters mit einem dunklen Haarkranz um den kahlen Scheitel und einem wallisischen Tonfall in der Stimme.

»Die Sache ist nicht nur amtlich, Mr. Thomas«, begann Kincaid und berichtete dann von Jasmine Dents Tod und seinen Begleitumständen.

Thomas nahm das alles schweigend auf, und blieb auch, nachdem Kincaid geendet hatte, noch eine Weile still sitzen, ohne etwas zu sagen, rieb sich nur mit Daumen und Zeigefinger nachdenklich das Kinn. Als er schließlich sprach, war seine Stimme gedämpft, und die weiche Melodie seines Heimatdialekts war stärker zu hören. »Es tut mir sehr leid, das zu hören, Mr. Kincaid. Ich wußte natürlich von Ihrer Situation, dennoch ist man nie wirklich vorbereitet. Haben Sie Jasmine lange gekannt?«

Die Frage überraschte Kincaid. »Nein, nicht sehr lange. Ich habe sie erst in der Zeit kennengelernt, als die Krankheit sie zwang, ihre Arbeit aufzugeben.«

Thomas seufzte und senkte den Blick, um die Stifte, die auf seinem Schreibtisch lagen, geradezurichten. »Ich habe sie sehr lange gekannt, Mr. Kincaid. Mehr als zwanzig Jahre. Meine Kanzlei war in derselben Straße wie das Büro des Wirtschaftsprüfers, für den sie damals tätig war – Jasmine hatte einen ausgesprochenen Sinn für Zahlen. Das erstemal kam sie wegen der Regelung des Nachlasses ihrer Tante zu mir. Sie war damals eine sehr schöne Frau, Sie hätten sie sehen sollen!« Er hob den Kopf und sah Kincaid an. »Ich war schon verheiratet und hatte zwei kleine Kinder und«, er fuhr sich mit der Hand über den kahlen Kopf und lachte, »Haare, wenn Sie das glauben können. Ich muß zugeben, ich war in arger Versuchung. Aber mißverstehen Sie das bitte nicht – ich bin überzeugt, die Phantasie war völlig einseitig. Dennoch sind wir im Lauf der Jahre Freunde geworden.«

»Hat sie mit Ihnen über Selbstmord gesprochen, Mr. Thomas? Oder Ihnen irgendwelche Papiere übergeben, in denen ihre Absicht niedergelegt ist, sich das Leben zu nehmen?«

Thomas schüttelte den Kopf. »Nein. Das hätte mich sehr belastet.«

Kincaid schlug ein Bein über das andere und zog die Bügelfalte in seinem Hosenbein gerade, während er überlegte, wie er den nächsten Punkt am besten angehen sollte. »Ich weiß, es ist eine heikle Angelegenheit, Mr. Thomas, aber ich muß wissen, was für Verfügungen Jasmine über ihr Vermögen getroffen hat und ob sie eine Lebensversicherung hatte. Ich habe in ihrer Wohnung weder ein Testament noch eine Versicherungspolice gefunden.« Er zog die richterliche Anordnung zur Akteneinsicht aus seiner Tasche und reichte sie Thomas über den Schreibtisch hinweg. »Ich denke, Sie werden sehen, daß alles ordnungsgemäß ist.«

Thomas überflog das Schriftstück, dann schaltete er seine Sprechanlage ein. »Hareem, bringen Sie doch bitte die Akte Jasmine Dent.« Nachdem er wieder ausgeschaltet hatte, sagte er zu Kincaid: »Es gefällt mir zwar gar nicht, aber ich werde Ihnen helfen, soweit ich kann.«

Hareem kam mit der Akte herein und warf Kincaid einen weiteren neugierigen Blick zu, ehe sie wieder verschwand und die Tür hinter sich schloß.

Thomas blätterte in den Papieren, nickte angesichts der ihm vertrauten Dokumente und sah Kincaid dann überrascht an. »Sie hat Sie zum Testamentsvollstrecker ernannt, Mr. Kincaid. Ihr Name kam mir doch gleich irgendwie bekannt vor.«

»Mich?« sagte Kincaid lauter als beabsichtigt. »Aber wie kommt sie...«, begann er und brach ab. Sie hatte sonst niemanden gekannt, dem sie Kompetenz und Unparteilichkeit zugetraut hatte. »Hätte Sie mir das nicht mitteilen müssen?«

»Nein. Aber Sie können ablehnen, wenn Sie möchten.«

Kincaid schüttelte den Kopf. »Nein. Ich möchte ihre Wünsche erfüllen, auch wenn es die Dinge ein wenig kompliziert.«

Anthony Thomas lächelte. »Gut. Dann werde ich Ihnen jetzt so kurz und so einfach wie möglich sagen, wie es aussieht.

Jasmine hat im Herbst ein neues Testament gemacht. Aus dem Nachlaß soll die Hypothek auf dem Geschäft ihres Bruders bezahlt werden. Der Rest des Vermögens fällt, abgesehen von zwei kleinen Vermächtnissen, an Miss Margaret Bellamy.«

»Und ist es ein größeres Vermögen?« fragte Kincaid einigermaßen erstaunt.

»Nun, wie ich schon sagte, Jasmine hatte ein Gespür für das Finanzielle. Ihr Vermögen umfaßt Aktien und Rentenpapiere und die Wohnung in der Carlingford Road, die nur noch mit einer kleinen Hypothek belastet ist. Sie und ihr Bruder erbten ein ansehnliches kleines Vermögen nach dem Tod ihrer Tante, und Jasmine legte es klug an. Außerdem hat sie gut verdient. Soviel ich weiß, hat sie wenig für sich selbst ausgegeben – ja, abgesehen von den Auslagen für ihren Bruder hat sie äußerst bescheiden gelebt.«

Kincaid setzte sich etwas aufrechter in seinem Sessel. »Soll das heißen, daß sie Theo nicht nur den Laden finanziert, sondern ihm vorher schon häufiger Geld geliehen hatte?«

Thomas nickte nachdrücklich. »Ganz recht. Nachdem ich ihr bei der Regelung des Nachlasses ihrer Tante geholfen hatte, beauftragte sie mich beispielsweise damit, wenigstens einen Teil des Geldes zu retten, das er in ein psychedelisches Nachtlokal investiert hatte. In Chelsea war das, glaube ich.«

»Theo? Ein psychedelisches Nachtlokal?« fragte Kincaid ungläubig.

»Ja, es muß siebenundsechzig oder achtundsechzig gewesen sein. Leider hatten meine Bemühungen nur äußerst geringen Erfolg, und wenn ich mich richtig erinnere, war dies die letzte von einer ganzen Kette törichter Anlagen mit dem Geld seiner Tante.« Thomas schnippte mit den Fingern. »Er hatte alles durchgebracht. In sehr kurzer Zeit. Danach finanzierte ihm Jasmine diverse Unternehmungen – er ging auf eine Malschule, und sie unterstützte ihn eine Zeitlang, aber er war nicht sonderlich erfolgreich mit seiner Malerei.«

Theo als Maler fand Kincaid nur halb so absurd wie Theo als Nachtklubbesitzer. »Haben Sie Theo mal kennengelernt?«

»O ja. Ich bin ihm mehrmals begegnet, wenn er mit Jasmine herkam, um irgendwelche Papiere zu unterzeichnen. Aber das ist nun schon wieder mehrere Jahre her.«

»Hat Jasmine Ihnen gegenüber etwas davon verlauten lassen, wie der Laden lief?«

Thomas schüttelte den Kopf. »Nachdem man ihre Krankheit diagnostiziert hatte, habe ich sie nur noch einmal gesehen, und da blieb sie nicht länger als unbedingt nötig. Sie war sehr – zurückhaltend.«

Hatte sie mit dem alten Freund nicht über ihre Krankheit sprechen oder hatte sie keine Erklärungen zur Änderung ihres Testaments geben wollen? »Fanden Sie es nicht seltsam, Mr. Thomas, daß Jasmine keine bessere Vorsorge für ihren Bruder traf?«

»Ja, doch, gewiß. Sie machte auch eine Bemerkung, die ich etwas rätselhaft fand. Sie sagte in etwa, es sei ›ein wenig spät, um die Nabelschnur durchzuschneiden, aber es müsse trotzdem sein‹. Außerdem war da ja die Lebensversich...«

»Jasmine hatte eine Lebensversicherung?« Kincaid beugte sich lebhaft vor, und Thomas schreckte ein wenig zurück.

»Ja, sie...«

»Der Begünstigte ist Theo?«

Thomas nickte. »Aber soviel ist es nicht, Mr. Kincaid. Nur zwanzigtausend Pfund.«

Kincaid entspannte sich wieder und lehnte sich in seinem

Sessel zurück. »Mr. Thomas«, sagte er bedächtig, das Kinn auf die aneinandergelegten Fingerspitzen gestützt, »enthält die Police eine Selbstmordausschlußklausel?«

Stirnrunzelnd blätterte Thomas in seiner Akte. »Ah, hier haben wir sie.« Er las einen Moment schweigend, dann richtete er seinen Blick auf Kincaid. »Ja. Über zwei Jahre. Und letzten Monat waren es genau zwei Jahre seit Ausstellung der Police.«

Sie sahen einander stumm an, dann sagte Thomas mit Bekümmerung in der Stimme: »Aber Jasmine kann unmöglich geplant haben... sie wußte doch gar nicht, daß sie krank war...«

»Vielleicht spürte sie, daß etwas nicht ganz so war, wie es sein sollte.« Die ersten quälenden Symptome, dachte Kincaid, und die Angst, zu einem Arzt zu gehen. »Wußte Theo von der Versicherung?« Und wußte er auch, fragte sich Kincaid im stillen, daß sie eine Ausschlußklausel enthielt?

9

Als Kind hatte Gemma St. John's Wood faszinierend gefunden. Dort wohnten Popstars und Fernsehgrößen. Der Name selbst erinnerte an Märchen und beschwor Bilder von dunklen, ausladenden Bäumen und versteckten Hexenhäuschen.

Die Wirklichkeit war, wie sie entdeckte, als sie ein wenig älter war, eine herbe Enttäuschung. Ganz gewöhnliche Häuser des gehobenen Mittelstands in ganz gewöhnlichen Straßen, denen sehr schnell immer mehr Hochhäuser mit Luxuswohnungen auf die Pelle rückten. Sie fand die Adresse, die Kincaid Margaret Bellamy am Telefon herausgekitzelt hatte, und nicht allzuweit entfernt einen Parkplatz.

Das Haus aus weißem Stein mit einem pseudogriechischen Portikus sah teuer aus und nicht sonderlich gepflegt. Aus der Nähe betrachtet, zeigte die weiße Tünche rissige blätternde Stellen, und in den Sprüngen des gepflasterten Gartenwegs wucherte das Unkraut.

Gemma läutete und zog im Wind fröstelnd ihre Jacke zusammen, während sie wartete. Das dumpf hallende Echo des Klingeltons verlor sich, und Gemma wollte schon ein zweitesmal läuten, als sie das schnelle Klappern hoher Absätze auf hartem Fußboden hörte. Die Tür flog auf. Eine dünne Frau mit einem Helm aus wasserstoffsuperoxidblondem Haar stand vor Gemma. Sie trug einen weißen Overall mit goldenem Strahlenkranz auf der Brust.

»Ja bitte?« Die Frau begann mit dem Fuß, der in einer hochhackigen goldenen Sandale steckte, ungeduldig auf die Fliesen zu klopfen.

Gemma fegte alle Spekulationen darüber, wie man auf solchen Absätzen gehen konnte, ohne sich einen bleibenden Wirbelsäulenschaden zu holen, beiseite, sah der Frau ins Gesicht und zeigte ihr lächelnd ihren Dienstausweis. »Polizei. Ich würde Ihnen gern einige Fragen stellen.« Kincaid hatte gesagt, Roger Leveson-Gower lebe mit seiner Mutter zusammen. Als die Frau den Mund zu einer Erwiderung öffnete, sagte Gemma: »Sind Sie Mrs. Leveson-Gower?«

»Ja, natürlich. Was um alles in der Welt...«

»Vielleicht darf ich einen Moment eintreten.« Gemma hatte ihren Fuß in dem marineblauen Slipper schon ins Foyer des Hauses geschoben und schlängelte sich nun gewandt ganz hinein. »Ich werde Sie nicht lange aufhalten.« Sehr bestimmt schloß sie die Tür und dachte dabei, wenn sie je bei der Polizei aufhören sollte, hätte sie als Staubsaugervertreterin die besten Chancen.

Mrs. Leveson-Gower sperrte den Mund auf, um zu protestieren, ließ es dann jedoch bei einem Achselzucken bewenden. »Nun gut, wenn es sein muß. Aber beeilen Sie sich – ich habe einen Termin.« Sie sah demonstrativ auf ihre Uhr, als sie Gemma durch die offene Tür auf der rechten Seite des Hauses führte.

Weiß, weiß und nochmals weiß – Spiegelwände, weiße Sofas und Sessel, ein flauschiger weißer Teppich. Das Schloß der Schneekönigin, dachte Gemma. Mrs. Leveson-Gower ließ sich in eines der weißen Sofas sinken, schlug die Beine übereinander und stemmte einen Fuß an die Kante eines niedrigen Tischs aus Glas und Chrom. Sie forderte Gemma nicht auf, Platz zu nehmen.

Gemma ließ sich auf der Kante des gegenüberliegenden Sofas nieder und nahm Block und Stift aus ihrer Handtasche, ohne sich von der offenkundigen Ungeduld der Frau aus der Ruhe bringen zu lassen.

»Mrs. Leveson-Gower«, begann sie und sprach den Namen Lush-n-goa aus, wie Kincaid es sie gelehrt hatte. Die werden sich über Sie lustig machen, wenn Sie ihn falsch aussprechen, hatte er gesagt, und Sie können es sich nicht leisten, daß Roger die Oberhand gewinnt. »Lebt Ihr Sohn Roger hier bei Ihnen im Haus?«

Mrs. Leveson-Gower begann rhythmisch mit einem Fuß zu wippen, doch ihr Ton blieb angriffslustig. »Roger? Wozu wollen Sie das wissen?«

»Lediglich eine Routineuntersuchung, Mrs....«

»Untersuchung worüber?« Der wippende Fuß hielt plötzlich still.

Hätte ihr Gesicht nicht diesen Stempel ärgerlicher Gereiztheit getragen, so wäre Mrs. Leveson-Gower eine auffallend schöne Frau gewesen. Eine äußerst gutkonservierte Endvierzigerin, schätzte Gemma, und die Straffheit der Haut über den Knochen sprach von teuren Liftings.

»Eine Bekannte Ihres Sohnes ist am vergangenen Donnerstagabend unter zweifelhaften Umständen gestorben. Wir müssen die einzelnen Aussagen vergleichen. Ist er...«

»Und von welchem Revier kommen Sie, Sergeant? Zeigen Sie mir doch noch einmal Ihren Ausweis.«

Gemma zog gehorsam den Ausweis aus ihrer Handtasche und reichte ihn der Frau. »Ich komme nicht von Ihrem zuständigen Revier, Mrs. Leveson-Gower. Ich komme von New Scotland Yard.«

»Welche Abteilung?«

Eine solch informierte Frage hatte Gemma nicht erwartet. »C1, Morddezernat.«

Mrs. Leveson-Gower schien plötzlich zu erstarren, und Gemma konnte förmlich hören, wie sich die kleinen Rädchen in ihrem Hirn schnurrend drehten.

»Ohne unseren Anwalt werden Sie nicht mit meinem Sohn sprechen.« Die Frau stand auf und steuerte auf die Tür zu. »Sie können einen Termin mit ihm vereinbaren...«

»Du sorgst dich um mich, Mutter? Das ist wirklich nicht nötig.«

Der Mann erschien so genau im richtigen Moment, daß Gemma sicher war, daß er draußen vor der Tür gelauscht hatte. Er schenkte Gemma ein flüchtiges Lächeln mit blitzenden, ebenmäßigen Zähnen, ehe er seine Aufmerksamkeit wieder auf seine Mutter richtete. Schweigend fixierten die beiden einander wie zwei Duellanten, bis schließlich Mrs. Leveson-Gower ohne ein Wort und ohne einen Blick zu Gemma aus dem Zimmer ging.

Roger Leveson-Gower, und Gemma hatte keinen Zweifel daran, daß er es war, kam gemächlichen Schrittes durch das Zimmer und blieb in lässiger Haltung vor ihr stehen. Mit einem deutlichen Geräusch machte sie ihren Mund wieder zu. Kincaid, dieser hinterhältige Bursche hätte sie wenigstens warnen können. Dieser Mann sah ja absolut atemberaubend aus. Sie konnte die Ähnlichkeit mit der Mutter erkennen, insbesondere in Haut- und Haarfarbe – die Mutter hatte wahrscheinlich das gleiche lohfarbene Haar gehabt, ehe sie zum Wasserstoffsuperoxid gegriffen hatte –, doch bei ihm hatten sich alle Linien und Flächen zu Vollkommenheit vereinigt.

»Ich bin überzeugt, diese Sache, worum auch immer es sich handelt, lohnt einen Anwalt gar nicht, Constable.« Er setzte sich auf die Armlehne des Sofas Gemma gegenüber, so daß sie weiterhin zu ihm aufsehen mußte.

»Sergeant«, sagte sie scharf, senkte den Blick und klappte ihren Block auf in dem Bemühen, das Gespräch selbst in die Hand zu nehmen. »Es handelt sich um den vergangenen Donnerstag abend, Mr. Leveson-Gower. Können Sie mir sagen, wo Sie gewesen sind?«

»In welchem Zusammenhang interessiert Sie das?« erkundigte sich Roger in einem Ton milden Interesses.

»Im Zusammenhang mit dem Tod Jasmine Dents und der

Frage, wie weit Ihre Freundin Margaret Bellamy damit zu tun hat. Miss Bellamy hat uns gesagt, daß sie mit Jasmine Dent vereinbart hatte, ihr bei einem Selbstmord zu helfen, daß Miss Dent es sich jedoch anders überlegt hätte und sie sie am Donnerstag nach dem späten Nachmittag nicht mehr gesehen habe. Können Sie das bestätigen?«

»Letzten Donnerstag?« Roger runzelte in angestrengter Konzentration die Stirn. »Nein. Ich hatte an dem Abend zu tun, und danach war ich mit Freunden unterwegs. Aber Meg hätte das sowieso nie getan. Sie hat gar nicht den Mut dazu.«

»Ach, sie hat es mit Ihnen besprochen?«

Roger lächelte und ließ Gemma am Grund seiner Erheiterung teilhaben. »O ja, und sie war so schrecklich nobel dabei, quälte sich ständig mit Fragen über ihre moralische Pflicht, Leiden zu lindern.«

»Und das hat Sie nicht beunruhigt? Sie haben nicht versucht ihr das Ganze auszureden? Beihilfe zum Selbstmord ist ein Verbrechen.«

»Es war doch alles nur heiße Luft, wie ich schon sagte, Sergeant. Meg könnte nicht einmal einen verletzten Vogel töten. Zwischen Plan und Ausführung klafft eine Riesenlücke.« Er stand auf, streckte sich geschmeidig wie eine Katze und ließ sich dann wieder auf der Armlehne des Sofas nieder.

»Und was treiben Sie so abends, Mr. Leveson-Gower?«

Roger lachte kurz auf. »Guter Gott, Sie sagen das, als wäre ich ein Zuhälter. Warum so entrüstet, Sergeant?«

Gemma spürte, wie sie rot wurde. Auch in ihren eigenen Ohren hatte ihr Ton selbstgerecht geklungen, aber der Mann forderte sie förmlich dazu heraus, alle Stacheln aufzustellen. Sie holte einmal tief Luft, um sich auf ihre Vernehmungstechnik zu konzentrieren, dann sah sie ihn freundlich lächelnd an und legte die Betonung auf das erste Wort. »Sind Sie ein Zuhälter, Mr. Leveson-Gower?«

»Damit kann ich leider nicht dienen, Sergeant.« Sein Ton

klang immer noch erheitert. »Ich mache die Installationen in Nachtlokalen und Discos. Beleuchtung, Tontechnik und so, Sie wissen schon. Die Arbeitszeit gefällt mir.«

»Und das haben Sie auch Donnerstagabend getan?«

»Ja. In einem Laden namens *The Blue Angel.*« Roger zog routiniert eine Augenbraue hoch. »Sie werden sicher die Adresse haben wollen? Und die Namen meiner Kumpel?«

»Richtig.«

Er nannte ihr eine Adresse in Hammersmith und fügte hinzu: »Jimmy Dawson finden Sie an der Tankstelle gleich beim Kreisverkehr Shepherd's Bush. Wir waren an der Bar bis die Show zu Ende war.«

»Und um welche Zeit war das?« fragte Gemma mit gezücktem Stift.

Roger zuckte die Achseln. »Keine Ahnung. Ich hatte ein bißchen was getrunken und ich trage keine Uhr.« Er hatte die Ärmel bis zu den Ellbogen hochgekrempelt und hielt Gemma jetzt ein nahtlos gebräuntes Handgelenk unter die Nase.

»Und weiter?«

»Danach bin ich nach Hause gefahren und zu Bett gegangen, wie sich das für einen braven Jungen gehört.«

Gemma zeigte ihre Skepsis. »Ach, wirklich? Und kann Ihre Mutter das bestätigen?«

»Es ist nicht meine Gewohnheit, mich bei meiner Mutter an- und abzumelden. Außerdem war sie an dem Abend aus, wenn ich mich recht erinnere.«

Gemma spürte die Gereiztheit, die sich hinter der lässigen, leicht herablassenden Erwiderung verbarg. Die Tatsache, daß er im Haus seiner Mutter lebte, schien ein wunder Punkt zu sein. Sie nutzte ihren Vorteil aus. »Und bei Margaret haben Sie sich auch nicht gemeldet? Nicht einmal telefonisch?«

»Nein. Unsere Beziehung ist nicht solcher Art, Sergeant.« Herablassung triumphierte über Gereiztheit. Sein Ton besagte, Gemma sei ziemlich naiv, wenn sie erwarte, daß er irgend jemand Rechenschaft ablege. Mit der gleichen katzenhaften Geschmeidigkeit wie zuvor stand er auf. »Ist das alles, Sergeant?«

Gemma blieb auf dem Sofa sitzen, entschlossen, sich nicht von ihm das Ende des Gesprächs aufzwingen zu lassen. »Sie waren nicht zufällig an dem Abend, nachdem Sie das Lokal verlassen hatten, in der Carlingford Road, Mr. Leveson-Gower? Sie haben nicht zufällig Jasmine Dent einen Besuch abgestattet?«

Roger lächelte, und Gemma hatte das unangenehme Gefühl, daß sie selbst die Dumme war. »Ich war nie in der Carlingford Road, Sergeant. Ich habe Jasmine Dent niemals gesehen.«

Jimmy Dawson hatte einen Pferdeschwanz und sah aus wie Ende Zwanzig, aber das waren die einzigen offenkundigen Ähnlichkeiten zwischen ihm und seinem Freund Roger Leveson-Gower. Dawsons breiter Dialekt ließ keinen Zweifel daran, daß sie nicht dieselben Schulen besucht hatten.

»Hey, was soll das?« fragte er mißtrauisch, nachdem Gemma ihn in der Werkstatt unter einem Auto hervorgeholt und ihm ihren Dienstausweis gezeigt hatte.

»Es geht um Roger Leveson-Gower.«

»Ach, den.« Dawson machte eine wegwerfende Handbewegung, und Gemma sah, wie er sich entspannte. Er wies mit einer ruckhaften Kopfbewegung zum verglasten Büro, und sie folgte ihm, dankbar, als die Tür sich schloß und das Verkehrsgedonner von Shepherd's Bush nur noch gedämpft zu hören war. Dawson wies sie zu einem rissigen Ledersessel, wischte sich die Hände an einem schmierigen Lappen ab und zündete sich eine Zigarette an. »Was hat er denn angestellt?«

Gemma ignorierte die Frage. »War er am vergangenen Donnerstag abend mit Ihnen zusammen, Mr. Dawson?«

Dawson lehnte sich an den Schreibtisch und blies Rauch

durch seine Nasenlöcher in die Luft, während er überlegte. »Ja. Und ich kann Ihnen auch sagen, wann er sich verdrückt hat. Er ist nämlich abgehauen, als er dran gewesen wäre, 'ne Runde zu schmeißen.«

»Um welche Zeit war das?«

»Hm, die Band hat um neun mal Pause gemacht – nicht viel später, würd' ich sagen.«

»Und hat er gesagt, wohin er wollte?« fragte Gemma ohne große Hoffnung.

»Nein. Wir haben ihn wegen seiner Kleinen hochgenommen, aber er ist sauer geworden.«

»Ach, Sie kennen Margaret also?« fragte Gemma erstaunt.

Dawson zuckte die Achseln. »Sie ist ganz in Ordnung. Er bringt sie manchmal mit.«

»Woher kennen Sie ihn, Jimmy – darf ich Sie Jimmy nennen?« fragte Gemma, die die Freundschaft zwischen diesen Männern immer unwahrscheinlicher fand.

»Ich spiel' in 'ner Band, wissen Sie.« Dawson grinste mit nikotingelben Zähnen und klimperte auf einer imaginären Gitarre. »Und er installiert in den Klubs die Geräte für uns, Beleuchtung und Ton.«

»Sie sind also nicht eigentlich Freunde?«

»Nee. Er ist eben da, und wenn's ans Zahlen geht, drückt er sich meistens, der Gute. Aber er erzählt dauernd, was er alles tut, wenn er erst mal die Kohle hat.«

»Kohle?« wiederholte Gemma.

»Genau.« Jimmy Dawson drückte seine Zigarette in dem Blechaschenbecher auf dem Schreibtisch aus, und der metallische Geruch stieg Gemma beißend in die Nase. »Wenn er sein Geld kriegt.«

10

Das Käsebrötchen, das längst nicht mehr taufrisch gewesen war, lag Gemma schwer im Magen. Sie war nur auf einen Sprung ins Yard zurückgekehrt, um mit Kincaid Informationen auszutauschen und in der Kantine eine Kleinigkeit zu essen.

Während sie sich jetzt abmühte, den Ford in eine Parklücke zu zwängen, die eine Nummer zu klein war, bedauerte sie es, das Brötchen gegessen zu haben. Bilder von in Muße genossenen Mittagessen in freundlichen kleinen Restaurants liefen vor ihrem inneren Auge ab, als sie den Motor abschaltete und Luft holte. Sie hörte die drängende Stimme ihrer Mutter: »Warum suchst du dir nicht eine erfreulichere Arbeit, Schatz? Eine mit ein bißchen Stil. Du könntest Anwaltsgehilfin werden. Oder auch Friseuse wie deine Schwester.«

Gemma stieg kopfschüttelnd aus dem Auto und knallte laut die Tür zu, um alle weiteren inneren Ermahnungen abzuwürgen. Dann wollte sie doch lieber bei Käsebrötchen von gestern bleiben. Ein wenig unbedachter als gewöhnlich lief sie zwischen fahrenden Autos hindurch zur anderen Straßenseite und blieb vor dem Eingang zur Bezirksbaubehörde stehen.

Diese bevorzugte Lage, gleich beim Holland Park, verlieh der Behörde, die in einem gründlich gesäuberten weißen Steingebäude mit glänzend schwarz lackierter Eingangstür untergebracht war, das passende Image. Gemma rückte ihre Umhängetasche zurecht und öffnete die Tür. Im Treppenhaus blieb sie wieder einen Moment stehen und spitzte die Ohren, lauschte der summenden Betriebsamkeit eines vielbeschäftigten Büros – dem Stimmengemurmel und Maschinengeklapper. Rechts von ihr war eine offene Tür. Licht, das durch ein Erkerfenster mit Blick zur Straße hereinströmte, beleuchtete eine junge Frau, die an einem einfachen Schreibtisch saß. Wäre nicht der Telefonhörer gewesen, den sie ans Ohr gedrückt hielt, sie hätte einem Porträt Whistlers entstiegen sein können – ganz in Weiß gekleidet, dunkles Haar, das ein milchweißes Gesicht umrahmte. »Einen Augenblick bitte«, sagte sie und sah Gemma fragend an, ohne den Hörer aufzulegen.

»Ich hätte gern die Person gesprochen, die das Büro leitet.« Gemma zeigte ihren Dienstausweis.

Die junge Frau verdrehte achselzuckend die Augen. »Da wenden Sie sich am besten an Mrs. Washburn. Eine Treppe höher, erste Tür rechts«, sagte sie und wandte sich wieder ihrem unterbrochenen Telefongespräch zu. Als Gemma die Tür erreichte, hörte sie die junge Frau mit übertriebener Mattigkeit sagen: »Er könnte wirklich die ganze Nacht durchmachen. Ich bin völlig erschöpft.«

Du armes Ding, dachte Gemma mit einem Lächeln. Sogar ihre Neugier schien erschöpft zu sein – die meisten Leute fanden Verbrechen interessanter als Sex.

Sie klopfte, als sie die angegebene Tür erreicht hatte, und hörte sogleich eine scharfe Stimme: »Ja? Was gibt's denn?«

Mrs. Washburns gereizte Miene verhieß nichts Gutes. Dank der schwarzgeränderten schweren Brille und des hennaroten Haares wirkten die scharfen Gesichtszüge der älteren Frau noch grimmiger.

Gemma setzte ihr gewinnendstes Lächeln auf, stellte sich vor und reichte der Frau ihren Dienstausweis über den Schreibtisch. Dann zog sie sich den Besuchersessel heran und setzte sich.

»Was soll das...«

»Ich möchte mit Ihnen über Jasmine Dent sprechen, Mrs. Washburn.«

Einen Moment lang saß Mrs. Washburn offenen Mundes da, schien allen Zorn, dem sie soeben hatte Luft machen wollen, vergessen zu haben.

Eins zu null für mich, dachte Gemma und fuhr zu sprechen fort, ehe die Gegnerin sich fassen konnte. »Soviel ich weiß, haben Sie sehr eng mit Miss Dent zusammengearbeitet, Mrs. Washburn. Ich hoffe sehr, daß Sie mir weiterhelfen können.«

Sie lächelte aufmunternd und warf einen Blick auf das Namensschildchen aus Messing, das auf dem Schreibtisch stand. »Beatrice Washburn«, hieß es da in schwarzen Druckbuchstaben. Gemma fragte sich, ob auch Jasmine das Bedürfnis gehabt hatte, ihre Wichtigkeit so sichtbar zu demonstrieren, und wenn ja, was aus dem Namensschild geworden war. Ja, was war überhaupt mit den persönlichen Dingen geschehen, die Jasmine zweifellos hier im Büro gehabt hatte.

»Äh, ich... Ja, natürlich habe ich mit Jasmine zusammengearbeitet... wirklich tragisch, ihr Tod, aber ich wüßte nicht, wie ich Ihnen...«

»Die Umstände von Miss Dents Tod geben uns einige Fragen auf. Wie Sie sicherlich wissen, gehört es zur Routine, in solchen Fällen mit Freunden und Kollegen der Toten zu sprechen.« Gemma neigte sich vertraulich näher. »Da Sie nach ihrem Tod ihre Position übernommen haben, Mrs. Washburn, dachte ich mir, daß Sie über Miss Dents Arbeit und ihre persönlichen Beziehungen hier im Büro am besten Bescheid wissen.«

Das zu leugnen wäre mit allzu großem Gesichtsverlust verbunden gewesen. Mrs. Washburn schluckte also den Köder. »Ich habe nicht lange bevor Jasmine wegen ihrer Krankheit kündigen mußte hier angefangen. Ich habe sie daher nicht besonders gut gekannt.«

»Aber sie wird Sie doch angelernt haben?«

Mrs. Washburn blähte voll verletzter Würde die Wangen. »Ich bin mit weitreichender Erfahrung hierher gekommen. Bevor ich hier angefangen habe, war ich bei...«

»Aber in einer neuen Stellung gibt es doch immer Dinge, die man nicht weiß und erst lernen muß. Jedes Unternehmen hat seine eigene Art, die Dinge zu erledigen, seine eigene Persönlichkeit gewissermaßen, und Miss Dent war das natürlich alles vertraut.«

»Ja, sicher, sie hat mir im Notfall geholfen, aber von privater Vertraulichkeit im Dienst hat sie nichts gehalten, und mir war das sehr recht.«

Mrs. Washburn endete mit so sauerer Miene, daß Gemma nur vermuten konnte, sie hatte bei Jasmine einen Annäherungsversuch unternommen und war zurückgewiesen worden. »Hatte Miss Dent zu jemandem hier eine besondere Beziehung?«

»Privater Umgang mit den Schreibkräften wird nicht gern gesehen. Ich bin sicher, Jasmine hat das gewußt.«

Du alte Hexe, dachte Gemma. Sie konnte sich lebhaft vorstellen, wie die jungen Frauen im Schreibsaal hinter ihrem Rücken Gesichter schnitten.

»Wie war ihre Beziehung zu Margaret Bellamy?«

»Margaret?« fragte Mrs. Washburn, nun wieder gereizt. »Ich glaube, Margaret hat sie einige Male zu Hause besucht, nachdem sie hier aufgehört hatte, aber ich wüßte nicht, daß sie vorher näher befreundet waren.«

Gemma stand auf. »Ich würde mich gern mit Margaret unterhalten, wenn Sie sie ein paar Minuten entbehren können.«

»Bitte, gern, wenn Sie sie finden können.« Mrs. Washburn lachte bitter und sah auf ihre Uhr. »Diese Person hat doch immer eine andere Entschuldigung dafür, die Mittagspause zu überziehen und morgens zu spät zu kommen. Jetzt ist sie schon wieder anderthalb Stunden überfällig. So was kann man doch nicht durchgehen lassen. Wenn sie so weitermacht, arbeitet sie bei mir nicht mehr lange, das kann ich Ihnen sagen.«

»Ich werde auf sie warten«, sagte Gemma, als Mrs. Washburn ihr kein entsprechendes Angebot machte. Sie fand es äußerst merkwürdig, daß die Frau sich nicht einmal danach erkundigt hatte, wieso sich die Polizei für Jasmine Dents Tod interessierte. Man konnte diesen Mangel an Neugier, einer völlig natürlichen menschlichen Eigenschaft, nur als ein Zeichen dafür auffassen, daß die Frau entweder ein Geheimnis hatte oder aber absolut ichbezogen war. »Mrs. Washburn.« An der Tür drehte sich Gemma noch einmal herum. »Wer hat der Behörde eigentlich Jasmine Dents Tod mitgeteilt?«

Das scharfe Gesicht blieb ausdruckslos. »Ich weiß nicht. Eine der Typistinnen kam herauf und sagte es mir. Carla. Am besten fragen Sie sie selbst.« Sie wandte sich wieder den Papieren auf ihrem Schreibtisch zu, noch ehe Gemma zur Tür hinaus war.

Gemma folgte dem schwachen Stimmengewirr zum Ende des Korridors, öffnete dort eine Tür und blieb auf der Schwelle stehen. Das Gespräch brach abrupt ab. Zwei junge Frauen saßen an Computern. Ihre Schreibtische waren zusammengeschoben, um den Aktenschränken und Zeichentischen im Raum Platz zu geben. Ein dritter Schreibtisch stand unter dem Fenster. Der Stuhl davor war unbesetzt.

Die beiden jungen Frauen sahen Gemma an. Ihre bemüht ausdruckslosen Gesichter verrieten, daß sie wußten, wer sie war. Sie hatte die kleine Rezeptionistin also unterschätzt – das Buschtelefon funktionierte doch.

»Ich suche Margaret Bellamy«, sagte sie harmlos, trat ins Zimmer und schloß die Tür.

Die Frau, die ihr am nächsten saß, stieß sich auf ihrem

Drehstuhl vom Schreibtisch ab und wandte sich ihr zu. »Die ist nicht da.« Sie lächelte zaghaft und zeigte dabei einen angeschlagenen Zahn.

»Glauben Sie, daß sie bald wieder kommt? Ich werde warten.«

Die beiden jungen Frauen tauschten einen Blick, dann sagte die erste. »Das kann man ihr nur wünschen. Die alte He...« Mrs. Washburn wird sie sowieso schon zur Schnecke machen.«

»Oh, sie ist wohl zu spät dran?« Gemma trat zu der ersten Frau und bot ihr die Hand. »Ich bin Gemma James.«

»Ich bin Carla. Das ist Jennifer.« Ein Nicken in Richtung zu ihrer Kollegin, die bisher noch nichts gesprochen hatte.

Carla hatte krauses braunes Haar, das sie mit einem Gummiband hochgebunden hatte, und ein kantiges, sympathisches Gesicht. Ihre Beine, die unter einem Minirock aus Latex gut sichtbar waren, waren äußerst stämmig. Die andere Frau, Jennifer, schien, wie Gemma es für sich zu nennen pflegte, mit dem Untadeligkeitsgen ausgestattet. Es gab einfach nichts an ihr auszusetzen. Manche Frauen wurden mit solcher Perfektion geboren, und wenn man nicht zu ihnen gehörte, hatte es überhaupt keinen Sinn zu versuchen, diese Vollendung zu erreichen: Makellose Haut, vollkommen geschnittene Gesichtszüge, eine Mannequinfigur, Haar, das niemals widerspenstig war, Kleider nach der letzten Mode. Wenn sie jetzt auch noch sprechen könnte, wäre alles bestens, dachte Gemma und nahm sich ihre Bissigkeit gleich übel.

»Haben Sie eine Ahnung, wo sie sein könnte?« Gemma hockte sich auf die Kante eines niedrigen Aktenschranks und sah auf ihre Uhr. Gleich halb zwei.

Wieder sahen die beiden jungen Frauen einander an, und diesmal hatten sie wohl ein stummes Signal getauscht, denn jetzt sprach Jennifer. »Vielleicht mit ihrem Freund unterwegs.« Sie sprach mit einem leichten Akzent – West-England, dachte Gemma –, und ihre blauen Augen zeigten überraschende Intelligenz. »Sie war heute morgen völlig erledigt. Wegen Miss Dent. Sie sind doch wegen Miss Dent hier, stimmt's?«

Ja, das Buschtelefon funktionierte nicht nur; es funktionierte auf wunderbare Weise. »Indirekt«, antwortete Gemma, die sich nicht festlegen wollte. »Kennen Sie Margarets Freund?«

Die beiden Frauen lachten. »Roger?« sagte Jennifer. »Soviel Glück sollten wir mal haben.« Sie warf einen Blick auf Carla, die ein Gesicht zog. »Nein, im Ernst«, fuhr sie fort, »ich war dabei, als sie ihn kennengelernt hat.«

Gemma verschränkte die Arme und neigte den Kopf leicht zur Seite. Sie sah aus, als hätte sie den ganzen Tag Zeit. »Tatsächlich? Wann war denn das?«

Jennifer dachte nach und krauste dabei ihre schöne Stirn. »Im Oktober, glaube ich. Ich habe sie mal abends mitgenommen, als ich ausgegangen bin. Sie hat mir ein bißchen leid getan, wissen Sie.« Wieder warf sie Carla unter langen Wimpern einen Blick zu, und Carla nickte zustimmend. »Sie hat ja nie etwas unternommen. Abends hat sie sich immer nur mutterseelenallein in ihrem gräßlichen möblierten Zimmer verkrochen. Und da hab' ich mir gedacht... na ja, Sie wissen schon.«

»Das war wirklich sehr nett von Ihnen.« Gemmas Stimme war voll warmen Lobs. »Und was passierte an dem Abend?«

Jennifer lächelte. Ihre Zähne waren weiß und ebenmäßig und so klein wie die eines Kindes. »Nichts. Wir saßen irgendwo an der Bar, und kein Mensch hat auch nur ein Wort mit uns gewechselt. Man hätte echt meinen können, wir hätten die Beulenpest oder so was. Und dann kreuzt plötzlich dieser wahnsinnig gutaussehende Mann auf. Ich meine, wirklich gutaussehend, wie ein...« Jennifer leckte sich die vollkommen geformten Lippen, während sie nach einem anschaulichen Vergleich suchte, »... wie ein amerikanischer Fernsehstar oder so was. Mann, dachte ich, nichts wie ran an den Speck.« Sie wackelte ein klein wenig mit den Schultern. »Und dann baggert er doch tatsächlich Margaret an.« Selbst jetzt noch schien sie konsterniert und schüttelte ungläubig den Kopf.

Jennifers Worte verrieten weniger Eigendünkel als Ungläubigkeit darüber, daß ihre Welt so auf den Kopf gestellt werden konnte. Männer drehten die Köpfe nach Jennifer und nicht nach Margaret. Man trat die Naturgesetze nicht mit Füßen.

»Im Grund kannst du froh sein«, bemerkte Carla. »So eine tolle Eroberung ist der gute Roger nun auch wieder nicht.«

»Und wieso nicht?« fragte Gemma.

Diesmal sah Carla ihre Freundin fragend an, und die nickte kaum merklich. Carla senkte den Blick, schien immer noch zu zögern, zog ihren Latexrock ein wenig weiter in Richtung zu ihren Knien. »Na ja ... er geht eigentlich nie mit ihr aus, gibt keinen Penny für sie aus. Er kommt nur zu ihr in ihr möbliertes Zimmer und ... Sie wissen schon.« Carlas Gesicht wurde rot bis unter die Haarwurzeln. Sie sah Gemma nicht in die Augen.

»Und woher wissen Sie das?« fragte Gemma leise. Sie schob ihr Gesäß, das ganz taub geworden war, ein bißchen höher auf den Aktenschrank. »Hat Margaret Ihnen das erzählt?«

»Nein.« Carla war immer noch blutrot. »Aber an manchen Tagen ... man sieht es ihr einfach an. Ich weiß, ich hätte nichts sagen sollen ...«

»Lassen Sie nur«, fiel Gemma ihr ins Wort, um ihr keine Zeit zu lassen, sich über ihr unloyales Verhalten Gedanken zu machen. »Eigentlich interessiert Miss Dent mich mehr. Waren sie und Margaret schon befreundet, als sie noch hier gearbeitet hat?«

Als Jennifer nichts sagte, antwortete Carla. »Nein. Miss Dent war immer fair – ganz im Gegensatz zu gewissen anderen Leuten.« Sie sandte einen finsteren Blick in Richtung zu Beatrice Washburns Büro. »Sie war auch immer freundlich, auf eine distanzierte Art und Weise, aber sie hat nie mit uns zusammen Teepause gemacht oder so was. Erst nachdem sie hier aufgehört hatte, fing Margaret an, sie zu besuchen. ›Ich war gestern bei Jasmine‹, sagte sie oft und blies sich dabei auf, als wäre sie was Besseres als wir, nur weil sie Miss Dent Jasmine nannte.«

»War das, bevor sie Roger kennengelernt hatte, oder später?«

Die beiden jungen Frauen sahen einander überlegend an. »Vorher«, antwortete Jennifer und Carla nickte.

»Ja, stimmt. Miss Dent ist Ende August gegangen, und nicht lange danach...«

Die Tür öffnete sich. Carla verstummte, als hätte man ihr das Wort abgeschnitten, und wurde wieder blutrot. Jennifer setzte eine ausdruckslose Miene auf und wandte sich wieder ihrer Schreibmaschine zu.

Eine Frau hastete atemlos ins Zimmer. Ihre helle Haut war gerötet vor Anstrengung, ihr feines, braunes Haar war wirr, ein Zipfel ihrer Bluse hing aus dem Rock.

»Tut mir leid, daß ich mich verspätet habe. Ich wollte nicht...« Das Bündel Papiere, das sie in der Hand hielt, fiel zu Boden, als sie Gemma bemerkte. Sie bückte sich, schob die Papiere ungeschickt zusammen und hielt den Blick beharrlich gesenkt.

»Sie sind Margaret«, sagte Gemma, eine Tatsache festellend. Ein blaßblauer Blick durch helle Wimpern, und schon senkte Margaret den Kopf wieder zu ihren Papieren. Gemma begriff, daß Margaret Bellamy große Angst hatte. »Ich bin eine Freundin von Duncan Kincaid. Können wir hier irgendwo in Ruhe eine Tasse Tee trinken?«

»Mrs. Washburn bringt mich um. Die schmeißen mich bestimmt raus.« Margaret rutschte nervös auf der roten Plastiksitzbank hin und her.«

»Keine Sorge. Ich mach' das schon mit ihr. Sie können sich drauf verlassen.« Gemma neigte sich über den Tisch und berührte Margarets Hand. Eine kräftige Hand mit kurzen Fingern und abgeknabberten Nägeln. Sie war eiskalt und feucht, und Gemma spürte ein feines Zittern.

Eine gehetzte Kellnerin knallte die Tassen so heftig vor ihnen auf den Resopaltisch, daß der Tee in die Untertassen schwappte. Gemma war eingefallen, daß sie an dem Café auf dem Weg zur Baubehörde vorbeigekommen war. Die Atmosphäre wirkte nicht gerade beruhigend, aber Margaret schien den Lärm und den durchdringenden Geruch nach heißem Fett, der aus der Küche hereinwehte, nicht zu bemerken.

»Margaret...«

»Jetzt sitz' ich wirklich in der Patsche, nicht?« Margaret sprach so leise, daß Gemma sich vorbeugen mußte, um die Worte zu verstehen. »Roger sagt, ich könnte ins Gefängnis kommen. Und es ist allein meine Schuld. Ich hätte Ihrem Freund nichts sagen sollen...«

»Ich glaube...«, Gemma schwieg einen Moment, während sie große Mengen Zucker und Milch in ihren Tee gab, um ihm den Spülwassergeschmack zu nehmen, »wenn Sie die Wahrheit gesagt haben, dann haben Sie genau das Richtige getan. Duncan möchte nur sichergehen, daß es wirklich Jasmines eigener Entschluß war.«

Margaret schüttelte mehrmals den Kopf. »Ich kann es immer noch nicht glauben, daß sie mich belogen haben soll. Ich dachte, ich hätte es inzwischen akzeptiert, aber das stimmt nicht. An dem Tag... ich war so erleichtert, als sie sagte, sie hätte es sich anders überlegt.« Sie sah Gemma an. »Glauben Sie, ich habe mir nur vorgemacht, daß es ihr Ernst war? Weil ich es eben gern hören wollte?«

Aus dem Augenwinkel sah Gemma die Kellnerin mit zwei zerfledderten Plastikspeisekarten kommen. Sie hob die Hand und bedeutete der Frau zu gehen, ohne den Blick von Margarets Gesicht zu wenden. »Wenn Sie solche Angst hatten, warum haben Sie dann überhaupt eingewilligt, ihr zu helfen?«

»Ach, anfangs war das etwas anderes. Ich habe mich wie eine Auserwählte gefühlt.« Margaret setzte sich etwas gerader und lächelte zum erstenmal. »Daß ein Mensch seine letzten Minuten auf dieser Erde mit mir verbringen wollte, daß er solches Vertrauen zu mir hatte – und ausgerechnet Jasmine! Sie war anderen gegenüber immer sehr zurückhaltend. Niemand hatte mir je solches Vertrauen entgegengebracht. Verstehen Sie?«

Gemma nickte nur.

»Und außerdem war es aufregend. Das Planen und Organisieren. Und daß ich ein Geheimnis hatte, von dem kein Mensch etwas wußte. Ein Geheimnis über Leben und Tod.« Margaret lächelte wieder, als sie sich jener Zeit erinnerte. »Manchmal hab' ich mir vorgestellt, ich würde es allen im Büro sagen, aber ich wußte natürlich, daß ich das nicht tun konnte. Es war viel zu persönlich, nur zwischen Jasmine und mir.« Sie trank einen Schluck Tee und zog ein Gesicht wegen des bitteren Geschmacks. Zum erstenmal blickte sie in ihre Tasse.

»Und dann?«

Margaret zuckte die Achseln. »Der Tag kam immer näher. Ich bekam es mit der Angst zu tun.« Sie warf Gemma einen flehentlichen Blick zu. »Anfangs sah sie so gut aus. Ihr Haar war nach den Behandlungen wieder nachgewachsen. Ich wußte, daß sie leicht müde wurde, aber eigentlich wirkte sie gar nicht wie eine Kranke. Dann wurde sie immer dünner. Und jeden Tag wurde sie ein bißchen schwächer. Jeden Tag bat sie mich irgendeine Kleinigkeit für sie zu tun, die sie am Vortag noch selbst hatte tun können. Dann wurde der Brustkatheter gelegt. Sie wurde auf flüssiges Morphium gesetzt, auch wenn sie niemals über die Schmerzen sprach.«

Diesmal machte Gemma die Kellnerin mit einem Blick auf sich aufmerksam und sagte beinahe lautlos: »Heißes Wasser bitte.« Das Café begann sich zu leeren, und der Lärm hatte soweit abgenommen, daß sie Margarets leise Stimme ohne Anstrengung hören konnte. Als die dampfende Kanne gebracht wurde, goß Gemma ohne zu fragen heißes Wasser in Margarets zur Hälfte geleerte Tasse und lehnte sich dann abwartend wieder zurück.

»Sie hat nie einen Zeitpunkt festgelegt«, fuhr Margaret fort, als hätte es keine Unterbrechung gegeben. Sie hielt den Blick auf ihre Hände gerichtet, die die heiße Teetasse umschlossen hielten. »Langsam begann mir davor zu grauen – jeden Tag, wenn ich sie besuchte, dachte ich, ist das wohl heute der Tag? Wird sie heute sagen, ich bin bereit, Margaret, tun wir es? Ich konnte kaum noch essen. Mir war dauernd übel. Ich fing an, darüber nachzudenken, wie es sein würde, wenn ich ihr die Plastiktüte über den Kopf ziehen mußte, weil das Morphium nicht wirkte.

Eines Tages dann, als ich kam, wirkte sie sehr ruhig, gar nicht so rastlos wie sonst. Ich dachte, sie hätte vielleicht die Morphiumdosis erhöht. Dann sagte sie auf einmal, ›Ich werde meinen fünfzigsten Geburtstag nicht mehr erleben, Meg. Es hat keinen Sinn.‹ Und da wußte ich, daß sie ihren Entschluß gefaßt hatte.«

Gemma trank einen Schluck von ihrem verdünnten Tee und wartete. Als Margaret sich in Schweigen hüllte, fragte sie behutsam: »Hat sie Ihnen ein festes Datum genannt?«

»Den Tag vor ihrem Geburtstag. Ich habe nachts wachgelegen und mir vorgestellt, wie es sein würde, wenn sie stirbt. Wie sie aussehen würde. Woran ich merken würde, daß es vorbei ist. Ich konnte es nicht aushalten. Und ich konnte es ihr nicht sagen.«

Als Margaret aufblickte, fand Gemma ihre Augen so gerötet und verschwollen, als hätte sie tagelang geweint. »Aber Sie haben es ihr dann doch gesagt?«

»Es war der schlimmste Tag meines Lebens. Dachte ich damals jedenfalls. Ich hätte nicht gedacht, daß es noch schlimmer kommen könnte.« Margaret wischte sich mit dem Handrücken über den Mund. »In der Arbeit war ich fast den ganzen Tag nur in der Toilette, weil ich mich dauernd übergeben mußte. Ich nahm mir fest vor, es ihr sofort beim Kommen zu sagen.« Sie lächelte ironisch. »Sie ließ mich nicht einmal ausreden. ›Mach dir keine Sorgen, Meg‹, sagte sie. ›Ich weiß nicht, ob ich den Mut gefunden oder verloren habe, aber ich habe mich entschlossen, bis zum bitteren Ende durchzuhalten.‹«

»Und wieso haben Sie ihr geglaubt?« fragte Gemma. »Wieso dachten Sie nicht, sie wolle sie nur entlasten?«

Margaret krauste die Stirn, während sie über die Frage nachdachte. »Ich weiß nicht, ob ich es genau erklären kann. Es war nichts ... nichts Angespanntes mehr da. Keine Anstrengung, keine Aufregung. Verstehen sie?«

Gemma ließ es sich durch den Kopf gehen. »Ja, ich glaube schon. Sie hat Sie nicht gebeten zu bleiben?«

»Nur ein Weilchen. Ich habe alles getan, was ich auch sonst immer für sie tat – die Katze gefüttert, ein bißchen aufgeräumt. Dann bin ich zu dem indischen Restaurant gegangen und habe ihr zum Abendessen ein Curry geholt. Sie konnte nicht mehr viel essen, aber sie hat sich immer noch bemüht.«

»Margaret«, sagte Gemma vorsichtig, »hat Jasmine eigentlich jemals mit Ihnen darüber gesprochen, was Beihilfe zum Selbstmord juristisch bedeutet?«

Margaret nickte eifrig. »Sie sagte, solange ich sie nicht berühren oder ihr etwas eingeben würde, könnte mir nichts passieren. Außerdem dachten wir ja, daß kein Mensch etwas merken würde. Jasmine sagte, wir würden dafür sorgen, daß es natürlich aussieht – sie wollte keine Komplikationen.«

Hatte Jasmine es Margaret nur leicht machen wollen? War ihre Gelassenheit an diesem Tag Entschlossenheit entsprungen und nicht Hinnahme? War sie eine so geschickte Lügnerin gewesen, daß sie die Menschen, die sie am besten kannte, so leicht hinters Licht führen konnte? Und wenn sie gelogen hatte, warum? Gemma dachte an das junge Mädchen auf dem Foto, mit ihrer zarten Schönheit und dem verschlossenen, beinahe geheimnisvollen Gesicht. Eine kluge Frau, eine Frau, die planen und organisieren konnte – war ihre Verabredung mit Theo für den Sonntag nichts weiter gewesen als eine überflüssige Inszenierung? Gemma schüttelte den Kopf. Nach dem, was Gemma über Jasmine wußte, konnte sie sich das nicht vorstellen.

Eine Frage gab es, die sie Margaret noch nicht gestellt hatte. »Jasmine hat ein Testament hinterlassen, Meg.« Gemma gebrauchte absichtlich die abgekürzte Form des Namens, die Jasmine gewählt hatte. »Hat sie Ihnen darüber etwas gesagt?«

Margaret starrte in ihre leere Teetasse, als könnte sie die Antwort im Satz finden.

Gemma wartete schweigend, ohne sie zu ermuntern, ohne die Spannung zu durchbrechen, die sich aufbaute.

»Wir haben gestritten.« Margarets Fingerspitzen wurden weiß, so fest drückte sie sie gegen die Tasse. »Ich habe ihr gesagt, es sei furchtbar unfair, aber sie wollte nichts davon hören. Sie sagte, für Theo hätte sie schon getan, was sie konnte. Aber ich wollte nicht von ihrem Tod profitieren. Es war ein schreckliches Gefühl – als hätte ich sie für einen Preis gemocht.« Sie sah Gemma an, und die Tränen schossen ihr in die Augen. »Das verstehen Sie doch, nicht wahr?«

Gemma griff über den Tisch und legte ihre Hände auf die Margarets. »Haben Sie irgend jemandem von dem Testament erzählt, Meg?« fragte sie ruhig. »Ganz gleich, wem.«

Margaret riß ihre Hand zurück und hätte beinahe ihre

Tasse umgestoßen. »Nein! Natürlich nicht. Ich habe keinem Menschen was davon gesagt.«

Sie packte Handtasche und Strickjacke zusammen und schob ihre Tasse weg. Gemma roch den beißenden Geruch der Angst.

11

»Klare Sache.«

»Okay. Begründen Sie das.« Kincaid schob seinen Sessel ein Stück zurück und legte seine Füße auf die offenstehende unterste Schublade seines Schreibtischs. Er hatte mit schweren Lidern über einem Stoß Papierkram gesessen, der ihn den ganzen Nachmittag beschäftigt hatte, als Gemma wie ein frischer Windstoß ins Büro gefegt war.

»Sie hat Todesangst, das arme Ding.« Gemma unterbrach ihre Wanderung durch das Zimmer und ließ sich auf der Armlehne des Besuchersessels nieder. »Sie hat ihrem schönen Freund von dem Testament erzählt, und jetzt schwitzt sie Blut.« Sie beugte sich vor, um ihren Worten Nachdruck zu verleihen, und strich sich hastig eine Haarsträhne aus dem Gesicht, die der Wind aus der Spange in ihrem Nacken gelöst hatte. »Nehmen wir mal an, Roger hat an dem bewußten Nachmittag auf Margaret gewartet, und als sie von Jasmine kam, erzählt sie ihm, daß Jasmine ihren Plan umgestoßen hat. Daraufhin gibt's Streit zwischen den beiden, und schließlich geht Roger, um in dieser Kneipe seine Lampen und Mikrofone aufzustellen. Später sucht er irgendeinen Vorwand, um gehen zu können und stattet Jasmine einen Besuch ab.«

»Ich dachte, er hätte gesagt, er sei niemals dort gewesen.«

Gemma zuckte nur die Achseln. »Kann doch sein, daß er gelogen hat. Wer würde ihm dann widersprechen? Margaret vielleicht?« Sie hielt einen Moment inne, dann fuhr sie nachdenklicher fort: »Oder vielleicht hat er auch die Wahrheit gesagt. Aber was hätte ihn davon abhalten sollen, zu ihr zu gehen und sich unter irgendeinem Vorwand Zutritt zu ihrer Wohnung zu verschaffen? Ich könnte mir vorstellen, daß er sehr überzeugend sein kann.«

Kincaid lehnte sich in seinem Sessel zurück, faltete die Hände hinter dem Kopf und grinste. »Aha, Sie sind wohl auch nicht ganz immun gegen den schönen Roger, hm?«

Gemma schauderte. »Als wäre man mit einer Schlange eingesperrt. Der Kerl war mir richtig unheimlich. Dem würde ich alles zutrauen. Könnte es nicht sein . . .«, sie stand auf und begann wieder, im Büro hin und her zu gehen, »daß er irgendwie von Jasmines Testament erfahren hat, noch ehe er Margaret kannte? Weshalb hätte er Margaret sonst überhaupt angequatscht? Bei dem stehen doch die Frauen sicher Schlange. Und erklären Sie mir jetzt nicht«, fügte sie errötend hinzu, als sie Kincaids Lächeln sah, »daß er die Reinheit ihrer Seele schätzt oder so was. Das glaube ich nämlich nicht.«

»Ich auch nicht, aber die Dinge liegen vielleicht trotzdem nicht ganz so einfach.« Kincaid erinnerte sich der Szene, deren Zeuge er in Margarets Zimmer geworden war. Roger genoß es, sich mit seiner sexuellen Macht über sie zu brüsten, und das war wahrscheinlich nur die Spitze des Eisbergs. »Nur mal angenommen, Sie haben recht, Gemma. So weithergeholt es ist – woher könnte Roger von Jasmine und ihrem Testament gewußt haben?«

»Vielleicht hat er ihren Anwalt bestochen?«

Kincaid schüttelte den Kopf bei dem Gedanken an Antony Thomas. »Höchst unwahrscheinlich. Und wie soll die Sache abgelaufen sein, wenn Sie mit Ihrer ersten Vermutung recht haben und Roger an dem bewußten Abend tatsächlich Jasmine aufgesucht hat? Er hat sie nie kennengelernt, er findet irgendeinen überzeugenden Vorwand, um in ihre Wohnung zu gelangen – und dann? Sagt er, ›Nehmen Sie es mir nicht übel, aber ich würde Ihnen jetzt gern eine Überdosis Morphium verabreichen?‹« Er stach mit ausgestrecktem Finger nach Gemma. »Ich bin bereit zu schwören, daß kein Kampf stattgefunden hat.«

»Vielleicht hat er ihr erzählt, Margaret hätte sie nur ausgenützt, und daraufhin beschloß Jasmine, sich doch das Leben zu nehmen.«

»Aber er brauchte doch nur ein bißchen Geduld zu haben. Weshalb hätte er den letztendlichen Ausgang aufs Spiel setzen sollen?«

»Vielleicht hat er gefürchtet, seine Macht über Margaret zu verlieren und wollte deshalb aufs Ganze gehen«, erwiderte Gemma. Sie ließ sich in den Sessel fallen, lehnte sich zurück und schlug die Beine übereinander.

Einen Moment lang sahen sie einander an, jeder in seine Gedanken versunken, dann richtete sich Kincaid in seinem Sessel auf und stieß die Schreibtischschublade zu. »Keinerlei Beweise, Gemma. Überhaupt nichts. Ich gebe zu, daß Roger sich als Verdächtiger gut eignet, aber wir müssen weiter bohren. Mir ist nämlich der gute Theo auch nicht ganz geheuer.« Er sah auf seine Uhr und streckte sich. Dann zog er seinen Schlips auf und öffnete den obersten Knopf seines Hemds. »Machen wir Schluß. Ich bin erledigt. Haben Sie Lust, vor der Heimfahrt noch ein Glas zu trinken?«

Gemma zögerte, dann zog sie ein Gesicht. »Besser nicht. Ich hab' mich die letzten Tage genug herumgetrieben. Wir sehen uns morgen.« Sie winkte kurz und ging. Aber dann schaute sie noch einmal zur Tür herein. »Vergessen Sie nicht, nach der Katze zu sehen.«

Der Wetterumschwung hatte die Wochenendhorden von der Heide vertrieben. Der Frühling hatte sein wahres Gesicht gezeigt und sie in ihre Häuser zurückgescheucht; übrig gebliebenen waren nur ein paar einsam wandelnde Hundebesitzer und wackere Jogger. Der Wind trieb die Abfälle, die von den Festivitäten der warmen Tage zurückgeblieben waren, traurig über das Gras. Kincaid machte nur einen kurzen Abstecher nach Hause, um sich Jeans und Anorak anzuziehen, dann überquerte er am Fuß der Worsley Street die East Heath Road und tauchte in die Heide ein. Er hatte das Bedürfnis, Geist und Körper von Verkrampfungen zu befreien. Zu joggen hätte zuviel Konzentration in Anspruch genommen, darum beschloß er zu gehen. Er ging nach Norden und ließ seine Gedanken schweifen, wohin sie wollten.

Gemmas Theorien gaben ihm stärker zu denken, als er zugeben mochte. Er vertraute ihrem Instinkt, und wenn sie sagte, daß Margaret Bellamy Todesangst hatte, so glaubte er ihr das. Aber der Rest ihrer Argumente ließ sich nicht zu einem logischen Gebäude zusammenfügen – es gab da einfach zu viele Löcher.

Er mußte lächeln, als er an Gemma dachte. Manchmal amüsierte ihn ihr eifriger Enthusiasmus, manchmal irritierte er ihn, aber das war einer der Gründe, weshalb sie gut zusammenarbeiteten – sie tendierte dazu, sich Hals über Kopf in einen Gedanken zu stürzen, während er eher ein Tüftler war, und in konzertierter Aktion erreichten sie häufig ein befriedigendes Ergebnis.

Am Teich blieb er einen Moment stehen und bewunderte die Aussicht. Frisch begrünte Zweige spiegelten sich im Wasser, und im Westen ragte der Turm der Christus-Kirche von Hampstead über den noch kahlen Wipfeln der Bäume auf. Gemma war am Wochenende anders gewesen als sonst, nicht so hitzig, ruhiger und gelassener. Helle Baumwolle auf von der Sonne leicht geröteter Haut, ein zarter Duft nach Pfirsichen, als er in Theos verstaubtem Laden neben ihr gestanden hatte – Kincaid zwinkerte und schüttelte sich wie ein Hund, der aus dem Wasser kommt.

Den Kopf gegen den Wind gesenkt setzte er sich wieder in Bewegung, um den langen Anstieg zur Höhe der Heide zu beginnen. Irgendwie hatte sich im Lauf des Wochenendes die Stimmung zwischen ihnen verändert. Heute hatten sie zusammengearbeitet wie immer, und er hatte schon geglaubt, er hätte sich alles nur eingebildet, aber dann hatte er ihr ungewohntes Zaudern wahrgenommen, als er vorgeschlagen hatte, nach der Arbeit noch ein Glas miteinander zu trinken. Sie taten das oft, daß sie sich noch eine Weile ins Pub setzten, um Tagesbilanz zu ziehen und für den folgenden Tag zu planen, und erst jetzt wurde ihm bewußt, wie sehr er sich immer auf diese halbe Stunde freute. Vielleicht nahm er zuviel von ihrer Zeit in Anspruch, und sie nahm ihm das übel. Er würde in Zukunft etwas vorsichtiger sein.

Ginsterzweige voll gelber Blüten verfingen sich im Stoff seiner Kleidung, als er in seiner Gedankenverlorenheit zu nahe an ihnen vorbeiging. Schön und mit Vorsicht zu genießen – wie Gemma. Er lächelte.

Auf der Höhe der Heath Street, gleich gegenüber vom *Jack's Straw Castle*, war sein Weg zu Ende. Der Parkplatz des alten Pubs war bereits gerappelt voll, und als die Tür geöffnet wurde, trug ihm der Wind gedämpfte Klänge von Musik zu. Der Lärm dort drinnen lockte ihn nicht, und er wandte sich nach links, um die Heath Street hinunterzugehen. Als er die U-Bahn-Haltestelle erreichte, führte ein Impuls ihn geradeaus weiter, und er ließ die Hampstead High Street, in die er eigentlich hätte einbiegen müssen, links liegen. Nach wenigen Schritten schon öffnete sich rechts von ihm die Church Row, und er bog, vom Turm der St.-John's-Kirche geführt wie von einer Kompaßnadel, in die kleine alte Straße ein.

Durch das massive schmiedeeiserne Tor trat er in den Kirchhof. Auf einer Bank neben dem Portal schlief ein Betrunkener und störte mit seinem Schnarchen die Stille. Kincaid wandte sich nach links, ins dämmrige Grün des von Grabmälern besetzten Hügelhangs, der selbst jetzt, da der Frühling kaum begonnen hatte, von Pflanzen überwuchert war. Der Weg schlängelte sich unter den schwarzen Zweigen immergrüner Bäume dahin, führte an feuchten, grauen Steinen vorbei, die von Flechten überzogen waren. An seiner Lieblingsstelle, kurz vor der unteren Begrenzungsmauer machte er halt.

»John Constable, Esq., R. A., 1837« lautete die auf der Seite des Grabsteins eingemeißelte Inschrift. Hier lag Constable mit seiner Frau Mary Elizabeth, und der Stein legte ferner Zeugnis ab vom Tod ihres gemeinsamen Sohnes, John Charles, im Alter von dreiundzwanzig Jahren. Der Name Constables war mit der Geschichte von Hampstead eng verbunden; von achtzehnhundertneunzehn bis zu seinem Tod hatte er hier in verschiedenen Häusern gelebt, und es hieß, er habe darum gebeten, seine »ewige Ruhe« in dem Dorf finden zu dürfen, das er mit seinen Gemälden unsterblich gemacht hatte.

Warum Kincaid dieses viktorianische Monument tröstlich fand, hätte er nicht sagen können, aber seit er in Hampstead lebte, war es ihm zur Gewohnheit geworden, zum Nachdenken hierherzukommen, wenn er mit irgend etwas nicht klar kam. Er setzte sich auf einen Felsbrocken und rieb einen dürren Ast zwischen seinen Fingern, unter denen die trokkene Borke in Staub zerfiel. Er versuchte, seinen Geist aller Gedanken zu entleeren und sich zu konzentrieren. Sein Gefühl sagte ihm, daß Margaret Jasmine wirklich geliebt hatte und ihr niemals etwas zuleide getan hätte. Bei Roger jedoch lag die Sache anders. Die Sexualität war eine mächtige und häufig fehlgeleitete Kraft, und er war nicht sicher, wie blind sich Margaret gestellt hätte, nur um ihre Beziehung mit Roger zu retten.

Und Theo? Hatte Theo seiner Schwester vielleicht mehr Groll als Liebe entgegengebracht? Er hatte allen Grund, ihr dankbar zu sein, gewiß, aber für den Menschen in seiner Widersprüchlichkeit war die Dankbarkeit häufig eine schwer ertragbare Last.

Er begann Jasmine als Mittelpunkt eines Netzwerks von

Beziehungen zu sehen, von denen sie unberührt geblieben war. Was hatte sie für andere empfunden? War sie durchs Leben gegangen, ohne sich berühren zu lassen, ohne zu berühren? Sie hatte sich ihrer Krankheit mit einem solchen Gleichmut gestellt. Er konnte das leidenschaftliche junge Mädchen der Tagebücher nicht mit der Frau in Einklang bringen, die er gekannt hatte – charmant, geistreich, intelligent und verschlossener als er je gedacht hätte.

Seufzend stand Kincaid auf. Das Licht schwand rasch, die Gräber hatten ihm keine Geheimnisse anzuvertrauen, und wenn er nicht achtgab, würde er den Weg den Hügel hinauf im Dunkeln machen müssen. Ihm fiel auf, daß der Wind sich gelegt hatte, jenseits der Begrenzungshecke flimmerten die Lichter der Stadt in der Abenddämmerung.

Der Betrunkene war nicht mehr da, als Kincaid zur Kirche kam. Aus dem Inneren des Baus, durch das schwere Portal gedämpft, war der vertraute Gesang vieler Stimmen zu hören. »Abendandacht«, sagte Kincaid laut zu sich selbst. Wann war er zuletzt bei einem Abendgottesdienst gewesen? Der Gesang führte ihn zurück in die behäbige rote Backsteinkirche seiner Kindheit in Cheshire. Einzig die Abendandacht hatten seine Eltern als Kompromiß zwischen ihrer anglikanischen Erziehung und ihrer liberalen Weltanschauung gelten lassen. Oft hatte die Familie an der Abendandacht teilgenommen, aber niemals war Kincaid, soweit er sich erinnern konnte, sonntags in einer Kirche gewesen.

Leise zog er die zerschrammte, mit blauem Leder gepolsterte Tür auf und schob sich hinein. Er ging zur hintersten Bank und setzte sich. Nur ein paar verstreute Gestalten saßen auf ihren Plätzen vor ihm. Es verwunderte ihn, daß der Gottesdienst, da er so mäßig besucht war, überhaupt abgehalten wurde.

Die Stimmen der Sänger schwollen an und füllten das Kirchenschiff, und das Holz der Kirchenbänke vibrierte unter den brausenden Klängen der Orgel. Kincaid entspannte sich und beobachtete müßig den Chorleiter. Der Mann gebrauchte seine Hände wie Waffen, mit denen er dem Chor seine Zeichen um die Ohren schlug. Er sah überhaupt mehr wie ein Rugbystürmer aus als ein Chorleiter – leicht größer als einen Meter achtzig, bullige Schultern, ein kantiger Schädel.

Als der Mann einen Schritt zur Seite trat, gewahrte Kincaid in der letzten Chorreihe ein bekanntes Gesicht. Ein grauer Haarkranz um einen kahlen Scheitel, ein rosiges Gesicht, ein gepflegter grauer Schnauzbart – Kincaid war so sehr daran gewöhnt, den Major im sportlichen Tweed zu sehen, daß er ihn im weißen Chorhemd nicht gleich erkannt hatte. Wie hatte er vergessen können, daß der Major ihm erzählt hatte, er singe im Chor der St.-John's-Kirche? Kincaid starrte interessiert nach vorn, fasziniert vom Anblick seines sonst so wortkargen Nachbarn, der hier seine Baßstimme zu freudigem Gesang erhob.

Der Gottesdienst ging zu Ende. Ein letztes »Amen« hing zitternd in der Luft, dann marschierte der Chor hinaus. Die anderen Gemeindemitglieder kamen auf ihrem Weg zum Portal an Kincaid vorüber, lächelten, warfen ihm neugierige Blicke zu. Regelmäßige Kirchgänger, dachte er, die sich fragen, wer, zum Teufel, ich bin. Als das Portal hinter dem letzten zufiel, stand Kincaid auf und ging zum Altar.

»Entschuldigen Sie.«

Der Chorleiter war gerade im Begriff, eine Tür zu öffnen, von der Kincaid vermutete, daß sie in die Sakristei führte. Erstaunt drehte er sich herum, auffallend anmutig in seinen Bewegungen für einen so massigen Menschen. »Ja?«

»Kann ich Sie einen Moment sprechen? Mein Name ist Duncan Kincaid.« Kincaid überlegte rasch. Er wollte vorläufig auf keinen Fall in amtlicher Eigenschaft auftreten, um sich nach einem Nachbarn zu erkundigen, er wollte lediglich für sich selbst Klarheit erlangen. Vielleicht waren seine Jeans, der

Anorak und das vom Wind zerzauste Haar gar nicht von Nachteil.

Mit ausgestreckter Hand trat der Chorleiter auf Kincaid zu. »Ich bin Paul Grisham. Was kann ich für Sie tun?«

Kincaid hörte den vertrauten, weichen Singsang in seiner Stimme. »Sie kommen aus Wales«, stellte er fest.

Paul Grisham lachte. Seine Zähne waren groß und schief gewachsen, seine Nase war, wie Kincaid sah, gebrochen, vermutlich mehr als einmal.

»Richtig. Aus Llangynog.« Grisham neigte den Kopf zur Seite und musterte Kincaid. »Und Sie?«

»Ich bin ein Nachbar von Ihnen. Ich bin gleich auf der anderen Seite der Grenze in Nantwich aufgewachsen.«

»Ich dachte mir doch gleich, daß Sie sich nicht wie ein echter Londoner anhören.«

»Spielen Sie Rugby?« Kincaid berührte mit einem Finger seine eigene Nase.

»Ich habe gespielt, ja, als meine Knochen noch schneller wieder zusammengewachsen sind. Wrexham Union.«

Kincaid lehnte sich an die Altarschranke. Er spürte, daß Grisham darauf wartete, er möge zu seinem eigentlichen Anliegen kommen, und sagte: »Ich bin nur zufällig vorbeigekommen. Ich hatte keine Ahnung, daß Sie hier einen Abendgottesdienst abhalten.« Er wies mit dem Kopf zum Chorgestühl hinter Grisham. »War das vielleicht Major Keith, den ich da gesehen habe?«

Grisham lächelte. »Sie kennen den Major? Er ist eine unserer Stützen, auch wenn man das kaum vermuten würde, so wie er sich gibt. Er versäumt keine Probe und ist immer pünktlich wie eine wandelnde Uhr.«

»Sie proben zweimal die Woche?«

»Sonntag und Donnerstag abend.«

»Er wohnt unten bei mir im Haus. Ich hatte keine Ahnung, daß er singt, aber ich habe mir schon manchmal Gedanken darüber gemacht, wohin er so regelmäßig verschwindet. Ich dachte immmer, er geht irgendwo zum Stammtisch.« Kincaid richtete sich auf, als Grisham sein Chorhemd hob und einen Schlüsselbund aus seiner Hosentasche zog. »Ich war nur verblüfft, ihn zu sehen.«

»Wenn es Ihnen nichts ausmacht, lasse ich Sie vorn hinaus, ehe ich absperre.«

»Natürlich.« Kincaid folgte ihm durch den Mittelgang. »Ich wollte Sie wirklich nicht so lange aufhalten.«

Als sie das Vestibül erreichten, blieb Grisham stehen und wandte sich Kincaid zu. Er schien zu zögern. Im dämmrigen Licht mußte Kincaid zu ihm hinaufsehen, um seinen Gesichtsausdruck erkennen zu können. Der Mann überragte ihn um Haupteslänge.

»Sie sagten eben, daß er bei Ihnen im Haus wohnt – der Major, meine ich.«

Kincaid nickte. »Ja, er ist seit drei Jahren, als ich meine Wohnung kaufte, mein Nachbar.«

»Und Sie kennen ihn gut?«

Mit einem Achselzucken antwortete Kincaid: »Das kann ich eigentlich nicht behaupten. Ich bezweifle, daß überhaupt jemand ihn gut kennt.« Jasmine fiel ihm ein mit ihren Bemerkungen über nachmittägliche Teestunden mit dem Major, und er mußte an die Rosenbüsche denken, die er und der Major zu ihrem Gedenken gepflanzt hatten. »Ich weiß nicht. Es gab vielleicht doch jemanden, der ihn gekannt hat. Unsere Nachbarin, aber sie ist letzte Woche gestorben.«

Grisham zog das schwere Portal mit einer Leichtigkeit auf, als wäre es aus Pappe. »Aha, das ist dann die Erklärung. Am letzten Donnerstag ist er nämlich früher gegangen. Er sagte, er fühle sich nicht wohl. Das war das erstemal, daß ich so etwas bei ihm erlebte, und ich habe mir ein wenig Sorgen um ihn gemacht. Er lebt ja schließlich ganz allein. Aber er ist kein Mensch, den man darauf ansprechen könnte.«

»Nein«, stimmte Kincaid zu und trat in die Dunkelheit hinaus. »Nein, das ist er nicht. Nochmals besten Dank, daß Sie sich für mich Zeit genommen haben. Ich komme wieder«, sagte er und es war ihm ernst damit. Bevor die Tür zufiel, sah er das Blitzen von Paul Grishams weißen Zähnen.

Er sagte nichts davon, daß Jasmines Tod nicht am Unwohlsein des Majors schuld sein konnte. Er hatte ja von ihrem Tod erst am Freitag erfahren, als Kincaid es ihm gesagt hatte.

Er machte halt für eine Fleischpastete und ein Bier im *King George* in der High Street. Als er wieder auf die Straße kam, legte sich die stille Luft feucht auf seine Haut. Morgen gibt es Regen oder ich freß einen Besen. Er klappte seinen Kragen hoch, schob die Hände in die Taschen und ging langsam zwischen den erleuchteten Schaufenstern geschlossener Geschäfte hindurch nach Hause.

Ganz von selbst führte sein Weg ihn zu Jasmines Tür, und er sperrte sie mit dem Schlüssel auf, den er an seinen Bund gehängt hatte. Als er die Lampe anknipste, blinzelte ihm Sid vom Bett entgegen, richtete sich auf und streckte sich ausgiebig.

»Hallo, Sid. Na, freust du dich, daß ich da bin? Oder hast du nur Hunger?«

Die Katze folgte ihm in die Küche und hockte sich ihm erwartungsvoll zu Füßen, während er in der Schublade nach dem Dosenöffner kramte. »Mir streichst du nicht um die Beine, wie, Junge?« bemerkte Kincaid, als ihm einfiel, wie der Kater, bevor er sein Futter bekam, Jasmine immer um die schlanken Beine gestrichen war. Später, als sie so zerbrechlich geworden war, hatte er immer Angst gehabt, der Kater würde sie zu Fall bringen, aber er hatte nie etwas gesagt.

»Wir freunden uns besser nicht zu sehr an, okay?« Er stellte den Napf auf den Boden und strich Sid mit einer Hand über den seidenweichen Rücken, als dieser sich näherte, um zu fressen. Eingedenk Gemmas Ermahnung holte er das Katzenklo, das unter dem Waschbecken im Badezimmer stand, leerte es in den Mülleimer und füllte es neu aus einem Sack, den er im Küchenschrank fand. Er nahm den Müllbeutel aus dem Eimer und band ihn zu, um ihn hinauszutragen.

Sich sehr tugendhaft fühlend, füllte er Sids Wassernapf frisch und sah dann dem Kater beim Fressen zu. »Tja, was soll aus dir eigentlich werden, mein Schöner?« Während Sid den leeren Napf noch einmal gründlich ausleckte, fügte Kincaid hinzu: »Der schlimmste Kummer scheint bei dir vorbei zu sein.« Ob Mensch oder Tier, meistens verlangte der Körper schon sehr bald wieder sein Recht. Man trank Tee oder Whiskey. Man aß, was einem vorgesetzt wurde, und das Leben ging weiter. »Also, dann bis morgen, alter Freund.«

Er ließ das Licht für die Katze brennen und ging nach oben zu Jasmines Tagebüchern.

»5. Juni 1963

Ich kann an nichts anderes denken, als an ihn und wie es ist, wenn er mich anfaßt. Meine Haut brennt. Ich kann nicht essen. Ich kann nicht schlafen. Mir ist die ganze Zeit ein bißchen schwindlig, aber ich will nicht, daß es aufhört, und dauernd flattert mir der Magen. Ich kann tun, was ich will, es hört nicht auf. Ich weiß, was die Leute über ihn reden, aber es ist nicht wahr. Mit mir ist er anders, ganz sanft. Sie verstehen ihn nur nicht. Er gehört nicht hierher, genausowenig wie ich. Wir sind beide Außenseiter, in uns ist etwas Dunkleres, weniger Englisches. Tante May hat mir erzählt, daß ein Teil der Vorfahren meiner Mutter aus Frankreich stammten und ich deshalb so aussehe, wie ich aussehe, aber man merkt genau an der Art, wie sie es sagt, daß sie meine Mutter verachtet hat. ›Rose Hollis‹, hat sie gesagt, ›hatte nicht mal den gesunden Menschenverstand, den Gott einem Kind mitgibt. Ich weiß nicht, was sich dein Vater dabei gedacht hat, als er sie heiratete und nach Indien mitnahm.‹ Arme Mami. Er hat sie getötet, so sicher, als hätte er ihr ein Messer ins Herz gestoßen, und ich habe Angst. Ich will nicht, daß mir das gleiche passiert, aber ich habe jetzt schon keine Kontrolle mehr und sehe keine Möglichkeit, das Rad zurückzudrehen.

Sobald ich von dem Geld, das ich bei dem alten Mr. Rawlinson verdiene, genug zusammengespart habe, gehen wir von hier fort. Nach London, wo niemand uns kennt, wo wir die ganze Zeit zusammensein können. Wir suchen uns irgendwo eine kleine Wohnung. Ich weiß, ich habe versprochen, nicht ohne Theo zu gehen, aber er kommt ja nächstes Jahr aus der Schule, und vielleicht kann ich bis dahin auch für ihn sorgen.

Wenn ich schlafen kann, träume ich von ihm. Wenn ich die Augen zumache, sehe ich sein Gesicht vor mir. Sein dunkles Haar fühlt sich an wie Seide, wenn ich es streichle. Gestern abend haben wir uns, nachdem es dunkel geworden war, hinter dem Gemeindehaus getroffen. Es war Bingo-Abend. Ich konnte sie drinnen rufen hören, die Zahlen und die Buchstaben. ›Jasmine?‹ sagte er immer mit diesem fragenden Unterton, so als könnte er nicht recht glauben, daß es mich gibt, und dann lächelte er. Aber es bleibt jetzt jeden Abend länger hell, und es gibt keinen Ort, wo wir uns treffen können. Tante May würde mich umbringen, wenn sie dahinterkäme. Und seine alte Mutter ist noch schlimmer. Sie sind beide so vertrocknet wie Dörrpflaumen und grün vor Neid.

Aber ich habe schon eine Idee, und wenn ich sie ausführen kann, wird uns nie wieder etwas trennen.«

12

Am nächsten Morgen regnete es wie erwartet. Kincaid spähte im grauen Licht angestrengt durch die Windschutzscheibe des Midget auf die Straße, während die Scheibenwischer sich in monotonem Klick-Klack hin und her bewegten. In Basingstoke war er vom M3 abgefahren und fuhr jetzt auf zweispurigen Landstraßen in westlicher Richtung Dorset entgegen.

Der Entschluß, den er irgendwann beim Frühstück getroffen hatte, hatte ihn selbst überrascht. Er hatte von Jasmine geträumt – von dem leidenschaftlichen Mädchen aus den Tagebüchern, nicht von der Jasmine, die selbst von der Krankheit geschwächt ihre unerschütterliche Reserviertheit bewahrt hatte – und war mit einem Bild von ihr erwacht, wie sie in ihrer winzigen Mansarde saß und in ihr Tagebuch schrieb.

Nach der Eintragung über den Jungen gab es eine Lücke, und als sie wieder zu schreiben begann, berichtete sie von einem Leben in London, Wohnungssuche, mühsame Eingewöhnung in eine neue Arbeit. Verglichen mit den früheren Einträgen waren diese merkwürdig emotionslos, als hätte sie das Tagebuch zu einem Logbuch trivialer Ereignisse degradiert.

Von Müdigkeit übermannt, hatte Kincaid die Lektüre aufgegeben, aber schon beim Erwachen ertappte er sich dabei, daß seine Gedanken erneut um die Tagebücher kreisten. Er hatte nachgerechnet – Jasmine war zur Zeit jenes letzten Eintrags einundzwanzig Jahre alt gewesen, und sie erschien ihm seltsam unreif. Wenn er nicht gewußt hätte, daß sie Theo unterstützt hatte und mit allem fertiggeworden war, was das Leben von ihr verlangte, hätte er die Tatsache, daß sie bis zu ihrem zwanzigsten oder einundzwanzigsten Jahr sexuell völlig unerfahren geblieben war, vielleicht nicht so frappierend gefunden. Je mehr er jedoch darüber nachdachte, desto weniger verwunderlich fand er es. Obwohl in mancher Hinsicht weit über ihre Jahre hinaus reif, war Jasmine dennoch die Außenseiterin geblieben. Teenager-Flirts und rauhe Kumpelhaftigkeit waren gewiß ihre Sache nicht gewesen, und zur Erforschung der Welt auf eigene Faust bot ein kleines englisches Dorf wenig Raum.

Hinter dieser unerwarteten Pilgerfahrt stand die Hoffnung, daß er in dem Weiler Briantspuddle Antworten finden würde – daß irgendeine Spur von Jasmine Dents Übergang von der Kindheit ins Erwachsenenalter geblieben war.

Tunnelartig führte die Straße zwischen mannshohen Hekken hindurch, so wellig und gewunden wie ein Kaninchenbau. Gelegentliche Lücken in den grünen Mauern zeigten nichts weiter als die schlammigen Höfe vereinzelter Gehöfte. Kincaid hatte sich die Karte noch einmal angesehen, als er zu einem schnellen Mittagessen in Blandford Forum haltgemacht hatte, aber jetzt begann er sich doch zu fragen, ob er den letzten Wegweiser richtig gelesen hatte. Im selben Moment überquerte die schmale Landstraße einen Bach, machte plötzlich einen scharfen Rechtsknick und katapultierte ihn auf einen freien Platz. Weiße Häuser gruppierten sich um eine Straßenkreuzung, an der ein Schild mit der Aufschrift »Briantspuddle« stand.

Kincaid hielt an der Kreuzung an. Keine Kirche, kein Pub, kein Ort der Geselligkeit und des Austauschs, wie es schien. Das würde ihm die Arbeit erschweren. In der Hoffnung, doch noch einen Ort zu finden, an dem der Klatsch blühte, schlug er die westliche Abzweigung der Kreuzung ein.

Ein paar hundert Meter weiter stieß er wiederum auf eine Gruppe von Häusern, noch kleiner als Briantspuddle. Die Häuser hier waren nicht weiß, sondern in blassen Farben gestrichen. Aus einigen Kaminen stiegen dünne Rauchfäden auf, sonst aber schien dieser Weiler so verlassen zu sein wie der andere, größere. Ein Steinkreuz, in dessen Stamm eine madonnaähnliche Figur eingemeißelt war, schien die Häuser um sich zu scharen wie ein Prediger seine Gläubigen.

Kincaid hielt den Wagen an und stieg aus. Der Regen war schon früher in einen feinen Sprühregen übergegangen, und nun hatte er ganz aufgehört. Kincaid ging um das Kreuz herum und musterte die ungewöhnliche Konstruktion. Es erinnerte ihn an ein traditionelles Marktkreuz, aber irgendwie hatte es etwas sehr Modernes. Vorn, am Fuß des Stamms, stand die Madonna gebückt unter einem spitzgiebeligen Dach. Hinten schien etwa auf halber Höhe der Säule eine größere, nicht erkennbare Figur zu schweben. Um den rechteckigen Sockel des Kreuzes zog sich eine Inschrift, und Kincaid las sie, während er noch einmal um das Kreuz herumging. »Fürwahr es ist die Sünde Quell all dieses Schmerzes. Aber alles wird gut werden und alles wird gut werden und alle Dinge jeglicher Art werden gut werden.«

Kincaid kehrte zum Wagen zurück und drehte um. Als er wieder in Briantspuddle war, lenkte er den Midget an den Straßenrand und schaltete den Motor aus. Er stieg aus, streckte sich und hatte das Gefühl, die kühle Luft lege sich wie ein Gewand auf seine Haut. Erfrischt von der kühlen Stille, holte er einmal tief Atem.

Ein schwaches rhythmisches Geräusch durchbrach die Stille, und Kincaid drehte sich langsam herum, um nach seiner Quelle zu suchen. Hinter einer Hecke aus blühenden Pflaumenbüschen und gelben Forsythien bewegte sich etwas. Kincaid ging einige Schritte näher und sah zuerst einen grauen Kopf, dann, noch etwas näher, eine ältere Frau, die im Gras kniete und mit einer kleinen Hacke ihr Blumenbeet jätete.

Sie blickte auf, ohne Überraschung zu zeigen, und lächelte ihm zu. »Das muß man ausnützen«, sagte sie und wies mit dem Kopf zu den tiefhängenden grauen Wolken. »Lang wird das nicht halten.« Sie sprach kultiviert, mit einem nur leisen Anklang regionalen Dialekts.

Kincaid schob seine Hände in die Taschen und lächelte sein gewinnendstes Lächeln. »Eine hübsche Rabatte.« Bei näherem Hinsehen entdeckte er, daß die Frau recht hinfällig wirkte, sicherlich schon über achtzig war. Sie hatte einen Tweedrock an und dazu ein Twin-Set unter einer alten Öljacke. Das dünne graue Haar hatte sie auf dem Kopf zu einem ordentlichen Knoten gedreht, und an den Füßen hatte sie nicht die erwarteten soliden Straßenschuhe, sondern neonfarbene Turnschuhe aus Kunststoff.

Sie sah ihn stirnrunzelnd an, während sie seine Bemerkung erwog, und schüttelte schließlich den Kopf. »Nein, Sie müssen das hier sehen, wenn der Rhododendron blüht. Dann sieht es großartig aus. Das hier«, sie wies mit ihrer Hacke auf die Stiefmütterchen und Narzissen im Beet, »ist nur die Eröffnung des Schauspiels.«

Kincaid lächelte diesmal ehrlich. Ihre ernsthafte Art gefiel ihm. Die Hände in den Gartenhandschuhen auf ihre Knie gestützt, sah sie zu ihm auf, und Kincaid kam zu dem Schluß, daß sie eine sehr schöne Frau gewesen sein mußte. Neugier spiegelte sich in ihren Augen, als sie ihn jetzt forschend betrachtete.

»Sind Sie auf der Durchfahrt?« fragte sie und fügte hinzu: »Was für eine dumme Frage! Von Briantspuddle führt kein Weg irgendwohin.«

»Nein, nicht direkt. Leben Sie schon lange hier?«

»Kommt darauf an, was man lang nennt. Seit vor dem Krieg. Da hatte Briantspuddle seine Hochzeit, wissen Sie.

Ernest Debenham, der Kaufhauskönig, beschloß, aus dem Ort ein Modelldorf zu machen. Diese Häuser hier hat er entweder bauen oder restaurieren lassen.« Sie zog kokett eine Braue hoch. »Sie wissen doch wohl, von welchem Krieg ich spreche, junger Mann?«

»Also, vom ersten bestimmt nicht. Den haben Sie sicher nicht erlebt.«

»Jetzt schmeicheln Sie mir aber.« Mit einem Ächzen versuchte sie aufzustehen, und Kincaid reichte ihr eine helfende Hand. Sie nickte zum Dank.

»Erinnern Sie sich an eine Frau namens May Dent?«

Sie sah ihn überrascht an. »May? Aber natürlich. Wir waren jahrelang Nachbarinnen. Sie hat gleich da über der Straße gewohnt.«

Kincaid drehte den Kopf. Das Haus stand etwas zurückgesetzt von der Straße am Ende eines von Sträuchern eingefaßten Wegs. Keine Blumen lockerten seine schwarz-weiße Strenge auf; die hohen Fenster unter dem strohgedeckten Dach blickten blind in die Landschaft und verliehen dem Haus etwas Geheimnisvolles.

Er nahm seinen Dienstausweis heraus und hielt ihn der verwunderten Frau hin. »Mein Name ist Duncan Kincaid.«

Mit zusammengezogenen Brauen blickte sie von dem Ausweis zu seinem Gesicht auf. »Nach so einem hohen Tier sehen Sie gar nicht aus.«

Kincaid lachte. »Besten Dank.«

Errötend sagte sie: »Ich sehe schon, ich benehme mich wie ein alte Idiotin, die sich einbildet, jeder der jünger als sechzig ist, gehört noch gewindelt. Ich bin übrigens Alice Finney.« Sie bot Kincaid die Hand, und der nahm sie und war sich bewußt, wie leicht, beinahe gewichtslos sie in der seinen lag.

»Mrs. Finney, erinnern Sie sich an die Nichte und den Neffen May Dents, die aus Indien kamen und dann bei ihr im Haus lebten?«

Sie warf ihm einen konsternierten Blick zu. »Aber natürlich erinnere ich mich an Jasmine und Theo. So klar wie an meinen eigenen Namen. Aber das ist dreißig Jahre mindestens her. Wieso fragen Sie mich heute nach ihnen?«

Kincaid holte kurz Atem und bemühte sich um den richtigen Ansatz. »Es handelt sich...«

Alice Finney schüttelte den Kopf. »Nein, nein.« Sie wies mit einer Kopfbewegung auf die toten Fassaden der Dorfhäuser. »Ich sehe schon, daß das nicht so nebenbei besprochen werden kann. Gehen wir lieber hinein. Ich mache uns eine Tasse Tee, und Sie können mir alles der Reihe nach erzählen, von Anfang an.«

»Ja, Mrs. Finney«, antwortete Kincaid so gehorsam wie ein Schuljunge und folgte ihr den Gartenweg hinauf.

Die Untertasse auf seinem Knie, führte Kincaid eine Tasse zum Mund, die aus so feinem Porzellan war, daß er fürchtete, allein sein Atem könnte sie zerbrechen. Draußen vor den Fenstern des Wohnzimmers hatte sich wieder grauer Dunst zusammengezogen, der die Farben der blühenden Sträucher und Blumen schluckte. Alice Finney kniete vor ihrem offenen Kamin und machte Feuer. Als Kincaid ihr helfen wollte, lehnte sie mit einer Handbewegung ab.

»Ich mache das seit fast fünfzig Jahren allein. Da werde ich es jetzt auch noch schaffen.«

Sie setzte sich ihm gegenüber in einen mit Brokat bezogenen Sessel, dessen Sitzfläche schon ein wenig schäbig war. Auf Kincaids fragenden Blick ergriff sie ihre Tasse und fuhr fort: »Mein Mann Jack und ich wären dieses Frühjahr fünfundfünfzig Jahre verheiratet gewesen. Er war Pilot. Er ist ein wenig ruhmreicher umgekommen als viele andere – in der Luft und nicht im Schützengraben. Aber ihm wird das wohl kaum ein Trost gewesen sein.« Sie lächelte plötzlich schalkhaft. »Ziehen Sie doch nicht so eine Leichenbittermiene, Mr. Kincaid. Um ehrlich zu sein, es gibt Tage, da kann ich mich nicht erinnern, wie er ausgesehen hat, so lange ist das alles her. Und in meinem Alter Erinnerungen nachzuhängen, ist nichts als Schwelgen in Sentimentalität. Erzählen Sie mir von Jasmine und Theo Dent.«

In der Wärme und Behaglichkeit des kleinen Wohnzimmers vergaß Kincaid seine sorgsam überlegten einführenden Worte. »Jasmine Dent war meine Nachbarin. Und meine Freundin. Sie hatte Lungenkrebs. Als sie starb, nahmen wir darum zunächst an, die Krankheit sei schneller fortgeschritten, als wir erwartet hatten.«

Alice Finney hörte ihm aufmerksam zu. Nicht einmal als sie von ihrem Tee trank, wandte sie den Blick von seinem Gesicht. Bei der Erwähnung von Jasmines Tod preßte sie kurz die Lippen zusammen.

»Dann erfuhren wir, daß Jasmine eine jüngere Freundin gebeten hatte, ihr beim Selbstmord zu helfen, aber in letzter Minute doch einen Rückzieher gemacht hatte. Ich ordnete eine Obduktion an.« Kincaid machte eine Pause, doch Alice unterbrach nicht. »Sie ist an einer Überdosis Morphium gestorben, und ich glaube nicht, daß sie sich die selbst verabreicht hat.«

»Warum nicht?«

Er zuckte die Achseln. »Ich könnte Ihnen eine Menge logischer Gründe aufzählen, aber um der Wahrheit die Ehre zu geben, mehr als alles andere ist es ein Gefühl. Ich glaube es einfach nicht.«

»Und darum sind Sie hierher gekommen.« Alice beugte sich ein wenig vor und nahm die Teekanne von dem kleinen ovalen Tisch, um ihnen beiden nachzugießen. »Ich sage Ihnen gern alles, was ich weiß.« Einen Moment lang schwieg sie, den Blick ins Leere gerichtet, während sie ihre Gedanken sammelte. Dann seufzte sie. »Es war von Anfang an eine ungute Geschichte. May Dent hätte niemals Kinder haben dürfen. Sie war nicht fähig, sie zu lieben. Ich muß allerdings sagen, ich glaube, mit Theo hat sie sich ehrlich bemüht. Sie war eine verbitterte Frau. Sie gehörte zu den Leuten, die ständig das Gefühl haben, im Leben zu kurz gekommen zu sein. Vielleicht hat sie ihren älteren Bruder mehr geliebt als gut für sie war. Damals allerdings«, Alice lächelte mit feiner Belustigung, »hat man natürlich über solche Dinge keine Spekulationen angestellt. Ganz gleich, sie hat ihre Schwägerin verachtet und kein gutes Haar an ihr gelassen.«

»Und Jasmine?« Kincaid stand auf, ging zum Kamin und bestreute das Feuer mit Asche.

»Jasmine muß May an ihre Mutter erinnert haben. Auf jeden Fall konnten die beiden vom ersten Moment an nicht miteinander. Und Jasmine – Jasmine war schwierig. Ich hatte zu unterrichten aufgehört, als die Dorfschule geschlossen wurde, aber ich hatte noch Verbindungen, Zugang zum Klatsch, könnte man sagen.«

»Sie waren die Dorflehrerin?« Kincaid stellte sich eine jüngere Alice vor, die ihre Schützlinge mit dem ihr eigenen sanften Humor führte.

»Ich hatte zwei Kinder, die ich allein großziehen mußte, und weder das Geld noch die Neigung, untätig herumzusitzen«, sagte sie sachlich. »Jasmine«, fuhr sie fort, als hätte er sie nicht unterbrochen, »war nicht beliebt. Sie wurde zwar nicht gerade geschnittten, aber sie paßte nicht ins Schema; die anderen Kinder fühlten sich in ihrer Gegenwart unbehaglich.« Alice machte eine kleine nachdenkliche Pause. »Jasmine war ein sehr schönes junges Mädchen. Aber anders. Die anderen wußten nicht, wie sie mit ihr umgehen sollten. Ich selbst habe versucht, mich mit ihr anzufreunden – ich dachte, sie brauche vielleicht einen Menschen, dem sie sich anvertrauen könne, und May wäre da sicher nicht die Richtige gewesen –, aber sie ging auf meine Bemühungen nicht ein. Sie war von einer Zurückhaltung, einer Verschlossenheit, die man nicht durchdringen konnte.«

Kincaid nickte. »Und Theo? Paßte der sich besser an?«

Alice lehnte sich in ihrem Sessel zurück und streckte die Beine zum Feuer aus. Kincaid vermerkte, daß die Fesseln über den gepolsterten Turnschuhen immer noch schlank und zierlich waren.

»Ja, ich denke, man könnte sagen, daß Theo weniger Anpassungsschwierigkeiten hatte. Zunächst einmal sah er schon viel mehr wie ein Engländer aus. Seinen Kolonialakzent legte er im Handumdrehen ab. Jasmine, könnte ich mir vorstellen, hat ihn wohl nie ganz verloren?« Alice sah Kincaid fragend an. »Sie hatte diese sehr präzise Aussprache und das leichte Singen, das man bei vielen Leuten hört, die die Hindustanidialekte sprechen.«

»Nein, sie hat ihn nie ganz abgelegt. Im Lauf ihrer Krankheit ist er sogar wieder deutlicher hervorgetreten.« Kincaid wurde sich bewußt, daß eben Jasmines Stimme ihn angezogen hatte – neben ihrer Intelligenz und ihrem beißenden, trockenen Humor.

»Theo hat sich mit den Kindern angefreundet oder wurde wenigstens geduldet. Und May hat ihn anfangs ein wenig verhätschelt. Er war ja auch erst zehn, als sie hier ankamen. Ein richtiges Kind noch. Er hatte immer so was von einem armen kleinen Hündchen an sich, das jeden Moment einen Fußtritt erwartet.«

»Und als die beiden älter wurden?«

»Eines hat mich immer gewundert«, sagte Alice. »Daß Jasmine es überhaupt so lange hier ausgehalten hat. Ich vermute, sie ist aus Verantwortungsgefühl Theo gegenüber geblieben. Sie fühlte sich als seine Beschützerin und war sehr eifersüchtig auf May. Ganz besonders als Theo die ersten Dummheiten machte.«

»Dummheiten? Theo?« Kincaids Interesse war geweckt. Er richtete sich auf.

Alice wiegelte ab. »Ich glaube nicht, daß er irgend etwas aus

Bosheit getan hat. Er war einfach einer von diesen Jungen, die ein Talent dafür haben, in schlechte Gesellschaft und eine Patsche nach der anderen zu geraten. Immer war er zur falschen Zeit am falschen Ort. Sie wissen, was ich meine.«

Kincaid lächelte. »Das habe ich schon ein-, zweimal gehört, ja. Und wie hat May auf Theos kleine Eskapaden reagiert?«

»Anfangs hat sie ihn in Schutz genommen, aber nachdem Jasmine fortgegangen war, leistete er sich schlimmere Dinge als Spritztouren in fremder Leute Autos.« Alice beugte sich vor und nahm sich einen Keks vom Teller. »Schokoladenplätzchen. Mein einziges Laster«, bemerkte sie entschuldigend. »May sprach eines Tages nicht mehr davon, daß sie ihn auf die Universität schicken würde. Das war sowieso von Anfang an eine Illusion gewesen. Er war für ein Studium viel zu schlecht in der Schule.«

»Wissen Sie, warum Jasmine damals weggegangen ist?« fragte Kincaid.

»Nein. Aber ich habe mir natürlich meine Gedanken gemacht. Eines Tages hat sie einfach ihre Stellung aufgegeben und ist verschwunden. Buchstäblich von einem Tag auf den anderen. May war außer sich. Nannte sie ein undankbares kleines Luder, und das waren starke Worte für May. Dabei hatte sie von dem Moment an, als Jasmine aus der Schule kam, nichts anderes getan, als sich über sie zu beschweren. Was für eine Last sie sei, wie sehr sie sich wünsche, sie würde endlich ausziehen – und das, obwohl Jasmine einen Teil ihres Gehalts abgab, nachdem sie eine Stellung gefunden hatte. Außerdem war May ja keine arme Frau, sie hätte es sich leisten können, für Jasmine zu sorgen.«

»Man hätte also meinen sollen, May wäre heilfroh gewesen, Jasmine endlich los zu sein.«

»Genau. Aber das war typisch für May. Nie war sie zufrieden, und schon gar nicht dann, wenn sie bekam, was sie wollte.« Alice starrte ins Feuer, und Kincaid wartete schweigend. »Trotzdem ... da war was. Ich hätte es als bösartigen Klatsch abgetan und nicht mehr darüber nachgedacht, wenn Jasmine nicht so bald danach verschwunden wäre.«

»Ein Gerücht?«

»Ja ... Jasmine zöge mit diesem Jungen aus Bladen Valley herum, der nicht ganz richtig war. Sind Sie durch Bladen Valley gekommen?« Sie wies mit dem Arm nach Westen. »Das war auch so ein Experiment. Das Dorf wurde im Ersten Weltkrieg gebaut, allerdings für die Landarbeiter. Ein passender Ort für ein Kriegerdenkmal, finde ich.«

»Ach, das ist ein Kriegerdenkmal, dieses große Steinkreuz?«

Alice nickte. »Von einem Bildhauer namens Eric Gill. Es soll eine gewisse heilige Juliana darstellen, eine Mystikerin des fünfzehnten Jahrhunderts. Ich habe leider nie entdeckt, was sie mit dem Krieg zu tun hatte.«

»Mrs. Finney«, sagte Kincaid, um sie wieder zum Thema zurückzuführen. »Was fehlte dem Jungen?«

»So genau weiß ich das nicht. Er war nicht zurückgeblieben. Eher labil, geistig krank vielleicht. Er hatte angeblich eine Neigung zu plötzlichen Gewaltausbrüchen, wenn es stimmt, was die Leute sich erzählen. Aber das ist alles so lange her.« Sie seufzte.

»Ich habe Sie ermüdet«, sagte Kincaid augenblicklich zerknirscht. »Verzeihen Sie mir.«

»Nein, nein, das ist es nicht.« Alice Finney richtete sich auf, und ein Teil ihrer Lebhaftigkeit kehrte zurück. »Ich ärgere mich über mich selbst, wenn ich ehrlich sein soll, weil ich mich nicht an den Namen dieses Jungen erinnern kann. Ich hasse es, wenn ich merke, daß mir die Dinge nicht mehr einfallen – ich komme mir dann so alt vor.« Sie lächelte. »Was ich doch gar nicht bin.«

»Natürlich nicht«, stimmte Kincaid zu.

»Und es gibt keine Angehörigen. Die Mutter gab den Jungen in ein Heim. Nicht lange nachdem Jasmine verschwunden war, glaube ich. Sie selbst ist jetzt seit gut fünfzehn oder zwanzig Jahren tot. Und sonst hat er keine Familie gehabt, soviel ich weiß.«

»Was wurde aus Theo, nachdem Jasmine fortgegangen war?«

»Er hat die Schule fertiggemacht, wenn ich mich recht erinnere, aber danach ist er nie richtig auf die Beine gekommen. Er fand keine Arbeit und geriet in immer schlimmere Geschichten. Dann starb May eines Tages. Sie bekam eine Lungenentzündung und war innerhalb von Tagen tot. Jasmine ist nie wieder hierher gekommen, nicht einmal zur Beerdigung, und nachdem Mays Angelegenheiten geregelt waren und das Haus verkauft, ist auch Theo verschwunden. Ich habe nie wieder ein Wort von den beiden gehört, bis heute.«

»Wissen Sie, ob May ihnen etwas hinterlassen hat?«

»Sie muß ganz schön was auf der Seite gehabt haben. Sie war ja entsetzlich knausrig. Sie ist mit ihrem Erbe offenbar weit besser umgegangen als ihr Bruder mit seinem, aber ich habe keine Ahnung, wie sie es zwischen den Kindern aufgeteilt hat – andere Verwandte waren nicht da. Aber sie kann ihr Geld auch einem Heim für herrenlose Katzen hinterlassen haben. Ich habe keine Ahnung.« Sie schwieg einen Moment. Dann sah sie Kincaid an. »Sie können es bei dem Anwalt in Blandford Forum versuchen.«

»Bei dem Jasmine damals gearbeitet hat? Gibt es den noch?«

»Er war damals der einzige hier in der Gegend, da hat er natürlich Mays Angelegenheiten betreut. Der alte Mr. Rawlinson ist inzwischen gestorben, und der Sohn wird sich vielleicht nicht an Jasmine erinnern, aber es könnte einen Versuch wert sein.«

Kincaid stand auf. »Sie haben mir wirklich sehr geholfen. Es tut mir leid, daß ich Sie so lange belästigt habe.«

»Unsinn.« Sie stand ebenfalls auf, lehnte es ab, sich dabei von

Kincaid helfen zu lassen. »Glauben Sie denn, ich habe noch etwas Besseres zu tun, als mit einem gutaussehenden jungen Mann, der sich für alles, was ich zu sagen habe, brennend interessiert, Tee zu trinken? Das ist der Traum jeder alten Frau, mein Junge.«

Kincaid verspürte plötzlich das Verlangen, etwas zu tun, was sich gar nicht gehört und gar nicht dem englischen Wesen entspricht. Er legte ihr leicht die Hände auf die Schultern und sagte: »Sie sind eine hinreißende Frau. Ihr Mann war ein Glückspilz, und wenn ich ein paar Jährchen älter wäre, Alice Finney, würde ich Sie heiraten.« Er neigte sich zu ihr hinunter und küßte sie auf die Wange, deren Haut so weich war wie die Lippen eines jungen Mädchens.

Blandford Forum war, wie Alice ihm erzählt hatte, im Jahr siebzehnhunderteinunddreißig fast bis auf die Grundfesten niedergebrannt. Das Feuer war im Haus des Kerzenziehers ausgebrochen und rasch von einem strohgedeckten Dach zum nächsten übergesprungen. So tragisch der Brand für die Menschen damals gewesen sein mußte, Blandford Forum hatte davon profitiert, es war als ein Juwel georgianischen Baustils wiederauferstanden. Die Kanzlei Rawlinson & Söhne hatte ihre Büroräume in dem georgianischen Haus am Marktplatz soweit die Dorfbewohner zurückdenken konnten.

Kincaid, der durch das Milchglas der inneren Tür spähte, konnte nur verschwommene Schemen erkennen. Er zog die Tür auf und trat in einen ganz gewöhnlichen Empfangsraum mit Sesseln für wartende Mandanten und einem Schreibtisch, an dem eine Empfangsdame saß.

Sie drehte sich von ihrer Schreibmaschine weg und fragte ihn lächelnd: »Guten Tag. Kann ich Ihnen behilflich sein?«

»Äh ... das weiß ich selbst nicht so genau, um ehrlich zu sein. Ist Mr. Rawlinson zu sprechen?«

»Der ist heute nachmittag bei Gericht.« Sie sah auf ihre Uhr und fügte hinzu: »Und es wird leider auch noch eine Weile dauern. Möchten Sie vielleicht einen Termin vereinbaren?«

Sie fügte taktvollerweise, dachte Kincaid, nicht hinzu, daß jeder Idiot von vornherein einen vereinbart hätte. Auf dem Namensschild auf dem Schreibtisch stand »Carol White«, ein gut englischer Name. Er paßte zu ihr: Mitte Vierzig, gute Figur, ein offenes, sympathisches Gesicht, prachtvolles, schulterlanges, kastanienbraunes Haar – in einigen Jahren würde sie langsam zur Matrone werden, jetzt jedoch war sie noch sehr attraktiv.

»Ist das der junge Mr. Rawlinson?«

Sie starrte ihn an, perplex, aber weiterhin höflich. »Der alte Mr. Rawlinson ist schon vor zehn Jahren gestorben. Sie sind offensichtlich nicht von hier?«

»Nein, aus London.« Kincaid holte seinen Dienstausweis heraus und zeigte ihn ihr.

»Oh!« Sie bekam große Augen, als sie den Ausweis sah. Dann blickte sie zu ihm auf. »Na so was! Und was will Scotland Yard von uns?«

Kincaid beeilte sich, sie zu beruhigen. »Nur einige sehr verstaubte Informationen. Halten Sie es für möglich, daß Mr. Rawlinson sich an ein junges Mädchen erinnert, das vor fast dreißig Jahren eine Weile hier in der Kanzlei gearbeitet hat? Ihr Name war Jasmine Dent.«

Carol White starrte ihn an, dann sagte sie langsam: »Nein. Mr. Rawlinson war zu der Zeit noch im Internat. Aber ich erinnere mich an sie. Ich erinnere mich an Jasmine.«

Unaufgefordert zog sich Kincaid einen der Besucherstühle zum Schreibtisch heran und setzte sich. »*Sie* erinnern sich an sie?«

Noch immer etwas zögernd sagte sie: »Ich weiß, es ist ziemlich albern, aber ich gebe einfach nicht gern zu, wie lange ich schon hier sitze. Ich habe direkt nach der Schule hier angefangen, genau wie Jasmine. Sie war nur ein paar Jahre älter als ich.«

»Mr. Rawlinson brauchte zwei Sekretärinnen?«

»Könnte man sagen.« Sie lächelte. »Mr. Rawlinson hatte ein Faible für hübsche junge Mädchen, und das waren wir beide, auch wenn Sie mich jetzt vielleicht für eingebildet halten.« Sie hob abwehrend die Hand, als Kincaid etwas einwerfen wollte, und fügte hinzu: »Ich will damit auf keinen Fall sagen, daß er es wirklich auf junge Mädchen abgesehen hatte – soviel ich weiß, hat er nie etwas dergleichen versucht –, aber er sah sich gern als flotter Draufgänger. Und da er uns damals das absolute Minimum bezahlte, konnte er sich eben zwei junge Mädchen leisten.«

Kincaid, der sich neben Carols Schreibtisch niedergelassen hatte, entdeckte jetzt, daß das, was er für ein Kleid gehalten hatte, in Wirklichkeit ein lässiges Hemd war, zu dem sie schwarze Leggins trug und hochhackige Schuhe. Als sie seinen beifälligen Blick sah, lachte sie.

»Diesen Schick habe ich meiner Teenager-Tochter zu verdanken, die es auf den Tod nicht leiden kann, wenn ihre Mutter wie eine gediegene Spießerin daherkommt. Dann wurde sie ernst und sagte: »Nein, ich glaube, Mr. Rawlinson hatte von Anfang an vor, mich als Nachfolgerin von Jasmine anzulernen. Sie muß ihm genau wie allen anderen klipp und klar gesagt haben, daß sie nicht die Absicht hatte, länger als unbedingt nötig in diesem Nest zu bleiben. Jasmine war unheimlich ehrgeizig. Was ist aus ihr geworden, Mr. Kincaid? Ist sie eine erfolgreiche Karrierefrau? Ich konnte sie mir nie als Hausfrau und Mutter vorstellen. »Nein, sie hat auch nie geheiratet. Und sie war recht erfolgreich. Sie war Abteilungsleiterin bei der Baubehörde in London.«

»War?« fragte Carol betroffen. »Dann ist sie –«

»Sie hatte Krebs.«

»Oh, das tut mir leid.« Ihr kamen die Tränen, und sie

schüttelte den Kopf. »Gott, wie blöd von mir. Wir waren ja nicht einmal richtig befreundet, ich habe seit Jahren nicht mehr an sie gedacht – aber wissen Sie, immer wenn ich höre, daß einer der Menschen gestorben ist, mit denen ich aufgewachsen bin, trifft mich das mitten ins Herz.« Sie schlug sich mit der Faust auf die Brust, griff dann in ihre Schreibtischschublade, um ein Papiertuch herauszuholen, und schneuzte sich. »Wahrscheinlich weil es mich an meine eigene Vergänglichkeit erinnert. Wenn es anderen geschehen kann, dann kann es auch einem selbst geschehen.«

»Ich weiß genau, was Sie meinen«, sagte Kincaid und dachte an seine eigene Reaktion nicht nur auf den Tod von Menschen, die er kannte, sondern auch auf den Fremder – dieses quälende Gefühl des Verlustes, das er niemals ganz in den Griff bekam. »Aber ich verstehe nicht.« Sie wischte sich ein letztes Mal die Augen, warf das Taschentuch in den Papierkorb unter ihrem Schreibtisch und faßte sich wieder. »Warum fragen Sie nach Jasmine?«

Kincaids Antwort war noch knapper als die, die er Alice Finney gegeben hatte, doch sie nickte, offensichtlich zufrieden. Jahrelange Tätigkeit in einer Anwaltskanzlei hatte sie zweifellos Diskretion gelehrt.

»Sie sagten eben, Sie seien nicht einmal richtig befreundet gewesen.«

»Wir haben natürlich miteinander geschwatzt, wie das alle in einem Büro tun, über Dinge, die in der Kanzlei vorgingen, und wem Mr. Rawlinson in der letzten Woche am häufigsten den Hintern getätschelt hatte. Aber es war eigentlich immer Gequassel. Sobald es persönlich wurde, klappte Jasmine den Mund zu und wurde stumm wie ein Fisch.« Carol schwieg einen Moment und krauste nachdenklich die Stirn. »Manchmal – manchmal hatte ich das Gefühl, Jasmine hätte nie eine Freundin gehabt und wüßte auch gar nicht, was sie mit einer anfangen sollte.«

»Und woher kam Ihr Eindruck, daß sie ehrgeizig war?«

»London. Das war das einzige, wovon sie ständig geredet hat. Sie hat jeden Penny gespart, hat sich ihr Mittagbrot von zu Hause mitgebracht, hat sogar abends noch Kinder gehütet, um sich etwas dazuzuverdienen. Ich erinnere mich, daß sie mit ihrer Tante überhaupt nicht zurechtgekommen ist. Kincaid lächelte. »Ja, das kann man wohl sagen.« Er kam auf ihre frühere Bemerkung zurück. »Wenn Jasmine so sparsam war, ist sie wohl auch nicht ausgegangen? Man sollte doch meinen, daß es für ein hübsches Mädchen dieses Alters in einem Ort dieser Größe genug zu unternehmen gibt.«

Carol schüttelte den Kopf. »Ich habe sogar ein paarmal versucht, sie mit einem Freund meines Freundes zusammenzubringen, aber das hat sie überhaupt nicht interessiert.«

»Hat sie über Männer gesprochen? Halten Sie mich bitte nicht für einen alten Chauvi, aber solche Gespräche sind in dem Alter doch natürlich.«

»Ich weiß, daß *ich* von nichts anderem geredet habe«, erwiderte Carol lachend. »Das muß ganz schön nervig gewesen sein. Aber Jasmine – nein, ich kann mich nicht erinnern.« Einen Moment lang starrte sie ins Leere, und Kincaid wartete. »Aber irgendwas hat's gegeben. In den letzten zwei Monaten, bevor sie ging, war sie verändert – sie hatte so einen Ausdruck im Gesicht, wissen Sie. Wie die Katze, die den Kanarienvogel gefressen hat. Manchmal habe ich direkt erwartet, daß sie sich den Schnurrbart putzen würde.«

»Aber sie hat Ihnen nie etwas erzählt?«

Diesmal hatte ihr Kopfschütteln etwas Wehmütiges. »Nein. Tut mir leid.«

»Und als sie ging? Hat sie Ihnen da vorher etwas gesagt?«

»Nein, ich war so überrascht wie alle anderen. Sie kam an dem Tag nur kurz in die Kanzlei, legte ihre Kündigung auf den Tisch, räumte ihren Schreibtisch aus und ging. Mr. Rawlison war begeistert, das können Sie mir glauben.

»Haben Sie später einmal von ihr gehört?«

»Kein Wort. Aber immerhin hat sie mir an dem Tag auf Wiedersehen gesagt und alles Gute gewünscht.«

Diesmal war es Kincaid, der schweigend und sinnend dasaß. Diese Räume hier, dachte er, hatten sich wahrscheinlich kaum verändert. Er stellte sich Jasmine auf dem Platz vor, auf dem Carol jetzt saß... Jasmines dunkles, fein geschnittenes Gesicht, das sich silhouettenhaft von der cremefarbenen Wand abhob. Was hatte sie veranlaßt, Hals über Kopf die Flucht zu ergreifen, ihre sorgfältig ausgearbeiteten Pläne über Bord zu werfen und ihren Bruder im Stich zu lassen?

»Haben Sie mal ihren Bruder Theo kennengelernt?« fragte er, seinen Gedankengang weiter verfolgend.

»Erst als die Tante starb und wir den Nachlaß regelten.« Sie zuckte mit den Achseln. »Viel war mit dem Jungen nicht los. Aber er war damals ja auch noch ein grüner Junge, erst siebzehn oder achtzehn Jahre alt. Das erklärt es wahrscheinlich.«

»Erklärt was?«

Carol White blickte auf ihre gefalteten Hände mit den pinkfarbenen lackierten Fingernägeln hinunter. »Ach, jetzt habe ich wahrscheinlich ein bißchen zuviel geredet. Das ist alles so lange her, und ich bin mir nicht sicher, woran ich mich wirklich erinnere. Ich glaube, Mr. Rawlison mußte alles erledigen, von der Beerdigung bis zum Verkauf des Hauses... Theo war nur noch ein Nervenbündel. Beinahe hysterisch. Das war sicher ganz natürlich, aber damals fand ich sein Verhalten merkwürdig – die meisten jungen Männer, die soviel Geld erben, daß sie auf eigenen Füßen stehen können, müssen sich schon bemühen, um Kummer zu zeigen.«

»Ich wußte gar nicht, daß May Dent so gut für Theo gesorgt hatte.«

»O doch, aber ich glaube, Jasmine hat das Geld bis zu seiner Volljährigkeit verwaltet.« Sie richtete sich auf und atmete einmal durch. Die Abruptheit ihrer Bewegungen verriet Kincaid, daß das Gespräch zu Ende war. »Mr. Rawlinson wird bald zurückkommen. Möchten Sie warten?«

»Nein, danke. Ich glaube, Sie haben mir weit mehr gesagt, als ich von ihm je erfahren könnte.« Kincaid stand auf und stellte den Stuhl wieder an seinen Platz. Dann reichte er Carol White die Hand.

»Es tut mir leid um Jasmine«, sagte sie.

»Danke«, erwiderte er ernst, und sie lächelte, und das Unbehagen wich aus ihrem Gesicht.

»Mr. Kincaid«, rief sie, als er schon an der Tür war. Er drehte sich herum. »Was ich vorhin gesagt habe, daß ich seit Jahren nicht mehr an Jasmine gedacht habe, stimmt nicht. Ich habe sie beneidet und mir vorgestellt, was für ein aufregendes Leben sie führt, während ich hier sitze und Tag für Tag das gleiche tue. Ich kam mir immer wie ein Feigling vor.« Beinahe unmerklich hob sie die Schultern. »Aber vielleicht habe ich gar nicht so schlecht gewählt.«

13

Gemma ließ den Wagen in der Garage des Yard und fuhr mit der U-Bahn zur Tottenham Court Road. In London mit dem Auto durchzukommen, war schwierig genug, für kurze Strecken den Wagen zu nehmen, war schlicht Wahnsinn.

Der Heimpflegedienst, dessen Adresse Felicity Howarth ihnen angegeben hatte, hatte seinen Sitz in einem Haus, das zwischen einem indischen Restaurant und einer Reinigung eingeklemmt war. Gemma krauste die Nase, als die Küchendünste aus dem Restaurant sie erreichten – ihr knurrte sowieso schon der Magen, und es dauerte mindestens noch eine Stunde, ehe sie auch nur ans Mittagessen denken durfte. Mit zusammengekniffenen Augen las sie die Namensschilder neben den Klingelknöpfen. Auf einer schmutzigen Geschäftskarte neben der Klingel für Wohnung 2B stand *Heimpflegedienst*.

Gemma, die bereits festgestellt hatte, daß die Haustür offen war, ging ohne zu läuten ins Haus und stieg die Betontreppe hinauf. Sie klopfte an die Tür von 2B und brauchte nicht lange zu warten, bis ihr geöffnet wurde.

»Ich hab' dir doch gesagt, daß ich –« Die Frau an der Tür brach plötzlich ab und starrte Gemma mit offenem Mund an. Als sie sich wieder ein wenig gefaßt hatte, lächelte sie verlegen und sagte: »Entschuldigen Sie. Ich dachte, es wäre mein Freund. Wir hatten gerade Krach. Was kann ich für Sie tun?«

Durch die offene Tür konnte Gemma direkt in das Wohnzimmer sehen. Die eine Seite des Zimmers war mit Sofa, Sesseln, Fernsehgerät entsprechend eingerichtet; die andere

Seite, mit Schreibtisch, Aktenschränken und Computer, diente offensichtlich als Büro.

»Bin ich hier richtig beim Heimpflegedienst?«

»Oh.« Die Stimme der Frau klang betroffen. »Ja, aber wir wickeln unsere Geschäfte größtenteils übers Telefon ab, deshalb habe ich nicht erwartet... wie Sie sehen können.« Sie zeigte auf ihre Jeans und die nackten Füße.

Gemma schätzte sie auf Mitte Vierzig, eine kräftige Frau mit einem sympathischen Gesicht und vollem braunem, mit Grau gesprenkeltem Haar.

»Mein Name ist Gemma James.« Gemma zeigte ihren Dienstausweis. »Wir ermitteln rein routinemäßig im Todesfall einer Ihrer Patientinnen, einer Miss Jasmine Dent.«

Die Frau wurde blaß. »Ach, du lieber Gott.« Sie sah über ihre Schulter nach rückwärts, als suche sie Unterstützung und wandte sich dann wieder Gemma zu. »Felicity hat mir von der Obduktion erzählt. Kommen Sie doch einen Moment rein.« Sie schloß die Tür und wies Gemma zum Sofa. »Mein Name ist übrigens Martha Trevellyan«, bemerkte sie nachträglich.

Gemma ließ sich auf dem Sofa nieder und kramte ihren Block heraus. Martha Trevellyan zog derweilen unter den Papieren auf ihrem Schreibtisch eine Packung Zigaretten hervor, zündete sich eine an und sagte, während sie das Streichholz löschte: »Ich weiß, was Sie denken. Krankenpfleger sollten nicht rauchen. Das ist ein schlechtes Beispiel, richtig? Tja, wenn ich mich nicht verzählt habe, habe ich bereits fünfzehnmal aufgehört, aber ich halte nie durch.«

»Ist der Heimpflegedienst Ihr Unternehmen, Miss Trevellyan?«

»Ja.« Die Frau setzte sich auf die Kante eines Sessels Gemma gegenüber. »Ich habe vor zwei Jahren als Krankenschwester aufgehört, weil ich mich selbständig machen wollte, um nicht mehr wie eine Wahnsinnige schuften zu müssen.« Sie lächelte mit leichter Selbstironie. »Aber sagen Sie mir, Sergeant – Sergeant ist doch richtig?« Gemma nickte. »Sagen Sie mir doch, worum es eigentlich geht. Wir stecken hier immer noch in den Anfängen. Der leiseste Verdacht von Nachlässigkeit könnte uns ruinieren.«

»Vielleicht könnten Sie mir zunächst einmal in aller Kürze erklären, wie Sie hier arbeiten.« Gemma wies mit einer Handbewegung zum Arbeitsbereich.

»Wir bekommen unsere Aufträge größtenteils durch Empfehlung. Das war von Anfang an so. Ich habe viele Jahre als Krankenschwester auf der Intensivstation gearbeitet, und die Ärzte, mit denen ich zusammengearbeitet hatte, empfahlen mich dann denen unter ihren Patienten, die Heimpflege brauchten.« Sie lehnte sich in ihrem Sessel zurück, begann sich im Gespräch über das ihr vertraute Thema offensichtlich wohler zu fühlen. »Ich habe eine Liste von Pflegern und Pflegerinnen, die Voll- oder Teilzeit für mich arbeiten können. Wenn sich ein neuer Patient bei uns meldet, vermittle ich eine Pflegerin und übernehme die Koordination, soweit nötig. Ich stelle den Patienten die Rechnung und bezahle dann meine Leute. Ganz einfach eigentlich.«

»Ideal«, sagte Gemma.

»Nur, daß gutes Pflegepersonal viel kostet. Meine Gewinnspanne ist daher ausgesprochen schmal.« Martha beugte sich vor und drückte ihre Zigarette in einem Aschenbecher aus. »Das Ritz ist das hier nicht gerade, wie Ihnen vielleicht aufgefallen ist. Ich brauche noch ein paar Jahre Glück und harte Arbeit, wenn ich mir ein Polster für meinen Lebensabend schaffen will.« Sie lächelte bei ihren Worten, aber die Besorgnis in ihren Augen war nicht zu übersehen.

Die Wohnung war klein und beengt, war makellos sauber, und die Möbel waren von guter Qualität, wenn auch recht konventionell im Stil.

»Für eine vorübergehende Situation ist es doch gar nicht so

übel«, meinte Gemma ebenfalls lächelnd und bemerkte, daß Martha Trevellyan sich noch ein wenig mehr entspannte. »Sagen Sie, Miss Trevellyan –

»Eigentlich ist es Mrs. – ich bin seit Ewigkeiten geschieden. Ich habe zwei Kinder allein großgezogen, aber jetzt sind sie beide aus dem Haus und mit der Ausbildung fertig, da konnte ich es mir leisten, ein Risiko einzugehen.« Sie wies mit dem Kopf zu ihrem Arbeitsbereich. »Nennen Sie mich doch einfach Martha. Dann fühle ich mich nicht so, als säße ich auf der Anklagebank.«

Gemma hatte nichts dagegen, dieser Bitte nachzukommen. Sie begegnete ihr häufig genug. Es schien die Kluft, die die Leute zwischen sich und der Polizei empfanden, zu verkleinern.

»Wie kam Jasmine Dent als Patientin zu Ihnen, Martha?«

»Auf Empfehlung ihres Arztes, wenn ich mich richtig erinnere. Ich kann in meinen Unterlagen nachsehen.« Nachdem sie sich eine neue Zigarette angezündet hatte, stand sie auf und trat zu einem der Aktenschränke neben ihrem Schreibtisch. Sie zog eine Schublade auf und fand nach kurzem Suchen eine Karte. »Ja, über Dr. Gwilym. Er ist Onkologe. Er hat mir schon eine ganze Reihe Patienten geschickt.«

»War an Jasmine Dents Fall irgend etwas Ungewöhnliches?«

Martha überlegte einen Moment und schüttelte dann den Kopf. »Nein, eigentlich nicht. Wenn diese Kranken zu uns kommen, besteht meist keine Chance mehr auf Remission. Sie war bei Felicity in guten Händen.« Auf Gemmas fragenden Blick fügte sie hinzu: »Felicity Howarth ist meine bester Pflegerin. Ich lasse ihr bei der Wahl ihrer Fälle praktisch freie Hand. Sie kann sich aussuchen, was für sie zeitlich und örtlich am günstigsten ist.« Nachdenklich fügte sie hinzu: »Natürlich spielt auch die persönliche Neigung eine Rolle. Das finden Sie bei jedem, der im Pflegefach tätig ist. Felicity kommt besonders gut mit Krebspatienten zurecht.«

»Hat sie sich auch Jasmine Dent ausgesucht?«

»Soweit ich mich erinnere, ja. Felicity arbeitete zu der Zeit besonders viel. Ich dachte, es würde ihr vielleicht zuviel werden, aber sie wollte den Fall unbedingt haben. Sie sagte, sie brauche das Geld.«

»Wissen Sie, warum?«

Martha zögerte, drückte ihre Zigarette aus, ehe sie antwortete. »Wissen Sie, mir ist gar nicht wohl dabei, wenn ich über persönliche Angelegenheiten meiner Angestellten spreche.«

Gemma wartete schweigend.

Schließlich sagte Martha seufzend: »Na ja, ich weiß eigentlich nicht, was daran so schlimm sein sollte. Felicity hat einen Sohn in einem privaten Pflegeheim. Er hat wohl in der Kindheit irgendeine Verletzung erlitten. Vielleicht sind die Kosten gestiegen. Das muß sie sowieso eine Menge kosten.« Dann setzte sie eine Spur angriffslustig hinzu: »Aber ich weiß natürlich nicht mit Sicherheit, ob sie das Geld tatsächlich dafür brauchte. Kann ja auch sein, daß sie auf eine Mittelmeerkreuzfahrt spart. Verdienen würde sie sie.«

Wer nicht, dachte Gemma, die sich bemühte, die immer stärker werdenden Hungergefühle ihres Magens zu ignorieren. »Noch eine Frage, Martha. Zu dem Morphium. Wäre es Jasmine möglich gewesen, genug Morphium zu sammeln, um sich das Leben zu nehmen?«

Sie sah die erneute Spannung in Martha Trevellyans Gesicht. »Schauen Sie, wenn ein Arzt einer tödlich kranken Patientin Morphium zur Selbstverabreichung in unbegrenzter Menge verordnet, haben wir im Grund keine Möglichkeit, die Verwendung des Medikaments zu überwachen. Miss Dent könnte höhere Dosen verlangt haben, aber in Wirklichkeit bei derselben Dosis geblieben sein. So etwas kommt vor. Häufiger, wenn wir einmal ganz ehrlich sein wollen, als wir gern zugeben. Aber was soll man tun? Ihnen auf die Finger klopfen? Die meisten tun es zur Rückversicherung, für den

Fall, daß die Schmerzen unerträglich werden sollten. Und in Jasmine Dents Fall wären die Schmerzen wegen der Lage des Tumors wahrscheinlich tatsächlich unerträglich geworden.«

Martha Trevellyans Bericht über Jasmines Behandlung und Zustand deckte sich mit dem Felicity Howarths, aber Gemma war immer noch neugierig.

»Wer ist für den Kauf der Medikamente für die Patienten zuständig?«

»Ich. Ich führe ein Tagebuch, und wer von den Medikamenten nimmt, trägt sich ein. Ich vergleiche regelmäßig die Krankenblätter der Patienten und die Eintragungen im Tagebuch.«

»Keine Diskrepanzen?« fragte Gemma.

»Nein«, antwortete Martha Trevellyan entschieden. Sie sah Gemma an. »Wie weit soll diese Untersuchung nun eigentlich gehen, Sergeant? Wirft man uns irgend etwas vor?«

»Felicity Howarth wird morgen bei der Leichenschau aussagen müssen. Über Jasmine Dents Behandlung und ihre seelische Verfassung. Was dann folgt –« Gemma zuckte die Achseln, »kommt auf das Urteil des Coroners an.«

»Davon hat sie mir nichts gesagt«, meinte Martha bestürzt. »Aber nun ja, so ist es eben – sie wollte mich wahrscheinlich nicht beunruhigen.« Einen Moment lang sah sie Gemma schweigend an. »Eines«, sagte sie dann, »verstehe ich nicht. Wieso vergeuden Sie und Ihre Mitarbeiter soviel Zeit an einen simplen Selbstmord? Sie haben doch bestimmt Wichtigeres zu tun.«

»Hat Felicity es Ihnen denn nicht gesagt?«

»Was?«

»Es besteht die Möglichkeit, daß bei dem Selbstmord Beihilfe geleistet wurde, und das ist ein Verbrechen. Oder aber es war kein Selbstmord, sondern Mord.«

Kincaid hatte nichts hören lassen, als Gemma ins Yard zurückkam. Sie schüttelte den Kopf, als sie an seinen morgendlichen Anruf aus dem Auto dachte. Dorset? Oft genug hatte er sie der Unüberlegtheit beschuldigt, aber sie konnte sich nicht erinnern, je aus einer Laune heraus quer durch England gebraust zu sein.

Sein Interesse für Jasmine Dents Vergangenheit schien sich zur Besessenheit zu entwickeln, und das machte ihr Sorgen. Er hatte kein Wort mit ihr über Jasmines Tagebücher gesprochen, seit sie ihm geholfen hatte, die Hefte in seine Wohnung hinaufzutragen. Hatte er in Jasmines früherem Leben einen Hinweis gefunden, oder trieb ihn nur krankhafte Neugier, das Bemühen, ein junges Mädchen wieder auferstehen zu lassen, das er nicht gekannt hatte? Gemma erinnerte sich an das Foto, das sie in Jasmines Kommode gefunden hatte, und hätte auch jetzt noch nicht sagen können, was sie davon abgehalten hatte, es ihm zu zeigen. Hatte sie es um seinet- oder um ihretwillen vorenthalten?

Sie hatte sich in Kincaids leeres Büro gesetzt, und die Stille gab ihr keine Antwort.

Jetzt setzte sie sich mit einem Ruck in Kincaids Sessel auf und schüttelte die für sie ganz ungewöhnliche Stimmung ab. Wahrscheinlich war es die Nachwirkung des Currygerichts, das sie zu schnell hinuntergeschlungen hatte. Sie hatte selbst Probleme genug, ohne sich auch noch die seinen aufzuhalsen. Sie würde jetzt den Bericht über das Gespräch dieses Morgens schreiben, und wenn Kincaid sich nicht meldete, bevor sie damit fertig war, würde sie vielleicht ausnahmsweise früher verschwinden können.

Nachdem sie Toby in Hackney abgeholt hatte, fuhr Gemma Richtung Leyton. So eilig sie es gehabt hatte, aus dem Büro zu kommen, so wenig verlockend schien ihr plötzlich die Aussicht auf einen langen Abend zu Hause.

Die Leyton High Street hatte sich seit ihrer Kindheit kaum verändert. Vor den Schaufenstern in den roten Backsteinhäusern gab es einige Eisengitter mehr; wo früher der Chinese gewesen war, war jetzt ein Grieche, das biedere Textilgeschäft, das Gemma in Erinnerung hatte, hatte jetzt neonfarbene Glitzer-T-Shirts im Fenster liegen – aber im wesentlichen war der Charakter der Straße derselbe geblieben. Leyton, das früher einmal ein selbständiges kleines Dorf gewesen war, war vor langer Zeit schon von dem Moloch London verschlungen worden, und nur die High Street erinnerte noch an seine ehemalige Identität.

Ihre Eltern hatten die Bäckerei in der High Street schon vor ihrer Geburt gehabt. Sie war in der Wohnung über dem Laden aufgewachsen, mit den Düften von frischem Brot, süßen Kuchen und herzhaften Fleischpasteten. Nach der Schule hatte sie oft im Laden mitgeholfen, und sogar jetzt noch spürte sie die Enttäuschung ihres Vaters darüber, daß keine seiner beiden Töchter ein Interesse daran hatte, das Geschäft einmal weiterzuführen.

Sie stellte ihren Wagen auf dem öffentlichen Parkplatz ab und ging das Stück bis zum Laden mit Toby, der alle paar Schritte einen Känguruhsprung einlegte, zu Fuß. Der Nieselregen, der fast den ganzen Tag gefallen war, hatte aufgehört, und auch Gemmas bis dahin recht trübe Stimmung lichtete sich jetzt ein wenig. Ihre Mutter stand noch hinter der Theke, als sie das Geschäft betraten, und hatte alle Hände voll damit zu tun, die Kunden zu bedienen, die noch in letzter Minute vor Ladenschluß hereingeschneit waren.

»Gemma! Wie schön! Toby, Schätzchen, komm, gib Granny ein Bussi. So ist es lieb.« Vi Walters wischte sich mit einer Hand über die schweißfeuchte Stirn und sagte zu Gemma: »Kannst du mir hier ein bißchen helfen, Kind? Es ist furchtbar hektisch heute abend.«

»Natürlich, Mama.« Gemma fand es immer wieder komisch, daß ihre Großeltern ihren Sprößling mit dem karottenroten Haar ausgerechnet Violet genannt hatte. Aus Violet war Vi geworden, so bald das Kind alt genug gewesen war, um selbst ein Wörtchen mitzureden, und dabei war es geblieben.

»Wo ist Dad?« fragte Gemma, als sie um die Theke herumkam und sich eine weiße Schürze umband. Toby steuerte schnurstracks den Korb mit den Spielsachen an, der extra für ihn und seine beiden kleinen Vettern hier unten stand.

»Hinten. Er schneidet das Brot für Mrs. Tibbit. Du bleibst doch zum Abendessen, Kind?«

Gemma nickte und bediente den letzten Kunden. Bei ihren Eltern gab es kein Ausweichen von der täglichen Routine – man schloß den Laden, aß zu Abend, sobald ihre Mutter das Essen auf den Tisch brachte, und machte es sich dann vor dem Fernsehapparat bequem. Gemma fand es sowohl aufreizend als auch anheimelnd.

Dieser Abend war keine Ausnahme. Eine halbe Stunde nach Ladenschluß saßen sie an dem roten Resopaltisch in der Küche und aßen Toast mit Butter, harte Eier und Kuchen, der mit Marmelade gefüllt war. An demselben Tisch hatte Gemma als Kind ihre Mahlzeiten eingenommen, und auch das Linoleum, auf dem sie ihre Milch verschüttet hatte, war noch dasselbe. Ihre Mutter steckte ihre ganze Zeit und Energie in den Laden, nicht in »die Innendekoration«, wie sie zu sagen pflegte. Der gute Ruf, den die Bäckerei weit und breit genoß, war der Lohn dieses Engagements, und sie und ihre Schwester, sagte sich Gemma, hatten im Grund nicht darunter gelitten. Ihre Schwester –

Schuldbewußt hielt Gemma inne und fragte: »Wie geht es Cyn?«

Ihre Mutter warf ihr diesen mißbilligenden Seitenblick zu, bei dem sie sich heute noch wie die schlimmste Sünderin fühlte. »Du kannst sie doch selbst anrufen. Oder hast du dir die Finger gebrochen?«

»Ich weiß ja, Mama.« Gemma seufzte. »Sag's mir trotzdem.«

»Du hast sie um ein Haar verpaßt. Sie war gestern abend mit den Kleinen hier. Der neue Salon scheint wirklich das Richtige zu sein. Sie hat schon die erste Gehaltserhöhung bekommen, und die Geschäftsführerin hat gesagt ...«

Aus langer Gewohnheit gab Gemma an den entsprechenden Stellen Geräusche von sich, die Interesse beweisen sollten, während sie in Gedanken ganz woanders war.

»Gemma, du hast mir überhaupt nicht zugehört.« Ihre Mutter sah sie scharf an, und die Gereiztheit auf ihrem Gesicht wich einem Ausdruck der Besorgnis. »Überhaupt warst du den ganzen Abend so still. Geht's dir nicht gut, Schatz?«

Gemma zögerte, hin und her gerissen zwischen ihrem Bedürfnis, ihr Herz auszuschütten, und ihrem Widerstreben, ihrer Mutter neue Munition zu liefern. Immer wieder hielt ihre Mutter ihr die Schwester, deren Ehe nicht in die Brüche gegangen war, als leuchtendes Beispiel vor Augen, obwohl Gemmas Meinung nach ihr Schwager keineswegs der Traummann war – im Gegenteil, er war ein notorischer Faulenzer, der statt zu arbeiten lieber stempeln ging.

Aber der innere Druck war zu groß. »Ich glaube, Rob ist abgehauen, Mama. Er hat schon seit Monaten kein Geld mehr für Toby geschickt, und ich weiß nicht, wie lange ich so, wie es jetzt ist, noch durchhalten kann.«

Anstatt zu antworten, ließ Vi Wasser in den elektrischen Wasserkochtopf laufen und nahm zwei Tassen vom Bord. »Setz dich. Wir trinken noch eine Tasse.«

Gemma hätte beinahe gelacht. Niemals nahm ihre Mutter eine Schwierigkeit in Angriff, ohne sich zuvor mit kräftigem, süßem Tee gestärkt zu haben. Aus dem Wohnzimmer hörte sie die Stimme ihres Vaters und Tobys helles Lachen, dann die Titelmusik zu *Coronation Street*. Ihre Mutter brachte ihr ein großes Opfer.

»Du hast versucht, ihn aufzustöbern?« fragte Vi, als sie sich Gemma gegenüber setzte und ihr eine Tasse zuschob.

»Natürlich. Ich sag' dir, er ist abgehauen, Mama. Er hat seine Arbeit gekündigt, keine Nachsendeadresse hinterlassen und auch keine Telefonnummer. Ich habe mit sämtlichen Leuten gesprochen, die etwas von ihm wissen könnten, aber gebracht hat es nichts.«

»Auch mit seiner Mutter?«

»Wenn sie etwas weiß, dann sagt sie's mir nicht, und schließlich ist es doch ihr Enkel, der leidet. Wie kann er uns das antun? Dieser gemeine Kerl!« Gemma spürte, wie ihre Kehle sich zusammenzog, hörte die Tränen in ihrer Stimme. Hastig trank sie von dem Tee, der noch so heiß war, daß sie sich den Mund verbrannte.

»Wie schlimm ist es, Gem?«

Gemma zuckte die Achseln. »Die Hypothekenzahlungen sind hoch, auch wenn das Haus nur eine Bruchbude ist. Auch so eine geniale Idee von Rob, diese Bude zu kaufen – wenn ich das Haus jetzt verkaufen muß, verliere ich alles. Aber die größte Belastung sind die Kosten für Tobys Betreuung. Es geht ja nicht nur um den Hort, sondern die Babysitter abends und an den Wochenenden, wenn ich arbeiten muß.«

Vi trank einen Schluck Tee. »Könntest du etwas Günstigeres finden?«

Gemma schüttelte heftig den Kopf. »Nein. Es ist schon bei dem jetzigen Preis nicht gut genug.«

»Gemma«, sagte Vi langsam, »du weißt, daß wir ihn jederzeit nehmen würden. Du brauchst es nur zu sagen.«

Sie sah ihrer Mutter in die Augen und senkte dann die Lider. »Nein, Mama, das kann ich nicht. Ich würde mich – ich kann einfach nicht.«

»Überleg es dir trotzdem noch einmal, Kind. Vielleicht nur als vorübergehende Notlösung.«

Es war ein verlockendes Angebot. Es wäre ein leichter

Ausweg, aber er würde einen Verlust an Eigenständigkeit bedeuten, den sie nicht einmal in Betracht ziehen wollte. Sie holte Atem und sah ihre Mutter lächelnd an. »Ich werde es auf jeden Fall im Kopf behalten, Mama. Vielen Dank.«

Es begann zu dämmern, als Kincaid den Nordring um die Stadt erreichte. Die Rückfahrt aus Dorset war ihm endlos erschienen. Nachdem er stundenlang seinen ewig sich im Kreis drehenden Gedanken nachgehangen war, empfand er das lärmende Gewühl des Londoner Verkehrs als willkommene Ablenkung.

Er bog von der belebten Ringstraße ab und fuhr quer durch das relativ ruhige Golders Green nach North Hampstead. Als er die Kreuzung von North End Way und Heath Street erreichte, wandte er sich impulsiv nach links. Die Spaniard's Road führte wie eine Brücke über die Höhe der sich langsam verdunkelnden Heide, isoliert und leer. Ein weißes Gesicht leuchtete im Licht seiner Scheinwerfer auf – ein einsam Wartender an einer Bushaltestelle –, dann war er auch schon auf dem Parkplatz des *Spaniard's Inn*. Als er den Wagen abstellte, öffnete sich die Tür des alten Pubs, und eine Flut von Licht, Wärme und appetitlichen Düften ergoß sich in die Nacht. Ein paar Minuten später nahm Kincaid mit einem Teller mit Wurst, Pommes frites und Salat und einem Glas Bier beladen an einem Zweiertisch Platz. Er setzte sich mit dem Rücken zur Wand, so daß er den Blick durch den Gastraum schweifen lassen konnte, während er aß. Er fühlte sich immer in der Rolle des Beobachters wohler als in der des Beobachteten, und das lebhafte Treiben rundherum gestattete ihm, seine Gedanken auf Wanderschaft zu schicken.

Hatte der heutige Tag ihn seinem Ziel, die wahre Jasmine Dent zu entdecken, näher gebracht? Fragmenthafte Bilder schossen ihm irrlichternd durch den Kopf: Jasmines Gesicht vom Fenster des Häuschens in Briantspuddle umrahmt;

Jasmine mit lose herabhängendem dunklem Haar, das ihr Gesicht verbarg, in der Kanzlei Rawlinson über die Schreibmaschine gebeugt; Jasmine, in den Kissen ihres Betts in Hampstead aufgerichtet, vergnügt lachend über irgendeine übertriebende Geschichte von ihm. Wenn er lange genug und tief genug grub, würden dann endlich all die kleinen Einzelteile ein zusammenhängendes Ganzes ergeben? Gab es so etwas wie eine klar abgegrenzte Persönlichkeit überhaupt? Konnte man je sagen, *dies* sei Jasmine gewesen, jenes aber nicht?

Er erkannte, daß die Melancholie und die innere Unruhe, die ihn seit seinem Aufbruch aus Dorset plagten, mit einem wachsenden Widerstreben zu tun hatten, Jasmines Tagebücher weiterzulesen. Alles, was er aus ihnen erfuhr, verstärkte das Bild einer ungemein verschlossenen, beinahe geheimniskrämerischen Person, und das Gefühl unbefugten Eindringens belastete ihn immer schwerer.

Er merkte plötzlich, daß er geistesabwesend zwei junge Mädchen anstarrte, die am Tresen zu essen bestellten. Die eine hatte orangefarbenes Stoppelhaar, die andere glattes blondes Haar, das ihr weit über die Schultern herabfiel. Beide trugen enge Stretchminiröcke, die ihnen kaum über den Po reichten, und hatten trotz des kühlen Abends keine Strümpfe an. Wahrscheinlich, dachte er, lieferte ihnen die Eitelkeit innere Hitze genug; was ihm Sorgen machte, war sowieso nicht die Möglichkeit, daß sie sich eine Erkältung holten, sondern daß er keine Ahnung hatte, wie lange er sie angestarrt hatte, ohne sie überhaupt wahrzunehmen. Er wurde anscheinend alt.

Der Anblick des langen blonden Haares des einen Mädchens löste die gewohnte Reaktion aus – einen vertrauten Schmerz, den er schon unterdrückt hatte, fast ehe er ihm bewußt wurde. Vic. Seltsam, Jasmine beinahe bis in ihre innersten Regungen zu kennen, während er bei seiner eigenen

Frau nie gewußt hatte, was sie dachte. Seine Beziehung zu Jasmine war auf eine perverse Weise intimer geworden als seine Ehe.

Kincaid schob den letzten Bissen Wurst und Pommes in den Mund. Widerstreben hin oder her, er würde jetzt nach Hause fahren und sich wieder über die Tagebücher setzen. Unmöglich, jetzt plötzlich aufzuhören, dem Leben nicht bis zu seinem Ende zu folgen. Ein innerer Drang, ein Zwang beinahe, trieb ihn.

Die Einträge, die Jasmines Umzug nach London folgten, erinnerten Kincaid über Monate hinweg an die Tagebücher, wie viktorianische Ehefrauen sie zu führen pflegten. »Vorhänge für die Wohnung gekauft. Zehn Pfund ausgegeben, um Küche mit dem Notwendigsten einzurichten. Hoffentlich reicht der Rest für die fixen Kosten.« Es folgte eine lange Unterbrechung, dann endlich begannen die Worte wieder zu fließen. Die Eintragungen waren undatiert, sporadisch, unzusammenhängend. Kincaid überflog Seite um Seite und hielt nur gelegentlich inne, um diesen oder jenen Eintrag genauer zu lesen.

»May ist tot. Wie Vater. Ich sollte wahrscheinlich irgend etwas empfinden, aber ich empfinde gar nichts. Nur Leere. Ob sie gewußt hat, daß sie sterben muß? Hat sie Angst gehabt oder war sie bis zum Ende so steif und unnahbar wie immer? Hat sie an mich gedacht? Hat es ihr leid getan?

Hätte ich sie gernhaben können, wenn ich mir mehr Mühe gegeben hätte?

Ich fahre nicht hin, auch für Theo nicht.«

»In dieser Stadt scheint die Einsamkeit aus den glatten, nassen Straßen zu wachsen, aus der Kälte ihrer Steine. Sein ganzes Leben könnte man hier verbringen, ohne erkannt oder wahrgenommen zu werden. Ich gehe Tag für Tag denselben Weg zur Arbeit, kaufe in denselben Läden ein, aber ich bin immer noch eine Fremde, nichts als ›Miss‹.

Die Wohnung empfängt mich mit ihrem Gestank nach altem Bratfett, wenn ich komme, und ich stecke gerade so viele Münzen in die Heizung, daß ich nicht erfriere. Manchmal träume ich, wenn ich einschlafe, von Indien. Ich träume dann, ich läge in meinem Bett in dem Haus in der Mohur Street und hörte unter meinem Fenster das Geschrei der Händler und Hausierer.«

»Nie hätte ich gedacht, daß May soviel Geld hat. Oder daß sie es uns zu gleichen Teilen vererben würde. Sie hat sich bemüht, gerecht zu sein, obwohl ihr Gefühl ganz anders war. Das muß ich ihr zugute halten.

Warum hat sie die ganzen Jahre so gespart? Sie hat gelebt, als könnte sie die Milch für den nächsten Tag nicht bezahlen, sie hat mir vorgehalten, sie könnte es sich nicht leisten, mich zu beherbergen, obwohl ich doch weiß Gott genug abgegeben habe, und dabei hatte sie die ganze Zeit das viele Geld auf der Bank. So was Geiziges!«

»Eine neue Wohnung in Bayswater, Erdgeschoß. Klein, aber sauber und sonnig. Hinten in dem winzigen Garten steht ein Pflaumenbaum, der gerade die ersten Blüten bekommt. Ich freue mich darauf, abends hierher nach Hause zu kommen, mir etwas Einfaches zu kochen, ein Glas Wein dazu zu trinken, alles genauso, wie ich es will. Zum erstenmal habe ich einen kleinen Funken Hoffnung, daß das Leben hier vielleicht doch nicht immer so grau und eintönig bleiben wird. Aber dann durchzuckt es mich, daß nur Mays Geld mir diese Veränderung ermöglicht hat. Ich habe es für die Anzahlung genommen, aber mehr gebe ich nicht davon aus. Ich werde von meinem Gehalt leben und das Kapital nicht angreifen.

Theo hat mich bereits um ein Darlehen gebeten. Ich kann nicht nein zu ihm sagen. Er erscheint mir immer so verloren.«

»Die Träume haben wieder angefangen. Ich bin schweißgebadet aufgewacht und konnte nicht wieder einschlafen. Letzte Woche habe ich wieder seiner Mutter geschrieben. Keine Antwort. Sonst kann ich niemanden fragen. Ich sollte es lassen. Ich weiß, daß ich es lassen sollte. Ich sollte aufhören, daran zu denken, mich zu erinnern, immer wieder zu schreiben.

Manchmal kommt es mir vor, als wäre das alles einer anderen geschehen, so fern ist es und so verwässert. Dann kommen die Träume.«

»Heute ist ein besonderer Tag. Mein erster Tag als stellvertretende Abteilungsleiterin in der Baubehörde. Das Gehalt ist nicht gerade überwältigend, aber es ist der erste Posten mit Aussicht auf Beförderung.«

Heute morgen bin ich eine Haltestelle früher aus dem Bus gestiegen und durch den Holland Park zu Fuß gegangen. Der Wind hat die Blätter auf den Wegen vor sich hergefegt, und die Leute zogen ihre Mäntel fest um sich und gingen mit gesenkten Köpfen, aber ich war wie in einer Euphorie, als gehörte mir der Park, die Stadt, ja, als gehörte mir sogar die Zeit und ich könnte sie ausdehnen so weit ich wollte.

Es war ein herrliches Gefühl, aber gleichzeitig stand ich neben mir und betrachtete dieses Erlebnis aus der Distanz und fragte mich, ob ich es festhalten, meinem Gedächtnis für immer würde einprägen können. Die Eindrücke verblassen so rasch. Schon jetzt hat der Moment an Intensität verloren, verwischt sich, und aus der Euphorie ist Wehmut geworden.«

»Alles, was er anfängt, wird zum Desaster. Diesmal war es ein Nachtlokal, absolut der letzte Schrei, garantiert ein Erfolg. Es war nur nicht ganz die richtige Gegend, oder es war nicht genug Geld da, um die kritische Anfangsphase zu überstehen, oder sein Geschäftspartner hat den ganzen Profit abgesahnt. Immer haben die Dinge irgendeinen Haken.

Ist es meine Schuld? Wenn ich damals nicht gegangen wäre ... er war nicht stark genug, um sich um May zu kümmern, als sie krank wurde. Sie ist in seinen Armen gestorben. Das wußte ich nicht. Theo hat mir erzählt, sie habe so angstvoll ausgesehen. Ich hätte für May nichts tun können, aber Theo wäre ich vielleicht eine Stütze gewesen.«

»Ich glaube, Theo nimmt Drogen. Wie soll ich mich verhalten? Soll ich mich einmischen? Oder lieber nicht? Sein ganzes Geld ist weg; wie Sand ist es ihm zwischen den Fingern zerronnen. Jetzt arbeitet er für einen Hungerlohn im Packraum einer Galerie in Chelsea – ein Freund hat sich seiner erbarmt. Er hat mich gebeten, ihm Malstunden zu finanzieren. Was soll ich tun?«

»Ich habe John den Laufpaß gegeben. In aller Höflichkeit. Es war nicht seine Schuld. Es geht einfach nicht. Es ist nie so wie damals.«

14

Am Mittwoch morgen um neun Uhr eröffnete Dr. James Gordon die amtliche Untersuchung der Ursache von Jasmine Dents Tod. Im Gerichtssaal hing noch die Kälte der vergangenen Nacht, und die Luft roch schwach nach kaltem Zigarettenrauch. Kincaid war froh, daß die Coroner in London üblicherweise Mediziner mit juristischen Fachkenntnissen waren und man sich bei den meisten von ihnen darauf verlassen konnte, daß sie eine Leichenschau schnell und sachlich abwickeln. Auf dem Land konnten die Coroner, häufig Kleinstadtanwälte, die von der Lokalpolitik mehr verstanden als von Medizin und Jurisprudenz, manchmal der Versuchung, sich in Szene zu setzen, nicht widerstehen. Kincaid hatte schon früher mit Dr. Gordon zu tun gehabt. Er wußte, daß er gerecht, gewissenhaft und intelligent war. Gordons blaue Augen, so blaß in der Farbe wie sein gelichtetes rotblondes Haar, spiegelten scharfes Interesse. An einem alten Eichentisch voller Schrammen saß er Kincaid, Gemma, Margaret Bellamy und Felicity Howarth in dem kleinen Raum gegenüber. Alle außer Gemma waren als Zeugen geladen, und außer ihnen war niemand im Saal.

Sie warteten schweigend, während Gordon die von ihm ausgebreiteten Unterlagen studierte. Kincaid betrachtete die drei Frauen und dachte, wie klar ihre Haltung jeweils ihre Persönlichkeit ausdrückte. Gemma sah gleichzeitig entspannt und aufmerksam aus wie sie da, die Hände lose im Schoß gefaltet, auf ihrem Stuhl saß. Im grauen Licht, das durch das einzige Fenster des Raums fiel, hob sich ihr Haar mit kupfernem Glanz vom matten Oliv ihrer Jacke ab. Als sie Kincaids Blick auf sich fühlte, sah sie auf und lächelte.

Margaret war zwar einigermaßen ordentlich frisiert und gekleidet, drehte aber unablässig ein Papiertuch in den Fingern, das sich sehr schnell in seine Bestandteile auflöste. Als sie hereingekommen war, hatte Kincaid bemerkt, daß ihr Rock zipfelte, als hätten kleine Jungen sich dran hin und hergeschwungen, als er zum Trocknen aufgehängt gewesen war.

Felicity Howarth trug Anthrazitgrau statt Marineblau, und war so korrekt gekleidet wie an Jasmines Todestag, als er sie zum erstenmal gesehen hatte. Sie saß so gerade auf dem harten Stuhl, als hätte sie ein Lineal im Rücken, die Hände auf ihrer Handtasche, die mehr wie eine Aktenmappe aussah. Doch das rotblonde Haar wirkte im Gegensatz zu sonst stumpf, und die Fältchen um ihre Augen waren deutlicher sichtbar. Kincaid erinnerte sich, daß Gemma ihm erzählt hatte, Felicity habe im Augenblick besonders viele Patienten zu betreuen.

»Mr. Kincaid!«

Gordons Stimme riß Kincaid aus seinen Gedanken.

»Sir?«

»Mr. Kincaid, meines Wissens waren Sie derjenige, der Antrag auf eine Obduktion stellte?«

»Das ist richtig.«

»Etwas ungewöhnlich, nicht wahr, daß ein Beamter des CID persönlich eine Obduktion beantragt?« Gordon blickte Kincaid mit blauen Augen forschend ins Gesicht, doch ehe Kincaid etwas erwidern konnte, fuhr er zu sprechen fort. »Ich nehme an, Sie haben die Akte an die Staatsanwaltschaft gesandt?«

Kincaid nickte. »Ja.«

»Und gibt es Gründe, eine strafrechtliche Verfolgung einzuleiten?«

»Noch nicht, nein.«

Gordon seufzte. »Nun, ich kann nicht viel mehr tun, als die Genehmigung zur Beerdigung zu erteilen.« Er musterte die Gesichter der Anwesenden. »Sind Angehörige der Toten hier?« Auf Kincaids Kopfschütteln zog Gordon die Augenbrauen hoch, sagte jedoch nur: »Dann werde ich den Totenschein zur Post geben.«

Kincaid spürte eine plötzliche Entspannung der Atmosphäre im Raum. Er war sich der Spannung zuvor gar nicht bewußt gewesen, und selbst jetzt konnte er ihre Quelle nicht fixieren. Meg oder Felicity? Er hielt es durchaus für möglich, daß Felicity im Rahmen ihrer beruflichen Tätigkeit schon früher gelegentlich bei einer Leichenschau hatte erscheinen müssen. Margaret war wohl die Unerfahrenste unter ihnen, hatte vermutlich nicht gewußt, wie schnell so eine Untersuchung vorbei sein konnte und daß der Coroner keine Befugnis hatte, jemanden zu beschuldigen.

»Aber«, sagte Gordon mit Nachdruck, so daß alle Augen sich wieder auf ihn richteten, »ich würde dennoch gern einige Fragen zu meiner eigenen Beruhigung klären.«

Dieser gerissene alte Teufel, dachte Kincaid und lächelte.

»Mrs. Howarth«, sagte Gordon. »Sie haben Miss Dent am vergangenen Donnerstag besucht, ist das richtig?«

Felicity nickte. »Ja, gleich morgens. Ich habe ihr beim Baden geholfen, überprüft, ob der Katheter richtig sitzt, das Übliche eben.« Sie breitete mit hilfloser Geste die Hände aus. »Man kann im Grund für sterbende Patienten, solange sie noch aufstehen können, nicht viel tun. Man kann eigentlich nur den Fortschritt der Krankheit beobachten und dafür sorgen, daß die Patienten sich einigermaßen wohl fühlen.«

»Erschien sie Ihnen von ihrer Disposition her anders als sonst? Gab es Anzeichen einer Depression? War sie nervös?«

Felicity Howarth lächelte etwas nachsichtig. »Patienten, die an einer tödlichen Krankheit leiden, sind häufig niedergeschlagen, Dr. Gordon. Aber an diesem besonderen Tag ist mir nichts Ungewöhnliches aufgefallen. Kein Anzeichen dafür, daß Jasmine mit dem Gedanken spielte, sich das Leben zu nehmen.«

Unbeeindruckt von Felicity Howarths Seitenhieb setzte Gordon seine Vernehmung fort. »Und das entsprach der täglichen Gewohnheit? Ein Besuch am Tag?«

»Ja...« Felicity hielt mit gerunzelter Stirn inne. »Das heißt, manchmal bin ich auf dem Heimweg noch einmal bei ihr vorbeigegangen, wenn ich in der Nähe einen Fall hatte. An solchen Tagen sagte ich Jasmine, daß ich vielleicht noch einmal vorbeischauen würde. Das hatte ich vergessen.«

»Und haben Sie noch einmal bei ihr vorbeigeschaut?«

»Nein.« Sie sagte es leise und mit Bedauern. »Als ich mit meinen Besuchen fertig war, war es zu spät.«

»Miss Bellamy.« Gordon richtete seinen scharfen Blick jetzt auf Meg. Kincaid sah, wie ihre Hände im Schoß zuckten. »Soweit ich gehört habe, hat Miss Dent mit Ihnen über die Möglichkeit eines Selbstmords gesprochen.«

»Ja, Sir.«

Gordon mußte sich vorbeugen, um sie hören zu können. »War Ihnen klar, wie ernst das war, worum Miss Dent Sie da bat?«

Meg sah zu ihm. Ihr Gesicht war rot und fleckig, ihre Hände waren jetzt ruhig. »Sie hat mich ja nicht gebeten, irgend etwas zu *tun*. Sie wollte mich nur bei sich haben. Sie wollte nicht allein sterben. Kann das denn keiner von Ihnen verstehen?« Meg sah sie alle herausfordernd an. Keiner hielt ihrem Blick stand. Im nächsten Moment senkte sie ihren Blick wieder und sagte, die Augen auf ihre Hände gerichtet: »Es ist ja sowieso gleich. Am Ende war sie doch allein.«

»Sie waren auch am letzten Donnerstag noch einmal bei ihr?« fragte Gordon mit einer Spur Anteilnahme in der Stimme.

»Ja, nach der Arbeit. Ich hatte ihr ein Curry mitgebracht. Ich wußte, daß sie nicht viel essen würde, aber sie versuchte es meistens, wenn sie meinte, ich hätte mir ihretwegen besondere Mühe gemacht.« Meg sah zu Gordon auf und sprach mit ihm, als wären sie allein im Saal. »Ich wäre niemals gegangen, wenn ich eine Ahnung gehabt hätte – niemals. Sie wirkte so – Aber dazu hätten Sie sie kennen müssen. Selbst wenn Jasmine von Selbstmord gesprochen hat, war sie immer ganz sachlich. Nie hat sie gesagt, ›Meg, ich habe Angst‹, oder ›Meg, ich will nicht allein sein‹. Selbst mit dem Tod vor Augen hat sie nie zugelassen, daß man hinter die Fassade sah. Aber an dem Tag, am letzten Donnerstag, da war sie anders. Ich weiß nicht, wie ich es erklären soll.« Das Gesicht voll konzentriert, die Hände erhoben, als wollte sie die Worte aus der Luft holen, hielt Meg inne und atmete tief ein. »Sie war offen. Die Fassade war abgebröckelt. Ich konnte ihre Zuneigung klar spüren. Und sie war glücklich. Das habe ich auch gefühlt.«

»Miss Bellamy.« Gordons Ton war tatsächlich sanft. Kincaid zog eine Augenbraue hoch. Er hatte James Gordon emotionalen Appellen gegenüber für unempfänglich gehalten, doch Margaret Bellamy schien selbst bei den Dickfelligsten Beschützerinstinkte zu wecken. »Miss Bellamy«, setzte Gordon noch einmal an. »Eben solches Verhalten ist mit beabsichtigtem Selbstmord vereinbar. Man hat einen Entschluß gefaßt, man fühlt sich erleichtert, beinahe euphorisch.«

Meg hob den Kopf. »Ja, das hat man mir schon gesagt. Aber daran glaube ich nicht. Bei Jasmine war es nicht so.«

»Mr. Kincaid, Sie haben keinerlei konkrete Anhaltspunkte für einen Selbstmord gefunden?«

»Nein, Sir. Im Kühlschrank fanden wir zwei Ampullen Morphium, aber die Menge, die aus ihnen entnommen wurde, reichte bei weitem nicht an die heran, die man in Jasmine Dents Körper festgestellt hat. Und es waren keine leeren Ampullen in der Wohnung.« Kincaid hielt inne und richtete den Blick auf Gordon, während er sich sammelte. »Sie war ziemlich schwach. Das Treppensteigen war eine große Anstrengung für sie. Ich denke, es liegt im Bereich des Möglichen, daß Jasmine Dent sich selbst eine tödliche Dosis Morphium verabreichte, die Ampullen aus der Wohnung brachte – vielleicht vergrub sie sie im Garten – und sich dann in ihr Bett legte, um zu sterben. Aber ich halte das für höchst unwahrscheinlich. Außerdem war sie eine ordentliche und methodische Frau. Ich glaube nicht, daß sie sich das Leben genommen hätte, ohne etwas Schriftliches zu hinterlassen, für den Fall, daß es Fragen geben sollte.«

»Wie steht es mit der Lebensversicherung?« fragte Gordon. »Vielleicht war es ihr wichtig, ihren Tod als einen natürlichen erscheinen zu lassen, weil sonst der Anspruch an die Versicherungsgesellschaft verfallen würde.«

»Die Suizidklausel war bereits abgelaufen. Es spielte keine Rolle mehr.«

Gordon schob die Lippen vor und richtete die vor ihm liegenden Papiere zu einem ordentlichen Stapel zusammen. »Tja, Mr. Kincaid, ich glaube, ich kann nicht mit gutem Gewissen auf Tod durch Selbstmord erkennen. Diese Untersuchung wird daher gemäß Artikel 20 des *Coroner's Act* vertagt, um der Polizei Gelegenheit zu geben, weitere Ermittlungen durchzuführen.«

Kincaid nickte. »Danke, Dr. Gordon.«

Als sie alle aufstanden und zur Tür drängten, hielt Gordon Kincaid auf. Zum erstenmal lächelte er, und seine Förmlichkeit fiel wie eine Verkleidung von ihm ab. »Es hätte die Dinge für Sie vielleicht vereinfacht, wenn ich auf Selbstmord erkannt hätte. Ein Soziopath ist mir tausendmal lieber als diese hinterhältigen Familiengeschichten – da gibt's wenigstens gutes forensisches Material, Blutspritzer, Fingerabdrücke und dergleichen mehr. Da kann man wissenschaftlich arbeiten. Das ist so ein Hobby von mir«, fügte er etwas verlegen hinzu, während er Unterlagen in seine Aktentasche stopfte. »Auch historische Fälle. Jack the Ripper. Dr. Crippen. Ich habe wahrscheinlich den Beruf verfehlt. Ich hätte Gerichtspathologie machen sollen. Gordon drückte die Schlösser seiner Aktentasche zu, grüßte kurz und wandte sich zur Tür. »Also, viel Glück bei der Klärung dieser Geschichte.« Die Tür des Gerichtssaals fiel quietschend hinter ihm zu.

Kincaid und Gemma sahen einander an und begannen beide zu lachen. »Wer hätte das gedacht?« sagte Gemma.

»Bißchen, als hätte Maggie Thatcher die Unterhose runtergelassen«, fügte Kincaid immer noch lachend hinzu, als sie Gordon in den Korridor hinaus folgten.

Draußen war alles leer. Nur das Quietschen ihrer Schuhsohlen auf dem Linoleum war zu hören. Margaret Bellamy und Felicity Howarth waren verschwunden.

»Sie hatten offensichtlich keine Lust auf einen Schwatz«, stellte Gemma fest. »Aber um elf sehen wir sie ja sowieso wieder.«

»Nur wird sich da zum Schwätzen auch nicht viel Gelegenheit ergeben«, erwiderte er und öffnete Gemma die Tür. Gemeinsam traten sie in den grauen Londoner Morgen hinaus, und Kincaid faßte sie automatisch am Arm, als ein Taxi vorbeibrauste und Fontänen öligen Wassers aufspritzen ließ. »Ich komme mir vor, als inszenierte ich eine schlechte Farce mit einem unwilligen Ensemble. ›Die Testamentsverlesung‹«, intonierte er mit Grabesstimme. »Wahrscheinlich war es eine absurde Idee, aber –«, er hielt inne, als sie den Midget erreichten, und sperrte Gemma die Tür auf der Beifahrerseite auf, »aber als Jasmines Testamentsvollstrecker kann ich zur Unterrichtung der Begünstigten die Form wählen, die ich für richtig halte. Und ich hätte Sie gern dabei, wenn die Vorstellung steigt. Sie können die guten Leute im Auge behalten, während ich Regie führe.«

Sid schoß auf Gemma zu und wickelte sich ihr schnurrend um die Beine, so daß sie stehen bleiben mußte, um nicht über ihn zu fallen. »Du treuloser Kerl«, schimpfte Kincaid. »Dabei bin ich derjenige, der dich füttert.«

»Sie haben sich ja tatsächlich richtig gut um ihn gekümmert.« Gemma kniete nieder, um den Kater zu streicheln. »Er hat sich glänzend erholt.«

Kincaid knipste die Lampen in Jasmines Wohnzimmer an und hatte gerade die Jalousien hochgezogen, als es das erstemal klopfte.

In verlegenem Schweigen, wie Fremde in einem Aufzug, standen Theo Dent, der Major und Felicity Howarth vor der Tür. Kincaid begrüßte sie, schloß die Tür hinter ihnen und hatte ihnen gerade ihre Mäntel abgenommen, als es wieder klopfte. Diesmal war es Margaret Bellamy, sichtlich außer Atem und um einiges zerzauster als bei der Leichenschau; und hinter ihr stand, zu Kincaids Vergnügen, Roger Leveson-Gower. Kincaid drehte sich um und tauschte einen Blick mit Gemma. Er wußte, daß sie das gleiche dachten – solche Pünktlichkeit bei fünf verschiedenen Personen war entschieden unnatürlich. Sie mußten ja alle sehr neugierig sein.

»Ist Ihnen die Post nicht gut genug«, fragte Roger, sich augenblicklich in den Mittelpunkt stellend, »daß Sie uns alle hierher lotsen mußten? Oder genießen Sie es einfach, den kleinen Diktator zu spielen?«

Kincaid lächelte. »Ich kann mich nicht erinnern, Sie eingeladen zu haben.«

Roger legte besitzergreifend einen Arm um Margarets Schultern. Sie schien zu schrumpfen unter seiner Berührung. »Es muß doch jemand dafür sorgen, daß Margaret anständig behandelt wird.«

»Ach, und da sind Sie genau der Richtige?«

»Ganz klar«, antwortete Roger. Die Ironie kam bei ihm gar nicht an.

Ohne Roger weiter zu beachten, wandte sich Kincaid den anderen zu. Felicity hatte auf einem der Eßzimmerstühle Platz genommen. Sie saß kerzengerade wie immer, aber ihre Kopfhaltung verriet Müdigkeit. Der Major war ihrem Beispiel gefolgt und hatte sich ebenfalls gesetzt. Seine Mütze in den Händen drehend, hielt er die blauen Augen unverwandt auf Kincaid gerichtet. Theo stand allein abseits, die Daumen unter seine Hosenträger geschoben, die er nervös schnalzen ließ.

Kincaid richtete das Wort an alle. »Ich werde Sie nicht lange aufhalten. Es tut mir leid, wenn ich Ihnen Umstände gemacht habe. Ich weiß, das ist ein wenig dramatisch, aber mir erschien dieser Weg, die Dinge zu erledigen, als der praktischste.« Er machte eine Pause, um sich zu vergewissern, daß er ihre Aufmerksamkeit hatte. »Und es erschien mir nur recht, Ihnen Jasmines Wünsche persönlich mitzuteilen. Wenn so eine Nachricht per Brief mit der Post kommt...« Er zuckte die Achseln. »Da könnte man ebensogut im Toto gewonnen haben. Aber dies hier sind keine anonymen Geschenke. Jasmine hat sich sehr sorgfältig überlegt, was sie für jeden von Ihnen tun wollte. In gewisser Weise ist dies ihre letzte Mitteilung an Sie.«

Kincaid mußte einen Kloß in seiner Kehle hinunterschlukken. Er hatte sich vorher nicht überlegt was er sagen würde, und seine Worte überraschten ihn selbst ebenso wie die Stimmung von Endgültigkeit, die sie vermittelten.

Megs Augen wurden feucht. Sie befreite sich aus Rogers Arm. Kincaid setzte an, zu ihr zu sprechen, zögerte und wandte sich statt dessen an Theo.

»Jasmine hat Ihnen kein Bargeld hinterlassen, Theo, aber sie hat alles Notwendige zur Bezahlung der Hypothek auf dem Laden veranlaßt. Sie hat Sie ferner als Begünstigten ihrer Lebensversicherung angegeben, die sich auf eine stattliche

Summe beläuft.« Unterschiedliche Emotionen spiegelten sich in Theos Zügen – Enttäuschung, Erleichterung und schließlich Verwirrung, als wäre er nicht sicher, ob er belohnt oder bestraft worden sei.

»Meg, abgesehen von einigen kleineren Vermächtnissen hat Jasmine Ihnen ihr gesamtes Vermögen hinterlassen. Dazu gehören diese Wohnung und alle ihre Wertpapiere.«

Roger preßte die Lippen zusammen und zwinkerte einmal, aber es gelang ihm dennoch nicht ganz, seine Genugtuung zu verbergen. Meg sah hingegen noch unglücklicher aus als zuvor.

»Mrs. Howarth und Major Keith«, fuhr Kincaid fort, »jedem von Ihnen hat Jasmine eintausend Pfund ›in Wertschätzung ihrer Freundschaft‹ hinterlassen. Sie hat außerdem dem Tierschutzverein einen Betrag gespendet. Und das ist schon alles. Ich habe für jeden von Ihnen eine Kopie.« Er wies auf den Stapel Papiere, den er auf den Eßtisch gelegt hatte. »Wenn Sie –«

»Das ist nicht recht.« Felicitys Gesicht war beinahe so weiß wie die Bluse, die sie unter der anthrazitgrauen Kostümjacke trug. Sie schüttelte heftig den Kopf. »Ich kann das nicht annehmen. Es war meine Aufgabe, mich um sie zu kümmern. Niemals hätte ich erwartet –«

»Ich ebensowenig.« Der Major stand auf. Er drückte nervös seine Mütze zwischen seinen kurzen, kräftigen Fingern zusammen. »Das geht einfach nicht. Schlimm genug, daß sie so früh sterben mußte, aber dann auch noch von ihrem Tod zu profitieren ...« Er sah sich im Zimmer um, als hoffte er, jemand würde ihm weiterhelfen. Dann sagte er: »Entschuldigen Sie mich«, drehte sich herum und ging zur Tür hinaus.

Im nachfolgenden Schweigen hörte Kincaid, wie der Nachhall vom Zuschlagen der Tür langsam verklang.

Meg trat einen Schritt auf die Tür zu. »Kann denn nicht jemand etwas tun? Mit ihm sprechen? Ich bin sicher, Jasmine hätte nicht gewollt, daß er es so... falsch auffaßt. Sie wollte ihm doch nur für seine Güte danken.«

»Sei nicht albern.« Rogers Verachtung war unverkennbar. »Der kommt bald wieder zu Verstand, darauf kannst du dich verlassen.«

Kincaid sagte zu Felicity: »Ich weiß nicht, ob Sie ein Vermächtnis ausschlagen können. Sie müssen das mit Jasmines Anwalt besprechen. Selbstverständlich könnten Sie das Geld verwenden, wie Sie es für richtig halten – Sie könnten es zum Beispiel für einen wohltätigen Zweck spenden, wenn Ihnen das angenehmer wäre.«

»Nichts kann mir das angenehmer machen. Ich werde es einfach nicht annehmen.« Felicitys Stimme war laut; der erste Riß in der professionellen Fassade.

Meg trat zu ihr und sah ihr ernsthaft in die Augen. »Jasmine hat mir sooft erzählt, wie gut Sie zu ihr waren, wie sehr sie Ihre Ehrlichkeit schätzte. ›Kein Getue‹, sagte sie immer.« Meg lächelte bei der Erinnerung und kniete vor Felicity nieder. »Sie mochte das an Ihnen. Sie waren der einzige Mensch, bei dem sie sich darauf verlassen konnte, daß er ihr schonungslos die Wahrheit sagte. Die meisten von uns haben in dieser Hinsicht versagt. Es ist leichter vorzugeben, es verginge bald wieder.« Meg hockte sich auf ihre Fersen und wandte den Blick ab, während sie an ihrem Rock zupfte. »Sogar wenn sie davon gesprochen hat, daß sie sich das Leben nehmen wollte, habe ich es nie wirklich geglaubt – es wurde nie richtig real. Es war wie im Kino oder im Theater.« Sie sah sie alle an außer Roger. »Verstehen Sie das?«

»Ja«, antwortete Theo. Er hatte das nervöse Zupfen an seinen Hosenträgern eingestellt, als er Meg zugehört hatte, und setzte sich jetzt auf einen Stuhl am anderen Ende des Eßtischs. Die Ellbogen aufgestützt, sagte er: »Bei mir war es genauso. Ich hätte die Wahrheit erkennen müssen, als sie sagte, es ginge ihr besser, mich aber trotzdem nicht sehen wollte. Ich hätte nicht lockerlassen sollen, ich hätte einfach nach London kommen und vor ihrer Tür kampieren sollen, bis sie mich hereingelassen hätte. Ich hätte alles für sie tun müssen, was in meiner Macht stand.« Mit einem hilflosen Achselzucken hob er die Hände. »Sie wußte sicher, daß ich den Weg des geringsten Widerstands gehen würde – so war ich immer schon. Jasmine war ja immer für mich da – oft genug ärgerlich«, er lächelte, »aber sie war da, und ich wollte nicht glauben, daß sich daran je etwas ändern würde.« Theo machte eine Pause und sah Meg an. »Ich bin froh, daß meine Schwester Sie gekannt hat, Margaret. Sie haben sie nicht enttäuscht.«

»Nein?« fragte Meg und hob den Kopf, um Theo in die Augen zu sehen.

Roger verdrehte angewidert die Augen. »Wie rührend! Mir wird gleich übel.«

Die Stimmung war zerstört. Meg wandte sich von Theo ab und blickte an sich selbst hinunter. Kincaid beobachtete, wie die verlegene Befangenheit sich ihrer wieder bemächtigte, als sie sich ihrer kindlichen Haltung bewußt wurde. Als sie aufstehen wollte, verfing sich der Absatz ihres Schuhs in ihrem Rocksaum und der Stoff riß. Mit einer Grimasse fiel sie wieder auf die Knie.

»Warten Sie«, sagte Felicity. »Ich helfe Ihnen.« Sie schien zumindest einen Teil ihrer Fassung wiedergewonnen zu haben, während Meg und Theo gesprochen hatten, und schlüpfte jetzt schnell wieder in die ihr vertraute Rolle. Sie kniete nieder und befreite geschickt Megs Absatz aus dem zerrissenen Stoff. »Geht es so? Sie werden allerdings zu Nadel und Faden greifen müssen, um den Rock wieder in Ordnung zu bringen.«

Roger verschränkte die Arme und sagte in übertrieben geduldigem Ton: »Bist du jetzt so weit, Margaret?«, machte aber keinerlei Anstalten, ihr aufzuhelfen.

Felicity richtete sich auf, reichte Meg eine Hand, nahm dann ihre Handtasche vom Stuhl. Sie wandte sich Kincaid zu und sprach langsam und mit Bedacht, als hätte sie die Worte auswendig gelernt. »Mr. Kincaid. Es tut mir leid. Es war unfair von mir, Sie zu attackieren. Ich weiß selbstverständlich, daß die Verantwortung nicht bei Ihnen liegt, und ich werde die nötigen Schritte unternehmen, um diese Angelegenheit zu klären.«

»Haben Sie vor, zu Antony Thomas zu gehen? Oder vielleicht zu Ihrem eigenen Anwalt?«

»Ja. Sobald –«

»Wie lang dauert es?« unterbrach Roger. »Bis das Gericht die Gültigkeit des Testaments bestätigt, meine ich.«

Kincaid zog eine Augenbraue hoch.« Hat Margaret es denn besonders eilig?«

»Würden Sie endlich aufhören, über mich zu reden, als wäre ich gar nicht vorhanden?« fuhr Meg sie alle zornig an. »Nein, ich habe es überhaupt nicht eilig, Jasmines Geld einzustecken. Ich wollte es von Anfang an nicht haben, und es ist mir auch völlig egal, wenn ich nie einen Penny davon zu sehen bekomme.« Sie hielt inne, schnappte einmal kurz nach Luft und feuerte dann ihre letzte Salve ab. »Meinetwegen können Sie alle zum Teufel gehen!« Damit stakte sie hocherhobenen Hauptes aus der Wohnung, und ihr Zorn verlieh ihr eine Würde, die auch der herabhängende Rocksaum nicht schmälern konnte.

Roger folgte ihr mit einem Achselzucken, als wollte er sagen, was kann man da schon machen?, vergaß jedoch nicht, eine der Testamentskopien mitzunehmen, die auf dem Tisch lagen.

Zu Kincaids Überraschung faßte Theo sich als erster. »Diese Frau hat wirklich was Besseres verdient. Was sieht sie nur in diesem unangenehmen Burschen?« Kaum waren die Worte heraus, lief er brennend rot an und sagte gedrückt:

»Oh, Entschuldigung. Das war unangebracht.« Und nach einer kleinen Pause fügte er hinzu: »Dann gehe ich jetzt besser auch.«

Auch er vergaß nicht, sich eine Kopie des Testaments mitzunehmen.

Felicity wandte sich an Gemma und Kincaid. »Sie waren sehr freundlich«, sagte sie mit einem dünnen Lächeln, »auch wenn ich meine Zweifel habe, daß Freundlichkeit zu den Motiven gehört, die Sie veranlaßt haben, uns hier zusammenzurufen. Mr. Kincaid, diese Untersuchung ist sehr schlimm für Margaret und Theo – sie haben schon genug damit zu tun, mit ihren Schuldgefühlen und ihrem Schmerz fertigzuwerden –, Sie wären wohl nicht bereit, sie einzustellen?«

Kincaid schüttelte den Kopf. »Nein. Tut mir leid.«

»Ich dachte es mir schon.« Felicity seufzte und sah auf ihre Uhr. »Tja, dann gehe ich jetzt. Meine Patienten warten.« Sie nahm Handtasche und Mantel und ging.

»Dann waren's nur noch zwei«, murmelte Kincaid und setzte sich auf die Kante von Jasmines Krankenhausbett. »Abgang der Akteure. Sie haben sich bewundernswert im Hintergrund gehalten«, fügte er mit einem Blick zu Gemma hinzu, die immer noch an die Küchenanrichte gelehnt stand.

Sie streckte sich und ging zu einem der Eßzimmerstühle. Sid, der beim ersten Klopfen wie der Blitz verschwunden war, erschien plötzlich wieder und sprang auf ihren Schoß. Gemma streichelte geistesabwesend seinen Kopf, während sie sprach. »Daß der reizende Roger seine Freude verbergen würde, habe ich gar nicht erwartet, aber Theo hat auch nicht gerade wie ein Wilder protestiert.«

Kincaid zog eine Augenbraue hoch. »Und die anderen? Haben die zuviel protestiert?«

In Gemmas Lächeln sprühte ein Funken Mutwillen. »Ihre kleinlaute Meg hat eine bemerkenswerte Wandlung zur Tigerin durchgemacht. Wären Sie nicht gern Mäuschen, wenn sie und Roger unter vier Augen miteinander reden?«

»Ist Ihnen aufgefallen«, sagte Kincaid, »daß Meg über Jasmines Absichten genauestens informiert war?«

Meg hockte fröstelnd auf dem Bett. Selbst der letzte Hauch Wärme von der vergangenen Nacht hatte sich längst verflüchtigt, und der Heizkörper war, als sie ihn berührte, eiskalt. Mrs. Wilsons Großzügigkeit ging nicht so weit, daß sie die Zimmer ihrer Untermieter auch tagsüber warm hielt. Sie hatte für Faulenzer, die bis in die Puppen schliefen, nichts übrig und verkündete das häufig genug aus den warmen Regionen ihrer Küche.

Aber Meg war ja normalerweise tagsüber auch nicht zu Hause. Sie hatte sich einen Tag freigenommen, um, wie sie erklärt hatte, persönliche Dinge zu erledigen, und nach Mrs. Washburns rascher und schweigender Zustimmung hatte sie kaum noch Zweifel daran, daß ihre Tage bei der Baubehörde gezählt waren. Diese Erkenntnis war ihr beinahe eine Erleichterung.

An den Wochenenden ging sie außer Haus, wenn das Zimmer kalt zu werden begann – ging einkaufen, lief ziellos durch die Straßen, und in den letzten Monaten hatte sie Jasmine besucht.

Papierknistern lenkte ihre Aufmerksamkeit auf Roger. Er saß am Tisch und kaute mechanisch den letzten Bissen einer Fleischpastete, *ihrer* Fleischpastete – er hatte zwei beim Bäkker an der Ecke gekauft. Aber Meg hatte nur einmal in die kalte Pastete mit dem talgigen, nach Zwiebel schmeckenden Fleisch hineingebissen und hätte sich beinahe übergeben.

Roger knüllte das Einwickelpapier zu einer Kugel zusammen, die er in Richtung Abfalleimer quer durch das Zimmer warf. Er verfehlte sein Ziel. Achselzuckend ließ er die Papierkugel liegen, wo sie gelandet war.

»Roger, kannst du nicht –«, begann Meg und brach ab, da sie nicht die Worte finden konnte, ihm zu sagen, daß er gehen solle, ohne ihn wütend zu machen.

»Ach, du möchtest wohl, daß ich gehe, Schätzchen, hm?« sagte Roger leise und kam durchs Zimmer, um sich neben sie auf das Bett zu setzen. Ihr Magen krampfte sich zusammen, und ihre Hände begannen zu zittern. »Ich soll dich allein lassen? Das würde ich doch niemals tun, Meg, mein Schatz.« Er strich mit seinen Fingern leicht über ihren Rücken. »Du weißt doch, was das bedeutet, nicht wahr, Meg? Sobald das Testament für gültig erklärt ist, und das wird sicher nicht lange dauern, haben wir's geschafft. Eine anständige Wohnung, vielleicht ein Urlaub irgendwo. Hast du nicht Lust, irgendwo in Spanien in der Sonne zu liegen, Meg, und piña coladas zu trinken?«

Er hatte ihre Bluse aufgeknöpft, während er sprach, und schob jetzt eine Fingerspitze unter den Rand ihres Büstenhalters.

Meg spürte die Reaktion ihres Körpers. »Roger, nicht jetzt. Mrs. Wilson –«

»Die hält jetzt ihr Mittagsschläfchen vor der Glotze. Die hört nichts. Jedenfalls nicht, wenn du schön brav bist. Und ich möchte gern, daß du schön brav bist. Nicht wie heute morgen, als du diese Szene hingelegt hast. Was sollte denn der Superintendent denken, Schätzchen? Du hast ja herumgekreischt wie ein Fischweib.« Er drückte sie in die Kissen und hob ihre Beine auf das Bett. »So geht das nicht, Meg. Hörst du?« fragte er mit einschmeichelnder Stimme.

Meg nickte. Im kalten, grauen Licht, das durch das Fenster fiel, konnte sie die feinen Sommersprossen auf seiner Haut sehen und die Bräunung, die dort begann, wo das offene Hemd seine Brust freiließ. Sie klammerte sich an die Erinnerung ihrer Rebellion gegen ihn an diesem Morgen und hüllte sich darin ein wie in eine zweite Haut.

Roger zog seine Jeans herunter und schob ihren Rock hoch. Das zerwühlte Laken hatte sich unter ihren Schulterblättern zu einem Klumpen zusammengeschoben, und Meg konzentrierte sich auf diese Belästigung, weil sie glaubte, wenn sie sich stark genug darauf konzentrierte, würde das die verräterische Reaktion ihres Körpers blockieren.

Roger legte sich mit einem leisen Stöhnen auf sie.

Meg drehte das Gesicht zur Wand.

15

Sobald Meg merkte, daß Rogers Atem tiefer wurde und in den langsamen Rhythmus des Schlafs überging, schob sie sich vorsichtig unter ihm hervor und stand auf. Sie richtete ihre Kleider und fuhr sich mit der Hand einmal hastig durch das wirre Haar. Nachdem sie in ihre Schuhe geschlüpft war, nahm sie Mantel und Handtasche vom Sessel und schlich auf Zehenspitzen zur Tür. Eine lose Diele knarrte, und sie hielt mit angehaltenem Atem und klopfendem Herzen inne. Roger brummte einmal und drehte sich auf die Seite. Die Decke glitt von seinem nackten Gesäß.

Soll er doch erfrieren, dachte Meg boshaft, als sie den Knauf drehte und aus dem Zimmer ging.

Ohne einen Gedanken, ohne ein Ziel ging sie durch die Straßen, blieb stehen, um in Schaufenstern Dinge anzustarren, die sie gar nicht wahrnahm. Aus der offenen Tür einer Frittenbude wehte ihr der Geruch von heißem Fett und gebratenem Fisch entgegen, daß es ihr den Magen umdrehte; sie eilte hastig weiter.

Erst als sie plötzlich an der Ecke Finchley Road stand, erkannte sie, wohin ihre Füße sie getragen hatten. Sie schüttelte ihre Benommenheit ab, zögerte einen Moment, überquerte dann die Straße und begann den langen Anstieg die Arkwright Road hinauf nach Hampstead.

Obwohl auf beiden Seiten der Straße Autos parkten, wirkte die Carlingford Road verlassen, in nachmittäglicher Ruhe versunken, ehe ihre Bewohner von der Arbeit nach Hause zurückkehrten. Meg stieg die Treppe zu Jasmines Wohnung hinauf und kramte den Schlüssel aus der Seitentasche ihrer Handtasche. Sie horchte einen Moment, dann sperrte sie auf und trat in die Wohnung. Sid warf ihr vom Bett aus einen Blick zu und rollte sich dann wieder zusammen.

»Ich wollte, ich könnte es auch so machen«, sagte sie laut. »Einfach alles abblocken. Ausblenden.«

Sie schloß die Augen und blieb an die Tür gelehnt stehen. Ganz bewußt atmete sie die Stille ein, den schwachen Duft, der Jasmines Dingen anhaftete, den ersten Hauch jener kühlen Muffigkeit, die einen unbewohnten Raum kennzeichnet.

Im Lauf der Monate war diese Wohnung ihr eine Zuflucht geworden, ein Ort, an dem sie geborgen war, und nun würde er bald für immer verloren sein. Meg öffnete die Augen und ging langsam im Zimmer umher, wobei sie einen vertrauten Gegenstand nach dem anderen berührte. Sie trat zum Fenster, an dem Jasmine so oft gestanden und die geschnitzten Holzelefanten gestreichelt hatte, während sie dem Major bei der Arbeit im Garten zusah. Heute waren selbst die Farben im Garten gedämpft, die Leuchtkraft der Tulpen und Forsythien von der Luftfeuchtigkeit gebrochen. Mit den Fingern zeichnete sie die vertrauten Konturen des kleinsten der Elefanten auf dem Fensterbrett nach. Das Holz war seidig glatt vom vielen Streicheln.

Ein Geräusch aus dem Treppenhaus ließ sie schuldbewußt zusammenfahren. Mit zitternden Fingern stellte sie den Elefanten, der sie nicht zu trösten vermochte, wieder auf das Fensterbrett. Der Türknauf wurde gedreht, dann folgte ein zaghaftes Klopfen.

Panik überfiel Meg. Sie mußte sich zwingen, sie in Schach zu halten und vernünftig zu denken. Roger konnte das nicht sein. Dazu war das Klopfen viel zu zaghaft gewesen. Doch wer auch immer es war, er mußte das Aufsetzen des Elefanten auf dem Fensterbrett gehört haben.

Sie ging durch das Zimmer und öffnete langsam die Tür. Theo Dent stand im Treppenhaus, und er sah so verlegen aus wie Meg tatsächlich war.

»Entschuldigen Sie, ich wußte nicht...« stammelte er, und sein Gesicht wurde so rot wie seine Nasenspitze, die, dachte Meg, wohl der kalte Wind so gerötet hatte. Sein krauses Haar war voll kleiner Wasserperlen. »Ich wollte nur –« ich habe nicht erwartet... Ich weiß eigentlich gar nicht, warum ich hergekommen bin«, schloß er hilflos. »Ich habe meinen Zug verpaßt. Der nächste geht erst gegen Abend.«

Meg zog die Tür weiter auf und trat zurück. »Ich wollte eigentlich auch nicht herkommen«, sagte sie, als Theo eintrat. In einem plötzlichen Gefühl der Verwandtschaft mit ihm lächelte sie ihm zu. »Ich habe überhaupt kein Recht, hier zu sein. Aber irgendwie –«

»Aber natürlich! Sie haben jedes Recht dazu.« Theo wischte sich mit der Hand die Nase und schniefte. »Sie hat die Wohnung doch Ihnen hinterlassen.«

Meg starrte ihn an. Roger hatte so oft von dem Geld gesprochen, das der Verkauf der Wohnung bringen würde und was man alles damit anfangen könnte, daß ihr der Gedanke, sie zu besitzen, ganz fremd geblieben war. Jetzt sah sie sich in dem Zimmer um und sah es aus einer ganz neuen Perspektive. Diese Wohnung gehörte tatsächlich ihr, sie konnte mit ihr tun, was ihr beliebte – sie verkaufen, vermieten, sogar in ihr leben, wenn ihr das gefiel.

Einen berauschenden Moment lang stellte sie sich vor, diese behaglichen Räume zu bewohnen, ihnen ihren persönlichen Stempel aufzudrücken, doch die Vision löste sich rasch auf. Sie spürte, daß die Prägung durch Jasmine zu stark war, als daß ihre eigene, weniger starke Persönlichkeit sich hier hätte durchsetzen können. Und Roger – niemals würde sie Roger hier entkommen.

Doch die Erinnerung an ihr Eigentumsrecht gab ihr neues

Selbstvertrauen. Sie kniete nieder und schaltete die Heizung ein, knipste eine Lampe an und legte ihren Mantel ab.

»Ich mache uns eine Tasse Tee.«

Theo folgte ihr in die Kochnische und sah ihr eine Weile schweigend zu. »Sie waren sicher sehr viel hier bei Jasmine. Ich beneide Sie darum. Ich glaubte wohl, wenn ich hierher käme, könnte ich ... ich weiß auch nicht – ihrer besser habhaft werden.«

»Es ist nicht fair, daß sie die Wohnung mir hinterlassen hat und nicht Ihnen.« Meg drehte sich um und sah ihn ernst an. »Ich habe mich deswegen mit ihr gezankt, aber sie wollte nicht –«

Theo hob abwehrend eine Hand. »Das dürfen Sie nicht sagen. Sie hat genug getan. Viele, viele Jahre lang hat sie genug getan. Mehr als sie hätte tun sollen.«

Er nahm seine Brille ab und sah sich mit blinden Augen nach einem Tuch um, mit dem er die Gläser hätte säubern können. Meg reichte ihm ein Geschirrtuch. »Ich war mein Leben lang ein Versager, müssen Sie wissen. Und Jasmine hat mich immer wieder gerettet und mir auf die Beine geholfen.« Er schob die Brillenbügel wieder über seine Ohren. »Am Anfang hörte sich alles immer großartig an, und dann ging es irgendwie daneben ...« Er zuckte die Achseln und sprach nicht weiter.

Meg goß kochendes Wasser in die Tassen, schwenkte die Teebeutel ein paarmal hin und her und warf sie dann ins Spülbecken. »Milch ist keine da. Nehmen Sie Zucker?«

Theo nickte. Sie rührte einen Löffel Zucker in seinen Tee, ehe sie ihm die Tasse reichte. Dann gingen sie zum Tisch, und Meg setzte sich auf den Stuhl, auf dem sie immer gesessen hatte. Sie war erstaunt über das Gefühl von Besitzerstolz, das sie plötzlich empfand. Sie hatte nie in ihrem Leben etwas ihr eigen genannt – ein paar Kleinigkeiten, die sie für das möblierte Zimmer gekauft hatte, die abgelegten Kleider ihrer

Schwester –, nie etwas besessen, worauf sie hätte stolz sein können, das ihr erlaubte, sich ein bißchen breitzumachen.

»Der Tisch hat unserer Tante May gehört«, bemerkte Theo. »Es wundert mich, daß Jasmine ihn behalten hat.«

»Sie hat nie viel über früher gesprochen. Die Zeit, als Sie in Dorset lebten, meine ich. Ich weiß, daß Sie nach dem Tod Ihres Vaters nach England zu Ihrer Tante gekommen sind, aber das ist auch alles.«

Meg trank von ihrem Tee und musterte Theo, auf der Suche nach einer Ähnlichkeit mit ihrer Freundin. Vielleicht lag da eine gewisse Ähnlichkeit im Schnitt der Augen, in der ovalen Form des Gesichts. Er sah jünger aus als fünfundvierzig, beinahe jungenhaft – sein Gesicht schien merkwürdigerweise von Lebenserfahrung kaum gezeichnet.

Ihr wurde plötzlich bewußt, wie sie aussehen mußte, und sie fuhr sich mit beiden Händen durch das Haar. Sie war gegangen, ohne auch nur einen Blick in den Spiegel zu werfen.

»Aber von Ihnen hat Jasmine erzählt«, fuhr sie ein wenig hastig fort, um ihr Unbehagen zu vertuschen. »Von den Dingen, die Sie als Kinder getrieben haben. Und sie war froh, daß Sie den Laden haben. Sie meinte, Sie hätten jetzt endlich etwas gefunden, das für Sie das Richtige ist.«

Theo nahm wieder seine Brille ab und bedeckte sein Gesicht mit den Händen. »Ich konnte es ihr nicht sagen«, murmelte er.

Meg wartete einen Moment. Als er nicht weitersprach, fragte sie: »Was konnten Sie ihr nicht sagen?«

Er hob den Kopf. »Es ist das gleiche wie immer. Ein Desaster. Ich werde ihn nicht mehr lange halten können.«

»Aber –«

»Ich dachte, daß sie mich deshalb nicht sehen wollte – daß sie nicht schon wieder die gleiche Geschichte hören wollte. Sie hat mir damals gesagt, es sei das letztemal. ›Keine Freifahrten mehr, Theo‹. Was hätte ich ihr sagen sollen?« Er schluckte. »Und als sie dann anrief und sagte, sie wolle mich sehen –«

»Hätten Sie es ihr gesagt?«

Theo zuckte die Achseln wie ein Kind. »Ich konnte noch nie gut lügen.«

»Sie müssen in Panik gewesen sein.«

Theo nickte. »In der Nacht habe ich kein Auge zugetan, sondern unablässig darüber nachgedacht, was ich zu ihr sagen würde.«

»Sie wäre Ihnen nicht böse gewesen.«

»Aber das wäre fast besser gewesen.« Theos Tasse stand unberührt vor ihm auf dem Tisch. Jetzt nahm er sie und trank durstig. »Sie haben keine Ahnung, wie das ist, wenn man einen anderen immer wieder enttäuscht. Wenn sie mich angebrüllt hätte, das hätte ich ganz gut ertragen können. Andere Leute haben mich oft genug angebrüllt.« Er lächelte. »Aber ich wartete immer auf diesen Schatten der Enttäuschung auf ihrem Gesicht – sie konnte ihn nie ganz unterdrücken –, und dann lächelte sie immer sofort und fing an, mich zu entschuldigen. Als wäre es ihre Schuld. Das konnte ich nicht ertragen.«

Meg zögerte. Sie wußte nicht, ob sie das Recht hatte, die Frage zu äußern, die ihr auf der Zunge lag. »Und jetzt?« fragte sie schließlich. »Kommen Sie jetzt zurecht, wo die Hypothek bezahlt ist?«

Theo setzte seine Brille auf und schob sie mit der für ihn typischen Bewegung mit einem Finger auf dem Nasenrücken hoch. Das Licht der Tischlampe spiegelte sich in den Gläsern und verbarg seine Augen.

»Wenn sich das Nachlaßgericht nicht zu lange Zeit läßt und das Geschäft nicht zu schlecht geht, kann ich vielleicht gerade noch einmal die Kurve kratzen. Ich weiß, es ist schrecklich, so etwas zu sagen, aber das hier kam gerade noch zur rechten Zeit.«

Kincaid trat ins Haus und blieb stehen. Er ließ mehrmals seinen Kopf kreisen, um die schmerzhafte Spannung in Nakken und Schultern zu lockern, und fuhr sich mit der Hand durch das zerzauste Haar. Er hatte den Nachmittag mit jener Tätigkeit zugebracht, die er am wenigsten liebte: dem Bemühen, die Fäden aufzunehmen, die in Jasmine Dents vergangenes Leben führten. Er hatte mit ehemaligen Kollegen, Arbeitgebern, ihrem Arzt, ihrem Zahnarzt, ihrem Versicherungsagenten gesprochen – mit jedem, von dem zu erwarten war, daß er sich vielleicht an einen Namen oder eine Episode erinnerte, eine Verbindung zur Vergangenheit herstellen konnte.

Und er hatte nichts gefunden, genau wie er vermutet hatte.

Er hörte das Stimmengemurmel, als er den Treppenabsatz vor Jasmines Wohnung erreichte. Wieder hielt er an und neigte lauschend den Kopf, um sich zu vergewissern, daß die Stimmen tatsächlich aus Jasmines Wohnung kamen.

Er schob seinen Schlüssel ins Schloß und sperrte auf. Margaret Bellamy und Theo Dent saßen am Eßtisch. Sie drehten die Köpfe, als sie die Tür hörten, und ihre Gesichter gefroren in diesem Ausdruck des Erschreckens und des Schuldbewußtseins, den Kinder zeigen, wenn sie bei etwas Verbotenem ertappt werden.

»Mr. Kincaid?« Margaret faßte sich zuerst. Sie wurde rot und sprang von ihrem Stuhl auf.

»Ein Teekränzchen?« sagte Kincaid und lächelte. »Bin ich auch eingeladen?«

Meg schob ihren Stuhl zurück. »Warten Sie. Lassen Sie mich –«

»Nein, nein.« Kincaid wandte sich schon zur Küche. »Ich mache mir selbst eine Tasse. Ich kenne mich ja hier aus.«

Sie schwiegen verlegen, den Blick auf Kincaid gerichtet, der den Wasserkochtopf füllte und einen Teebeutel in den Keramikbecher gab, den er fast als seinen eigenen betrachtete.

Nach einigen Augenblicken wandte sich Margaret Theo zu und begann mit bemühter Leichtigkeit zu sprechen. »Ich kenne Ihr Dorf. Ich bin aus Dorking und bin auf dem Weg zu meiner Großmutter, die in Guildford wohnt, bestimmt dort hundertmal durchgefahren. Ist Ihr Laden der am Knie?«

Theo nickte, ohne Kincaid aus den Augen zu lassen. »Ja, ganz recht. Gleich gegenüber dem Glockenturm.«

»Das muß doch schön sein«, sagte Margaret recht sehnsüchtig, »so ganz für sich allein.«

Kincaid trug seinen Becher zum Tisch und setzte sich. Dann öffnete er seinen Kragenknopf und lockerte seinen Schlips. »Wer von Ihnen«, fragte er mit einem freundlichen Lächeln, »hat eigentlich den Schlüssel zur Wohnung?«

Meg senkte den Blick zum Tisch und drehte ihre Tasse in den Händen. »Ich. Jasmine hat mich gebeten, mir einen machen zu lassen, falls sie mal verhindert sein sollte, mir aufzumachen, wenn ich kam.«

»Und warum haben Sie nichts davon gesagt?«

»Ich habe nicht daran gedacht.« Meg sah ihn offen an. »Ehrlich. Ich war so durcheinander, daß es mir überhaupt nicht eingefallen ist. Ist es denn wichtig?«

»Erzählen Sie mir noch einmal, was geschah, nachdem Sie am vergangenen Donnerstagnachmittag von Jasmine weggegangen waren.«

Sie überlegte einen Moment, und ihr Gesicht entspannte sich allmählich. »Ich bin zu Fuß nach Hause gegangen. Ich konnte nicht sillstehen, ich hatte nicht die Geduld, auf den Bus zu warten. Ich hatte das Gefühl, mir müßte vor Erleichterung darüber, daß Jasmine sich das mit dem Selbstmord anders überlegt hatte, das Herz zerspringen. Es war so ein herrlicher Tag, erinnern Sie sich?«

Kincaid nickte, sagte aber nichts, da er nicht riskieren wollte, den Wortfluß zum Stillstand zu bringen.

»Alles war so klar und scharf umrissen; die Lichter, die

überall angingen, die Menschen auf den Straßen, die von der Arbeit nach Hause gingen. Ich fühlte mich zu allem dazugehörig und doch auch wieder darüber hinausgehoben. Mir war, als könnte ich Berge versetzen.« Sie blickte von Kincaid zu Theo. »Das klingt absurd, nicht wahr?«

»Gar nicht«, versicherte Theo eilig. »Ich weiß genau –«

Kincaid unterbrach ihn. »Und wie ging es dann weiter, Meg?«

Sie schob sich das Haar hinter das Ohr und betrachtete dann ihre Hände. »Er war da, als ich kam. In meinem Zimmer. Er hatte auf mich gewartet.«

»Roger?« fragte Kincaid. Margaret nickte, sagte aber nichts. Kincaid wartete einen Moment, dann hakte er nach. »Und Sie haben ihm erzählt, was geschehen war, nicht wahr?«

Wieder nickte sie. Das Haar fiel ihr von neuem ins Gesicht, aber diesmal schob sie es nicht zurück.

»Was hat Roger getan?«

Das Schweigen zog sich in die Länge. Theo öffnete den Mund, um etwas zu sagen, doch Kincaid warf ihm rasch einen warnenden Blick zu und schüttelte den Kopf.

»Ich dachte, er würde losbrüllen. Das tut er sonst immer.«

Kincaid bemerkte, daß es dunkel zu werden begann. Die Häuser im Westen nahmen der Wohnung die letzte Sonne. Schweigend saßen sie alle drei im Schein der Lampe.

Schließlich holte Margaret einmal tief Atem, warf einen Blick auf Theo und sah dann Kincaid an, als sie sprach. »Er wurde ganz still. Ich hatte ihn schon ein- oder zweimal vorher so erlebt, wenn er richtig wütend war. Es klingt harmlos, aber es ist viel schlimmer als alle Worte. Es ist beinahe wie –«, sie runzelte die Stirn auf der Suche nach der passenden Beschreibung, »wie körperliche Gewalt. Wie ein Schlag.«

»Er sagte gar nichts?« fragte Kincaid mit einem Anflug von Ungläubigkeit in der Stimme.

»Oh, doch, zuerst hat er mir alles mögliche an den Kopf geworfen –«, sie verzog das Gesicht zur Grimasse, »aber es klang so, als wäre er in Gedanken ganz woanders, verstehen Sie.«

»Ist er dann gleich gegangen?«

Margaret schüttelte den Kopf. »Nein. Dabei habe ich mir gewünscht, er würde gehen. Die ganze schöne Stimmung vom Heimweg war plötzlich wie weggeblasen. Aber ich wußte, daß es keinen Sinn hatte, ihn zu bitten zu gehen. Das hätte die ganze Situation noch schwieriger gemacht.«

Kincaid erinnerte sich, wie durchbohrend seine Frau hatte schweigen können, wie bedrückend es gewesen war, mit einem Menschen, der das Schweigen als Waffe gebrauchte, in einem engen Raum eingeschlossen zu sein.

»Sie haben versucht, mit ihm zu sprechen, nicht wahr?« Das Mitgefühl machte seine Stimme freundlicher als er beabsichtigt hatte. »Um ihn zu versöhnen, um eine Reaktion herauszufordern?«

Sie antwortete nicht. Der Ausdruck der Scham auf ihrem Gesicht sagte mehr als alle Worte. Aber nach einem Moment sagte sie doch: »Ich habe mich am Ende einfach aufs Bett gelegt und die Augen zugemacht und getan, als wäre er nicht da. Bis er schließlich gegangen ist.«

»Wo waren Ihre Schlüssel, Meg?«

Ihr erschreckter Blick begegnete dem seinen. Sie griff nach ihrer Handtasche und klopfte leicht darauf. »Hier. Wo sie immer sind.«

»Haben Sie das Zimmer einmal verlassen, solange Roger da war?«

»Nein, natürlich –« Sie brach ab und zog die Brauen zusammen. »Ich bin mal zur Toilette gegangen.«

»Sind Sie an dem Abend noch einmal ausgegangen oder brauchten Sie sonst aus irgendeinem Grund Ihre Schlüssel?«

»Nein.« Das Wort war ein Flüstern.

»Und wann ist er –»

»Mr. Kincaid«, unterbrach Theo, »ich weiß zwar nicht, worauf Sie hinauswollen, aber ich finde, Sie setzen Miss Bellamy unnötig zu. Meinen Sie nicht –«

Kincaid hob eine Hand. »Nur eine Frage noch, Theo, das ist alles.« Er fühlte sich versucht, sie so zu behandeln, wie Roger es tat und ihre konditionierte Reaktion auszunutzen, aber er wußte auch, wenn er diese Grenze überschritt, dann würde das an seiner Integrität schwere Zweifel aufkommen lassen und nicht wiedergutzumachenden Schaden anrichten. »Meg, wann ist Roger zurückgekommen?«

»Spät. Es war nach Mitternacht. Er hatte sich einen Schlüssel für die Haustür machen lassen, obwohl ich ihm gesagt hatte, daß Mrs. Wilson mich an die Luft setzen würde, wenn sie ihn dabei erwischen sollte, wie er sich nachts ins Haus schlich.«

»Haben Sie geschlafen?«

Sie nickte. »Erst als er ins Bett kam, bin ich –« Sie sah Theo an und brach ab. »Ich meine ...«

Kincaid fand, es sei an der Zeit, sie in Ruhe zu lassen. Er wandte sich Theo zu. »Theo«, sagte er im Konversationston, »Sie hatten wirklich keine Ahnung, wie Ihre Schwester über ihr Vermögen zu verfügen gedachte? Sie konnten das Erbe doch gebrauchen, nicht wahr? Ich habe nämlich den Eindruck, daß das Antiquitätengeschäft nicht besonders gut läuft.«

Theo und Margaret tauschten einen Blick, der auf Kincaid eindeutig verschwörerisch wirkte. Wenn der Eindruck richtig war, hatten die beiden sehr schnell zueinander gefunden.

»Ich will ehrlich sein, Mr. Kincaid.« Theo lehnte sich über den Tisch. »Ich habe Margaret schon erzählt, daß ich so ziemlich auf dem letzten Loch gepfiffen habe. O ja, ich brauchte Geld. Aber ich hatte nicht die Absicht, das Jasmine zu sagen; auch nicht, nachdem sie mich am letzten Donnerstag angerufen hatte, um mir zu sagen, daß sie mich sehen wollte.«

»Sehr nobel von Ihnen«, sagte Kincaid, und Theo preßte die Lippen zusammen.

»Sie können glauben, was Sie wollen, Mr. Kincaid. Ich habe keinerlei Beweise. Aber ich habe meine Schwester geliebt und fand, sie habe meinetwegen genug gelitten.« Er sah auf seine Uhr, stand auf und trug seine Tasse zum Spülbecken. »Und wenn ich jetzt nicht gehe, verpasse ich wieder meinen Zug. Sie wissen, wo Sie mich erreichen können, falls Sie noch etwas von mir brauchen sollten. Ich kann mir allerdings nicht vorstellen, wie ich Ihnen helfen könnte.« Er beugte sich über den Tisch und gab Margaret die Hand. »Margaret. Danke.«

Als die Tür hinter ihm zufiel, erlosch Margarets Lächeln.

»Tja, die Party ist vorbei, Meg.« Kincaid stand auf und trug ihre Tasse und seinen Becher zum Spülbecken. Sie blieb am Tisch sitzen, die Hände im Schoß zusammengekrampft, während er abspülte und Sids Napf füllte.

Als er fertig war, blieb er am Durchgang zur Küche stehen und betrachtete ihr Gesicht mit dem gesenkten Blick. Er spürte ihr Widerstreben. »Meg, ich wüßte nicht, warum Sie nicht ein Weilchen hier bleiben sollten, wenn Sie das möchten.«

Sie sah zu ihm auf. Ihr Gesichtsausdruck war mehr zaghaft als hoffnungsvoll, als hätte sie Angst, wenn sie sich zugestünde, etwas wirklich zu wollen, würde es ihr automatisch verwehrt werden.

»Wirklich?« fragte sie. »Sie meinen, das geht? Ich könnte mich ja hier ein bißchen kümmern und –« Ihr Lächeln verflog. »Nein. Er würde mich finden, und ich will ihn hier nicht haben, hier, in diesen Zimmern.«

»Sie brauchten ihn ja nicht einzulassen.«

Sie schüttelte den Kopf, noch ehe er zu Ende gesprochen hatte. »Sie verstehen nicht. Bis heute habe ich es geschafft, ihn von hier fernzuhalten. Sonst wäre hier nichts mehr dasselbe gewesen.« Sie umfaßte das Zimmer mit einer Handbewegung, und Kincaid sah es mit ihren Augen, vertraut und behaglich im Lampenlicht. »Sie kennen Roger nicht. Er verdirbt alles, was er anrührt.«

Nachdem Kincaid darauf bestanden hatte, Margaret zum Bus zu bringen, blieb er, die Hände tief in den Taschen, noch einen Moment am Ende der Hampstead High Street stehen. Dieses wachsende Verantwortungsgefühl Margaret Bellamy gegenüber konnte überaus peinlich werden, wenn sich herausstellen sollte, daß sie in Jasmines Tod verwickelt war, und doch erwachten jedesmal, wenn er ihr begegnete, väterliche Gefühle in ihm. Er mußte plötzlich an Gemma denken und lächelte. Obwohl die beiden Frauen etwa im gleichen Alter sein mußten, weckte Gemma niemals väterliche Gefühle bei ihm.

Ein schmaler Mond hing über dem verblassenden Rosa des westlichen Himmels. Menschen drängten sich an ihm vorbei, in Eile, nach Hause zu kommen. Kincaid blickte die Heath Street hinauf und hinunter, in der sich ein Restaurant an das andere reihte – italienisch, mexikanisch, indisch, griechisch, thailändisch, japanisch, chinesisch. Wenn man auf traditionelle britische Küche aus war, durfte man nicht nach Hampstead kommen.

Obwohl er hungrig war, war er zu ruhelos, um sich in ein Restaurant zu setzen. Er ging zu Fuß die Heath Street entlang bis zur Fitzjohn Avenue und trat dort in das italienische Feinkostgeschäft. Der Geruch von Knoblauch und Oliven drang bis auf die Straße und lockte andere Passanten an. Drinnen, in der Vitrine unter dem Fenster standen große Keramiktöpfe mit dunklen Oliven und vielfarbiger Pasta, mit marinierten Fischen und Schalentieren, mit Paprika und Auberginen in Knoblauchsoße. Überwältigt von solcher Fülle kaufte Kincaid das, was er immer kaufte – eine Pizza, die er nur noch ins Rohr zu schieben brauchte, mit geröstetem süßem Paprika und Mozzarella.

Im Spirituosengeschäft gegenüber besorgte er eine Flasche Rotwein und ging dann den Hügel hinunter heimwärts. Es war beinahe so, dachte er, als ginge er zu einer lang erwarteten heimlichen Verabredung.

Und in gewisser Weise war es ja auch so, wenn auch die verblaßten blauen Hefte außer der Zeit waren.

»Der Wind ist heute wie wild durch die Straßen gefegt. Er hat einem die Papierfetzen um die Beine gewirbelt und den Staub ins Gesicht und Augen getrieben, daß es gebrannt hat wie von Brennesseln. Bestrafung.

Während ich in der Schlange auf den Bus wartete, hinter der Plexiglaswand verkrochen, mußte ich plötzlich an lang vergangene Abende denken, wenn ich in der Mohur Street auf der Veranda saß. Es lag damals eine Stille über den Dingen, eine beinahe melancholische Erwartung. Immer war es so, als warte gleich um die Ecke etwas Aufregendes, ich mußte nur richtig hinsehen.

Habe ich mir je vorgestellt, daß man seine Tage in so geisttötendem Einerlei zubringen kann?«

»Ein merkwürdiges Gefühl, nach so vielen Jahren aus Bayswater wegzuziehen. Wenigstens kannte ich hier die Ladenbesitzer, sogar die Katzen der Nachbarn. Die Carlingford Road strahlt im Gegensatz dazu Ruhe und Wohlanständigkeit aus, genau die Dinge, die ich früher am wenigsten verlockend fand. Bin ich vielleicht alt geworden, ohne es zu merken?«

»Ich fühle mich in dieser Wohnung mehr zu Hause als an irgendeinem Ort, den ich seit meiner Kindheit bewohnt habe. Ich weiß nicht, warum. Sie paßt irgendwie zu mir, oder ich passe zu ihr. Man hat den Eindruck, die Möbel stünden schon seit Jahren hier; alles hat sofort seinen Platz gefunden. Wenn ich nachts aufwache, weiß ich genau, wo ich bin und kann mich auch im Dunkeln in der Wohnung zurechtfinden.

Habe den Mann kennengelernt, der unter mir wohnt, Major Keith. Ein komischer alter Vogel, so förmlich und höflich, aber irgend etwas an ihm kommt mir ganz vertraut vor. Er lüftet seine Mütze vor mir und nennt mich Miss Dent. Er ist es, der dafür sorgt, daß der Garten immer so wunderschön aussieht. Jetzt, da es ein wenig wärmer wird, ist er jeden Tag draußen im Freien, ordnet dies und säubert das, aber ich glaube in Wirklichkeit hält er nach den ersten Knospen Ausschau, nach den ersten grünen Trieben, die aus der Erde hervorstoßen. Obwohl er kaum mit mir spricht, glaube ich nicht, daß es ihn stört, wenn ich auf meiner Treppe sitze, während er im Garten arbeitet.«

»Dieser Husten beunruhigt mich. Ich dachte, es wäre eine Frühjahrserkältung, aber nun habe ich ihn schon seit Monaten. Ich werde wohl oder übel zum Arzt gehen müssen, wenn er nicht bald besser wird.«

»Mein armer Theo. Was soll ich tun, wenn das nun auch wieder nicht klappt? Er wird doch wenigstens diesen kleinen Laden halbwegs kompetent führen können! Aber er hat noch nie so etwas geschafft, warum auf einmal jetzt? Da ist wohl bei mir der Wunsch der Vater des Gedankens.«

»Es ist schon seltsam, wie sehr wir uns auf unseren Körper verlassen, ohne jemals wirklich einen Gedanken an ihn zu verschwenden. Zellen und Organe tun ihre Arbeit, das Blut fließt, das Herz pumpt. Wir haben dauernd Angst vor Unfällen und Stürzen und Infektionen. Verrat von innen erwarten wir am allerwenigsten.

Und der Krebs ist der heimtückischste Feind, eine Krankheit, bei der sich der Körper gegen sich selbst wendet wie ein Kannibale. Wie konnte das geschehen, ohne daß ich es gemerkt habe? Es gefühlt habe? Gespürt habe, wie dieser Knoten der Fäulnis sich vergrößerte?

Bestrahlung und Chemotherapie, sagt der Spezialist. Werde ich das schreckliche Kind meines Körpers vergiften?

Lieber Gott, ich fühle mich so entsetzlich hilflos.«

»Manchmal denke ich stundenlang nicht daran. Es gelingt mir, so zu tun, als wäre ich wie die anderen, heil und gesund. Es gelingt mir, so zu tun, als sei die Entscheidung, ob für irgendein Projekt eine Baugenehmigung erteilt werden soll oder nicht, von weltbewegender Bedeutung; als sei es für mich ungeheuer wichtig, ob die Pommes frites in dem neuen Café besser sind als in dem alten; als sei alles wichtiger als mein eigener Körper.«

»Das Haar fällt mir in Büscheln aus, wenn ich hineingreife, habe ich ganze Hände voll. Es ist, als rupfte man einen Vogel. Auf dem Grund der Badewanne liegt es in langen, dunklen Schlangenlinien, setzt sich dick und dicht in Kämme und Bürsten. Ich habe schon daran gedacht, daß man es in den Garten hinauslegen könnte; dann könnten die Vögel es zum Nestbau verwenden. Wie absurd.

May würde lachen und mir wieder einmal sagen, daß Hochmut vor dem Fall kommt. Sie hat mich ja oft genug wegen meiner Eitelkeit ins Gebet genommen. Ich habe mir angewöhnt, Mützen zu tragen, meistens Baskenmützen – Travestie eines französischen Bauern. Ich kann es nicht ertragen, Theo zu sehen.«

»Während ich zur letzten Behandlung weg war, hat eine neue Schreibkraft im Büro angefangen. Ein armseliges kleines Ding. Immer fehlt an ihren Kleidern irgendwo ein Knopf, immer läuft sie rot an, wenn man mit ihr spricht. Sie beobachtet mich, wenn sie meint, ich sähe es nicht. Mit einem Ausdruck von – ja, was eigentlich? Mitleid ist es nicht, das habe ich oft genug gesehen. Sorge? Es ist sehr merkwürdig.«

»Sie wollen nichts mehr mit mir zu tun haben und haben mich Morpheus überantwortet. Tut uns wirklich leid, aber für Sie können wir nichts mehr tun. Wollen wir uns lieber jemandem zuwenden, der auch angemessen dankbar sein wird.

Zu schwach jetzt, um zu arbeiten. Bin ohne viel Aufhebens gegangen. Was habe ich denn erwartet?«

»Meg Bellamy hat mich besucht, zuerst mit Karten und Blumen aus dem Büro, dann aus eigenem Antrieb, als das kollektive Schuldgefühl im Büro langsam nachließ.«

»Wieder Eliot gelesen. Diese langen, goldenen Herbstnachmittage scheinen wirklich eine beinahe körperliche Präsenz zu besitzen, eine Existenz, die von meinem Erleben abgetrennt ist.

Ich habe alle meine Lieblingsbücher wieder gelesen, mich mit den Geschichten umgeben wie mit dem Trost alter Freunde.«

»Der Major und ich haben eine gemeinsame Gewohnheit entwickelt. Wir sprechen natürlich nicht darüber, das würde irgendwie die Grenzen dessen, was sich gehört, überschreiten, aber wir halten uns dennoch getreulich an sie. An schönen Nachmittagen sitze ich auf der Treppe und sehe ihm bei der Arbeit im Garten zu, und wenn er dann seine Geräte säubert, stehe ich auf und mache Tee. Manchmal unterhalten wir uns, manchmal nicht, wir fühlen uns so oder so wohl miteinander. An einem seiner redseligsten Tage hat er mir erzählt, daß er im Krieg und danach in Indien gedient hat, in

Kalkutta. Es wird wohl diese typische Art des Kolonialsoldaten gewesen sein, die mir so vertraut vorkam, als ich ihm das erstemal begegnete. Er muß ein junger Offizier gewesen sein, als ich ein Kind war, und wenn man bedenkt, wie eng begrenzt die englische Kolonie war, könnte er sogar meine Eltern gekannt haben.«

»Seit sie die Behandlung abgebrochen haben, wächst mein Haar wieder nach, ist so dicht und kurz wie das eines Kindes, und da ich stark abgenommen habe, ist mein Busen zu nichts geschrumpft. Ich bin ein androgynes Wesen geworden, eine zerbrechliche Hülle aus Haut und Muskeln voller Erinnerungen.

Bald werde ich eine Pflegerin brauchen.«

16

»Sie wußten nicht, daß er in Indien gedient hat?« Gemma drehte sich in Kincaids Sessel, den sie usurpiert hatte, da sie vor ihm im Yard angekommen war.

»Vor Jasmines Tod habe ich kaum ein Wort mit ihm gewechselt«, antwortete Kincaid, als müßte er sich verteidigen. »Weshalb hätte ich ihn danach fragen sollen? Und wenn Sie die Absicht haben sollten, mein Büro zu übernehmen«, fügte er hinzu, »dann machen Sie sich nützlich und fordern Sie sein Dienstdossier an.«

Das Telefon läutete im selben Moment, als Gemma nach ihm greifen wollte. Sie hob den Hörer ab und sagte mit ihrer amtlichsten Stimme: »Büro Superintendent Kincaid.« Gleichzeitig zog sie Block und Stift zu sich heran und begann sogleich zu schreiben. »Ja, gut, ich werde es ausrichten. Danke.« Sie überflog, was sie notiert hatte und sah dann zu Kincaid auf. »Eine Mrs. Alice Finney hat bei der Zentrale eine Nachricht für Sie hinterlassen. Sie sagte, ein Rückruf sei nicht nötig, sie wollte Ihnen nur sagen, daß sein Name ihr wieder eingefallen sei. Er heißt Timothy Franklin.«

»Das war alles?«

Gemma zog eine Augenbraue hoch. »Was hat das zu bedeuten?«

»Das ist ein junger Mann, mit dem Jasmine offenbar befreundet war, ehe sie aus Dorset verschwand, als wären die Furien hinter ihr her. Rufen Sie bei den Kollegen in Dorset an und bitten Sie, daß man den Mann ausfindig macht. Und wenn Sie schon mal dabei sind«, fuhr er fort, ehe sie Einspruch erheben konnte, »setzen Sie sich auch gleich mit dem Constable von Abinger Hammer in Verbindung. Theo Dent hat keinen Führerschein – das habe ich überprüft –, aber ich möchte wissen, ob er am vergangenen Donnerstagabend am dortigen Bahnhof ein Zugbillett gekauft hat, oder ob er ein Taxi angerufen hat, oder ob ihn vielleicht jemand zu einem anderen Bahnhof gefahren hat.« Er wartete, bis Gemma mit dem Schreiben fertig war. »Und stellen Sie fest, ob er ein Fahrrad hat.«

»Ich glaube nicht...«

»Das weiß ich, aber ich möchte es trotzdem wissen. Mag sein, daß Theo Dent so unschuldig ist wie Mutter Teresa, aber Jasmines Tod ist ihm auf jeden Fall verdammt gelegen gekommen. Allzu gelegen für meinen Geschmack. Keine Sorge«, fügte er schmunzelnd hinzu, »den guten Roger knöpfen wir uns auch noch vor. Gleich heute morgen. Wir haben einen Termin beim Leiter seiner alten Schule. Noch vor dem Mittagessen. Was Besseres habe ich nicht zustande gebracht. Er war nicht auf der Universität, und er scheint nie einer geregelten Arbeit nachgegangen zu sein.«

»Das wundert mich nicht«, sagte Gemma ätzend.

»Sind Sie mit dem Wagen da?«

»Nein. Sie?«

Er schüttelte den Kopf. »Wir lassen uns einen Wagen geben. Möglichst bald. Ich möchte unterwegs noch einen Zwischenstop einlegen.«

Kincaid bemerkte, mit welch unverhohlenem Vergnügen Gemma den Rover durch den Verkehr manövrierte. »Eine angenehme Abwechslung, hm?«

»Nach meinem Escort wäre sogar ein Pferdefuhrwerk eine angenehme Abwechslung«, versetzte sie, als sie den Wagen in eine Parklücke in der Tottenham Court Road bugsierte. »Nicht schlecht für einen Donnerstagvormittag. Ich dachte eigentlich, ich würde um einen Parkplatz anstehen müssen. Und der Regen hat auch aufgehört, Gott sei Dank.« Es war zu hoffen, daß der feine Dunst, der die Morgensonne verschleierte, sich im Lauf des Tages auflösen würde.

Martha Trevellyan öffnete ihnen prompt und zeigte nicht die geringste Verwunderung, sie zu sehen. Kincaid vermutete, daß sie sie durch das vordere Fenster ihrer Wohnung hatte kommen sehen.

»Sergeant James«, sagte sie lächelnd zu Gemma und trat zurück, um sie hereinzulassen. »Ich hoffe, ich sehe heute etwas geschäftsmäßiger aus als bei Ihrem letzten Besuch«, sagte sie mit einem Blick auf ihre Kleidung, die aus Rock und Pullover bestand. »Sogar geschminkt bin ich. Also – was kann ich für Sie tun?«

Kincaid stellte sich vor und sagte dann: »Nur eine kurze Frage – wir werden Sie nicht lange aufhalten.« Er sah sich in dem ordentlichen Raum, der Wohnraum und Büro vereinigte, um und dachte, daß diese Aufgeräumtheit gut zu Martha Trevellyans sachlicher Art paßte. Er hatte allerdings auch eine Ahnung, daß diese Sachlichkeit teilweise künstlich und Martha Trevellyan tatsächlich etwas unsicherer war, als sie zugeben wollte. »Ich nehme doch an, Felicity Howarth kam mit Referenzen zu Ihnen. Sie hörten nichts von irgendwelchen Problemen mit sterbenden Patienten? Von Fahrlässigkeit bei der Verabreichung von Medikamenten oder dergleichen?«

Sie starrte Kincaid mit offenem Mund völlig konsterniert an. »Aber nein, selbstverständlich nicht! Ich würde niemals eine Pflegekraft einstellen, die nicht tadellose Zeugnisse vorweisen kann. Mein ganzes Unternehmen hängt von der Qualität der Pflege ab. Und Felicity war nicht nur erfahren – sie hat auch eine spezielle Ausbildung.«

»Was für eine?« fragte Gemma, während sie Block und Stift herauszog. »Ich wußte gar nicht, daß es so etwas gibt.«

»Doch, es gibt einen Ausbildungskurs zur Pflege unheilbar Kranker. Felicity hat ihn absolviert. Er findet in Winchester oder Exeter statt. Irgendwo in dieser Ecke.« Sie ging zum Schreibtisch, streckte den Arm aus, zog ihn jedoch sofort wieder zurück und verschränkte beide Arme fest auf ihrer Brust. »Ich wollte ich hätte mehr Pflegekräfte, die so hervorragend qualifiziert sind, aber sie sind schwer zu finden. Die Nachfrage wird immer größer.«

»Sie haben wieder zu rauchen aufgehört, nicht wahr?« sagte Gemma und wies mit dem Kopf auf den sauberen Aschenbecher auf dem Schreibtisch.

»Ich greife immer noch nach ihnen. Die Hand ist schneller als das Hirn.« Martha Trevellyan lächelte mit leiser Ironie. »Aber mein Entschluß wird nicht lange halten, wenn dieser Morgen sich weiter so entwickelt.«

»Können Sie sich erinnern, wo genau Felicity Howarth diesen Kurs absolviert hat?« fragte Kincaid, dem es ganz recht war, daß Gemma die Spannung etwas lockerte, die er hereingetragen hatte. Sie hatte ihren Zweck erfüllt. Marthas erste Reaktion auf seine Frage war spontan genug gewesen, um ihn davon zu überzeugen, daß ihre Antwort aufrichtig war.

»Ich brauche mich nicht zu erinnern. Ich habe das hier bei meinen Unterlagen.« Sie zog eine Schublade auf und ging mit routinierter Schnelligkeit die Akten mit den farbigen Reitern durch. »Da haben wir es schon. Nicht Winchester, sondern Dorchester. Die zwei verwechsle ich jedesmal!« Sie reichte Gemma ein Blatt Papier. »Hier, schreiben Sie sich die Adresse auf, wenn Sie sie brauchen, aber soviel ich weiß, ist das ein sehr angesehenes Institut. Brauchen Sie die Referenzen von den Ärzten auch?«

»Ja, bitte.«

»Ich bin bereit, meinen Ruf darauf zu wetten, daß Felicity Howarth eine absolut kompetente Krankenpflegerin ist«, erklärte Martha Trevellyan langsam. »Ich bin wirklich überzeugt davon. Da bin ich ganz sicher«, fügte sie ironisch hinzu.

»Ich glaube nicht, daß Sie sich Sorgen zu machen brauchen, Mrs. Trevellyan«, sagte Kincaid lächelnd, um den Boden für einen harmonischen Abgang zu bereiten. »Uns geht es nur darum, die noch offenen Fragen zu klären.«

Als sie Richmond erreichten, hatte der Dunst sich aufgelöst, und wäßriges Sonnenlicht sickerte durch das Blätterdach, das die Straße beschattete. Kincaid warf einen Blick auf den Plan. »Petersham ist nicht mehr weit, und wenn die Anweisungen stimmen, die sie mir am Telefon gegeben haben, liegt die Schule gleich an der Hauptstraße.«

»Oh, das Lied kenne ich. Ihre Navigationskünste lassen einiges zu wünschen übrig.«

Er sah sie an. Ihr Blick war konzentriert auf die Straße gerichtet, doch ihr Mund verzog sich zu einem feinen Lächeln. »Da Sie nicht fahren und zugleich navigieren können, werden Sie wohl mit meinen Mängeln leben müssen, hm?«

Kurz nachdem sie Petersham erreicht hatten, erhob sich rechts von ihnen eine hohe Mauer aus rotem Backstein, die der Straße folgte.

»Langsam, Gemma. Jetzt müßte gleich die Einfahrt kommen.«

Sie fuhren nach rechts durch ein offenes Tor in eine Landschaft gepflegter grüner Rasenflächen und symmetrisch angeordneter Gebäude aus dunkelrotem Backstein. Jenseits glitzerte in der Sonne die Themse.

»Du meine Güte«, sagte Gemma, als sie den Wagen parkte, »unser Roger hat es wirklich schwer gehabt, nicht?«

Eine Sekretärin führte sie in ein Arbeitszimmer mit hohen Bücherwänden und Fenstertüren mit Blick auf den Fluß. Sie warteten schweigend. Gemma stellte sich an eines der Fenster und sah den Schwänen zu, die träge auf dem Wasser dahintrieben, und Kincaid bemerkte, daß der schwarze Pulli, den sie trug, den Kontrast zwischen ihrem leuchtenden Haar und ihrer blassen Haut noch stärker betonte.

Die Tür flog auf, und der Schulleiter eilte mit fliegender schwarzer Robe ins Zimmer. Er war ungefähr in Kincaids Alter, ein Energiebündel mit schütterem Haar, Brille und dem Ansatz eines Bäuchleins.

»Ich bin Martin Farrow.« Er gab ihnen beiden mit kurzem, kräftigem Druck die Hand. »Was kann ich für Sie tun?«

Kincaid sagte sich, daß dieser Mann für Wortreichtum wenig übrig hatte. »Es geht um einen Ihrer ehemaligen Schüler, Roger Leveson-Gower – erinnern Sie sich an ihn? Ich denke, Sie werden etwa zehn Jahre zurückgehen müssen.«

Martin Farrow forderte sie nicht auf, sich zu setzen. Kincaid vermutete, daß dieses Versäumnis nicht auf Unhöflichkeit zurückzuführen war, sondern auf die Tatsache, daß Farrow sich schlicht nicht vorstellen konnte, daß es Leute gab, die nicht lieber standen als saßen.

Farrow wippte leicht auf den Fußballen auf und nieder, während er nachdachte. »O ja, ich erinnere mich sehr gut an ihn. Ich war damals stellvertretender Direktor, und die meisten Regelverstöße und Disziplinarsachen landeten bei mir. Was hat Roger denn mit seinem Leben angefangen? Hat er eine Karriere als Fälscher gemacht? Oder als Versicherungsbetrüger? Oder hat er sich darauf spezialisiert, vertrauensseligen alten Damen ihre Ersparnisse abzuschwatzen?«

»Nichts so Spektakuläres. Aber ich sehe schon, daß Roger bereits sehr früh kriminelles Potential zeigte. Warum haben Sie ihn nicht hinausgeworfen?«

»Wenn es nach mir gegangen wäre, hätten wir's getan.« Farrow begann im Zimmer auf und ab zu gehen, während er sprach, zupfte hier an einem Sofakissen, rückte dort einen Stuhl zurecht, und Kincaid und Gemma mußten sich wie Kreisel drehen, um ihn nicht aus dem Blickfeld zu verlieren.

»Wir führen hier eine gute Schule, modern und fortschrittlich. Wir halten nichts von mittelalterlichen Methoden nach dem Grundsatz ›gelobt sei, was hart macht‹. Schüler wie Roger Leveson-Gower können dem Ruf einer Schule nur schaden.«

An ihren üblichen Dialog bei einer Vernehmung gewöhnt, sah Kincaid Gemma erwartungsvoll an. Doch die sah mit ausdrucksloser Miene an Farrow vorbei zum Fenster hinaus.

»Äh«, sagte er, ehe die Pause allzu lang werden konnte, »was hat er denn für einen Trumpf im Ärmel gehabt?«

Farrow blieb stehen, die Hände auf die Rückenlehne eines Lehnstuhls gestützt, und Kincaid konnte ihn sich plötzlich hinter dem Pult vorstellen. »Sein Vater hat unseren Baufonds mit großzügigen Spenden unterstützt.« Er zuckte die Achseln.« Das Übliche eben. Und mag der Junge noch so ein Früchtchen gewesen sein, er war zu schlau, um sich bei einer wirklich ernsten Sache erwischen zu lassen. Aber ich muß sagen, ich war froh, als er ging.«

»Der Vater scheint entweder sein Vermögen oder seine Großzügigkeit verloren zu haben; dieser Tage lebt Roger nämlich auf Kosten einer jungen Frau, die wahrscheinlich nicht viel mehr als das Existenzminimum verdient.«

Farrow lächelte. »Das sieht ihm ähnlich. Immer hat er die Kleinen tyrannisiert – sie hatten Todesangst vor ihm, und immer hat er's geschafft, daß sie für seine Dummheiten bestraft wurden.«

»Hat er Ihres Wissens je eine Neigung zu Gewalt gezeigt?«

»Nein.« Farrow schüttelte den Kopf. »Dazu ist er viel zu berechnend, hat viel zuviel Angst um sein eigenes kleines Leben.« Er überlegte einen Moment. »Wenn Roger Leveson-Gower je zu Gewaltmethoden greifen sollte, dann würde er es meiner Meinung nach nur in aller Heimlichkeit tun.«

»Zufrieden?« fragte Kincaid, nachdem Farrow sie mit einem freundlichen Winken verabschiedet hatte.

»Er war ein intelligenter Bursche«, hatte Farrows letzter Kommentar gelautet. »Ich hasse es, wenn ich mitansehen muß, wie gute Gaben sinnlos vergeudet werden.«

»Haben Sie erwartet, daß er Klassenbester war?« fragte Gemma, während sie den Gang einlegte und den Rover auf die Straße hinauslenkte.

»Wäre ein Mord an Jasmine risikolos genug gewesen, um ihn zu locken? Was meinen Sie? Hätte er sich sicher gefühlt?«

Gemma zuckte die Achseln, ohne den Blick von der Fahrbahn zu wenden. »Auf jeden Fall hätte er nicht mit Ihnen gerechnet. Sie sind der Sand im Getriebe. Ohne Sie hätte niemand an Jasmines Tod etwas Besonderes gefunden.«

Er wartete darauf, daß sie die Gelegenheit ergreifen würde, um Roger zum Täter zu machen, aber sie hüllte sich in Schweigen.

Als sie wieder in Richmond waren, sagte er: »Gemma, was ist eigentlich los? Bei dem Gespräch mit Farrow waren Sie schon so wortkarg, als hätte es Ihnen die Sprache verschlagen, und jetzt reden Sie mit mir auch nicht. Wenn ich's mir genauer überlege, waren Sie den ganzen Tag schon etwas seltsam.«

Sie warf ihm einen kurzen Blick zu und richtete dann ihre Aufmerksamkeit wieder auf den Verkehr. »Oh, verdammter Mist!« Dank der flüchtigen Ablenkung blieb ihr keine Zeit mehr, sich in die rechte Spur einzureihen, und auf der linken wurden sie in eine der schmalen Einbahnstraßen geschleust. »Was machen wir jetzt?«

Kincaid lächelte. »Wir haben keine Wahl. Fahren wir einfach weiter. Wir werden schon sehen, wo wir wieder rauskommen.«

Die Straße verengte sich zu einer kopfsteingepflasterten Gasse, die sich zwischen endlos scheinenden Reihen von

Lagerhäusern hindurchschlängelte. Plötzlich schossen sie in die Sonne hinaus. Vor ihnen, jenseits eines mit Backstein gepflasterten Platzes, der mit einer Kette abgesperrt war, lag die Themse.«

»Halten Sie da drüben.« Kincaid deutete auf eine Stelle vor der Absperrung. »Vertreten wir uns ein wenig die Füße.« Zu ihrer Rechten sauste der Verkehr über die bucklige Brücke, die sie überquert hatten, ehe sie auf Abwege geraten waren.

Die Sonne lag warm auf ihren Gesichtern, und eine kleine Brise zauste ihr Haar. Am anderen Flußufer tauchten Trauerweiden im ersten frischen Grün ihre Zweige ins Wasser. Ein vertäutes Hausboot schaukelte sachte von seinem Spiegelbild begleitet in der Strömung, und auf einem Pfosten stand ein Pelikan auf einem Bein und träumte. Selbst die Verkehrsgeräusche schienen hier gedämpft.

»Das war ja ein richtiges Glück, daß wir falsch abgebogen sind. Kommen Sie.« Kincaid begann langsam an der Sperrkette entlangzugehen. »Zu schade, daß das Schicksal einen auf diese kleinen Geschenke nicht vorbereitet. Wir hätten ein Picknick mitnehmen sollen.« Er machte halt, als Gemma stehen blieb und ihr Gesicht mit geschlossenen Augen der Sonne entgegenhob. »Also, was ist?«

Sie seufzte und antwortete, ohne ihn anzusehen. »Diese Privilegiertheit. Die ganze Schule hat förmlich danach gestunken. Geld und Privilegien, seit Generationen, ob nun fortschrittlich oder nicht. Aber Sie können das wahrscheinlich gar nicht verstehen.« Sie verschränkte die Arme über der Brust und sah ihn an. Im Sonnenlicht konnte er im Braun ihrer Augen goldene Lichter sehen. »Geld an sich läßt mich kalt. Die Leveson-Gowers zum Beispiel – die können im Geld schwimmen und sind trotzdem Gesindel. Sie haben keinen Geschmack, und ich bin ihnen haushoch überlegen. Aber diese Selbstsicherheit, die diese Leute schon mit der Muttermilch einsaugen, wenn ich die sehe, dann wird mir immer ganz anders – diese Selbstverständlichkeit, mit der man immer genau weiß, was man gerade sagen oder tun muß. Für Sie ist das so selbstverständlich wie das Atmen.«

»Moment mal, ich bin nicht das Produkt einer exklusiven Privatschule. Das wissen Sie doch, Gemma. Meine Eltern fühlten sich viel zu sehr als Liberale, um ihre Sprößlinge in so eine Brutstätte des Konservatismus zu geben. Sie waren der Meinung, die örtliche Gesamtschule sei gut genug für uns, und ich denke, sie hatten recht.« Er schob beide Hände in die Hosentaschen und ging weiter. Gemma hielt mit ihm Schritt. Als sie nichts entgegnete, fuhr er zu sprechen fort. »Da steckt doch noch etwas anderes dahinter, nicht wahr? Die Männerprivilegien attackieren Sie doch im allgemeinen, ohne mit der Wimper zu zucken. Ich erlebe doch immer wieder, wie Sie im Yard ihre Frau stehen und meistens auch gleich noch ein paar Leuten kräftig auf die Zehen treten.«

»Das ist etwas ganz anderes«, gab sie heftig zurück. »Da kenne ich die Regeln.« Dann lächelte sie etwas verlegen. »Ich bin heute wohl ein bißchen empfindlich. Tut mir leid. Ich sollte es nicht an Ihnen auslassen, nur weil die allgemeine Beschreibung auf Sie paßt.«

»Geht es um Rob?« fragte Kincaid in sachlichem Ton. Ihren gelegentlich eingestreuten Bemerkungen hatte er entnommen, daß ihr geschiedener Mann wenig Interesse an Toby oder der Aufrechterhaltung freundschaftlicher Beziehungen zeigte. Aber er hatte nicht aufdringlich sein wollen.

Gemma blieb wieder stehen und schaute über den Fluß. »Ich glaube, er ist abgehauen. Keine Schecks, kein Telefon, keine Nachsendeadresse.«

»Haben Sie versucht, ihn ausfindig zu machen?«

»Übers Yard, ja, soweit das möglich war, ohne anzuecken. Es gibt da ein paar Kollegen, die mir eine Gefälligkeit geschuldet haben.« Sie hielt inne und sagte dann heftig: »Dieser gemeine Kerl! Ich bemühe mich, nicht wütend zu werden, aber manchmal muß sich die Wut einfach Luft verschaffen. Wie kann er uns das antun?«

Kincaid wartete schweigend. Sie stieß prustend die Luft aus und entspannte sich ein wenig. »Aber es ist nicht seine Schuld allein«, sagte sie. »Es gehören immer zwei dazu. Ich habe mich wider besseres Wissen dafür entschieden, Rob James zu heiraten, und jetzt muß ich eben die Konsequenzen tragen. Jammern hilft nichts, und außerdem können wir nicht unser Leben lang alles x-mal hinterfragen. Wir tun immer das, was wir gerade können.«

»Und Sie haben Toby«, sagte Kincaid milde.

»Ja. Ich kann mir ein Leben ohne Toby nicht vorstellen. Aber genau das ist der springende Punkt – wie soll ich es allein schaffen?«

»Aber sicher ...«

»Mein ganzes Geld geht für Tobys Betreuung drauf. Es ist schon unter normalen Umständen schwierig, aber wenn ich Überstunden machen muß ... ich komme ja so kaum damit aus.«

»Können Sie nicht an einer anderen Stelle sparen?« Er sprach so beiläufig, wie ihm das möglich war, da er glaubte, wenn er die Teilnahme zeigte, die er empfand, würde Gemma es sich später übelnehmen, daß sie ihm ihr Herz ausgeschüttet hatte.

»Rob wollte unbedingt das Haus kaufen, obwohl die Zinsen damals so hoch waren. Es wäre eine Kapitalanlage für die Zukunft, sagte er.« Ihr Lächeln war bitter. »Jetzt hängt es mir wie ein Mühlstein am Hals, und völlig runtergekommen ist es außerdem. Rob hatte Riesenpläne, was er im Haus alles machen wollte – aber natürlich ist überhaupt nichts passiert und ...« Sie brach plötzlich ab und rieb sich mit beiden Händen das Gesicht. »Mein Gott, hör sich das einer an. Und ich habe gesagt, ich wollte es nicht an Ihnen auslassen. Es tut mir wirklich leid.« Sie lächelte diesmal reuig. »Ich habe oft genug erlebt, wie die Leute Ihnen ohne den geringsten Anstoß ihre ganze Lebensgeschichte erzählen. Ich müßte es wirklich besser wissen.«

»Was wollen Sie denn nun tun, Gemma?«

»Ich weiß es nicht. Meine Mutter hat mir angeboten, sich um Toby zu kümmern...«

»Das ist doch großartig. Das wäre...«

Sie schüttelte schon den Kopf. »Ich möchte ihnen nicht verpflichtet sein. Ich habe auf eigenen Füßen gestanden, seit ich aus der Schule gekommen bin, und ich habe nicht die Absicht...«

»Und wer leidet unter Ihrem Eigensinn? Finden Sie nicht, daß es falscher Stolz ist, Hilfe auszuschlagen, wenn man sich in einer Notlage befindet?«

»Das ist es gar nicht. Es ist... Sie sind im Grunde mit meiner Berufswahl nicht einverstanden.« Eine Wolke schob sich vor die Sonne, und Gemma zog fröstelnd die Schultern zusammen. Der Wind war stärker geworden und trieb kleine Kräuselwellen über die Wasserfläche. »Ich habe Angst, daß sie das an Toby weitergeben, sicher nicht absichtlich, aber daß er ihre Mißbilligung einfach spüren würde. Gute Mütter arbeiten nicht abends und an Wochenenden. Gute Mütter lassen sich nicht scheiden. Gute Mütter arbeiten nicht in Männerberufen.«

Kincaid schob seine Hand unter ihren Ellbogen und drehte sich herum. »Kommen Sie, wir kehren um.« Unter dem weichen Fleisch ihres Arms fühlte er einen harten, zierlichen Knochen, und er spürte auch ein leichtes Frösteln, als der Wind ihnen in die Gesichter blies. Er zog seine Hand weg. »Trauen Sie sich selbst etwas zu, Gemma. Er ist Ihr Sohn, und Ihr Einfluß ist stärker.« Er lächelte ein wenig über ihr zweifelndes Gesicht. »Und Ihren Eltern sollten Sie auch ein bißchen was zutrauen. Schließlich haben *sie* Sie großgezogen, und ganz so übel sind Sie doch nicht geworden, oder?«

17

Am Freitag morgen erwachte Kincaid vor Sonnenaufgang. Er hatte am Abend zuvor die Vorhänge nicht zugezogen, und nun lag er in seinem Bett und sah zu, wie das erste schwache graue Licht am östlichen Himmel aufglomm. Er dachte an die Tage der vergangenen Woche, blätterte sie gewissermaßen auf wie in einem Kalender, und sah, daß er der Lösung des Rätsels um Jasmines Tod nicht näher war als vor acht Tagen. Reine Frustration trieb ihn schließlich aus dem Bett, aber auch die banalen Handlungen des Morgens, Waschen, Zähneputzen, Frühstücken, konnten das nagende Gefühl des Scheiterns nicht besänftigen.

Es wäre ein Leichtes, Roger Leveson-Gower zum Hauptverdächtigen zu küren, aber er hatte nicht das Zipfelchen eines konkreten Beweises gegen ihn in der Hand. Und ganz gleich, wie sehr Roger sich rein emotional als Kandidat anbot, es paßte nicht. Dann hätte sich ja Jasmine von einem Menschen, den sie nicht kannte und dem sie aller Wahrscheinlichkeit nach nicht getraut hätte, ohne Widerrede eine tödliche Dosis Morphium einflößen lassen müssen, und diese Vorstellung widersprach aller Logik.

Kincaid bummelte beim Rasieren und Ankleiden, aber als er auf die Straße trat, drehte gerade erst der Milchwagen seine geräuschlosen Runden, und weder das Knallen von Autotüren noch das Heulen startender Motoren störte die frühmorgendliche Stille der Carlingford Road. Der Himmel war klar, es war windstill, impulsiv schälte er den Midget aus seiner Plane. Er liebte es, spät nachts oder morgens in aller Frühe, wenn der Verkehr abgeflaut war, durch die Straßen Londons zu fahren. Er hatte dann das Gefühl, mit der Stadt im Frieden zu sein, eins mit ihr, anstatt sie zu bekriegen.

Ein Stapel Faxnachrichten lag in seinem Eingangskorb. Kincaid, der lange vor Gemma da war, nahm seinen Schreibtischsessel selbst in Besitz und begann zu lesen.

Major Harley Keith hatte in der Tat gleich nach dem Krieg, neunzehnhundertfünfundvierzig, als frischgebackener Offizier und frischgebackener Ehemann, seinen Dienst in Indien angetreten. Anfang sechsundvierzig war er in Kalkutta stationiert gewesen und hatte bei den Unruhen dort seine Frau und seine kleine Tochter, ein Säugling noch, verloren. Soweit Kincaid es aus dem ihm fremden Militärjargon herauslesen konnte, war Keiths ehemals vielversprechende berufliche Laufbahn danach in Mittelmäßigkeit steckengeblieben. Neunzehnhundertachtundvierzig war der Major wieder nach Großbritannien versetzt worden und schien den Rest seiner Dienstzeit in irgendwelchen Schreibtischstuben verbracht zu haben.

Kincaid griff seufzend nach dem nächsten Blatt auf dem Stapel. Es war ein kurzer Bericht der Polizei von Dorset, der meldete, daß ein gewisser Timothy Franklin vor fünfundzwanzig Jahren in der Nervenheilanstalt Farrington oder wie man früher gesagt hatte, der Irrenanstalt Farrington untergebracht worden war. Eingeliefert worden war er von Althea Franklin, seiner Mutter. Bei Franklins Einlieferung war sein Leiden als Schizophrenie diagnostiziert worden, und er war niemals entlassen worden. Althea Franklin war neunzehnhundertsiebenundsiebzig in Bladen Valley gestorben.

Der Beamte, der den Bericht zusammengestellt hatte, hatte eine handschriftliche Notiz angefügt, um Kincaid zu informieren, daß die Anstalt Farrington sich zwei Meilen nördlich von Dorchester befand und nicht ganz leicht zu finden sei.

Gemma kam, als er den Bericht beiseite legte und den letzten

Schluck seiner zweiten Tasse Kaffee trank. Enttäuschung flog über ihr Gesicht, bevor sie lächelnd sagte: »Na, Sie sind aber heute früh auf den Beinen, Sir.«

»Ja, ich habe Sie ausnahmsweise mal geschlagen, wie?« Ein albernes Spiel, aber ihm macht es Spaß, und er richtete es so ein, daß er häufiger verlor als gewann, weil er wußte, daß Gemma das Gefühl der Macht genoß, das ein paar Minuten allein in seinem Büro ihr vermittelten.

»Was von Interesse?« fragte sie, als sie sich ihm gegenüber setzte.

Er reichte ihr die Berichte und wartete schweigend, während sie las. Als sie den über Major Keith fertig gelesen hatte, sah sie kopfschüttelnd auf. »Er scheint ja über den Tod seiner Frau und seiner kleinen Tochter nie hinweggekommen zu sein. Es ist irgendwie erschreckend, nicht wahr, daß jemand, der so normal und durchschnittlich wie der Major zu sein scheint, eine solche Tragödie erlebt hat?«

Kincaid verstand, was sie meinte – in gewisser Weise bekam man dadurch das Gefühl, daß man selbst gegen derartige Schicksalsschläge auch nicht gefeit war. Wenn es einem Durchschnittsmenschen wie dem Major zustoßen konnte, dann konnte es auch einem selbst zustoßen.

»Ich werde ihn danach fragen müssen.« Ohne es eigentlich beabsichtigt zu haben, vertraute er Gemma sein Unbehagen an. »Es ist wirklich unangenehm – aber ich kann es nicht auf sich beruhen lassen, ich muß ihn nach der schlimmsten Zeit seines Lebens fragen und danach weiter als Nachbar mit ihm leben. Und es ist um so schwieriger, weil er so ein ungeheuer zurückhaltender Mensch ist.« Er überlegte einen Moment. »Bei Jasmine hatte ich den gleichen Eindruck. Es wäre einem nicht leicht gefallen, sie nach Dingen aus ihrem Leben zu fragen, die sie nicht von selbst erzählt hat. Zwischen ihr und dem Major muß eine merkwürdige Beziehung bestanden haben.«

»Wollen Sie heute noch mit ihm sprechen?«

Kincaid zögerte und traf dann wieder einmal eine impulsive Entscheidung, von der er sehr wohl wußte, daß sie teilweise seiner Ablehnung gegen das Gespräch mit dem Major entsprang. »Ich fahre nach Dorset.«

»Schon wieder?« Gemmas Ton war unverkennbar kritisch. »Ich finde, Sie verschwenden Ihre Zeit. Es gibt doch hier in London genug zu tun, ohne auch noch irgendwelchen Chimären in gottverlassenen Landnestern nachzujagen. Was ist mit Roger?«

Er lachte. »Ich bin froh, daß Sie Ihren Angriffsgeist wiedergefunden haben. Da Sie auf den schönen Roger so versessen sind, können Sie das auch allein erledigen. Schauen Sie mal, ob Sie außer Mama und Jimmy Dawson jemanden finden, der bereit ist, sich für Roger zu verbürgen.«

Er fuhr auf dem *motorway* bis zum New Forest. Seiner Karte zufolge endete der *motorway* dort, wo der New Forest begann. Doch auch die weiterführende Straße, die das scheckige Grün auf der Karte durchschnitt, war eine zweispurige Schnellstraße. Erwartungen von mächtigen, uralten Bäumen und grünen Laubdächern allerdings wurden schnöde enttäuscht. Zu beiden Seiten der Straße dehnte sich weites Hochmoor, dessen Eintönigkeit nur von Ginsterbüschen unterbrochen wurde und den fernen Gestalten zottiger Tiere, die er für die wilden New Forest Ponys hielt. Er wünschte sich gar nicht, daß sie näher herankamen – sonst würde er womöglich die nächste Enttäuschung erleben und entdecken, daß die Ponys in Wirklichkeit kleine zottige Kühe waren.

Auf halbem Weg zwischen Wimbourne Minster und Dorchester passierte er die Abzweigung nach Briantspuddle. Das Dorf lag versteckt hinter den Hügeln, von der Straße aus nicht zu sehen, und die Straße, die zu ihm führte, verschwand zwischen mannshohen Hecken steil abfallend wie ein geheimer Schacht. In seiner Phantasie fuhr er in das Dorf hinein und fand die Zeit zurückgedreht, sah sich einer zwanzigjährigen Jasmine gegenüber, die aus der Tür ihres Hauses trat. Was würde er zu ihr sagen, und was würde sie ihm antworten?

Lachend über die Absurdität der Vorstellung schüttelte er den Kopf und dachte, wenn er diese Sache nicht bald klärte, würde er noch durchdrehen.

»Nicht ganz leicht zu finden« erwies sich als zutreffende Beschreibung für die Nervenheilanstalt Farrington. Er hatte in Dorchester, in einer schäbigen Teestube in der High Street, ein Sandwich gegessen und hatte dann munter die Straße nach Norden eingeschlagen.

Eine halbe Stunde später, nachdem er mindestens ein halbes Dutzendmal falsch abgebogen war und dreimal nach dem Weg gefragt hatte, fuhr er im Schneckentempo eine schmale ungeteerte Landstraße hinunter. Die letzte hilfsbereite Fußgängerin, eine alte Frau in Öljacke und schweren Schuhen, die ihren Terrier spazierenführte, hatte ihm versichert, hier sei er richtig, und so tuckerte er in gutem Glauben weiter. Auf der Höhe der Böschung zu seiner Rechten erschien schließlich ein hoher Maschendrahtzaun, und in einer Kurve sah er flüchtig roten Backstein, der gleich wieder hinter den Bäumen verschwand.

Der Zaun führte weiter bis zu einer Straßenkreuzung, und von dort zog sich eine asphaltierte Einfahrt einen Hügel hinauf. Ein verwittertes Schild setzte ihn davon in Kenntnis, daß er den Besuchereingang der Nervenheilanstalt Farrington erreicht hatte. Er folgte der Einfahrt unter Bäumen hindurch, und stellte den Midget auf dem kleinen leeren Parkplatz an ihrem Ende ab. Vor ihm erhob sich ein weitläufiger viktorianischer Bau aus rotem Backstein. Vernachlässigung und Verfall waren beinahe greifbar. Mit Spanplatten zugenagelte Fenster gaben dem Gebäude ein abweisendes, verlassenes Aussehen, und das Gelände rund herum war völlig verwildert. Abseits vom Hauptgebäude stand eine Kapelle, die aus dem gleichen roten Backstein erbaut war, doch die Fensterscheiben waren herausgebrochen und die Tür hing offen in den Angeln.

Kincaid sperrte den Wagen ab und nahm Kurs auf das einzige bewohnt aussehende Gebäude, einen kleinen Anbau am nächstliegenden Haus. Durch eine Glastür trat er in einen Flur mit Linoleumboden und Türen rechts und links. In der Stille konnte er das Klappern von Schreibmaschinentasten und gelegentlich eine Stimme hören.

Eine junge Frau mit einem Packen Papiere in der Hand kam eilig aus der ersten Tür zu seiner Linken. Sie blieb stehen, als sie ihn sah, sichtlich erstaunt. Unangemeldete Besucher gab es in der Heilanstalt Farrington anscheinend normalerweise nicht.

»Kann ich Ihnen behilflich sein?«

Er zeigte seinen Dienstausweis und sagte: »Mein Name ist Duncan Kincaid. Ich suche einen Ihrer Patienten, einen gewissen Timothy Franklin.«

»Tim?« Sie schien noch erstaunter als zuvor. »Ich kann mir nicht vorstellen, was Sie von Tim wollen könnten.« Dann jedoch faßte sie sich. Sie gab ihm die Hand und sagte: »Entschuldigen Sie. Ich bin Melanie Abbot. Der Direktor ist heute nicht hier, aber ich bin seine Assistentin.«

Sie sah zuverlässig und kompetent aus in ihrem braunen Pulli und der langen Hose. Glänzendes braunes Haar, knapp schulterlang, umrahmte ihr rundes, freundliches Gesicht.

»Darf ich fragen, was Sie von Tim wollen? Ich möchte nicht, daß er sich aufregt.«

»Es handelt sich lediglich um einige Routinefragen über eine Person, die er vielleicht vor langer Zeit gekannt hat.« Kincaid umfaßte mit einer Handbewegung seine Umgebung. »Was ist denn hier passiert? Es sieht ja beinahe wie nach einem Bombenangriff aus.«

»So schlimm war es nicht. In den letzten Jahren hat sich die

Gesundheitspolitik des Landkreises geändert. Die meisten Patienten sind anderweitig in Pflege gegeben worden. Reha-Zentren, Pflegeheime, Wohngemeinschaften unter Aufsicht«, erläuterte sie. »Wir helfen ihnen, sich wieder in das Leben der Gemeinde zu integrieren. Die Anstalt hier«, sagte sie, Kincaids Handbewegung wiederholend, »dient jetzt eigentlich nur noch Verwaltungszwecken.«

»Aber einige Patienten haben Sie noch hier?«

»Ja«, antwortete Melanie Abbot und drückte die Papiere mit einem Arm an ihre Brust. Kincaid fühlte eine leichte Abwehr in ihrer Antwort. »Einige gibt es, die einfach nicht woanders untergebracht werden können. Aus verschiedenen Gründen.«

»Zum Beispiel Timothy Franklin?«

Nickend sagte sie: »Wir haben bei der Behandlung der Schizophrenie in den letzten zehn Jahren riesige Fortschritte gemacht, aber Tim ist einer der seltenen Kranken, die auf Medikamente nicht ansprechen.« Sie blickte auf ihre Papiere, dann auf ihre Uhr. »Ich muß zum Fax, tut mir leid. Aber ich bringe Sie zum Aufenthaltsraum für die Patienten und werde eine Pflegerin bitten, Tim zu Ihnen zu bringen.«

Auch der Aufenthaltsraum für die Patienten hatte einen Linoleumfußboden; noch fleckiger und vergilbter als der im Flur. An den Wänden standen Stühle mit geraden Rückenlehnen und Sitzpolstern aus rissigem orangefarbenem Kunstleder. In einer Ecke stand mit flimmerndem Bildschirm ein Fernsehapparat, in der anderen kümmerte eine Grünpflanze vor sich hin. Vor dem Fernsehapparat saß im Rollstuhl eine Frau in einem grünen Krankenhauskittel und Filzpantoffeln. Ihr Kopf hing zu Seite, und aus dem Winkel ihres halb geöffneten Mundes sickerte Speichel. Kincaid schaffte es nicht, sich zu setzen.

Die Tür öffnete sich. Ein Mann kam herein, dem eine weißgekleidete Pflegerin folgte.

»Hier ist der Herr, der Sie sprechen möchte, Timmy.« Zu

Kincaid gewandt fügte sie hinzu: »Er hat einen guten Tag heute. Ich warte draußen im Gang, wenn Sie mich brauchen sollten.«

Kincaid wußte, daß der Mann, der da vor ihm stand und ihn so ruhig ansah, an die fünfzig sein mußte, aber dank seiner Schönheit wirkte er weit jünger. Sein dunkles Haar war ohne Grau, und die Haut um seine dunklen Augen war frei von Fältchen. Er war etwa so groß wie Kincaid und ähnlich gebaut, aber Strickjacke und Cordhose hingen so schlabberig an seinem Körper, daß Kincaid den Eindruck hatte, er habe in letzter Zeit Gewicht verloren.

»Guten Tag, Tim.« Kincaid bot ihm die Hand. »Mein Name ist Duncan Kincaid.«

»Hallo.« Tim ließ es zu, daß Kincaid seine Hand nahm, erwiderte aber den Druck nicht. Sein Ton war nicht unfreundlich, verriet aber keinerlei Interesse.

»Können wir uns setzen?«

Anstatt zu antworten, schlurfte Tim zum nächsten orangefarbenen Stuhl und setzte sich. Die Hände legte er auf die zernarbten hölzernen Armlehnen.

Kincaid zog sich einen anderen Stuhl heran und setzte sich so, daß er Tim Franklin ins Gesicht sehen konnte.

»Stört es Sie, wenn ich Sie Tim nenne?« fragte er.

Ein Augenzwinkern, dann, nach einer langen Pause: »Timmy.«

»Gut, Timmy.« Kincaid fand die falsche Herzlichkeit in seiner Stimme fürchterlich. »Ich möchte Sie nach jemandem fragen, den Sie vor langer Zeit gekannt haben.« Timmys Blick war zum geräuschlos laufenden Fernseher abgeglitten. »Timmy«, sagte Kincaid noch einmal, so normal wie es ihm möglich war. »Erinnern Sie sich an Jasmine?«

Der dunkle Blick kehrte vom Fernsehapparat zu Kincaid zurück. Ein Lächeln erhellte Tims Gesicht und verwandelte es. »Natürlich erinnere ich mich an Jasmine.«

Es dauerte einige Sekunden, ehe Kincaid begriff, daß die erwarteten Fragen, Wie geht es ihr? Was tut sie?, nicht folgen würden.

»Sie waren mit ihr befreundet, nicht wahr?« sagte er und wünschte, er wüßte mehr darüber, wie die Krankheit Tim Franklins geistige Prozesse beeinflußte. War sein Gedächtnis intakt?

»Wir haben zusammengehört, Jasmine und ich.«

»Sie sind zusammen gegangen, nicht wahr? Damals im Dorf?«

Tim nickte, und sein Blick schweifte wieder zum Fernsehapparat.

Kincaid versuchte es ein wenig aggressiver. »Aber Ihre Mutter und Jasmines Tante May hatten was dagegen, daß Sie befreundet waren. Sie wollten nicht, daß Sie zusammenkommen, nicht wahr?«

Tim reagierte nicht, und Kincaid verdrehte frustriert die Augen. »Erinnern Sie sich noch, wie Jasmine fortgegangen ist, Tim? Hat Sie das traurig gemacht?«

Tims Blick blieb auf den Bildschirm gerichtet, doch eine seiner Hände, die bisher locker auf der Armlehne des Stuhls gelegen hatten, krampften sich jetzt zur Faust zusammen. Unterdrückt murmelte Tim: »Schöne Haare. Schöne Haare. Schöne Haare.«

Die Frau im Rollstuhl stöhnte. Kincaid drehte sich überrascht herum. Er hatte sie völlig vergessen gehabt. Wieder stöhnte sie, lauter diesmal, und Kincaid spürte, wie sich ihm im Nacken die Haare sträubten. In dem Geräusch, das mehr tierisch als menschlich klang, drückte sich ein tiefer primitiver Schmerz aus.

Tim Franklin begann den Kopf zu schütteln, ohne jedoch den Blick vom Fernsehapparat zu wenden. Das Hin und Her wurde schneller, erregter, heftiger, und die Frau im Rollstuhl stöhnte immer stärker.

Kincaid stand auf. »Tim. Timmy!«

»Nein-nein-nein-nein...« sagte Timmy, immer noch kopfschüttelnd und mit den Händen, die jetzt beide zu Fäusten geballt waren, wie wild auf die Armlehnen einschlagend.

Kincaid, der Angst hatte, daß die Situation gleich völlig außer Kontrolle geraten könnte, rannte zur Tür und rief in den Korridor hinaus: »Schwester! Schwester!«

Die weißgekleidete Gestalt bog um die Ecke. Sie lächelte ihm ermutigend zu. »Er ist wohl ein bißchen heftig geworden? Na, dann wollen wir zuerst mal Mrs. Mason wieder in ihr Bett bringen.«

Kincaid trat zur Seite, als sie immer noch sprechend ins Zimmer eilte. »Ist ja gut, Mrs. Mason. Wir machen jetzt ein kleines Nickerchen, hm?« sagte sie beschwichtigend, während sie den Rollstuhl zur Tür schob. »Um den wieder zu beruhigen, werden wir jetzt Stunden brauchen«, fügte sie mit einer Kopfbewegung zu Tim Franklin hinzu. »Von dem hören Sie jetzt kein vernünftiges Wort mehr.«

Kincaid drehte sich noch einmal um, als er ihr aus dem Zimmer folgte. Tim Franklin trommelte vor sich hinsummend mit beiden Fäusten auf die Armlehnen seines Stuhls und bewegte dazu zuckend seinen Kopf hin und her.

18

Es war, wie die Uhr im Armaturenbrett zeigte, genau sechs, als Kincaid in der Carlingford Road anhielt. Er schaltete den Motor aus und blieb einen Moment still im Wagen sitzen, unfähig, die tiefe Niedergeschlagenheit abzuschütteln, die ihn auf der ganzen Rückfahrt von Dorset begleitet hatte. Hätte er auf Gemma gehört, so hätte er nicht einen ganzen Tag für nichts vergeudet, um dann doch der Aufgabe ins Auge sehen zu müssen, vor der er sich scheute. Obwohl er sich sagte, daß es keinen Sinn hatte, die Sache noch länger aufzuschieben, trödelte er immer noch herum, ließ sich übermäßig lange Zeit, um den Wagen abzusperren und die Schutzplane überzuziehen.

Als er beim Major klingelte, blieb alles still. Er wartete einen Moment, dann stieg er die Treppe hinauf und ging in Jasmines Wohnung. Schwarz und geschmeidig wickelte sich ihm die Katze um die Beine, sobald er Licht machte.

»Hallo, Sid. Alles in Ordnung, alter Junge?« Er beugte sich hinunter und streichelte Sid den Kopf, bis der schnurrend die grünen Augen schloß. »Nur Geduld. Du bekommst gleich dein Abendessen.«

Kincaid öffnete die Gartentür und trat hinaus. Der Major kniete vor den Rosen, die er zum Gedenken an Jasmine gepflanzt hatte. Nur der helle Stoff seiner Hose, die sich über seinem Gesäß spannte, und die rhythmische Bewegung seiner Hand, die die Hacke hielt, machten ihn in der Dunkelheit sichtbar. Kincaid stieg die Treppe hinunter, durchquerte den Garten und ging neben ihm in die Hocke.

»Sie arbeiten aber lange. Sie haben ja kaum noch Licht.«

Der Major hieb ein letztes Mal mit der Hacke in die Erde, dann setzte er sich zurück und stemmte die Hände auf die Knie. »Das ist das Unkraut. Um diese Jahreszeit kommt man kaum nach. Das überwuchert alles, wenn man nicht jeden Tag jätet.«

Kincaid nickte. »Haben Sie einen Moment Zeit für mich? Ich hätte Sie gern gesprochen.«

Zum erstenmal sah der Major ihn an. »Aber natürlich. Ich will mich nur ein bißchen säubern.« Er stand auf. Seine Kniegelenke knackten hörbar.

Kincaid folgte ihm und wartete, während er im Schuppen unter der Treppe seine Hacken säuberte. Dann folgte er ihm in die Küche und wartete wieder, während sich der Major die Hände wusch und die Fingernägel bürstete.

Die kleine Küche war blitzsauber und aufgeräumt. Nur ein Beutel Kartoffeln und eine Packung Bier waren auf der Arbeitsplatte.

»Möchten Sie eines?« fragte der Major, während er sich die Hände an einem Geschirrtuch abtrocknete, und als Kincaid nickte, öffnete er zwei Flaschen und warf die Deckel ordentlich in den Mülleimer unter dem Spülbecken. »Das ist der Luxus des Pensionisten«, sagte er, nachdem er getrunken und sich die Lippen geleckt hatte. »Man spart am Nötigsten, um sich dafür ein-, zweimal die Woche ein gutes Bier leisten zu können.« Er lächelte. Die Zähne unter dem Schnauzer waren weiß und kräftig. »Aber das ist mir der Spaß wert.«

Sie gingen in das spartanisch eingerichtete Wohnzimmer. Der Major machte Licht und bedeutete Kincaid, auf dem Sofa Platz zu nehmen, während er selbst sich in einem Sessel niederließ. Das grobe braune Material auf den Armlehnen des Sessels glänzte an einigen Stellen, und das Sitzpolster hatte eine dauernde Mulde. Kincaid stellte sich vor, wie der Major hier Abend für einsamen Abend mit seiner Flasche Bier vor dem Fernsehapparat saß, und mehr denn je graute ihm vor dem Gespräch, das er nun mit ihm führen mußte.

»Major, wie ich gehört habe, haben Sie nach dem Krieg in Indien gedient?«

Der Major betrachtete ihn forschend. »Gehört? Von wem, Mr. Kincaid? Ich glaube nicht, daß ich je darüber gesprochen habe.«

Kincaid, der sich vorkam, als wäre er beim Lauschen ertappt worden, kämpfte den Impuls, sich zu entschuldigen, nieder. »Ich ermittle in einem Mordfall, Major, und so unerfreulich ich persönlich das finden mag, ich muß die Vergangenheit eines jeden überprüfen, der auch nur die geringste Verbindung zu Jasmine Dent hatte. Wir haben uns über Sie informiert. Sie waren zu der Zeit in Kalkutta, als auch Jasmines Familie dort lebte.« Er wartete auf die Explosion, aber es erfolgte keine.

Statt dessen trank der Major einen Schluck Bier und sagte seufzend: »Ja, das ist richtig. Ich hätte es Ihnen selbstverständlich gesagt, wenn ich gewußt hätte, daß es für Sie von Bedeutung ist. Es ist ja sehr lange her.«

»Aber Jasmine haben Sie davon erzählt?«

»Ja. Und ich wünschte, ich hätte es nicht getan.«

»Warum?« fragte Kincaid leise. Er stellte sein Bier auf den Beistelltisch und beugte sich vor. Zum erstenmal bemerkte er die Altersflecken auf den schwieligen Händen des Majors.

»Weil ich ihr nicht die ganze Wahrheit sagen konnte, und dadurch entstand zwischen uns etwas Falsches. Ihr ist es vielleicht nicht aufgefallen, aber ich war danach unfähig, mich wieder gänzlich unbefangen zu fühlen, wenn ich mit ihr zusammen war.« Er machte eine Pause, und als Kincaid nichts sagte, fuhr er fort: »Ich bin ein gläubiger Mensch, Mr. Kincaid, aber ich glaube nicht daran, daß die Sünden der Väter an den Kindern vergolten werden. Ich glaube nicht, daß Gott so ungerecht wäre. Aber ich hatte das Gefühl, daß Jasmine es anders sehen und die Schuld auf sich nehmen würde, und sie hatte doch weiß Gott schon genug gelitten, das arme Ding.« Er trank sein Bier aus, hielt die leere Flasche hoch und sah Kincaid mit hochgezogener Augenbraue an.

Kincaid schüttelte den Kopf. »Nein, danke.« Er wartete, bis der Major mit einer neuen Flasche aus der Küche wiederkam, und sagte: »Welche Schuld hätte Jasmine auf sich genommen, Major?«

Der Major blickte auf seine Bierflasche, die er sachte zwischen den Fingern hin und her drehte. »Haben Sie eine Ahnung, was neunzehnhundertsechsundvierzig in Kalkutta los war, Mr. Kincaid?« Er sah auf, und Kincaid sah, daß seine hellen blauen Augen blutunterlaufen waren. »Die Moslems, die die staatliche Trennung wollten, griffen Hindus an und töteten sie, und die Unruhen, die darauf folgten, breiteten sich wie ein Feuer in der ganzen Stadt aus. In den Geschichtsbüchern wird von den ›Calcutta Killings‹ gesprochen.« Er prustete voll spöttischer Verachtung. »Das klingt nach Banküberfall oder einem Amokläufer in einem Supermarkt.« Mit einem zornigen Kopfschütteln sagte er: »Sie haben keine Ahnung. Ich denke mir, daß Sie im Rahmen Ihrer Arbeit genug Greuel zu sehen bekommen, aber ich wünsche Ihnen, daß Sie nie das erleben, was wir damals erlebt haben. Als es endlich vorbei war, lagen sechstausend Tote auf den Straßen. Sechstausend Tote, die langsam verwesten oder in den Feuern verbrannten, die tagelang schwelten. Der Geruch war überall. Er legte sich einem auf die Haut, auf die Zunge und hängte sich in der Nase fest.« Er trank von seinem Bier, so tief, als hoffte er, damit die Erinnerung an diesen Geruch wegzuwaschen.

»Aber Jasmine war damals noch ein Kind«, warf Kincaid ein. »Weshalb hätte sie sich schuldig fühlen sollen?«

»Jasmines Vater war ein kleiner Beamter, ein Schreibstubenmensch, der in dem Ruf stand, nicht besonders tüchtig zu sein. Ihm wurde die Evakuierung eines kleinen Wohngebiets anvertraut.« Der Major trank wieder einen Schluck, und Kincaid meinte zu hören, wie sich seine Rede zu verwischen begann. »Es wurde eine Katastrophe. Nur ganz wenige Familien entkamen, ehe die aufgebrachten Massen in die Straßen stürmten. Ich habe mich später gefragt, ob er nur an seine eigene Familie gedacht und die vorgezogen hat oder ob er schlicht und einfach den Schwanz eingezogen und Fersengeld gegeben hat, ohne sich um irgendwas zu kümmern.«

Kincaid wartete schweigend auf die nächsten Worte. Er konnte sich jetzt denken, was kommen würde.

»Ich habe drei Tage gebraucht, um meine Frau und meine kleine Tochter zu finden, und dann habe ich sie nur noch an den Kleidern erkannt. Ich will Ihnen nicht schildern, was man ihnen vor ihrem Tod angetan hatte – es ist unvorstellbar. Selbst heute noch.« Die Augen des Majors waren stark gerötet, aber er sprach immer noch langsam und nachdenklich. »Ich dachte mir nichts, als Jasmine hier einzog. Dent ist schließlich ein relativ häufig vorkommender Name. Erst als sie anfing, mir aus ihrer Kindheit zu erzählen, wurde mir klar, wer sie sein mußte.« Er lächelte. »Anfangs dachte ich, jemand da oben«, er verdrehte die Augen zur Zimmerdecke, »wolle mir einen Streich spielen. Aber je näher ich sie dann kennenlernte, desto häufiger fragte ich mich, ob sie mir vielleicht als Ersatz für meine eigene Tochter gesandt worden sei. Ich bin schon ein alberner alter Knacker.« Seine Worte waren jetzt wirklich nicht mehr deutlich. Dann sah er Kincaid direkt in die Augen und sagte etwas artikulierter: »Verstehen Sie jetzt, daß ich das Jasmine niemals hätte sagen können, Mr. Kincaid? Ich hätte ihr um keinen Preis weh tun wollen.«

Kincaid trank den letzten Schluck Bier und stand auf. »Ich danke Ihnen, Major. Es tut mir leid.«

Er ging hinten hinaus, stieg die Treppe zu Jasmines Wohnung hinauf und blieb oben einen Moment stehen, um in den

Garten zu blicken. Die Rosen des Majors waren nur noch als dunkle Schatten sichtbar. Rosen zur Erinnerung an Jasmine und vielleicht auch an seine Frau und seine Tochter, die schon so lange tot waren. Kincaid war überzeugt, daß der Major den Schmerz über ihren Tod sein Leben lang mit sich herumgeschleppt hatte. Vielleicht hatte die Freundschaft mit Jasmine ihm endlich erlaubt, ihn langsam loszulassen.

In dem Haus hinter dem Garten gingen die Lichter an. Durch die Fenster wirkten die erleuchteten Räume so scharf und klar wie ein Bühnenbild, und Kincaid fragte sich flüchtig, welche geheime Verzweiflung die Bewohner wohl hinter der Fassade ihrer Alltagspersönlichkeit verbargen. Jemand zog die Vorhänge zu, und der Blick in diese unbekannten Leben verdunkelte sich so rasch wie er sich gezeigt hatte. Kincaid ging fröstelnd ins Haus.

»Ich habe mein Leben damit zugebracht, auf Dinge zu warten, die niemals geschahen, und nun merke ich, daß ich auf das eine, das endlich und unvermeidlich kommen wird, nicht warten kann.

Ich habe Angst. Felicity hat mir gesagt, daß der Tumor, wenn er weiter so wächst, mir die Rippen brechen kann und daß dann selbst das Morphium den Schmerz nicht mehr lindern wird. Es ist schon jetzt so, daß es jeden Tag schwieriger wird, feste Nahrung zu schlucken, und ich kann den Gedanken an eine Magensonde, an völlige Hilflosigkeit, wie ein Säugling gefüttert und gebadet zu werden, nicht aushalten.

Merkwürdig, wie das Leben einen immer wieder an den Ausgangspunkt zurückführt. Es entbehrt nicht einer gewissen Ironie, daß Felicity der einzige Mensch ist, der mir gegenüber stets absolut ehrlich ist. Obwohl Meg meine Krankheit wie ein Stiefkind akzeptiert hat, das sie in allen seinen Aspekten fasziniert, versucht sie dennoch, mich vor dem zu schützen, was kommen wird. Kann ich darauf zählen, daß sie mir helfen wird?

Ich brauche Megs Hilfe nicht. Das ist nur Schwäche. Das Alleinsein wird mir dadurch auch nicht erspart, aber wenigstens werde ich vorbereitet sein, dem Tod ins Auge sehen, anstatt mich hinterrücks von ihm überraschen zu lassen.

Arme Meg. Was wird sie tun, wenn sie sich nicht mehr um mich kümmern kann? Oder wenn ich mich nicht mehr um sie kümmern kann.

Soll ich von Theo Abschied nehmen? Nein. Das ist wieder eine Schwäche von mir. Für ihn ist es besser, wenn er mich so in Erinnerung behält, wie ich war. Und ich will gar nicht wissen, ob sein Geschäft geht – ich würde es ihm sofort vom Gesicht ablesen, wenn nicht, und diese letzte Frist ist das einzige, was ich ihm noch geben kann. Von nun an wird er allein fertigwerden müssen.

Ach, wie meine Welt geschrumpft ist – auf die vier Wände meiner Wohnung, den Blick von der Gartentreppe. Und welche Bedeutung die Menschen angenommen haben, die durch meine Tür kommen. Ihre Besuche sind das Zeitmaß meiner Tage: Felicitys Sachlichkeit am Morgen; Megs Atemlosigkeit mittags; das tröstliche Schweigen des Majors zum Nachmittagstee, und Duncan – Duncan ist wohl das Dessert. Ganz gleich, wie ich mich den ganzen Tag gefühlt habe, wenn er abends kommt, finde ich die Kraft zu reden, zuzuhören, zu lachen. Er kann nicht ahnen, wie sehr er mein Leben verändert hat, aber ich habe Angst, wenn ich es ihm sage, würde es die Unbefangenheit zwischen uns zerstören.

Sidhi sieht mir beim Schreiben zu. Ab und zu schlägt er mit einer Pfote nach dem Füller. Auch wieder eine dieser albernen menschlichen Tätigkeiten, denkt er bestimmt, so unverständlich und faszinierend wie das Umblättern in einem Buch. Ehe ich es mir recht überlege, denke ich daran, wie sehr er mir fehlen wird. Absurd. Mir wird nichts und niemand fehlen.«

Er klappte das letzte Tagebuch zu und legte es wieder in den Schuhkarton. Auf dem niedrigen Tisch vor der Couch stand ein Glas Wein – er hatte es über seiner Lektüre ganz vergessen.

Die letzte Eintragung im letzten Heft stammte aus der Woche vor Jasmines Tod; sie war die letzte Seite des Hefts.

Kincaid stand auf und streckte sich. Er trank einen Schluck von dem Wein und trug das Papier, in das seine Crêpes eingewickelt gewesen waren, in die Küche. Nachdem er Jasmines Wohnung verlassen und nach oben gegangen war, hatte er Jeans und Pulli angezogen und war den Rosslyn Hill hinauf zum Crêpe-Stand gegangen. Der junge Mann in der Bude hantierte mit der Fingerfertigkeit eines Taschenspielers. »Schinken? Käse? Pilze? Oder vielleicht was anderes?« hatte er gefragt, ohne daß davon seine Konzentration oder die Geschmeidigkeit seiner Bewegungen beeinträchtigt worden wäre. Kincaid hatte ihm zugesehen und dem Häagen-Dazs bewußt den Rücken gekehrt, um nicht an Jasmine und Rumeis mit Rosinen zu denken.

Jetzt wusch er sein Glas aus und blieb unschlüssig in seiner Küche stehen. Er war müde vom vielen Autofahren an diesem Tag, aber zu aufgedreht, zu unruhig, um an Schlaf zu denken. Nach einer Weile nahm er seinen Schlüssel und ging zu Jasmines Wohnung hinunter.

Er hatte, als er zuvor weggegangen war, eine Lampe für Sid angelassen, obwohl er wußte, wie albern das war; Katzen können auch in der Dunkelheit sehen. Und ein Trost war Sid der vertraute Lichtschein sicher nicht.

Alles sah so aus wie vorhin, als er gegangen war; sah so aus wie es vor einer Woche ausgesehen hatte, als er und Gemma die Wohnung von oben bis unten durchsucht hatten. Dennoch begann er noch einmal, hob die Matratze auf dem Krankenhausbett hoch, schob seine Hand unter die Polster der Sessel, hinter die Bücherreihen auf den Regalborden. Er ging weiter zum Sekretär, durchsuchte jede Nische und jeden Winkel so sorgfältig wie beim erstenmal.

Was sich so im Leben eines Menschen alles ansammelt, dachte er, während er die Dinge betrachtete, die kunterbunt durcheinander in der obersten Schublade lagen. Alte Theaterkarten, vergilbte Visiten- und Geschäftskarten, Quittungen für Dinge, die vor langer Zeit gekauft und längst vergessen worden waren, und dies alles gemischt mit einem Durcheinander von Kugelschreibern, Bleistiftstummeln und Zetteln.

Was würde er in seiner Wohnung hinterlassen, wenn er morgen von einem Bus überfahren werden sollte? Was würde ein Fremder mit seiner verstaubten Sammlung von Science-Fiction-Taschenbüchern anfangen, mit den Schallplatten der sechziger und siebziger Jahre, von denen er sich nicht trennen konnte, obwohl er gar keinen konventionellen Plattenspieler mehr hatte?

Was würde man mit den Hochzeitsfotos anfangen, die ganz hinten in seiner Schreibtischschublade lagen? Was würde ein fremder Betrachter von Vic mit dem zarten, blonden Haar und dem blassen, unschuldigen Gesicht halten? Von jener Vic, die sein Vertrauen und seinen naiven Glauben an das Gute im Menschen tief erschüttert hatte? Wahrscheinlich sollte er ihr dafür danken – Naivität und Vertrauen in die Menschen wären einem jungen Polizisten, der Karriere machen wollte, sicher nicht dienlich gewesen.

Was von den Schulzeugnissen und Zeichnungen, Hausarbeiten und Rugby-Trophäen, die seine Mutter in der Mansarde ihres Hauses in Cheshire gesammelt hatte? Was hatte Jasmine mit den Andenken aus ihrer Kindheit getan? Er hatte keine Fotos oder Briefe gefunden, nichts aus den Jahren in Indien und Dorchester. Außer den Tagebüchern.

Er ging ins Schlafzimmer. Jasmines seidene Umhänge streiften weich seine Finger, als er in die Tiefen ihres Kleiderschranks griff. Auf der einen Seite hingen Kostüme und Kleider. Auf ihren Schultern hatte sich, ebenso wie auf den ordentlich aufgereihten Schuhen auf dem Boden des Schranks, eine feine Staubschicht abgesetzt.

Er fand nichts. Er setzte sich auf den kleinen Hocker vor dem Toilettentisch und starrte sein Bild im Spiegel an. Das Licht der Lampe auf der rechten Seite des Tisches warf Schatten, die ihm die Flächen und Kanten seines Gesichts fremd machten und seine Augen im Dunkel ließen. Er zwinkerte einmal und strich sich das Haar aus der Stirn. Dann zog er die mittlere Schublade auf. Die Art und Weise, wie Frauen mit Kosmetika umgingen, verblüffte ihn immer wieder. Selbst Frauen, die wie Jasmine in jeder anderen Hinsicht ausgesprochen ordentlich waren, schienen unfähig, mehr zu tun, als das allgemeine Chaos auf ein bestimmtes Gebiet zu beschränken. Und niemals schienen sie wegzuwerfen, was sie nicht mehr brauchten. Jasmines Schublade war da keine Ausnahme. Fast leere Döschen mit Cremerouge und Lidschatten, Lippenstifte, die bis zum Rand der inneren Hülse hinunter geschrumpft waren, Bürstchen und Schwämmchen, und das alles mit einem feinen Film Gesichtspuder bestäubt. Er schnupperte. Von irgendwo stieg der Duft auf, den er mit Jasmine assoziierte: exotische Blüten mit einer Spur von Moschus. Es erinnerte ihn beinahe an Weihrauch.

Er hob die Unterröcke und Nachthemden in der unteren Schublade heraus, als er gegen etwas Hartes stieß. Aufgeregt griff er zu und war beinahe enttäuscht, als er sah, daß das Objekt kein Tagebuch, sondern eine gerahmte Fotografie war. Neugierig drehte er sie herum.

Sie war auf den ersten Blick zu erkennen. Als er am Tag zuvor an Briantspuddle vorbeigefahren war und sich vorgestellt hatte, eine zwanzigjährige Jasmine träte aus ihrem Haus, hatte er sie genau so gesehen – mit langem, dunklen Haar, das das zarte, olivgetönte Oval ihres Gesichts umgab. Sie wirkte entspannt, ernst bis auf den Anflug eines Lächelns um die

Mundwinkel und in den dunklen Augen, die ihn direkt ansahen.

Vorsichtig stellte er das Bild auf den Toilettentisch, Jasmines Gesicht neben das Spiegelbild seines eigenen. Gemma hatte dieses Zimmer genau durchsucht – sie mußte die Fotografie gefunden haben. Er fragte sich flüchtig, warum sie sie ihm nicht gezeigt hatte.

Als er mit dem Toilettentisch und der Kommode fertig war, sah er noch unter das Bett und in die Schublade des Nachttischs, aber er fand nichts weiter.

Als er wieder ins Wohnzimmer kam, lag Sid zusammengerollt auf der leuchtenden Tagesdecke über dem Bett. Er hatte den Kater so oft an dieser Stelle liegen sehen, zu einem kleinen schwarzen Knäuel zusammengerollt, an Jasmines Hüfte oder Oberschenkel geschmiegt.

Kincaid setzte sich auf die Bettkante und drückte auf den Knopf, um das Kopfende anzuheben. Dann lehnte er sich in die Kissen zurück. Er hatte plötzlich heftige Schmerzen in der Brust. Er schloß die Augen und grub seine Finger in Sids dichtes Fell.

19

Meg nahm den Gepäckschein entgegen und steckte ihn in ihre Handtasche. Achtzehn Monate ihres Lebens waren in einem einzigen abgeschabten Lederkoffer und einem Matchsack verstaut, die jetzt sicher in der Gepäckaufbewahrung lagen. Es hatte sie überrascht, wie groß und kahl das möblierte Zimmer ohne ihre Sachen ausgesehen hatte.

Auf dem Weg zum Bahnhof hatte sie mit großer Genugtuung einen Kündigungsbrief an die Baubehörde zur Post gebracht; der Abschied von ihrer Wirtin hatte allerdings nicht ganz ihren Erwartungen entsprochen. Ein Ausdruck, den Meg vielleicht als Bedauern bezeichnet hätte, flog über Mrs. Wilsons feistes Gesicht, ehe sie sagte: »Na, dieser Roger wird mir nicht fehlen, das sag' ich Ihnen. Hören Sie auf mich, Kind, Sie sind ohne den besser dran.«

Meg war selbst schon zu diesem Schluß gekommen, aber die Konsequenz daraus zu ziehen, war nicht einfach. Die ganze Nacht hatte sie in ihrem schmalen Bett wach gelegen und nachgedacht, Pläne geschmiedet, versucht, sich eine Zukunft vorzustellen, in der sie ihr Leben selbst in die Hand nahm.

Und am Morgen hatte sie einen Entschluß gefaßt. Nun brauchte sie nur noch den Mut, ihn in die Tat umzusetzen. Sie wußte, sie würde es nicht schaffen, Roger allein gegenüberzutreten, aber gegenübertreten mußte sie ihm. So hatte sie schließlich einen Kompromiß geschlossen und zuerst alle anderen Brücken hinter sich abgebrochen, um dafür zu sorgen, daß es kein Zurück mehr gab.

Vom Bahnhof aus nahm sie den Bus bis Shepherd's Bush und ging das letzte Stück bis zum *The Blue Angel* zu Fuß. Rogers Freund Jimmy arbeitete in einer Tankstelle in der Nähe, und sie wußte, daß Roger mittags oft in dem Pub war. Sie hoffte, sein Stolz würde ihn daran hindern, ihr im Beisein seiner Freunde nachzulaufen, wenn sie ihm gesagt hatte, was sie sich vorgenommen hatte.

Dennoch blieb sie vor der Tür des Pubs stehen. Sie hatte Magenschmerzen vor Angst, und ihr Atem kam in kurzen Stößen. Zwei Männer stürmten heraus und stießen sie beinahe um. Meg wich zurück. Dann fuhr sie sich mit den Fingern durch ihr Haar und öffnete die Tür.

Drinnen war es verqualmt und laut. Im Gedränge an der Tür stellte sie sich auf Zehenspitzen und blickte suchend von einem vollbesetzten Tisch zum anderen. Zuerst entdeckte sie Jimmy, dann Matt mit seinem hellen blonden Haar und herabhängenden Schnauzbart und schließlich Roger, der mit dem Rücken zu ihr saß. Die Menge teilte sich nicht wie das Rote Meer, als sie sich durchdrängte – beinahe hätte sie gelacht, als ihr dieser Vergleich in den Kopf kam, und sie war verwundert über dieses merkwürdige Gefühl der Beschwingtheit, das sie empfand.

Matt sah sie, noch ehe sie den Tisch erreicht hatte, und sagte auf gewohnt spöttische Art: »Hey, Rog, da kommt dein Hase.« Aber ausnahmsweise machte es ihr gar nichts aus. Jimmy lächelte sie an – er war eigentlich gar nicht so übel –, und Roger drehte sich mit ausdrucksloser Miene nach ihr um.

»Roger, kann ich dich kurz sprechen?« Ihre Stimme war ruhiger, als sie erwartet hatte.

»Bitte.«

Sie sah Jimmy und Matt an. »Ich meine, allein.«

Roger verdrehte genervt die Augen. Nirgends war ein Tisch frei, jede Bank und jeder Stuhl waren besetzt. Er sah seine Freunde an und wies mit einer Kopfbewegung zum Tresen. »Holt uns inzwischen noch ein Bier, okay?«

Sie gingen, und Meg zwängte sich an einer dicken Frau am Nebentisch vorbei und setzte sich auf die Bank, die die beiden Männer freigemacht hatten.

Roger ging auf sie los, noch ehe sie Atem holen konnte. Er schob seinen Bierkrug zur Seite, um sich über den Tisch beugen zu können, und zischte: »Was zum Teufel fällt dir ein, einfach hier aufzukreuzen und mich vor meinen Kumpeln lächerlich zu machen, du blödes Lu...«

»Roger, ich gehe. Ich...«

»... will ich hoffen. Und laß dich ja nicht...«

»Roger. Es ist aus. Ich mache Schluß. Ich habe meine Arbeit gekündigt. Ich habe mein Zimmer aufgegeben. Ich habe an Superintendent Kincaid geschrieben und ihm mitgeteilt, wo er mich gegebenenfalls erreichen kann. Ich wollte mich nur von dir verabschieden.«

Zum erstenmal, seit sie ihn kannte, sah sie ihn sprachlos. Offenen Mundes starrte er sie an, unfähig, ein Wort hervorzubringen.

Nach einer Weile schloß er den Mund, öffnete ihn wieder und sagte: »Was soll das heißen, du gehst? Das kannst du nicht.«

Meg spürte, wie sie zu zittern begann, aber sie klammerte sich an das Gefühl von Macht, das sie durchflutet hatte. »O doch, ich kann.«

»Und was ist mit dem Geld?« sagte er, sich wieder über den Tisch neigend. »Wir hatten doch ausgemacht...«

»Ich hatte gar nichts ausgemacht. Und du bekommst nicht einen Penny davon. Du hast ihr den Tod gewünscht. Hast du nachgeholfen, Roger? Ich weiß nicht, was du getan hast, aber mit mir kannst du nicht mehr rechnen.«

Er riß ungläubig die Augen auf. »Du willst mich hinhängen, du Luder? Du...« Er brach ab, holte tief Luft und schloß die Augen. Als er sie öffnete, hatte er sich wieder im Griff. »Denk mal nach, Meg. Denk mal drüber nach, wie sehr ich dir fehlen werde.« Er hob die Hand und strich ihr mit einem Finger über die Wange.

Sie riß ihren Kopf zurück und wandte ihr Gesicht von ihm ab.

»Aha, so ist das also«, sagte er, die Stimme wieder voller Gift. »Na, dann lauf doch heim zu Mami und Papi. 'ne andre Möglichkeit hast du doch sowieso nicht. Tagsüber kannst du in Papis Tankstelle arbeiten und dich von jedem dicken alten Kerl betatschen lassen, der vorbeikommt, und abends darfst du die Bälger deiner Schwester hüten – viel Spaß dabei. Und deinem heißgeliebten Superintendent Kincaid kannst du meinetwegen erzählen, was du willst, weil die mir nämlich überhaupt nichts anhängen können.« Rogers Lächeln hatte nichts Sympathisches. »Der Superintendent würde dir gefallen, was, Meg? Ich hab' schon bemerkt, wie du ihn angeschaut hast. Tja, aber der ist für dich leider unerreichbar, Schätzchen, und du bist noch naiver als ich gedacht habe.«

Meg spürte, wie ihr heiße Röte ins Gesicht schoß, aber sie war entschlossen, sich nicht von ihm reizen zu lassen. Sie stand auf und zwängte sich am Tisch vorbei in den Gang. Sie blieb so dicht vor Roger stehen, daß sein Arm ihren Oberschenkel streifte, wenn er sich bewegte. Sie sah in sein Gesicht hinunter und nahm die Furcht hinter seiner Großspurigkeit wahr. »Du auch«, sagte sie nur und wandte sich ab.

»Danke, Charlie«, sagte Meg zu dem Fahrer, als der Bus in Abinger Hammer anhielt. Es war die Linie Dorking-Guildford, die täglich fuhr, und der Fahrer gehörte zu den Stammkunden ihres Vaters. Sie winkte, als die Tür sich hinter ihr schloß, und sah dem Bus nach, bis er um die Straßenbiegung verschwunden war.

Der Laden war auf der anderen Straßenseite, genauso wie

sie ihn in Erinnerung hatte. Sie wischte sich mit den Händen über ihren Mantel, als sie einen Fleck entdeckte. Wahrscheinlich von der Limonade, die sie im Zug von London nach Dorking getrunken hatte. Zu Hause hatte sie nur ganz kurz Station gemacht – sie hatte ihr Gepäck in ihr früheres Zimmer gebracht, den Tee, den ihre Mutter ihr angeboten hatte, dankend abgelehnt und keine Fragen beantwortet. »Später, Mama. Jetzt muß ich erst noch was erledigen.«

Bei der Erinnerung an den erstaunten Ausdruck auf dem Gesicht ihrer Mutter mußte sie lächeln. Keiner in der Familie hätte je erwartet, daß die dumme kleine Meg ihren eigenen Kopf, eigene Pläne haben könnte.

Langsam ging sie über die Straße und blieb vor dem Laden stehen. Licht schimmerte durch die Fensterscheiben, doch drinnen war alles still. Ihr Herz klopfte heftig, und ihre Finger zitterten, als sie den Türgriff berührten. Irgendwo in den Tiefen des Ladens bimmelte ein Glöckchen, als sie eintrat. Niedergeschlagenheit bemächtigte sich ihrer, als sie das wirre Durcheinander von wertlosem alten Trödel im Laden sah. Alte landwirtschaftliche Geräte, Porzellan, ein Schaukelpferd, modrige alte Bücher, keine Ordnung, kein System, und über allem lag eine Aura von Vernachlässigung.

Doch als sie langsam und vorsichtig durch den engen Gang ging, sich die einzelnen Gegenstände ansah, sie berührte, zeigten sich erste Möglichkeiten. Sie war niedergekniet, um die Hand in einen Korb mit alten Knöpfen zu tauchen, als eine Tür geöffnet wurde, und sie Theos Stimme hörte. »Kann ich Ihnen – Margaret!«

Sie richtete sich auf, einen silbernen Knopf noch in der Hand. »Hallo, Theo. Nennen Sie mich doch Meg. Jasmine hat mich auch so genannt.«

»Was tun Sie ... Ich meine, ich freue mich natürlich, Sie zu sehen. Ich hatte nur nicht erwartet ...«

»Ich bin hergekommen, weil ich Ihnen einen Vorschlag

machen möchte.« Sie hatte zwar das Gefühl, daß ihre Stimme zitterte, aber sie schien ganz normal zu klingen, darum holte sie nur kurz Luft und sprach weiter: »Können wir uns hier vielleicht irgendwo unterhalten?«

Theo schien sich gefaßt zu haben. »Natürlich. Wir können nach oben gehen.«

»Was Besonderes ist es nicht«, sagte er, ihr vorausgehend. »Ich habe mich wohl im Lauf der Jahre daran gewöhnt, aus Kartons zu leben. Das Notwendigste eben.«

Meg betrachtete den Lehnstuhl und das Feldbett, die Kartons und die Kochplatte. »Ich weiß«, sagte sie in Gedanken an ihr möbliertes Zimmer. »Aber Sie haben es sich doch ganz gemütlich gemacht.«

»Kommen Sie, setzen Sie sich.« Er führte sie zum Lehnstuhl. »Ich mache uns eine Tasse Tee.«

Sie sah zu, wie er in dem Alkoven, der als Küche diente, den elektrischen Wassertopf füllte. Sie war plötzlich nicht fähig, auch nur ein Wort zu sprechen. Lieber Gott, wie war sie nur auf diese hirnrissige Idee gekommen? Bestenfalls würde er sie auslachen, schlimmstenfalls mit wohlverdienter Verachtung zurückweisen – und wie würde sie dann dastehen? Auch nicht schlechter als vorher, sagte sie sich fest.

Theo servierte den Tee auf einem Lacktablett mit Porzellantassen und dazu passenden Milchkännchen und Zuckerdose. »Manchmal behalte ich schöne Stücke einfach für mich«, sagte er, als er ihr Gesicht sah. »Das ist Coalport. Ich habe dieses Muster immer geliebt, und es ist wenigstens so alltäglich, daß es keinen unermeßlichen Wert hat.«

Das Porzellan schien alles Licht in dem kahlen Raum auf sich zu ziehen, und das in Kobaltblau und Rostrot gehaltene Muster ineinander verschlungener Blätter und Drachen erinnerte Margaret an Jasmine.

»Jasmine hat ihren Geschmack am Exotischen auch nie verloren.«

Theo sprach erst, nachdem er ihr eingeschenkt und sich eine Sitzgelegenheit herangezogen hatte. »Nein«, sagte er, »und zum Teil war das Affektiertheit und Eitelkeit. Weil es sie zu etwas Besonderem machte.« Er lächelte. »Ich hingegen wollte nie etwas Besonderes sein, aber für mich haben Dinge, die mich an meine Kindheit erinnern, wahrscheinlich etwas Gemütliches und Tröstliches.«

»Sie haben Ihre Mutter nicht gekannt, nicht wahr?«

»Nein. Nur Jasmine.« Die Tasse in der Schwebe haltend, starrte er auf einen Punkt hinter Megs Kopf. »Es ist merkwürdig, aus der Perspektive des Erwachsenen auf die eigene Kindheit zurückzublicken. Jasmine war erst fünf Jahre alt, als unsere Mutter bei meiner Geburt starb. Ich erkenne heute, daß sie, indem sie die ganze Verantwortung für mich übernahm, auf ihre eigene kindliche Art versucht hat, mit dem Schmerz und dem Verlust fertigzuwerden, aber mir schien ihre Fürsorge damals das Natürlichste auf der Welt zu sein. Ich glaubte, alle Familien wären so wie unsere.«

Er trank von seinem Tee und stellte die Tasse wieder auf die Untertasse.

Meg nahm all ihren Mut zusammen. »Theo. Ich bin wegen Jasmine hergekommen.« Als sie sah, daß er eine Frage stellen wollte, sprach sie hastig weiter. »Oder genauer gesagt, wegen Jasmines Geld. Ich würde Ihnen hier im Laden gern unter die Arme greifen.«

Er schüttelte den Kopf, noch ehe sie fertiggesprochen hatte. »Das kann ich nicht zulassen. Das wäre nicht recht. Jasmine hat das getan, was sie für uns beide für das beste hielt und ...«

»Theo, ich spreche nicht von einem Darlehen. Ich möchte mich an dem Geschäft beteiligen und hier mitarbeiten. Wenn ich die Wohnung verkauft habe, kann ich etwas Kapital einbringen, und ich bin eine gute Rechnerin. Ich glaube, wir könnten ...« Sie brach plötzlich ab. Sie kam sich vor wie eine

Idiotin. Theos Mund war zu einem O der Verblüffung geöffnet, so daß er mehr denn je einem Teddybär ähnelte. »Tut mir leid. Das war eine dumme Idee.« Sie trank ihren Tee aus und stand auf, froh, daß sie ihren Mantel gar nicht erst ausgezogen hatte. »Danke für den ...«

»Warten Sie, Meg!« Theo sprang so hastig auf, daß er an den Tisch stieß, und der Tee in seiner Tasse überschwappte. Er berührte ihren Arm. »Es ist Ihnen wirklich ernst, nicht?«

Sie nickte nur.

»Anfangs dachte ich, Sie machten einen Scherz. Sie würden wirklich hier mitarbeiten wollen?« Sein Ton verriet seine Ungläubigkeit, und als sie wieder nickte, sagte er: »Aber warum? Was ist mit Ihrer Stellung? Mit Ihrem Leben in London?«

Er meint Roger, dachte sie, und ist zu taktvoll, es zu sagen. »Meine Stellung habe ich aufgegeben. Und Jasmine war der einzige Mensch in meinem Leben, der mir wirklich wichtig war.« Sie bemühte sich, ihm begreiflich zu machen, daß sie selbst nicht recht wußte, wie sie zu ihrem Entschluß gekommen war. Ohne sich dessen bewußt zu sein, setzten sie sich beide wieder. »Ich war unwichtig, Theo. Jeder hätte meine Arbeit tun können, jeder hätte mein Zimmer mieten können – und Roger findet bestimmt sehr schnell einen Ersatz für mich. Meine Eltern haben sich beschwert, als ich weggegangen bin, weil ich ihnen als Arbeitskraft fehlte, aber nicht, weil sie *mich* vermißten.

Ich möchte ...« Sie sah auf ihre Hände hinunter, die ihm geöffnet entgegengestreckt waren. Sie ballte sie plötzlich zu Fäusten und drückte sie in ihren Schoß. »Ich kann nicht ...«

»Sie brauchen es nicht zu erklären.« Theo lächelte, und sie las in diesem Lächeln Verständnis, aber kein Mitleid. »Ich mache uns noch eine Kanne Tee, ja? Ich habe vorhin die Plätzchen vergessen.« Er sammelte das Geschirr ein, und als er schon auf dem Weg zur Kochnische war, schien ihm plötzlich ein Gedanke zu kommen. Er blieb stehen und drehte sich um. »Sagen Sie, Meg, Sie mögen nicht zufällig alte Filme?«

Er hatte die Samstagsarbeiten alle erledigt – die Wohnung saubergemacht, die Wäsche zum Waschsalon in der East Heath Road gebracht, eingekauft, ja, er war sogar mit Eimer und Schwämmen hinuntergegangen und hatte den Midget gewaschen. Einen herrlicheren Frühlingstag konnte man sich nicht vorstellen – ein Tag für eine Landpartie, ein Cricket-Match, ein Picknick am Serpentine-Teich –, doch Kincaid stand in seinem pieksauberen Wohnzimmer und starrte die Schuhschachtel an, die noch immer beinahe anklagend auf seinem Couchtisch stand. Unter der Trauer, die ihn den ganzen Morgen begleitet hatte, lag das Wissen, daß ihm gestern etwas entgangen war. Eine Verbindung, ein Wort, eine Erinnerung schlummerte in seinem Hirn und wartete auf das Stichwort, um ihm den Weg ins Bewußtsein zu öffnen. Er wußte, daß er es nicht forcieren konnte; aber er konnte auch nicht lockerlassen.

Er ging nach unten, schlug das Verdeck des Midget zurück und fuhr zum Yard.

Es war still im Korridor, es fehlte das wochentägliche Stimmengewirr und Maschinengeklapper. Er winkte grüßend in die wenigen besetzten Büros und stieß die Tür zu seinem eigenen auf. Sein Schreibtisch war schon besetzt. Ein kupferroter Kopf neigte sich über irgendwelche Papiere.

»Gemma!«

»Hallo! Ich habe Sie gar nicht erwartet.« Sie lächelte ihm zu, und er fand, sie sähe müde aus und ein wenig blaß.

»Was tun Sie hier?« Er hockte sich auf die Schreibtischkante und sah sie an. Sie hatte zu ihrer Jeans einen blauen Pullover an, über dem ihr Haar leuchtete wie ein neues Pennystück.

Mit einer Handbewegung zu der Akte, sagte sie: »Ich suche die Nadel im Heuhaufen.« Sie schob den Stuhl zurück und legte ihre Füße auf den Griff der untersten Schublade. »Ich habe mich den ganzen gestrigen Tag mit Roger Leveson-Gower, seinen Freunden und seinen Gewohnheiten beschäftigt, und das Ergebnis war gleich Null. Zwei von seinen Kumpeln schwören, daß er bis in die frühen Morgenstunden mit ihnen gesoffen hat und dann vermutlich zu Meg ins Bett gefallen ist. Und ich habe Zeugen gefunden, die das bestätigen.« Seufzend rieb sie sich mit einer Hand das Gesicht. »Und wie war's bei Ihnen?«

»Ein Reinfall.« Ihr Ich-hab's-Ihnen-ja-gleich-gesagt-Gesicht quittierte er mit einem Lächeln. »Und ich habe mit dem Major gesprochen«, fügte er hinzu und wurde sich dabei bewußt, daß es ihm widerstrebte, die Geschichte des Majors zu erzählen. »Meiner Ansicht nach kann er Jasmine nicht getötet haben. Sicher, er hat kein Alibi, aber es gibt andererseits auch keine Indizien, daß er es getan haben könnte.«

»Aber er ist doch früher als sonst von der Chorprobe weggegangen.«

Kincaid zuckte die Achseln. »Wahrscheinlich hat er sich wirklich nicht wohl gefühlt. Ein Zufall.«

Gemma zog die Augenbraue hoch. »Sie haben ihn nicht danach gefragt?«

»Nachdem er mir seine Geschichte erzählt hatte, habe ich das einfach nicht geschafft. Und Zufälle gibt es nun mal, auch wenn sie einem manchmal gar nicht gelegen kommen«, fügte er ein wenig gereizt hinzu.

»Wir kommen nicht weiter, und Ihnen ist doch klar, daß der Chef uns nicht mehr lang tatenlos zusehen wird. Unsere übrigen Fälle sind in der vergangenen Woche viel zu kurz gekommen.« Sie rückte den Sessel wieder an seinen Platz. »Es ist komisch, wissen Sie, aber ich merke plötzlich, daß mir diese Sache sehr am Herzen liegt – ich habe das Gefühl,

Jasmine ist mir durch Sie, durch Meg und die anderen nahegekommen, und der Gedanke, daß ihr Tod unter den ungelösten Fällen ad acta gelegt werden könnte, paßt mir überhaupt nicht.«

»Ist über Nacht was Brauchbares hereingekommen?« Er tippte mit dem Zeigefinger auf die aufgeschlagene Akte.

Gemma schüttelte den Kopf. »Allenfalls für Eliminierungszwecke. Es gibt nicht den leisesten Anhaltspunkt dafür, daß Theo Dent an dem Abend von Jasmines Tod Abinger Hammer verlassen hat, sei es nun mit dem Auto, dem Zug, dem Bus oder dem Fahrrad. Und«, sie ging die losen Blätter durch, »wir haben eine Antwort von der Pflegeschule in Dorchester, bei der Felicity Howarth ihre Spezialausbildung bekommen hat. Alles bestens, ›eine hervorragende Schülerin‹, wie der Schulleiter geschrieben hat. Ihre Zeugnisse haben sie uns beigelegt.« Gemma runzelte beim Lesen plötzlich die Stirn. »Sie muß zweimal verheiratet gewesen sein. An der Schwesternschule, an der sie ihre erste Ausbildung erhalten hat, hat sie sich als Felicity Jane Heggerty, geborene Atkins, beworben und eine Adresse in Blandford Forum angegeben.« Gemma sah verwundert auf. »Ist das nicht der Ort ...?«

Den Rest hörte Kincaid nicht mehr. Plötzlich sah er die Zusammenhänge mit blendender Klarheit. »Gemma, rufen Sie Martha Trevellyan an und fragen Sie, ob Felicity heute Dienst hat.«

Gemma zog eine Augenbraue hoch, suchte jedoch die Telenfonnummer heraus und tat, worum Kincaid sie gebeten hatte. Als sie den Hörer wieder auflegte, sagte sie: »Felicity hat sich krank gemeldet. Martha hat eben erst jemanden aufgetrieben, der für sie einspringt. Sie war ziemlich verärgert, sagte, das sei sonst gar nicht Felicitys Art.«

»Ich glaube, ich fahre gleich mal zu Felicity.«

»Soll ich vorher anrufen?«

Er schüttelte den Kopf. »Nein, besser nicht.«

»Ich komme mit.« Sie stand auf und schlüpfte in die Strickjacke, die sie über die Rückenlehne seines Stuhls gehängt hatte.

Kincaid hielt sie zurück, indem er ihr die Hand auf den Arm legte, als sie um den Schreibtisch herum kam.

»Fahren Sie nach Hause, Gemma. Sie haben schon weit mehr als nötig getan. Verbringen Sie Ihren Samstag mit Toby, wie sich das gehört.« Er lächelte. »Außerdem wäre es klug von Ihnen, sich mit dieser Sache nicht in Verbindung bringen zu lassen. Es ist nämlich sehr wahrscheinlich, daß ich völlig den Verstand verloren habe.«

20

Die Aprilsonne verlieh selbst der verwahrlosten Straße, in der Felicity Howarth wohnte, eine Stimmung festlicher Betriebsamkeit. Die Abfälle waren verschwunden, einige Bewohner wuschen ihre Autos oder arbeiteten in ihren Vorgärtchen.

Kincaid läutete bei Felicity Howarth und wartete, die Hände in den Taschen, bis der letzte Nachhall verklungen war. Dann läutete er noch einmal. Gerade als er die Hand zum dritten Mal zur Glocke hob, wurde die Tür geöffnet.

»Mr. Kincaid!«

»Guten Tag, Felicity. Haben Sie ein paar Minuten Zeit für mich?« Sie sah wirklich krank aus, in einen alten rosaroten Morgenrock gewickelt, dessen Farbe sich mit dem verblichenen Rotgold ihres Haares biß. Ihr Gesicht war ungeschminkt und schlaff vor Erschöpfung.

Sie trat zurück, ohne ein Wort zu sagen, und er folgte ihr in das Wohnzimmer. Sie zog den Morgenrock noch enger um ihren Körper und ließ sich in einen Sessel sinken. Von ihrer sonstigen energischen Resolutheit war nichts zu spüren.

»Ich habe den Pflegedienst angerufen. Martha sagte mir, daß es Ihnen nicht gut geht.«

Ein Moment verging, und er glaubte schon, sie würde nicht antworten, aber dann sagte sie: »Ja, das stimmt. Die arme Martha. Sie war ganz empört, daß ich sie im Stich ließ.«

Kincaid sah sich in dem ordentlich aufgeräumten Zimmer um. Unter dem Schnickschnack, der herumstand, gab es keine Fotos. »Felicity, wie alt ist eigentlich Ihr Sohn?«

»Mein Sohn?« echote sie verblüfft.

»Ja. Ich hörte von Martha Trevellyan, daß Sie einen Sohn haben, der in einem Pflegeheim untergebracht ist.«

»Barry. Er heißt Barry.« Eine Spur Zorn schimmerte durch ihre Lethargie. »Er ist neunundzwanzig.«

»Warum haben Sie uns nicht gesagt, daß Sie aus Dorset stammen? Sie und Jasmine hatten da doch etwas Gemeinsames.«

»Ich habe nicht daran gedacht. Ich lebe seit vielen Jahren in London, und Jasmine und ich haben nie darüber gesprochen.«

»Aber Sie wußten, daß Jasmine in Dorset gelebt hatte, auch wenn Sie nie darüber gesprochen haben.«

Felicity kniff eine Falte ihres Morgenrocks zwischen ihren Fingern zusammen. »Sie wird es wohl erwähnt haben, aber ich kann mich nicht erinnern, daß wir je genauer darüber gesprochen haben. Ich habe viele Patienten, Mr. Kincaid. Ich kann nicht die Lebensgeschichte jedes einzelnen im Kopf behalten.«

Ein kleiner Fehltritt, dachte er, erfreut darüber, sie aus ihrer Apathie gerissen zu haben.

»Aber diese Parallele war doch sicher ungewöhnlich genug, um darüber zu sprechen? Ich meine, in der Zeit, als Sie in Blandford Forum lebten, hat Jasmine in der Anwaltskanzlei am Marktplatz gearbeitet. Kennen Sie die Kanzlei? Gleich neben der Bank. Sie ist heute noch dort.«

Er stand vom Sofa auf und holte sich den Schreibtischstuhl, setzte sich so, daß er Felicity ins Gesicht sehen konnte. Ihre Knie berührten einander beinahe.

»Sagen Sie mir genau, was Ihrem Sohn fehlt, Felicity. Warum ist er in einem Pflegeheim?«

Kincaid hielt den Atem an. Er wußte, daß er nicht den Schatten eines Beweises hatte. Seine Frage beruhte lediglich auf einer wilden Vermutung, die ihm urplötzlich in den Sinn gekommen war.

Felicity starrte auf ihre Hände, die den Stoff des Morgenrocks umkrampft hielten. Dann sah sie auf und blickte Kincaid direkt in die Augen. »Er ist beinahe völlig blind und taub. Er reagiert auf nahezu keinerlei Reize, aber er kennt mich.«

»Martha Trevellyan sagte etwas von einer Verletzung in der Kindheit. Was ist Barry zugestoßen, Felicity?«

»Er hat als Säugling eine schwere Hirnverletzung erlitten. Damals war über derartige Verletzungen so wenig bekannt, daß häufig Fehldiagnosen gestellt wurden.«

Kincaid lehnte sich seufzend zurück. »Ich glaube«, sagte er langsam, »daß Ihnen gar nicht gesagt werden mußte, daß Jasmine aus Dorset kam, weil Sie sich nämlich sehr klar an sie erinnerten. Ich verstehe nur nicht, wieso Jasmine in ihren Tagebüchern nichts davon schrieb, daß sie Sie kannte.«

Felicity stand auf und ging zum Fenster. Seit Kincaids letztem Besuch waren die Büsche im kleinen Garten grün geworden, und im Gras blühten einige späte Narzissen.

»Immer nehm ich mir vor, den Garten in Ordnung zu bringen«, sagte sie, ihm den Rücken zugekehrt. »Aber dann mache ich Überstunden, und an meinen freien Tagen besuche ich Barry und komme nie dazu, etwas im Garten zu tun.«

Kincaid wartete. Nach einem Moment sah er, wie ihre Schultern sich lockerten, und wußte, daß sie ihren Entschluß gefaßt hatte. Sie fuhr zu sprechen fort, als sei sie noch beim selben Thema. »Vielleicht hat sie es als Verurteilung gesehen. Als Strafe. Und anfangs, glaube ich, war sie gar nicht sicher, hat ihrem eigenen Gedächtnis nicht getraut. Ich hatte ja auch einen anderen Namen.« Sie drehte sich zu ihm um, aber da das Licht hinter ihr war, konnte er den Ausdruck ihrer Augen nicht erkennen. »Früher wurde ich Janey genannt – mein erster Mann fand Felicity zu viktorianisch, und ich habe ihm seinen Willen gelassen. Später habe ich ein zweites

Mal geheiratet, und damit änderte sich auch mein Nachname. Es waren immerhin fast dreißig Jahre vergangen, und die Menschen verändern sich auch äußerlich, auch wenn jeder versucht, es zu verhindern.« Sie lächelte dünn.

»Und woher kannten Sie Jasmine?«

Wieder lächelte sie. »Ich schätzte mich glücklich, sie als Babysitterin für Barry gefunden zu haben. Sie war nur zwei Jahre jünger als ich, verantwortungsbewußt, ehrgeizig, fleißig. Sie wollte es zu etwas bringen. An den Abenden und den Wochenenden, wenn sie nicht zum alten Mr. Rawlinson in die Kanzlei mußte, verdiente sie sich gern etwas dazu.«

Sie ging zu ihrem Sessel zurück. Ihr Morgenrock öffnete sich ein wenig, als sie sich setzte, und enthüllte ein Stück Nylonnachthemd.

»Es war ein ganz gewöhnlicher Samstag. Ich war beim Einkaufen gewesen. Jasmine kam mir an der Tür entgegen. Sie war kreidebleich und wie erstarrt vor Angst. Sie sagte, sie hätte den Arzt gerufen, sie glaube, Barry hätte eine Art Anfall. Ich weiß noch, daß ich meine Sachen sehr bedachtsam ablegte, ehe ich zu ihm ging. Er lag steif in seinem Bettchen. Sein Gesicht war verzerrt, und mit den Fäusten beschrieb er kleine Kreise um seinen Kopf.« Sie schwieg, den Blick auf die im Schoß gefalteten Hände gerichtet.

»Felicity ...«

»Es gab nie einen Beweis. Kleinstadtärzte ... niemand konnte mit Gewißheit sagen, was ihm zugestoßen war. Ein Arzt sagte, er habe eine Schädigung dieser Art gesehen, nachdem ein Kind heftig geschüttelt worden war, aber beschwören konnte er es nicht. Aber ich habe Detektiv gespielt.« Sie sah auf und lächelte ihn an. »Sie wären stolz auf mich gewesen. Eine Nachbarin sagte mir, sie habe gesehen, wie Jasmine einen jungen Mann in die Wohnung gelassen hatte und später ein paar Minuten weggegangen sei. Ich habe mich daraufhin bei sämtlichen Geschäften in der Straße erkundigt. Sie hatte in der Apotheke etwas besorgt, um dem Kleinen das Zahnfleisch einzureiben – er zahnte damals gerade und war schrecklich quengelig.

Ich nahm den Bus und fuhr in Jasmines Dorf. Unter einem Vorwand kam ich mit der Postbotin ins Gespräch. Es wurde gemunkelt, Jasmine sei mit einem Jungen befreundet, der nicht ganz richtig im Kopf war.«

»Timmy Franklin?«

Felicity nickte. »Ich habe nie geglaubt, daß Jasmine auch nur daran dachte, er könne Barry etwas antun. Aber sie war verantwortlich für das Wohl meines Sohnes.« Zum erstenmal schien Felicity ihre Sicherheit zu verlieren. »Sie hätte ihn nicht allein lassen dürfen.«

»Was passierte dann?«

»Nichts.« Sie hob die Hände wie zum Zeichen der Niederlage. »Eine Zeitlang glaubten wir, Barrys Zustand würde sich vielleicht bessern. Als klar wurde, daß sich nichts ändern würde, entfernte sich mein Mann noch weiter von mir – er hatte von Anfang an kein Kind gewollt und wußte überhaupt nicht, wie er mit der Sache umgehen sollte. Er blieb gerade solange, bis ich meine Schwesternausbildung abgeschlossen hatte. Zuerst konnte ich Barry zu Hause betreuen lassen, aber das wurde mit der Zeit immer schwieriger, und als wir nach London zogen, mußte ich ihn in ein Pflegeheim geben.«

»Und Jasmine?« fragte Kincaid. »Was wurde aus Jasmine?«

»Sie verschwand. Nicht einmal zur Beerdigung ihrer Tante kam sie zurück. Ich dachte, ich würde sie niemals wiedersehen.«

»Sie haben sie nicht gesucht?«

Felicity schüttelte den Kopf. »Ich glaubte, ich hätte im Lauf der Jahre aufgehört, sie zu hassen. Ich dachte nicht einmal mehr oft an sie. Ich traute meinen Augen nicht, als ich ihren Namen in Marthas Patientenunterlagen sah. Und sie hatte Krebs – wie angemessen. Ich mußte sie sehen. Es ließ mir keine Ruhe.«

»Nach einer Weile muß ihr doch klar geworden sein, wer Sie waren.«

»Aber ich habe nicht darüber gesprochen, und sie auch nicht. Ich dachte, es würde sie quälen, sie an ihrem Verstand zweifeln lassen.« Felicity fröstelte und rieb sich mit beiden Händen die Oberarme. »Das Absurde war, daß sie mir zu vertrauen schien. Sie hat sich ganz auf mich verlassen. Meine Aufgabe ist es, den Sterbenden Sicherheit und Trost zu spenden, aber ich habe ihr erzählt, wie furchtbar sie leiden, wie erbärmlich ihr Dasein werden würde. Und sie hat es akzeptiert.

Als ich die Literatur über Selbstmord sah, habe ich nicht versucht, ihr ihr Vorhaben auszureden. Ich fand es ganz angemessen für sie, sich selbst das Leben zu nehmen.«

»Aber das hat sie nicht getan, nicht wahr? Was geschah an dem Tag, an dem Jasmine starb?«

Sie schloß die Augen und sprach sehr langsam, so als durchlebte sie die Ereignisse im Geist noch einmal. »Sie war seit einigen Tagen sehr still gewesen. Ich nahm an, sie versuchte die innere Kraft zum Selbstmord zu sammeln. Aber als ich am Donnerstag morgen ankam, war sie verändert. Sie war ruhig und hatte etwas Leuchtendes an sich. Manchmal gewinnen die Sterbenden eine gewisse Würde und Anmut. Man kann es nicht vorhersehen, und es ist nicht immer so. Aber bei Jasmine war es so. Sie sagte mir, sie könnte jetzt allem ins Auge sehen.« Felicity sah Kincaid an. Ihr Blick war flehend. »Ich konnte das nicht ertragen. Verstehen Sie? Ich konnte es nicht ertragen.«

»Und was haben Sie getan?« fragte Kincaid behutsam.

»Ach, das Übliche. Ich habe ihr beim Baden geholfen, das Bett gemacht, dafür gesorgt, daß sie es bequem hatte.« Felicitys ironisches Lachen klang hohl. »Der Rest des Tages war ein Alptraum. Ich werde meine anderen Patienten wie immer betreut haben, aber ich kann mich nicht daran erinnern.«

»Und später sind Sie noch einmal zu Jasmine gegangen?«

»Ja.«

Kincaid hörte irgendwo im Haus eine Uhr ticken. Es schien ihm das Ein und Aus seines eigenen Atems kontrapunktisch zu begleiten.

»Bis zu dem Moment, als ich in ihr Zimmer trat, und sie mir von ihrem Bett aus zulächelte, wußte ich überhaupt nicht, was ich vorhatte. Und dann erschien es mir so richtig. Und so einfach. Es war Zeit für ihre Medizin. Ich bot ihr an, sie ihr zurechtzumachen. Ich nahm von ihrem eigenen Vorrat und steckte die leeren Ampullen ein. Es kam mir nie in den Sinn, jemand könne daran zweifeln, daß sie im Schlaf gestorben sei.« Sie starrte einen Moment schweigend in den Garten hinaus, dann sagte sie: »Nachdem ich ihr das Morphium gegeben hatte, nahm sie meine Hand und dankte mir für meine liebevolle Fürsorge.«

Felicity beugte sich vor und umfaßte ihre Knie. Der Ausschnitt ihres Bademantels fiel auseinander und enthüllte den blassen Ansatz ihrer Brust. Dieses Stück Nacktheit ließ sie noch verletzlicher wirken, und Mitleid stritt in ihm mit Notwendigkeit. »Sie sind bei ihr geblieben, nicht wahr?«

»Ja, bis sie das Bewußtsein verlor. Ich merkte plötzlich, daß ich sie nicht allein lassen konnte.«

Er betrachtete sie, wie sie gedankenverloren dasaß, und wußte, daß er der Verpflichtung seinem Beruf und Jasmine gegenüber nicht ausweichen konnte. »Felicity, ich muß Sie bitten, mich zu begleiten.«

»Erlauben Sie mir, daß ich mich umziehe.«

Sie kehrte in dem marineblauen Kostüm zurück, in dem er sie zum erstenmal gesehen hatte. In der Hand hielt sie ein blaues Schreibheft. »Das hatte Jasmine unter ihrem Kopfkissen. Ich habe es nur an mich genommen, weil ich dachte, es enthielte vielleicht eine Bemerkung über mich.« Sie nahm ihre Handtasche und ihre Schlüssel und blieb dann mit der Hand auf dem Türknauf noch einmal stehen. »Und nachdem ich es gelesen hatte, habe ich gewußt, daß ich mit dem, was ich getan habe, niemals leben kann.«

21

Kincaid sah sie, als er in die Carlingford Road einbog. Sie saß auf der Treppe vor seinem Haus, die Ellbogen auf die Knie, das Gesicht in die Hände gestützt. Die Straße lag im Schatten, und die Luft begann rasch abzukühlen. Die Formalitäten der Anklageerhebung gegen Felicity Howarth hatten den größten Teil des Nachmittags und das, was ihm an Energie noch zur Verfügung stand, beansprucht.

Als er den Wagen abgestellt und sich neben sie gesetzt hatte, sagte Gemma: »Ich dachte mir, Sie hätten vielleicht gern ein bißchen Gesellschaft.«

»Der diensthabende Sergeant hat mir gesagt, daß Sie angerufen haben.«

Obwohl sie zur Seite gerückt war, um ihm Platz zu machen, berührten sich ihre Schultern und Oberschenkel auf der schmalen Treppe dennoch, und es überraschte ihn, wieviel Wärme von so wenig Kontakt ausging.

»Sie müssen es mir erzählen. War es sehr schlimm?«

Er lehnte sich an den Türpfosten und schloß einen Moment die Augen. Dann rieb er sich das Gesicht. »Ich war von Anfang an überzeugt, daß Jasmine der Person, die ihr das Morphium verabreichte, vertraut haben mußte. Felicity war die naheliegende Person, aber es fehlte ein Motiv. Jetzt glaube ich, ich wäre glücklicher, wenn ich es nie entdeckt hätte.«

Er erzählte ihr die Geschichte, wie er sie sich zusammengereimt hatte. »Die Schizophrenie ist eine fortschreitende Krankheit. Timothy Franklin muß einen ganz normalen

Eindruck gemacht haben, wenn nicht irgend etwas einen gewalttätigen Ausbruch auslöste. Jasmine kann davon nichts gewußt haben. Ich vermute, er schüttelte das Kind, damit es aufhörte zu weinen.«

»Und Jasmine hat ihn so sehr geliebt, daß sie ihn schützen wollte?«

Kincaid wischte über einen Fleck auf dem Knie seiner Jeans. »Zum Teil war es wohl Liebe. Zum anderen Teil Schuldgefühl. Ich glaube, sie hat ihr Leben lang wegen dieses Moments wohlmeinender Fahrlässigkeit gelitten.«

Gemma sah ihn kurz an und sagte dann langsam: »Felicity Howarth und ihr Sohn auch.«

»Ja.« Er betrachtete sie aufmerksamer, vermerkte bewußt, was bisher nur ein vager Eindruck gewesen war. Die Spannung der letzten Wochen schien sich gelöst zu haben. Sie wirkte locker, ihre Hände lagen ruhig und entspannt in ihrem Schoß.

»Was ist passiert, Gemma? Das hat nichts mit dem Fall zu tun, nicht wahr? Sie haben eine Entscheidung getroffen.«

Sie lächelte. »Aha, der große Detektiv zeigt seine umwerfende Kombinationsgabe. Ich habe heute morgen einen Immobilienmakler angerufen. Ich verkaufe das Haus. In Wanstead habe ich hübsche Wohnungen gesehen, die Toby und mir völlig reichen würden. Ich habe auf einmal erkannt, daß dieses hartnäckige Festhalten an dem Haus meine Art des Festhaltens an Rob ist. Das Haus war seine Idee; so, meinte er, müsse eine richtige Familie leben. Vielleicht hätte er nicht so große Angst zu haben brauchen, wenn er andere Möglichkeiten gesehen hätte.«

»Und Toby?«

»Auch in Wanstead sind wir noch nahe genug bei meinen Eltern, so daß meine Mutter mir ein bißchen mehr helfen kann. Aber nur ein bißchen, wohlgemerkt.« Lachend sah sie zu ihm auf, und er verspürte eine unerklärliche Erleichterung, als lasteten nun Jasmines und Felicitys Geschichte nicht mehr ganz so schwer auf seinem Leben.

»Ich habe Ihnen einen Spaziergang in der Heide versprochen.«

»Stimmt.« Sie stand auf und sprang leichtfüßig zum Bürgersteig hinunter. Er folgte ihr.

Kincaid drückte die widerspenstige Katze mit einer Hand an seine Brust, während er mit der anderen die Tür zu seiner Wohnung aufsperrte. Sobald er drinnen war, ließ er locker, und Sid sprang mit einem Satz zu Boden, wobei er zwei blutige Kratzer auf seinem Handrücken hinterließ.

»Das nenne ich Dankbarkeit«, brummte Kincaid und leckte an seiner Hand. »Ich sehe schon, ganz einfach wird das mit uns beiden nicht werden.«

Sid hatte sich unter dem Sofa verkrochen, und Kincaid ließ ihn dort, um ihm Zeit zu lassen, sich einzugewöhnen. Nachdem Gemma gegangen war, hatte er die Katzensachen nach oben gebracht und in Jasmines Wohnung mit einem Gefühl von Endgültigkeit Ordnung gemacht.

Eines blieb noch. Er hatte es nicht für notwendig gehalten, das blaue Schreibheft als Beweisstück zu den Akten zu geben, da Felicity Howarth ein umfassendes Geständnis abgelegt hatte. Jetzt ließ er die Jalousien herunter, schenkte sich einen Whisky ein und setzte sich mit dem Heft in einen Sessel am Couchtisch. »Glenfiddich, Sid«, sagte er. »Nur für besondere Gelegenheiten.« Während er trank und die Wärme des Whiskys genoß, die sich in seinem Inneren ausbreitete, beobachtete er den Kater, der vorsichtig unter dem Sofa hervorkroch, um seine neue Umgebung auszukundschaften.

Er blätterte gedankenvoll die Seiten durch, die mit der vertrauten zierlichen Schrift bedeckt waren. Der letzte Eintrag trug das Datum von Jasmines Todestag.

»Ich merkte plötzlich, daß der heutige Tag gar nicht so schrecklich war; daß auch der Tag davor und die anderen, früheren Tage gar nicht so schrecklich gewesen waren. Wenn ich jeden Augenblick meines Lebens mit der gleichen Wachheit und Intensität gelebt hätte wie diese letzten Wochen, wäre es ein über die Maßen reiches Leben gewesen.

So aber scheint mir ein ganz eigenes Zeitgefühl geschenkt worden zu sein, in dem die Zeit sich verlangsamt und öffnet, so daß Erleben und Reflexion gleichzeitig möglich sind. Eine physikalische Laune, eine Bewußtseinsveränderung – was immer auch der Ursprung sein mag, es ist ein Geschenk, das ich nicht ablehnen werde.«

GOLDMANN

Bestseller

Tom Clancy und Sidney Sheldon, Utta Danella und Danielle Steel, Heinz G. Konsalik und Marie Louise Fischer, Colleen McCullough und Gillian Bradshaw, Charlotte Link und Irina Korschunow – internationale Weltbestseller garantieren Spannung und Unterhaltung auf höchstem Niveau.

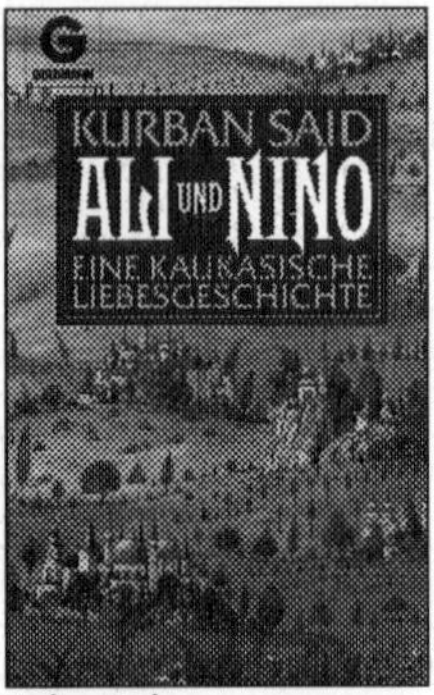

Kurban Said, Ali und Nino 41081

Lynne McFall, Die einzig wahre Geschichte der Welt 41286

Lawrence Ferlinghetti, Die Liebe in den Stürmen der Revolution 9587

Akif Pirinçci, Tränen sind immer das Ende 6380

Goldmann · Der Bestseller-Verlag

GOLDMANN

Wilbur Smith

Wie keinem anderen gelingt es Wilbur Smith, dramatische Ereignisse mit intensiver Naturbeobachtung, aktuelle Anliegen mit packenden Geschichten zu vereinen. Als Sohn einer alten britischen Siedlerfamilie kam Smith schon früh in Berührung mit dem Kontinent, dem fast alle seine Bücher gewidmet sind: Afrika.

Glühender Himmel 41130

Schwarze Sonne 9332

Der Stolz des Löwen 9316

Wer aber Gewalt sät 9313

Goldmann · Der Taschenbuch-Verlag

GOLDMANN

THE NOBLE LADIES OF CRIME

Sie wissen bestens Bescheid über die dunklen Labyrinthe der menschlichen Seele. Über die gut getarnten Obsessionen. Über Gier, Lust und Angst, die immer wieder tödlich an die Oberfläche dringen. Die feinen Damen lassen morden …

Mary Willis Walker, Raubtierfütterung 43666

Karin McQuillan, Friedhof der Elefanten 42568

Karin McQuillan, Mörderische Safari 42567

Kate Ross, Der zerrissene Vorhang 42791

Goldmann · Der Taschenbuch-Verlag

GOLDMANN

THE NOBLE LADIES OF CRIME

Sie wissen bestens Bescheid über die dunklen Labyrinthe der menschlichen Seele. Über die gut getarnten Obsessionen. Über Gier, Lust und Angst, die immer wieder tödlich an die Oberfläche dringen. Die feinen Damen lassen morden …

Elizabeth George, Gott schütze dieses Haus 9918

Ruth Rendell, Der Liebe böser Engel 42454

Anne Perry, Gefährliche Trauer 41393

Batya Gur, Denn am Sabbat sollst du ruhen 42597

Goldmann · Der Taschenbuch-Verlag

GOLDMANN

Frauen lassen morden

»Marlowes Töchter« (Der Spiegel) *schreiben Spannung mit Pfiff, Intelligenz und dem sicheren Gefühl dafür, daß die leise Form des Schreckens die wirkungsvollere ist.*

Liza Cody,
Doppelte Deckung 41493

Deidre S. Laiken,
Blutroter Sommer 42260

Elizabeth George,
Gott schütze dieses Haus 9918

Ruth Rendell,
Die Brautjungfer 41259

Goldmann · Der Taschenbuch-Verlag

GOLDMANN

Frauen heute

Mitreißende und spritzige Unterhaltung über Liebe und Karriere, Familie und Freundschaft – und über Frauen, die mit beiden Beinen im Leben stehen und dennoch wagen, Träume zu haben.
Witzig und frech, provokant und poetisch, selbstironisch und romantisch zugleich.

Endlich ausatmen 42936

Das ganz große Leben 42626

Tiger im Tank 42630

Pumps und Pampers 42014

Goldmann · Der Taschenbuch-Verlag

GOLDMANN

Sandra Brown

Eine knisternde, meisterhaft gesponnene Mischung aus Liebe und Verrat, Rache und Leidenschaft.

Trügerischer Spiegel, Roman 42209

Ein Hauch von Skandal, Roman 42063

Feuer in Eden, Roman 42482

Schwelende Feuer, Roman 42216

Goldmann · Der Taschenbuch-Verlag

GOLDMANN

Wilbur Smith

Wie keinem anderen gelingt es Wilbur Smith, dramatische Ereignisse mit intensiver Naturbeobachtung, aktuelle Anliegen mit packenden Geschichten zu vereinen. Als Sohn einer alten britischen Siedlerfamilie kam Smith schon früh in Berührung mit dem Kontinent, dem fast alle seine Bücher gewidmet sind: Afrika.

Das Lied der Elephanten, Roman 42368

Tara, Roman 9314

Der Panther jagt im Dämmerlicht, Roman 42047

Wenn Engel weinen, Roman 9317

Goldmann · Der Taschenbuch-Verlag

GOLDMANN

Das Gesamtverzeichnis aller lieferbaren Titel erhalten Sie im Buchhandel oder direkt beim Verlag.

Taschenbuch-Bestseller zu Taschenbuchpreisen
– Monat für Monat interessante und fesselnde Titel –

*

Literatur deutschsprachiger und internationaler Autoren

*

Unterhaltung, Thriller, Historische Romane und Anthologien

*

Aktuelle Sachbücher, Ratgeber, Handbücher und Nachschlagewerke

*

Esoterik, Persönliches Wachstum und Ganzheitliches Heilen

*

Krimis, Science-Fiction und Fantasy-Literatur

*

Klassiker mit Anmerkungen, Autoreneditionen und Werkausgaben

*

Kalender, Kriminalhörspielkassetten und Popbiographien

Die ganze Welt des Taschenbuchs

Goldmann Verlag · Neumarkter Str. 18 · 81673 München

Bitte senden Sie mir das neue kostenlose Gesamtverzeichnis

Name: ______________________________

Straße: ______________________________

PLZ/Ort: ______________________________